Johanna Sebauer

NINCSHOF

Roman

DUMONT

Das bei der Produktion dieses Buches entstandene CO_2 wurde durch die Finanzierung von Klimaschutzprojekten kompensiert: climate-id.com/17531-2110-1001/de

September 2024
DuMont Buchverlag, Köln
Umschlaggestaltung: Lübbeke Naumann Thoben, Köln
Umschlagabbildung: © Lehel Kovács / 2 Agenten
Satz: Angelika Kudella, Köln
Gesetzt aus der Adobe Garamond Pro
Druck und Verarbeitung: CPI books GmbH, Leck
Gedruckt auf säurefreiem und chlorfrei gebleichtem Papier
Printed in Germany
ISBN 978-3-7558-0509-0

www.dumont-buchverlag.de

ZUM GELEIT

Nincshof ist das Dorf. Auf den ersten Blick, wie jedes Dorf, in keiner Weise besonders. Auf den zweiten, wie jedes Dorf, einzigartig. Dort, wo man heute das östliche Ende von Österreich findet, wo man die Reste der Alpen nur an sehr klaren Tagen in der Ferne sehen kann, wie sie sich aufrichten, ein letztes Mal. Wo sonst keine Erhebung den Blick stört, wo der Horizont weit ist und die Sehnsüchte groß sind, dort, unweit des Neusiedler Sees, einer salzigen graubraunen Lacke, direkt neben dem Einser-Kanal, einem trägen Rinnsal, das die Grenze zu Ungarn markiert, duckt sich Nincshof mitten hinein ins Schilf. Ein paar Gassen, ein paar Häuser, Weingärten, Gurkenäcker und rundherum viel Nichts.

Im Winter pfeift der Wind über das gesichtslose Weißgrau dieses flachen Landstrichs und bringt eine Kälte mit, an der, so erzählt man sich, manch einer schon erblindet sei. Im Sommer wird die Luft schwer und zäh wie Kleister. Nur die Chöre der Grillen durchdringen sie mit ihrem Gesang. Wer nach Nincshof kommt, der will dorthin. Der Zufall, das würde er nie wagen, führt hier niemanden her. Auch dann nicht, wenn es, wie in dieser Geschichte, danach aussehen mag.

Warum das Dorf ist wie jedes andere, ist schnell erzählt. Eine Kirche gibt es hier, ein Wirtshaus mit Schanktheke aus dunklem schwerem Holz und eine Bäckerei, in der man in der Mittagspause die Schaufenster mit Spitzenvorhängen zuzieht, in die sich über die Jahre ein satter Gelbstich gewoben hat. In eingeschossigen Häusern, weiß, buttergelb und bübchenblau, wohnen die Lebenden. Auf einem wild verwachsenen Friedhof unter alten Kastanienbäumen ruhen die Toten. Dazwischen schweben, wie in jedem Dorf, ein paar Heilige, ein paar Heldinnen, ein paar Helden und ein paar Legenden.

Dass das Dorf nicht ist wie jedes andere, sieht nur, wer nähertritt. Das Ohr an die Türen legt und lauscht, dem Zungenschlag, der anders klingt als in den Dörfern drumherum. Nur ganz sacht anders. Wer den Nincshofern und vor allem den Nincshoferinnen in die Gesichter schaut, ganz lange, der erkennt, dass es besondere Gesichter sind. Nur ganz sacht besonders. Nicht so, dass man mit einem entlarvenden Finger darauf deuten und sagen könnte: »Seht! Die Nasen sind länger, die Augen klarer und die Münder breiter.« Besonders ist, was hinter den Gesichtern liegt. Einem noch nie dort Gewesenen nur sehr schwer zu beschreiben.

Dass das Dorf nicht ist wie jedes andere, hat auch damit zu tun, – und hier begänne eine, möglicherweise die wichtigste, dieser Legenden –, dass es einst sogar noch viel weniger so gewesen ist wie jedes andere Dorf. Wie genau es einst gewesen ist und ob überhaupt, das weiß, so die Natur einer jeden guten Legende, heute kaum noch einer mit Sicherheit. Und dies ist, so die Natur einer jeden guten Legende, auch nicht wesentlich. Viel wesentlicher ist, dass die, die wollen, darüber streiten und – das ist vielleicht am wesentlichsten – davon träumen können. Wenngleich in Nincshof die Streiter und die Träumer heute fast verschwunden sind.

Fast.

In diesem sonderbaren Dorfe im äußersten Zipfel Österreichs wurde vor rund achtzig Jahren – und dies ist keine Legende – in einer heißen Sommernacht, in der Blitze den schwarzen Himmel erhellten und der Donner die Fensterläden in ihren Angeln scheppern ließ, in einem Schweinestall Erna Rohdiebl geboren. Eine Geburt so marternd, dass die Gebärende, Erna Rohdiebls Mutter Euphelia, in Momenten, in denen die heftigsten Krämpfe ihren Körper zu zerreißen drohten, die saftigen Blüten auf den leuchtenden Blumenwiesen des Jenseits bereits riechen konnte. Anderthalb Tage wallte ihr Leib, doch das kleine Leben in ihm rührte sich nicht. Mit zerzaustem Haar und wildem Blick irrte die Mutter Euphelia über den Hof wie eine Traumwandlerin und schrie verzweifelt. Familie und Nachbarn, die zu Hilfe geeilt waren, hinderten sie nicht daran. In Nincshof gab es damals nicht viele Regeln, aber eine, an die sich alle mit eiserner Konsequenz hielten: Nur vor zweierlei Gestalten hatte man als Mensch demütig zu schweigen – vor dem lieben Gott und vor einem niederkommenden Frauenzimmer.

Unzählbare Runden zog Mutter Euphelia in quälendem Wahn über den Hof, bis sie sich der Erschöpfung ergab und im Stall zwischen zwei Mastsäuen niedersank. Irgendwann lag, einem Wunder gleich, die kleine Erna Rohdiebl doch endlich im Stroh. Käsig verschmiert und bläulich schimmernd. Mit letzter Kraft schaffte Mutter Euphelia es, sich aufzurichten, das klebrige Neugeborene an seinen dünnen Beinchen hochzuheben und ihm sanft auf den Popsch zu klopfen, ein Röcheln, ein Blubbern, ein Schrei, bevor sie, die tapfere Kriegerin, zurücksank ins Stroh, wo kein Stroh mehr war, sondern nur noch Blumen, duftend, bunt und weich. Es war Erna Rohdiebls Großmutter Martha, die das feuchte Kind an sich nahm und der bleichen Mutter sanft die Lider schloss.

In Großmutters Armen wuchs das Neugeborene zum Kleinkind, zum Mädchen, zur Frau. Unter ihren strengen Augen schritt
sie durch die Tage und lernte das Leben. Unter ihren rätselhaften,
leise ins schwarze Zimmer hineingemurmelten Märchen glitt
sie in die Nächte und lernte das Träumen. Der Großmutter Gutenachtgeschichten waren fantastischer als alles, was die kleine
Erna Rohdiebl kannte. Lange dachte sie, es läge daran, dass diese
Geschichten bloß so selten aus der Großmutter herauskamen,
dieser schweigsamen Frau, und dass deshalb die Geschichten und
die traumprallen Nächte, die auf die Geschichten folgten, etwas
ganz Besonderes waren. Erst spät im Leben, nämlich just in jenem
Sommer, in dem die folgende Geschichte sich zutrug, sollte Erna Rohdiebl bewusst werden, dass es einen anderen Grund dafür
gab. Die Großmutter Martha war, bis zu jenem Sommer nämlich, die letzte große Träumerin von Nincshof.

Die folgende Geschichte nun beginnt am ersten Tag eines noch
nicht allzu lange zurückliegenden Junis. Ein Tag, an dem der Sommer noch nicht offiziell begonnen hatte, an dem sich so doch
entschied, was für ein Sommer es werden würde. Die Nincshofer
Sommer glichen einander für gewöhnlich wie ein Schilfhalm dem
nächsten. Alle waren sie ähnlich heiß, grell und träge. Jener aber,
der an diesem ersten Junitag begann, sollte anders werden. *Unvergesslich*, würde manch einer sagen, der es nicht besser weiß. Einer,
der gar meint, nur was erinnert werde, habe Wert.

JUNI

1

Es war also der erste Tag im Juni, als die Geschichte begann, und wie so oft trübte die Mystik des Beginns zunächst allen von ihm Betroffenen jegliche Vorahnung. Im kleinen Garten hinter dem Haus in der Urbarialgasse Nummer fünf saß Erna Rohdiebl unbeirrt, kratzte mit der Messerspitze Reste der Pusztafeigenmarmelade unter ihrem Fingernagel hervor und dachte, ein wenig reumütig, an Frau Dr. Waratny.

»So eine Diabetesdiagnose, Frau Rohdiebl«, hatte sie beim letzten Mal zu ihr gesagt, »so eine Diabetesdiagnose ist schnell gestellt.«

Und Erna Rohdiebl hatte nichts zurückgesagt, denn was sollte man schon zurücksagen, wenn einem die Hausärztin so etwas hinklatschte? Wenn sie einen ansah über den Goldrand ihrer Brille, vorwurfsvoll und fast ein wenig enttäuscht? Erna Rohdiebl hatte geschwiegen, genickt und sich von diesem Satz, achtlos aus dem Mundwinkel herausgeplätschert, den schuldfreien Frühstücksgenuss bis auf Weiteres verwehren lassen. Es war nicht so, als hätte Erna Rohdiebl danach nichts Diabetesrisikominderndes unternommen. Zunächst hatte sie die Marmelade einfach weggelassen, hatte, draufgängerisch enthaltsam, die ledige Semmel gegessen, nur mit Butter, nackt und traurig. Hatte frischen Beeren dabei zugesehen, wie sie rote Streifen zogen, als sie sie ins

Naturjoghurt rührte, hatte Haferflocken zu einer schleimigen Paste verkocht und dabei angewidert geschluckt, in Erinnerung an jenen Brei aus Essensresten, den Großmutter Martha damals den Säuen in die Tröge gekippt hatte. Hatte sogar das Mandelmus, das Tochter Marianne unter größten Lobgesängen aufgetischt hatte, probiert. Ein Wagnis, das damit geendet hatte, dass Erna Rohdiebl noch am selben Tag in das gleißende Rundlicht über dem Zahnarztsessel blinzeln musste, während man ihre im Mandelmus stecken gebliebene Krone wieder befestigte. Aber es war nicht viel auszurichten, wenn der eigene Körper diese Angewohnheit langsam zur Gewohnheit und dann, über viele Jahrzehnte, gar zu einer Bedingung festgeklopft hatte, unter der allein er bereit war, den Rest des Tages in Angriff zu nehmen. Erna Rohdiebl seufzte. Die Marmelade glitzerte feucht in der Morgensonne.

Es war der erste Tag im Juni, und er versprach, ein schöner zu werden. Trotz seiner Jungfräulichkeit war er unverschämt warm. Ein müder Wind, vom See kommend, trug den Geruch von Schlamm nach Nincshof. Im Nussbaum zirpte eine Blaumeise. Über dem bescheidenen Stück Wiese im Garten schaukelten zwei Schmetterlinge. Wer in den außerordentlichen Genuss kam, den Juni in Nincshof zu erleben, den hatte jemand mit ganz besonderem Glück bedacht. Die Luft wurde um diese Jahreszeit warm und jeden Tag schwerer mit Düften von Robinie, Pfingstrose, Lavendel, dem Surren von Grillen, Maikäfern, Hummeln und dem Übermut der Singvögel allesamt. Und als hätten sie sich still dazu verabredet, plusterten sich Sträucher weiter auf und weiter auf, reckten die Bäume ihre Kronen noch ein wenig und noch ein wenig höher, stolz wie Schauspieler, bereit für ihr wichtigstes Stück.

Erna Rohdiebl schob die Messerspitze mit der abgekratzten

Marmelade zwischen ihre Lippen. Auf der anderen Seite des Hauses quietschte das Gartentor.

»Erna!«, ertönte eine schrille Stimme.

Kein Zweifel, wer da gerufen hatte. Um den gesamten Neusiedler See, wahrscheinlich gar bis weit hinter die ungarische Grenze, gab es eine solche Stimme kein zweites Mal. Sie fuhr, wenn sie Erna Rohdiebl unvorbereitet traf, durch den ganzen Körper bis hinauf in den linken Backenzahn, wo seit dem Malheur mit dem Mandelmus ein Schmerz schlummerte, den nur diese Stimme aufzuwecken verstand.

Frederika Liebzipfel wohnte ein paar Häuser weiter und war, da auch sie bereits früh ihren Mann verloren hatte, seit gut einem Jahrzehnt Erna Rohdiebls Begleitung, wenn es ans Gießen auf dem Friedhof ging. In Erna Rohdiebls Garten kam sie nun, gefolgt von deren Nachbarin Armina Karnelli. Die beiden Damen hatten lange Tücher um ihre Hüften gewickelt. Bunte Badeanzüge spannten über ihren runden Bäuchen und üppigen Busen. Frederika Liebzipfel trug einen Strohhut. Armina Karnelli baumelte eine große Badetasche von der linken Schulter, unter ihrem rechten Arm klemmten zwei Schwimmnudeln.

»Bist du noch gar nicht fertig?«, fragte Frederika Liebzipfel und stemmte die Fäuste in die Hüften.

»Fertig wofür?«, fragte Erna Rohdiebl und drückte sich langsam aus ihrem Gartenstuhl.

»Wofür?« Frederika Liebzipfel schnaufte belustigt. »Die Fetzi hat ihren Pool endlich eingelassen. Wir gehen ihn einweihen.«

An ihrem linken Ohrläppchen erkannte Erna Rohdiebl etwas, das sie als Reste von hastig verschmierter Sonnencreme identifizierte. Zu diesem Ereignis, auf das sich die beiden Damen augenscheinlich mit sehr viel Sorgfalt vorbereitet hatten, hatte Erna Rohdiebl keine Einladung erhalten.

Den Witz am Kuchenbuffet beim letzten Feuerwehrfest über die vermeintliche Fertigbackmischung in Fetzi Erlangers Zwetschkenkuchen hatte diese anscheinend noch nicht verdaut. Eine beiläufig dahingesagte, augenzwinkernde Bemerkung war das damals gewesen, ein Lob im Grunde, das aber an ihr abgeprallt und direkt in den falschen Hals gezischt war. Erna Rohdiebl war nicht mehr dazu gekommen, dieses Missverständnis aufzuklären. So sehr hatte sich Fetzi Erlanger festgefahren in ihrer Kränkung. Seit diesem Vorfall war das Verhältnis zwischen den beiden Damen abgekühlt. Sie grüßten zwar, wenn sie einander auf der Straße trafen, wechselten aber keine weiteren Worte und gingen unbeirrt ihre Wege. Missverständnisse waren schwierig zu navigierende Gewässer in einem Dorf wie Nincshof, in dem alle der paar Hundert Einwohner einander kannten. Eine Flamme der Eifersucht loderte in Erna Rohdiebl empor, aber nur eine kleine.

»Nein, ich komm nicht mit! Ich hab's doch nicht so mit dem Chlorwasser.«

Eine Lüge, aber nur eine kleine.

»Außerdem muss ich noch so viel im Garten machen.«

Frederika Liebzipfel und Armina Karnelli sahen sich im Garten um. Auch Lügen waren schwierig zu navigierende Gewässer in einem Dorf wie Nincshof. Allein der Anstand gebot es den Damen an dieser Stelle, glücklicherweise, von weiteren Überredungsversuchen abzusehen.

»Also dann, Erna. Mach's gut«, sagten sie und gingen Richtung Gartentür. Ihre runden Hintern schwangen unter den bunten Tüchern hin und her.

Erna Rohdiebl ließ sich wieder in ihren Plastikgartenstuhl sinken. Sie biss in ihre Marmeladensemmel und strich über das Blumenmuster der Wachstischdecke. Neben ihrem Teller war eine

Ameise in einem Marmeladenklecks kleben geblieben und ruderte mit ihren Beinchen verzweifelt in der Luft herum. Erna Rohdiebl beobachtete sie kauend und sortierte ihre Gefühle. Es war der erste Tag im Juni, und der Sommer bekam eine Richtung.

In Nincshof hatten viele Grundstücke zwei Zugänge. Einen *offiziellen* nach vorne auf jene Straße, die im Grundbuch als Adresse eingetragen war – es war der hübsche Eingang mit einladender Fassade und Blumenkästen –, und einen zweiten Zugang auf einer weiteren Straße, am hinteren Ende des Grundstückes. Dort wurden durch Scheunentore, groß wie Tunneleinfahrten, einst Traktoren, Mähdrescher und Pferdeanhänger gerollt. Obwohl diese Zufahrtsgassen angeblich offizielle Namen hatten, sah keiner je die Notwendigkeit, sie zu benutzen. Stattdessen nannten die Anwohner diese kahlen, weil zweckdienlichen Gassen bloß *Hintaus*. Und da in Nincshof jeder den anderen kannte und jeder wusste, wo der andere wohnte, war auch immer klar, welche *Hintausgasse* jeweils gemeint war, wenn einer davon sprach. Die riesigen Traktoreinfahrten waren über die Jahre in manchen Hintausgassen weniger geworden und grünem Maschendraht, Thujenhecken und Garagentoren gewichen.

Auch auf dem Grundstück der Fetzi Erlanger war dies so, vor dem Erna Rohdiebl nun stand, zwei Tage nachdem Frederika Liebzipfel und Armina Karnelli in Badeaufmachung in ihren Garten gekommen waren. Auf dem Weg zur Bäckerei Hagenrieder hatte sie just entschieden, einen Umweg zu nehmen, einen kleinen bloß. Warum denn auch nicht? War doch der Tag so schön! War doch die Luft so klar! Hatte doch außerdem die Frau Dr. Waratny etwas von Bewegung gesagt, die guttäte, wegen des Cholesterins und der verkalkten Gefäße. Zwei Kreuzungen, zweimal abbiegen, und nun, tja, stand sie hier und schielte vorsichtig durch die Thujenzweige. Als hätte er es so gewollt, der Zufall. Dieser ewige Schelm.

Babyblau schimmerte er in der morgendlichen Sonne. Er war riesig. Den Anhänger vom Weinbauern, den großen grünen mit der elektrischen Kippfunktion, hätte man darin zur Gänze versenken können. Erna Rohdiebl trat näher und schob ein paar Äste zur Seite. An einer Seite ein Sprungbrett, an der anderen, eine dunkelblaue Rolle, mit der Poolabdeckfolie. Ein akkurat getrimmter Rasen rundherum wie ein Spannteppich. Sie steckte mit beiden Armen bis zur Schulter in der Hecke, ihr weicher Bauch quoll durch den Maschendrahtzaun. War das die Möglichkeit? Mitten in Nincshof! Das Gurgeln eines Motors riss sie schließlich aus ihrer Andacht. Ein Auto bog in einiger Entfernung in die Hintausgasse ein. Ruckartig zog sie ihren Kopf aus dem Strauch, zupfte sich Grün und Geäst aus den dünnen Haaren und setzte ihren Umweg fort.

Mit einer aufregenden Mischung aus Kühnheit und Scham verließ Erna Rohdiebl die Hintausgasse, in die es sie so zufällig verschlagen hatte. Die Gedanken flirrten durch ihren Kopf. Beinahe wäre sie dem Postbus, der zweimal täglich aus der Hauptstadt kam, vor die Räder gelaufen, hätte dieser nicht mit einem lauten Hupen auf sich aufmerksam gemacht. Wie ferngesteuert schlug sie den Weg zum Friedhof ein. Wie ferngesteuert stemmte sie sich gegen das schmiedeeiserne Tor, das unter gequältem Kreischen gegen jeden Eindringling protestierte. Wie ferngesteuert griff sie nach einer der Gießkannen neben dem Steinbecken. Wie ferngesteuert füllte sie sie mit Wasser und goss schließlich wie ferngesteuert die Rosen am Grab der Großmutter Martha und die Stiefmütterchen auf dem ihres Gatten Ferdinand. Dass sie eigentlich zur Bäckerei gehen wollte, hatte sie längst vergessen. Wie wohl das Wasser …? Auf der Haut …? Vielleicht sollte sie …? Vielleicht nur einmal? Vielleicht nur den kleinen Zeh? Erna Rohdiebl wurde schwindlig. Sie stellte die Gießkanne ab, ließ sich am Grabrand nieder und betrachtete die kleinen Grasbüschel, die in den Ritzen des schlampig betonierten Gehwegs wuchsen.

Ihr Gatte Ferdinand hatte immer behauptet, er wisse, wie man Geld richtig ausgab: im besten Falle nämlich gar nicht. Über die Möglichkeit eines Pools im eigenen Garten hätte er nicht einmal zu denken angefangen. Hätte ihn Erna Rohdiebl danach gefragt, er wäre vor lauter Empörung über diesen Irrsinn rot angelaufen, hätte aber nichts weiter gesagt. Er hätte seine Wurst mit ruckartigen Bewegungen geschnitten, dass das Messer auf dem Teller gequietscht hätte. Hätte den Geschirrspüler mit mehr Geschepper als nötig eingeräumt. Hätte mit übertriebenem Schwung die Terrassentür aufgerissen und wäre in seinen Gemüsegarten gestapft. Dort hätte er sich eine Zigarette angezündet, den Rauch tief eingesogen und mit Nachdruck wieder ausgeschnauft, dass Erna Rohdiebl es noch durchs Küchenfenster hätte hören können. Dann wäre er zwischen den Paradeiserstauden und dem Kopfsalat auf und ab gegangen, hätte das Gemüse kritisch beäugt. Er hätte verbissen nach Unkraut gesucht und es in Eile ausgerupft, als wäre es Träger einer hochansteckenden Seuche, die in den Menschen die törichte Idee, einen Pool besitzen zu müssen, zum Ausbruch brachte. Erna Rohdiebl war fast ein bisschen traurig, dass sie ihm damals, als es möglich gewesen war, diesen Vorschlag nie gemacht hatte. Es wäre mit Sicherheit ein amüsanter Tag geworden.

Auf dem Heimweg vom Friedhof durch die warme Vormittagssonne traf sie ein jäher, dumpfer Schlag. Erna Rohdiebl taumelte rückwärts und hielt sich im letzten Moment an einer Straßenlaterne fest. Eine Joggerin, mit zu viel Schwung um die Friedhofsmauer kommend, war direkt in sie hineingelaufen. Eine große, schlanke Frau stand vor ihr. Sportkleidung, leuchtendes Türkis, windschnittige Sonnenbrille, dünne Kabel aus den Ohren baumelnd, Schweißfilm am ganzen Körper. Sie glitzerte.

»Verzeihung«, schnaufte die Frau. »Ich hab Sie nicht gesehen.«

Sie schob ihre Sonnenbrille in die Haare, zog das Kabel aus einem Ohr, fasste Erna Rohdiebl an beiden Schultern und suchte ihren Blick. Ihre gebräunte Stirn lag in feinen Falten, die Miene ernst.

»Es tut mir leid. Ist alles in Ordnung?«

Erna Rohdiebl nickte hastig. Die Frau hielt ihren Blick einige Momente fest, schien auf etwas zu warten, lächelte aber dann, zog ihre Sonnenbrille wieder auf die Nase und joggte davon. Ihr blonder Pferdeschwanz wippte auf und ab.

Das war sie. Die Neue aus der Stadt. Vor einem Jahr hatte sie mit ihrer Familie die alte Mühle am Ortsrand gekauft und in einen Wohnklotz verwandelt. Kahl, mit scharfen Kanten und so stechend weiß, dass man sich die Hände vor die Augen halten musste, wenn man daran vorbeiging. Viel Gerede hatte es gegeben während der Bauphase. Alle hatten irgendwo etwas über die Neuen aufgeschnappt, bei der Wirtin zusammengetragen und mit Pusztafeigenschnaps, dem stärksten Flüssigkleber für Ziegel aus Halbwissen, zu wilden Gerüchten ausgebaut. Berühmt seien die, oben in der Stadt, hatte einer gesagt. Eine Schauspielerin sei sie, ein zweiter. Die riesige Koppel neben dem Haus sei für die Pferde. Denn eine Reitschule für die Reichen wollten sie errichten, ein dritter.

Vor ein paar Wochen waren sie schließlich eingezogen. Die Joggerin, ihr Mann, ihre Tochter. Erna Rohdiebl war ihnen noch nicht begegnet. Nur Frederika Liebzipfel hatte die Frau einmal auf dem Weg zur Bäckerei getroffen und Erna Rohdiebl hinterher erzählt, dass diese sie nicht gegrüßt habe. Frederika Liebzipfel traf ständig Leute, die nicht grüßten.

Zurück in der Urbarialgasse Nummer fünf dachte Erna Rohdiebl schon kaum noch an den Pool. Sie stellte einen Topf mit Wasser auf und legte ein paar Kartoffeln hinein. Im Radio verlas eine Moderatorin des Regionalsenders die aktuellsten Meldungen. Besucherrekord im Strandbad am See, Brand in einer Tischlerei in einer Gemeinde im Süden, Eröffnung der Ausstellung einer Töpferin aus dem auch weit hinter den Landesgrenzen bekannten Keramikort Stoob. Das Wetter sollte heiter bleiben, gegen Ende der Woche waren Gewitter und starke Regenfälle wahrscheinlich. Ein verdächtig gewöhnliches Wetter für einen Nincshofer Sommer, der für Erna Rohdiebl, von ihrer Neugierde selbst etwas überrascht, bereits ein bisschen weniger gewöhnlich geworden war und noch viel ungewöhnlicher werden sollte.

Wenige Tage später stand Erna Rohdiebl auf der Gasse vor ihrem Haus und kehrte mit einem Handbesen in der Sonne funkelnde Spinnweben von ihrem Gartenzaun, da sah sie aus dem Augenwinkel einen bunten Farbfleck auf sich zuwanken. Es war Frederika Liebzipfel, wieder in ihr Badearrangement gekleidet. Wieder wallendes Tuch um die Hüften, wieder Sonnenhut mit breiter Krempe, wieder knalltürkiser Badeanzug. Neu diesmal: strandtaugliche Stoffsandalen mit Korksohle, die Frederika Liebzipfels Zehen in einen so scharfen Spitz zusammenpressten, dass sie übereinanderlagen und rot anliefen.

»Schon wieder schwimmen? Es ist doch Regen angesagt für heute Nachmittag«, sagte Erna Rohdiebl.

Frederika Liebzipfel blickte nach oben in den Himmel und hielt ihren mächtigen Sonnenhut fest.

»Ach, vielleicht zieht's ja vorbei.«

»Starkes Gewitter, haben sie gesagt, in den Nachrichten. Mit Hagel sogar.« Erna Rohdiebl ließ den Handbesen sinken.

»Ja, du hast eh recht. Ideal ist es nicht«, sagte Frederika Liebzipfel nickend. »Aber, weißt eh, die Erlangers fahren ja morgen in die Türkei. Vierzehn Tage. Also ist heute der letzte Tag, an dem wir schwimmen gehen können.«

»Ach so?«

»Ja, ja. Das machen die doch jedes Jahr. Zwei Wochen im Juni und zwei Wochen im August. Tunesien, Gran Canaria, zuletzt waren sie da im Norden. Kreuzfahrt nach Spitzbergen. Wegen der Mitternachtssonne. Hat ihnen nicht gefallen. Zu teuer, zu hell. Aber weißt eh«, Frederika Liebzipfel trat einen Schritt an Erna Rohdiebl heran und sprach leise aus einem Mundwinkel, »wenn man halt das Geld hat.« Sie kicherte unter ihrem Sonnenhut hervor und sah Erna Rohdiebl erwartungsvoll an.

Seit sie Frederika Liebzipfel kannte, und sie kannte sie bereits ihr gesamtes Leben, war diese Frau genau so: über andere urteilen, aber immer so hart an der Grenze zum bloßen Augenzwinkern dass man ihr niemals hätte Arglist vorwerfen können, ihre Bemerkung aber immer auch als Einladung zum Mitmachen verstehen konnte, wenn man wollte. Erna Rohdiebl verwirrten diese Gespräche. Daher hatte sie irgendwann beschlossen, nicht mehr darauf einzugehen.

»Und die Erlangers haben halt das Geld«, versuchte es Frederika Liebzipfel noch einmal.

»Ja, das mag stimmen«, sagte Erna Rohdiebl knapp.

»Sonst hätten sie sich ja auch diesen Mordspool nicht leisten können.«

»Ja, sicherlich.«

»Unsereins kommt halt nur dann und wann in den Genuss von so was.«

Frederika Liebzipfel wartete einige Augenblicke auf eine Antwort, doch Erna Rohdiebl hielt ihrem auffordernden Blick stand und sagte nichts. Also verabschiedete sie sich und marschierte in ihrem wallenden Tuch die Urbarialgasse hinunter.

Zwei Tage später packte Erna Rohdiebl eine Tasche mit einem großen Badetuch, ihrer Badehaube und einem Apfel. Im Keller fand sie die alte Stirnlampe, mit der ihr Gatte Ferdinand einst einem Marder aufgelauert hatte, der damals die jungen Paradeiserpflanzen abgekaut und zwischen die Radieschen geschissen hatte. Sie zwängte sich in ihren dunkelblauen Badeanzug und streifte einen Bademantel über, Sonnentherme Lutzmannsburg war mit rotem Zwirn aufs Revers gestickt. Ohne allzu lange darüber nachzudenken, ohne Gefahr zu laufen, es sich anders zu überlegen, trat sie aus der Terrassentür, schnappte sich einen Plastikgartenstuhl, schwang ihn über die rechte Schulter und begann ihren Missionszug durch die warme tintenblaue Nacht.

Die Hintausgasse war ihr seltsam fremd in der nächtlichen Schwärze. Soweit Erna Rohdiebl die Häuser von hier aus sehen konnte, brannte in keinem von ihnen Licht. Mit hämmerndem Herzen in der Brust positionierte sie den Gartenstuhl vor einer Lücke in den Thujen, stieg darauf, wuchtete ein Bein über den Zaun, zwängte ihren weichen Körper durch die kratzige Hecke und stand irgendwann, schnaufend und sich selbst nicht ganz glaubend, tatsächlich sicher auf dem Rasen der Fetzi Erlanger. Scharfer Chlorgeruch stieg ihr unvermittelt in die Nase. Den Gartenstuhl zog sie unter dem Knacken einiger dünner Äste durch die Hecke, schlüpfte aus ihrem Bademantel, zog die Badehaube über und schnallte sich die Stirnlampe obendrauf.

Der Ehering klackte laut gegen den metallenen Handlauf, als Erna Rohdiebl auf die erste Sprosse der Einstiegsleiter hinabstieg, das Wasser angenehm warm um ihre Knöchel. Sie hatte es wirklich geschafft. War mit Heldenmut durch das Dorf geschlichen und würde nun endlich tun, was Frederika Liebzipfel mit Stolz und beachtlicher Festlichkeit durchs Dorf tragend seit einigen Tagen tat. Erna Rohdiebl stieg eine Sprosse tiefer.

Plötzlich ein Hundebellen.

Es kam aus der Nähe und klang sehr dringend. Wahrscheinlich das Mistvieh vom Sohn der Bäckerin Hagenrieder. Erna Rohdiebl klammerte sich fester an den Handlauf. War sie zu laut gewesen? Hatte sie ihn geweckt? Würde er die Nachbarn alarmieren? Eine lange Weile stand sie wie festgefroren auf der Leiter, in Sorge, die kleinste Bewegung würde Luft aufwirbeln und hinübertragen zur feinen Nase dieses bellenden Hundes, der Herrl und Frauerl sogleich anzeigen könnte, wo sich gerade eine Unerhörtheit begab. Leise begann Erna Rohdiebl zu summen, mit der Melodie des neuen Liedes von Dolce Carlo, das sie im Regionalsender gerade rauf und runter spielten, stemmte sie sich gegen ihre Panik. Irgendwann verstummte der Hund. Zögerlich, die Ohren wachsam scharfgestellt, trat sie wieder eine Sprosse tiefer, dann noch eine, ließ die Einstiegsleiter los und stieß sich ab.

Nun war sie hier. Und ein Traum war das! Das Wasser seidig um ihren Körper. Der war besonders im letzten Jahrzehnt immer steifer geworden, die Glieder Blei, die Gelenke sandig-trocken. Vorsichtig machte sie ihre ersten Schwimmzüge. Der Schein der Stirnlampe glitt vor ihr über die schwarze Oberfläche. Nach fünf Längen wurde sie kühner. Immer schneller und heftiger wurden ihre Stöße. Sie war sich sicher, dass die Fetzi Erlanger, die Frederika Liebzipfel und die anderen Damen nicht einmal richtig schwammen, wenn sie hier zusammenkamen. Wahrscheinlich lagen sie nur auf den Liegestühlen oder ließen ihre käsigen, von Krampfadern marmorierten Beine vom Beckenrand ins Wasser baumeln. Von einer solchen Runde wollte Erna Rohdiebl kein Teil sein. Und so erschien es schlicht logisch, ihre Schwimmeinheit in die Nacht zu verlagern, wo sie ungestört von Altweibergeschnatter ihre Bahnen ziehen konnte. Nach ungefähr zwanzig Bahnen entfloh ihr langsam der Atem. Im Geräteschuppen fand sie zwei Schwimmnudeln. Sie schob sich eine unter die Schultern, die andere unter die Kniekehlen und ließ sich treiben. Sie knipste die Stirnlampe aus und betrachtete die Sterne, die den Nincshofer Himmel heute besonders hell erleuchteten.

Um zwei Uhr nachts kam sie zurück in ihr Haus in die Urbarialgasse Nummer fünf. Den nassen Badeanzug zog sie noch auf der Terrasse aus und hängte ihn mit Wäscheklammern an der Wäschespinne auf. Nackt stieg sie hinunter in den Keller und holte eine Flasche Märzenbier, nackt ging sie wieder nach draußen, ließ sich in einem Gartenstuhl nieder und blickte in den Himmel. Wie außergewöhnlich diese Nacht doch war. *Unvergesslich*, dachte sie, denn sie wusste es noch nicht besser. Das Bier trank sie in langsamen kleinen Schlucken, die schwarze Luft noch immer warm auf ihrer Haut. Erna Rohdiebl rülpste leise und freute sich ein wenig.

In den darauffolgenden Nächten tat sie stets das Gleiche. Wartete bis Mitternacht, packte ihre Tasche, schulterte den Gartenstuhl und stahl sich zum Haus der Fetzi Erlanger. Sie zog ihre Bahnen und ließ sich danach auf den Schwimmnudeln treiben. Ausgesprochen heiße Tage waren das, und sie dankte der Fetzi Erlanger still für ihre geniale Idee. Dieser Pool, wahrlich ein Geschenk für alle Nincshofer. Natürlich gingen die nächtlichen Ausflüge nicht ohne Einbuße an ihr vorbei. Ihr Schlafrhythmus wurde durcheinandergewirbelt, was irgendwann auch ihren Kindern, Stefan und Marianne, auffiel, wenn sie wochenends zum

Kaffee nach Nincshof kamen. Besorgt fragten sie nach, warum die Mutter so taumelig durch den Tag trottete, Dinge vergaß und ständig gähnte. Wenn das Älterwerden einen Vorteil hatte, dann jenen, dass man immer etwas hatte, womit man seine Vergesslichkeit, Verwirrtheit, Faulheit oder andere menschliche Unzulänglichkeit gegenüber Jüngeren rechtfertigen konnte, ohne dass diese es infrage stellten.

Der Starkregen, den der Wettermann im Regionalsender nicht müde wurde vorherzusagen, traf Nincshof am Ende dann doch unvorbereitet. Keine verdächtige Brise hatte, sanft hinweisend, die Bäume bewegt, keine Kühle hatte den Menschen warnend die Gänsehaut über die Arme gezogen. Jäh und tobend brach er über das Dorf herein und überraschte Erna Rohdiebl, die schon gar nicht mehr an ihn geglaubt hatte, auf dem Heimweg von ihrer nächtlichen Schwimmrunde. Ein dicker warmer Tropfen klatschte hörbar auf ihren vom Tragen der Badehaube verrutschten Scheitel. Sie zuckte. Es folgte der nächste. Und der nächste. Erna Rohdiebl zog sich die Sandalen von den Füßen und eilte. Als sie in die Urbarialgasse hastete, klebte der vollgesogene Bademantel bereits schwer an ihrer Haut. Ein paar Häuser noch, nur noch ein paar Meter, und sie würde sich im trockenen Haus in ihrem warmen Bett wissen.

Ein lauter Pfiff riss sie aus ihrer Zielstrebigkeit.

»Erna!«, rief eine Stimme.

Im Backenzahn stach es. Frederika Liebzipfel lehnte aus ihrem Fenster, die Ellenbogen auf einen Polster gestützt, rauchend.

»Was zum Teufel?«

Erna Rohdiebl hatte nicht damit gerechnet, um diese Zeit eine derartige Frage beantworten zu müssen. Sie hatte überhaupt nicht damit gerechnet, irgendjemanden um diese Zeit in ihrem Dorf anzutreffen, wenngleich ihr klar war, dass Frederika Liebzipfel nicht selten, wenn sie nicht wusste, wohin mit all der Zeit in ihren Tagen, aus dem Fenster hing, um zu rauchen und zu schauen.

»Ich war spazieren!«, rief sie durch die Regenwand.

»Um zwei Uhr in der Früh?«, fragte Frederika Liebzipfel und tippte mit dem Zeigefinger auf ihr linkes Handgelenk, an dem sich keine Uhr befand.

»Ich hab nicht schlafen können.«

»Was hast du da in deiner Tasche?«

Frederika Liebzipfel lehnte sich weiter aus dem Fenster und blinzelte durch die Tropfen.

»Sachen«, rief Erna Rohdiebl.

»Sachen?«

»Sachen zum Essen.«

»Und der Gartensessel?«

»Ist zum Hinsetzen.« Erna Rohdiebl hörte sich selbst dabei zu, wie ihr eine Absurdität nach der anderen über die Lippen rollte, und war fast schon dankbar, dass Frederika Liebzipfel in dieser wirren Situation immerhin die Größe besaß, sie nicht auf den klatschnassen Bademantel anzusprechen. Dennoch konnte sie trotz des Regens, der alles verwusch, beobachten, wie sich in Frederika Liebzipfel der Verdacht erhärtete, dass Erna Rohdiebl ein Geheimnis hatte. Wie Missverständnisse und Lügen waren auch Geheimnisse schwierig zu navigierende Gewässer in einem Dorf wie Nincshof.

»Ich muss jetzt ins Bett, Fredi. Gute Nacht.«

»Schlaf gut, Erna«, sagte Frederika Liebzipfel höflich, aber mit funkelnden Augen, und drückte ihre Zigarette in dem Aschenbecher auf dem Fensterbrett aus.

Eilig entledigte sich Erna Rohdiebl ihrer Kleider. Der Bademantel klatschte auf die kalten Fliesen im Vorzimmer, der Badeanzug schnalzte hinterher. Mit einem weichen Handtuch rubbelte sie sich trocken, zog ihren Schlafrock über und kroch ins Bett. Draußen brüllte der Regen, den nun auch ein wütender Wind in alle Richtungen peitschte. Dennoch war es nicht der Lärm der ergrimmten Natur, der sie in dieser Nacht vom Schlaf abhielt. Ahnte Frederika Liebzipfel bereits, was sie jede Nacht seit einer Woche tat? War sie ihr möglicherweise sogar gefolgt? Erna Rohdiebl starrte an die Zimmerdecke, durch ihren Kopf walzten sich wilde Szenen, die sie schwindelig machten. Sie stand auf, öffnete das Fenster. Alles rauschte, alles dampfte, erdiger Geruch kroch in das Schlafzimmer.

2

Man muss sich vorstellen, dass es in einem Dorf wie Nincshof selten einen Grund gab, etwas der Heimlichkeit zu überlassen. Schon alleine deshalb nicht, weil es kaum möglich war, in einem Dorf wie Nincshof – mit seiner Handvoll Häuser, zusammengerottet am Ende von Österreich – etwas zu tun, zu sagen oder manchmal gar zu denken, ohne dass einen an der nächsten Straßenlaterne schon jemand darauf ansprach. Die Nincshofer und besonders die Nincshoferinnen wussten alles voneinander. Früher, so erzählte man bei der Wirtin gerne, mussten sie sich dazu nicht einmal unterhalten, sondern bloß im richtigen Moment das Richtige denken.

So war es doch verwunderlich, oder nicht?, dass in jenem Sommer, in dem diese Geschichte sich begab, Schwaden der Heimlichkeit ins Dorf zogen, sich da und dort zusammenbauschten und manches vernebelten. Nicht nur in jener Ecke, in der Erna Rohdiebl ihre Schwimmnächte verbrachte.

In einer anderen Ecke fand man bei beginnender Dunkelheit die Heimlichkeit über den Köpfen dreier Männer hängen. Am Ortsrand, an der Grenze zu Ungarn, neben dem Einser-Kanal und seinem trägen Wasser, fern vom Licht jeder entlarvenden Straßenlaterne, die Blicke hastig von einem Winkel in den anderen werfend, wie man es eben tat, wenn einem die Heimlichkeit tief über dem Haupte hing, murmelten sie. Gerade so laut, dass sie einander unter dem Schnarren der Grillen im hohen Gras noch verstehen konnten. Ein Junger war dabei, vielleicht Anfang zwanzig, lange dünne Arme, lange dünne Beine, ein Älterer mit ausladendem Bauch über der Gürtelschnalle hängend und ein Nochälterer, dem die Zeit die endlose Stirn scheckig gepudert und den Hals in lange lose Lappen faltig gezogen hatte.

Früher, seufzte der Nochältere stets irgendwann, wenn sie zusammenkamen in der Heimlichkeit, sei alles besser gewesen in Nincshof, und die anderen nickten, da man immer nickte, wenn einer von einem *Früher* sprach, da dieser Satz alles bedeuten konnte und nichts, da man sich, ohne zu wissen, was der andere genau meinte, verbunden fühlen konnte mit ihm. Und Verbundenheit – war nicht das das Schöne? *Frei*, seufzte der Nochältere, sei man *früher* noch gewesen in Nincshof, und wieder nickten die anderen. Denn Freiheit – war nicht das das Schönste?

Zusammen kamen diese Nincshofer Männer nicht erst in diesem Sommer, doch in diesem Sommer trugen sie – hätte die Heimlichkeit nicht alles verwischt, hätte es auch der Rest des Dorfes mitbekommen – ein nervöses Beben in den Leibern. Ein Zittern in der Stimme.

»Wenn das auffliegt«, sagte der Junge ernst in die warme Juninacht hinein, »dann wirft uns das zurück. Um Monate, Jahre. Ich sag euch, das wird nicht gut ausgehen.«

Der Ältere seufzte. Der Junge fuhr fort.

»Wenn irgendwer die Erna erwischt, die Leute werden reden. Und zwar nicht bloß in Nincshof. Auch drüben in Andau werden sie reden, in Zick, in Wallern, in Tadten. Wer weiß, vielleicht tragen sie die Geschichte sogar hinüber auf die andere Seite vom See bis, Gott bewahre, nach Eisenstadt. Von der Zeitung werden sie dann jemanden vorbeischicken. Einen Sensationsartikel werden sie schreiben, und dann werden sie noch mehr reden. Ich kann es schon hören, das Gemurmel.« Der Junge senkte seine Stimmlage auf Stammtischtrinkerniveau und äffte nach: »›War ja klar, dass so was in Nincshof passiert. Haben wir ja immer schon gewusst, dass die in Nincshof alle irgendwo angrennt sind.‹«

Der Ältere seufzte wieder.

»Ich schlage vor, erst einmal Ruhe zu bewahren und nicht gleich in Panik zu verfallen«, sagte er. »Die Liebzipfel ist vielleicht ein wenig skeptisch geworden, aber das heißt nicht, dass sie auch herausfinden wird, was die Erna wirklich tut.«

»Wir wissen es ja auch bereits«, zischte der Junge. »Warum sollen andere nicht ebenfalls dahinterkommen?«

»Nicht alle haben, wie wir, ihre Augen und Ohren überall in Nincshof.«

Die drei Männer schwiegen. Neben ihnen schob sich der Einser-Kanal mit kaum hörbarem Plätschern Richtung Osten.

»Wie eine Verschwörung, oder?«, flüsterte der Junge, der sich nicht rauspflücken ließ aus seiner wuchernden Panik. »Als ob jemand das mit Absicht täte. Uns behindern in unserem Vorhaben. Wie soll man uns denn vergessen, wenn immer so ein seltsamer Schmarrn bei uns passiert?«

Nervös tänzelte er von einem langen dünnen Bein aufs andere.

Wahrlich!! Wie sollte man es denn vergessen, das Dorf, wenn immer so ein seltsamer Schmarrn passierte? Und das war es schließlich, was die Männer in ihrer Heimlichkeit zusammendrängte, immer dringlicher in diesem Sommer – das Vergessen. Das Vergessen, wo ihr Nincshof wieder sein würde, wie es einst gewesen war, dem sie immer näher gekommen waren in den vergangenen Jahren, in denen sie ihre Träume in Pläne gepresst hatten. Nun aber das. Das und mehr! Denn als wären Erna Rohdiebls kühne Schwimmausflüge nicht schon genug der Besorgnis, gab es in diesem Sommer ja auch noch ein anderes, sehr akutes Risiko: diese Neuen. Die Neuen in ihrem an den Ortsrand hinge-wuchteten Kastenhaus, eine in Nincshof bis dahin unbekannte Übertriebenheit. Ihr bares Vorhandensein allein bereitete den Männern großes Unbehagen.

3

Heute Abend sollten die Viecher ankommen. Die ersten sechs Irrziegen. Ein Männchen, fünf Weibchen. Isa Bachgasser versuchte sich in Ruhe und so etwas wie freudiger Erwartung. Ihr Mann, Silvano Mezzaroni, war gestern in tagelang angestauter, surrender Aufregung losgefahren, mit dem Pferdeanhänger Richtung Udine, zum Züchter. Sechshundert Kilometer Autobahn. Die wollte er heute in der Junihitze wieder zurück nach Nincshof fahren, die Irrziegen hinten drin. Isa Bachgasser hatte sich jeden sich kreischend anbietenden Kommentar über ethische Bedenken hinsichtlich des Tierwohls verkniffen. Die Irrziegen waren die Sache ihres Mannes. Sie würde sich nicht einmischen, sie würde ihn machen lassen. Und vor allem würde sie keinen Finger rühren für die Tiere. Das war die Bedingung gewesen.

Isa Bachgasser drehte den weißen Kopfhörerknopf in die Ohrmuschel. Am anderen Ende der Leitung rauschte der Autobahnverkehr, dazwischen die aufgeregte Stimme von Silvano Mezzaroni. Er stand auf einer Raststätte kurz vor Villach und brüllte gegen donnernde LKWs an.

»Vier, fünf Stunden, maximal sechs, schätze ich. Ich melde mich noch einmal, wenn wir kurz vor Nincshof sind.«

Wir. Es gab jetzt also ein Wir. Damit waren *Ich und die Irrziegen* gemeint.

»Ist gut«, sagte Isa Bachgasser. »Fahr bitte vorsichtig.« Sie ging in die Hocke und schnürte ihre Sportschuhe.

Die Pulsuhr blinkte erwartungsvoll am Handgelenk. Isa Bachgasser trat vor die Tür. Zum Laufen war dieser Ort wie gemacht. Platz gab es hier. So unendlich viel Platz. Man brauchte nur den Fuß aus der Haustür zu setzen und fand sich in einem weiten Netz aus einsamen Schotterstraßen und Feldwegen wieder, weich und knieschonend, konnte Marathondistanzen zurücklegen, wenn man wollte, ohne dabei einem anderen Menschen zu begegnen. Das immerhin.

Es war noch nicht einmal acht Uhr früh am Morgen, und die Luft stand schon jetzt warm und schwer vor ihr wie eine Wand. In der Ferne über der Landstraße flimmerte es. Die Grillen surrten im hohen Gras am Wegrand. Dass Österreich auch *so* aussehen konnte, hatte Isa Bachgasser fast vergessen gehabt. In einem Land, das sich mit Wintersport und wagemutigen Bergsteigern rühmte, gab es nicht nur smaragdgrüne Bergseen und knisternde Kachelöfen, sondern auch das hier: das Burgenland. Eine Steppenlandschaft, gelb wie die Savanne und in Teilen so flach, als hätte man sie mit der Wasserwaage glattgemessen, nur am Horizont erhoben sich Herden von Windrädern und schraubten ihre Rotorblätter in die Luft. Die Hitze hier in der Ebene war anders als jene, die Isa Bachgasser aus ihrer Kindheit im Salzkammergut kannte. Dort war die Hitze mit den ersten Sonnenstrahlen über die Gipfel ins Tal gekrochen und im Abendrot verschwunden, um einer kühlen Nacht Platz zu machen. Hier, in der flachen Weite, breitete sie sich aus wie ein dickes, träges Tier.

Heute würde es ein guter Lauf werden. Sie hatte lange und tief geschlafen, die vergangenen beiden Tage ihre Beine geschont und sich stattdessen auf die Rumpfmuskulatur konzentriert. Ein von Läufern viel zu oft vernachlässigter Teil des Körpers, tragischerweise, wie man bei den vielen Schönwetterjoggern auf der Hauptallee im Wiener Prater sehen konnte, mit ihren Oberkörpern krumm und weich wie Butterbrezel. Dabei war es doch gerade eine kräftige Muskulatur in Bauch und Rücken, die den Läuferkörper über lange Distanzen stabil hielt. Und überhaupt, auch abseits des Laufsports, sei es Getränkekisten heben, den Arbeitstag am Schreibtisch sitzen, egal was, selbst Orgasmen haben – eine aktiv mitarbeitende Körpermitte verbesserte das Resultat gewaltig.

Die Pulsuhr blinkte, Kilometer sechs, gleichmäßiges Tempo, ruhiger Atem, niedriger Puls. Grüngelbe Landschaft flog an ihr vorbei. In einer Ortschaft musste sie an einer Straßenkreuzung anhalten, um einen Traktor mit leerem Anhänger passieren zu lassen. Der Fahrer hob die Hand zum Gruße. Isa Bachgasser tat es ihm gleich. So machte man das hier. Wer nicht grüßte, war verdächtig. Schon in ihrer ersten Woche als offizielle Nincshoferin war ihr dieses Konzept der sozialen Kategorisierung begegnet. Sie hatte in der Bäckerei drei Mohnstriezel und einen halben Kilo Mischbrot bestellt. Die Bäckerin, eine kleine rundliche Frau mit rotrandiger Brille, hatte sie überrascht angesehen.

»Ach, Sie sprechen Deutsch?«

Isa Bachgasser, im Jutebeutel nach der Geldbörse wühlend, hatte sie verwirrt angeblinzelt.

»Natürlich spreche ich Deutsch. Ich komme aus Wien. Also ursprünglich aus Salzburg, aber ich habe zuletzt Jahrzehnte in Wien gewohnt.«

»Aja, verstehe«, hatte die Bäckerin gesagt und ihr das Papiersackerl voll kurzkettiger Kohlenhydrate über die Theke gereicht. »Ich frag nur, weil die Liebzipfel war letztens da, wissen Sie, aus der Urbarialgasse. Und die hat gemeint, sie hätte Sie auf der Straße gesehen und Sie hätten gar nichts gesagt, und dann haben wir gedacht, Sie sind wahrscheinlich aus dem Ausland.«

Aus dem Ausland. Ein bisschen fühlte sich Isa Bachgasser hier tatsächlich wie in einem fremden Land. Ganz im Gegensatz zu ihrem Mann, der gleich am ersten Abend den erstbesten Nincshofer im Wirtshaus aufgegabelt und, voll bis obenhin, in ihr damals noch spärlich eingerichtetes Haus geladen hatte, wo die beiden ihre neu gegründete Freundschaft mit einer Flasche Merlot begossen hatten, aus der die Hälfte in zwei bauchige Weingläser und die andere Hälfte auf den dunklen Granit der Kücheninsel gegluckert war.

Erst vor zwei Jahren waren sie zum ersten Mal hier gewesen, waren in den Feldweg eingebogen, wo der Staub an der Karosserie emporgewallt war und an dessen Ende eine Ruine gestanden war, der man die Kornmühle, die sie einst gewesen sein sollte, nicht mehr hatte ansehen können. Halb zerfallen, sprödes Gemäuer, wiedererobert von rankendem Grün. Silvano Mezzaroni hatte die Arme davor ausgebreitet wie ein Zirkusdirektor.

»Bausubstanz hervorragend erhalten.«

Mit großen Schritten war er über das Gelände gelaufen, bedacht über Disteln und Brennnesseln gestiegen und hatte an jeder bröckelnden Hauskante, an jeder zersplitterten Scheibe Dinge hinzugedichtet, wie ein Kind, das den Erwachsenen die Ritterburg aus Couchpolstern erklärte.

»Frei liegendes Fachwerk, uriger Dielenboden, offene Wohnküche, Arbeitsflächen aus Massivholz.«

In Isa Bachgassers Ohren hatte es zu sausen begonnen. Das Geld war nicht das Problem. Ihre Filme hatten sie in den letzten Jahren nicht gerade arm gemacht, auch ihr Mann, ehemaliger Architekt und Empfänger einer satten Erbmasse, hatte seinerseits ausgesorgt. Sie beide verkörperten, was die Sozioökonomen auf den Wirtschaftsseiten »obere Mittelschicht« nannten. Aber dennoch. Die nächsten zwei Jahre lang Bauschutt atmen?

Man kannte doch das Narrativ. Akademikerpaar entflieht Großstadt und sucht Idyll in der Provinz. War sie nicht einst genau davor geflohen? Aus der Provinz, aus dem tiefen Salzkammergut, wo die Geranienbäuche von knarzenden Holzbalkonen quollen und sich abends die Leute bierselig im Stübchen einschlossen, nach Wien, wo das Leben pochte und man seinesgleichen fand?

Als sie durch die nächste Ortschaft lief, war die Sonne hinaufgekrochen in ihre stechende Unerbittlichkeit. Schweiß verdunstete augenblicklich auf der Haut. Verkehr gab es kaum. Isa Bachgasser lief mitten auf der Straße, wand sich durch einen Kreisverkehr, passierte eine Kirche. Im Schatten eines Kastanienbaumes hatten es sich ältere Herren auf einer Parkbank gemütlich gemacht. Isa Bachgasser lächelte und hob die Hand. Bei noch jeder Laufrunde war sie ihnen hier begegnet. Zu ihren Füßen hechelte ein Berner Sennenhund. Die Männer grüßten zurück. Der eine mit Gehstock salutierte und lachte.

Der nächste Ort wurde zur Qual. Kurz vor der Ortsausfahrt war ihre linke Wade hart wie Stein. Isa Bachgasser musste stehen bleiben. Nervös schielte sie auf die Pulsuhr. Die Zeit verstrich vorwurfsvoll. Bis nach Ninschof waren es noch knappe sechs Kilometer. Sie dehnte den beleidigten Muskel und trabte langsam wieder los. Die Landstraße zog sich quälend in die Länge. Jeden Riss im Boden, dem sie ausweichen musste, verfluchte sie aufs Übelste. Nach der Ortseinfahrt Ninschof bog sie in einen Feldweg ein, der sie über drei Kilometer um die Ortschaft herum, wieder zu ihrem Haus führen sollte. Doch dann passierte es erneut. Der Krampf biss sich so heftig in die Wade, dass sie Angst bekam, er würde den darunterliegenden Knochen brechen. Sie stoppte die Pulsuhr und schleppte sich hinkend zu einer efeuüberwachsenen Gartenmauer am Wegesrand, stellte ihre Fußspitze dagegen und lehnte ihren Körper langsam nach vorne. Der Krampf ließ locker. Ein Efeublatt wippte wenige Zentimeter vor ihrer Nase. Dahinter schimmerte etwas. Isa Bachgasser schob das Blatt zur Seite.

In Erinnerung an Martha E., das tapfere Waschweib.
Freiheit den Nincshofern! Nincshof der Freiheit!

Es war kein offizielles Schild. Es sah eher aus, als hätte jemand in liebevoller, aber dilettantischer Handarbeit die schnörkeligen Buchstaben in das Metall geritzt. Mit verschwitzten Fingern strich Isa Bachgasser über die Gravur. Sie blickte sich um, suchte nach etwas, das ihr den Zweck dieses Schildes erklärt hätte, fand aber nichts. Sie stand auf einem leeren Schotterweg, links ein brachliegendes Feld, rechts ausfasernde Gärten der Nincshofer, Maschendrahtzäune, Rückseiten von Geräteschuppen. Isa Bachgasser friemelte ihr Handy aus dem feuchten Bauchgurt, schoss ein Foto und schickte es an Selma Sadić. Die antwortete sofort, lag wahrscheinlich noch im Bett, kratzte sich verkrusteten Schlaf aus den Augenwinkeln, blinzelte aufs Display und scrollte ohne Ziel:

Was ist das?

> Keine Ahnung …

So huldigt Nincshof seinen
fleißigen Frauen?

> Scheint so …

Finde es heraus! Ich will alles wissen
über diese Provinzheldin

> :-) :-)

Isa Bachgasser ließ den Efeu wieder vor das Schild zurückspringen und hinkte vorsichtig heimwärts.

Mit der Zunge zwischen den Zähnen und zu Schlitzen verengten Augen lehnte Silvano Mezzaroni sich am beginnenden Abend aus dem Fahrerfenster, eine Hand am Steuer, und lenkte den SUV samt Pferdeanhänger den Feldweg entlang Richtung Irrziegenweide. Rückwärts. Nichts hätte ihn daran gehindert, vorwärts zu fahren. Doch einen Anhänger rückwärts zu steuern, stand einem Neolandwirt, selbstredend, viel besser zu Gesicht. Es war eine Frage der Ehre. Isa Bachgasser lief neben dem Auto her und verbat sich jegliche Behelligung. Die Irrziegen waren die Sache ihres Mannes. Sie würde sich nicht einmischen.

Nach zwanzig Minuten stand der Wagen schließlich auf der Weide. Isa Bachgasser schob das Tor zu. Mit einem leisen Klack fiel es ins Schloss und die Anspannung von allen ab. Ihr Mann war nun Irrziegenbesitzer. Er glühte. Vorsichtig wie ein Dieb öffnete er den Anhänger. Die sechs Irrziegen drängten sich in den hinteren Teil. Über ihnen hing vertrocknetes Gras aus einer großmaschigen Gitterbox. Die Augen der Tiere waren weit aufgerissen. Auf jede Bewegung reagierten sie mit nervösem Getrappel. Silvano Mezzaroni zog einen Campingstuhl aus dem Kofferraum. Daran, ins Haus zu gehen, zu duschen oder gar etwas zu essen, dachte er nicht.

»Es ist immens wichtig, dass ich gerade am Anfang als Fixpunkt im Sozialgefüge der Herde präsent bin«, sagte er und breitete eine Decke über seinem Schoß aus.

Als Isa Bachgasser eine Stunde später zurück auf die Weide kam, war die Luft dunkelblau und etwas kühler. Da saß er, ihr Ziegenwirt. Eingewickelt in eine Decke, eine schlanke Taschenlampe zwischen den Zähnen, kritzelte er in sein Notizbuch. In der Tupperware-Box in ihrer Hand dampften Süßkartoffeln und

Brokkoli in einer orangen Soße. Silvano Mezzaroni schob das Notizbuch unter sein Bein und breitete die Arme aus, Isa Bachgasser stellte die Box ins Gras und nahm auf seinem Schoß Platz. Der Campingstuhl quietschte. Wie zwei junge Verliebte, die sich auf einer Gartenparty davongestohlen hatten, um abseits der Blicke der anderen Zweisamkeit zu finden, saßen sie da, die Köpfe aneinandergelehnt, und atmeten die warme Luft des anderen.

Kurz nachdem sie ihn kennengelernt hatte, diesen nervigen Italiener, der sie wochenlang vor der Uni-Bibliothek abgepasst hatte, hatte sie ähnliche Nächte mit ihm verbracht. Damals, als sie als Studentin für ihren Nachbarn, den alten Herrn Navratil, der zwei Weltkriege überlebt hatte und vom Leben nur noch das sehen wollte, was es ihm auf der Wiener Burgtheaterbühne zeigte, für ein kleines Taschengeld regelmäßig Theaterkarten besorgte und für besonders begehrte Karten auch schon einmal eine ganze Nacht lang durchwartete, in einem Campingstuhl auf den Burgtheatertreppen, bis am nächsten Morgen der Kartenschalter öffnete. Das eine oder andere Mal war Silvano Mezzaroni mitgekommen. Käsebrote, Thermoskanne mit heißem Kaffee. Unter einer weichen Decke hatten sie ihre Körper ineinander geknotet und waren irgendwann in einen leichten, aber seligen Schlaf geglitten, bis sie der erste Wagen der Einser-Linie über die frühmorgendliche Ringstraße ruckelnd wieder herausgerissen hatte.

Hier in Nincshof ratterte keine Straßenbahn. Hier umwaberte sie eine Wolke Insektenspray. Am nahegelegenen Teich hatten sich die Unken und Frösche viel zu erzählen.

»Schau mal«, sagte Isa Bachgasser und zog ihr Handy aus der Hosentasche. »Hab ich heute beim Laufen entdeckt.«

Silvano Mezzaroni kniff die Augen zusammen, sein Gesicht vom Displayschein erhellt. Murmelnd las er.

»*Freiheit den Nincshofern. Nincshof der Freiheit*. Was ist das?«

»Ich weiß es nicht. Das Schild war total versteckt. Von Efeu überwachsen. Aber ich hab's witzig gefunden. *Tapferes Waschweib.* Wer schreibt denn so was?«

Sie lachte. Dann seufzte sie.

»Dass wir zwei hier einmal sitzen würden«, sagte sie in Silvano Mezzaronis Fleecepulli-Schulter. »Hier im Campingstuhl und darauf warten, dass sich ein paar Ziegen aus dem Anhänger trauen. Wer hätt's gedacht.«

Wahrlich, wer hätt's gedacht! Sich mit einem Bummelstudenten abzugeben, hatte nicht ihren Vorstellungen von erfüllendem Zeitvertreib entsprochen, damals. Isa Bachgasser war durch ihr Studium gerauscht, ohne nach links und rechts zu schauen, hatte Gehversuche in der Filmbranche gemacht und zimmerte an einer Dissertation in Soziologie, »Hinter der Blende: Geschlechterperformanz im dokumentarischen Film«. Der nervige Italiener, Mitte dreißig und immer noch Architekturstudent, war wild entschlossen gewesen. Bei jedem Wetter passte er sie vor der Uni ab und lud sie zum Kaffee ein. In seinem langen Mantel sah er aus wie ein Kommissar aus einem alten Detektivfilm. Irgendwann erbarmte sie sich. Sie würde mit ihm einen – einen! – Kaffee trinken gehen, ihm in aller Ruhe die Einseitigkeit seines Interesses deutlich machen und ihn bitten, von weiteren Überredungsversuchen Abstand zu nehmen, wenn er den letzten Rest seiner Würde behalten wollte. Diese Rechnung hatte sie zu eilig gemacht.

Im Café Landtmann saß er ihr gegenüber und nippte an einem Mokka, Sonnenbrille im Gesicht, die Beine lässig übereinandergeschlagen. Es war ein heller Nachmittag im späten April. Warm genug für die Terrasse. Die Platanen an der Ringstraße blühten, die Wiener trugen eine seltene Besonnenheit in den Gesichtern. Der nervige Italiener war verrückt, das war er wirklich, aber er wusste es. Und er war witzig dabei. Seine Hände hackten wild durch die Luft, wenn er sprach. Hörte er ihr zu, sah er ihr in die Augen, als suchte er etwas darin. Mochte sein, oder auch nicht, dass sein kleiner Finger für einen kurzen Augenblick auf der weißen Tischdecke des Kaffeehaustisches den ihren streifte. Mochte sein, oder auch nicht, dass in exakt diesem kurzen Augenblick hinter Isa Bachgassers Brustbein ein Trupp Minenarbeiter eine komplizierte Sprengung vornahm und einen ganz außergewöhnlichen Fund machte.

Sie bestellte einen zweiten Kaffee.

Zwei Wochen später war der Mai ins Land gezogen und mit ihm eine eigenartige Zerstreutheit, die Isa Bachgasser in gleichem Maße verzückte wie überforderte. Der Italiener war zu einer Konstanten in ihren Tagen geworden. Aus den Kaffees im Landtmann wurden Grauburgunder am Naschmarkt, wurden Spaziergänge im Augarten, wurde ein plötzlicher Wolkenbruch und eine Stunde lang Unterstellen beim nächsten Würstelstand, wurden spontane Anrufe, die Spirale des Telefonkabels um den Finger gezwirbelt, wurden leuchtende Wangen, wurden Lachkrämpfe, die die Schulter des anderen brauchten, wurden Geheimnisse, einander flüsternd anvertraut, wurde ständiges Seufzen, um klarzukommen mit alledem, das viel zu viel auf einmal war und lange nicht genug, wurde Schweigen, weich wie eine Wolldecke, wurde hartnäckiges Grinsen, mit keiner Seife abwaschbar, wurde – ja – wurde, wurde, wurde.

Theater in der Walfischgasse. Der Italiener wollte ein Stück sehen, griechische Tragödie. Ein Vorwand, aber ein netter, den Isa Bachgasser ihm durchgehen ließ. Drei Stunden lang hopsten drei viel zu bemühte Schauspieler, eingewickelt in Leinentücher, über die winzige Bühne und sprachen von Dingen, die Isa Bachgasser nicht interessierten. Links von ihr war ein Opa weggenickt und gurgelte leise durch seinen Schlaf, rechts von ihr, Herrenjackett, italienischer Schnitt, der Stoff unverschämt fein unter ihren Fingerspitzen, Eau de Toilette. Sie schloss die Augen und ließ die Griechen ihre Griechendinge tun.

Auf dem Heimweg, die Finger locker ineinander geflochten, konnte er nicht aufhören, über das Stück zu sprechen. Er hatte zugehört. Er hatte diesen outrierenden Schauspielern tatsächlich zugehört! Und hatte eine Meinung dazu. Die griechische Tragödie war kein Vorwand gewesen. Er hatte sie wirklich sehen wollen. So etwas hatte Isa Bachgasser bis dahin nicht gekannt. Verehrer, die sich keine Show zurechtlegten. Sie hätte weinen können vor – ja, vor was? Vor Glück?

Im schüchternen Lichtschein ihres Hauseinganges standen sie einander gegenüber. Er grinste, sie grinste und wusste, sie würde auf der Stelle zu Staub zerbröseln, wenn sie nicht sofort … Mit Besen und Schaufel würde man sie am nächsten Morgen zusammenkehren müssen, den traurigen Haufen, wenn sie nicht augenblicklich diese grinsenden Lippen … Sie lehnte sich nach vorne, schloss die Augen, und ihre Lippen landeten – auf Bartstoppeln. Isa Bachgasser riss die Augen auf. Sie befand sich im Niemandsland zwischen Kinn und Mundwinkel. Eine Hand an ihrer Schulter drückte sanft. Hatte er gerade? Hatte er sich *weggedreht*? Hatte Silvano Mezzaroni ihr den Kuss verweigert? Isa Bachgasser surrten dreitausend Volt durch die Wirbelsäule. Ihre Hand schoss in die Tasche ihres Sommermantels und grub hektisch nach dem Schlüsselbund.

»Isa«, sagte Silvano Mezzaroni. »Es tut mir leid.«

Er war weder zurückgewichen noch näher gekommen. Er war geblieben, wo er war, eine Hand sanft auf ihrer Schulter.

»Nein«, sagte Isa Bachgasser hastig. »Mir tut es leid. Ich hab geglaubt … Vergiss es. Oh Gott. Vergiss es einfach, okay? Ich bin müde. Ich geh jetzt ins Bett. Herrgott, wie peinlich. Entschuldigung.«

»Isa, warte. Ich will dich doch auch küssen.«

Isa Bachgasser hielt inne und ließ den Schlüsselbund sinken.

»Ich glaub, ich hab noch nie jemanden lieber küssen wollen als dich, das musst du mir bitte glauben.«

»Warum tust du es dann nicht?«, fragte sie forscher, als ihr lieb war.

»Ich glaube, genau deswegen. Weil ich noch nie jemanden so sehr hab küssen wollen wie dich.«

Isa Bachgasser klappte der Mund auf. Sie schnaubte und schüttelte den Kopf.

»Du bist so saublöd, echt!«

In ihrer Stimme keine Spur von Ironie. Er nahm seine Hand von ihrer Schulter und kratzte sich im Nacken.

»Das klingt vielleicht komisch, aber ich mag das gerade ganz gerne. Mich darauf zu freuen, dich bald irgendwann zu küssen, und es ist halt nun einmal so, dass … Küssen können wir uns noch Tausende Male, aber dieses Gefühl vorm ersten Kuss kriegen wir nie wieder.«

»Was bist du? Schlagersänger? Oder woher kommt dieser Schmarrn?«

Es tat ihr selbst weh, als sie es aussprach. Aber zuzugeben, dass seine Zurückweisung, mochte sie auch noch so romantischen Motiven entspringen, ihren Stolz verletzt hatte, war in diesem Moment nicht möglich. Wenn jemand einen Kuss verwehrte, dann war das sie. Sie war Meisterin darin. Auf der anderen Seite stand sie zum ersten Mal. Das Neuland war uneben und brachte sie ins Taumeln.

»Isa, warte. Ich küsse dich jetzt sofort, wenn du möchtest, ich will nur …«

»Vergiss es. Ich lass mich doch nicht von jemandem küssen, der mich nicht küssen will. Das ist doch keine Dienstleistung. Wenn ich schmusen will, dann ruf ich den Ralf Kneisser an.«

Silvano Mezzaronis Augenbrauen kräuselten sich.

»Wen?«, fragte er leise.

»Kennst du nicht. Einer von der Uni.«

Um Himmels willen, wer war diese Furie, die da gerade aus ihr sprach? Sie erkannte sich selbst nicht wieder. Ihre giftigen Pfeile schoss sie ferngesteuert.

»Ich muss jetzt echt ins Bett, Silvano, es tut mir leid. Lass uns morgen reden.«

Silvano Mezzaroni nickte schwach, drehte sich um und verschwand im gelben Laternenschein der Wiener Nacht um die Straßenecke.

Isa Bachgasser stürzte das Stiegenhaus hinauf, durch die Wohnungstür, stürmte, ohne anzuklopfen, das Zimmer der schlafenden Selma Sadić und rüttelte sie wach. Selma Sadić grummelte, rutschte aber, ohne Fragen zu stellen, zur Seite und hob die Bettdecke an, Isa Bachgasser kroch darunter, samt Sommermantel und allem. Selma Sadić griff nach der Holzbox auf ihrem Nachttisch und drehte wortlos in der Dunkelheit ihres Schlafzimmers einen Joint.

»Du bist nur beleidigt, weil er dich abgewiesen hat«, sagte sie. »Dabei hat er dich ja gar nicht abgewiesen, das kann dein Hirn in seinem Schockzustand aber gerade nicht auseinanderhalten.« Sie tippte sich gegen die Schläfe, den schlanken Joint zwischen den Fingern. »Das ist simple Biologie.«

Selma Sadić hatte keine Ahnung von Biologie, das wusste Isa Bachgasser, aber sie entschied, ihr zu glauben.

»Das wird morgen anders aussehen. Wenn die Hormone sich beruhigt haben.«

Sie nahm einen Zug. Orange Glut fraß sich knisternd in das dünne Zigarettenpapier.

Eine Woche später schleifte Silvano Mezzaroni Isa Bachgasser durch das Gewusel am Naschmarkt zum Käsestand, wo es den besten Pecorino der Stadt zu kaufen gab. Sie musste sich konzentrieren, um ihren zielstrebig marschierenden Italiener zwischen den geschäftigen Einkaufenden nicht zu verlieren. Ihr zitronengelbes Sommerkleid wogte sanft in einer warmen Brise. Ein glatzköpfiger Verkäufer, dessen Grinsen breiter war als sein Gesicht, hielt die beiden auf. Er verkündete, dass, unter keinen Umständen, sie auch nur einen Schritt weiter laufen dürften, ohne seine eingelegten Salzgurken zumindest probiert zu haben. Mit einer langen Gurkenzange fuhr er in ein Holzfass und zog eine tropfende braungrüne Gurke aus der Salzlake. Silvano Mezzaroni zupfte sie von den Gabelzacken und biss ab. Es knackte. Er kaute mit dicken Backen. Hinter ihm lugte die Vormittagssonne über das Vordach des Verkaufsstandes. Isa Bachgasser blinzelte. Silvano Mezzaroni hörte auf zu kauen. Seine Augen wurden groß.

»Jetzt«, sagte er mit vollem Mund.

Es war keine Aufforderung. Es war keine Frage. Isa Bachgasser trat einen Schritt näher. Sie wischte mit ihrem Daumen einen Tropfen Gurkensaft aus seinem Mundwinkel. Er schluckte. Seine Augen wurden noch größer.

Seine Lippen schmeckten nach Salzgurke, nach dem Espresso von gerade eben, nach zu lange gewartet und nach hoffentlich nicht zu früh. Passanten zogen plappernd vorüber, ein Hund stieß seine feuchte Nase schnuppernd in Isa Bachgassers nackte Kniekehle, der Verkäufer lachte laut und jauchzte, er hätte es ja schon immer gewusst, seine Gurken seien die besten.

Anders als damals, auf den Stufen des Burgtheaters, hatte Isa Bachgasser diesmal nicht die ganze Nacht im Campingstuhl durchgehalten, sondern irgendwann ihren wachsamen Ziegenhirten auf der schwarzen Weide zurückgelassen und war ins weiche Bett gefallen. Kurz bevor sie die Nachttischlampe ausknipste, griff sie noch einmal zu ihrem Smartphone. »Waschweiber Nincshof« tippte sie in die Suchleiste. Als erstes Ergebnis listete Google die offizielle Ortswebsite. Isa Bachgasser kannte sie. Vor dem Umzug hatte sie sie oft aufgesucht, um sich einzustellen auf das, was sie erwarten würde. Eine Website, wie aus den ersten Tagen des Internets. Vier verschiedene Schriftarten, blinkende Banner, Bilder, die Minuten brauchten, um vollständig zu laden. Das zweite Suchergebnis war der Wikipediaeintrag über den Ort. So oberflächlich, wie er war, kannte Isa Bachgasser ihn mittlerweile fast auswendig: drei Sätze zu Geographie und Klima und drei zur Politik. Keine Kultur, keine Geschichte, keine Sehenswürdigkeiten, keine Söhne und Töchter des Ortes. Die restlichen Suchergebnisse überflog sie mit einem wachen und einem bereits halb zugefallenen Auge und befand sie für vernachlässigbar.

Licht aus, Flugmodus an, gute Nacht.

Durch ein kleines Fenster in der Duschkabine im von Silvano Mezzaroni selbst entworfenen Provinzwohntraum konnte man, solange der warme Dampf die Scheibe noch nicht in Beschlag genommen hatte, in die Weite blicken. In den Garten und die dahinterliegende Irrziegenweide, in flaches grüngelbes Land, auf den Neusiedler See, den grauen Streifen in der Ferne, die goldenen Flecken Schilf rundherum, in wolkenlos kreischend blauen Himmel.

An diesem Morgen sah man außerdem Silvano Mezzaroni, den Ziegenhirt, als kleinen Punkt auf der Weide, schlafend in seinem

Campingsessel. Die Tiere waren nirgendwo zu sehen. Isa Bachgasser stieg aus der Duschkabine, wickelte ihren Körper in ein weiches Badetuch und betrachtete ihr Gesicht im Spiegel. Die fünfundvierzig Jahre konnte man mittlerweile deutlich darin sehen. Fünfundvierzig Jahre, gegen die sie, realitätsverweigernd, mit teuren Cremes anschmierte, wenngleich sie wusste, dass sie nicht wirkten. Es war derselbe Körper, der in Jugendtagen so kunstvoll um die Holme des Stufenbarrens gewirbelt war, dass es Getuschel gegeben hatte am Jurorentisch bei den Landesmeisterschaften. Derselbe, der später stillgesessen war, jahrelang, bis die letzten Sätze ihrer Dissertation in den Rechner geklopft waren, und derselbe, der nur wenig später ein Kind aus dem Becken gepresst hatte. Und nun: Bindegewebsschwäche, Östrogenabfall. An manchen Tagen schämte sie sich für ihren Körper und das, was er nicht mehr war. Gleichzeitig schämte sie sich dafür, *dass* sie sich schämte. Noch vor ein paar Jahrzehnten hatten Frauen offenkundig über die Fehlerhaftigkeit des eigenen Aussehens geklagt und einander ohne Scham Abnehmshakes zugesteckt. Heute sah man sich als Frau zweierlei Dynamiken unterworfen. Zwar musste man, einerseits, immer noch möglichst jung, schön und schlank sein. War dies nicht der Fall, hatte man, andererseits, gefälligst das Selbstvertrauen zu besitzen, sich in seinem alternden Körper wohlzufühlen. *Selflove.* Ansonsten hatte man Jahrhunderte des feministischen Kampfes verraten. Isa Bachgasser schob die Haut über ihren Brüsten ein paar Zentimeter nach oben und ließ sie wieder fallen, tastete nach Knoten und zog sich an.

Mit noch feuchten Haaren und zwei Tassen heißem Kaffee ging sie nach draußen zu ihrem schlafenden Ziegenhirten. Die Morgenluft roch saftig und nach einem Frühsommertag, der noch viel vorhatte. Der Ziegenhirt schreckte hoch, sah sich verwirrt um und rieb sich die Augen. Dann sprang er auf, das Notizbuch fiel aus seinem Schoß, und stürzte zum Anhänger. Isa Bachgasser folgte ihm. Die Tiere lagen zusammengekauert immer noch am hinteren Ende der Transportbox und schliefen. Jetzt im Tageslicht konnte sie sie genauer betrachten. Sie kannte die Tiere hauptsächlich von den Bildern und Videos, die ihr ihr Mann gerne ungefragt unter die Nase gehalten hatte. In Wirklichkeit sahen sie noch viel scheußlicher aus. Ihr zotteliges Fell stand ungekämmt in alle Richtungen ab und war an unterschiedlichen Körperstellen unterschiedlich lang. Als wäre jemand mit einem Rasierapparat wütend auf die Tiere losgegangen und hätte wahllos, mal hier, mal da, in die Wolle geschnitten. Zwischen den Augen saß ein kurzer Rüssel, der schlaff und ein wenig schief aus dem Kopf hing.

»Waren sie die ganze Nacht hier drin?«, flüsterte Isa Bachgasser.

Der abrupt beendete Tiefschlaf hing Silvano Mezzaroni noch deutlich im Gesicht. Die Augen rot und geschwollen, an seiner Schläfe der Abdruck eines Reißverschlusses.

»Ich glaube, ja«, sagte er, seine Stimme cremig.

»Was machst du jetzt mit ihnen?«

Er kratzte sich am Stoppelbart. Es knisterte.

»Ich denke, ich werde noch ein bisschen zuwarten und dann bald mit meinem Kollegen in Udine telefonieren.«

Kollegen. Natürlich. Der Irrziegenzüchter aus Udine und Silvano Mezzaroni waren jetzt *Kollegen.*

Feiner Dampf kräuselte sich aus den Kaffeetassen. Sie tranken still und blinzelten in den beginnenden Tag.

4

Und nun?

Am liebsten wäre ihm, sagte eines Nachts der Ältere, als sie nun, im Sommer, dem diese Geschichte gehörte, in ihrer Heimlichkeit zusammenstanden, man könnte sie einfach verschwinden lassen, die Neuen. Mitsamt ihren schmutzigen Ziegen. Viele Menschen gebe es wohl nicht, die die Neuen vermissen würden, sagte er und wusste selbst nicht genau, wie er das meinte. Da die anderen, der Jüngere und der Nochältere, schwiegen und bloß weiter in den Himmel starrten, schickte er Milde hinterher. Natürlich würde man das nicht tun, beruhigte er die anderen, die Neuen verschwinden lassen. *So* war man schließlich nicht, das hatte man einander doch einst eisern geschworen. Nun nickten die anderen. Natürlich waren sie so nicht. Keine Zauberer. Und keine Verbrecher.

Und dennoch. Es half ja nichts. Was würde nun aus allem werden? Was, oh was, würde aus Nincshof?

Sucht man nach der Wurzel dieser sich in Nincshof in jenem Sommer über den drei Männern aufstauenden Heimlichkeit, so muss man drei Jahre zurückgehen und findet sie auf einer Reise nach Belgien. Von alleine wäre in Nincshof niemand auf die Idee gekommen, sich mit einer Hunderte Kilometer entfernten Gemeinde in eine von Verpflichtungen und sehr wenigen Vorteilen geprägte Beziehung zu manövrieren, doch der Landeshauptmann hatte, wie immer, den Nincshofer Bürgermeister unter Druck gesetzt. Eine jede Gemeinde, die was auf sich hielte, würde eine Partnergemeinde im Ausland haben. So war es gekommen, dass nun alle paar Jahre eine Delegation aus Nincshof nach Leeg aan Zee fuhr, einem kleinen Küstenort in Westflandern, sich Sehenswürdigkeiten zeigen ließ, an Feierlichkeiten teilnahm und Fotos machte für das Fotokarussell auf der Website des Gemeindeamtes. Wie damals, bei der schicksalhaften Reise vor drei Jahren, die alles verändert hatte.

Ein fieses Grippevirus hatte die gesamte Gemeindestube fiebernd in die Betten gedrückt, nur der Bürgermeister war davon verschont geblieben und hatte die Reise alleine angetreten. Drei Tage lang musste er den Leegern hinterherstiefeln und sich diese und jene Kirche zeigen lassen, musste mit Leuten, deren Sprache er nicht verstand, die Küste entlangwandern, wo es ihm den Regen waagrecht ins Gesicht peitschte, musste abends in einem lauten, von nassen Outdoorjacken dampfenden Restaurant Muscheln essen, die ihn vor Ekel zittern ließen und ihn hinterher im Minutentakt mit explosivem Durchfall aufs Klo jagten. Nachts warf er sich schmerzgekrümmt in der gestärkten Bettwäsche seines schmalen Hotelbettes von einer Seite auf die andere. Die Bettfedern quietschten verärgert. Er begann sich nach Nincshof zu sehnen, nach den bekannten Gassen, in denen er jede Bodenwelle kannte, nach den Gesichtern, Gerüchen, dem Licht, das in Nincshof viel satter war, dem Vogelgezwitscher, das ganz anders klang, lieblicher und willkommen heißender.

Auf der Heimreise im knatternden Zug wurde es dem Bürgermeister schließlich klar. Er war einer geworden, der er nicht sein wollte. Lange hatte er geglaubt, die Aufgabe eines Bürgermeisters wäre es, die Geschicke einer Gemeinschaft mit Bedacht und Weitsicht zu lenken. Seit siebzehn Jahren schon bekleidete er das Amt, das kein anderer Nincshofer übernehmen wollte, und genoss dafür Ansehen und die große Dankbarkeit seiner Mitbürgerinnen und Mitbürger. Doch er war, das sah er nun, nichts anderes als ein Hampelmann. Einer, der herumgeschubst wurde von Landeshauptleuten, von anderen Bürgermeistern und von den Großen in Wien. Was konnte er als Bürgermeister schon bewirken? Außer Kreisverkehrsinseln gestalten und an den Rand Europas reisen und glitschige Meeresfrüchte essen, die einem die Darmflora zerschossen?

Zurück in Nincshof trug er seine Sorgen still durch das Dorf, tiefe Falten auf der Stirn. Den Nincshofern hatte er versprochen, für immer ihr Bürgermeister zu bleiben. Er konnte nicht aufhören. Seit jeher hatten alle Nincshofer sich strikt geweigert, dieses undankbare Amt auszufüllen, und er wusste, würde sich kein Nachfolger finden, sein geliebtes Dorf würde früher oder später in die Nachbarorte Andau oder Zick eingemeindet werden. Dort wimmelte es von Menschen, die nach dem Posten des Bürgermeisters geierten. Drüben in Andau hatten sie sogar richtige Parteien, die sich in regelmäßigen Abständen mehr oder weniger ernsthaft in die Haare kriegten, Bälle veranstalteten, zu denen sie die Mitglieder der jeweils anderen Partei nicht einluden, und vor den Wahlen richtige Wahlplakate an die Laternenmasten tackerten.

Für die Nincshofer aber wäre eine Eingemeindung das Totengebet. Man würde mitspielen müssen, bei allen Dorfimperativen. Müsste Erntedankfeste veranstalten und in einer Mordsanstrengung Maibäume aufstellen. In der Ballsaison würden sich die Herren in enge Anzüge schmeißen müssen. Die Frauen würden ihre Haare zu zarten Geweihen hochstecken und elektrisch knisternde Roben über die klebrigen Wirtsstubenböden von Andau ziehen. *Andau – Ortsteil Nincshof* würde auf dem Schild an der Ortseinfahrt stehen. Würde man der anderen Nachbargemeinde, Zick, zugeteilt werden, müsste, einer langen, hirnrissigen Tradition folgend, wenn einer verstarb, der nächste Verwandte ein Jahr lang die Rolle des Verstorbenen spielen. Was für ein Irrsinn! Sein schönes Dorf so verkommen zu lassen, würde er sich nie verzeihen können.

Während eines langen Spaziergangs in einer Sommernacht kurz nach seiner Rückkehr von seiner Belgienreise kam ihm der folgenschwere Einfall. Er stand in der Marktgasse im Schein der Straßenlaterne, und so klar und kräftig schoss es ihm ein, dass sich vor lauter Aufregung die Härchen auf seinen Unterarmen aufrichteten. Warum musste man mitmachen in der großen Welt, in der alles so chaotisch war und so sinnlos, in der doch alles immer chaotischer und sinnloser werden würde? Wo einen doch nie jemand gefragt hatte, ob man das überhaupt wollte. Nincshof war nicht einfach Teil von etwas, nicht vom Land Burgenland, nicht von der Republik Österreich. Nincshof *war*. Warum genügte das nicht? Nincshof musste frei sein. Wie Silberreiher und Weißstorch, die über Nincshof ihre Bahnen in den Himmel zogen, wie der Wind, der zärtlich durch das Schilf kämmte.

Vom Scheitel bis unter die Zehennägel zog es dem Bürgermeister eine Gänsehaut auf, die die gesamte Nacht lang nicht verschwand. Die folgenden Tage in seiner Amtsstube verbrachte er rastlos auf und ab gehend und, versunken in Zukunftsvisionen, an die Wand starrend. Abends ging er hinaus an den Schilfrand. Ließ sich auf einem Steg über dem Einser-Kanal nieder und die Füße baumeln, blickte in den Sternenhimmel und dachte nach.

An einem solchen Abend traf er dort Valentin Salmerak. Damals knappe neunzehn Jahre alt, lag er auf dem Rücken und blies Rauch in die warme Abendluft. Als er den Bürgermeister

sah, drückte er schnell die halb gerauchte Zigarette in das Ast-
loch einer Steglatte. Lange Zeit saßen sie nebeneinander und sagten nichts. Beide, das wussten sie damals noch nicht, trugen eine
ähnliche Sehnsucht mit sich durch die Welt. Auch Valentin Salmerak war unlängst hinausgezogen, kurz nur, in die Hauptstadt
zum Studieren, wo ihn alsbald die Einsamkeit packte und beinahe aufgefressen hätte, hätte er nicht den raschen Rückzug in sein
Nincshof angetreten.

»Schönes Leiberl«, sagte der Bürgermeister irgendwann und
deutete auf das Konterfei von Che Guevara auf Valentin Salmeraks Brust.

»Danke«, sagte er, seufzte leise und richtete seinen Blick wieder hinauf in die Sterne.

Als sich die beiden am nächsten Abend unabgesprochen wieder
an derselben Stelle trafen, kam der Bürgermeister mit einer Flasche Wein und der Absicht, Valentin Salmerak in seine Idee ein-
zuweihen. Ein junger Mann, der den Geist des politischen Um-
bruchs offenkundig auf der Brust trug, könnte ein Partner sein,
ein *compañero*, in seinem Vorhaben. Der Bürgermeister weihte
ein, und Valentin Salmerak strahlte, als hätte er in seinem kurzen
Leben nie Großartigeres gehört. Die beiden schworen einander
auf dem Holzsteg im Schilf eiserne Treue im Kampf für das freie
Nincshof. Sie besiegelten ihren Bund mit einer Flasche Zweigelt
des Weinguts Kehranger und scherzten darüber, welch historischen Wert diese Flasche einmal haben würde.

Als Nächster war der Sipp Sepp dazugekommen. Ausgerechnet der Sipp Sepp. Josef Striebensipp. Ihn traf man in Nincshof
meistens auf dem Friedhof, wo er als Gemeindearbeiter, obwohl
er schon längst in Pension hätte sein sollen, sich in aller Gemäch-
lichkeit darum kümmerte, dass die Gießkannen an den Haken
hingen und die Wege zwischen den Gräbern im Herbst von Laub

und im Winter von Eis befreit waren. Bei der Wirtin flüsterte man bisweilen, er täte dies nur, weil er doch selbst, nun ja, weil er doch selbst nicht mehr weit davon entfernt war, hier auf dem Friedhof … Er in seinem hohen Alter … Wie hoch das hohe Alter des Sipp Sepp wirklich war, wusste bei der Wirtin nie jemand mit Sicherheit zu sagen. Es hielt sich aber die Behauptung, er habe den Zweihunderter bereits überschritten, hartnäckig in der Wirtsstube, wie der Zigarettenqualm, der, auch nach Einführung des allgemeinen Rauchverbotes, dort nie verschwunden war.

Ausgerechnet der Sipp Sepp also, dieser alte Herr, der sonst kaum je ein Wort über die Lippen brachte, sprach den Bürgermeister eines Tages an. Was mit ihm los sei. Etwas stimme doch nicht, das spüre er doch. Der Bürgermeister sah den Sipp Sepp lange eindringlich an. Schließlich seufzte er schwer und nahm ihn mit. Zum Steg über dem Einser-Kanal, zu Valentin Salmerak, zu den Plänen für Nincshof, die schon Form angenommen hatten.

»Was wir wollen, ist einfach«, sagte Valentin Salmerak, der zunächst die Erweiterung ihres Eingeweihtenkreises skeptisch aufnahm, sich aber dann doch rasch überzeugen ließ von des Sipp Sepps Harmlosigkeit. »Wir wollen, dass man Nincshof vergisst.«

Der Sipp Sepp nickte energisch, als verstünde er bereits alles.

»Komplett vergisst. Keiner soll sich mehr erinnern an unser Dorf.«

Und wieder nickte der Sipp Sepp, diesmal noch energischer, und dann passierte etwas Überraschendes. Er begann zu weinen. Dicke, ehrliche Tränen flossen durch seine tiefen Falten.

»Wie früher«, japste er. »Martha! Was wäre sie stolz!«

Er klang wie ein alter Mann, der er ja war, und ein kleines Kind zugleich.

»Welche Martha?«, fragten der Bürgermeister und Valentin Salmerak beinahe gleichzeitig.

Der Sipp Sepp jedoch hauchte bloß ein weiteres, zitterndes »Wie früher« zwischen seinen faltigen Lippen hindurch, konnte keinen weiteren Satz mehr sagen und fiel dem Bürgermeister schluchzend in die Arme. Also nickten der Bürgermeister und Valentin Salmerak, als verstünden sie. Weil man eben immer nickte, wenn ein anderer von einem *Früher* sprach, und weil sie sich verbunden fühlten mit diesem heulenden, klapprigen alten Herrn.

5

»Ich hab's gewusst!«

Frederika Liebzipfel hatte sich vor Erna Rohdiebl aufgebaut in der nachtschwarzen Hintausgasse und zeigte mit dem Finger auf sie.

»Ich hab gewusst, dass du neidisch bist, weil dich die Fetzi nicht eingeladen hat. Und jetzt schleichst du dich in der Nacht in ihren Pool.«

Ihre Stimme bebte. In der gesamten Hintausgasse wackelten die Garagentore.

»Nicht so laut, Fredi. Du weckst die Nachbarn auf.«

»Ja und? Was wär dann? Dann würden die es halt wissen. Dass du eine Einbrecherin bist. Wer weiß, vielleicht wissen sie es ja schon längst. Oder ich sag es ihnen einfach.«

»Ich bitte dich, Fredi. Bitte nicht.«

»Was wäre dann, wenn sie es wüssten?«

»Das wär mir sehr unangenehm.«

Frederika Liebzipfel funkelte sie an. Unter der Straßenlaterne stand sie wie eine Operndiva im Lichtkegel des Bühnenscheinwerfers. Rund, groß, mit einer drängenden Präsenz. Ohne Zweifel war sie ihr gefolgt, hatte ihr aufgelauert, bis sie sie beim Hinaussteigen aus der Thujenhecke zur Rede stellen konnte. Mit einem dramatisch langen Atemzug blies sie den Operndivabrustkorb auf.

»Ich werde es ihnen nicht sagen, Erna«, sagte Frederika Liebzipfel ohne den herausfordernden Ton, der in ihrer Stimme bis eben noch schwang. »Unter einer Bedingung!«, sie hob ihren Zeigefinger.

Erna Rohdiebl schluckte.

»Von jetzt an nimmst du mich mit. Jede Nacht.«

Beim Durchtritt durch die Thujenhecke in der darauffolgenden Nacht stellte sich Frederika Liebzipfel geschickter an als gedacht, und wenige Minuten später schwammen beide Damen stumm nebeneinander hin und her. Erna Rohdiebl war schnell genervt davon, dass Frederika Liebzipfel mit ihren unregelmäßigen Schwimmzügen, starke Wellen verursachte, die ihr das Chlorwasser in die Nase schoben. Glücklicherweise war die Ausdauer der Frederika Liebzipfel kurz und sie verließ nach bloß einer Handvoll Längen das Becken. Aus dem Gartenhäuschen der Fetzi Erlanger rollte sie zwei Gartenliegen. Dann ploppte es laut. Erna Rohdiebl riss den Kopf herum.

»Ich hab uns was mitgebracht«, sagte Frederika Liebzipfel triumphierend und hielt eine Flasche Weißwein und zwei Gläser in die Luft.

Erna Rohdiebls anfängliche Zweifel über Frederika Liebzipfel als Schwimmpartnerin verflogen in den darauffolgenden Nächten. Sie musste wieder einmal feststellen, was sie im Grunde schon seit jeher wusste, es aber im Trott des Dorfalltags manchmal vergaß. Nämlich, dass Frederika Liebzipfel trotz ihrer gelegentlichen Hinterfotzigkeit eine lustige Zeitgenossin war, die wusste, wie man das Leben lebte. Sie wurde zur Zeremonienmeisterin, die jede Nacht opulenter gestaltete. In der zweiten gemeinsamen Schwimmnacht hatte sie neben der Flasche Weißwein außerdem zwei Tupperware-Boxen mit den Resten des Mittagessens dabei – Erdäpfelgulasch mit Frankfurter Würstel. Auf den Liegestühlen nahmen die beiden Damen ein mitternächtliches Mahl zu sich. In der dritten Nacht brachte sie übrig gebliebenen Bohnensterz, und ab der vierten Nacht kochte sie für die nächtlichen Ausflüge: Rahmspinat mit Schupfnudeln, Rindsrouladen, Erdäpfelpuffer mit Apfelkompott, Zitronenschnitten, Geselchtes mit Erdäpfelpüree. Irgendwann fühlte sich das, was sie taten, so natürlich an, und sie vergaßen, dass sie sich nicht im eigenen Garten befanden, sondern sie im Grunde so etwas wie Einbrecherinnen waren und gut daran täten, sich ruhig zu verhalten. Wenn Frederika Liebzipfel nach ihren paar geschwommenen Längen im Liegestuhl lag, das Weinglas in der einen, die Zigarette in der anderen Hand, und der noch fleißig schwimmenden Erna Rohdiebl irgendetwas über die Neuen erzählte, die nun neben ihrem riesigen Wohnpalast eine Herde schaudernd hässlicher Ziegen stehen hatten, tat sie das mit der typisch Liebzipfel'schen Inbrunst, dass im Pool die Wasseroberfläche zitterte.

In der siebten Schwimmnacht dann kam es zum Unglück. Frederika Liebzipfel war den ganzen Nachmittag in der Küche gestanden, hatte Surschnitzel herausgebacken und Erdäpfelsalat in der Marinade ziehen lassen. Die beiden Frauen lagen vollgegessen und der Welt wohlgesonnen auf den Gartenliegen und betrachteten die Sterne am klaren Sommernachtshimmel. Frederika Liebzipfel mühte sich mit der zweiten Weinflasche ab. Der Korken war ihr beim Herausziehen in der Mitte abgebrochen. Sie wollte gerade ansetzen und, die Weinflasche zwischen ihre weichen Knie geklemmt, die Spirale des Korkenziehers erneut in den Flaschenhals drehen, als ein Scheinwerferlicht durch die Thujen fiel. Ein Auto blieb vor der Garage der Erlangers stehen, die Scheinwerfer gingen aus, der Motor verstummte. Frederika Liebzipfel schreckte hoch.

»Scheiße«, zischte sie und ließ die Flasche ins Gras fallen.

Dann sprang sie, von ihrer enormen Körpermasse seit jeher zu großer Trägheit gezwungen, so schnell sie eben konnte, vom Liegestuhl auf und rannte in Richtung der Thujenhecke. Ein paar wippende Äste waren das Einzige, was von ihrer Anwesenheit blieb. Die Aluminiumtür der Garage flog auf. Fetzi Erlanger erschien. Ein türkisfarbener Schalenkoffer ratterte hinter ihr über die Waschbetonplatten. Als sie erkannte, dass sich jemand in ihrem Garten befand, stieß sie einen lauten Schrei aus und flüchtete mit einem Satz zuerst hinter ihren Mann und dann zurück in die Garage. Der reagierte mit für die fortgeschrittene Nachtzeit erstaunlicher Rasanz.

»Bleib, wo du bist, du Gauner!«, rief er. »Was machst du da?«

In Zeitlupe kam er auf Erna Rohdiebl zu und hielt sich, geblendet vom Schein der Stirnlampe auf Erna Rohdiebls Kopf, die Hand vor die Augen. Erna Rohdiebls Herz schlug so heftig, sie war überzeugt, dass er es hören konnte.

»Was machst du da, hab ich dich gefragt!«, rief er wieder mit fester Stimme.

Unbeirrt kam er weiter auf sie zu, bis er zwei Meter vor ihr stand.

»Mach deine Lampe aus, um Himmels willen.«

Erna Rohdiebl sagte nichts. War es nicht offensichtlich, was hier geschehen war? Sie stand in ein Badetuch gewickelt zwischen zwei Gartenliegen. Zu ihren Füßen türmten sich leere Tupperware-Boxen, zerknüllte Papierservietten, fettiges Essbesteck, eine leere und eine volle Weinflasche. Im Pool trieben die Schaumstoffnudeln. Langsam hob sie den Arm und knipste die Stirnlampe aus. Dem Mann der Fetzi Erlanger klappte der Mund auf.

»Das glaube ich jetzt aber nicht!«, sagte er. Seiner Frau, die noch in der Garage versteckt war, rief er über die Schulter zu: »Es ist die Erna. Die Rohdiebl Erna. Brauchst nicht die Polizei rufen!«

Er trat einen weiteren Schritt näher.

»Erna, was zum Teufel machst du hier bei uns? Mitten in der Nacht?«

Erna Rohdiebl räusperte sich.

»Ich war schwimmen.«

Sie hatte sich für den kürzesten Weg durch diese unangenehme Situation entschieden und setzte auf schmerzhafte Ehrlichkeit. »Mir war danach. Ich kann nicht erklären, warum. Aber ich war schwimmen. In eurem Pool. Jede Nacht.«

Der Mann der Fetzi Erlanger strich nervös über sein Hemd und schien nicht zu wissen, was er darauf antworten sollte. Er rief erneut nach seiner Frau. Erna Rohdiebl ließ er nicht aus den Augen. Der Schrecken, sie könnten es hier mit einem möglicherweise aggressiven Kriminellen zu tun haben, saß der Fetzi Erlanger noch gut sichtbar im urlaubsbraunen Gesicht.

»Jessasmaria, Erna. Wie schaust du denn aus?«, schnaufte sie, eine Hand gegen ihre Brust gepresst.

»Die Erna sagt, sie war jede Nacht bei uns schwimmen.«

Fetzi Erlanger lachte.

»Wie bist du hier reingekommen?«

»Ich bin über den Zaun geklettert.«

Fetzi Erlanger lachte abermals. Dann folgte ihr Blick Erna Rohdiebls Fingerzeig zum Gartenstuhl-Durchstieg in der Hecke.

»War noch jemand da?«

Fetzi Erlanger nickte mit dem Kinn zu den Gartenliegen und den Resten des kleinen Gelages. Erna Rohdiebl kaute auf ihrer Unterlippe. Wie ein feiges Schulkind war Frederika Liebzipfel beim ersten Anzeichen der Gefahr, ohne Erna Rohdiebl zu warnen, über den Zaun geflüchtet und hatte sich damit aus der Affäre gezogen. Es wäre ein Leichtes, sie jetzt zu verpetzen.

»Nein«, sagte sie. »Ich war allein.«

»Schaut aber nicht so aus«, sagte Fetzi Erlanger.

»Es war aber so.«

Fetzi Erlanger seufzte.

»Weißt was, Erna. Ich bin saumüd' und mir ist das jetzt zu blöd. Geh, räum dein Zeug zusammen und verschwinde. Wir gehen jetzt ins Bett, und dann werden wir schauen, wie wir zwei«, sie deutete auf Erna Rohdiebl und sich selbst, »uns arrangieren.«

Erna Rohdiebl sammelte die Reste des nächtlichen Picknicks zusammen, rollte die Liegen nacheinander in das Holzhäuschen am anderen Ende des Gartens, fischte die Schwimmnudeln aus dem Wasser und kurbelte schließlich die Poolabdeckung behände von der Stange. Die Erlangers standen die ganze Zeit daneben und sagten nichts.

»Ich grüße euch«, sagte Erna Rohdiebl, als sie mit allem fertig war. »Ich geh jetzt heim.«

»Besser ist es«, sagte die Fetzi Erlanger.

Sie kam zu Hause an, aber sie kam nicht zur Ruhe. Sie lag wach, bis es hell wurde. Um fünf Uhr vierzig stand sie auf, kochte Kaffee, trank davon drei Schlucke und ließ den Rest auf dem Esstisch stehen. Um sechs Uhr fünfzehn eilte Erna Rohdiebl aus dem Haus.

In ihrem rund achtzig Jahre langen Leben hatte Erna Rohdiebl Nincshof selten länger als drei Tage hintereinander verlassen. Mal war sie mit Tochter Marianne zum Thermenwochenende in die Oststeiermark gefahren, mal für ein paar Tage bei Sohn Stefan und dessen Lebensgefährten Dariush Hervadi in Wien gewesen, hatte, als die Kinder noch klein waren, zweimal eine Woche am

Strand von Jesolo verbracht, aber war sonst die meiste Zeit über im kleinen Nincshof geblieben.

Als Mädchen hatte sie das Dorf an der steifen Hand der Großmutter Martha erwandert. Nach dem frühen Tod von Erna Rohdiebls Mutter und dem fast genauso frühen Tod ihres Vaters war es an Großmutter Martha gewesen, der kleinen Erna die Welt zu zeigen. Sobald die Enkelinnenbeinchen anständig laufen konnten, marschierten die beiden los. Vom einen Ortsende zum anderen, die lange Marktgasse auf und ab, rund um den Friedhof, quer durch die Gurkenäcker, hindurch zwischen Weinstöcken, den Einser-Kanal entlang bis hinein ins Schilf. Hin und her. Immer wieder, den Blick mal hoch zum Himmel, mal hinaus zum Horizont, mal dahin, mal dorthin gerichtet. Ziellos marschierten sie, aber bestimmt. Auf keiner dieser Wanderungen hatte Großmutter Martha je die Ortsgrenze auch nur mit einem Zeh überschritten. Wenn die Enkelin es dennoch versuchte, im Spiel die Flucht ins Nachbardorf antäuschend, um die Großmutter zu ärgern, wurde diese ungehalten. Hastig griff sie dann nach Ärmel, Zopf, Rockzipfel, oder was immer sie von der davonstiebenden Enkelin zu fassen bekam, und riss so fest daran, dass sie zu Boden taumelte.

»Du bleibst in Nincshof«, zischte Großmutter Martha dann. »Sonst bist du verloren, und keiner kann dir mehr helfen.«

Als Erna Rohdiebl nach vier Jahren Dorfschule auf die weiterführende Schule gehen musste, wie es das Gesetz verlangte, weigerte sich die Großmutter, mit der Enkelin zur Anmeldung zu erscheinen. Die Schule lag außerhalb im zehn Kilometer entfernten Nachbarort. Selbst zur Zeugnisverleihung im Abschlussjahr kam sie nicht und schickte den Großvater vor. Als Erna Rohdiebl älter wurde, einen Sturkopf entwickelte und erkannte, dass den Geboten der Großmutter nicht mehr Folge zu leisten war, zog es sie dennoch kaum hinaus aus dem Dorf. Sie blieb, wie die Großmutter, kleben im kleinen Nest Nincshof, als gäbe es hier einen stillen, aber sehr mächtigen Sog.

Nach der Begegnung mit den Erlangers und einer im Bett umhergewälzten Nacht, in der nicht eine Minute des zartesten Schlafes über sie gekommen war, war Erna Rohdiebl im dünnen Morgenlicht aufgebrochen und losmarschiert. War im Kreis gelaufen, kreuz und quer, hin und retour, wie damals an der Hand der Großmutter, und hatte, wie damals, auch die Ortsgrenzen Nincshofs nicht übertreten. Obwohl sie doch gerade allen Grund dazu hatte, nicht wahr?

Es war schwer, in einem Ort, wo einen jeder Hofhund am Takt der Schritte erkannte, mit einer Situation wie ihrer umzugehen. Ein dummer Einfall war es gewesen, klar, ein Lausmädchenstreich. Mittlerweile hatte die Geschichte mit Sicherheit schon mehrere Runden im Wirtshaus gedreht. Bestimmt wussten alle Nincshoferinnen und Nincshofer Bescheid und kannten pusztafeigenschnapshalber vermutlich sogar mehr Details, als tatsächlich passiert waren.

Erna Rohdiebl überlegte, ihre Kinder anzurufen und zu berichten von ihrem Erlebnis, nur damit sie einmal darüber gesprochen hätte mit irgendjemandem, ließ es dann aber doch. Tochter Marianne würde es wieder besser wissen, würde ihr ungefragt erklären, was nun zu tun sei, und Erna Rohdiebl würde nichts davon gefallen, da es zweifelsohne etwas mit therapeutischen Maßnahmen und Gesprächen mit ausgebildeten Mediatoren zu tun hätte. Sohn Stefan würde die Sorge befallen, dass etwas nicht stimmte mit seiner alternden Mutter, dass es vielleicht nun doch langsam Zeit wäre für die Suche nach einer »anderen Lösung«, nach »etwas Betreutem«, wo es elektrisch höhenverstellbare Betten gab, Trommelkreise und Aqua-Aerobic. Allein bei

Schwiegersohn Dariush Hervadi hätte sie es versuchen können und wäre möglicherweise auf so etwas wie Verständnis und ein gewisses Maß an Humor gestoßen, doch was man ihm erzählte, wusste mit dem nächsten Atemzug bereits Sohn Stefan, der im übernächsten Atemzug bereits in den Gelben Seiten nach Residenz Sonnenhof, Domizil Birkenblick oder etwas anders wohlklingend Geriatrisch-Finalem suchen würde.

Sie mied die Marktgasse, wo sich das Leben abspielte in Nincshof, mied die Gegend um das Wirtshaus, wo die Stammtrinker schon früh am Tag aufschlugen, mied den Friedhof, wo sie Frederika Liebzipfel hätte begegnen können. Durch sämtliche Hintausgassen lief sie, hinaus auf die Feldwege, vorbei am Wohnkasten der Neuen, wo seit einigen Tagen die Ziegen weideten, stinkend und hässlich wie der Weltkrieg. Bis zum Bahnhofshäuschen am Ortsrand, wo, umgeben von hohem gelben Gras und Schilf, wochentags die Pendler in einem lauten Regionalzug zur Arbeit fuhren und an den Wochenenden die Fahrradtouristen einfielen, die in jedem Jahr, sobald der letzte Frost aus dem Boden geschmolzen war, in ihren bunten Sporttrikots und teuren Trekkingrädern durch die flache Gegend surrten wie ein Schwarm Insekten. Dazwischen nutzte die Jugend aus der Gegend das Bahnhofshäuschen, um Dinge zu tun, die sie den Blicken der Erwachsenen lieber vorenthielt. Inschriften an den Wänden, mit dicken Filzstiften gezogen, zeugten davon. Mit rührender Penibilität führten die Jungen hier Buch über ihr komplexes, sich ständig verschiebendes Netz aus Freund-, Feind- und Liebschaften. In den Ecken wuchsen zurückgelassene Eisteeflaschen und Zigarettenschachteln zu kleinen Hügelketten, für deren Schicksal sich niemand verantwortlich fühlte. Erna Rohdiebl marschierte weiter.

Sie kam an der Kirche vorbei, in der sie vor vielen Jahrzehnten, jeweils unter lautestem Protest der Großmutter, erst getauft worden war, dann die erste Kommunion erhalten und später geheiratet hatte. Ein Regentag war das gewesen, ihr Hochzeitstag, und die Großmutter hatte gewusst, dass dies kein Zufall war. Schon morgens war das Wasser über den Rand der verstopften Dachrinne getreten und zu Boden gefallen wie ein schwerer Bühnenvorhang.

»Zeit, die Trauung abzusagen«, hatte die Großmutter mit drängendem Blick gezischt. Seit Erna Rohdiebl sich erinnern konnte, hatte die Großmutter immer mit großer Bestimmtheit behauptet, zu wissen, wofür die Zeit gerade richtig war, ohne je zu erklären, woher sie es wusste. Denn erklärt hatte die Großmutter ohnehin kaum etwas in ihrem Leben. Wie viele Alte im Dorf waren sie und ihr Lebenspartner unverheiratet geblieben und hatten nie verstanden, warum junge Leute die Notwendigkeit dazu sahen. Heiraten, das sei ein Fluch von *Draußen*, genau wie Steuern zahlen, Wehrdienst und Sonntagsruhe. Am Tag der Hochzeit waren Erna Rohdiebl und ihr Zukünftiger Ferdinand stur geblieben. Alle Festgäste waren an jenem Tag in durchnässten Kleidern auf den harten Kirchenbänken gesessen, warme Tropfen waren aus den Anzughosen gerollt, aus den Tuben der Blasmusikkapelle hatte es geblubbert und gespritzt. Und Erna Rohdiebl, einen regenzerfledderten Blumenstrauß in der Hand, hatte die schwere, vollgesogene Schleppe über den kalten Kirchenboden ziehen müssen, dass es ihr bei jedem Schritt die Kopfhaut strafgezogen hatte.

Sie marschierte weiter. Am alten Haus der Großmutter kam sie vorbei, oder dem, was davon übrig war. Das Haus der Großmutter war seit jeher in Nincshof das sonderbarste gewesen. Es war komplett aus Holz gezimmert und nur über eine Leiter zu erreichen gewesen. Auf mächtigen Holzpflöcken, so dick, dass die kleine Erna Rohdiebl ihre Arme nie hatte zur Gänze darum schlingen können, hatte es auf einer Plattform zwei Meter über dem Grund gethront. Man hatte unter dem Haus hindurchlaufen können, ohne dass man den Kopf einziehen musste, und im Sommer dort im Schatten ein Schläfchen halten können. Hatte es Hochwasser gegeben, hatten sich die Nachbarn in ihren ebenerdigen Häusern über vollgelaufene Keller geärgert. Großmutter und Großvater hatten die Beine von der Plattform baumeln lassen und traurig, wehmütig fast, in das graue Wasser darunter gestarrt.

Von hier aus hatte die kleine Erna Rohdiebl damals, auf dicken wackeligen Beinchen durch die Welt tapsend, das Leben kennengelernt. Hier war es, wo sie zum ersten Mal Pusztafeigenmarmelade eingekocht, Steinschleudern aus Astgabeln geschnitzt und die von der Großmutter totgedroschenen Kaninchen ausgelöst hatte. Hatte ihnen, kopfüber aufgehängt, das Fell abgezogen, wie einem Kleinkind den feuchten Anorak, die Bauchdecke aufgeschnitten, bis ihr die Eingeweide schmatzend entgegengefallen waren und da hingen wie verworrener Christbaumschmuck, hatte nach dem kleinen Kaninchenherz gesucht, es in den Mund geschoben, warm und seidig, wo es, wenn sie schnell genug gearbeitet hatte, noch ein letztes Mal gepocht hatte. Hier hatte sie den Gutenachtgeschichten gelauscht, die die Großmutter nur selten und wenn, dann immer leise murmelnd vorgetragen hatte, so, als würde sie beten. Von diesem Haus war heute nicht mehr viel übrig. Morsche, pechschwarze Holzpfähle ragten aus kniehohem Gras auf dem leeren Grundstück, sich selbst und der Witterung überlassen.

Das Marschieren tat gut. Lenkte ab von den Gedanken, die durch ihren Kopf rollten und sie schwindelig machten – der Pool, die Liebzipfel mit Weinflasche auf der Gartenliege, das auffliegende Garagentor, die entsetzten Erlangers und ihre hämischen Blicke, als Erna Rohdiebl die fettigen Tupperware-Boxen vom Rasen klaubte. Sie war auf der Flucht. Bloß wohin?

Richtung Ungarn lief sie dann den Feldweg zwischen zwei Gurkenäckern entlang. Am Wegesrand schaukelten hohe Maulbeerbäume in sanftem Wind. Am Einser-Kanal blieb sie stehen und ließ sich im Gras nieder. Ihr Herz pochte kräftig. Hier war es gewesen, an jenem Tag in den Fünfzigern, bei der Sonnwendfeier, als Erna Rohdiebl und der Gehlinger Hans zum ersten Mal versucht hatten, sich wie Liebende zu benehmen, neugierig aufgeregt. Der Gehlinger Hans hatte behauptet, er wisse, wie man dies täte, sich wie Liebende benehmen, denn er habe ja einen Bruder, der älter sei und der außerdem aufs Gymnasium in der Stadt gehe. Er hatte Erna Rohdiebl von der feiernden Menge weggeführt und auf den Mund geküsst, und weil beide nicht wussten, wie die Mechanik des Küssens funktionierte, hatten sie bloß mit den Köpfen gewackelt, wie zwei einander gegenüberstehende Metronome, bis an ihren sich berührenden Lippen eine unangenehme Reibungswärme entstanden war. Laut den Behauptungen des Bruders vom Gehlinger Hans würden Liebende sich außerdem ihrer Kleider entledigen, sich aneinanderschmiegen und sich auf eine Weise bewegen, die sich schön anfühlte. Auf Nachfrage des Gehlinger Hans hatte der Bruder erklärt, diese Bewegung sei grob mit jener von Liegestützen vergleichbar. Abseits der feiernden Nincshofer, nackt im hohen Gras neben dem Einser-Kanal, mühte sich der Gehlinger Hans dann mit seinen Liegestützen auf der skeptischen Erna Rohdiebl ab. Ein Stein drückte unangenehm in ihr Schulterblatt, des Gehlinger Hanses warmer Penis baumelte gegen ihren Oberschenkel. Als seine dünnen Arme irgendwann zitterten, brachen sie das Experiment ab. Die Musikkapelle brummte aus der Ferne, die Grillen im Gras zirpten. Die beiden Liebenden schlossen die Augen und dösten ein, die warme Nachtluft und der Atem des anderen reichten aus als weiche Decke auf der Haut. Geweckt wurden sie von einem Donner. So laut, dass die Erde unter ihnen zitterte. Die Grillen waren verstummt, rundherum prasselte jetzt der Regen. Von der Feier wehten schrilles Lachen und vergnügte Schreie herüber. Hastig zogen sie ihre Kleider an und rannten zu den anderen, die sich unter das Festzelt gedrängt hatten. Die Musikkapelle gab alles, um gegen den Regen anzublasen. Dicke Tropfen hingen den Nincshofern in den Wimpern, ihre Augen strahlten. Das bisschen Regen, meinten sie lachend und wirbelten herum, als wollten sie ihre Kleider trockenschleudern. Auch Erna Rohdiebl war durchnässt. Ihre Bluse klebte wie eine zweite Haut an ihrem Körper, der sich in diesem Moment plötzlich anders anfühlte als noch am Morgen. Es war der Körper einer Liebenden.

Nun lag sie wieder da, viele Jahrzehnte später, im hohen Gras neben dem Einser-Kanal, und sah in den Himmel. Ein Windstoß schob warme Luft mit einem Rauschen durch das Schilf. Der Sommer, er war noch so jung und schon so sonderbar.

Irgendwann würde sie doch aufhören müssen, wie irr durch die Gegend zu laufen, und würde sich den Tatsachen stellen müssen, den Erlangers, der Liebzipfel, ihrer eigenen fehlenden Impulskontrolle, aber auch dieser neuen, aufregenden, gerade in ihr erwachenden Sehnsucht nach kleinen Abenteuern. Erna Rohdiebl seufzte und sandte einen warmen Gedanken an die Großmutter Martha, die genau gewusst hätte, wann der richtige Zeitpunkt für all diese Dinge gekommen sein würde.

6

Weintrinken mit einem Weinbauer hatte nichts mit Genuss zu tun. Schwenkend, schnüffelnd, schlürfend stand Ludwig Kehranger in der Küche der Bachgasser-Mezzaronis. Er bewirtschaftete rund um Nincshof mehrere Hektar Rebfläche und hatte in der Vergangenheit mit seinen Weinen einige Preise gewonnen. Silvano Mezzaroni beobachtete ihn aus dem Augenwinkel und imitierte seine flüssigen Bewegungen. *Weine musste man sich erarbeiten.* Seit einer Stunde gurgelten sich die Männer an der Kücheninsel durch das Sortiment aus Weinbauer Kehrangers Keller. Isa Bachgasser wühlte auf der anderen Seite mit zwei großen Holzlöffeln Vinaigrette unter den Blattsalat. Im Ofen garte ein Schopfbraten vor sich hin, in den ihr Mann schon am Vorabend eine halbe Stunde lang Öl und Gewürze massiert hatte, dass Isa Bachgasser fast ein bisschen eifersüchtig geworden war auf das Stück Fleisch. Über die wuchtige Steintreppe kam Tochter Felicitas hinabgetrottet, barfuß, ein weites graues T-Shirt in den Bund ihrer kurzen Jeans gestopft. Seit dem Umzug hatte sie die meiste Zeit damit verbracht, wechselweise mit ihrer Bassgitarre oder ihrer Matratze fest zu verwachsen, die Vorhänge zugezogen, das Gesicht erhellt vom blauem Displayschein irgendeines Endgeräts. Auf ihren langen Beinen schlich sie an Isa Bachgasser vorbei und warf einen Blick in den Ofen.

»Mmh! Eine Klimasünde!«

»Felicitas, bitte!«, sagte Isa Bachgasser. »Wir haben Besuch. Der Papa freut sich so.«

Felicitas Mezzaroni grinste schief und zwinkerte. Isa Bachgasser küsste ihr zum Dank die pubertär-ölige Stirn.

Salat knackte, Weingläser klirrten, und zartes Fleisch zerfiel dampfend unter dem warmen Licht aus dem tief hängenden Lampenschirm.

»Im Grunde genommen sind es ja keine *Ziegen*«, begann Silvano Mezzaroni, nachdem der Weinbauer leises Interesse an dem auf der Weide neben dem Haus lebenden Fellkonglomerat geäußert hatte, »sondern, zoologisch betrachtet, Kamele. Sie sehen unserer gemeinen Hausziege vielleicht ein bisschen ähnlich, was sie aber von den Ziegen unterscheidet, ist, dass sie nicht auf Hufen aus Horn laufen, sondern, wie alle Kamelarten, auf einem Polster aus dicker, harter Haut. Innerhalb der Familie der Kamele zählt man sie außerdem zu den Neuweltkamelen, sie sind, wie Lamas und Alpakas, in Südamerika beheimatet.«

Der Weinbauer nickte energisch und kaute konzentriert sein Schweinefleisch. Tochter Felicitas entsperrte ein Display in ihrem Schoß und tippte unter der Tischkante. Isa Bachgasser drehte am Stiel ihres Weinglases.

»Aber man nennt sie trotzdem Irr-*Ziegen*?«

Silvano Mezzaroni legte sein Besteck an den Tellerrand und lehnte sich grinsend zurück. Hier kam sein Lieblingsteil. Isa Bachgasser zerdrückte eine weich gegarte Karotte mit den Gabelzacken und schielte hinüber zum Weinbauer. Er nickte immer noch erwartungsvoll.

»Nun, der Name ist auf ein Missverständnis zurückzuführen. Bei ihren Eroberungsfeldzügen in der Neuen Welt trafen die spanischen Konquistadoren auf das Volk der Hutumquancas in den peruanischen Anden. Diesem war es, so die Legende, gelungen, die Spanier zu einem listigen Tauschhandel zu bewegen: Waffen gegen Frauen. Die Spanier, die nach monatelanger Enthaltsamkeit nach fleischlichen Sünden lechzten, überließen den Hutumquancas bereitwillig Armbrüste und Hakenbüchsen und erhielten im Gegenzug eine Karte, die sie zu einer Hütte führen sollte, in der die fünf schönsten Frauen des Dorfes auf sie warten sollten. In der Hütte fanden sie dann aber bloß fünf blökende Tiere, die sie in diesem Moment für Ziegen hielten. Ein Irrtum. Daher der Name *cabra de engaño*, zu Deutsch Irrziege.«

»Verrückt!«, sagte der Weinbauer. Er kaute mit offenem Mund.

»Man hält an diesem spanischen beziehungsweise kastilischen Namen fest, allerdings gibt es innerhalb der Irrziegen-Community auch Stimmen, die sich für eine Umbenennung starkmachen, um nicht den Eroberern, den Verbrechern, die Diskursmacht zu überlassen.«

Der Weinbauer Kehranger wischte sich mit der Serviette ein Stück Schweinefaser aus dem Mundwinkel und nahm einen großen Schluck Wasser. Seine Lippen hinterließen einen fettigen Abdruck am Glasrand.

»Du solltest Wanderungen anbieten«, sagte er.

»Wie bitte?«, fragte Silvano Mezzaroni irritiert.

»Wanderungen mit den Ziegen. Für Touristen. Durch unsere idyllischen Weingärten. Das wär doch was! Die Leute stehen auf so was.« Er grinste breit. »Pass mal auf! Ich hab einen Bekannten, drüben in der Wachau, der hat ein kleines Weingut und eine Frühstückspension. Die Pension ist jahrelang furchtbar schlecht gelaufen, bis er sich vor drei Jahren fünf Alpakas gekauft hat. Seitdem rennen die Wiener ihm die Bude ein. Der kann sich gar nicht retten vor Übernachtungsgästen, die mit den Viechern wandern wollen, das glaubst du nicht.«

Er schnalzte mit der Zunge.

»Früher waren es ja die Strauße. Jeder wollte plötzlich eine Straußenfarm haben. Aber Strauße sind langfristig zu aufwendig. Schwer zu pflegen. Schauen komisch aus und zwicken die Touristen in die Ohrläppchen. Ein ausgeblasenes Straußenei hat irgendwann auch jeder im Regal stehen. Strauße passen nicht in unsere Zeit. Unternehmerisch gedacht. Weißt du, warum?«

Der Weinbauer wartete nicht auf eine Antwort.

»Internet! Zu meinem Freund in die Wachau kommen die jungen Leute mit ihren Handys. Die wandern eine Runde mit den Alpakas, machen einen Haufen Fotos, stellen sie sofort auf Instagram, und, zack, eine Woche später buchen deren Follower auch eine Alpakawanderung. Der braucht keine Werbung mehr machen, sagt er. Aber, jetzt überleg einmal«, der Weinbauer lehnte sich über den Tisch, als hätte er eine diskrete Botschaft zu überbringen, »irgendwann sind die Alpakas auch ein alter Hut, genau wie die Strauße. Und dann kommst du mit den Ziegen. Genial.«

Der Schopfbraten war bald verzehrt, die Bäuche voll. Der Weinbauer schraubte mit gekonntem Schwung den Korken aus dem Hals eines Chardonnays. In Silvano Mezzaronis Kopf arbeitete es, das konnte Isa Bachgasser beinahe hören. Sie entschied, das Gespräch in eine andere Richtung zu lenken.

»Hast du eigentlich Kinder, Ludwig?«, fragte sie den Weinbauer.

»Ja, zwei Söhne. Der eine hilft mir beim Vertrieb von meinem Wein, lebt in Wien. Der andere in Montreal.«

»Montreal! Auch nicht schlecht! Was macht er da? Auch Wein?«

»Nein. Feministische Pornofilme.«

Silvano Mezzaroni hustete seinen Chardonnay zurück in das Glas. Felicitas Mezzaronis Blick löste sich kurz vom Smartphonedisplay.

»Geil!«, sagte sie und grinste.

»Ja, zuerst hat er versucht, biologisch abbaubares Skiwachs auf den Markt zu bringen. Wollte aber keiner haben. Dann hat er diese Filmproduzentin kennengelernt, und na ja – jetzt macht er Filme.«

»Wie du, Mama!«, rief Felicitas Mezzaroni amüsiert.

»Felicitas!«, schnaubte Isa Bachgasser.

Die Überraschung sprang dem Weinbauern ins Gesicht und zog seine linke Augenbraue nach oben.

»Du machst auch Filme?«

»Ja. Aber nicht solche! Ich mache … *andere* Filme … eine andere Art von Film«, sagte sie und wedelte mit der Hand in der Luft herum. Dann warf sie hastig hinterher: »Wobei pornografische Filme natürlich nicht per se … Besonders feministische Pornografie kann … Also, die kann sehr spannend sein. Und, also, enorme emanzipatorische Kraft haben.«

Sie schielte hinüber zur Tochter, die nun kerzengerade und grinsend auf ihrem Stuhl saß. Der Weinbauer fischte die Flasche Chardonnay aus dem Kühler und blickte fragend in die Runde. Silvano Mezzaronis Arm schoss über den Tisch. Seine Ohren leuchteten rot.

»Welche Art von Film machst du denn?«, fragte der Weinbauer.

»Also, ich *habe* Filme gemacht. In der Vergangenheit. Dokumentarische Filme.«

»Irgendetwas, das man kennt?«

»Vor drei Jahren ist mein letzter rausgekommen. Über eine bosnische Frau und die Wiederannäherung an ihre im Krieg zurückgelassene Heimat. ›Eine Frau in Banja Luka‹ heißt der.«

Der Weinbauer kniff die Augen zusammen und schüttelte langsam den Kopf.

Silvano Mezzaroni räusperte sich.

»Vielleicht kennst du ›Eine Frau in Paris – Das späte zweite Leben der Madame P.‹. Über einen Wiener Militärgeneral, der in hohem Alter nach Frankreich zieht und dort ein Leben als Frau beginnt. Sehr bewegend. Hat einige Preise bekommen.«

Isa Bachgasser schrumpfte ein paar Zentimeter in ihrem Stuhl. Der Weinbauer bekam plötzlich große Augen. Er hob eine Hand an die Stirn. Der Mund klappte ihm auf. Natürlich kannte der Weinbauer den Film. Jeder kannte den Film.

»Oh, mein Gott«, sagte er. »Das glaub ich jetzt nicht.«

Isa Bachgasser drehte schneller am Stiel ihres Weinglases und schrumpfte noch ein wenig weiter.

»Isa Bachgasser«, hauchte er und schüttelte den Kopf. »Ich bin aber auch ein Idiot. Wieso hab ich das eine nicht mit dem anderen zusammengebracht. Wer rechnet schon damit, dass eine Isa Bachgasser zu uns nach Nincshof zieht. Halleluja!« Er lachte laut. »Bitte verzeiht mir, dass ich das nicht gleich geschnallt habe. Ich habe ja sogar eine Sammelbox mit deinen ganzen Filmen zu Hause.«

Die Reste seiner momentanen Verwirrung bröckelten ihm aus dem Gesicht. Isa Bachgasser lächelte zögerlich.

»Und dein aktuelles Projekt?«, fragte er und rieb sich die schweren Hände. »Darfst du darüber schon etwas verraten?«

»Es gibt kein aktuelles Projekt.«

»Ach, nein? Wie schade. Keine ›Frau in Nincshof‹?«

»Ich habe das Filmemachen aufgegeben.«

Oh«, der Weinbauer machte ein betrübtes Gesicht, »das ist aber schade.«

»Gesundheitliche Gründe, wenn man so will«, sagte Isa Bachgasser dann. »Es hat mir nicht mehr gutgetan, diese Art von Arbeit. Es war zu viel. Es ist zu viel. Hat mich irgendwann ziemlich depressiv gemacht.«

Isa Bachgasser mochte den Weinbauer. Er war witzig, konnte pointenreich erzählen, außerdem war er interessiert und hörte seinem Gegenüber aufmerksam zu. Irgendwann erzählte sie ihm von ihrer kürzlichen Entdeckung auf der Laufrunde, vom Efeu, vom rostigen Schild und der krakeligen Gravur, von Martha E., dem tapferen Waschweib..

»Der Name Martha E. sagt mir nichts«, sagte der Weinbauer, den Blick nachdenkend an die hohe Zimmerdecke gerichtet. »Das Einzige, was mir spontan dazu einfallen würde, ist unsere depperte, alte Legende.«

»Depperte Legende?«

»Ach, es gibt so eine Geschichte, eine Sage möchte man es vielleicht nennen, oder einen Gründungsmythos von Nincshof. Uns Kindern hat man diese Geschichte erzählt. Sie handelt von der Entdeckung von Nincshof.«

»Entdeckung?«, fragte Isa Bachgasser.

»In der Legende ist unser Dorf versteckt im Schilf gelegen, mitten in den Hanságsümpfen. Die hat es hier ja wirklich gegeben früher, bis man sie dann trockengelegt hat. Eine riesige Sumpflandschaft, die hier das ganze Gebiet bis weit nach Ungarn hinein bedeckt hat. Und da soll Nincshof drin gesteckt haben, vollkommen unbemerkt und deshalb in großer Freiheit, bis einmal einer gekommen ist und es *entdeckt* hat. Und den Nincshofern ihre Freiheit gestohlen hat. Das stimmt natürlich so nicht. Aber es ist eine schöne Geschichte.«

Isa Bachgasser stützte die Ellenbogen auf den Tisch, faltete ihre schlanken Finger ineinander.

»Ach was! Kann man die irgendwo nachlesen?«

»Nicht, dass ich wüsste. Man hat sie uns halt so erzählt«, sagte der Weinbauer. »Aber was weiß ich schon? Vielleicht findet man sie irgendwo.«

Es war fast zwei Uhr morgens, als der Weinbauer in die Hände klatschte und sich mit einem finalen »So!« aus dem Stuhl drückte. Er hatte Mühe, die Balance zu halten, und Isa Bachgasser bestand darauf, ihn nach Hause zu fahren. Als sie wiederkam, stand Silvano Mezzaroni an der Kücheninsel und wischte die Reste der Weinverkostung von der Arbeitsfläche. Der Geschirrspüler surrte leise. Die Tochter hatte sich in der Jugendhöhle verschanzt. Isa Bachgasser trat näher und umarmte Silvano Mezzaroni von hinten.

»Das war ein echt schöner Abend«, murmelte sie zwischen seine Schulterblätter. »Der Ludwig ist wirklich nett.«

»Das finde ich auch.«

»Und die Geschichte, diese Legende …«

»Ha!«, sagte Silvano Mezzaroni und drehte sich in ihren langen Armen. »Ich hab's gewusst. Das hat dich neugierig gemacht, gell? Du hast deinen Dokumentarfilmerinnenblick aufgehabt.«

Er grinste. Isa Bachgasser lachte und wedelte mit dem Zeigefinger in der Luft.

»Na, na, na. Hab ich nicht!«

»Doch, hast du. Ich hab es genau gesehen!«

»Immer mit der Ruhe«, sagte sie und hakte ihre Finger in seine Gürtelschlaufen. »Ich wollte dir eigentlich noch etwas anderes sagen.«

Sie bemühte sich, ihm in die Augen zu sehen, was nicht einfach war.

»Entschuldigen wollte ich mich.«

Schon in mehreren Sitzungen bei Frau Kutschera war das Sichentschuldigen Thema gewesen. Sichentschuldigen bedeute die eigene Fehlbarkeit anzuerkennen, hatte Frau Kutschera gesagt, was wiederum bedeute, sich verletzlich zu machen, was wiederum dem einen leichter von der Hand gehe als dem anderen, was wiederum allerdings bei Gott kein Wettbewerb sei, bei dem es etwas zu gewinnen gebe.

»Ich habe die Umzugsidee so lange lächerlich gemacht«, sagte Isa Bachgasser. »Dafür habe ich mich noch nie richtig bei dir entschuldigt.« Sie hielt inne. »Und die Ziegen auch.«

Silvano Mezzaroni lachte laut.

»Was denn?«, fragte Isa Bachgasser.

»Die Irrziegen findest du doch immer noch lächerlich.«

Isa Bachgasser grinste beschämt.

»Isa«, Silvano Mezzaroni suchte ihren Blick, »natürlich findest du meine Ziegen lächerlich. Ist ja nicht schlimm. Jedem seine Gartenzwerge, gell?«

Gartenzwerge. Es waren die stillen Begleiter ihrer Beziehung. Seit jenem Tag, an dem Isa Bachgasser auf Silvano Mezzaronis Schreibtisch zwischen geometrischen Skizzen und Pappmodellen aus dem Architekturstudium einen Zettel mit seiner zackigen Handschrift entdeckt hatte. Ein Gedicht. Über sie. Ein ziemlich schmalziges.

»Das hab doch gar nicht ich geschrieben«, hatte Silvano Mezzaroni gesagt, nachdem Isa Bachgasser brüllend vor Lachen damit durch die Wohnung gehüpft war. »Das war der da.«

Er hatte Richtung Schreibtisch genickt, wo neben der Blechdose mit den Bleistiften in unterschiedlichen Härtegraden ein kleiner Porzellangartenzwerg dem Betrachter keck den nackten Hintern entgegenstreckte. Ab diesem Zeitpunkt war der Gartenzwerg geduldiger Stellvertreter für jede Schrulligkeit, die die beiden an sich selbst oder einander entdeckten. Silvano Mezzaroni hatte nicht nur einen Gartenzwerg, der schmalzige Gedichte schrieb, sondern auch einen, der jeden Abend vorm Schlafengehen seine Füße mit Hirschtalg einrieb, und einen, der gerne Geld für teure Gürtelschnallen ausgab. Isa Bachgassers Garten-

zwerge bestanden darauf, mindestens einmal im Quartal auf einem Berggipfel zu stehen und manchmal beim Wirt gebackenes
Kalbshirn zu bestellen. Es wurde zum Spiel, an dem beide viel
Gefallen fanden: die Gartenzwerge des anderen zu finden und,
vor allem, sie auszuhalten. Sie hüteten es wie einen Goldschatz.
Gleichzeitig schmunzelten sie über jene Paare, die sich störten an
den Gartenzwergen im Leben des anderen und die deshalb innerhalb kurzer Zeit zusammenwuchsen zu einem Wesen mit zwei
Köpfen und einem Körper, die man nie alleine traf, deren Namen man nie mehr ohne den des anderen aussprach, als schriebe
man sie zusammen wie ein einziges langes Wort.

Die Ziegen also waren hier in Nincshof zu Gartenzwergen geworden, die es auszuhalten galt. Nach bald zwanzig Jahren Übung
in Gartenzwergtoleranz würde Isa Bachgasser dies auch noch hin-
kriegen.

Und sie selbst? Hatte sie denn auch welche? Gartenzwerge hier
in Nincshof?

Und wieder stach bereits morgens die Hitze. Keine einzige Wolke klebte am Himmel, die die Sonne hätte zähmen können. Isa
Bachgasser war beim Herabschauenden Hund der Schweiß von
der Nasespitze auf die sich über den Grashalmen wölbende pin-
ke Matte geperlt. Danach hatte sie sich in den Schatten des über
die Terrasse gespannten Segeltuchs flüchten müssen.

Die Luft über der Ebene flirrte, aus ihren frisch geduschten
Haaren stieg der Dampf. Sie nippte an einem dickflüssigen Brei
aus Äpfeln und Jungspinat und öffnete ihren Laptop. Einige
E-Mails warteten darauf, beantwortet zu werden. Sie schrieb eine lange aufgeschobene Nachricht an eine alte Studienfreundin
aus Frankreich, eine Antwort an ihre Mutter, die mit großer Leidenschaft E-Mails schrieb und dabei für Isa Bachgassers Ge-

schmack immer zu viele Ausrufezeichen benutzte, sodass ihren Sätzen, wie im echten Leben auch, ein schriller, fordernder Ton anhaftete. In dieser Mail fragte sie zum wiederholten Mal nach einem Besuchstermin in Nincshof. Schließlich schrieb Isa Bachgasser an ein Filmteam aus der Slowakei, das ein Projekt über den in Wien seinerzeit sehr gefeierten slowakischen Autor Jaro Zima verwirklichen wollte und sich nach Fördermöglichkeiten in Österreich erkundigte.

Dann öffnete sie den Browser. *Nincshof Entdeckung* tippte sie in die Suchleiste. Google spuckte ein Schulreferat aus, das jemand auf referate.at hochgeladen hatte. Es handelte vom Bau des Einser-Kanals, eines vor mehr als hundert Jahren gegrabenen Abflusses des nahe gelegenen Neusiedler Sees, zum Hochwasserschutz und zur Trockenlegung der Hanságsümpfe, von denen der Weinbauer gestern erzählt hatte. Gerade wie ein Strich, nur wenige Meter breit, dreißig Kilometer lang führte er direkt an Nincshof vorbei und markierte die österreichisch-ungarische Grenze, bevor er schließlich in die schmale Rabnitz mündete, die wiederum in die etwas breitere Donau floss. Eine bei Nincshof in den Einser-Kanal geschmissene Flaschenpost trug es mit etwas Glück irgendwann ins Schwarze Meer. Nincshof und die weltvergessene Gegend drum herum hatte man hier, über dieses Rinnsal, mit Südosteuropa verbunden.

Die Geschichte dieses Rinnsals hatte es in sich. Schließlich waren sich hier einst die beiden Pole der politischen Weltordnung jahrzehntelang gegenübergestanden und hatten einander durch den Eisernen Vorhang hindurch mit wachsamen Augen angefunkelt. Im Herbst 1956 kamen siebzigtausend Ungarn über einen schmalen, heute als *Brücke von Andau* berühmten Holzsteg über den Einser-Kanal aus dem Schraubstock des sowjetischen Kommunismus in den Westen geflohen, nachdem sowjetische Truppen den immer lauter werdenden Protest auf den Straßen Budapests mit Panzergewalt beendet hatten. Isa Bachgasser hatte die Brücke kurz vor dem Umzug mit Tochter Felicitas besucht. Die Fünfzehnjährige war für eine Weile verstummt. Hatte bei *Flucht* an Balkanroute, Schlauchboote und Mittelmeer gedacht, nicht an Menschen aus dem Nachbarland. Das hochgeladene Schulreferat erwähnte all das. Von der Legende über die Entdeckung von Nincshof stand nichts darin.

Sie öffnete ein neues Tab und rief Wikipedia auf. Hatte sie dort möglicherweise etwas überlesen? Ein kleiner Hinweis konnte vielleicht doch zu finden sein in dem spärlichen Eintrag. Sie tippte *Nincshof* in die Suchleiste und blinzelte irritiert auf einen leeren Bildschirm. Wikipedia behauptete, zu ihrer Suchanfrage, keine Ergebnisse liefern zu können. Sie kontrollierte das eingegebene Suchwort. Nein, sie hatte sich nicht vertippt. *Der Artikel existiert in der Wikipedia nicht. Du kannst ihn erstellen.* Was war hier los? Sie klickte sich zurück auf die Google-Startseite und gab auch hier das Stichwort Nincshof ein. Google listete den Wikipedia-Eintrag von Nincshof für gewöhnlich als zweites Suchergebnis. Sie tippte auf Enter. Das erste Ergebnis war wie immer der Link zur offiziellen Ortswebsite. Als zweites kam diesmal die Website des Weinguts Kehranger, dann ein paar Einträge der Gelben Seiten, Wetter in Nincshof, dann war Schluss. Ende der Suchergebnisse. Echt jetzt?

Stunden hatte sie damals vor dem Umzug in ihrem Arbeitszimmer in Wien damit verbracht, die Seiten des Tourismusverbandes, des Nationalparks Neusiedler See und Wikipedia zu studieren. Wo war all das nun? Hier musste eine Störung vorliegen. Isa Bachgasser spähte über den Bildschirmrand in die Ebene. Auf der Irrziegenweide lockerte ihr Mann einen frischen Heuballen mit der Mistgabel auf, eine leichte Brise schob sich durch die

Wipfel der Maulbeerbäume, vor der Terrasse hopste ein Amsel-männchen über den Rasen, sein langer Schwanz wippte aufge-regt. Isa Bachgasser nahm einen Schluck Apfelspinatbrei, die letz-ten Reste flossen zäh wie Lava aus dem steil gekippten Glas. Sie klappte den Laptop zu. Sie würde die Suche fortsetzen, wenn das Internet einen besseren Tag hatte.

7

In der Heimlichkeitswolke über den drei Männern zuckten die Blitze. Warum konnte es denn nicht einen Augenblick der Ruhe geben in ihrem kleinen Dorf? Sodass man endlich ungestört zu Ende denken und vor allem umsetzen konnte, was man schon seit Jahren mit sich herumtrug. Ohne, dass einem irgendein Ereignis, ein Zustand dazwischenfuhr, alles durcheinanderwirbelte und in großer Unordnung hinterließ. Erst war Erna Rohdiebls illegale Schwimmaktivität phänomenal aufgeflogen und nun das.

Filmemacherin! Ausgerechnet!

Die Männer fluchten zischend, die Zähne fester zusammengepresst als sonst, die Kiefer taten ihnen weh. Wie sollten sie jetzt noch abwenden, was nun unweigerlich passieren würde? Wenn nun einer eine Kamera richten würde auf das Vergessen, an dem sie so hart gearbeitet hatten in den letzten Jahren, was wäre dann noch zu retten?

Filmemacherin! Halleluja, kaum einen lästigeren, neugierigeren Menschenschlag gab es wohl unter Gottes gelber Sonne. Des Bürgermeisters Augenbrauen kräuselten sich in großer Ratlosigkeit. Die drei standen zusammen am Einser-Kanal und blickten in das im Mondschein schwarz schimmernde, sich langsam dahinschiebende Wasser. Die Schilfspitzen tanzten in einem sanften Wind.

»Es liegt an uns dreien. Wir sind das Problem«, sagte der Sipp Sepp.

Der Bürgermeister und Valentin Salmerak schraken aus ihrer wasserwärts gewandten Versunkenheit hoch. Überrascht darüber, was er sagte und darüber, dass er, der verschwiegene Alte, überhaupt etwas sagte.

»Das schaffen wir zu dritt nicht. Das hat man früher nicht zu dritt geschafft, also warum sollten wir es jetzt schaffen.«

Der Bürgermeister und Valentin Salmerak nickten, zaghaft zwar, aber sie nickten, da der Sipp Sepp wieder von einem *Früher* sprach und man damit alles rechtfertigen konnte.

»Es braucht mehr von uns. Den Schneid von der Erna müssen wir als unsere Chance begreifen.«

»Du meinst aber doch nicht …?«, sagte der Bürgermeister.

»Doch!«

»Die Erna soll mitmachen bei uns?«

»Ja!«

Des Bürgermeisters und des Valentin Salmeraks Blicke trafen sich zu einer trotz der Dunkelheit deutlich erkennbaren Linie der Verwirrung.

»Sepp, mit Verlaub«, begann der Bürgermeister langsam, »die Erna wird bald achtzig. Nun, ich weiß, du bist auch nicht mehr der Jüngste, doch … Nun … Die Erna? Als Dame?«

Der Sipp Sepp schnaubte in ungewohnter Vehemenz.

»Was soll das denn jetzt heißen?«

Der Bürgermeister stammelte.

»Also, ich meine ja nur. Sepp, so ehrlich müssen wir sein. Alleine schon wegen der Muskelkraft. Die fehlt doch in einem solchen Damenkörper. Für unser Vorhaben, für unser Freiheitsstreben ist das vielleicht weniger geeignet.«

»Die Erna ist die Richtige für uns!«

Der Sipp Sepp ließ nicht ab von seiner Idee.

»Dass sie Mut hat, hat sie bewiesen. Und den Willen, Dinge zu tun, die sie nicht soll. Sie denkt wie wir, das ist doch klar.«

»Ja, aber …«

»Außerdem«, sagte der Sipp Sepp und sog eine gewaltige Menge Luft durch das Dickicht aus weißen, sich kringelnden Borsten in seinen Nasenlöchern und verlieh dem, was er gleich sagen würde eine deutliche Schwere. »Die Erna hat die Freiheit im Blut.«

Er atmete aus. Die Borsten wippten.

»Seit immer schon. Das weiß ich.«

Der Bürgermeister und Valentin Salmerak vereinten ihre Blicke abermals in Verwirrung, nickten jedoch. Wieder war es diese vollkommen unkonkrete Bestimmtheit aus dem Mund des Sipp Sepp, die aus allen Optionen des Widerspruchs, die sie hätten wählen können, jegliche Kraft blies.

8

Nach ihrem Tag des ziel- und möglicherweise sinnlosen Umher-
wandelns in Nincshof kam Erna Rohdiebl abends zurück in die
Urbarialgasse Nummer fünf, juniwarm und leer. Die Luft roch
unbewegt und unverbraucht, an der Wand tickte die Pendeluhr.
Erna Rohdiebl riss alle Fenster auf. Draußen surrten die Grillen.
Zum ersten Mal seit langer, langer Zeit spürte sie die Wucht wieder. Wie damals vor zehn Jahren, als sie ihr oft entgegengeknallt
war, hier im Haus, das plötzlich leer gewesen war. So gewaltig,
dass sie um Luft ringen musste.

Die Stille war es nicht gewesen, denn die war auch, als ihr
schweigsamer Ehemann noch gelebt hatte, schon zwischen den
Wänden gegangen. Es war etwas anderes. Wassertropfen morgens
am Waschbeckenrand, das Flüstern von Buchseiten aus dem Nebenzimmer, verschobene Couchpolster, eine benutzte Kaffeetasse,
traumversunken auf dem Fensterbrett abgestellt und dort vergessen, ein zurückgelassenes Stück Eierschale, eine aufgeschlagene
Zeitung. Kleine Notizen einer weiteren Existenz. Die fehlten.
Grässlich brüllend fehlten. Was aber war das Leben schon anderes, als eine Aneinanderreihung von Verlusten? Die nicht abrei-
ßen würde bis zu jenem Tag, an dem man selbst verloren ging?

Gerne hätte sie hinterher gesagt, dass irgendwas in der Luft
gelegen hatte, damals, an diesem wolkenverhangenen warmen

Maimorgen vor zehn Jahren, dass die schimpfende Amsel im Garten an jenem Tag lauter geschimpft hatte als sonst, dass der Wind an jenem Tag einen eigenartigen Geruch ins Dorf getragen hatte, an dem man doch hätte erahnen müssen, dass es passieren würde. Aber nichts. Es war ein ganz gewöhnlicher Tag gewesen. Und dennoch. Ein Tag wie ein Beil.

Der Nachbar, der Krawernier Helmut, war hereingeplatzt, schwitzend und laut, in die Küche, die voll hing mit schwerem Kirschenmarmeladendampf. »Der Ferdinand ist von der Leiter gefallen«, hatte er gekeucht, und ein Film hatte begonnen. Nicken, Herd abstellen, dem Nachbarn folgen, zuerst hinaus auf die Gasse, wo gerade der Kleine von den Salmeraks das Freihandfahren auf seinem neuen Fahrrad übte und voll Stolz rief und winkte, nicht ahnend, was gerade geschah, dann in den Nachbarsgarten hasten. Der eigene Mann verdreht auf dem Rasen, die Augen halb geöffnet, ruckartige Atemzüge, sonnenwarme nackte Schultern, die Nachbarin, Sorgenfalte, weiches Gesicht, die Rettung anrufen, die in Ninschof niemand rief, wenn es nicht sehr, sehr ernst war, die Herren vom Roten Kreuz, Bierbäuche über roten Gürteln, schwere Stiefel, sich Kommandos zubellend. Die Metalltrage, ratternd über den Waschbetonplatten, zum Spielplatz am Ende der Gasse eilen, Blaulicht, knatternde Rotorblätter, Sand aus der Sandkiste überall, die Hände vor die Augen halten. Mit den Nachbarn in den Pritschenwagen, zu dritt in der Fahrerkabine, die Hände knetend. Notaufnahme. Warten. Eine Weile, zwei Weilen, drei Weilen. Die junge Ärztin, schmale Schultern, Kurzhaarschnitt, schrille Stimme. Blutgerinnsel, Notoperation, künstlicher Tiefschlaf, kritischer Zustand.

Ein Tag wie ein Beil.

»Es ist nicht zu fassen!«, sagten die Leute dann. »Viel zu früh!«, sagten sie, und Erna Rohdiebl fragte sich, ob es je einen Tod gegeben haben mochte, der nicht zu früh war, sondern *genau richtig* oder gar *zu spät*.

Plötzlich also Witwe. Dieses Wort allein. Ihre Tage begannen in einem Bett, das zu groß für sie war, sie frühstückte an einem leeren Tisch, an dem doch quasi gestern noch die Kinder aus klebrigen Marmelademündern lauthals gesungen hatten, ging einkaufen und kam aus Gewohnheit zurück mit Kantwurst und süßem Senf, obwohl sie beides nicht mochte. Sie wischte den Boden, bügelte Leintücher, goss die Blumen in ihrem Vorgarten und fragte sich, öfter, als ihr lieb war: wozu das alles? Könnte sie es nicht einfach sein lassen? Alles jedoch, dessen sich ein Mensch nicht zu entziehen wusste, nahm er irgendwann demütig an, wie einen zu großen Schuh, in dem es sich nicht ideal, aber doch irgendwie laufen ließ.

In jenen ersten Tagen, Wochen, Monaten, in denen der Verlust noch schmerzhaft glühte, dachte Erna Rohdiebl oft an Großmutter Martha, die strenge, stille Frau, die ihrerseits Verluste hatte erleben müssen in ihrem langen Leben. Einen jedoch hatte es gegeben, der besonders gewesen sein musste. Wie genau er gewesen war, das wusste Erna Rohdiebl bis heute nicht sicher, denn die stille Großmutter hatte nicht darüber gesprochen. Erna Rohdiebl wusste nicht. Und dennoch, sie spürte.

Denn wem das Herz so schlimm brach, wie es der Großmutter einst gebrochen sein musste, dem fuhr der Schmerz so tief ins Fleisch, dass er dort über Generationen feststeckte. Wem das Herz so schlimm brach, der litt wie ein Hund, so sehr, dass er gar verstummte. Die Generation, die darauf folgte, erlebte das Schweigen der ersten und litt weiter, manchmal ohne zu wissen, warum. Die dritte Generation hatte weder Herzbruch noch Schweigen erlebt, spürte aber, oftmals genauso deutlich wie die erste, dass etwas nicht stimmte. Als stünde irgendwo ein Fenster einen Fingerbreit offen, durch den sich ein unangenehmer Luftzug schlich, als stimmte einer irgendwo einen Ton an, der minimal aus der Harmonie rutschte, als geriete irgendwo ein Pendel aus dem Gleichgewicht, so unaufdringlich, dass man niemals benennen konnte, was genau es war, das hier im Argen lag. Diese dritte Generation war verwirrt. Einsam in ihrem Gefühl des ständigen Unbehagens und der Wortlosigkeit. Das war die Generation, die dann die Fragen stellte.

»Warum sieht unser Haus so aus, wie es aussieht?«, hatte die kleine Erna Rohdiebl einmal gefragt, an der Hand der Großmutter von einem Pflasterstein auf den nächsten hopsend.

»Ich versteh nicht, was du meinst«, hatte die Großmutter geantwortet und ihre harten Finger fester um Erna Rohdiebls kleine Hand geschlossen.

»Es sieht so anders aus als die anderen Häuser. Mit seinen Stelzen und den Wänden aus Brettern.«

»Ich versteh nicht, was du meinst«, hatte die Großmutter wiederholt. »Und *du* würdest auch nicht verstehen, was *ich* meine. Frag mich lieber nach der Zeit, davon verstehe ich etwas«, hatte sie gesagt und getan, was alle mit Herzbruch taten. Geschwiegen.

Obschon der Herzbruch nicht in den Worten der Großmutter saß, hing er in jedem ihrer Seufzer, in jeder Runzel auf der Stirn und jedem Augenaufschlag, den sie, das merkte die Enkelin früh, immer dann besonders langsam ausführte, wenn sie meinte, dass sie niemand dabei sah. An manchen Tagen aber, wenn ihr der Pusztafeigenschnaps besonders gut schmeckte und ihr die Röte in die Wangen hauchte, wurde sie redselig. Ließ sich hinreißen gar – »Acht Minuten vor neun. Zeit für eine Gutenachtgeschichte« – und erzählte Märchen, die immer bunter und wilder wurden, je schwärzer die Nacht war. Von anderen Zeiten, in denen die Menschen leuchteten vor lauter Glück und sangen, den ganzen Tag lang, von tapferen Heldinnen und Helden im Schilf, von Sonnentagen, die nicht enden wollten, und einem Sternenhimmel so funkelnd, dass man niemals schlief, um seine Schönheit nicht zu verpassen. Im dunklen Zimmer lauschte Erna Rohdiebl, die kleinen Fäuste voll Aufregung in die Bettdecke geballt, der Stimme der Großmutter, die so leise gemurmelt durch die schwarze Nacht trieb, als wäre sie, wie eine diesige Erinnerung, da und gleichzeitig nicht. Selten wusste Erna Rohdiebl in diesen Stunden, ob sie noch wachte oder schon träumte. Die schönsten, wahrhaftigsten Stunden waren das.

Mit einem Teller Erdäpfelpüree ohne alles saß sie am Esstisch Im Fernseher lief die Werbung mit der blonden Frau, die sich lächelnd mit der einen Hand sanft über den Bauch strich und mit der anderen ein braunes Fläschchen in die Kamera hielt und den Zuschauern weichen Stuhlgang versprach. Erna Rohdiebl kannte das Mittel und wusste, dass es nicht wirkte. Die regionale Nachrichtensendung sollte jeden Augenblick beginnen, als es dreimal an der Haustür klopfte. Erna Rohdiebl erstarrte. Keiner der Menschen, mit denen sie regelmäßig verkehrte, kam jemals durch die Vordertür, sondern immer gleich durch die Terrassentür auf der Hinterseite des Hauses, die sie so gut wie nie abschloss. Sie stellte die blonde Stuhlgangfrau leiser und lauschte. Und noch mal. Drei kurze, harte Schläge. Erna Rohdiebl wurde es siedend heiß. War es so weit? Würde man sie jetzt schon mit ihrem Einbruch in den Pool konfrontieren? Sie hatte sich doch noch nicht einmal eine angemessene Entschuldigung zurechtgelegt. Schnaufend schob sie ihren runden Körper aus der Eckbank und trippelte dem Klopfen entgegen.

»Ja bitte?«, rief sie, ohne die Tür zu öffnen.

»Ich bin's, Frau Rohdiebl.«

Eine jugendliche Stimme. Erna Rohdiebl konnte sie im ersten Moment nicht zuordnen.

»Wer?«

»Der Valentin. Salmerak.« Seine Stimme klang gehetzt. »Bitte, kannst mir schnell aufmachen? Du musst mir helfen.«

Erna Rohdiebl öffnete die Tür und erschrak. Seinen rechten Arm hielt Valentin Salmerak dicht an seinen Körper gepresst. Sein Gesicht war schmerzverzerrt.

»Frau Rohdiebl, ich bin hingefallen. Mit dem Radl. Grad eben jetzt. Vor deinem Haus.«

Erna Rohdiebl hielt beide Hände an die Brust gepresst.

»Um Himmels willen, Kind! Geh her, schnell. Setz dich hin und rühr dich nicht«, sagte sie außer Atem. Sie führte ihn an den Esstisch und zog einen Stuhl heran. Aus der Tasche ihrer Kittelschürze fingerte sie ihre Lesebrille und begutachtete Valentin Salmeraks Arm. Er hatte keine äußerlich erkennbaren Wunden. Vielleicht ein Bruch?

»Ich ruf die Frau Dr. Waratny.«

»Nein, Frau Rohdiebl!«, rief er aufgeregt. »Bitte nicht.«

»Valentin, das muss sich wer anschauen. Soll ich zuerst deine Eltern anrufen?«

»Nein!«, rief Valentin Salmerak erneut. »Nicht meine Eltern, bitte! Kannst du bitte den Sipp Sepp anrufen?«, bat er dann.

Erna Rohdiebl verengte die Augen zu schmalen Schlitzen.

»Den Sipp Sepp? Wieso denn *den*?«

Valentin Salmerak sagte nichts. Erna Rohdiebl seufzte. Sie kannte den angeblich mehrere hundert Jahre alten Sipp Sepp wie viele in Nincshof, seit sie denken konnte, und seit sie denken konnte, war ihr der Sipp Sepp immer als seltsamer Zeitgenosse erschienen. In unregelmäßigen Abständen kam es vor, dass er eine Nähe zu ihr suchte, mit der Erna Rohdiebl nichts anzufangen wusste. Er klebte zuletzt beim Feuerwehrfest stundenlang an ihren Fersen, ohne jedoch ein Wort mit ihr zu sprechen, verfolgte, wenn sie ihn auf dem Friedhof traf, was auffallend häufig vorkam, einen jeden ihrer Schritte mit seinen trüben Augen, stand manchmal rein zufällig vor ihrem Gartentor, wenn sie morgens aus dem Haus kam, entfernte sich dann aber blitzartig, stumm und ein wenig beschämt, als hätte sie ihn bei etwas ertappt.

In die Urbarialgasse Nummer fünf kam der Sipp Sepp an jenem Abend nach einem kurzen Anruf um viertel nach sieben. Er hatte weiße Birkenstocksandalen an den Füßen, von seiner knochigen Schulter hing ein kleiner Wanderrucksack, als hätte er gerade irgendein Ziel gehabt, von dessen Erreichen ihn Erna Rohdiebls Anruf abgehalten hatte. Stumm trat er ein und ließ sich von Valentin Salmerak erklären, was passiert war. Erna Rohdiebl knetete in der Tasche ihrer Kittelschürze ein benutztes Taschentuch. Der Sipp Sepp stellte den Rucksack ab, öffnete den Reißverschluss und kramte darin. Dann hielt er Valentin Salmerak etwas hin, Erna Rohdiebl konnte nicht erkennen, was. Er stand auf und sah sie mit großen Augen an. Das benutzte Taschentuch in der Kittelschürze riss in Erna Rohdiebls knetenden Fingern entzwei. In den Händen hielt Valentin Salmerak ein lilafarbenes Gymnastikband.

Dann ging alles sehr schnell. Der Sipp Sepp machte einen Satz auf Erna Rohdiebl zu, packte sie fest an den Schultern, wirbelte sie herum und drückte sie auf den Stuhl, auf dem gerade noch Valentin Salmerak unter Schmerzen gewimmert hatte. Für einen mehrere hundert Jahre Alten war er unglaublich stark. Seine Finger bohrten sich tief in ihre Schultern. Valentin Salmerak sprang auf Erna Rohdiebl zu und wickelte das Gymnastikband behände um ihren Bauch und ihre Arme und verknotete es hinter der Rückenlehne. Erna Rohdiebl protestierte lautstark. Valentin Salmerak reagierte nicht. Er holte noch zwei weitere

Gymnastikbänder hervor, hielt ihre Fußknöchel fest und band sie mit den Gymnastikbändern an den Stuhl. Seinem Arm schien es erstaunlich gut zu gehen. Er hatte sie getäuscht. Dies wurde ihr nun klar. Die kalte Panik kroch in ihr hoch.

»Was ist denn mit euch falsch? Ihr seid doch kaputt im Kopf! Was macht ihr mit mir?«, fragte sie entsetzt.

Das Gummiband drückte unangenehm in ihre Magengrube.

»Das wirst du schon sehen, Erna«, sagte der Sipp Sepp mit seiner kratzigen Stimme.

Er fing an, im Zimmer auf und ab zu gehen. Langsam zunächst, dann immer eiliger. Sah dabei immer wieder auf die Uhr.

»Mir ist nicht gut«, sagte Erna Rohdiebl dann. »Ihr macht mir Angst.«

»Angst brauchst du keine haben«, sagte Valentin Salmerak.

»Ich hab aber eine!«, rief Erna Rohdiebl.

Dann fing sie an zu schreien. Gut möglich, dass Frederika Liebzipfel rauchend am Fenster stand und ihre Schreie würde hören können.

»Pscht!«, zischte der Sipp Sepp. »Bist du ruhig! Erna!« Er legte ihr seine alte Hand auf den Mund. Erna Rohdiebl riss ihren Kopf zur Seite und schrie erneut.

»Erna, jetzt übertreib doch nicht«, versuchte sie der Sipp Sepp zu übertönen.

Plötzlich klopfte es wieder an der Tür. Kurz wurden alle drei still.

»Das ist er«, sagte der Sipp Sepp.

»Oder es ist einer von den Nachbarn?«, sagte Valentin Salmerak verunsichert. »Vielleicht hat einer das Schreien gehört?«

Und obwohl Erna Rohdiebl wusste, dass es keiner ihrer Nachbarn sein konnte, da keiner ihrer Nachbarn jemals an die Vordertür geklopft hätte, begann sie zu schreien.

»Ja, das sind sie! Fredi, Hilfe! Hilf mir schnell! Hiiiiiilfeeeee!«

Valentin Salmerak, ebenso aufgeregt wie Erna Rohdiebl, zog plötzlich sein T-Shirt aus, zwirbelte es wie einen Strick zusammen, legte es ihr über den Mund und hielt die Enden hinter ihrem Kopf fest. Durch den Stoff drangen Erna Rohdiebls gedämpfte Schreie in den Raum. Der Sipp Sepp eilte zum Hauseingang. Valentin Salmerak zog immer fester an dem T-Shirt wie ein Reiter an den Zügeln seines sturen Junghengstes. Plötzlich donnerte eine neue Stimme durch den Raum. Ein großer Bauch schob sich in Erna Rohdiebls Sichtfeld. Von allen Nincshofern, die heute an die Tür hätten klopfen können, hatte sie mit diesem am wenigsten gerechnet. Vor ihnen stand, bleich wie Kalkstein und schwer atmend, der Bürgermeister.

»Seid ihr komplett wahnsinnig?«, rief er, sah sich entsetzt um, als stünde er inmitten einer Horde Wilder. Langsam lockerte sich Valentin Salmeraks Zug am T-Shirt-Knebel. Erna Rohdiebl hustete und schabte sich mit den Zähnen ein paar Fussel von der Zunge. Der Bürgermeister stürzte auf sie zu, legte ihr sanft seine dicken warmen Hände auf die Schultern und sah sie besorgt an.

»Erna«, sagte er keuchend, »Jessasmariaundjosef. Das muss ein großes Missverständnis sein. Das war so nicht geplant.«

Valentin Salmerak löste den Knoten an ihrem Rücken, und das Gymnastikband schnalzte dem Bürgermeister vor die Füße. Der hob es auf und hielt es dem Sipp Sepp fragend vor die Nase.

»Wir mussten sie ja irgendwie festhalten. Und *das* war ja schließlich deine Idee«, sagte Valentin Salmerak.

Der Bürgermeister massierte seine Stirn und schob dabei ledrige Haut von links nach rechts.

»*Hinhalten* sollet ihr die Erna, um Himmels willen. Nicht festhalten. Was für ein Schwachsinn.«

Sein großer runder Kopf war rot angelaufen, kleine Schweißperlen sammelten sich an seiner Oberlippe. Er steckte in Hemd und Jackett, das er, seit er Bürgermeister war, egal zu welchem Anlass, egal wie heiß die Juninacht, sich zu tragen gezwungen sah. Mit der gesamten Länge seines Ärmels wischte er sich den Schweiß aus dem Gesicht. In großer Scham und großer Schuld kräuselten sich seine Augenbrauen.

Es sei eine Bitte, die sie, erklärte dann der Bürgermeister, an Erna Rohdiebl hatten herantragen wollen. Eine, die, na ja, wie sollte man es nennen, ein bisschen geheim war. So geheim immerhin, dass die drei Männer entschieden hatten, nicht gleichzeitig in breiter Helligkeit zu Erna Rohdiebls Haus zu spazieren. Zu auffällig wäre das gewesen, und es hätte Fragen gegeben von jenen, vor denen diese Bitte eben ein bisschen geheim gehalten werden sollte. Noch. Der Bürgermeister fummelte am Saum seines Jacketts und hatte Schwierigkeiten, Erna Rohdiebl in die Augen zu sehen. Der Sipp Sepp starrte auf seine Schuhspitzen, und Valentin Salmerak versuchte schon seit Minuten, Dreck unter seinem Daumennagel mit seinen Schneidezähnen hervorzuschaben. Etwas sehr Wichtiges musste diesen Männern auf dem Herzen liegen, das auszusprechen ihnen schwerfiel. Erna Rohdiebl taten sie fast leid. Wortlos stand sie auf, holte vier Schnapsgläser und eine Packung Erdnussflips aus der Kredenz in der Küche und bat die Männer an die Eckbank ins Esszimmer. Der Korken ploppte aus der Flasche, die Schnapsgläser klirrten zart, Köpfe kippten in den Nacken. Der Bürgermeister griff sich eine Faustvoll Erdnussflips und mahlte sie mit angestrengtem Kiefer zu Brei. Er schluckte und schob mit der Zunge die Reste von seinen Zahnreihen.

»Es ist ja kein Geheimnis in Nincshof, liebe Erna, was sich im Garten der Erlangers zugetragen hat. Es ist kein Geheimnis, dass du ...«

»Halt! Stopp!«, unterbrach ihn Erna Rohdiebl. »Das ist nichts, das euch etwas angehen würde. Ich weiß nicht, warum …«

»Erna!« Der Bürgermeister griff mit seinen Erdnussflipfetthänden nach Erna Rohdiebls rudernden Armen und hielt sie fest. »Mir persönlich ist egal, bei wem du in der Nacht in den Pool steigst. Es geht um etwas anderes.«

Ohne Probleme war er vom Ton eines reumütigen Bittstellers in seinen prallbrüstigen Bürgermeistersprech zurückgefallen.

»Ist dir in letzter Zeit irgendetwas aufgefallen bei uns im Dorf?«

Was sollte diese Frage? Sie konnte alles bedeuten. Der Bürgermeister zog seinen rechten Mundwinkel in ein schiefes Grinsen.

»Dazu fällt mir jetzt nichts ein«, sagte Erna Rohdiebl.

»Wie?«, fragte der Bürgermeister. Sein rechter Mundwinkel sackte abrupt ab. »Gar nichts? Keine Auffälligkeiten? Keine Irregularitäten?«

Erna Rohdiebl schüttelte den Kopf.

»Hm.« Der Bürgermeister lehnte sich mit verschränkten Armen zurück. Das Holz der Eckbank knarzte.

»Das ist doch gut«, sagte der Valentin Salmerak in seine Richtung. »Es soll ja niemand bemerken.«

»Also schau mal, Erna«, sagte der Bürgermeister. »Diese Auffälligkeiten betreffen zum Beispiel Feste in Nincshof. Ist dir da was aufgefallen?«

»Es sind ja so viele abgesagt worden in letzter Zeit. Da kann mir nicht viel aufgefallen sein.«

»Eben«, sagte der Bürgermeister. Der rechte Mundwinkel wanderte wieder Richtung Zimmerdecke. »Was ist mit dem Kehranger und seinen Spitzenweinen?«

»So spitze sind die doch gar nicht mehr.«

»Eben.« Der rechte Mundwinkel legte des Bürgermeisters Backenzähne frei. »Was ist mit dem Fußballverein? Irgendetwas außergewöhnlich?«

»Also außergewöhnlich ist anders. Die verlieren doch ein jedes Mal.«

Der Bürgermeister grinste breit, dann erstarrte sein Blick urplötzlich. Mit ernsten Augen fixierte er Erna Rohdiebl.

»Eben«, sagte er langsam. »So ein junger Verein. Mit so vielen jungen Talenten. Haben noch so gut gespielt vor drei Jahren. Waren beinahe Landesmeister, dann im nächsten Jahr sind sie abgerutscht ins Mittelfeld der Tabelle. Und jetzt? Kämpfen sie um den Klassenerhalt.« Seine Augen funkelten. »Nincshof könnte, Gott bewahre, möglicherweise sogar absteigen in die Zweite Klasse Nord.«

In gespieltem Entsetzen schlug er die Hand vor den Mund. Darunter grinste er breit. Erna Rohdiebl wischte mit dem Handrücken hastig ein paar Erdnussflipbrösel von der Wachstischdecke.

»Ich verstehe kein Wort.«

Der Bürgermeister holte tief Luft und sagte dann, langsam und übertrieben weihevoll wie ein Dompfarrer: »Wir wollen, dass man Nincshof vergisst. Daran arbeiten wir.«

Erna Rohdiebl blinzelte. Die Männer starrten sie an und wirkten, als hielten sie die Luft an.

»Vergisst?«, fragte sie vorsichtig.

Der Bürgermeister nickte energisch.

»Exakt! Vergisst«, sagte er strahlend.

Er lehnte sich auf der Eckbank zurück und holte aus, weit aus, bis zur Widerfahrnis auf der Reise nach Belgien, zur traurigen Nacht im harten Hotelbett, wo ihm die Muscheln und das Heimweh sein Innerstes zerrissen hatten, holte aus bis zu den Treffen mit Valentin Salmerak auf der Brücke über dem Einser-Kanal unter dem weiten Himmel, bis zum Sipp Sepp, bis zum

Plan, Nincshof der Freiheit zu übergeben. Vieles hätten sie schon geschafft, erzählte er. Vieles läge noch vor ihnen. Erna Rohdiebl sollte ihnen dabei helfen.

In der Urbarialgasse Nummer fünf schlug es neun Uhr. Auf dem Ecktisch kreisten mittlerweile frisch geschnittene Brotscheiben, Paradeiser aus dem Garten, Speck und Käse auf einer Drehplatte. Der Bürgermeister hatte sein Jackett ausgezogen und die Hemdsärmel aufgekrempelt. Unter seinen Achseln schmatzten feuchte Flecken.

»Nincshof soll also frei sein.« Er machte eine bedeutungsschwere Pause und sah Erna Rohdiebl lange an. »Wir sind aber keine Krieger. Wir wollen uns die Freiheit nicht erkämpfen müssen. Wir wollen anders vorgehen. Mit Schläue und vor allem Geduld.« Er wischte sich Paradeisersaft mit dem Handgelenk aus den Mundwinkeln und kaute laut. »Wie in der Geschichte über den listigen Dieb aus Andau, nicht wahr? Der allen Leuten in seiner Gasse die Höfe leer gestohlen hat, vor deren Nase, indem er einfach alles, was er stehlen wollte, Weinfässer, Mistgabeln, Nachttöpfe, jeden Tag einen Zentimeter in Richtung seines eigenen Hofes geschoben hat. Keinem Bestohlenen fiel auf, dass sein Eigentum langsam in die Hände eines anderen wanderte. Und als die Gegenstände endlich im Hof vom Dieb ankamen, wussten die Bestohlenen schon gar nicht mehr, dass sie sie überhaupt je besessen hatten.«

Erna Rohdiebl zupfte an einem winzigen Stück Speck, das sich zwischen ihren Schneidezähnen verfangen hatte, und nickte dem Bürgermeister zu.

»Genauso soll es auch mit Nincshof geschehen. Das Dorf soll langsam ins Vergessen wandern.«

Er schluckte einen Klumpen Brot und rülpste leise.

»Wir nennen uns Oblivisten«, sagte er. »War die Idee vom Valentin.«

»Kommt von *oblivisci*«, sagte Valentin Salmerak. »Das ist Latein für *vergessen*. Im Gegensatz zu den *Separatisten* wollen wir ja nicht von unserem Staat getrennt werden, sondern nur von ihm vergessen.«

»Genau!«, sagte der Bürgermeister. »Es ist der Weg mit den geringsten Widerständen. Wer soll uns schon Steine in den Weg legen, wenn er nicht einmal weiß, dass es einen Weg gibt?«

Er schnalzte triumphierend mit der Zunge.

»Außerdem ist es eine Schuldfrage«, ergänzte Valentin Salmerak. »Im österreichischen Strafgesetzbuch heißt es in Paragraph 242: ›Wer es unternimmt, mit Gewalt oder durch Drohung mit Gewalt ein zur Republik Österreich gehörendes Gebiet abzutrennen, ist mit Freiheitsstrafe von zehn bis zu zwanzig Jahren zu bestrafen.‹« Er reckte sein Kinn in die Luft. »Vergessenwerden ist aber keine Gewalt. Vergessenwerden ist keine Straftat. Am Vergessen hat derjenige Schuld, der vergisst. Nicht der, der vergessen wurde. Wir können also nichts dafür, wenn später Nincshof niemandem mehr auffällt. Wir haben nichts verbrochen. Nur ein bisschen nachgeholfen.«

Erna Rohdiebl ergriff das Wort.

»Was ich nicht ganz verstehe, meine Herren, ist, warum ihr mit dieser Angelegenheit gerade zu mir kommt.«

»Nun ja, Erna«, sprach der Bürgermeister, »also erst mal war es die Idee vom Sipp Sepp. Du hättest die Freiheit im Blut, hat er gesagt.«

Erna Rohdiebl sah den Sipp Sepp an. Dem war eine zarte Röte in die faltigen Wangen gesickert. Natürlich war es seine Idee gewesen, das hätte sie sich gleich denken können. Wer weiß, was der für Hintergedanken hatte.

»Wegen deiner Großmutter, hab ich mir gedacht«, sagte der Sipp Sepp mit von Scham zerkratzter Stimme. »Der Martha.«

»Was hat meine Großmutter denn bitte schön damit zu tun?«
Erna Rohdiebl lachte irritiert. »Meine Großmutter lasst ihr besser ganz schnell aus euren Machenschaften raus. So weit kommt es noch! In Frieden soll sie ruhen.«

Der Bürgermeister warf einen vorwurfsvollen Blick Richtung Sipp Sepp und zupfte am Kragen seines Hemdes. Seine Finger hinterließen einen Paradeiserfleck.

»Wie dem auch sei, Erna, wie ich vorhin schon erwähnt habe, sind wir durch die Aktion mit dem Pool quasi auf dich aufmerksam geworden. Wir wollen mit dir zusammenarbeiten. Du kennst dich offensichtlich aus mit dem Geschäft des unbemerkten Einsteigens in fremde Grundstücke. Und das werden wir vielleicht bald tun müssen.« Er biss in einen kleinen Paradeiser, der Saft lief über sein Kinn. »Ich denke zum Beispiel an die Neuen und ihre depperten Ziegen. Gegen die müssen wir doch was tun.«

Den Männern, den Oblivisten, glänzte der Stolz auf den Gesichtern. Dachten wirklich, sie wären die fleischgewordene Genialität. Dass sie zu Beginn dieses Abends Erna Rohdiebl in ihrem eigenen Haus fast erwürgt hatten, schienen sie schon wieder vergessen zu haben. Erna Rohdiebl wollte den Männern, den Oblivisten, ordentlich die Meinung sagen, sie rügen für ihre Unverfrorenheit, mit der sie einfach in ihr Haus gepoltert waren, wollte ihnen die Lächerlichkeit dieses Plans vor Augen halten, für die sie ganz offensichtlich blind geworden waren. Doch es gelang ihr nicht. Sie musste grinsen. Öffnete den Mund, um etwas Ernstes zu sagen, doch alles, was herauskam, war ein Prusten. Sie verlor die Kontrolle und konnte nichts anderes tun, als sich zu ergeben, begann zu lachen, ruderte mit ihren Armen durch die Luft, schlug auf die Wachstischdecke. Ihre Dauerwelle wippte. Der Sipp Sepp und Valentin Salmerak sahen den Bürgermeister an. Der zuckte mit den Schultern.

»Meine Herren«, sagte sie und wischte sich eine Träne aus dem Augenwinkel, »warum das alles?«

»Erna, das hab ich doch erklärt. Weil Nincshof sich nicht herumkommandieren lassen soll von der Welt. Da passieren doch nur noch Dinge, von denen man kein Teil mehr sein will, oder? Die ganze Weltpolitik, die ganze Weltwirtschaft, unüberschaubar kompliziert. Nincshof soll frei sein von alledem. So, wie es doch sogar schon einmal gewesen sein soll. In unserer Legende. Und – das ist die etwas konkretere Gefahr – weil niemand nach mir Bürgermeister wird sein wollen und Nincshof als Ortsteil von Andau oder Zick untergehen wird. Willst du etwa Bürgermeisterin sein?«

»Um Himmels willen, nein!«, rief Erna Rohdiebl.

»Eben. Was passiert, wenn wir keinen Bürgermeister haben? Wir werden Andauer oder Zicker und müssen mitmachen bei ihrem Dorf-Schmarrn. Das wäre unser Untergang. Willst du das, Erna?«

»Um Himmels willen, nein!«, rief sie erneut.

»Eben«, sagte der Bürgermeister. »Also mussten wir uns etwas anderes einfallen lassen.«

»Das funktioniert doch niemals.«

»Woher weißt du das? Hast du es schon einmal probiert?«

Erna Rohdiebl schwieg.

»Eben. Zumal das ja nur die grobe Skizze des Plans war. Der Valentin hat alles sehr ausführlich ausgearbeitet und wird dir in den nächsten Tagen die Details erklären. Es sei denn, du hast einen besseren Plan.«

Der Blick des Bürgermeisters wurde ernst. Eine Essiggurke knackte zwischen den Zähnen des Sipp Sepp. Erna Rohdiebl schwieg.

»Eben, liebe Erna. Es gibt keine andere Möglichkeit.«

9

An die Kücheninsel gelehnt, kaute Isa Bachgasser ihre Haferflocken und blätterte in der aktuellen Ausgabe des *Burgenland Anzeigers*. In der Nachbargemeinde Zick hatte es einen Wettbewerb der Feuerwehrjugend gegeben. Aus dem ganzen Burgenland waren Teams angereist und hatten sich in einem mehrstufigen Parcours beweisen müssen. Auf einem Siegerfoto lachten drei Burschen und ein Mädchen unter ihren Feuerwehrhelmen hervor und hielten einen glänzenden Pokal in die Höhe. Im Artikel sprach der Landesfeuerwehrkommandant vom Stellenwert der Jugendarbeit der Feuerwehren im ländlichen Raum und von Brandgefahr in den heißen Monaten. Auf einem Foto reichte er dem Hauptbrandmeister der Siegergemeinde die Hand. Die Krägen der Feuerwehruniformen schnitten den beiden Männern scharf in ihre Doppelkinne. In einem Infokasten war die gesamte Rangliste des Wettbewerbs abgedruckt. Ein Team aus Nincshof war anscheinend nicht an den Start gegangen. Isa Bachgasser blätterte weiter, kam zu den Seiten mit Geburtstagen aus dem gesamten Bezirk. Eine Doppelseite, zugepflastert mit Fotos von Bürgermeistern, die Überachtzigjährigen in holzgetäfelten Gaststätten in Zellophan verpackte Geschenkkörbe überreichten. Dann die Todesfälle, dann die Verkaufsanzeigen – Segelboote, Kinderwägen, Rasenmäher. Isa Bachgasser schlug die letzte Zeitungsseite um, kratzte den Rest Haferflocken aus der Schale, goss sich Kaffee in eine Thermoskanne und machte sich auf den Weg.

Im schweren SUV ihres Mannes fuhr sie von ihrem etwas abseits vom Dorf gelegenen Haus ins Ortszentrum. Ohne wirkliches Ziel. Die hellen Häuserfassaden leuchteten in der Mittagssonne, auf der Marktgasse war es still. Als Filmcrew hätte man hier tagelang drehen können, ohne sich eine Straßensperre genehmigen lassen zu müssen. Wahrscheinlich wäre es nicht einmal jemandem aufgefallen. Isa Bachgasser rollte am Rathaus vorbei, wo oft ein paar ältere Herren und Damen auf einer Bank saßen, wo man heute aber nichts fand außer träge, heiße Luft. Sie bog ab, zwängte den Schrank von einem Wagen durch ein Labyrinth an kurzen, engen Gassen, nirgendwo begegnete sie einem lebendigen Wesen. Das Auto war schon zwei Jahre lang im Besitz von Silvano Mezzaroni und hatte in dieser Zeit lange nach Neuwagen gerochen. Ihr Mann war sehr penibel gewesen, wenn es um die Sauberkeit seines SUVs ging. Jede Woche war er zur Tankstelle gefahren, hatte gesaugt, Fußmatten ausgeklopft, Kaugummiverpackungen und Parktickets aus Becherhaltern und Türgriffen entfernt. Seit sie in Nincshof lebten, scherte er sich nicht mehr darum. Auf der Rückbank türmten sich Stallutensilien – Bürsten, Kraftfutter in Zehnliterkanistern –, und es stank entsetzlich nach den Tieren. Isa Bachgasser hegte leise den Verdacht, ihr Mann ließe dies mit Absicht geschehen. Als wollte er sagen: »Seht her, ich bin einer von euch. Auf meiner Karosserie klebt der Staub der Erde, durch die ich jeden Tag in meinen Gummistiefeln schreite und ehrliche Arbeit verrichte.«

Vor einigen Tagen hatte Isa Bachgasser einen weiteren Versuch unternommen. Hatte online irgendetwas finden wollen, was ihr Hinweise hätte geben können auf dieses seltsame Schild, auf das tapfere Waschweib oder die vom Weinbauer erwähnte Legende.

Doch die von Google ausgespuckten Suchergebnisse waren bei diesem Mal sogar noch dürftiger gewesen. So leer wie das analoge Nincshof war anscheinend auch das digitale. Nun fuhr sie umher. Suchend, ohne zu wissen, wonach.

Nach einer kurzen Weile fuhr Isa Bachgasser zurück auf die Marktgasse. Plötzlich bewegte sich etwas vor der Häuserfront. Es war die Bäckerin Hagenrieder. Beide Fäuste in die Hüften gestemmt, stand sie vor ihrem Geschäft, in Gesundheitssandalen und Kittelschürze, und blinzelte in den Himmel. Als der Wagen an ihr vorbeifuhr, senkte sie den Blick. Isa Bachgasser nahm eine Hand vom Lenkrad und winkte. Sie war kein Mensch, der nicht grüßte. Damit das klar war. Die Bäckerin winkte langsam zurück. Bevor Isa Bachgasser länger darüber nachdenken konnte, riss sie das Lenkrad herum und schob den Wagen routiniert in eine Parklücke vor dem Geschäftslokal.

»Ein großes Auto haben Sie«, rief die Bäckerin, als Isa Bachgasser die Fahrertür einen Spaltbreit geöffnet hatte.

Sie griff nach dem Jutebeutel auf dem Beifahrersitz und stieg von frostiger Klimaanlagenluft in die Nincshofer Mittagshitze. Sie zerfloss augenblicklich.

»Grüß Gott, Frau Hagenrieder!«

Isa Bachgasser setzte ihr charmantestes Lächeln auf. Die unfreundliche Großstädterin würde man ihr nicht lange nachsagen.

»Das ist das Auto von meinem Mann. Nicht meines. Das ist doch viel zu groß für mich«, sagte Isa Bachgasser und lachte verlegen. »Ich selbst fahre bloß einen kleinen Skoda. Aber der ist gerade in der Werkstatt.«

»Aha.« Die Bäckerin nickte. »Sie haben zwei Autos?«

Isa Bachgasser ließ den Autoschlüssel von einer Hand in die andere gleiten. Frau Kutschera hätte jetzt gefragt, warum es ihr so wichtig war, vor der Bäckerin als bescheidene Person dazustehen. Was wäre schon dabei, wenn diese Frau, die sie nicht einmal gut kannte, wüsste, dass Isa Bachgassers Familie zwei Autos besaß? Wo es noch dazu der Wahrheit entsprach?

»Frau Hagenrieder, haben Sie vielleicht ein paar Minuten Zeit?«, fragte sie plötzlich und ging einen halben Schritt auf die Bäckerin zu, die, etwas erschrocken, einen halben Schritt zurück machte. »Ich wollte mit Ihnen reden. Über Nincshof.«

Die Bäckerin stemmte wieder ihre Fäuste in die Hüften.

»Was wollen Sie denn wissen?«

»Eigentlich alles. Ich möchte alles wissen über das Dorf. Alles, was Sie wissen und …«

»Sind Sie von der Zeitung?«, fragte die Bäckerin.

Isa Bachgasser wollte gerade verneinen, doch die Bäckerin fiel ihr ins Wort.

»Kennen Sie meine Linzer Radln schon?« Ihre Augen leuchteten. »Die sind bekannt in der ganzen Region. Ein Kollege von Ihnen hat einmal einen Bericht gebracht über meine Linzer Radln. Eine ganze Seite.«

Sie zeichnete mit den Fingern in der Luft die Größe der Seite nach und winkte Isa Bachgasser in ihr Geschäftslokal.

An einem gläsernen Kühlschrank, in dem sich ein Tortenturm drehte, klebte in einer Klarsichtfolie ein ausgeblichener Ausschnitt aus dem *Burgenland Anzeiger*. Der Artikel war vor vier Jahren erschienen. Ein Foto zeigte die Bäckerin, ein daumengroßer Fettfleck auf dem Papier überdeckte ihr halbes Gesicht. Sie hielt einen großen Teller in die Kamera, Staubzucker und Teig. *Das Linzer Rad neu erfunden.* Der Artikel beschrieb, wie die Bäckerin die Backstube einst von ihrer Mutter, Heriberta Hagenrieder, übernommen hatte und seit über zwanzig Jahren alleine führte. Vor einigen Jahren war sie auf die Idee gekommen, das klassische Linzer Rad, statt traditionell mit Ribiselmarmelade, mit einem Gelee der in der Nincshofer Gegend heimischen Pusztafeige zu füllen. Ein genialer Schachzug hin zu Regionalität, hieß es im Artikel.

»Was ist eine Pusztafeige?«, fragte Isa Bachgasser.

Die Augenbrauen der Bäckerin schossen in die Höhe.

»Sie kennen Pusztafeigen nicht? Jetzt hören Sie aber auf!«

Die Bäckerin schüttelte ungläubig den Kopf, verschwand in der Backstube und kam nach einigen Augenblicken mit einem Marmeladenglas und einem Mohnstriezel wieder.

»Wenn einmal nix zum Essen da ist, überlebt der Mensch monatelang mit nur einer Handvoll Pusztafeigen. Ein Lebensretter. Nur darf man nicht zu viel auf einmal essen, sonst fängt man an, Gespenster zu sehen.«

Sie zog ein langes Messer aus einem Brotkorb und schnitt damit den Mohnstriezel in fingerdicke Scheiben.

»Frische haben wir jetzt keine. Wir ernten erst im September. Aber probieren Sie das Gelee.«

Der Marmeladenglasdeckel knackte unter den Wurzelfingern der Bäckerin. Mit einem Buttermesser klatschte sie großzügige Portionen des grünlich gelben Gelees auf die Mohnstriezelscheiben. Isa Bachgasser befürchtete Unmengen an Einfachzucker in der glänzenden Masse. Sie wählte das kleinste Stück aus und biss vorsichtig ab. Das Pusztafeigengelee quoll über die Ränder der Mohnstriezelscheibe und landete mit einem lauten Klatschen auf den braunen Fliesen. Sie hustete.

»Das ist intensiv«, lachte sie. »Sehr süß.«

»Und jetzt stellen Sie sich das in den Linzer Radln vor«, strahlte die Bäckerin. »Leider sind die noch nicht fertig, aber ich kann Ihnen gerne später welche weglegen.«

Isa Bachgasser schluckte hastig und winkte ab.

»Sagen Sie, Frau Hagenrieder, in dem Artikel hat es geheißen, die Heriberta Hagenrieder, Ihre Mutter, war Gründerin dieser Bäckerei?«

»Korrekt«, sagte die Bäckerin nicht ohne Stolz.

»Und Sie sind verheiratet, Frau Hagenrieder, richtig?«

»Auch korrekt.«

»Aber Sie heißen immer noch Hagenrieder? Oder heißt die Bäckerei nur so aus Traditionsgründen?«

Die Bäckerin nahm eine Papierserviette aus dem Regal und reichte sie Isa Bachgasser, die nicht wusste, wohin mit ihren klebrigen Fingern.

»Ja freilich heiße ich Hagenrieder.«

»Und Ihr Mann? Wie heißt der?«

Isa Bachgasser drehte ihre Finger in der Papierserviette sauber und wischte dann den zu Boden geklatschten Geleebatzen von den Fliesen.

»Poldi Hagenriederer.«

»Wie bitte? Hagendrieder-*er*?«, wiederholte Isa Bachgasser langsam.

»Jawoll«, sagte die Bäckerin.

»Mit der Endung -*er*? Nicht einfach nur Hagenrieder?«

Die Bäckerin lachte.

»Aber nein! Der ist doch mein Mann. Woher sollen die Leute sonst wissen, zu wem er gehört?«

Isa Bachgasser sah die Bäckerin lange an.

»Ist das nur bei Ihnen so?«

»Wie meinen Sie das?«

»In Nincshof, meine ich. Gibt es noch andere Eheleute in Nincshof, bei denen das so ist?«

»Ja. Bei allen. Wieso wollen Sie das wissen?«

Isa Bachgasser lachte.

»Weil es interessant ist. Es ist halt ungewöhnlich.«

»Ungewöhnlich?«

»Das finde ich durchaus ungewöhnlich. Dass der Mann den Namen seiner Frau annimmt. Also … für die damalige Zeit …«

»Wie heißt *Ihr* Mann denn?«, fragte die Bäckerin.

»Mezzaroni.«

»Wie?«

Die Bäckerin kniff die Augen zusammen.

»Mezzaroni. Mein Mann ist Italiener.«

»Aha. Nicht Bachgasserer?«

Isa Bachgasser lachte laut.

»Nein, nicht Bachgasser-*er*. Sagen Sie, Frau Hagenrieder, seit wann ist das so in Nincshof? Diese Namenspolitik?«

»Namenspolitik?«

»Also seit wann geben Frauen ihre Namen an ihre Ehepartner weiter?«

Die Bäckerin blies ihre Wangen auf und atmete dann langsam aus.

»Seit immer schon!«

Isa Bachgasser schaute sie groß an. Ihre Hand verschwand im Jutebeutel und tastete. Sie betete, dass sie dort das Diktiergerät finden würde, das sie dann und wann bei sich trug. Sie fand es und drückte heimlich auf die Aufnahmetaste.

»Wissen Sie, woher diese Tradition kommt?«, flötete sie.

Die Bäckerin ließ sich von Isa Bachgassers Enthusiasmus nicht anstecken. Sie griff nach einem Geschirrtuch und wischte damit über die Theke.

»Tradition? Das hat nichts mit Tradition zu tun. Das hat was mit Halt-so-Sein zu tun.«

Isa Bachgasser nickte.

»Mhm. Wissen Sie, es ist bloß interessant, weil im Grunde in ganz Österreich und in vielen anderen Teilen der westlichen Welt es doch anders rum ist. Der Mann gibt den Namen an die Frau weiter und …«

Die Bäckerin schüttelte den Kopf.

»Nein, das … Also, wie gesagt, bei uns ist das halt so. Was die anderen machen, dazu kann ich nix sagen, weil ich bin ja nicht viel rausgekommen aus Nincshof. Aber wir machen das hier so, und bisher hat das noch niemanden gestört. Früher, als die Männer noch tagelang zum Fischen auf den See gefahren sind und sich manchmal von den ganzen Pusztafeigen, die sie gefressen haben, außer an ihren eignen Namen an nicht mehr viel haben erinnern können, war es doch wichtig, dass der Kapitän hinterher gewusst hat, zu welchem Haus er seine Fischer hat zurückbringen müssen. Sonst wäre ein Mordschaos entstanden!« Sie pausierte und sagte dann: »Und das wäre doch heute auch noch ein Chaos. Stellen Sie sich vor, ich würde jetzt so heißen, wie mein Mann früher geheißen hat, Lackending. Dann müsste ich jetzt die Bäckerei umbenennen. Ich müsste mir ein neues Schild machen lassen, das wäre doch alles viel zu umständlich.«

Isa Bachgasser musste wieder lachen. Die Bäckerin lachte nicht mit. Mit einem kurzen Blick schielte Isa Bachgasser auf das Diktiergerät in ihrer Tasche. Das rote Lämpchen leuchtete. Die Aufnahme lief.

»Frau Hagenrieder, kennen Sie eine Martha E.?«, fragte sie unvermittelt.

»Nein.«

»Sicher? Eine Nincshoferin, Martha, die eine Waschfrau gewesen ist?«

»Gewaschen haben viele in Nincshof, kann schon sein, dass da eine Martha dabei gewesen ist.«

Isa Bachgasser nickte.

»Und diese Legende? Wissen Sie darüber etwas? Die Legende, dass das Dorf einst versteckt im Schilf existiert hat, in großer Freiheit. Bis es entdeckt wurde?«

Die Bäckerin erstarrte in ihren Wischbewegungen. Langsam ließ sie das Geschirrtuch sinken. Sie blinzelte Isa Bachgasser stumm an.

»Ich weiß nicht, was Sie meinen. Legende? Ist das nicht alles wirklich so passie …«

Aus der Backstube kam ein leises Klingeln.

»Das sind meine Linzer Radln. Jetzt müssen Sie mich entschuldigen.« Das Geschirrtuch schwang in ihrer alten Hand sanft hin und her. »Wann kommt der Bericht?«

»Welcher Bericht?«

»Für die Zeitung.«

»Oh«, sagte Isa Bachgasser. »Also hiervon kommt nichts in die Zeitung. Ich bin keine Journalistin. Ich mache Filme. Also, hab Filme gemacht. Also, früher einmal.«

Die Bäckerin starrte sie an. Ihre rechte Hand spielte mit einem Schlüsselbund in der Tasche ihrer Kittelschürze.

»Aha«, sagte sie, »kommt das ins Fernsehen?«

»Na ja. Nein.« Isa Bachgasser lachte verwirrt. »Das kommt nicht ins Fernsehen. Ich habe ja gar keine Kamera dabei.«

Wieder sah die Bäckerin Isa Bachgasser stumm an, die nicht wusste, ob sie sich entschuldigen sollte.

»Wenn Sie mit der Kamera vorbeikommen, sagen Sie vorher Bescheid, dann gehe ich nämlich zum Friseur.« Sie fuhr mit der Spitze eines Schlüssels durch ihre dünne Dauerwelle und begleitete Isa Bachgasser zur Tür.

Draußen auf der Marktgasse brummte die Mittagshitze. Isa Bachgasser winkte der Bäckerin noch einmal zu und stieg in das Auto. Der Innenraum hatte sich in der kurzen Zeit beachtlich aufgeheizt. Das schwarze Kunstleder auf dem Lenkrad konnte sie kaum berühren, ohne sich die Finger zu verbrennen. Der Irrziegengestank erdrückte sie. Sie ließ alle Fenster hinunter. Heiße Luft verwirbelte ihre Haare. In dieser Hitze spann Isa Bachgasser ihre Gedanken viel langsamer als sonst. Aber, immerhin, sie spann.

Diese Urvölker, wie hießen sie doch gleich, in Südostasien, in Westafrika, in denen das Matriarchat zu Hause war? Ihr Lesekreis an der Uni hatte einst so gierig darüber diskutiert. Wieso hatte sie in diesem Zusammenhang noch nie von Nincshof gehört? Hatte man diesen kleinen Fleck in der Ebene am Rand Österreichs übersehen? Isa Bachgasser musste diese Gedanken festhalten, bevor sie in der heißen Luft verpufften. Sie nahm eine Hand vom Lenkrad und wühlte hastig im Jutebeutel nach dem Diktiergerät. Beim Herausziehen entglitt es ihr und rutschte in das Niemandsland zwischen Mittelkonsole und Beifahrersitz. Ohne ihre Augen von der Straße zu nehmen, schob sie ihre schmale Hand in den Spalt. Auf der rauen Fußmatte tappten ihre Fingerspitzen vorwärts. Streuschutt, ein Centstück, ein Gummiband, dann die Kante des Diktiergerätes. Für einen kurzen Moment verschwand Isa Bachgassers zierlicher Körper zur Gänze hinter der Armatur des SUVs. Sie packte das Aufnahmegerät, richtete sich schnell wieder auf, wollte sich ein paar Haarsträhnen aus dem Gesicht blasen, stieß aber stattdessen einen lauten Schrei aus.

Nur die Umrisse der menschlichen Gestalt hatte Isa Bachgasser wahrnehmen können, die wie aus dem Nichts zwischen zwei parkenden Autos auf die Fahrbahn gesprungen war, bevor sie die Augen fest zusammenkniff und auf die Bremse trat. Der SUV schlitterte, die Reifen quietschten auf der heißen Fahrbahn, der Sitzgurt schnitt in Isa Bachgassers Schlüsselbein. Der Wagen kam zum Stehen. In ihren Ohren rauschte das Blut. Sie umklammerte das

Lenkrad und wagte nicht, die Augen zu öffnen. Dann hörte sie zwei dumpfe Schläge auf das Blech der Motorhaube.

»Alles in Ordnung!«, rief jemand.

Isa Bachgasser blinzelte. Keine zwei Zentimeter vor ihrer Stoßstange stand ein junger Mann, ein Bursch, und winkte.

»Mir ist nichts passiert.«

Er lächelte. Hektisch löste Isa Bachgasser ihren Gurt, stellte den Motor ab und riss die Autotür auf.

»Um Himmels willen!« Sie rang nach Luft und Worten. »Ist alles okay?«

»Ja, ja«, der Bursche wedelte mit einer Hand in der Luft, »alles in Ordnung.«

»Ich habe dich nicht kommen sehen. Es tut mir so leid.«

Sie legte ihm eine Hand auf die Schulter. Sie zitterte.

»Bist du sicher, dass alles in Ordnung ist? Manchmal spürt man Verletzungen nicht, wenn man im Schock ist. Sollen wir ins Krankenhaus fahren?«

»Ach was«, sagte der Bursche. »Sie haben mich ja nicht einmal berührt.«

Isa Bachgasser sah den Jungen von oben bis unten an. Sie war skeptisch.

»Wirklich nicht«, beteuerte er und lachte.

»Okay. Na gut.« Isa Bachgasser atmete durch. »Tut mir leid. Wie heißt du denn?«

»Valentin«, sagte der Bursch.

»Ich bin die Isa.«

Sie nahm ihre Hand von seiner Schulter. Immer noch zitternd.

»Was haben Sie gerade gemacht?«, fragte er.

»Wie bitte?«

»Sie waren bei der Hagenrieder? Die hat gerade Mittagspause. Warum waren Sie in der Bäckerei?«

Isa Bachgasser lachte irritiert.

»Was ich dort gemacht habe? Also, ich … Die Frau Hagenrieder wollte mir einen Artikel zeigen. Über ihre Linzer Radln.«

»Aha?«

»Und dann hat sie mir Interessantes über Nincshof erzählt.«

»Interessantes?«

»Über das Weitergeben der Nachnamen von Frauen an ihre Ehemänner zum Beispiel.«

»Das finden Sie interessant?«

Isa Bachgasser lachte wieder. Wieso fiel den Nincshofern ihre eigene Sonderbarkeit nicht auf?

»Natürlich finde ich so was interessant.«

»Sie machen aber keinen Film drüber, oder?«

Isa Bachgasser lachte nicht mehr.

»Wie kommst du drauf, dass ich darüber einen Film machen will?«

»Weil Sie Filmemacherin sind. Das weiß man doch. Und Filmemacherinnen machen Filme, oder nicht?«

Der Bursch sah sie emotionslos an. Isa Bachgasser schüttelte verwirrt den Kopf.

»Ich werde keinen Film darüber machen, denke ich«, sagte sie.

Der Bursch nickte. Dann drehte er sich um, ohne Gruß, und ging.

10

Der natürliche Feind des Oblivisten war das Gedächtnis. Um ihn zu bekämpfen, brauchte die Bewegung des Oblivismus, wie jede Bewegung, ein theoretisch-ideologisches Fundament. Ohne eine Verankerung in der Philosophie als Basis war man als politische Bewegung wertlos und den Kräften der Opposition hilflos ausgeliefert. Würde wie ein Blatt im Wind zwischen den Argumenten der Gegner hin- und herflattern.

Valentin Salmerak stand kerzengerade in einem verdächtig weißen Hemd vor der Eckbank in der Urbarialgasse Nummer fünf und referierte. Auf zwei übereinandergestapelte Esstischstühle hatte er eine mitgebrachte Korkpinnwand gestellt. Auf einem daran gepinnten Bogen Packpapier stand in großen, etwas windschief gezogenen Buchstaben: *Einführung in die oblivistischen Grundlagen*. Auf der Eckbank saß, zwischen Bürgermeister und Sipp Sepp, Erna Rohdiebl.

Die drei Männer, die Oblivisten, waren, nachdem sie Erna Rohdiebl am Abend zuvor in aller Heimlichkeit erst brutal überfallen und dann reuig beschämt in ihre Pläne eingeweiht hatten, heute wieder in der Urbarialgasse Nummer fünf erschienen und hatten sich wie selbstverständlich um den Esstisch platziert, als hätten sie es immer schon so getan. Erna Rohdiebl hatte sie machen lassen. War doch ihr übliches Abendprogramm – Nachtmahl und Fernsehnachrichten – nicht unbedingt spannender. Und war sie doch außerdem ein bisschen neugierig geworden auf die sonderbaren Pläne ihrer Mitbürger, die sie mit ihren Fantastereien gar ein wenig an die wilden Märchen der Großmutter erinnerten. Ein noch nicht näher bestimmbares Gefühl in ihrer Brust sagte ihr, dass sich hier an ihrem Esstisch möglicherweise etwas zusammenbraute, das man lieber nicht verpasste.

Vor der Eckbank fuhrwerkte Valentin Salmerak. Alle paar Minuten drehte er sich zur Pinnwand und befestigte dort mit einer Stecknadel einen neuen Papierbogen mit aufgemalten Pfeilen, Kreisen und Stichworten und zeigte darauf herum. In seinen Worten surrte eine nervöse Erregung, die man von Menschen kannte, die im Nachmittagsfernsehen Messersets verkauften.

Oblivismus, erklärte er, könne als geistige Strömung verstanden werden, in deren Zentrum das Vergessen stehe. Sie sei folglich gegenläufig zu Jahrhunderten der aufgeklärten Wissenschaft, die nichts anderes als den maximalen Erkenntnisgewinn anstrebte, und damit wirklich, betonte Valentin Salmerak mehrmals, *wirklich* revolutionär.

»In unserer Gesellschaft gibt es eine eindeutige Bevorzugung des Erinnerns gegenüber dem Vergessen«, sagte er. »Das muss uns allen bewusst sein. Nur wenn wir dies verinnerlicht haben, können wir verstehen, dass das, was wir hier machen, seine Berechtigung hat. Von Kindesbeinen an werden wir wie willenlose Mastviecher darauf getrimmt, uns allerhand Dinge zu merken. Erinnern wird belohnt, Vergessen bestraft. Verkehrsregeln, das ABC, die Bürgschaft, die Mal-Sätzchen, die In-Sätzchen, Hauptstädte, Berggipfel, Kriegsschauplätze samt Feldherren, Molekülstrukturen, Gesteinsschichten, Vogelarten. Es ist eine nicht enden wollende Liste an Dingen, die unser Gehirn ein Leben lang speichern muss. Ich bin mir sicher, euch fallen auch Dinge ein.«

Erwartungsvoll sah er in die Runde. Niemand sprach. Valentin Salmerak ergriff wieder das Wort.

»Erna, was musst du dir merken?«

»Ich? Ähm, also … ich weiß jetzt nicht …«

»Egal. Sag irgendwas, Erna.«

»Rezepte?«, sagte Erna Rohdiebl zögerlich.

»Rezepte!«, rief Valentin Salmerak begeistert. »Natürlich. Sehr gut.«

Hastig fetzte er das Wort »Rezepte« mit einem dicken Filzstift auf den Papierbogen.

»Was noch?«, fragte er drängend und hämmerte mit dem Finger gegen die Pinnwand. Erna Rohdiebl hob die Hand. Valentin Salmerak deutete mit dem Filzstiftende auf sie.

»Erna, bitte!«

»Ich muss mir immer merken, wann ich gießen muss am Friedhof.«

»Ja, sehr gut«, sagte Valentin Salmerak und schrieb »Friedhof« und »Gießen« auf den Papierbogen.

»Was noch?« Valentin Salmerak war in Fahrt. »Herr Bürgermeister, was musst du dir immer merken?«

Der Bürgermeister saugte dramatisch viel Luft durch seine aufgeblähten Nasenflügel. Er lehnte sich nach vorn und stützte seine großen Hände auf die Knie. Das Holz der Eckbank knarzte, wie immer, wenn der Bürgermeister sich auf ihr bewegte.

»Eigentlich alles«, sagte er und lachte gequält. »Ich bin ja der Bürgermeister. Ich muss jeden Hansel kennen, mit Vor- und Nachnamen. Und jeden Scheißdrecksgeburtstag muss ich mir merken, damit ich die Geschenkkörbe rechtzeitig austragen gehen kann. Nicht nur von den Nincshofern, sondern auch von allen Bürgermeistern, Gemeinderäten, Pfarrern und Pfarrgemeinderäten von den umliegenden Dörfern.«

Valentin Salmerak nickte heftig. Sein Blick war ernst.

»Und wie fühlst du dich dabei?«, fragte er. »Wäre es denn so schlimm, wenn all diese Dinge vergessen würden? Würde die Welt sich am nächsten Tag nicht trotzdem weiterdrehen?«

»Wahrscheinlich schon«, sagte der Bürgermeister.

»Was ich euch sagen will, ist, dass das Vergessen einen so schlechten Ruf hat, weil wir Menschen ihm diesen Ruf *gegeben* haben.« Er blickte in die Runde. »Wir haben uns *ausgedacht*, dass Vergessen etwas Schlechtes und Erinnern etwas Gutes ist. Das ist, wenn man so will, nichts anderes als das Produkt eines Machtdiskurses im foucaultschen Sinne, oder eines kulturellen Hegemonieapparates, wie es Gramsci nennen würde, dem wir uns nicht entziehen können. Nicht, wenn wir uns nicht aktiv dazu entscheiden.«

Erna Rohdiebl nickte zaghaft und schielte in die Gesichter des Bürgermeisters und des Sipp Sepp.

»Das muss nicht so bleiben«, fuhr Valentin Salmerak fort. »Nur weil wir schon von Kindesbeinen an derart darauf geeicht werden, uns Dinge zu merken, heißt es nicht, dass wir so weitermachen müssen, bis wir sterben. Wir müssen dieses uns aufgezwungene Primat des Gedächtnisses nicht länger fortsetzen, wenn wir nicht wollen.«

Triumphierend schob er seine Brust nach vorne. Erna Rohdiebl nickte immer noch. Aus den Augenwinkeln sah sie auch den Kopf des Bürgermeisters neben sich auf- und abwippen.

»Warum sind wir vom Erinnern so besessen? Was ist so schlimm am Vergessen? Kleiner Exkurs in die Geschichte: Die alten Griechen und Römer waren weniger engstirnig. Bei ihnen gab es – neben der Kunst des Erinnerns, der sogenannten Mnemotechnik beziehungsweise der *ars memoriae*, mit der man versucht hat, die menschliche Merkleistung zu steigern – auch eine Kunst des Vergessens, die *ars oblivionalis*. Wer sie beherrschte, konnte alles vergessen, was er vergessen wollte. Bei Homer, Euripides, Alkaios kann man das alles nachlesen.«

Er stöpselte seinen Filzstift zu und ging im Esszimmer auf und ab wie ein Geschichtslehrer.

»Heute haben wir das verlernt. Im Gegensatz zum Erinnern können wir das Vergessen nicht gezielt steuern. Es gibt keine *Vergessenshilfen*, *Vergessensstützen*. Eselsbrücken oder Reimverse, damit einem das Vergessen leichter fällt. Kein Notizbuch, in dem man Dinge, die man vergessen will, wegradieren kann. Mit einigen klugen Strategien kann man das Vergessen allerdings beschleunigen. Und dies, meine lieben Freunde, ist die Materie, mit der sich der praktische Oblivismus befasst. Der Oblivismus möchte anschließen an die antike *ars oblivionalis* und das Vergessen wieder steuerbar machen.«

Er blieb kurz stehen, vollführte eine schwungvolle Drehung auf seinen Absätzen, verschränkte die Arme hinter seinem Rücken und setzte sein Auf-und-ab-Schreiten fort.

»Nun gibt es Kritiker. Als prominentes Beispiel sei an dieser Stelle Umberto Eco erwähnt. Er sagt, absichtliches Vergessen könne es nicht geben. Ich, Valentin Salmerak, Nincshofer Oblivist, widerspreche. Eine *ars oblivionalis* kann es sehr wohl geben. Was es aber nicht geben kann, ist die wissenschaftliche Belegbarkeit der Wirksamkeit derselben. Denn: Wie soll belegt werden, dass etwas vergessen ist, wenn das, was vergessen wurde, selbst nicht mehr greifbar, weil vergessen ist? Niemals wird man belegen können, dass die Kunst des Vergessens funktioniert. Das ist ihr qua Natur ins Fleisch geschrieben.«

Die Worte des Valentin Salmerak glitten in die Stille des Esszimmers und dehnten sich dort bedeutungsschwer aus.

»Habt ihr das verstanden?«

Erna Rohdiebl zupfte an einem neben ihrem Daumennagel abstehenden Hautfetzen und nickte wieder, aber nur so viel, dass man es, wenn man nicht genau hinsah, nicht als Nicken erkannte.

»Der Nincshofer Oblivismus ist im Gegensatz zur *ars oblivionalis* der alten Römer ausschließlich auf sich selbst bezogen. Während die *ars oblivionalis* darauf abzielte, etwas Externes zu vergessen – eine schmerzhafte Erinnerung, einen Streit, eine unerwiderte Liebe –, ist es Ziel eines jeden Nincshofer Oblivisten, ein Vergessen seiner selbst bei anderen zu provozieren. Er möchte also das passive *Vergessenwerden* aktiv herbeiführen. Gesteuertes Vergessen von etwas anderem als dem eigenen Selbst birgt Gefahren, die man sich angesichts der Grausamkeiten, die von uns Menschen allein im 20. Jahrhundert angerichtet worden sind, gar nicht ausmalen will. Der Nincshofer Oblivismus bekennt sich zu den Menschenrechten. Andere Menschen gegen ihren Willen dem Vergessen auszuliefern, darf niemals, ich betone *niemals,* Ziel oblivistischen Handelns sein. Unser Oblivismus ist ausschließlich und immer auf sich selbst gerichtet. Also auf Nincshof.«

»Ihr fragt euch jetzt vielleicht: Was ist das überhaupt, *Vergessen*? Gibt es so etwas wie absolutes Vergessen? Das im metaphorischen schwarzen Loch endet, aus dem nie wieder etwas zurückkommen kann? Oder setzt das Vergessen vielmehr den, dem Erinnern sehr ähnlichen, anti-oblivistischen Moment des *Sich-des-Vergessens-Gewahr-Werdens* voraus? Da man ja möglicherweise erst dann etwas als vergessen erklären kann, wenn man sich doch wieder daran erinnert? All das sind Fragen, die der *theoretische Oblivismus* noch zu diskutieren versucht. Abschließende Antworten kann ich darauf zum aktuellen Zeitpunkt also noch nicht geben, ich werde euch aber gerne in regelmäßigen Abständen über meine Recherchen informieren. Wenden wir uns aber nun dem *praktischen* beziehungsweise dem *angewandten Oblivis-*

mus zu, der ist für unsere konkreten Vorhaben viel ausschlaggebender.«

Er riss seine Papierbögen dramatisch wie ein Bühnenschauspieler von der Pinnwand und brachte einen neuen an.

»Es ist Aufgabe des angewandten Oblivismus, über Strategien nachzudenken, die dem Erreichen oblivistischer Ziele zuträglich sind, beispielsweise die Beseitigung oder Bereinigung anti-oblivistischer Objekte, in erster Linie Medien jeglichen Formats, die ja nur einen alleinigen Zweck erfüllen, nämlich die Weitergabe und Konservierung von Erinnerung. Ich rede von Zeitungen, Büchern, Filmen, digitalem Material und auch Museen und Bibliotheken als Horte des Gedächtnisses, alle müssen in oblivistischem Sinne bearbeitet werden. Bücher aus Bibliotheken entfernt, Ausstellungsstücke aus Museen entwendet werden. In den vergangenen drei Jahren waren wir auf dieser Ebene bereits sehr aktiv und konnten einige Erfolge erzielen. Das wirst du, Erna, im Laufe der Zeit alles sehen. Voraussichtlich werden uns in den nächsten Wochen und Monaten unter anderem die Neuen beschäftigen. Er, der Ziegenwirt, hat mit seinen Viechern möglicherweise Großes vor, und sie, die Frau, ist zu neugierig für meinen Geschmack. Die müssen wir auf alle Fälle im Auge behalten.«

Erna Rohdiebl nickte immer noch und zwirbelte weiter den Hautfetzen an ihrem Daumennagel.

»Als praktischer Oblivist bewegt man sich am Rande der Legalität, das muss uns klar sein. Aber das müssen wir zur Erreichung unseres Ziels in Kauf nehmen. Keine Revolution der Geschichte ist innerhalb des gesetzlichen Rahmens geschehen. Ich denke, wenn wir uns in diesem Zusammenhang das eingangs erwähnte Primat des Erinnerns bewusst machen, wird es uns nicht allzu schwer fallen, unsere oblivistischen Tätigkeiten vor uns selbst zu rechtfertigen.«

Erna Rohdiebl riss den Hautfetzen am Daumen ab und rollte ihn zwischen ihren Fingerspitzen zu einem schlanken Faden.

»Der Oblivismus ist, wenn er erfolgreich ist, außerdem ein sich selbst verschlingendes Loch. Durch seine Autoreflexivität ist der Oblivismus eine Ideologie, die auf das Vergessen von gerade demjenigen gerichtet ist, das den Oblivismus als Ideologie erst überhaupt hervorgebracht hat. Konkret: Wenn ein oblivistisches Objekt, in unserem Fall das Dorf Nincshof, vergessen wird, verschwindet mit ihm auch der Oblivismus als solcher aus der Erinnerung. Daher ist es im Übrigen schwer zu sagen, ob der Nincshofer Oblivismus tatsächlich, wie von mir behauptet, die erste Bewegung dieser Art ist. Wenn man die Möglichkeit eines erfolgreichen Oblivismus anerkennt, muss man gleichzeitig anerkennen, dass es in der Geschichte schon unzählige Dinge, Menschen, Dörfer, Städte oder möglicherweise ganze Länder gegeben haben mag, die durch oblivistische Maßnahmen vergessen wurden, und folglich auch die Ideologie, die dahintersteckte, verloren gegangen ist. Zumindest für uns, die wir vergessen haben. Oblivismus muss sich immer jedes Mal aufs Neue von vorne bis hinten neu erfinden. Das ist ein Aspekt, der für viele nicht leicht zu begreifen ist, aber ich bin mir sicher, ihr könnt mir folgen. Um dies zu illustrieren, erlaubt mir zum Abschluss ein letztes Beispiel: Serge Corifault, ein französischer Künstler, der zeit seines Lebens, das tragischerweise 1893 mit einem unglücklich gesetzten Schritt in einen geöffneten Kanaldeckel endete, behauptete, Hunderte Gedichte und noch viel mehr Malereien von unvorstellbarer Schönheit über die Zeit der Pariser Kommune angefertigt zu haben, nur um im selben Atemzug zu erwähnen, dass es diese Werke nicht mehr gäbe, denn er habe vergessen, wo sie sich befänden, und sie seien außerdem so weit aus seinem Gedächtnis entrückt, dass sie unwiederbringlich, unrekonstruierbar waren. Ein Leichtes ist es, Serge Corifault nun einen simplen Verrückten zu nennen, einen, der nach Ruhm und Aufmerksamkeit giert. Jedoch, fasst man den Begriff Oblivismus etwas weiter, kann man ihn auch als einen Vertreter oblivistischer Kunst bezeichnen. Aber das ist nun ein ganz anderes Kapitel, in welches wir uns vielleicht in einer der kommenden Sitzungen vertiefen können.«

Zufrieden grinsend blickte Valentin Salmerak in die auf der Eckbank aufgefädelte oblivistische Runde. Kleine Schweißtropfen liefen aus seinem Haaransatz den Hals hinunter. Er hob den Arm, um sie mit seinem Handgelenk wegzuwischen. Der Hemdsstoff unter seinen Achseln feucht wie Essigwickel.

»Also schlage ich vor, wir machen an dieser Stelle Schluss. Ich danke recht herzlich für eure geschätzte Aufmerksamkeit.«

Der Bürgermeister räusperte sich und strich eine nicht vorhandene Falte an seinem Hosenbein glatt. Erna Rohdiebl ergriff das Wort.

»Super«, sagte sie. »Das war wirklich ganz toll, Valentin. Ganz tüchtig.«

»Jawoll«, sagte der Bürgermeister, heftig nickend. »Wirklich beeindruckend.«

Dann schlug er seine fleischigen Hände ineinander. Einmal, zweimal, dreimal. Erna Rohdiebl tat es ihm gleich. Und schließlich stimmte auch der Sipp Sepp ein. Alle drei saßen sie auf der Eckbank und applaudierten ihrem jüngsten Mitglied, das ihrem Plan einen Rahmen verpasst hatte, der nach etwas wissenschaftlich Durchdachtem aussah.

JULI

11

Was es war, wusste sie nicht. Oder einmal werden würde. Und ob
überhaupt. Sie wusste, *dass* es war, und das reichte für den Anfang. Es hatte gereicht, um die Bäckerin über Nincshof auszufra-
gen, hatte gereicht, um mit dem Laptop auf der Terrasse bis in die
warme Nacht hinein das Internet nach anthropologischen Tex-
ten über matriarchale Völker zu durchsuchen, und es reichte nun,
um sich aufzumachen, durch die Gegend zu fahren und zu suchen. Nach etwas. Nach etwas, das fehlte und das man *so* nicht
lassen konnte. Gartenzwerge waren lästige Kreaturen.

In den umliegenden Ortschaften fand Isa Bachgasser nicht viel.
Auf der Terrasse eines Gasthofes in Andau, wo Fahrradtouristen
unter gelben Pago-Sonnenschirmen die Fetawürfel aus ihren grie-
chischen Salaten pickten, sagte man ihr: »Ach, die Nincshofer. Die
sind halt, wie sie sind« und: »Wenn man sie in Ruhe lässt, kommt
man gut mit ihnen aus.« In Pamhagen hielt Isa Bachgasser an
einem alten Streckhof, vor dem eine alte Frau in der prallen Sonne auf einer Bank saß, unbeeindruckt von der Hitze. »Nincshof!«,
rief sie, ihr Gesicht zerfurcht von Wetter und einem langen Leben. »Schon ewig nicht mehr dort gewesen. Warum sollte ich?«
Sie wandte ihren Blick kein einziges Mal vom gegenüberliegen-
den Hoftor ab, von dem sie zu erwarten schien, dass es bald auf-
ging. In Zick, wo die wortkargsten Burgenländer zu leben schie-

nen, zuckte man beim Namen Nincshof nur mit den Schultern und ging seines Weges. Von einer Sage über das versteckte Nincshof oder Gründen für die ungewöhnlichen matriarchalen Namenslinien wollte man in keinem der dahindösenden Orte etwas gehört haben. Diese anscheinende Gleichgültigkeit gegenüber dem doch aber so Außergewöhnlichen ließ in Isa Bachgasser das zuletzt so erfolgreich bekämpfte, möglicherweise arrogante Urteil wieder aufsteigen, dass in dieser Gegend zwar das Land weit, aber der Geist sehr eng war.

Manchmal gelang es Isa Bachgasser, Tochter Felicitas mit der Aussicht auf ein Eis an der Seepromenade auf diese Touren zu locken. Schlapp hing sie im Beifahrersitz und scrollte sich per Smartphone ans Ende des Internets. Isa Bachgasser versuchte die Zweisamkeit für ein Gespräch zu nutzen, ein gutes, ehrliches, in dem man Dinge sagte, die im Familienalltag zwischen Einkaufslisten und Mathehausaufgaben ungesagt hindurchglitten. Je tiefer das Kind in die Spätpubertät rutschte, desto schwieriger wurden diese Gespräche.

»Und?«

»Was und?«, antwortete das Kind, ohne vom leuchtenden Bildschirm aufzusehen.

»Wie geht es dir?«, fragte Isa Bachgasser. »Hier in Nincshof, meine ich.«

Felicitas Mezzaroni seufzte laut.

»Mama, du kennst meine Antwort.«

»An der hat sich nichts geändert in der Zwischenzeit?«

Felicitas Mezzaroni zuckte mit den Schultern und schlug auf dem Armaturenbrett ein Bein über das andere. »Ich habe mich für den Weg mit dem geringsten Widerstand entschieden.«

Isa Bachgasser warf einen kurzen Blick zu ihrer Tochter hinüber, sagte aber nichts. Felicitas fuhr fort.

»Ich mag es hier nicht. Das habe ich gleich von Anfang an dem Papa gesagt. Aber ich hab es in Wien auch nicht gemocht. So gesehen hat sich für mich nicht viel geändert, und es ist ziemlich wurscht, ob ich in Wien angfressen bin oder hier. Kommt aufs Selbe raus.«

Sie zog die langen Beine wieder an sich und verknotete sie in einen Schneidersitz. Feuchte Abdrücke ihrer Zehen blieben an der Windschutzscheibe zurück. Isa Bachgasser seufzte, möglicherweise ebenso spätpubertär, schaute auf die Straße und lenkte die sich im Autoinnenraum aufstauende Mutter-Tochter-Schweigsamkeit zwischen üppig aufgeblasenen Maulbeerbäumen und sanft im warmen Wind wogenden Schilffeldern hindurch.

Immer dabei auf diesen Erkundungstouren, und auch sonst, war Selma Sadić, die in Wien Zurückgelassene, die schmerzlich-Vermisste, die nun im Chat per Smartphone auf dem Laufenden gehalten wurde.

> Die Gegend hier ist so seltsam, Selma

Seltsam, how?

> Die Leute sind so schräg und merken es nicht

Oder du bist schräg und merkst es nicht?

In echt jetzt!
Zum Beispiel das:
Die Nincshofer Männer nehmen seit jeher
die Nachnamen ihrer Ehefrauen an
Das ist doch wirklich außergewöhnlich
Eine Sensation eigentlich
Hast du davon schon einmal
irgendwo gehört?

Nein
Glaub nicht

Eben!
Warum hat man darüber nicht
schon längst irgendwas gelesen?
Das müssten doch sämtliche Soziologen
oder Sprachwissenschaftler
oder was weiß ich wer, schon längst zur
Unkenntlichkeit zerforscht haben!

Bemerkenswert
In der Tat
Machst du was draus?

Weiß noch nicht
Mal schauen …
Egal
Wie geht's dir?

Same old.
Mama war ein Wochenende
lang da
Hat gereicht für den Rest
des Jahres …

Ach komm ... ;-)
Wie geht's ihr denn?

Eh gut. Sie grüßt dich lieb.
Deinen Film zeigt sie immer noch
jedem in Banja Luka.
Sie ist so stolz

Das freut mich wirklich!

Jedes Mal sagt sie mir
außerdem, dass du endlich kommen
sollst, runter zu ihnen nach BL, wenn
es dir wieder besser geht
Damit sie eine große Filmvorführung
machen kann

Ja, schaun wir mal ...

Eh
Hab ich ihr eh gsagt.

<3 <3

Hab Stromausfall gehabt im Atelier
letzte Woche.

Oje!

Kein Licht
Hab nur tagsüber arbeiten können

127

Hätte es die Irrziegen, die stinkenden Zottelviecher, nicht gegeben, wer weiß, ob sie überhaupt in Nincshof gelandet wären. Als Tochter Felicitas vor vielen Jahren zum ersten Mal alleine bei den Großeltern im Salzkammergut geblieben war, waren Isa Bachgasser und Silvano Mezzaroni von einer plötzlichen Zweisamkeit überrascht worden, in der sie sich nach Jahren des Elternseins kaum zurechtgefunden hatten. Wie anders waren mit einem Mal die Gespräche gewesen, über das morgendliche Toastbrot hinweg, wenn nicht ständig ein Kind dazwischenplapperte. Niemand hatte sie davor gewarnt, dass das passieren würde. Niemand hatte ihnen gesagt, dass Kinder das mit einem machen würden.

Noch am Frühstückstisch hatten sie entschieden, mit dieser ungewohnten, fast ein bisschen unangenehmen Zweisamkeit Richtung Süden zu fahren. Es war April, in Italien würden die Orangenbäume anfangen zu blühen. Rasch erfolgte ein Anruf ins Salzkammergut, wo sie sich der Heimwehlosigkeit der Tochter vergewisserten. Diese war gut umsorgt und jagte den Großvater auf dem Fahrrad durch die Einfahrt. Keuchend, glücklich und vor allem kurz angebunden quietschte sie stolz in den Hörer von Stützrädern, die nun im Regal in der Garage lagen, und von Katzenbabys, die es drüben im Stall des Nachbarn zu bestaunen gab.

In Udine mieteten sie sich in einem kleinen dunklen Gasthof mit knarzenden Betten ein und taten nicht viel mehr als nichts. Sie aßen reichlich, schliefen lange und spazierten ohne Ziel durch die Straßen. Vom Zentrum aus bis dorthin, wo die Stadt ausfranste und zur Gegend wurde. Sie waren wahllos in einen beliebigen Feldweg eingebogen, als Silvano Mezzaroni plötzlich einen Schrei ausstieß. Er ließ Isa Bachgassers Hand los und stürzte an den Maschendrahtzaun neben dem Weg und stammelte Unverständliches. Hinter dem Zaun lag eine große Weide. In einiger Entfernung hatte sich eine Tierherde zu einem großen scheckigen Wollknäuel zusammengerottet.

»Isa, schau. Das sind sie«, flüsterte er. »Die Ziegen aus Peru. Wie kann das sein? Hier in Europa?«

Ein lange zurückliegender Herzbruch, über den Silvano Mezzaroni nie gerne gesprochen hatte, hatte ihn einst verleitet, mit einem One-Way-Ticket nach Südamerika abzuhauen. Dort war er mehrere Jahre geblieben, hatte von der Hand in den Mund und der Gastfreundschaft der anderen gelebt und wie ein Getriebener den Kontinent durchzogen. War hinuntergetingelt bis nach Feuerland, in der endlosen Pampa so winzig klein geworden, dass er sich beinahe selbst verloren hätte, zwischen langen Gräsern liegend unter freiem Himmel, war in Kolumbien in ein Handgemenge geraten und mit einem Streifschuss am Oberschenkel davongekommen. In Chiapas hatte er geliebt, Fernanda Chacal, mit dickem rabenschwarzem Haar und scharfem Verstand, die ihn bekannt machte mit ihren Freunden, den stolzen zapatistischen

Kämpfern, die Widerstand leisteten gegen den Kapitalismus, dieses Monster des Westens, denen Silvano Mezzaroni sich schließlich anschloss, überzeugt davon, das Richtige zu tun. Jenen Tieren, wegen denen er nun, am Stadtrand Udines, die Fassung verlor, war er in Peru begegnet. Dort hatte er einem Hirten ausgeholfen, war wochenlang über die graugrünen Wiesen des Altiplano gezogen, begleitet nur von diesen sonderbaren Tieren, seinen eigenen Gedanken und dem gebrochenen Herzen.

Silvano Mezzaroni kletterte über den Zaun in Udine, ging auf die Knie und verlor sich in seinem blökenden, grunzenden, zotteligen Glück. Den Besitzer der Irrziegenherde, Sergio Pentaconte, hatte er schnell ausfindig gemacht und war ihm sofort eng verbunden. Irrziegenwirt werde man nicht einfach so, sagte Silvano Mezzaroni, nicht, weil es gerade in Mode war oder einem Geld einbrachte, nein, Irrziegenwirt, werde man nur aus Liebe. Und aus einer unerschütterlichen Verbindung zu sich selbst, die man sich wochenlang in südamerikanischen Gebirgsketten erwandert hatte. Irrziegenwirte waren, in Silvano Mezzaronis Verständnis, ausnahmslos geerdete und ehrliche Menschen. Bei Sergio Pentaconte in Udine lernte er alles, was er heute über das Irrziegenwirtschaften wusste. Er molk, schor und kehrte im Stall Irrziegenkotkugeln zu säuberlichen Haufen zusammen. Bis schließlich die Idee, selbst einmal in die Riege der Irrziegenwirte einzutreten, von einem Hirngespinst, über das sie beide zu Beginn noch gelacht hatten, zu einem ernst zu nehmenden Wunsch und schließlich zu einem regelrechten Verlangen anwuchs. Sergio Pentaconte war es auch gewesen, der den Kauf des Grundstückes in Nincshof mit seinem positiven Urteil über die Eignung für eine Irrziegenwirtschaft erst besiegelte. Durch seinen engen Kontakt zu seinem bekannten Irrziegenzüchter in Peru verschaffte er Silvano Mezzaroni seine ersten sechs Tiere.

12

In der mitternächtlichen Schwärze ihres Schlafzimmers wälzte sich Erna Rohdiebl von einer Seite auf die andere, schlug schließlich die Bettdecke zurück, stand auf, öffnete das Fenster, sah hinaus in die Nacht und lauschte den Grillen. Seit ein paar Tagen schon kamen die Männer, die Oblivisten, abends zu ihr in die Urbarialgasse Nummer fünf und beratschlagten auf ihrer Eckbank über den Verbleib von Nincshof, als hätten sie nie etwas anderes getan. Sie hatten sie auserkoren, Teil ihres Bundes zu werden und gemeinsam das Dorf umzugestalten. Was war zu halten von diesen Plänen, von diesen Träumereien? Waren sie nicht einerseits der größte Irrsinn, den sie je gehört hatte? Vergessenwerden-Wollen, meine Güte! Waren diese Pläne aber andererseits nicht auch das Aufregendste, was sich seit Langem in ihrem verschlafenen Dorf zutrug? Was würde sein, wenn sie, Erna Rohdiebl, da mitmachte und zur Oblivistin würde?

Das, was Erna Rohdiebl als kleines Mädchen und später als junge Frau am meisten fasziniert hatte, war das *Dann* gewesen. Langweilig dagegen all das, was schon passiert war. An das man bloß noch denken, das man aber niemals wieder anfassen konnte. Wie Nebel, der irgendwie da war, aber irgendwie auch nicht. Enttäuschend auch alles, was gerade eben geschah, an dieser Stelle, in diesem Moment, und immer viel zu schnell vorüberging und am Ende wieder nur zu etwas wurde, an das man später denken musste, wenn man es wiederhaben wollte. Aber all das, was weder zuvor noch gerade eben, sondern *dann* passierte, war das nicht das Aufregende?

»Wie soll ich denn riechen können, was ist, zu einer andern Zeit als jetzt?«, hatte die Großmutter gesagt, wenn die kleine Erna Rohdiebl fragte, freudvoll gespannt, nach dem Morgen, nach dem Übermorgen, dem nächsten Winter. »Bei allem, was ich weiß – und viel weiß ich nicht –, kann es der größte Segen sein oder das größte Unheil, das wir je gekannt haben.«

Ein Würfelspiel, das Dann.

Was würde passieren, wenn man, *dann*, mit den Nachbarskindern heimlich in den Stall des Schweinebauern stiege, zu den jungen Ferkeln? Würde er toben? Würde die Großmutter einem an der Nasenspitze ansehen, wenn man log? Würde man irgendwann, *dann*, je zu jemandem werden, wegen dem die anderen die Köpfe zusammensteckten und kicherten? Würde man Schmerzen zu ertragen haben, dann, irgendwann? Ein Würfelspiel und Quell der Sorge. Denn – woher wusste man schon?

Nun aber also das. Die Oblivisten. Was würde also sein, *dann*, wenn sie da mitmachte?

Sie war Ende siebzig. Wenn es gut lief, blieben ihr vielleicht noch zwanzig Jahre. Wenn es schlecht lief, konnte es morgen vorbei sein. Hatte sie vor, ihre Zeit still vor sich hinzuleben, wie sie es die letzten Jahrzehnte getan hatte? Oder fasste sie sich ein Herz, forderte das Schicksal auf der Zielgeraden noch einmal heraus, presste den letzten Tropfen Noch-zu-Erlebendes aus diesem ihren, sich neigenden, doch schon so voll von bereits erlebtem Leben? Zu verlieren hatte sie, so war das eben im sich neigenden Leben, nicht mehr viel.

Erna Rohdiebl schloss das Fenster wieder und fiel zurück ins

Bett. Unruhig wanderten ihre Hände unter der dünnen Sommerdecke umher, auf der Suche nach jenem Flattern, das in wirren Momenten, in denen sich alles überschlug, den Menschen doch bislang immer die nötige Ruhe wiedergebracht hatte.

Ungefähr zur selben Zeit, als Erna Rohdiebl und der Gehlinger Hans am Abend der Sonnwendfeier, damals in den Fünfzigerjahren, mit den Liegestützen im hohen Gras zum ersten Mal versucht hatten, sich wie Liebende zu benehmen, hatte am anderen Ortsende die Wirtstochter das Flattern entdeckt. Und damit dem Leben der Nincshofer Mädchen eine neue Dimension geschenkt. Das Fliegen sei ihr gelungen, hatte sie Erna Rohdiebl eines Tages verstohlen auf dem Schulhof zugeflüstert, nachts unter der Bettdecke im finsteren Zimmer, die Hand zwischen den Schenkeln. Ein kurzer Moment sei es bloß, nicht mehr als ein Augenblick, vielleicht sei es auch nicht einmal ein Fliegen, sondern bloß ein *Flattern*.

»Man ist wie gelähmt, Erna«, sagte die Wirtstocher auf dem Schulhof. »Aber man hebt ab.«

Erna Rohdiebl schob ein halb zerkautes Brotstück in die Wange.

»So ein Blödsinn«, sagte sie.

»Wenn ich's dir sag! Probier's halt.«

Abends im Bett dann, nachdem sie der Großmutter eine gute Nacht gewünscht und das Licht gelöscht hatte, hatte sich Erna Rohdiebl darangemacht, das Fliegen zu lernen. In einem Ohr die Wirtstochter, wie sie an der Schulhofmauer penibel die Anweisungen erklärt hatte.

»Du erzählst Blödsinn«, flüsterte Erna Rohdiebl in der nächsten Deutschstunde. »Das funktioniert nicht.«

»Vielleicht kann das halt nur ich«, flüsterte die Wirtstocher zurück.

»Ich glaub dir das nicht. Du schwindelst.«

»Das tue ich nicht«, flüsterte die Wirtstochter so laut, dass es auch der Deutschlehrer an der Tafel hörte.

Die beiden Mädchen mussten an diesem Tag nach der letzten Stunde länger bleiben und mit einem ungeduldigen Deutschlehrer ein Diktat schreiben, für das er sich einen Text mit besonders vielen stummen h's ausgedacht hatte.

Das Gerede der Wirtstochter ließ Erna Rohdiebl keine Ruhe, und sie tat, was sie immer tat, wenn sie vor Fragen stand, auf die sie keine Antwort wusste: Sie ging zur Großmutter. Und wie immer, wenn die Enkelin mit Fragen kam, erwiderte die mit allem, was keine Antwort war. Tagsüber. Abends jedoch, als sich die Großmutter an der Bettkante in ihre fabulierende Trance redete, hatte Erna Rohdiebl Gewissheit. Die Nincshofer hatten schon immer gewusst, dass im Schoße des Menschen alles lag, was auf dieser Welt von Bedeutung war. Sie solle der Wirtstochter ruhig glauben, murmelte die Großmutter, und sie solle sich nur recht erfreuen an dem, was ihr eigener Körper ihr an Glück zu bescheren imstande war. Das Glück säße fest in ihr. Niemand würde ihr es je wegnehmen können. Jederzeit könne sie es zu sich holen, wenn sie es brauchte. Wie sonst würden die Nincshoferinnen die harten Winter und gnadenlosen Sommer überstehen? Die Frauen *draußen* durften das nicht. Wenn sie das Glück aus ihrem eigenen Körper holten, wurde ihr lieber Herrgott im Himmel zornig und schickte Blindheit, Taubheit, grässlich grüne Ohren und Nasenfurunkel zu ihnen auf die Erde. Obwohl es doch derselbe Herrgott gewesen sein soll, der den Frauen diesen Glückskörper geschenkt hatte. So waren sie, die da *draußen*! Ließen sich von ihren eigenen Hirngespinsten knechten, diese armen Seelen. Die Großmutter beugte sich so tief über ihre Enkelin, dass ihre Nasen sich berührten. Niemals solle sie zulassen, dass ihr irgendjemand von *draußen* etwas stahl, zischte die Großmutter, schon gar nicht das eigene letzte Glück, das einem selbst dann noch blieb, wenn man alles andere verloren hatte. Ihr warmer Atem roch nach Aalsuppe und Pusztafeigenschnaps, als er um Erna Rohdiebls Wangen tanzte. Langsam glitt sie in den Schlaf.

Die Wirtstochter übernahm irgendwann das Wirtshaus ihrer Mutter. Für die Nincshofer in jeder Hinsicht ein Segen, denn jeder wusste, dass man zu ihr nicht nur mit Hunger und Durst kommen konnte. Es mochte an der Natur des Wirtshaus-Gens gelegen haben, dass der Wirtstochter das leibliche Wohl ihrer Nächsten ein so großes Anliegen war. Schon so mancher Nincshofer und so manche Nincshoferin, der die Traurigkeit schwer auf der Brust gesessen hatte, fand zwischen den weichen Schenkeln der Wirtin zurück zum Glück.

Ohne je ihre ausdrückliche Zustimmung gegeben zu haben, aber auch ohne sich je ausdrücklich dagegen gewehrt zu haben, schlitterte Erna Rohdiebl jeden Tag ein wenig tiefer in die Welt des Nincshofer Oblivismus. Jeden Abend nach der Schlussmelodie der Regionalnachrichten trotteten der Bürgermeister, Valentin Salmerak und der Sipp Sepp wie selbstverständlich in die Urbarialgasse Nummer fünf, rutschten hinein in die Eckbank, schmatzten sich durch Wurst, Käse und saure Gurken, leckten tropfenden Paradeisersaft von ihren Handrücken, spülten kaltes Märzenbier und reichlich Pusztafeigenschnaps hinterher und malten einander das Leben in einem vergessenen Nincshof in den buntesten Farben aus.

Valentin Salmerak begann meist als Erster mit dem Schwelgen. Er würde sich für den Tag der Befreiung Nincshofs aus den rostigen Ketten der Erinnerung richtige Zigarren zulegen müssen, säuselte er durch den Pusztafeigenschnapsnebel. Alle großen

Weltgestalter nämlich hätten an den ganz dicken Zapfen gezogen, während sie die Früchte ihres Wirkens geerntet hatten. Der Bürgermeister wurde wehmütig, wenn er von der Freiheit sprach, die durch nichts mehr begrenzt und in der Nincshof würde aufblühen können, sobald man endlich vergessen war. Des Dorfes Dasein als Wurmfortsatz des Landes Burgenland und der Republik Österreich hätte ein Ende. Wäre Nincshof einmal vergessen, würde Ruhe einkehren. Er, der Bürgermeister, würde gefeiert werden für seine politische Weitsicht und könnte wieder durch die Straßen laufen, als aufrechter Mann. An manchen Abenden, wenn die Fantasie mit ihm durchging, drückte er gar die eine oder andere Träne in den Hemdsärmel.

Warum der Sipp Sepp hier am Esstisch saß, blieb Erna Rohdiebl verborgen. Er nickte bloß energisch, wenn die anderen sprachen, und bestätigte dann und wann mit voluminösen Seufzern, dass die Träume, von denen die anderen so liebevoll erzählten, auch die seinen waren. So war der Sipp Sepp immer schon gewesen. Seit Erna Rohdiebl ihn kannte, lähmte irgendetwas seine Zunge und ließ nie zu, dass man erfuhr, was er wirklich dachte. Warum er sich das noch antat, in seinem so himmelhohen Alter?

Erna Rohdiebl erfuhr so nach und nach, dass die Männer schon eine ganze Weile im Sinne des Oblivismus zugange waren und an den Stellschrauben der Nincshofer Dorfgeschichte gedreht hatten. Als jüngstem und in der Welt des Digitalen am besten bewandertem Oblivisten war es Aufgabe des Valentin Salmerak gewesen, Nincshof aus den Archiven der Republik zu tilgen. Ausleihbare Medien hatten verschwinden, Suchanfragen ins Leere umgeleitet werden müssen. Nächtelang hatte er Buchstabenketten und Zahlenkombinationen in die Tastatur geklopft und die Systeme so manipuliert, dass nun erfolglos blieb, wer in Bibliotheken nach Nincshof suchte. Dann hatte er sich die Datenbanken der

Behörden vorgenommen. Kein Beamtenblick sollte in irgendeiner Liste auf den Namen Nincshof fallen und das dahinterliegende Beamtenhirn auf dumme Gedanken bringen. Bedrohlich die Vorstellung, für irgendetwas ausgewählt zu werden – Gartenschau, Dorferneuerungsprojekte, europäische Kulturhauptstadt oder Ähnliches, dem oblivistischen Ziel Zuwiderlaufendes. Außerdem beobachtete Valentin Salmerak aufmerksam die Medien. In einem Taschenkalender hielt er die Tage fest, an denen in keiner Zeitung, in keiner Nachrichtensendung von Nincshof die Rede gewesen war.

»Aktuell sind wir dabei, einen neuen Rekord aufzustellen, Erna«, sagte er und blätterte stolz durch die Kalenderseiten voll mit schwarzen Kreuzen. »Einhundertsiebenundsechzig Tage in Folge ohne Erwähnung Nincshofs in der Presse.« Er grinste selig. »Wir verschwinden.«

Der Sipp Sepp hatte angefangen, sich um die Ortstafeln und Wegweiser zu kümmern. Viele gab es nicht, dennoch waren es zu viele, und jedes einzelne Schild musste verschwinden. Nach Nincshof sollte nur finden, wer den Weg dorthin bereits kannte. Mit Werkzeugkasten war er nachts umhergeschlichen und hatte Blech von Gestänge geschraubt. Der Bürgermeister hatte dafür gesorgt, dass in jenen Nächten in Nincshof die Straßenlaternen ausgefallen waren. Die abmontierten Schilder hatte der Sipp Sepp ins nächste Gebüsch geworfen, wo sie kurz vor Morgengrauen Valentin Salmerak mit seinem Opel abgeholt und dann leise, ohne ein einziges Platschen, in den Einser-Kanal hatte gleiten lassen.

Der Bürgermeister hatte derweil in seiner Gemeindestube gesessen, in Akten geblättert, Briefe diktiert, in denen er Feierlichkeiten absagte, und hatte Anrufe von außerhalb in den Anrufbeantworter tröpfeln lassen, was dazu geführt hatte, so zumindest war des Bürgermeisters Eindruck, dass die Menge an Anrufen im

Laufe der letzten Wochen tatsächlich abgenommen hatte. Ein kleiner Erfolg, der einer besonders großzügig eingeschenkten Runde Pusztafeigenschnaps bedurfte. Ausruhen durfte man sich aber nicht darauf, denn die nächste Baustelle wartete.

Es war Anfang Juli, Hochsaison für die Radfahrer. Das gut ausgebaute Radwegenetz war die wirtschaftliche Aorta rund um den nahegelegenen Neusiedler See. Es spülte Tausende Übermotivierte in engen Radlerhosen und windschnittigen Helmen in die Hotels, Pensionen und Gaststuben der Region. Klippschuhe, Plastikflaschen, gespiegelte Sonnenbrillen, kreischend grelle Trikots. Die Radler strampelten morgens los und droschen abends beim Heurigen die Selchfleischplatten gierig in sich hinein. Anfangs, vor vielen Jahren, als die Radfahrer zum ersten Mal in Nincshof einfielen, hatte man sie bloß »die Wiener« genannt. Wie verwirrt waren Erna Rohdiebls Kinder damals gewesen, als sie zum ersten Mal in der Hauptstadt waren und mit Entrüstung festgestellt hatten, dass nicht ein jeder Wiener einen Helm auf dem Kopf und einen Fahrradsattel unterm Hintern hatte.

Richtig wild war die Radelei erst nach dem Fall des Eisernen Vorhangs geworden, nachdem der burgenländische Landeshauptmann und der Präsident des burgenländischen Tourismusverbandes mit den jeweiligen ungarischen Amtskollegen an der Grenze die Zusammenführung der Radwegenetze beider Länder gefeiert hatten wie den genialsten Schachzug der Weltgeschichte. Durch sie nämlich war die Umrundung des grenzüberschreitenden Gewässers Neusiedler See ermöglicht worden, und die Fahrradverrückten hatten kein Halten mehr gekannt. Wie ein Schwarm Fliegen kreisten sie seither unermüdlich um die große graue Lacke, dass einem beim Zuschauen schwindelig werden konnte. Die meisten Gemeinden entlang des Seeufers freute der Zustrom an Fremden, die leere Bäuche, trockene Gaumen und volle Brieftaschen mitbrachten. In Nincshof empfand man anders. Außer dem Weinbauer Kehranger, der die Radfahrer mit von Stolz belegter Zunge seinen Wein probieren ließ und ihnen diesen anschließend in großen Kartonboxen in die Innenstadtbezirke hinterherschickte, waren den meisten Nincshofern die Radfahrer lästig. Sie surrten mit ihren Trekkingrädern durch die Ortschaft, ließen die Verpackungen ihrer Energieriegel vermeintlich aus Versehen ins Gras am Straßenrand segeln und fragten dreist nach »Einkehrmöglichkeiten«. In der Einkehrmöglichkeit schoben sie ihre knalleng verpackten Genitalien auf Tischkantenhöhe durch die Gaststube, ließen ihre verschwitzten Radlerhintern auf die Stühle sinken und forderten »authentisches Essen aus der Region«.

Wer von der Welt vergessen werden wollte, dem kamen diese aufdringlichen, bunten Gestalten nicht entgegen. Durch die geschickte »Replatzierung wegweisender Schilder«, wie der Bürgermeister es sachlich nannte, konnten sie erste Erfolge verbuchen. Diese Maßnahmen hielten vor allem jene Radfahrer fern, die zum ersten Mal durch die Nincshofer Gegend rollten und stumm wie Herdentiere Pfeilen auf Schildern folgten. Es waren die Sonntagsfahrer, die velocyclistischen Kurgäste mit bandscheibenfreundlichen Gelsätteln und ergonomischen Lenkern, mächtig wie Hirschgeweihe, deren weiche Oberarme bei jeder Bodenwelle wackelten wie die Cremeschnitten, die sie hinterher selbstgerecht verspeisten. Jedoch gab es noch zwei andere Typen von Radfahrern in der Region, denen beizukommen deutlich schwieriger war. Zum einen die Sportlichen, die, ohne von der Straße aufzusehen, Kilometer um Kilometer in ihre prallen Schenkel drückten. Sie achteten nicht auf Wegweiser. Doch diese Sportbesessenen, so lästig sie auch waren, waren nicht das eigentliche Problem. Sie zischten meist ohne ihren Fokus von der Straße abzuwenden durch die Ortschaften und waren so schnell, dass man sie durch bloßes Blinzeln hätte verpassen können. Das eigentliche Problem waren die Individualreisenden. Die, die das »authentische Burgenland« kennenlernen wollten. Auch sie ließen sich nichts von Wegweisern diktieren. Es waren die schlimmsten Fahrradtouristen von allen. Sie waren die unzufriedensten und forderndsten. Sie stellten einen Haufen Ansprüche und verhandelten selbst beim Kauf einer kleinen Schale frischer Erdbeeren am Straßenrand mit dem Verkäufer, als stünden sie auf dem Basar in Marrakesch. Sie würden Nincshof terrorisieren, bis weit hinein in den Herbst. Ihnen galt die härteste Verteidigungslinie im oblivistischen Kampf.

Gemein war den Individualreisenden und den Oblivisten immerhin, dass man beiderseits daran interessiert war, dass der Ort geheim blieb: ein Geheim-*nis* da, ein Geheim-*tipp* dort. Das, was die Individualreisenden wollten, war nicht bloß die »einzigartige Erfahrung«, sondern vor allem eine einzigartige Erfahrung, von der sie ihren Freunden in der Stadt erzählen konnten. Die oblivistische Strategie musste also sein, ihre Erfahrungen so wenig erzählenswert wie möglich zu machen. Schwierig natürlich bei einem Ort wie Nincshof, der mit seinen saftigen Maulbeerbäumen, den tanzenden Schilfhalmen und der Freiheit verheißenden Ebene ringsum von solch entwaffnender Schönheit war, dass es erstaunte, dass man anderswo auf der Welt überhaupt glücklich werden konnte. Diese Schönheit würde erzählenswert bleiben. Man konnte sich aber anderen Sinneserfahrungen als der visuellen zuwenden. Dem Geruchssinn zum Beispiel.

Wer sich an einem Ort aufhielt, an dem es bestialisch stank, der verweilte in der Regel dort nicht lange, mochte der Ort noch so schön sein. Der Bürgermeister wusste dies aus eigener schmerzlicher Erfahrung zu berichten, als er einst, vor vielen Jahren, seine damals noch Zukünftige mit einem romantischen Picknick in einem brachliegenden Gurkenacker überrascht hatte, wo just an jenem Tage bloß wenige Stunden zuvor der Bauer des angrenzenden Feldes unglücklicherweise Jauche ausgefahren hatte. Die beiden Sichverliebenden, im Prozess des Sichverliebens naturgemäß fest entschlossen, alles Negative an sich abperlen zu lassen, hatten dennoch die Picknickdecke ausgebreitet. Hatten ihr Unbehagen überspielt, einander angestrahlt und möglichst wenig durch die Nase geatmet, da ihnen sonst der beißende Jauchegeruch die Schleimhäute weggeätzt hätte. Sie nutzten jeden lauten Lacher dazu, möglichst viel Luft durch den geöffneten Mund einzusaugen, was dazu führte, dass die beiden ständig grundlos lachten und einander mit leicht auseinanderklaffenden Lippen dämlich anstarrten. Die Häppchen aßen sie hastig, schnappten zwischen den Kaubewegungen nach Luft und nahmen lange Züge aus den Sektflöten. Doch selbst der beste Schaumwein schmeckt nicht, wenn die Jauche in den Nasenlöchern wie Feuer brennt. Das Feld hatten die beiden bis heute nie wieder betreten. So – das zumindest war der Oblivisten Hoffnung – würde es auch den Individualradlern gehen.

In einer Partie Karten hatten sie ermittelt, wem es zukam, nachts in die Jauchegrube des Schweinebauern zu steigen. Bereits beim nächsten Treffen der Oblivisten hatte Valentin Salmerak drei Kübel Jauche zutage befördert und großzügig am Rand der Radwege ausgeleert, sodass die Radfahrer seither an einer unsichtbaren neben ihnen empordampfenden Wand aus Gestank entlangrollten. Welch Genugtuung hatten die Oblivisten verspürt, als sie aus der Ferne sahen, wie sich die Radfahrernasen unter den sportlichen Sonnenbrillen rümpften. Noch mehr Genugtuung bereitete die Tatsache, dass, wenn man Valentin Salmeraks Zählungen Glauben schenken durfte, immer weniger Radfahrer nach Nincshof einbogen. Doch wieder war dies ein Erfolg, von dem man sich nicht hinreißen lassen durfte zur Siegesgewiss-heit, zum trügerischen Gedanken, man könnte sich gar zurück-lehnen und darauf vertrauen, dass die Dinge schon ihren Lauf nehmen würden. Der oblivistische Kampf musste weitergehen. Es gab ja noch, es gab ja *vor allem* noch die Neuen.

Sie hatten etwas so Übertriebenes nach Nincshof gebracht, be-klagte der Bürgermeister. Das riesige Würfelhaus am Ortsrand, die Frau mit ihrer lästigen Neugierde, die sie, das hatte Valentin Sal-merak beobachtet, mittlerweile in der Gegend spazierentrug und damit herumstocherte. Ihre Filme hatte Valentin Salmerak über eine zwielichtige Plattform aus dem Internet gesaugt, der Bürger-meister hatte sich alle angesehen. Furchtbar langweilige Streifen, in denen furchtbar seltsame Gestalten vorkamen, die kaum etwas sagten und nur übertrieben wehmütig in der Luft herumstarrten und irgendwann anfingen zu heulen. Und der Mann erst, lamen-tierte der Bürgermeister weiter, dieser vor Tatendrang strotzende Italiener, mit einer nicht nachvollziehbaren Leidenschaft für seine lächerlichen Ziegen.

Bloß nicht ausruhen, meine Dame, meine Herren. Es gab noch viel zu tun.

13

Türen gab es nicht in Nincshof. Das lernte Isa Bachgasser schnell. Der Weinbauer Kehranger wurde zum Stammgast im Hause Bachgasser-Mezzaroni, kam ohne Ankündigung und ohne zu klingeln durch die Eingangstür gerauscht und ließ sich wie selbstverständlich auf den langen Barhockern an der Kücheninsel nieder. Ploppte wie selbstverständlich den Korken aus seiner mitgebrachten Flasche, »Was ganz Feines«, und verteilte großzügige Mengen auf die Weingläser, die ihm Isa Bachgasser irgendwann wie selbstverständlich hinstellte. Silvano Mezzaroni konnte nur schwer verbergen, wie sehr er die Aufmerksamkeit seines neuen Freundes, seines Landwirtschaftskollegen, genoss. Von der harten Landwirtsarbeit schleppte Silvano Mezzaroni sich an die Kücheninsel und wischte sich übertrieben schnaufend über die verschwitzte Stirn. Seine Finger, von zarten, sauberen Architektenfingern rasch zu schmutzigen Ziegenwirtsfingern geworden, griffen nach den filigranen Stielen. Pastorales Klirren der Weinglaskugeln erfüllte den Raum, und die beiden Männer beglückwünschten einander ein jedes Mal zu irgendeiner neuen gewitzten Entscheidung, zur exzellenten Weinauswahl, zur hervorragenden Gazpacho, zum Umzug nach Nincshof oder einfach zur Tatsache, dass sie einander gefunden hatten. Zwei so gewiefte Geschäftshungrige hier mitten im Schilf. Welch glückliche Fügung!

»Isa, eine Frage«, sagte der Weinbauer eines Nachmittags.

Er und Silvano Mezzaroni hatten sich fast bis zum Boden einer Flasche 2015er Cabernet Sauvignon durchgegurgelt.

»Ich möchte gerne deine Meinung hören. Was hältst du von folgender Idee?« Er machte eine Kunstpause, zog seine Schultern zurück und verlieh seinem Weinbauernkörper auf dem Barhocker Würde und Präsenz. Dramatisch langsam sprach er weiter und schob dabei seine Hand durch die Luft, als zöge er einen Schriftzug nach, der dort im Raum hing und den nur er sehen konnte: »Weinleseaufenthalt für Depressive.« Erneute Kunstpause. »Wir laden Burn-out-geplagte Wiener zu uns nach Nincshof ein und lassen sie an der Weinlese teilhaben.«

Er leuchtete. Silvano Mezzaroni nickte anerkennend.

»Eine einmalige Erfahrung«, fuhr der Weinbauer fort. »Die Herbstluft, die Füße in Gummistiefel stecken, sich die Hände schmutzig machen, an etwas Ursprünglichem teilhaben. Besser als jedes Antidepressivum, das kannst du mir glauben. Und jetzt pass auf: Für uns lohnt es sich doppelt, denn unser Weingut bekommt dadurch kostenlose Arbeitskräfte. Mehr noch: Wir kriegen Arbeitskräfte, die dafür *zahlen*, dass sie bei uns arbeiten. Um meine Ungarn tät's mir natürlich leid. Denen müsste ich ja dann kündigen.«

Er seufzte, starrte traurig in sein Weinglas und schenkte diesem Moment, in dem das Regiment des Kapitals ihn in die Knie gezwungen hatte, einen Augenblick der Betroffenheit. Dann fuhr er fort: »Wer möchte, kann eine Irrziegenwanderung zu einem Aufpreis hinzubuchen. Zusätzliche Beschäftigungstherapie. Bewegung an der frischen Luft, Tiere streicheln, Oxytocin. Das macht glücklich. Nach einer Woche Weinlese-Irrziegentherapie in Nincshof werden die beseelt zurück in die Stadt schweben, du wirst sehen.«

Er schenkte sich den letzten Rest des Cabernet Sauvignons ein und schickte ihn mit einem routinierten Schwenker im krautkopfgroßen Weinglasballon in einen eleganten Strudel.

»Was sagst du, Isa?«

Isa Bachgasser stand auf der anderen Seite der Kücheninsel. Sie hatte ein Stück Ingwerknolle in eine Teetasse gerieben und wartete mit verschränkten Armen auf das erlösende Schnappen des Wasserkochers.

»Ich weiß nicht«, sagte sie.

Das Wasser blubberte, der Kocher wackelte.

»Ich glaube, dass ich mich in einer Depression vor einer solchen Aktivität eher fürchten würde«, sagte Isa Bachgasser und schüttelte den Kopf. »Das ist schon eine große Verantwortung, so eine Weinlese. Wenn ihr es als therapeutischen Aufenthalt für Burn-out-Patienten verkauft, dann dürft ihr keine Erwartungen haben, dass die Trauben auch tatsächlich gelesen werden.« Sie lachte. »Deine Ungarn sind sicher verlässlichere Erntehelfer.«

Der Weinbauer kratzte sich am Kiefer und nickte interessiert. Der Kocher schnappte.

»Außerdem«, fuhr Isa Bachgasser fort und goss das Wasser dampfend über den Ingwer, »weiß ich nicht genau, was ich davon halten soll, dass bei dieser Idee die Krankheit anderer Menschen deinem Nutzen dient. Das ist schon an der Grenze des Moralischen. Gute Presse wirst du damit nicht bekommen.«

Der Weinbauer nickte erneut nachdenklich und kippte dann den Rest des Weines aus seinem Glas in sich hinein.

»Na ja, gut. Vielleicht funktioniert's auch so. Das Angebot muss sich ja nicht ausschließlich an Depressive richten.« Er drehte sich zu Silvano Mezzaroni, der mittlerweile Mühe hatte, seinen Kopf zwischen seinen Schultern zu halten. »Wir bieten es für jedermann an. Und für jederfrau«, sagte er in Isa Bachgassers

Richtung und wandte sich dann wieder an Silvano Mezzaroni. »Im Grunde ist es ja wurscht, wer kommt. Ein paar Depressive werden schon dabei sein.«

Isa Bachgasser verabschiedete sich von den beiden vom Unternehmergeist trunkenen Herren, denn sie habe später noch einen Termin beim Bürgermeister, müsse ihm ein paar Fragen stellen über das Dorf und seine Geschichte.

Der Weinbauer bekam große Augen.

»Aha, schau an«, sagte er lang gezogen. »Machst du etwa doch einen Film? Über Nincshof?«

Er grinste. Isa Bachgasser verneinte mild lächelnd und stieg die Sichtbetontreppe hinauf in ihr Arbeitszimmer, klappte ihr schweres Notizbuch auf dem Schreibtisch zu und schob es in ihren Jutebeutel.

Der Weinbauer hatte es ihr zwar nicht geglaubt, aber nein, Isa Bachgasser machte hier keinen Film. Was sie tat, war ein Suchen, ein bloßes Wissenwollen, und hatte nichts mit filmischen Ambitionen zu tun. Sondern mit Interesse, das pur war. So war es doch, nicht wahr?

Dass das, was sie hier tat, niemals in einen Film münden würde, war schon alleine deshalb klar, weil sie, würde sie hier gerade einen Film planen, das, was sie kurz davor war zu tun, ein *Vorgespräch* hätte nennen müssen. Und Isa Bachgasser hielt nichts von Vorgesprächen. In Vorgesprächen verschoss man sein bestes Pulver.

Isa Bachgassers Filme waren ein Blick durchs Schlüsselloch in fremde Leben, mit allem, was zu diesem Leben und dem Menschen, der es führte, dazugehörte. Irrungen, unzusammenhängendes Gestammel, lange quälende Momente der Stille, abgekaute Nägel, Haut, vor Nervosität blutig gekratzt. Es gab keine Stimme aus dem Off, die den Zuschauern Dinge erklärte, keine szenische

Musik, die darauf hinwies, an welcher Stelle man traurig und an welcher glücklich zu sein hatte. Wer in einen Bachgasser-Film ging, der litt mitunter stundenlang im Kinositz, nicht wissend, wie umgehen mit diesem Gefühl, einem anderen, fremden Leben plötzlich so indiskret nahe zu sein. Aber man litt mit Genuss. Denn genau dafür waren Bachgasser-Filme bekannt. Dafür gewannen sie Preise.

Die Unsitte Vorgespräch hatte sie früh in ihrer Karriere fluchend hinter sich gelassen, als Zander Productions, die Wiener Filmagentur, für die sie damals arbeitete, sie nach Ruanda schickte, um die Nachwehen des brutalsten Völkermordes der jüngeren afrikanischen Geschichte einzufangen. Innerhalb nur weniger Monate war vor der entsetzten, aber weitgehend untätigen internationalen Gemeinschaft das Blut Hunderttausender Unschuldiger in die Erde geflossen, manche sprachen von einer Million. Der Großteil der männlichen Bevölkerung Ruandas war nicht mehr. Es lag an den Frauen und Mädchen, ihr kleines hügeliges Land wieder aufzubauen. Zwischen Blauhelmsoldaten und Mitarbeitern aller möglicher NGOs, die schon viel gesehen hatten in ihrem Leben, reiste Isa Bachgasser mit ihrem Kamerateam durch die Region und sah ein Land im Trauma, ließ sich in bescheidenen Haushalten von Frauen, die eigentlich noch Mädchen waren, erzählen, was unerzählbar war. Ohne Kamera zunächst, aus Respekt, um Vertrauen zu gewinnen. Mit dem Einfühlungsvermögen, zu dem sie als Mitte zwanzigjährige Mitteleuropäerin eben fähig war, saß sie ihnen gegenüber und hörte zu, notierte, seufzte, schluckte. Gefühle ließ sie erst abends in der Unterkunft zu. Lag unterm Moskitonetz auf der harten Matratze, starrte auf den Deckenventilator, bis er durch die Tränen nicht mehr zu erkennen war.

Als die eigentlichen Interviews begannen und sie mit dem gesamten Team, Ton, Kamera, Licht, in die Häuser polterte, war alles plötzlich eng und laut. Man stolperte über Kabel, klapperte mit Equipmentkoffern, die Augen der Kinder wurden immer größer, bald fingen sie an zu weinen. Das war keine Atmosphäre für ein Gespräch über Krieg. Auch die Interviewten empfanden das so. Sie waren eingeschüchtert, genervt, kurz angebunden, verstanden nicht, warum sie dieser europäischen Journalistin alles noch mal erzählen sollten. »Das weißt du ja alles schon.« Isa Bachgasser würde hinterher viel schneiden müssen. Ein Graus. Schnitt war Verfälschung. Jeder Schnitt entfernte den Zuschauer von der Unmittelbarkeit des Moments.

In der Nacht wälzte sie sich unterm Ventilator hin und her. Diese Interviews waren unbrauchbar, das wusste sie. Zumindest für das, was sie erzählen wollte. Sie verwarf alles Material, das sie gesammelt hatte, und begann von vorne. Viel Zeit vor dem Rückflug hatte sie nicht mehr. Sie musste aufs Ganze gehen.

Mit ihrer Übersetzerin machte sie eine weitere Quelle ausfindig: eine junge Frau in ihrem Alter, die auf einer der belebtesten Straßen in Kigali einen Laden betrieb, in dem sie frische Mangos, Bananen und Maniok verkaufte. Vor dem Krieg hatte sie dies zusammen mit ihrem Mann getan, seit knapp einem Jahr alleine. Ihren Kameramann wies Isa Bachgasser an, sein längstes Teleobjektiv zur Hand zu nehmen und sich so weit wie möglich von der Interviewten fernzuhalten. Der Tonmann klemmte ihr ein Ansteckmikro an den Kragen. Das Team verschwand im Hintergrund und machte Platz für eine Geschichte. Die Geschichte einer Frau, die ihr Leben stemmte, mit ihrem Obstladen die Nachbarschaft mit Vitaminen versorgte und versuchte, ihren drei kleinen Kindern die von Macheten zerhäckselte Kindheit wieder zusammenzuflicken. Die Protagonistin war nicht sonderlich gut mit Worten. Verwendete nur wenige davon. Was Isa Bachgasser zu Beginn Sorge bereitete, machte den Film am Ende berühmt.

Als »Eine Frau in Kigali« rührte die Collage aus ruhigen Nahaufnahmen, in denen man jede noch so kleine Regung, jedes noch so kleine Gesichtszucken der Protagonistin wie unter einem Brennglas erkennen konnte, die Festivalbesucher auf drei verschiedenen Kontinenten zu Tränen. »Der Bürgerkrieg, erzählt in einem Gesicht«, schrieben die Kulturseiten später. Die Preisgelder, die Isa Bachgasser und ihr Team dafür erhielten, schickte sie, bevor sie zu lange darüber nachdenken konnte, weiter nach Kigali.

In seinem spärlich eingerichteten Büro empfing sie der Nincshofer Bürgermeister, mit dem also kein Vorgespräch stattfinden würde, sondern ein Gespräch, ein ganz normales. Der Raum war dunkel, unwirtlich und seltsam leer. Auf dem Schreibtisch ein Röhrenbildschirm, davor eine alte Tastatur mit hohen Tasten. Die grauen Regale dahinter waren kaum bestückt. Drei dunkelgrüne Aktenordner standen verloren darin herum. Der Bürgermeister setzte ein Lokalpolitikerlächeln auf und schüttelte mit festem Griff ihre Hand.

»Frau Bachgasser! Wie schön, dass wir uns auch einmal kennenlernen. Mein Cousin ist ja ein großer Fan Ihrer Filme. Er wohnt in Wien. Gerade habe ich mit ihm telefoniert. Er hat zu mir gesagt: ›Ist dir klar, mit wem du es da zu tun hast!‹«

Er lachte polternd und hielt sich an seinem Gürtel fest. Es war ein Phänomen, das Isa Bachgasser immer wieder begegnete, vor allem bei Männern: Immer waren es andere, die die *großen Fans* waren. Die Tante, der Neffe, der Nachbar, die Kollegin. Nie derjenige selbst.

»Der eine Film, wie heißt er gleich …«, er schnippte mit den Fingern in der Luft.

Isa Bachgasser half aus: »Das späte zweite Leben der Madame P.?«

»Ganz genau der!«, sagte er zufrieden. »Der ist super, hat er gesagt. Ganz großartig.«

Für das Gespräch, das kein Vorgespräch war, entschied der Bürgermeister, in den Innenhof des Rathauses umzuziehen. Dort gab es einen großen Nussbaum, der Schatten spendete, und einen breiten Holztisch und zwei Sitzbänke, die schon einiges an Wetter gesehen hatten.

»Also«, sagte der Bürgermeister, »Sie wollen über Nincshof sprechen. Darf ich Ihnen dazu eine kleine Frage stellen, Frau Bachgasser? Warum tun Sie das?«

Isa Bachgasser schlug ihr Notizbuch vor sich auf und klickte mit dem Kugelschreiber.

»Ganz einfach: weil ich jetzt hier wohne.«

Dem Bürgermeister klebte immer noch sein breites, zahnreiches Lächeln im Gesicht. Dann räusperte er sich.

»Mit Verlaub, Frau Bachgasser, viele Menschen wohnen hier und werden nicht gleich beim Bürgermeister vorstellig, um über ihren Wohnort zu sprechen. Sie wollen doch …«, er senkte seine Stimme und lehnte sich verschwörerisch über den Holztisch, »Sie wollen doch einen Film machen, richtig?«

Isa Bachgasser schloss kurz die Augen, damit sie sie hinter geschlossenen Lidern verdrehen konnte.

»Nein, keine Sorge. Das wird kein Film. Ich mache keine Filme mehr.«

»Oh«, sagte der Bürgermeister. Er saß wieder aufrecht und schien für Isa Bachgassers Geschmack etwas zu freudig überrascht. »Das ist … Nun gut, worüber wollen Sie denn genau sprechen?«

»Mich würde ganz zu Beginn interessieren, wie Sie eigentlich nach Nincshof gekommen sind.«

Eine Aufwärmfrage. In den Jahren des Interviewführens hatten sich Fragen wie diese bewährt. Der Bürgermeister würde sich an ihr warmreden können und in diesem Monolog vielleicht das ein oder andere Goldstück zutage fördern. Er saß da, die Hände vor sich auf dem Tisch abgelegt, Finger ineinander gehakt, wie der Gast einer politischen Diskussionssendung. Er war in Jackett und Hemd gekleidet. Die obersten Knöpfe geöffnet. Leger, aber ordentlich. Er hatte sich Mühe gegeben, aber nicht zu viel.

»Das ist schnell erklärt«, sagte er und lachte. »Ich bin hier geboren, ganz einfach. Und hier geblieben. Ist bei den meisten so. Und wenn sie doch weggehen, dann kommen sie fast immer wieder zurück.«

»Warum ist das so, denken Sie?«

Das *denken Sie* war wichtig. Vor einer Kamera gab es den Interviewten das Gefühl, nach einer Einschätzung gefragt zu werden und nicht nach Wissen, was viele verunsicherte. Ein Detail, das zwar in den meisten Fällen unbemerkt blieb, aber in den richtigen Momenten einen großen Unterschied ausmachen konnte. Auch ohne Kamera.

»Erstens, weil es hier schön ist. Man kann hier gut leben, hat alles, was man braucht, vor der Haustür. Die Leute sind nett. Baugrund ist billig.«

Er hielt inne und wandte seinen Blick in die große Nussbaumkrone, die träge in einem warmen Windhauch wiegte. Isa Bachgasser wartete. Wer Interviewpartner drängte, verschenkte die besten Antworten. Doch vom Bürgermeister kam nichts mehr.

»Ja. Das war's«, sagte er nur.

Also nachhaken.

»Und zweitens? Sie haben gerade ›erstens‹ gesagt. Gibt es noch ein ›Zweitens‹? Einen weiteren Grund, warum die Leute hierbleiben? Außer, dass es hier schön ist und billig?«

»Schauen Sie«, der Bürgermeister kratzte sich an der Stirn,

»ich glaube, die meisten Nincshofer sind halt einfach gern hier. Brauchen die Welt nicht. Anders kann ich es nicht sagen. Rio de Janeiro, Paris, Toronto. Das mag ja für eine Weile ganz nett und spannend sein, aber im Grunde unnötig, oder? In Nincshof gibt es Dinge, die bekommt man sonst nirgendwo in dieser Form.«

»Welche Dinge sind das?«

Das Gespräch, das kein Vorgespräch war, begann, sich verdächtig nach einem solchen anzufühlen. Warum behandelte sie den Bürgermeister wie einen Interviewpartner und nicht wie jemanden, mit dem sie bloß plauderte?. Plaudern, Isa. Das kann doch nicht so schwer sein!

»Das kann ich Ihnen nicht beschreiben. Das würden Sie nicht verstehen. Ich glaube, manche Dinge versteht nur ein Nincshofer.«

»Nun, ich bin aber doch auch Nincshoferin, oder nicht?«, paffte Isa Bachgasser.

Auf Altherren-Lokalpatrioten-Tenor reagierte sie allergisch. Klar, er war Bürgermeister, er musste zu seiner Gemeinde stehen, aber war es förderlich, so mit jemandem zu sprechen, der gerade erst hierhergezogen war?

»Offiziell sind Sie das, ja.«

»Und inoffiziell? Würden Sie behaupten, ich sei inoffiziell keine Nincshoferin?«

»Das habe ich nicht gesagt. Sie sind eben zugezogen. Sie wissen viele Dinge noch nicht.«

»Dann erklären Sie mir diese Dinge.«

Der Bürgermeister seufzte und schüttelte den Kopf.

»So funktioniert das doch nicht. Manche Dinge muss man *erfahren*. Nicht *erzählt bekommen*.«

Isa Bachgasser blätterte in ihren Notizen.

»Was bedeutet Freiheit für Sie? Im Zusammenhang mit Nincshof.«

Der Bürgermeister rückte seinen Hintern auf der Sitzbank zurecht.

»Was meinen Sie damit?«

Er blinzelte. Isa Bachgasser wartete ab. Da würde doch noch etwas kommen.

»Jeder ist frei in Nincshof«, sagte er rasch. »Bei uns darf jeder sein, wie er will.«

»Freiheit hat keine besondere Bedeutung für die Nincshofer?«

»Schauen Sie«, sagte er und hob die Hände in die Luft, »ich weiß nicht, worauf Sie hinauswollen, aber Nincshof ist ein Dorf wie jedes andere. Bedeutet: Wenn einer einfach nur *aufs Land* ziehen will, kann er sich auch jedes andere Dorf in der Umgebung aussuchen – Pamhagen, Wallern, Tadten, Andau, Zick. Alle ähnlich. Dort ist er vielleicht besser aufgehoben als in Nincshof.«

Seine Nasenflügel zitterten.

Das war die Höhe. Glaubte er, ihr, der fetzendepperten Stadttussi, würden seine Seitenhiebe nicht auffallen? Sagte ihr praktisch ins Gesicht, dass sie hier unerwünscht war? Isa Bachgasser holte Luft. Wollte ihm entgegenschleudern, was sie von ihm hielt, doch bevor es ihr über die Lippen rutschte, konnte sie es aufhalten. Sie war die Klügere, sie war die Beherrschte. Sie war nicht hierhergekommen, um einen Streit anzufangen. Sie würde die Ruhe bewahren.

»Der Spruch »Freiheit den Nincshofern. Nincshof der Freiheit«, verbinden Sie damit etwas?«

»Nein.«

»Sicher nicht?«

»Ja.«

Sein Blick war starr und ernst.

»Und diese Legende. Über die Entdeckung von Nincshof, die kennen Sie doch, oder?«

Der Bürgermeister lachte schnippisch.

»Legende. Natürlich kenne ich die Legende. Ich weiß nicht, was Sie damit jetzt wollen.«

»Verfügt das Rathaus eigentlich über ein Archiv? Eine Ortschronik, in die ich Einsicht bekommen könnte?«

»Leider nein. Alles abgebrannt. Großes Feuer in der Gemeindestube vor einem Jahr. Ganz tragisch.«

Der Bürgermeister wurde mit jeder verstreichenden Minute fahriger. Seine Blicke wanderten ungeduldig im Innenhof umher. Isa Bachgassers Fragen schienen, so unverfänglich sie auch waren, äußerst lästig. Keine zwanzig Minuten hatten sie miteinander gesprochen, da drückte er sich plötzlich aus der Sitzbank, strich über die Knopfleiste seines Hemdes.

»Sie entschuldigen mich jetzt bitte«, sagte er. »Ich habe einen Termin.«

Und schritt davon.

In der Nachmittagshitze saß Isa Bachgasser im vor dem Rathaus geparkten Auto und zog ihr Handy aus der Tasche.

> Der Bürgermeister, Selma
> Große Enttäuschung
> Alles, was zu erwarten war, von einem
> Mitfünfziger-Provinzwichtigtuer
> Hat mir zu verstehen gegeben, dass wir
> Zugezogenen nicht willkommen sind
> Das ist doch fremdenfeindlich!
> Trottel

Geh, bitte!
Heutzutage ist doch alles sofort
fremdenfeindlich
Weiß gar nicht mehr, was das Wort
überhaupt bedeutet ...

Hmm ...

In den Neunzigern mit meinem Namen
und mit meinem Akzent Physiknachzipf
beim alten Griesacher
DAS war Fremdenfeindlichkeit
»An Ihnen zeigt sich, Frau Sadić, dass der
Herr Tesla das Physikverständnis aller
Jugoslawen für sich allein beansprucht hat.«

Oh Gott

Hat er so gesagt
Wirklich

Orschloch

Aber ich hab damals sogar
lachen müssen
Weil es einfach so dämlich war
Und in meinem Fall hat's ja sogar
leider ein bissl gestimmt
Haha
Das mit dem Physikverständnis
:D :D

Ein Glück braucht diese Welt
auch Malerinnen!
<3
Den Physiklehrer möchte ich mal
sehen, wie der einen Pinsel hält

<3 <3

Du, Selma ...
Ich werd mir ein neues
Handy zulegen
So ein altes

Alt?

Eines ohne Smart
Nur ein Phone

Ein Drogendealer-Handy!

???

So nennt man das doch
Alte Handys, die nicht geortet
werden können
Bei Kriminellen beliebt

Ja, dann so eines
Was hältst du davon?

Wenig

Warum?

Kein WhatsApp mehr? :-(
:-(:-(

Ich fürchte, nein

Keine Videos von euren Ziegen?

...

Keine Fotos aus Nincshof?
Isa, das ist doch Scheiße
Warum machst du das?

Die Kutschera hat's
vorgeschlagen
Weniger Social Media,
mehr Real Life

Was wird aus dem
Bachgasser-Instagram?

Mein letzter Post war vor
einem halben Jahr
Die 3800 Follower werden
es verkraften

Es waren treue Follower!!

14

Großmutter Martha konnte die Zeit riechen. Dies wurde Erna Rohdiebl irgendwann klar. Wann immer man sie danach fragte, reckte sie ihre spitze Nase etwas höher, schloss die Augen, sog eine Lunge voll Luft ein und konnte einem dann auf die Minute genau sagen, wie spät es war, ohne etwa auf den Kirchturm zu schielen, wo zwei lange goldene Zeiger den Tag in Zahlen teilten. In jeder noch so unerwarteten Situation konnte man sie mit dieser Frage überraschen. Sie lag nie daneben. Als Erna Rohdiebl noch klein war, hatte sie vermutet, dass es an Großmutters Nasenlöchern lag, die so groß waren, dass man, wenn man direkt vor ihr stand, das rosarote Innere hatte sehen können. So groß, die Wirtstochter hatte gar behauptet, sie hätte einmal bis hinauf ins Gehirn der Großmutter geblickt. So groß, der Großvater konnte, wenn die Großmutter im Schlaf zu laut schnarchte, in ihren Nasenlöchern zwei erntereife Weinbeeren verschwinden lassen, die sie am nächsten Morgen unter wildem Fluchen, halb zerdrückt, in ein großes Taschentuch schnäuzte. Doch an der Größe der Nase lag es nicht.

Die Großmutter kannte nicht nur stets die Zeit, sie wusste auch stets, wozu die Zeit gerade gut war. »Es ist fünf Minuten vor acht. Zeit, das Schlafzimmer zu lüften«, sagte sie zum Beispiel, wenn man sie fragte, wie spät es war. Oder: »Es ist dreizehn Minuten nach elf. Zeit, die Ohren zu waschen.« Oder: »Es ist acht-

zehn Minuten nach vier. Zeit, ein Kaninchen zu schlachten.«
Oder: »Es ist zwei vor halb fünf. Zeit, zu schweigen und in die
Wolken zu schauen.«

Zeit müsse man *verbrauchen*, sagte die Großmutter. Ein Tor,
wer sie bloß verstreichen ließ, denn unverbrauchte Zeit würde
einen irgendwann wieder einholen, von hinten anfallen, nieder-
reißen und sich einem anhängen, schwer, würgend, wie ein lästiger Gedanke oder, schlimmer noch, eine böse Erinnerung.

Zeit hatte einst in Nincshof keine Rolle gespielt. Tage waren
Tage gewesen. Die Sonne ging auf, mal hinter Wolken, mal in den
leeren leuchtenden Himmel hinein, dann wieder ging sie unter.
Dazwischen tat man, was man tat, und machte sich keine Gedanken über Zahlen, die angeblich im Hintergrund mitliefen.

Der Tag, an dem die Großmutter bemerkte, dass sie die Zeit
riechen konnte, lag lange zurück. Ihre Augen hatten damals noch
so scharf gesehen, dass sie die Schilfhalme am Horizont einzeln
wahrnehmen konnte, und ihre Ohren hatten noch so klar gehört,
dass sie das Surren einer Mücke im Nebenzimmer nachts vom
Schlaf abhielt. Von jenem Tag an war vieles anders geworden.
Die Menschen hatten angefangen, anders zu sprechen. Hatten
plötzlich Dinge gesagt, geglaubt, gedacht, die sie zuvor nicht gesagt, geglaubt, gedacht hatten. Und überall hatten sie Uhren aufgestellt, runde Scheiben, die den Tag in zählbare Teile zerhackten.
Für die Großmutter hatte jeder einzelne dieser Teile einen anderen Duft. Zart, aber dennoch so deutlich anders, dass es der Großmutter unmöglich war, es nicht zu merken. »Eure Uhren brauche
ich nicht«, hatte sie zu den anderen gesagt, die in ihr Haus kamen
und ihr voll Begeisterung eine Uhr an die Wand nageln wollten.
»Bleibt mir weg mit eurer Zeit«, hatte sie gesagt. »Ich hab meine
eigene.«

Auch ohne die Nase ihrer Großmutter wusste Erna Rohdiebl, dass es längst Zeit war, etwas zu tun, das sie vor sich hergeschoben hatte wie eine Darmspiegelung. Zwei Wochen waren vergangen seit jener Nacht, in der die Erlangers durch die Garagentür geschritten kamen und Erna Rohdiebl beim nächtlichen Poolbesuch erwischt hatten. Die Fetzi Erlanger hatte damals gefaucht, sie würde sich schon noch etwas für Erna Rohdiebl einfallen lassen, jedoch sah es bislang nicht danach aus, als wäre dieser Einfall schon gekommen. In Erna Rohdiebl wuchs die Unruhe. Auch mit Frederika Liebzipfel hatte es noch keine Aussprache gegeben. Zwar war diese ihr schon zweimal draußen auf der Urbarialgasse über den Weg gelaufen, war aber jedes Mal in scheinbar größter Eile unterwegs gewesen und hatte, kaum Blickkontakt haltend, derart überzeugend so getan, als wäre die Poolsache nie passiert, dass auch Erna Rohdiebl selbst daran gezweifelt und für einen kurzen Moment ihre eigene Zurechnungsfähigkeit infrage gestellt hatte. So konnte das nicht weitergehen.

In der Kühle des Kellers ließ sie einen Biskuitboden ausdampfen, strich eine Creme aus Himbeeren und Schuldgefühl darauf, lief dann ohne langes Drübernachdenken hinüber zur Fetzi Erlanger und klingelte ohne langes Drübernachdenken an der Tür.

Ihrem Sohn Stefan hatte sie am Ende doch von der Poolgeschichte erzählt. Er hatte angerufen, unschuldig, eines Nachmittags, wollte wissen, was sie tat, wie es ihr erging im immer heißer werdenden Nincshof. Da sie ihre Kinder schlecht anlügen konnte und da sie ahnte, dass Berichte über die anderen Ereignisse, die sich seither in diesem sonderbaren Sommer zugetragen hatten – die Geiselnahme im eigenen Haus, der Oblivismus –, ihren Sohn in noch viel tiefere Sorgen stürzen würden als der Einbruch in den Pool der Erlangers, erzählte sie also davon.

Wie erwartet, war er schockiert über diese plötzliche kriminelle Energie seiner Mutter. Was ihr einfiele! Einfach so in ein fremdes Grundstück einzusteigen! Warum sie nicht an den See ins Strandbad gefahren sei? Nach Illmitz oder Podersdorf? Schwiegersohn Dariush Hervadi, der große Mann, der zwar oft grimmig dreinschaute, in dessen Brust jedoch das Herz eines Suppenkaspers schlug, hatte, auch ganz gemäß Erna Rohdiebls Erwarten, sich herzlich an der Geschichte erfreut und zollte ihr, wenn Erna Rohdiebl seine Zwischentöne am Telefon richtig interpretierte, sogar Anerkennung für ihren brillanten Einfall und ihren Mut. Immerhin, und das kam für Erna Rohdiebl überraschend, war Sohn Stefan nicht besorgt genug, als dass er Handlungsbedarf gesehen hätte, seine in die Senilität abgleitende Mutter vor sich selbst zu beschützen. Die eigentliche Frechheit war für ihn Frederika Liebzipfel und die Feigheit, in der sie sich davongestohlen hatte. Besonders gern hatte er diese Frau noch nie gemocht.

Als er zum ersten Mal Dariush Hervadi nach Nincshof mitgebracht hatte, klingelten die Nincshoferinnen und Nincshofer neugierig in der Urbarialgasse Nummer fünf. Waren alle zufällig in der Gegend gewesen, hatten alle zufällig zu viel Kuchen gebacken – reckten die Hälse an der Türschwelle, schielten über Erna Rohdiebls Schulter hinein ins Haus oder baten, da sie nun schon einmal hier waren, direkt um Einlass. Ein jeder Nincshofer wollte Rohdiebl-Schwiegersohn-Schauen. Ein Urteil erlaubte sich jedoch nur Frederika Liebzipfel: »Der Rohdiebl Sohn … Mit einem Mann … Also wirklich.« Wie alle Urteile der Frederika Liebzipfel war auch dieses formbar gewesen wie KAekksteig. Ein festes Wort der Wirtin hatte genügt: Sie solle nicht so deppert daherreden in ihrer Gaststätte, denn sie, Frederika Liebzipfel, habe ja schließlich selbst einen Mann zu Hause, und einen anderen für etwas zu verurteilen, das man selbst tat, sei überhaupt das Widersprüchlichste unter Gottes gütiger Hand. Die neben

Frederika Liebzipfel an der Schank sitzenden Nincshoferinnen und Nincshofer hatten andächtig genickt. Wer seine Argumente mit der Billigung Gottes unterstrich, der hatte in Nincshof meist das letzte Wort. Nicht, dass man in Nincshof besonders gläubig gewesen wäre, ganz im Gegenteil, aber wenn es stimmte, was alle sagten, nämlich, dass alle auf Erden wandelnden Wesen einmal bei Petrus vor der Himmelspforte für all ihre Frevel würden büßen müssen, ging man in Nincshof lieber kein Risiko ein und erwähnte den Heiligen Vater lieber einmal zu viel als zu wenig.

An der Tür der Fetzi Erlanger öffnete deren Mann. Er starrte abwechselnd in Erna Rohdiebls Augen und auf das Kuchenblech in deren Händen. Dann bat er Erna Rohdiebl herein. Durch die vor dem Sommer abgedunkelten Wohnräume schob sie sich Richtung Terrassentür. Der Pool sah so anders aus im Tageslicht, wenn man sich ihm auf offiziellem Weg und nicht durch die Hecke schleichend näherte. Das Wasser war voll mit älteren Damen, plantschend, Badeanzüge in allen Farben. Unter ihnen – sie musste zweimal hinschauen, um es zu glauben – Frederika Liebzipfel in all ihrer ungenierten Pracht. Im türkisen Badeanzug, Strohhut auf dem Kopf, hing sie lachend über einer Schwimmnudel und strampelte mit den Füßen durchs Wasser. Diese Frau war nicht zu fassen. Von einer quietschenden Gartenliege erhob sich Fetzi Erlanger und kam auf Erna Rohdiebl zu. Ihr Gesicht hart wie gefrorener Ackerboden. Erna Rohdiebl räusperte sich.

»Ich wollte mich bei dir entschuldigen für … Na ja, weißt eh …«

Fetzi Erlanger regte sich nicht. Im Pool kamen die bunten Badeanzüge an den Beckenrand geschwommen. Für Erna Rohdiebl bestand kein Zweifel, dass all diese Damen wussten, was geschehen war. Sie hob ihr Kinn und ging hinüber zum Gartentisch, schob Kaffeehäferl und Tortengabeln zur Seite und stellte ihr Ku-

chenblech ab. Die Blicke der Fetzi Erlanger und der Schwimm-
damen im Pool folgten ihr.

»Himbeerbiskuit. Wenn ich mich richtig erinnert habe, magst
du so was gerne. Sieh ihn als mein Versöhnungsangebot. Heimlich in deinen Pool zu steigen, war grundfalsch. Es tut mir leid.«

Fetzi Erlanger ging einen Schritt auf sie zu und verschränkte
die Arme vor ihrer Brust.

»Sonst noch was?«, sagte sie.

Erna Rohdiebl hielt ihrem herausfordernden Blick stand.

»Nein«, sagte sie. »Das war alles.«

»Na dann«, sagte Fetzi Erlanger.

»Na dann«, sagte auch Erna Rohdiebl, nickte der Damenrei-
he am Beckenrand zu.

»Servus, Fetzi. Mach's gut.«

So entschlossen, wie sie gekommen war, verließ sie das Feld.
Ihre Arbeit hier war getan. Sie war sachlich und ehrlich gewesen,
hatte ihren Fehler eingestanden und würde sich keine Vorwürfe
machen müssen. Wenn die Fetzi Erlanger beschloss, sie weiterhin
in Schuld zu baden, sollte das ihr Problem sein.

Der Oblivismus gedieh indes jeden Abend weiter an Erna Rohdiebls Eckbank, und zwar so prächtig, dass die Oblivisten zeit-
weilen Sorge hatten, er würde ihre eigenen Köpfe bald überran-
ken. Valentin Salmerak strich zwar jeden Abend mit zufriedenem
Schwung einen weiteren Tag ohne Erwähnung Nincshofs in der
Presse aus seinem Kalender, mittlerweile waren es einhundertein-
undachtzig, dennoch wurden mit jedem oblivistischen Erfolg die
Dinge eher komplizierter als einfacher.

Der unsichtbare Jauchezaun zur Radfahrerabwehr zum Beispiel. In seiner aktuellen Form war er nicht lange aufrechtzuer-
halten. Zeitaufwendig und arbeitsintensiv war er, musste man

doch alle paar Tage kübelweise Jauche ausleeren gehen, um die Wand aus Gestank stabil zu halten. Wertvolle Zeit, wenn man bedachte, was sonst noch so auf der oblivistischen Agenda stand. Der Bahnhof samt Bahnhofshäuschen musste irgendwann verschwinden, alle Zufahrtsstraßen nach und nach abgetragen werden, bis nur noch ein schmaler, allein den Nincshofern bekannter Weg ins Dorf übrig bliebe, die anderen Nincshofer würde man irgendwann einweihen und mit den Nachbarortschaften würde man wohl irgendein Abkommen treffen müssen, da es kaum möglich sein würde, aus deren kollektivem Gedächtnis zu verschwinden. Und schließlich, der Bürgermeister seufzte, die Neuen. Die Neuen mit ihren Ziegen, die, so das Gefühl der Oblivisten, immer hässlicher wurden, pfui Teufel. Und die Frau vom Ziegenwirt erst, die immer lästiger wurde, herumfuhr und Fragen stellte. Jetzt sei sie sogar bei ihm, dem Bürgermeister, gewesen. Er habe sie freundlich behandelt, beteuerte er, um kein Misstrauen aufzuwirbeln in ihr, dieser Neugierigen, sei aber nicht zu freundlich gewesen, denn sie solle sich bloß nicht einbilden, man würde ihrer Neugierde hier entgegenkommen.

Es war tatsächlich Erna Rohdiebl, der eines Abends in der Sache mit dem unsichtbaren Jauchezaun die zündende Idee kam. An Frederika Liebzipfels automatische Lufterfrischer hatte sie sich erinnert, die ihr Haus so penetrant mit Hibiskus- und Zedernholznoten vollsprühten, dass Erna Rohdiebl manchmal die Luft hatte anhalten müssen, wenn sie bei ihr durch die Tür gegangen war. Den Oblivisten erklärte sie die dahinterliegende Mechanik – eine Lichtschranke, die jedes Mal, wenn jemand sie durchschritt, ein Signal zum Zerstäuben an die Sprühvorrichtung sandte. Der Duft wurde nicht verschwenderisch, wie an der Jauchewand, ständig abgegeben, sondern nur dann, wenn man ihn brauchte, bei Anwesenheit eines Menschen. Der Bürgermeister küsste Erna

Rohdiebls Hände, und Valentin Salmerak bestellte von der Eckbank aus per Smartphone mehrere dieser Apparaturen.

Mehrere Stunden beobachtete er in den folgenden Tagen den Radweg und errechnete die Durchschnittsgeschwindigkeit der Fahrradtouristen, woraus er die notwendige Distanz zwischen Lichtschranke und Zerstäuber ermittelte. In den Ästen der Maulbeerbäume über dem Radweg hingen sie nun, die Zerstäuber, versteckt zwischen den Blättern. Wenige Meter davor, an einem Baumstamm oder in einem Gebüsch, die Lichtschranke. Sobald das Vorderrad eines Radfahrers diese durchbrach, wurde der Zerstäuber aktiviert, und in dem Moment, in dem der Radfahrer unten durchfuhr, legte sich eine feine, bestialisch stinkende Sprühnebelwolke aus Jauche über sein glänzendes Trikot.

Seither konnte man bei der Wirtin regelmäßig Szenen wie diese beobachten: Radfahrer standen mit ekelverzerrten Gesichtern auf dem Parkplatz und zupften ungläubig an ihrer eng anliegenden Radfahreraufmachung. Ihr gesamtes zerstörerisches Ausmaß entfaltete die Jauche nämlich erst hier, wenn die Radfahrer abstiegen und der Fahrtwind den Gestank nicht mehr ausdünnte, sondern er auf direktem Weg in die Nasen emporstieg. Beschämt, aber hungrig wagten sich die Stinkenden dennoch in die Wirtsstube, wo sich sofort alle Blicke auf sie richteten. Noch bevor sie sich überhaupt nach einem Sitzplatz umsehen konnten, schallte der erste Kommentar durch den Raum.

»Leck mich am Arsch. Da drückt's dem Teufel ja das Verdaute wieder bei den Ohren raus!«, rief irgendeiner mit schwerer Zunge.

Die Radfahrer taten etwas ungeschickt so, als wäre ihnen nicht vollkommen klar, dass sie mit dem Ausruf gemeint waren.

»Dass es selbst einer Sau graust«, bekräftigte irgendein anderer das Urteil.

Die Radfahrer blickten Hilfe suchend zur Wirtin. Die aber

sah nicht von jener Stelle an der Bar auf, die sie plötzlich in großer Konzentration mit einem feuchten Wischfetzen bearbeitete. Vom Spritzwein glasig gewordene Augenpaare funkelten die Radfahrer an. Diese wussten sich nicht mehr anders zu helfen, als kehrtzumachen und durch die dunkle quietschende Holztür wieder ins Freie zu treten, sich unter lautem Fluchen wieder in die Sättel zu schwingen und das Weite zu suchen.

Wieder ein kleiner oblivistischer Erfolg, dem an der Eckbank in der Urbarialgasse Nummer fünf wieder mit großzügig eingeschenktem Pusztafeigenschnaps Anerkennung gezollt werden musste, auf dem man sich nur wieder nicht ausruhen durfte.

15

Eisenstadt war eine Stadt unter Anführungszeichen. Zwar gab es hier ein dottergelbes barockes Fürstenschlösschen mit einem prunkvollen Veranstaltungssaal, in dem die Bodendielen herrschaftlich ächzten und Joseph Haydn seinerzeit als Kapellmeister die Magnaten im Königreich Ungarn und darüber hinaus beeindruckt hatte. Abseits dieses höfischen Kleinods jedoch waltete in Eisenstadt eine vollkommen unstädtische Überschaubarkeit. Durch eine überschaubare Fußgängerzone tröpfelte ein überschaubarer Fußgängerstrom und verteilte sich in eine überschaubare Anzahl an Restaurants und Cafés. Die kleine Buchhandlung verkaufte ein überschaubares Sortiment an aktuellen Bestsellern und Ratgebern, glitzernde Gelroller und Schnörkelschrift-Grußkarten für alle grußkartenwürdigen Anlässe des Lebens und hatte selten etwas auf Lager, das Isa Bachgasser gerade gerne gelesen hätte.

Einen aussichtsreichen Pfad jedoch vermutete Isa Bachgasser inmitten dieser Überschaubarkeit. Einen Pfad, der ihrer Suche nach der Legende über die Entdeckung Nincshofs und möglicherweise einer Erklärung für diese feine, für Isa Bachgasser noch schwer zu beschreibende Eigenartigkeit des Ortes Erfolg verheißen könnte: das Landesarchiv. Sie hatte bereits sämtliche Onlinekataloge, selbst jenen der Nationalbibliothek, die jedes in Österreich publizierte Schriftstück archivieren musste, mit dem

Stichwort »Nincshof« gefüttert, wurde aber stets von der sich hoffnungsvoll drehenden Sanduhr auf dem Bildschirm im Stich gelassen. *Keine Datensätze gefunden. Versuchen Sie weniger oder allgemeinere Schlagworte.* Aber Onlinekatalogen war nicht zu trauen. Es brauchte nur einen taumeligen Praktikanten, der eine Signatur falsch einspeiste, schon war das ganze System zerschossen und das Werk für immer verloren im Labyrinth der Binärcodes. Digitalisierung war, und hier fand Isa Bachgasser wieder einmal den Beweis, das Gift der Gegenwart. Man musste eigenhändig vor Ort suchen.

Der Bibliothekar hatte am Telefon mit langsamen, wohl gewählten Worten versichert, alles, was es über das Burgenland zu wissen gebe, stehe in seinen Regalen, und Isa Bachgasser war augenblicklich verzaubert gewesen von der Gelassenheit, mit der Menschen, die wie dieser Bibliothekar den ganzen Tag von Büchern umgeben waren, der Welt begegneten.

»Das habe ich aus den tiefen Schlünden unseres bescheidenen Archivs für Sie zutage befördert«, sagte er ein paar Tage später zu ihr über den Empfangstresen hinweg.

Seine Augen lugten schläfrig über den Brillenrand. Dann schob er Isa Bachgasser einen Bücherstapel hin. Er zog ein Stofftaschentuch aus seiner Hosentasche und wischte sich über seine hohe, feuchte Stirn. Isa Bachgassers Finger glitten über die Buchrücken. Vier Chroniken des Burgenlandes lagen da, ein Sammelband mit den »schönsten Sagen der Region«, ein Bildband über den Seewinkel, Historisches über den Bau des Eisernen Vorhangs an der burgenländisch-ungarischen Grenze.

»Ich hatte doch nach Literatur über Nincshof gefragt. Haben Sie da nichts Konkreteres?«

Der Bibliothekar faltete langsam sein Stofftaschentuch klein, mit einer Technik, die vermutete Isa Bachgasser, schon seit Jahrzehnten die gleiche war, und steckte es zurück in die Hosentasche. Eile hatte er keine.

»Doch. Doch, Frau Bachgasser, haben wir durchaus.«

Er wippte mit seinem Oberkörper langsam vor und zurück, seine Fingernägel schabten über die Tischplatte.

»Nur ist es leider so, dass sich diese Werke gerade in Entlehnung befinden. Wir haben schöne Bücher, Chroniken und Bildbände über Nincshof im Bestand. Doch diese sind, *qua* Entlehnstatus, aktuell nicht verfügbar. Sie können diese Medien jedoch selbstverständlich reservieren.«

»Wann kommen sie wieder?«

»Nun, Frau Bachgasser«, der Bibliothekar kämmte seine langen Finger durch sein dünnes Haar, Nägel kratzten über Kopfhaut, »leider ist es momentan so, dass wir uns, zu unser aller zusätzlichem Ärgernis, mit etwas konfrontiert sehen, was man heutzutage gemeinhin als *Softwareproblem* bezeichnet. Zwar kann das Programm durchaus eruieren, *dass* die von Ihnen angefragten Medien entliehen sind, jedoch kann es uns weder mitteilen, *wer* das jeweilige Buch entliehen hat, noch, *wie lange* es sich noch dort befinden wird.«

Der Bibliothekar klang weder überrascht über diese technische Widrigkeit noch beunruhigt. Er brachte Isa Bachgasser in den angrenzenden Lesesaal. Über weißgrauem PVC-Boden verteilten sich weißgraue Bürotische, ohne einem erkennbaren Muster zu folgen. In einer Ecke stellte er einen Ventilator an.

»Für eine Klimaanlage hat es nicht gereicht«, sagte er, hob die Hand, neigte den Oberkörper nach vorne wie ein Kammerdiener und zog die Tür hinter sich zu.

Isa Bachgasser war allein in dem Lesesaal. Sie fühlte sich wie in einem Klassenzimmer. Der Ventilator schraubte den Geruch von Klebstoff und Schweiß durch den Raum. Sie nahm einen

Band von dem Stapel. Zweifingerdickes Großformat mit vielen Bildern – *Die Chronik des Burgenlandes (1921–1938)*. Die Seiten rochen nach Leim und Zigarettenrauch und erzählten die Geschichte des Landes von dem Zeitpunkt, als es 1921 durch den Vertrag von Trianon von Ungarn zu Österreich kam, bis zum unheilvollen Jahr 1938, in dem es sich vom Deutschen Reich schlucken ließ. Als hätten sie in der Hitze angefangen zu schwitzen, klebten einige Seiten aneinander. Isa Bachgasser trennte sie behutsam. Ihr Blick fiel auf Bilder in Schwarz-Weiß. Alte Frauen mit Kopftüchern und Buckelkörben, Pferdefuhrwerke auf Sandpisten, Männer mit Pfeife in Mundwinkeln, Kindern auf den Knien und hechelnden Hunden zu ihren Füßen, Bauernhäuser, die sich tief in das ebene Land duckten, Schilfrohrhaufen, Ziehbrunnen aus langen, unruhig gewachsenen Ästen. Im Fortsetzungsband, *Die Chronik des Burgenlandes (1938–1945)*, dann die üblichen Bilder des Gespenstischen. In denselben Straßenzügen, an denselben Häuserfronten wehten Hakenkreuzfahnen, junge Burschen, fast noch Kinder, in Uniformen reckten stolz das Kinn in die Kamera, eingeschlagene Scheiben neben Davidsternen, jüdisches Viertel von Eisenstadt, nur wenige Gehminuten vom Landesarchiv entfernt, wo sie jetzt saß. Sie blätterte zum Verzeichnis der Ortsnamen auf den letzten Seiten. Zwischen Nikitsch / Filež und Oberdorf fand sie Nincshof. Sie suchte die dort angegebenen Seiten und hielt verdutzt inne. So nahe am Falz, dass lediglich ein millimeterschmaler Papierstreifen übrig geblieben war, hatte hier jemand die Seite aus dem Buch getrennt. Nur beim genauen Hinsehen war es zu erkennen. Sie klappte die großformatigen Hochglanzseiten wieder von rechts nach links und studierte das Verzeichnis erneut. Auch die nächste dort angegebene Seite fehlte. Hastig blätterte sie die Seiten hin und her, bis sie verwirrt den Band zuschlug und der Erkenntnis nachhing, dass jede einzelne

Seite, auf der Nincshof erwähnt wurde, aus diesem Buch herausgeschnitten worden war. Sie griff zum nächsten Exemplar. Auch hier das gleiche Schauspiel. Ein paar Minuten später verließ sie entnervt den Lesesaal und klatschte dem Bibliothekar den Stapel mit mehr Wucht als beabsichtigt auf den Empfangstresen.

»Da fehlen alle Seiten über Nincshof«, schnaubte sie.

Der Bibliothekar sah sie kurz an, nahm eine Burgenland-Chronik zur Hand und fing an, langsam darin zu blättern. Isa Bachgasser entriss ihm ungeduldig das Buch und schlug eine entsprechende Stelle auf.

»Interessant«, sagte der Bibliothekar und schien darüber ebenso wenig irritiert wie über die kaputte Bibliothekssoftware.

In einer Mönchsruhe blätterte er zur nächsten fehlenden Seite und murmelte vor sich hin.

»Hier drin ist genau das Gleiche passiert«, sagte Isa Bachgasser. »Und hier und hier und hier.« Sie tippte auf jeden einzelnen Buchrücken. »Das ist doch merkwürdig!«

»Das ist in der Tat merkwürdig.«

»Als hätte jemand alles über Nincshof sammeln wollen.«

»Mhm«, nickte der Bibliothekar. »Als hätte jemand alles über Nincshof sammeln wollen. Ganz genau so wirkt es. In der Tat.«

»Das sollten Sie irgendwo melden. Der Schaden muss doch ersetzt werden. Wer macht denn so etwas?«

Trotz Isa Bachgassers Erklärungen schien sich der Bibliothekar selbst ein Bild machen zu wollen und sah jedes einzelne der Bücher ohne jeglichen Anschein von Eile von vorne bis hinten durch. Sein Blick sprang mal über, mal unter den Brillenrand. Hin und wieder murmelte er Unverständliches zwischen seinen dünnen, feuchten Lippen und notierte etwas auf einem Notizblock.

»Diese Sage von der Entdeckung Nincshofs im Schilf, die kennen Sie?«, fragte Isa Bachgasser ihn plötzlich ohne Vorwarnung.

»Diese Sage von der Entdeckung Nincshofs im Schilf«, sagte der Bibliothekar langsam, dessen Gesprächsführung augenscheinlich darin bestand, das vom Gegenüber Gesagte zu wiederholen, vor sich hinzustarren und auf weitere Informationen zu warten.

»Wissen Sie«, sagte Isa Bachgasser und lehnte sich auf ihre zarten Ellenbogen gestützt über den Empfangstresen, »ich habe den Eindruck, dass Nincshof ein ziemlich ungewöhnliches Dorf ist. Aber es scheint niemanden zu verblüffen. Ich habe das Gefühl, ich bin die Einzige, die Nincshof für eine große Merkwürdigkeit und ein großes Rätsel hält.«

»Frau Bachgasser«, sagte der Bibliothekar daraufhin und starrte sie mit müden Augen an, »das ganze Burgenland samt seinen Bewohnerinnen und Bewohnern ist eine einzige Merkwürdigkeit und ein einziges Rätsel. Ich wünsche Ihnen viel Glück, falls Sie vorhaben, es zu entschlüsseln.«

Er seufzte schwer.

»Ich lebe nun schon seit mehreren Jahrzehnten hier, und ich habe irgendwann gemerkt, dass ich gut beraten bin, wenn ich den Dingen, die hier passieren, mit einer Offenheit begegne und mit einer Neugierde, die nicht zwingend ein Ziel verfolgt. Ich lasse alles geschehen, wie es eben geschieht. Wissenschaftliche Freude am Zerlegen und Zerkleinern und an der Suche nach Kausalitäten hat sich hier im Burgenland nicht bewährt. Für mich zumindest nicht.« Er zuckte mit den Schultern. »Das mag aber auch am Alter liegen.«

Die Reifen knirschten sich auf dem Feldweg ihrem Haus entgegen, vor dem an diesem Tag ein fremdes Auto parkte. Isa Bachgasser stellte den Motor ab. Auf dem Beifahrersitz lag, schlaff und leer wie ein vergessener Partyballon, ihr Jutebeutel, den sie gut gefüllt mit Bibliotheksgut hatte zurückbringen wollen.

Der Nincshofer Spätnachmittag leuchtete, eine müde Brise wirbelte durch ihre Haare. Schwefelige Seeluft. Von der Irrziegenweide klirrte ein Lachen. Silvano Mezzaroni war an diesem Nachmittag um mehrere Zentimeter gewachsen. Frisch frisiert und mit ungewöhnlich geradem Rücken stand er am Irrziegenzaun einer Reporterin des *Burgenland Anzeigers* gegenüber und erzählte von seinem neuen Leben als Viehwirt. Isa Bachgasser näherte sich, den leeren Jutebeutel und Autoschlüssel in die hintere Hosentasche gestopft. Die Reporterin strahlte und drückte ihr ohne Vorwarnung zwei feuchte Küsschen auf die Wangen. Aus ihrer Föhnwelle puffte eine Wolke klebrig-süßen Parfums. Von ihrer Schulter baumelte eine Kamera, auf ihrem T-Shirt kreischten grelle Blumenmuster, in denen Isa Bachgasser die Handschrift jener spanischen Modekette las, die schrecklich bunte Kleidung nähte für alle Frauen Mitte vierzig, die es noch einmal wissen wollten.

»Isa Bachgasser. Was für eine Ehre!«, sagte die Reporterin und grinste, Spuren ihres roten Lippenstifts klebten an ihrem linken Schneidezahn. »Ich hab ja insgeheim gehofft, dass ich Sie heute auch noch treffe.«

Sie lachte laut und glöckern wie ein Kirchturm, bevor sie einen Fragenkatalog losratterte, der, trotz dieser außerplanmäßigen Begegnung, recht geplant wirkte. Wie ihr das Burgenland denn gefalle. Ob hier die Inspiration leichter zu finden sei. Wann denn ihr nächster Film komme. Ob sie einmal gerne für einen Oscar nominiert wäre. Oder für das andere, für dieses französische Ding, die goldene … Palme? Ja, genau die. Isa Bachgasser lächelte in Richtung ihrer eigenen Zehenspitzen und lenkte die Fragen höflich ab. Die Reporterin schien unbeeindruckt. So oft schon habe es die Redaktion ja probiert, lamentierte sie, habe Isa Bachgasser aber nie erreicht. Für eine Homestory, sie wisse ja. Isa Bachgasser schielte hinüber zu Silvano Mezzaroni, der sich lächelnd bemühte, seine frisch gewachsenen Zentimeter nicht wieder zu verlieren. Das hier war sein Moment. Es ging um seine Ziegen, nicht um ihre Filme.

»Ich mache keine Filme mehr«, sagte Isa Bachgasser schließlich. »Fürs Erste.«

»Oh!« Die Augen der Reporterin weiteten sich. »Eine kreative Pause. Ich verstehe.«

Sie zwinkerte und bohrte ihr kumpelhaft die Faust in die Schulter. Isa Bachgasser taumelte.

»Na gut. Machen wir noch ein paar Fotos«, rief sie dann und schwang ihre Spiegelreflex vor den Bauch.

Isa Bachgasser war froh, dass heute nicht sie es war, die der Reporterin etwas schuldig war. Mit der Presse hatte sie ein eigenes Verhältnis. Zwar genoss sie es, wenn ihre Filme in seitenlangen Artikeln in schwindelnde Höhen emporgeschrieben wurden, wenn man ihre Montage als »feingliedriges Insekt« bezeichnete und ihren Portraits »Ehrlichkeit bis an die Schmerzgrenze« nachsagte. Es war der gleißende Teil der Öffentlichkeit, in den so viele Schaffende nach dem Schaffen gezerrt wurden, der Isa Bachgasser in grenzenlose Panik stürzte. Interviews mit Printjournalisten waren noch die erträglichsten. Entspannte Gespräche mit elfenhaften Kulturredakteurinnen, bei denen sie ihre Worte mit Bedacht wählen, stottern, zögern oder das Gesagte noch einmal korrigieren konnte. Nach dem Gespräch schickte man ihr die Zitate zur Abnahme, wo sie noch einmal die Chance hatte, den Schwachsinn aus ihren Zeilen zu streichen. Schlimmer war es schon im Radio. Sie musste konzentriert sprechen, um nicht über ihre Sätze und Gedanken zu stolpern, konnte sich aber immerhin hinter der eigenen Stimme verstecken, nervös mit dem Fuß wippen oder Haarsträhnen zwischen den Fingern zwirbeln, ohne dass es den Hörern aufgefallen wäre. Fernsehinterviews waren eine besondere Form des Horrors. Als Interviewte stand man einem mehrköpfigen Team gegenüber, das einem schwere Technik und grelles Licht ins Gesicht schob, ein nackter Körper auf dem Seziertisch, und man hatte nur wenige Sätze Zeit, um zu erklären, worum es einem eigentlich gegangen war. Daran konnte man nur scheitern.

Von der Terrasse aus beobachtete Isa Bachgasser, wie die Reporterin auf der Irrziegenweide ihr Objektiv auf Silvano Mezzaroni richtete, der links und rechts eine Irrziege an der Leine hielt. Die Reporterin ging so weit in die Knie, wie ihre krachend engen Jeans es erlaubten. Ihre weißen Adidas leuchteten im grünen Gras. Der Verschluss ratterte. Die Tiere zuckten nervös. Silvano Mezzaroni drehte sich in alle Richtungen, die ihm die Reporterin vorgab. Zog die Ziegen mal hierhin, mal dorthin und schien nicht einmal einen Bruchteil jener Beklemmung zu spüren, die in Isa Bachgasser hochkroch, wann immer ein Journalist etwas von ihr verlangte. Im Gegenteil. Sein Stolz strahlte von der Irrziegenweide bis zur Terrassenkante.

Zum Abschied verteilte die Reporterin eine weitere Runde schnalzender Küsschen, so feucht, Isa Bachgasser musste sie hinterher mit dem Handrücken von der Wange wischen.

»Ich wünsche Ihnen alles Gute«, sagte sie winkend und schritt zu ihrem Wagen, der neben Silvano Mezzaronis SUV aussah wie eine kleine Murmel.

»Warten Sie einen Moment«, rief Isa Bachgasser plötzlich.

Die Reporterin fuhr herum. Die Föhnwelle federte um ihr Gesicht.

»Als Journalistin sind Sie ja sicherlich gut informiert über die Region und ich dachte … Können Sie etwas mit dem Spruch ›Freiheit den Nincshofern! Nincshof der Freiheit!‹ anfangen?«

Die Reporterin presste die Lippen zu einer schmalen Linie

und blickte nachdenklich in den Spätnachmittagshimmel. Dann schüttelte sie den Kopf.

»Nein, ich glaube nicht.«

Isa Bachgasser nickte langsam.

»Und diese Sage? Über die Entdeckung Nincshofs. Kennen Sie die?«

»Sie meinen, die über das Dorf im Schilf?«

»Ja, genau die!« Isa Bachgasser strahlte und trat einen Schritt auf sie zu. »Ich habe mich gefragt, was es damit auf sich hat.«

»Nun ja«, die Reporterin lächelte, »es ist halt eine Legende. Davon gibt es viele.«

»Ja, durchaus«, sagte Isa Bachgasser. »Und viele Legenden haben ihren wahren Kern, nicht wahr? Und nun frage ich mich … Also meinen Sie, dass etwas dran ist? An der Legende?«

Die Reporterin lachte.

»An der Entdeckung von Nincshof? Ich versteh nicht, worauf Sie hinaus wollen?«

»Ich will nur wissen, ob es vielleicht stimmt, dass man Nincshof lange Zeit nicht kannte. Als Dorf.«

Die Reporterin lachte erneut. Ihre Föhnwelle wippte.

»Das hätte doch mittlerweile schon längst jemand bestätigt, wenn es wirklich so gewesen wäre, glauben Sie nicht?«

Isa Bachgasser nickte und lächelte müde. Die Reporterin pflückte einen dicken Schlüsselbund aus ihrer Handtasche. Prall wie eine erntereife Traube baumelte er klimpernd von ihrem Zeigefinger. Sie grinste.

»Warum interessiert Sie das? Sie recherchieren doch schon wieder für einen Film, nicht wahr? Ich hab es mir gleich gedacht. Sie wollten nur nix sagen. Sie sind ja immer so bescheiden. Ich kenne Ihre Interviews.«

»Nein. Wirklich, ich recherchiere für keinen Film. Ich hab vor

Kurzem davon gehört, und ich finde es ganz faszinierend. Bloß hab ich Schwierigkeiten, mehr darüber zu erfahren. Online finde ich nichts. Im Landesarchiv war ich gerade eben, auch da gibt es nichts.« Sie lachte abgekämpft. »Im Landesarchiv hat sogar jemand alle Buchseiten über Nincshof herausgeschnitten. Stellen Sie sich vor! Das ist doch verrückt.«

Die Reporterin lachte wieder und hatte trotz ihrer Reporterinnen-Existenz keine Nachfrage zu dieser für Isa Bachgasser so offensichtlichen, dem Nachfragen einer Reporterin würdigen Kuriosität.

»Da kann ich Ihnen leider nicht weiterhelfen. Aber Sie werden es sicherlich herausfinden, und ich werd mir dann Ihren Film darüber anschauen, und dann schreib ich eine schöne G'schicht über Sie.«

Das Kirchturmlachen läutete lauter als je zuvor, und Isa Bachgasser war geneigt, zurückzuweichen vor dieser Energiewelle. Die Reporterin schloss ihr Auto auf und warf die Handtasche auf den Rücksitz.

»Also dann«, sagte sie, »wenn Sie was brauchen, melden Sie sich gerne jederzeit. Wenn der Film kommt spätestens. Und: Vielleicht reden Sie einmal mit dem Pfarrer. Das mach ich immer, wenn ich mit einer G'schicht nicht weiterkomm.«

Sie zwinkerte Isa Bachgasser durchs Fahrerfenster zu, wirbelte ihre Murmel in einem energischen Wendemanöver durch den Kies in der Einfahrt und fuhr davon.

Der Friedhof in Nincshof hatte nichts gemein mit jenem Friedhof im Salzkammergut, den Isa Bachgasser als kleines Mädchen besuchen musste und der bis heute der einzige Friedhof war, auf dem jemand lag, der ihr nahegestanden war. Auf dem Friedhof im Salzkammergut war alles gerade gewesen. Die Gehwege,

Hecken, Friedhofsmauern, Grabsteinplatten, Holzkreuze. Als hätte jemand an jeder Kante eine dünne Richtschnur angelegt und kontrolliert, ob auch nichts im Bogen verlief. Der Friedhof in Nincshof war ein Garten, der sich selbst überlassen war. Schmale Pfade wanden sich zwischen den Gräbern hindurch, die ohne sichtbares Muster dicht an dicht dahinwucherten. Über manchen Gräbern wachten klassische Tafeln mit Inschriften, auf anderen wuchs ein Bäumchen, hier und da lag bloß ein fußballgroßer Steinbrocken mit eingemeißelten Namen, auf anderen wuchs Gras. Nicht immer war klar, wo ein Grab endete und das andere begann. Isa Bachgasser fühlte sich wieder einmal wie in einem anderen Land.

Sie wollte systematisch vorgehen, alles gründlich durchkämmen, sodass ihr kein einziges Grab entging. Das tapfere Waschweib, Martha E., musste als Nincshoferin doch hier irgendwo begraben liegen, und Isa Bachgasser hatte nach dem erfolglosen Ausflug ins Landesarchiv beschlossen, auf dem Friedhof zu suchen. Die Inschriften leuchteten im grellen Vormittagslicht. Knallgartner, Pipenstiel, Undertupf, Benzerdank, Opferzopfel. Wie die meisten Namen, die ihr bislang in Nincshof begegnet waren, waren auch die auf den Gräbern irgendwie aus der Zeit gefallen. Seltsam fremd und wild. An vielen Grabsteinen fehlten die Kreuze, die im Salzkammergut so allgegenwärtig waren. Manchmal drängten sie sich eng und ein bisschen windschief zwischen Inschrift und Grabsteinrand, fast so, als hätte man sie behelfsmäßig und etwas lieblos nachträglich dazugemeißelt.

An einem Grab mit braungrauem moosbewachsenem Stein blieb Isa Bachgasser stehen. Margarethe Engelbatz. Margarethe. Konnte Martha ihr Spitzname gewesen sein? Margarethe Engelbatz war 1967 gestorben. Ihr Mann Janos Engelbatzer war drei Jahre vor ihr gegangen. Die Blumen vor dem Grabstein sahen durstig aus. Ihre vertrockneten Blüten kräuselten sich in der Sonne. Isa Bachgasser zog ein kleines Notizbuch aus ihrer Tasche, notierte den Namen und schlenderte weiter.

Ein warmer Windhauch zog an der gewaltigen Krone eines Kastanienbaums. Die Schatten der Blätter tanzten über die Grabsteine. Isa Bachgasser hörte das Quietschen des Tores am anderen Ende des Friedhofs. Ein älterer Herr bewegte sich mit langsamen kleinen Schritten einen Pfad entlang. Als er an Isa Bachgasser vorbeikam, blieb er stehen, lüftete seinen Jägerhut, unter dem sich eine scheckige Halbglatze offenbarte, und ging weiter. Isa Bachgasser verfolgte ihn mit neugierigem Blick. In einiger Entfernung blieb er vor einem Grab stehen und schloss die Augen. Einige Minuten verharrte er dort, unbeweglich. Dann wandte er sich vom Grab ab, setzte sich in seinem langsamen gebückten Gang wieder in Bewegung und kam direkt auf Isa Bachgasser zu.

»Ich grüße Sie«, sagte er, seine Stimme porös. »Sie sind die vom Ziegenwirt!«

Es war keine Frage. Er nahm erneut seinen Hut ab und streckte ihr seine knorrige Hand entgegen.

»Isa Bachgasser«, sagte sie. Seine Finger waren hart und steif.

»Haben Sie Verwandte, die hier begraben sind?«

»Nein, keine Verwandten. Ich suche ein Grab. Von einer Person, von der ich nicht einmal weiß, ob sie überhaupt hier begraben ist.«

»Das wird schwierig«, sagte der alte Herr. Er lächelte.

Isa Bachgasser räusperte sich.

»Ich kenne außerdem nur ihren Vornamen.«

»Nämlich?«, fragte der Alte.

»Martha. Der Nachname beginnt mit E.«

Der Blick des Alten wanderte über Isa Bachgassers Gesicht. Er suchte etwas darin, das war nicht zu übersehen

»Wieso suchen Sie dieses Grab?«

»Nun ja«, begann sie zögerlich, »ich habe den Eindruck, diese Frau könnte eine wichtige Person gewesen sein. Hier. In Nincshof.«

»Wir haben hier keine Martha E.«

»Aber möglicherweise könnte Martha ein Spitzname sein für einen ande…«

Er ließ sie nicht ausreden, sondern griff nach ihrer Hand, schüttelte sie hastig und drehte sich um.

»Auf Wiedersehen. Hat mich gefreut«, sagte er über die Schulter hinweg und verschwand.

Isa Bachgasser sah ihm etwas ungläubig hinterher. Was für ein Kauz! Natürlich gab es eine Martha E. auf diesem Friedhof. Und wie es sie gab! Dieses geheimniskrämerische Verhalten des Alten war aber ein so was von eindeutiger Beweis dafür. Sie würde dieses Grab finden, auch wenn sie nicht wusste, was sie tun würde, wenn sie es gefunden hatte. Vielleicht würde es sie weiterführen bei dieser Suche, vielleicht auch nicht, vielleicht würde sie irgendwann herausfinden, was hinter dieser Anbetung steckte, die Martha E. auf efeuumrankten Plaketten zuteilwurde und …

Ein lautes *Plonk* und ein gleich darauffolgendes Platschen unterbrachen Isa Bachgassers Gedanken. In einiger Entfernung war eine ältere Dame dabei, eine umgekippte Gießkanne wieder aufzurichten. Auf dem Gehweg hatte sich eine große Lache gebildet. Die Frau ächzte. Isa Bachgasser joggte ihr entgegen.

»Brauchen Sie Hilfe?«, rief sie ihr zu.

Die Frau hielt ihr die grüne Gießkanne entgegen.

»Wären Sie so lieb?«, fragte sie.

Isa Bachgasser griff danach. Am Wasserhahn über dem Steinbecken ließ sie sie volllaufen und folgte der türkisgrünen Kittelschürze, die vor ihr auf einem schmalen Pfad zwischen den Gräbern hindurchschaukelte.

»Ich glaube, wir sind uns schon einmal begegnet«, sagte Isa Bachgasser. »Ich hab Sie beim Joggen umgerannt.«

Die Alte blieb stehen und drehte sich zu ihr um. Sie nickte nur und lächelte. Isa Bachgassers Finger wurden feucht vom Gießkannengriff. Die Sonne war höher gekrochen. Bald würde sie jene Siegesgewissheit erreichen, mit der sie die Nincshofer jeden Mittag in die Häuser zurückscheuchte. Vor einem liebevoll gepflegten Grab mit Stiefmütterchen hielt die Alte an.

»Wären Sie so lieb?«, fragte sie noch einmal und deutete auf die Blumen. Sie war leicht außer Atem und fuhr sich mit dem Handrücken über die Stirn. Isa Bachgasser hob die Gießkanne und fing an zu gießen.

»Sie sind die Ziegenwirtin, gell?«, fragte die Alte. »Sie haben die Mühle hergerichtet, gell?«

»Mein Mann ist der Ziegenwirt. Ich habe mit den Ziegen nichts zu tun.«

»Sind Sie Schauspielerin?«, fragte die Alte. »Die Leute erzählen von Ihren Filmen.«

»Nein, bin ich nicht.«

»Ach so«, sagte die alte Frau. »Na ja, macht ja nichts.«

Isa Bachgasser musste lachen. Sie goss weiter.

»Das ist mein Mann, der hier liegt«, sagte die Alte. »Von der Leiter gefallen. Vor mehr als zehn Jahren schon.«

»Das tut mir leid«, sagte Isa Bachgasser und stellte die leere Gießkanne ab.

»Meine Eltern liegen auch hier. Und alle meine Großeltern.«

Die Alte seufzte, verschränkte die Hände hinter dem Rücken und schloss die Augen. Ihr ausladender Busen hob und senkte sich sanft. Der Wind schob ihre Dauerwelle mal nach links, mal nach rechts. Irgendwo in dem Kastanienbaum sang eine Kohlmeise. Isa Bachgasser wusste nicht, wohin mit sich. Sollte sie sich leise davonstehlen? Die Frau in ihrer Andacht alleine lassen? Isa Bachgasser entschied sich dagegen. Stellte sich direkt neben sie, verschränkte ebenfalls die Arme hinter dem Rücken, schloss ebenfalls die Augen und wartete. Spürte den Wind im Haar, ihren eigenen Atem, der ruhig durch ihre Brust wallte. Lauschte der Meise in dem Baum. Es war friedlich. Einige Minuten vergingen, in denen nichts geschah. Dann legte ihr die Alte eine warme Hand auf den Unterarm. Isa Bachgasser öffnete die Augen und blinzelte einer plötzlich sehr grellen Welt entgegen.

»Ich geh jetzt. Danke, dass Sie mir geholfen haben. Das war sehr freundlich.«

Die Alte griff nach der Gießkanne und drehte sich um.

»Moment. Wir haben uns gar nicht richtig vorgestellt. Isa Bachgasser heiße ich«, sagte sie hastig und streckte ihre Hand aus.

»Jössas. Entschuldigen Sie. Das ist die Hitze. Erna Rohdiebl, Urbarialgasse fünf.«

Sie lachte. Runde Wangen, große dunkle Augen und eine Freundlichkeit fest im Gesicht. »Bestimmt sehen wir uns bald wieder.«

Kurz bevor die Alte Richtung Ausgang abbog, blieb sie vor einem weiteren Grab stehen, schloss die Augen und bewegte die Lippen. Isa Bachgasser blickte verstohlen weg, wollte sie in diesem intimen Moment nicht indiskret beobachten und spazierte in die andere Richtung davon.

Nach einer Stunde hatte Isa Bachgasser einen großen Teil des Friedhofs abgesucht und einen weiteren Namen in ihr Notizbuch eingetragen: Maritta Elsbunt. Die Sonne hatte aufgehört zu scheinen und angefangen zu stechen, die Grabinschriften vor ihren Augen verschwammen. Sie würde die Suche hier beenden müssen und in die Kühle flüchten. Zuvor blieb sie noch vor dem

Grab stehen, an dem auch Erna Rohdiebl kurz stehen geblieben war. Isa Bachgasser las die Inschrift und …

Gütiger!

Sie zückte sofort das Notizbuch. Martha Ederan stand da. War das ihr Volltreffer? War das Martha E.? Kannte diese Erna Rohdiebl das tapfere Waschweib?

Hinterm schweren Friedhofstor tippte sie:

> Bin tapferem Waschweib
> auf der Spur, Selma!
> Hab evtl. ihr Grab gefunden.
> Und: habe Nincshoferin
> getroffen, die ich nicht
> seltsam fand! Erna!
> Dauerwelle und Kittelschürze.

Selma Sadić antwortete mit nur wenigen Worten der Begeisterung.

> Jawoll!!!
> Yesss!!
> Erna ist jetzt meine
> Lieblingsnincshoferin!!

> Das kannst du nicht beurteilen,
> du warst ja noch nicht hier!

> Ich weiß, ich weiß.
> Es tut mir leid. :'(
> Bald!

> Ja! Bitte komm ganz bald!!

Von einem Schattenfleck zum nächsten schlängelte sie sich durch die Straßen in der Mittagsglut bis in die Urbarialgasse. Nummer fünf, hatte die Alte doch gesagt? Sie musste sofort dorthin und nach Martha E. fragen, andernfalls würde sie heute Nacht nicht schlafen können. Sie fand Erna Rohdiebl im schattigen Vorgarten kniend, mit großen Handschuhen in der weichen Erde um die Rosenstöcke wühlend.

»Aber natürlich kenne ich die Martha Ederan«, sagte sie und zog schnaufend die Handschuhe von den Händen. »Das war meine Großmutter. Also die Mutter meines Vaters. Ernst Rohdiebler, ehemals Ernst Ederan.«

Das Schild unterm Efeu und den Spruch über das Waschweib kannte sie nicht.

»Für meine Großmutter gibt's keine Schilder.« Sie lachte. »Muss eine andere Martha sein.«

Isa Bachgassers Herz sackte ein paar Zentimeter ab. Wie schwer konnte es sein, in einem so winzigen Dorf eine Person ausfindig zu machen.

»Sagen Sie, Frau Rohdiebl«, sagte Isa Bachgasser. »Auch wenn die Frau auf dem Schild eine andere sein mag, wollen Sie mir vielleicht irgendwann trotzdem von Ihrer Großmutter erzählen? Oder über diese Legende? Sie wissen ja, über die Entdeckung im Schilf? Kennen Sie die?«

16

Erna Rohdiebl strich Marmelade auf die Semmel und wälzte Gedanken durch die warme Morgenluft. Was für ein sonderbarer Sommer das bislang war. Der Pool, die Oblivisten, die Ziegenwirte ... Sie nahm einen beherzten Bissen, neben ihrem Teller brummte es. Der Name ihres Sohnes blinkte auf dem Smartphone auf.

»Danke, Mama«, platzte es durch die Leitung.

»Guten Morgen, Stefan«, sagte sie und schluckte hastig.

Ein Stück Marmeladensemmel steckte in ihrem Hals und kitzelte unangenehm.

»Danke, Mutti, danke. Wirklich. Danke.«

Wer dreimal hintereinander übertrieben Danke sagte, der meinte nicht Danke, sondern das Gegenteil.

»Erwischt haben sie ihn. Den Dariush.«

Erna Rohdiebl musste husten. Das Stück Marmeladensemmel bewegte sich nicht.

»Wobei erwischt?«, krächzte sie.

»Du kennst doch das Krapfenwaldbad in Wien, das Freibad auf dem Cobenzl, wo sich die Marianne einmal das Knie blutig geschlagen hat. Gestern in der Nacht ist er in das Krapfenwaldbad eingestiegen, der Dariush.«

Erna Rohdiebl hielt das Smartphone mit ausgestrecktem Arm

von sich und hustete dreimal kräftig. Das Semmelstück löste sich endlich, ihre Augen tränten.

»Ist aus der Wohnung geschlichen und durch die ganze Stadt gefahren. Mit seinem depperten Moped. Zum depperten Krapfenwaldbad. Und ist dort schwimmen gegangen. Natürlich haben sie ihn erwischt. Anscheinend gibt's da einen Nachtwächter. Der hat die Polizei gerufen.«

»Oje«, sagte Erna Rohdiebl nur.

Vor einigen Tagen hatte sie von Dariush Hervadi eine kryptische WhatsApp-Nachricht erhalten: *Du hattest recht. Ein Traum*, war darin gestanden. Sie hatte nicht überlegen wollen, was er damit meinte, und nur mit einem Daumen-hoch-Emoji reagiert. Nun wusste sie es.

»Oje?« Sohn Stefan lachte dramatisch. »Weißt du, wie peinlich das ist? Fast hätten sie ihn angezeigt. Aber er hat sich irgendwie rausgeredet.«

»Es tut mir leid, dass das passiert ist.«

»Das braucht dir nicht leidzutun, Mutti.« Er klang fast empört. »Das ist ja nicht deine Schuld. Der Dariush ist ein erwachsener Mann. Und ein Depp. Ein unglaublicher. So lange haben wir warten müssen, bis wir heiraten dürfen. Jetzt dürfen wir, jetzt werden wir, und jetzt heirate ich einen Einbrecher. Für alles andere ist es zu spät, die Tanten sind schon auf dem Weg. Alles klar, na herzlichen Dank!«

Zwar waren es bis zu den Feierlichkeiten zur Vermählung der beiden Herren noch ein paar Wochen, doch die Hervadi-Tanten hatten darauf bestanden, schon jetzt anzureisen, erstens, um mehr von ihrem Neffen zu haben und zweitens, um – das sei der eigentliche Grund, hatte Dariush Hervadi erzählt – die Vorbereitungen dahingehend zu beeinflussen, dass das Ergebnis ihren Vorstellungen entsprach, und drittens, weil – das sei der *eigentliche*

eigentliche Grund – die Hochzeit für sie und für die gesamte Familie Hervadi eine größere Bedeutung hatte.

Dariush Hervadi hatte das Land seiner Ahnen kaum kennenlernen können, da hatten ihn seine Eltern schon am Arm gepackt und bis nach Wien gezerrt, wo es besser war, ruhiger und sicherer, für Leute wie die Hervadis. Im Land seiner Ahnen hatte es zwar viel Schönheit gegeben, davon hatte er Erna Rohdiebl oft erzählt, staubige Wüsten, so heiß wie kein anderer Ort der Erde, saftige Oasen, wilde Berge und tapfere Krieger auf eleganten Pferden, riesige Marmorpaläste, weiß wie Wolken, und Gedichte, die einem die Seele einschmolzen. Aber es hatte auch einen Schah gegeben, der mit eiserner Hand herrschte, und später die »Gehirngewaschenen«, wie Onkel Shahin Hervadi sie nannte, die »vom vielen Beten geisteskrank Gewordenen«, die es allen, die anders leben wollten, als Gott es angeblich wünschte, schwer machten. Mit gebrochenen Herzen gingen sie fort und verteilten sich in alle Himmelsrichtungen. Dass ihr Sohn, Neffe, Bruder, Dariush einmal einen Mann mit nach Hause brachte, hatte bei den Hervadis anfangs Verwirrung ausgelöst. Mutter und Vater Hervadi machten zuerst sich selbst, dann den jeweils anderen, dann das Regime und dann das kollektive Familientrauma *Flucht* für diese Irrung verantwortlich. Es war Cousine Sahar, die in einem geschickten Schachzug, die Familie schließlich umzustimmen wusste. Sie wies darauf hin, dass nichts das Regime im Land der Hervadis mehr in Rage versetzen würde, als die flammende Leidenschaft zwischen Männern, die sich liebten. Die Hervadis verstummten jäh in ihren Beschuldigungen. Sie waren zuerst sprachlos, dann peinlich berührt, diese revolutionäre Kraft der Homosexualität nicht selbst erkannt zu haben. Dariush Hervadi war von da an ihre interfamiliäre Spezialwaffe im Kampf gegen das Regime in ihrer Heimat. Sie stritten plötzlich ab, je etwas anderes behauptet zu haben, und drängten förmlich darauf, er möge Stefan Rohdiebl doch nun endlich ehelichen.

»Gescheit war's nicht vom Dariush«, sagte Erna Rohdiebl ins Telefon. »Aber wir können nicht immer alle gescheit sein.«

»Hm.« Sohn Stefan grummelte durch den Hörer. »Ist ja jetzt auch egal. Wie geht es dir? Was ist los in Nincshof? Warst du auch wieder im Pool von der Erlanger?«

»Jetzt red' doch nicht.«

»Du, sag einmal«, sagte Sohn Stefan und klang mit einem Mal sehr freudig. »Stimmt es, dass die Isa Bachgasser nach Nincshof gezogen ist?«

»Ja, die ist hier.«

»Was? Echt jetzt? Die Marianne hat es mir erzählt, aber ich hab's ihr erst nicht glauben wollen.«

»Ja, doch. Das stimmt schon, freilich. Die Ziegenwirtin.«

»Was? Ziegenwirtin? Mutti, die Bachgasser macht Filme.«

»Nein, macht sie nicht.«

»Doch, Mutti.«

»Nein, ich hab sie gefragt. Sie ist keine Schauspielerin.«

Sohn Stefan lachte in die Leitung.

»Mutti, die ist Regisseurin. Keine Schauspielerin. Aber warte mal, du hast sie getroffen? Wo? Warum?«

»Am Friedhof. Sie hat mir beim Gießen geholfen. Und heute kommt sie bei mir vorbei.«

»Wie bitte? Die Bachgasser kommt zu dir? Wieso erzählst du das erst jetzt? Wieso kommt sie zu dir? Oh mein Gott, das glaub ich jetzt nicht. Darf ich auch kommen?«

»Sie will was über Nincshof wissen. Und über die Oma. Die Martha Oma.«

»Warum das denn?«

»Ich weiß es nicht.«

»Du lieber Himmel. Die macht bestimmt einen Film. Stell dir vor, Mutti, ein Film über Nincshof. Wie lässig wär das bitte?!«

Tja, wie lässig wäre das? Erna Rohdiebl wusste diese Frage nicht zu beantworten. Weder ihrem Sohn noch sich selbst. Sie war nun schon weit hineingeschlittert in die oblivistischen Machenschaften. Zum Teil aus Neugier, zum Teil aus Langeweile, zum Teil aufgrund ihrer eigenen, möglichweise ihrem Alter geschuldeten Chuzpe, die sie mit jedem gelebten Jahr ein bisschen mehr, und in diesem so ungewöhnlichen Sommer ganz besonders, überraschte. Dass den Oblivisten nicht gefallen würde, wenn sie wüssten, dass sie nun kurz davor war, die Neue zu treffen, die Ziegenwirtin, die Bachgasser, dieses »anti-oblivistische Individuum«, wie Valentin Salmerak sie vermutlich nennen würde, das war sonnenklar. Doch was war das für eine Bewegung, die ihren Mitgliedern vorschrieb, mit wem sie zu verkehren hatten und mit wem nicht?

Wie so oft in diesem Sommer entschied Erna Rohdiebl, nicht zu lange über die Kompliziertheit nachzudenken, die man in dieser Sache finden konnte, wenn man wollte, sondern stattdessen die Dinge einfach geschehen zu lassen. Diese Frau hatte ihr nichts getan, im Gegenteil, sie war ihr sogar recht sympathisch und hatte um ihre Hilfe gebeten. Also.

Erna Rohdiebl beendete das Telefonat mit ihrem Sohn, verscheuchte eine Wespe von ihrem Teller und aß weiter an ihrer Marmeladensemmel. Die Sonne war höhergekrochen im wolkenlosen Himmel, kein Zweig und kein Blatt regte sich in der klebrigen Luft. Der Kaffee auf dem Gartentisch hatte in der morgendlichen Hitze keine Chance gehabt, auszukühlen. Nach dem Frühstück rollte sie eine Gartenliege aus der prallen Sonne in den Schatten des Nussbaumes, ließ sich auf der warmen Polsterabdeckung nieder und döste weg.

Auf langen dünnen Beinen kam die Ziegenwirtin, die Bachgasser, später in den Garten in der Urbarialgasse Nummer fünf gestakst. Ein schwarzer Stoffbeutel baumelte von ihrer schmalen Schulter. Schüchtern lächelnd zog sie daraus in Butterpapier eingewickelte Linzer Radln aus der Bäckerei Hagenrieder.

Auf der Terrasse war es am späten Nachmittag angenehm schattig. Eine schwache Brise kämmte nun durch den Nussbaum, unterm Gartentisch schnupperte der Nachbarskater schnurrend an ihren Zehen. Die Ziegenwirtin schlug ein dickes Notizbuch auf, einige lose Zettel fielen heraus. Sie hantierte an einem schmalen Gerät, bis ein rotes Lämpchen leuchtete. Sie würde das Gespräch aufzeichnen, hatte sie Erna Rohdiebl schon im Vorhinein gesagt, damit nichts verloren ginge. Ob ihr das recht sei, hatte sie gefragt. Erna Rohdiebl hatte kurz an die Oblivisten gedacht und daran, dass sie dies hier überhaupt nicht gutheißen würden, hatte aber dann Ja gesagt.

»Sie machen einen Film, gell? Hat mein Sohn gesagt.«

Die Ziegenwirtin lächelte und räusperte sich.

»Da muss ich Ihren Sohn leider enttäuschen. Ich mache keinen Film. Ich bin nur so gekommen. Einfach zum Reden.«

Erna Rohdiebl nickte.

»Und das«, sagte sie und deutete auf Notizbuch und Aufnahmegerät, »brauchen Sie zum Reden?«

Die Ziegenwirtin zwirbelte die feinen Härchen in ihrem Nacken zwischen ihren langen Fingern.

»Ja«, sagte sie. »Irgendwie schon. Ich will halt nichts verlieren von dem, was Sie mir gleich erzählen werden.«

Sie klickte mit ihrem Kugelschreiber. Erna Rohdiebl biss in ein Linzer Radln.

»Erzählt habe ich das noch nie irgendjemandem. Das, was ich Ihnen erzählen werde.«

»Wirklich nicht?«

»Nein«, sagt sie und schob die halb zerkaute Linzer-Radln-Masse von einer Backe in die andere. »Hat sich auch noch nie jemand dafür interessiert.«

Sie lehnte sich zurück und begann sich zu erinnern.

Das Meiste, was Erna Rohdiebl über ihre Großmutter Martha wusste, wusste sie aus ihren Gutenachtgeschichten. All die Antworten, die Großmutter Martha der ständig Fragen auf den Lippen tragenden Enkelin tagsüber nicht gab – weil dafür tagsüber nie die richtige Zeit war, weil es anderes zu tun gab, weil der Enkelin Fragen überhaupt, aber von der Großmutter ganz besonders, schwer zu beantworten waren –, flocht sie abends mit wilder Fantasie in ihre Erzählungen.

Dass das Haus, das sie bewohnten, auf seinen schwindelig hohen Stelzen gar nicht so besonders sei, wie die kleine Erna Rohdiebl immer tat, erzählte sie dann zum Beispiel ins Dunkelblau der Nacht hinein. Dass nämlich früher ein jedes Haus in Nincshof so ausgesehen habe wie ihres. Die Stelzen hätten die Männer und Frauen im Dorf unter schwersten Mühen, die ihnen Blut und Wasser aus der Haut gedrückt hatten, tief in den weichen Grund der endlosen Hanságsümpfe geschlagen. Sümpfe aus grauem Wasser, Schlamm und Schilf seien das gewesen. Sie hatten alles bedeckt, was man von Nincshof aus habe sehen können. Unvorstellbar sei es gewesen, damals, für die Großmutter, dass es in der Welt noch andere Farben gab als die Farben dieses Schilfs. Grau im Winter, sattgrün im Frühling und knusprig golden im Sommer. Immer schützend und umarmend.

Unter des Großmutters Märchenmurmeln döste die kleine Erna Rohdiebl oft weg, schreckte dann wieder hoch, die Großmutter immer noch murmelnd in der anderen Ecke des dunklen Zimmers, dämmerte erneut weg, erwachte wieder, taumelte immerfort zwischen Schlafen und Wachen, bis sie schließlich hineinfiel in die farbenfrohesten Träume von Schilfmonstern und Holzschlössern auf Stelzen, die bis in die Wolken ragten.

Von einem Nincshofer Pfahlhäuschen zum nächsten gelangte man einst über schmale Holzstege. Tagsüber trocknete man dort Wäsche, Fische und Früchte, warf Angelruten aus und traf sich zum Plausch mit den Nachbarn. Nachts musste man aufpassen, wohin man seine Schritte setzte, denn Laternen gab es nicht, und schon für so manchen war der Heimweg von der Wirtin zum Verhängnis geworden, der mit roter Nase und sausenden Ohren zu weit nach links oder zu weit nach rechts gewankt, vom Steg gefallen und für immer vom Sumpf verschluckt worden war. Die Nincshofer Kinder kämpften auf den Stegen mit langen Schilfrohren gegen Sumpfgespenster oder kitzelten mit deren buschigen Enden die Nasen von schlafenden Nachbarn durch offene Fenster. Am Ende des Tages, vorm Zubettgehen, zogen die Eltern Holzsplitter, die beim Toben auf den Steglatten den Weg unter die Haut gefunden hatten, aus den nackten Kinderfüßen. Im Winter pfiff der Wind durch die Ritzen in den Holzhäuschen, so kalt, dass einem bei jedem Atemzug die Eiskristalle in der Nase klirrten. In solchen Nächten drängten sich so viele Nincshofer wie möglich in ein Zimmer, um einander im Schlaf zu wärmen. Im knisternden Sommer, wenn der Sumpf austrocknete und den Fischern wochenlang der Fang ausblieb, lebte man vom süßen Fleisch der getrockneten Pusztafeige, einer Frucht so mächtig, dass manch einer, der sich bei Erkundungen mit dem Ruderboot im ewigen Schilf verlor, monatelang von nur einer Handvoll dieser Früchte zehrte. Das Leben in Nincshof war hart, aber einfach und schön.

Der einzige Weg aus dem Schilf führte über einen einen halben

Kilometer langen, etwa fünfzig Zentimeter breiten Holzsteg, den die Nincshofer Männer und Frauen jedes Jahr gemeinsam reparierten. Morsche Latten wurden ausgetauscht, wackelige Stelzen fixiert. Der Steg traf in einem Hain aus Maulbeerbäumen und Dornbüschen auf Festland. Das Buschwerk zu durchqueren, war kein leichtes Kunststück, und das sollte es auch nicht sein. Nur geübte Nincshofer Stegreisende wussten, wie sie ohne grobe Kratzer im Gesicht durch das Geäst kamen.

Wenn die Nincshofer ihr Nest im Schilf verließen, dann nur aus guten Gründen. Ein fauler Zahn, ein krankes Mastschwein oder eine Besorgung, die für das Wohl der Nincshofer unabdingbar, aber in Nincshof selbst nicht zu finden war. Alle paar Jahre zogen die Nincshoferinnen in Scharen raus aus dem Schilf, schlugen sich in lauten Wirtsstuben in fremden Dörfern die Nächte um die Ohren und verbrauchten Männer wie Pfeifentabak, damit die Nasen in Nincshof nicht zu krumm und die Gedanken nicht zu wirr wurden.

Jeder *Ausgang* war mit dem Risiko verbunden, dass die Reisenden unabsichtlich ihre Herkunft verrieten. Und dies galt es zu verhindern. Nincshof war ein Geheimnis. Niemand außer den Nincshofern selbst wusste, dass es den Ort gab. Und das war gut so, da waren sich alle einig. *Draußen* gab es nur Dinge, die Kummer bescherten. Und das Schlimmste war, dass sich die Menschen *draußen* all diese Dinge selbst ausgedacht hatten. Hinter den Ortsgrenzen herrschten zunächst der Kaiser, der österreichische, und irgendwann später dann der König, der ungarische. Kein Nincshofer hatte Kaiser oder König je getroffen, aber jeder Nincshofer wusste, dass diesen Gestalten nicht zu trauen war. Sie bestimmten in größter Willkür, was man als Mensch zu tun und was zu lassen hatte, wer Steuern zahlen und wer in den Krieg ziehen musste.

Draußen lebten die Menschen in einer Welt, die nicht wirklich war. Man musste an sie *glauben*, wenn man darin leben wollte. Sie hatten sich ausgedacht und glaubten daran, dass es einen König brauchte, der über sie herrschte, sie glaubten an einen ausgedachten durchsichtigen Herrn im Himmel, zu dem sie leise säuselnd sprachen, damit er ihnen wohlgesonnen blieb. Sie glaubten an den ausgedachten Wert von Papierstreifen und füllten damit wie besessen ihre Taschen. Wer sollte in einer solchen Welt, in der nichts wahrhaftig war, je sein Glück finden?

Drinnen, in Nincshof, gab es keinen Kaiser, keine Steuern, kaum Ärger und nur wenige Regeln. Die paar Hundert Menschen, die hier lebten, kamen auch ohne Ausgedachtes zurecht. Über viele Hunderte Jahre schon.

Die Ziegenwirtin sah kaum von ihrem Notizbuch auf. Erna Rohdiebl hatte noch nie jemanden so flink schreiben gesehen. Der rote Punkt an ihrem Gerät hatte aufgehört zu leuchten, und das schien sie nervös zu machen. Mal nickte sie, mal schmunzelte sie, mal schüttelte sie den Kopf, als könnte sie nicht ganz glauben, was sie da erzählt bekam.

»Is was?«, fragte Erna Rohdiebl dann.

»Nein, nein«, sagte die Ziegenwirtin rasch, »es ist nur … Ich freue mich gerade sehr, das alles zu hören. Eine fantastische Geschichte. Wirklich.«

In den Geschichten der Großmutter fand nur einmal jemand von *draußen* den Weg in das Nincshofer Schilf.

Draußen war gerade der zweite Türkenkrieg übers Land gefegt und hatte viele umliegende Dörfer rund um das schützende Schilf zwischen den Fronten zu Pulver gemahlen. Nachdem der polnische König die Osmanen in einer großen Schlacht nahe der

Hauptstadt in die Flucht geschlagen hatte, schickte Ungarns König, der damals über das Gebiet rund um das heutige Nincshof herrschte, Truppen durch das Land, die die Schäden begutachten und aufzeichnen sollten. Wochenlang ritten vier Männer auf muskulösen Husarenhengsten durch die trockene Landschaft und kartografierten die Zerstörung. Einem verträumten Kartografierer, der die meiste Zeit mit seinem Kopf nicht bei der Sache, sondern bei seiner Geliebten in der Sattelkammer war, fiel die kleine Lücke zwischen zwei Maulbeerbäumen auf, in der sich ein Steg verbarg. Die Truppe band ihre Pferde fest und folgte dem Steg hinein ins Schilf. Nach kurzem Fußmarsch auf wackeligen Brettern standen sie mit offenen Mündern vor etwas, wovon sie bis dahin nur in Abenteuergeschichten gehört hatten. Der schmale Steg war vor ihren Augen zu einem kompliziert verästelten Wegenetz angewachsen und wand sich in halsbrecherischen Schlingen um schilfgedeckte Holzhäuschen. *Draußen* schrieb man das Jahr 1683, und es war das erste Mal, dass Fremde auf den Steglatten des damals noch namenlosen Dorfes standen.

Der Anführer der Truppe rollte eine Karte des Gebiets aus und kratzte sich an seinem verschwitzten Kopf. Auf seiner Karte fand er keinen Vermerk über dieses Dorf. Er näherte sich einer Gruppe älterer Frauen, die an der Stegkante saßen und Fische auslösten. Ihre dicken Beine baumelten über dem schlammig braunen Sumpf.

»Wer ist hier der Ortsvorsteher? Ich will ihn sprechen«, sagte er forsch.

»Was ist ein Ortsvorsteher?«, fragte eine der Frauen, ihr Zeigefinger ruderte in Fischgedärm.

Man unterhielt sich auf Ungarisch, eine Sprache, die man hier, in diesem ständig die Zugehörigkeiten wechselnden Grenzgebiet, zwar nicht unbedingt fehlerfrei und mit einer eigenwilligen Färbung, aber immerhin beherrschte.

»Der, der sich um alles kümmert im Dorf.«

Die Frau sah ihre Kolleginnen an, zog die Schultern hoch und deutete mit klebrigem Finger auf ein Haus am Ende des Steges. Es war das Haus der Wirtin.

Noch bevor die Kartografierer einen Fuß in die schilfgedeckte Wirtsstube setzen konnten, hatte man, schnell wie der Flügelschlag des Schilfrohrsängers, die Wirtin über die Eindringlinge informiert. Als die Männer an der Schank um Aufklärung über die ungewöhnliche Beschaffenheit des Dorfes baten, reichte die Wirtin Hochprozentiges. Pusztafeigenschnaps, gebrannt aus der bis dahin nur hier im Schilf wachsenden, daumennagelgroßen Frucht, wurde schon damals im Dorf als Allheilmittel gehandelt. Zahnschmerzen, Kopfschmerzen, Herzschmerzen – Pusztafeigenschnaps brachte in den meisten Fällen Erlösung. Und auch, so sollte sich herausstellen, gegen unerwünschte Gäste wirkte er.

Während sie den Kartografierern immer wieder das baldige Eintreffen des ominösen Ortsvorstehers, den es natürlich nicht gab, versicherte, schenkte die Wirtin nach und nach und nach. Eine Stunde später konnten sich die Männer nur noch schwer auf ihren Stühlen halten. Nach der zweiten Stunde kippten sie um. Die schlafenden Kartografierer trug man über den Steg zurück aufs Festland, wo ihre Pferde noch friedlich unter den Maulbeerbäumen grasten. Als sie am nächsten Morgen mit pochenden Kopfschmerzen erwachten, wusste keiner der Männer mehr genau, was Traum und was Wirklichkeit gewesen war. Den Eingang zu einem Dorf im Schilf, in dem sie meinten, gestern gewesen zu sein, fanden sie nicht mehr. Als sie ihre Karte ausrollten, auf der einer der Männer behauptete, am gestrigen Tag ein Kreuz gemacht zu haben, stand dort in krakeliger Handschrift, von der er nicht wusste, ob es seine eigene war, nur ein einziges Wort: *nincs*. Da sie ihre Erkundungstour im Auftrag des Königs fortsetzen mussten, beschlossen sie, diesen rauschhaft trüben Traumgedanken keine weitere Aufmerksamkeit zu schenken, saßen auf und ritten davon.

Der Nachmittag im Garten der Urbarialgasse Nummer fünf verdunstete dahin, und als die Sonne hinter der Hauskante verschwand, schlug Erna Rohdiebl vor, eine Flasche Pusztafeigenlikör aus dem Keller zu holen. Es könne doch nicht angehen, dass die Ziegenwirtin noch nie davon probiert hatte. Doch sie lehnte höflich ab. Auch die Linzer Radln hatte sie nicht angerührt.

»Das ist also diese berühmte Legende, nicht wahr?«, fragte die Ziegenwirtin. »Über die Entdeckung, nicht wahr?«

Sie strahlte. Erna Rohdiebl blinzelte sie verwirrt an.

»Also in erster Linie sind es die Gutenachtgeschichten meiner Großmutter.«

»Was für detailreiche Gutenachtgeschichten aber! Das kann sie sich doch unmöglich alles ausgedacht haben. Meinen Sie nicht, dass da Erinnerungen Ihrer Großmutter dabei sind? An ein Nincshof von früher?«

Auf was für Gedanken diese Frau kommen konnte, Herrgott noch einmal!

»Also wie gesagt: Es sind Gutenachtgeschichten. Sonst hat sie ja nie viel geredet, die Großmutter.«

Erna Rohdiebl schielte auf ihre Armbanduhr, die Abendnachrichten würden bald beginnen, und kurz danach würden die Oblivisten kommen. Die Ziegenwirtin musste bis dahin verschwinden, sonst würde sie vor den Männern Erklärungen parat haben müssen, die sie noch nicht einmal vor sich selbst hatte. Sie erhob sich aus dem Gartenstuhl und strich über ihre Kittelschürze.

»Wenn'S wollen, kommen'S doch wieder einmal vorbei. Dann erzähl ich Ihnen, was ich sonst noch weiß.«

17

Durch den Türspalt waberte ein leicht aus dem Takt fallendes Schnalzen von Basssaiten hindurch. Isa Bachgasser klopfte an der Tür. Das Bassspiel verstummte. Felicitas Mezzaroni saß im Schneidersitz auf ihrem ungemachten Bett, die lange Bassgitarre im Schoß. Aus dem Laptop, der in der aufgebauschten Bettdecke versank, krachte Musik.

Ein halbes Jahr lang hatte Felicitas Mezzaroni in immer flehender klingenden Erzählungen ihren Eltern zu beschreiben versucht, welch beinah unerträgliche Anziehungskraft der Bass auf sie ausübe. Das wichtigste Instrument der Rockmusik. War das Schlagzeug das Skelett eines Songs, die Gitarre das Fleisch, so war der Bass die Seele, das Pure, das Eigentliche. Zum fünfzehnten Geburtstag dann hatten Silvano Mezzaroni und Isa Bachgasser sie in ein Musikgeschäft im vierten Bezirk begleitet, und sie war von dort mit einem schwarzen Ibanez E-Bass auf dem Rücken wieder nach Hause stolziert. Seit Monaten übte sie mithilfe von YouTube-Videos, mit eiserner Disziplin und einer Begeisterung, die sie von ihrem Vater geerbt hatte, jedoch mit sehr wenig Talent. Die musikalische Frühförderung ihrer Tochter hatten sie versäumt. Die Gutscheine für eine Wiener Musikschule, die die Großeltern Bachgasser vor Jahren wohlmeinend unter den Christbaum gelegt hatten, gilbten in der Schreibtischschublade vor sich hin. Die

Blockflöte, die dem Geschenk beilag, war schon am nächsten Tag beim Schwertkampf mit dem Nachbarskind zerbrochen.

»Ich hab dich gerade spielen gehört«, sagte Isa Bachgasser. »Ich wollte dich nicht stören. Aber ich hab dich heute noch nicht gesehen. Übst du was Neues?«

»Ja. *Bombtrack* von Rage Against The Machine. Der Tim Commerford ist jetzt mein Lieblingsbassist. Du musst dir einmal die Tattoos von dem geben. Magst einmal hören?«

Felicitas Mezzaroni stöpselte das Verstärkerkabel ein. Sie schlug eine Saite an, eine Druckwelle schob sich durch den Raum. Alles vibrierte.

»Geil, oder?«

Sie ließ auf ihrem Laptop das Lied noch mal von Anfang an laufen. Den Blick auf die Finger der linken Hand fixiert, der Kopf nickte im Takt, während sie auf ihren Einsatz wartete. Dann marschierten die Finger ihrer rechten Hand über die dicken Saiten wie kleine Soldaten im Stechschritt los. Die Finger der Linken arbeiteten sich den schlanken Instrumentenhals hinauf und hinunter. Ihre Zungenspitze lugte mal aus dem einen, dann aus dem anderen Mundwinkel. Je höher die Töne wurden, desto mehr kniff sie die Augen zusammen. Dieses Geschöpf! Kam vor anderthalb Jahrzehnten in diese Welt gefahren. Ein rosafarbenes Würmchen zunächst, das nichts tat als schlafen, schreien und essen, wurde vom Würmchen zum Wurm, lief irgendwann durch die Welt, malte Bilder, kletterte auf Bäume, sagte Auszählreime auf, nun spielte es Bass. Saß da mit seinen jugendlich lang gezogenen Gliedern, das Instrument umschlungen, und spielte. Nicht schlecht, auch nicht sonderlich gut, aber sie tat es mit Herz. Ein Gefühl der Rührung, gegen das man sich als Elternteil nie wirklich erfolgreich wehren konnte, drückte gegen Isa Bachgassers Brust.

Der letzte Ton wummerte durch den Raum. Felicitas Mezzaroni schloss die Augen und öffnete sie dann dramatisch langsam.

»Und? Was sagst?«

»Super«, sagte Isa Bachgasser, ohne zu lügen. »Der Bass steht dir.«

»Echt? Findest du? Wenn ich einmal eine Band hab, darfst du immer zu den Konzerten in den VIP-Bereich.«

»Darauf freue ich mich!«

»Was macht der Papa?«

»Der ist unten bei den Ziegen. Ich glaube, er wollte gleich zum Weinbauern fahren und Großes planen.«

Felicitas Mezzaroni verzog das Gesicht.

»Das ist ein Komischer, oder? Der Weinbauer?«

»Ach, ich finde den eigentlich ganz nett. Er tut dem Papa gut.«

»Mama, du musst aber aufpassen«, sagte Felicitas Mezzaroni und wurde plötzlich ernst. Sie legte den Bass neben sich auf die Matratze. Aus dem Verstärker brummte es ein letztes Mal. »Auf dich, meine ich. Der Papa darf immer seine Spinnereien ausleben, und du sagst zu allem Ja und Amen.«

»Das stimmt so nicht, Felicitas.«

»Natürlich stimmt das. Ich seh das doch.«

»Felicitas, das ist eine Abmachung zwischen dem Papa und mir«, sagte Isa Bachgasser sanft. »Der Umzug mag seine Idee gewesen sein, aber es ist für uns als Familie eine gute Entscheidung gewesen. Und die Ziegen, ja mein Gott, das ist halt sein Spleen, dem er gerne nachgehen mag. Er hat so eine Freude damit, das siehst du doch auch. Und er hat sich das wirklich verdient, nach allem, was er durchmachen musste und …«

Felicitas Mezzaroni unterbrach sie mit einem genervten Stöhnen.

»Oh Gott, nicht schon wieder.« Sie verdrehte die Augen. »Ich kann's nicht mehr hören. Das ist jetzt fünfzehn Jahre her. Seit ich lebe, wird alles, was der Papa macht, damit gerechtfertigt, dass er einmal eine schwere Zeit gehabt hat. Irgendwann muss diese Ausrede doch ihre Gültigkeit verlieren.«

»Das ist keine Ausrede, Felicitas. Und ich bin mir sicher, du wirst das auch irgendwann so sehen.«

»Ja, ich sehe es eh ein«, sagte Felicitas Mezzaroni leise. »Aber es geht mir trotzdem auf die Nerven, dass ihr da immer so drauf herumreitet. Es kann nicht jeder immer nur Glück haben, so ist das eben. Die Kinder, die in den zerbombten Häusern in Homs gestorben sind oder in einem Schlauchboot im Mittelmeer, hätten sich vielleicht auch gewünscht, dass ihre Träume einmal in Erfüllung gehen.«

Man konnte es als jugendlich-naiven Großmut oder Empathielosigkeit gegenüber ihrem eigenen Vater begreifen, wie Felicitas Mezzaroni redete. Doch war es das noch ungebrochen Knospenhafte, das aus ihrer Tochter sprach. Niemand, dem sich das Leben schon einmal in einer seiner grauenhaften Fratzen gezeigt hatte, zog derartige Vergleiche. Nur der, der Angst und Schmerz noch nicht am eigenen Leibe erfahren hatte, urteilte über die Angst und den Schmerz der anderen. Diese Urteilsschnelle, so überheblich sie auch daherkommen mochte, war ein Geschenk, das Isa Bachgasser ihrer Tochter so lange wie möglich gönnen wollte.

»Liebes«, sagte sie, »lassen wir den Papa doch einfach seine Sache machen. Er bleibt bei seinen Ziegen. Du bleibst bei deinem Bassspiel.«

»Und du?«, fragte Felicitas Mezzaroni fast empört. »Du bist doch die, um die ich mir Sorgen mache. Du dackelst ihm nur noch hinterher. Du machst nichts mehr für dich.«

Isa Bachgasser seufzte. Dass einem das eigene Kind, der Mensch, den man großgezogen hatte und bedingungslos liebte, derart den

Spiegel vorhalten würde, davor warnte einen niemand. Isa Bachgasser würde sich wahrscheinlich nie daran gewöhnen, sie tat diese Ausraster wohlwollend als die energetischen Triebe der Pubertät ab. Sie beugte sich über ihre Tochter und küsste ihren Scheitel.

»Um mich brauchst du dir keine Sorgen machen. Ich komm gut zurecht und ich find mir schon wieder was.«

»Aha? Was denn?«

»Ich hab eine ganz tolle Geschichte entdeckt. Wusstest du, dass Nincshof angeblich einst ein geheimes Dorf war, versteckt im Schilf?«

»Das hat doch der Weinbauer erzählt, oder?«

»Genau. Und jetzt hab ich ein bisschen weiterrecherchiert. Hab eine ältere Dame kennengelernt, die mir mehr darüber erzählt. Weißt du, einst hat es hier, wo jetzt Nincshof und seine vielen Weingärten und Gurkenfelder sind, nur Schilf und Sumpf gegeben. Und mittendrin eben Nincshof, ein Dorf auf Stelzen.«

Unter hochgezogenen Augenbrauen sah Felicitas Mezzaroni sie an. Sie grinste schief.

»Die Häuser waren über Stege miteinander verbunden, und es hat niemand, wirklich niemand gewusst, dass es dieses Dorf gibt. Angeblich.«

Felicitas Mezzaronis Grinsen wurde breiter.

»Mama?«

»Hm?«

»Glaubst du das ernsthaft?«

Isa Bachgasser zuckte mit den Schultern und grinste.

»Ich weiß nicht. Es könnte doch sein.«

Felicitas Mezzaroni lachte laut.

»Du wirst richtig komisch hier auf dem Land.«

Isa Bachgasser seufzte.

»Scherz!«, sagte Felicitas Mezzaroni dramatisch und bemühte sich dann wieder, ernst zu bleiben. »Was machst du mit der Geschichte?«

»Ich weiß es noch nicht. Mal schauen. Na ja, egal. Schau mal hier«, sagte Isa Bachgasser und griff in ihre Hosentasche. »Ich hab mir ein neues Handy zugelegt.«

In ihrer Hand lag ein schokoriegelgroßes Gerät. Drucktasten, grünes Display.

»Ein Drogendealer-Handy?« Felicitas Mezzaroni lachte.

»Das hat die Selma auch gesagt! Woher weißt *du*, dass man das so nennt?«, rief Isa Bachgasser.

Felicitas Mezzaroni zuckte mit den Schultern und drehte die Handflächen Richtung Zimmerdecke.

»Deutschrap?«

Der Umzug nach Nincshof wäre nicht passiert, wie er passiert war, so schnell und am Ende mit großer Dringlichkeit, hätte Isa Bachgasser nicht eines Tages plötzlich ihren Alltag mit Monstern verhandeln müssen.

Nach dem beachtlichen Erfolg von »Das späte zweite Leben der Madame P.« waren die Erwartungen besonders hoch gewesen, und die Kritiker hatten besonders genau hingesehen.

Es war die Berufskrankheit der Journalisten, die Dinge nicht als das zu betrachten, was sie waren, sondern als das, was sie ihrer Meinung nach sein *könnten*, für das große Ganze. »Eine Frau in Banja Luka«, ein Portrait über Selma Sadićs Mutter, war Isa Bachgassers dritter großer Film gewesen und daher nicht einfach nur Film, sondern Teil eines *Werkes*, das man im Feuilleton auseinandernehmen konnte. Nach der Pressephase war die Anspannung geblieben. Alle Podiumsdiskussionen waren diskutiert, alle TV-Sendungen gesendet, die Journalistinnen hatten zufrieden ihre Diktiergeräte ausgeknipst, aber eine Isa Bachgasser zurückgelassen, die den Tagen immer weniger hinterherkam.

Sie wälzte sich durch schlaflose Nächte und hetzte durch ruhelose Tage. Sie wurde fahrig und zittrig, hatte Mühe, ihren rasenden Gedanken zu folgen. Fühlte sich fremd in der eigenen Haut, meinte gar, jetzt oder gleich in ihr zu zerplatzen. Lag morgens stundenlang auf der Matratze und starrte auf die Risse in der Zimmerdecke. Ein einsamer Morgen in der Wiener Wohnung – der Mann bei der Arbeit, das Kind in der Schule –, den Isa Bachgasser unter anderen Umständen genossen hätte, brachte den Einschnitt.

Der Vormittag hing in seltsamer Ferne, trüb wie hinter Milchglas. In der Zeitung standen Dinge, die sie nicht berührten, Migrationsdebatten, EU-Gipfel, anzugtragende Mittfünfziger mit rahmenlosen Brillen, eine Leseinitiative für Geflüchtete in Tirol, oder Salzburg?, oder Kärnten?, ein Handballer, der sich von einer komplizierten Schulter-OP erholte, oder Knie-OP?, eine misslungene Neuinterpretation von Grillparzer. Oder Nestroy?

Isa Bachgasser spazierte – ein Versuch, den Tag doch noch zu fassen zu kriegen – hinunter an den Donaukanal. Der anmutigste Fluss Europas schob sich hier, grün und tranig, durch die für ihn künstlich gezogene Bahn, wie ein müdes Zirkustier. In den warmen Jahreszeiten waren die grauen Uferpromenaden voll von Joggern, Kinderwägen und Hundespazierern. Abends kamen die Nachtflaneure und bevölkerten Lokale, nippten in orangem Licht an kühlen Getränken, dass man zuweilen das Gefühl hatte, man säße an einer südlichen Riviera. An diesem Tag war die Luft zu dick, das Licht zu grell, alles war zu laut und viel zu nah. Hinter ihr rauschten die Autos, neben ihr nervöses Fahrradklingeln, hydraulisches Seufzen der Busbremsen und immer wieder das Rattern der sich durch die Stadt grabenden U-Bahn. Zwischen ihren

Rippen pochte ihr das Herz so kräftig, dass es ihr die Luft zum Atmen nahm. Was stimmte hier nicht?

Es geschah mit einem Schlag. In das nervöse Herz fuhr ein Stich und raubte ihr den Atem. Isa Bachgasser riss die Augen auf und schnappte nach Luft. Das Stechen hielt an. Mit der flachen Hand schlug sie gegen ihr Brustbein, als könnte die Erschütterung das lösen, was hier ganz offensichtlich stecken geblieben war. Panisch ratterte sie den Reißverschluss ihrer Lederjacke auf und riss sie sich vom Leib. Eine junge Joggerin verlangsamte ihre Schritte. Ihr Blick aufmerksam, besorgt, fragend. Als warte sie auf eine Einladung.

»Mir geht's nicht gut«, schnaufte Isa Bachgasser und verzog das Gesicht.

Ihr ganzer Brustkorb im Schraubstock.

Die Joggerin zögerte keinen weiteren Atemzug. Mit hektischen Fingern zog sie am Bund ihrer Laufhose ein Smartphone aus der dafür viel zu engen Tasche. Isa Bachgasser schloss die Augen, sie wollte sich setzen, hatte aber Angst, dabei zu sterben. Sie wollte sich bewegen, hatte aber Angst, dabei zu sterben. Ihre Hände kribbelten. Der ganze Körper zitterte. In einem unter Blaulicht um die Kurven schießenden Rettungswagen fuhr man sie davon.

»Alles in Ordnung«, sagte ihr wenig später ein Arzt im Wiener AKH, Halbglatze, ruhestandsnah. »Ein Herz wie ein junger Soldat.«

»Sind Sie sicher, dass das richtig gemessen wurde? Ich hatte vorhin das Gefühl, einen Herzinfarkt zu bekommen. Ich hab geglaubt, ich sterbe«, sagte Isa Bachgasser, deren Symptome schon beim Betreten der Notaufnahme schwächer geworden und nun, im Behandlungszimmer, kaum noch wahrzunehmen waren.

Der Arzt nahm mit einer flüssigen Bewegung, die er am Tag mehrere Hundert Male vollführen musste, die Brille ab und legte sie zwischen die Zahlenreihe und die Funktionstasten auf seiner Tastatur.

»Wir haben ein EKG gemacht und einen Ultraschall, kennen Ihren Blutdruck und Ihre Pulsfrequenz, haben Ihr Blut untersucht, Troponin nicht erhöht. Ein Herzinfarkt, das wird Ihnen jeder Kollege bestätigen, war das nicht.«

Er sprach mit jener Überheblichkeit betagter Ärzte, die schon alles gesehen hatten und die schwer zu beeindrucken waren, wenn man nicht gerade mit einem offenen Bruch in ihre Praxis gerannt kam.

»Soll ich mir das also eingebildet haben?«

»Nein«, sagte der Arzt. »Das haben Sie sich nicht eingebildet. Ich gehe davon aus, dass Sie eine Panikattacke hatten.«

Isa Bachgasser lachte, unsicher, ob der Arzt scherzte oder nicht.

»Ich hatte keine Panik. Ich hatte Schmerzen und Atemnot.«

Der Arzt drehte sich wieder zum Bildschirm und las von dort ab.

»Stechen in der Brust, Atemnot, das Gefühl, zu sterben. Vorangehend: erhöhter Puls, kribbelnde Extremitäten, Rastlosigkeit, Abgeschlagenheit, Konzentrationsschwierigkeiten. So haben Sie das eben meiner Kollegin geschildert. Wenn das so stimmt, war es mit großer Wahrscheinlichkeit eine Panikattacke.« Er wandte sich wieder Isa Bachgasser zu. »Diese Diagnose stelle ich ungefähr dreimal am Tag. Es ist immer das Gleiche. Die Reaktion auf die Diagnose ist übrigens auch immer die gleiche.«

Sie starrte den Arzt mit offenem Mund an.

»Je schneller Sie es akzeptieren, desto besser wird es Ihnen damit gehen.«

Mit einem festen Händedruck und einem über Jahrzehnte des Sprechstundenhaltens zur Perfektion geschliffenen »Alles Gute« schickte er sie fort. Weltverlassen stand Isa Bachgasser im pistaziengrün gestrichenen Krankenhausgang, in einer Hand eine von den Strahlen des Laserdruckers noch warme ärztliche Überweisung.

»Eine Angststörung hat doch heutzutage wirklich jeder«, hatte Selma Sadić noch am selben Abend seelenruhig zu ihr gesagt. »Sag bloß, du bist eine von denen, die sich schämen, weil sie psychologische Hilfe brauchen?«

Selma Sadić kannte sich aus mit Psychologen. Sie suchte, seit Isa Bachgasser sie kannte, in regelmäßigen Abständen deren Hilfe. Aber war es nicht logisch, dass man das tat, wenn einem die halbe Familie in einem sinnlosen Krieg weggestorben war? Was sollte sie, die es doch vergleichsweise gut getroffen hatte, die sich doch eigentlich nicht beschweren sollte, in einer Therapie erzählen?

Erstaunlich viel, wie sich herausstellte. Als Isa Bachgasser die Praxis zum ersten Mal von innen sah, mit ihren penetrant weichen Polstermöbeln, der leuchtend warmen Wandfarbe und den Fichtennadeln-Duftkerzen, mit denen man hier lächerlich durchschaubar versuchte, eine Kulisse der Behaglichkeit zu konstruieren, hätte sie sich am liebsten wieder zurück ins Treppenhaus geduckt, doch die Therapeutin Gabi Kutschera, eine winzige Frau mit grauen, raspelkurzen Haaren, einem Faible für ärmellose Seidenhemden und buschigem Achselhaar, das sich ein jedes Mal, wenn sie die Arme hob, aufspannte wie zwei dunkle Federfächer, bat sie, es doch wenigstens einmal zu versuchen. Mit der Geduld einer wohlwollenden Großtante und der stillen Beharrlichkeit eines Bildhauers trug Gabi Kutschera die Verhärtungen ab, die Isa Bachgasser über die Jahre um ihr Herz geschichtet hatte.

»Es ist ein Prozess«, sagte sie immer. »Es ist ein Prozess.«

Und Isa Bachgasser gab sich ihm schließlich hin, diesem Prozess, unter der Bedingung, dass Gabi Kutschera ihre kopfschmerzbringenden Duftkerzen ausblies, bevor ihre Sitzung begann.

Aus der Position einer labilen Angstpatientin mit einer mittelschweren Depression war der Gedanke an einen Tapetenwechsel, an einen möglichen Umzug aus der Stadt, hinein in die Ruhe der Provinz, plötzlich kein zu belächelnder Unsinn mehr, sondern hatte eine ganz reale Dringlichkeit. Gabi Kutschera, die selten aus der Rolle der urteilsfreien Beobachterin heraustrat, nahm an dem Tag, an dem Isa Bachgasser von der Idee erzählte, ihre Brille ab, strahlte sie an und nickte besonnen.

»Tun Sie das, Frau Bachgasser. Wagen Sie die Veränderung und sehen Sie sie als Chance.«

Dass man in Nincshof eine eigenartige Beziehung zum Göttlichen pflegte, war Isa Bachgasser früh aufgefallen. Schon damals, als sie mit Silvano Mezzaroni zum ersten Mal durchs Dorf spaziert war, schlendernd, schauend, sie verhalten neugierig, er uferlos begeistert, hatte sie etwas geahnt. Die Nincshofer Kirche fand man in der dritten Parallelstraße der Marktgasse, einer schmalen Einbahnstraße. Sie war so groß beziehungsweise so klein wie eine etwas bessere Garage und stand frei auf einer Rasenfläche zwischen zwei Wohnhäusern. Sie war weder, wie im restlichen katholischen Mitteleuropa üblich, Zentrum des Ortes noch dessen herausragendstes Gebäude. Ein schmaler Kopfsteinweg führte über den Rasen zum Eingangstor aus schwerem, dunklem Holz. Kein barocker Stuck, kein Gold, keine opulenten Verzierungen, wie sie für gewöhnlich aus jeder katholischen Kirche geschwürartig herauswuchsen. Diese Kirche war glatt, weiß und nackt. Lange Fenster an beiden Seiten. Ein Glockenturm mit einem schlichten Holzkreuz an der Spitze. Als hätte man hier nur das Allernötigste getan, damit das Haus als Gotteshaus durchging.

Der Nincshofer Pfarrer wohnte in einem Haus mit einem Garten, der aussah wie einer jener halb fertigen Gärten, wie sie allenthalben in Neubausiedlungen entstanden. Leer und eben, schütterer, frisch gesäter Rasen, mit Gurten stabilisierte und Rindenmulch umbettete Jungbäume, begrenzt von grün lackiertem Maschendraht. Isa Bachgasser traf ihn dort an einem glühenden Nachmittag. Ein Pfarrer wusste doch meist alles über seine Gemeinde, so war ihr Gedanke gewesen, und hatte sich sogleich an die Reporterin erinnert, die ihr erzählt hatte, dass sie ihrerseits immer den Pfarrer aufsuche, wenn sie bei einer Recherche nicht weiterkomme.

»Ich muss zugeben, ich war ein bisschen überrascht, als Sie angerufen haben«, sagte er und reichte Isa Bachgasser ein Wasserglas, Eiswürfel klirrten darin. Er setzte sich zu ihr an den Gartentisch. Aus seinem stechend weißen Polohemd ragten lange, dürre Arme. Ein Läuferkörper, den sie unter den tendenziell eher gedrungenen Nincshofer Leibern so noch nicht gesehen hatte. Kaum vorstellbar, wie er schweres liturgisches Gewand ausfüllen sollte. »Die Städter haben es ja meistens nicht so mit der Kirche.« Sein prominenter Adamsapfel wanderte in seinem Hals beim Sprechen auf und ab.

»Mein Mann und ich sind aus der Kirche ausgetreten«, sagte Isa Bachgasser. »Vor vielen Jahren schon. Das will ich gar nicht verheimlichen.«

»Ist schon gut, Frau Bachgasser.« Er lachte. »War nur ein Witz. Ich weiß doch, wie die Leute denken. Ich lebe ja nicht hinterm Mond.«

Der Nachmittag strich dahin, die Sonne verschwand hinter dem Dachfirst, über den Garten fiel ein Schatten, für den alle dankbar waren. Der Pfarrer war einer, der mit großem Genuss erzählte, was an seiner Profession liegen mochte. Dass man die Kirche in Nincshof als ein vom übrigen Katholizismus abgegrenztes Biotop mit eigenem Mikroklima verstehen müsse, erklärte er ihr. Auch die Kirche selbst müsse sich hier so begreifen, sonst könne sie in Nincshof nicht bestehen.

»Mir sind die schludrigen, lieblos angebrachten Kreuze am Friedhof aufgefallen«, sagte Isa Bachgasser.

»Sehr gut beobachtet. Ja, das ist ein Teil dieses geistlichen Nincshofer Mikroklimas.«

»Oder diese winzige Dorfkirche in einer unscheinbaren Nebenstraße oder die eigenwillige Namenspolitik bei der Heirat«, ergänzte Isa Bachgasser. »Es verwundert, dass die katholische Kirche da mitgeht.«

»Täte sie es nicht, Frau Bachgasser, würde sich die katholische Kirche ihre Zähne ausbeißen an den Nincshofern, das sage ich Ihnen. Die Nincshofer Kirche muss traditionsflexibel sein. Unser Jesusschwein ist ein weiteres solches Beispiel.«

»Jesusschwein?«

»Teil des Nincshofer Krippenspiels. Das Jesukind wird jedes Jahr von einem Schwein gespielt. Ist Ihnen das nicht bekannt? Oh, das wird Sie interessieren, Frau Bachgasser«, sagte er schmunzelnd.

Einen Schweinebauern solle es in Nincshof einst gegeben haben, vor vielen Jahren, der einmal in seinem Stall ein Ferkel vorfand, aus dessen knackigem Ferkelhintern sich zwei Ringelschwänzchen drehten. Des Schweinebauern Frau hätte darauf bestanden, das Tier sofort zur töten. Zwei Schwänze habe allein der Teufel. Zwar hatte man es in Nincshof mit der Frömmigkeit nie so genau genommen, war aber stets der Ansicht gewesen, sie schade nicht, denn man konnte ja nie wissen. Für den Schweinebauern aber, der in Gottesdingen seit jeher der größte Zweifler gewesen war, war das Ferkel, mit seinen Knopfaugen und dieser Wärme, die es ausstrahlte, wenn es mit seinen zwei Schwänzen wedelte, Beweis dafür, dass das Göttliche existierte. Er gab ihm den Namen Jesus. Seine Frau schmiss ihn aus dem Haus, der

Schweinebauer wich nicht ab von seiner Wahrheit. Monatelang lebte er zusammen mit dem vom Ferkel zu einem prächtigen Schwein gedeihenden Jesus in einer stümperhaft gezimmerten Hütte im Schilf, bis man ihn endlich wieder dazu bewegte, zu seiner mittlerweile reuigen und endlos besorgten Frau zurückzukehren. An seine Rückkehr knüpfte er die Bedingung, Jesus *müsse* ab sofort die Hauptrolle im alljährlichen Krippenspiel übernehmen und dort seinen Namensgeber verkörpern. Die Kinder hatten die größte Freude mit dieser Starbesetzung. Die erwachsenen Nincshofer umringten besorgt den Pfarrer. Ob es den Herrgott nicht erzürnen würde, wenn auf Erden ein niederes Tier, ein Schwein, nach seinem Sohne benannt war. Ob sie sich vor Petrus an der Himmelspforte für das Schwein würden rechtfertigen müssen. Doch der damalige Pfarrer, an Nincshof bereits traditionsflexibel geworden, konnte die Zweifel ausräumen, das Jesusschwein blieb.

»Heute wird es demokratisch gewählt. Eine Ehre für jede Familie, wenn die Wahl auf ein Tier aus dem eigenen Stall fällt. Kommen Sie doch vorbei im Dezember«, beendete der Pfarrer seinen Exkurs.

Isa Bachgasser klickte mit dem Kugelschreiber. Mehrere Seiten hatte sie neben dem erzählenden Pfarrer heruntergeschrieben.

»Das ist eine witzige Geschichte«, sagte sie.

»Und?«, fragte der Pfarrer.

»Nichts und. Es ist eben bloß eine Geschichte.«

»Das reicht Ihnen nicht?«

»Nun ja, nein. Die Frage, *warum* die Kirche in Nincshof eine Ausnahme macht, erklärt sie nicht. Das ist doch aber das Spannende.«

Der Pfarrer grinste angestrengt und strich seine Augenbrauen glatt.

»Frau Bachgasser, das ist nicht so einfach.«

»Ich habe kein Problem mit Kompliziertem. Mein Problem ist, dass mir niemand konkrete Antworten gibt. Alle Nincshofer verlieren sich in diesen absurden Geschichten, wenn ich sie zu ihrem Dorf befrage.«

Der Pfarrer lachte lauthals.

»Ich fürchte Frau Bachgasser, wenn ich zu einer Erklärung ansetzen würde, würde uns dies wiederum nur zu etwas führen, was Sie so wertschätzend als *absurde Geschichte* bezeichnen.«

»Die Entdeckung von Nincshof?«

»Genau die.«

Isa Bachgasser legte den Kugelschreiber beiseite und lehnte sich ein wenig nach vorne. Leise sprach sie.

»Ich hoffe, Sie halten mich jetzt nicht für verrückt, aber manchmal habe ich den Eindruck, das alles sei keine Legende, sondern als wäre das alles wirklich passiert.«

»So ist die Natur der Legende, nicht wahr? Am Ende ist es eine Glaubensfrage. Womit wir, Sie sehen es, wieder bei der Religion wären.« Er grinste breit. Isa Bachgasser wusste nicht, was sie da herauslesen sollte. »Als Nincshof noch versteckt im Schilf existiert hat, haben die Nincshofer natürlich keinen Gott gekannt, heißt es. Nach der Entdeckung hat sich bis in den Vatikan und auch in die obersten Riegen der Protestanten durchgesprochen, dass es in der katholischen Hochburg Österreich-Ungarn eine kleine gottlose Gemeinde gebe, in der das Ketzerische zu Hause sei. Große Empörung, können Sie sich vorstellen. Die Missionare haben nicht lange auf sich warten lassen, und beide Konfessionen haben regelrecht geworben um die Gunst der Nincshofer, diese verlorenen Heiden, und haben versucht, sie auf die jeweils richtige Seite der Geistlichkeit zu locken. Die Nincshofer hätten sich, so die Legende, für das Katholische entschieden, weil es mehr Heilige kannte und mehr Feiertage versprach, weil es die schöneren Lieder hatte und die opulenteren Altäre. Mit den bis dahin in Nincshof gepflogenen Traditionen in Sachen Moral, Tugend, Heirat, Totenbestattung hat sich die Kirche arrangieren müssen.«

»Und wann soll das alles gewesen sein?«

»Kurz vor dem Ersten Weltkrieg. So ist mein Kenntnisstand.«

»Warum gerade dann?«

»Damals hat man den Einser-Kanal gebaut und damit die Region hier entwässert. Den Sumpf trocken gelegt.«

»Und im Sumpf hat man Nincshof entdeckt?«

»So in etwa soll es gewesen sein.«

»Und das ist nun also die Wahrheit? Oder die Legende?«

Der Pfarrer sah sie lange ausdruckslos an, dann lachte er laut. Sein Drahtkörper zuckte. Sein Lachen ebbte in Kichern aus, als es ganz verstummte, holte er tief Luft.

»Frau Bachgasser, Sie fragen nicht ernsthaft einen Pfarrer, was er für Legende und was für Wahrheit hält, oder?«

Isa Bachgasser schüttelte ungläubig den Kopf. Sie verstand nicht.

»Aber Ihnen muss doch wichtig sein zu unterscheiden, was die wirkliche Geschichte, damit meine ich die Geschichtsschreibung des Dorfes, ist und was bloß herbeifantasierte Erzählung. Nun sind Sie kein Historiker, das ist mir schon klar, trotzdem muss Ihnen das doch etwas bedeuten.«

»Ja, ja, die Historiker. Erklären einem großen Publikum die Welt. Im Prinzip macht die Kirche nichts anderes.«

»Also, nun muss ich Sie aber sehr bitten! Man kann seriöse Geschichtswissenschaft nicht mit religiösen Narrativen vergleichen. Die vermitteln doch eine sehr, nun ja, eigenwillige Interpretation der Welt.«

»Auch Geschichtswissenschaft ist immer Interpretation, Frau Bachgasser«, sagte der Pfarrer und hob seine langen, zweigdünnen Arme. Pfarrersgeste. »Sie kann doch gar nicht anders. Knochenfunde, Grabbeigaben, zerfledderte Tagebucheinträge, Zeitzeugen. Sie arbeitet mit Erinnerungen! Kaum messbar, kaum verifizierbar. Was für eine Wissenschaft soll das sein, die auf so wackeligem Grund gebaut ist? Woher wollen wir denn wissen, ich meine *wirklich* wissen, wie es war damals? Haben wir es mit eigenen Augen gesehen? Und selbst wenn wir gesehen hätten …« Der Pfarrer ließ seine Arme wieder sinken und schmunzelte. »Können wir unserem eigenen Augenschein trauen? Das ist der Punkt, an dem es spannend wird, Frau Bachgasser, denn hier kommt die Geistlichkeit ins Spiel. Keine Wissenschaft wird einem diese Frage je beantworten können. Vielleicht noch die Philosophie. Aber was ist schon die Philosophie anderes als eine Religion ohne Gott?«

Isa Bachgasser blinzelte stumm. Eine kluge Antwort auf diesen Irrsinn mochte ihr in diesem Moment nicht einfallen. Der Pfarrer grinste schief.

»Schauen Sie, ob einer glaubt oder nicht – und das meine ich nun nicht nur im gottgläubigen Sinne – und welche Wahrheit er für sich ganz persönlich akzeptiert, bleibt doch ihm überlassen. Mag seine Wahrheit noch so sehr von unserer abweichen, mag sie uns noch so irritieren und anwidern, ändern können wir sie fast nie. Zumindest nicht, ohne dass einer Schaden nimmt. Die katholische Kirche hat doch genau das jahrhundertelang versucht. Mit welchem Ergebnis, haben wir ja gesehen. Und wer sagt, dass nicht mehrere Wahrheiten gleichzeitig existieren dürfen? Das tun sie doch schon lange. In Nincshof wird dies ganz besonders deutlich.«

18

Sichtlich erregt und mit ungewöhnlich großer Verspätung rumpelte der Bürgermeister eines warmen Abends in Erna Rohdiebls Esszimmer. Er schwitzte leicht unter seinem Jackett und atmete zitternd.

»Da«, sagte er und warf die Regionalzeitung aufgeschlagen auf den Tisch. »Es geht los.«

Erna Rohdiebl schob sich die Lesebrille auf die Nase und zog die Zeitung zu sich heran, der Bürgermeister schritt nervös vor dem Tisch auf und ab. Von einem halbseitigen Foto lachte der Ziegenwirt mit jeweils einer Ziege links und rechts den Betrachter an. Rasch überflog sie die Zeilen. Valentin Salmerak spähte über ihre Schulter.

»Wanderungen?«, murmelte er.

Der Bürgermeister nickte und brummte Unverständliches.

»Für Touristen«, murmelte Valentin Salmerak.

Jetzt wollte der auch noch Fremde damit anlocken. All das in höchstem Maße anti-oblivistische Entwicklungen! Valentin Salmerak zog seinen Taschenkalender hervor.

»Einhundertfünfundneunzig Tage ohne Nincshof in der Presse.« Er seufzte. »Jetzt müssen wir von vorne anfangen«, sagte er und malte eine große Null in den Kalendertag.

»Ich habe ihn angerufen, den Ziegenwirt, und mich schlaugemacht«, sagte der Bürgermeister. »Er macht bald eine Testwanderung. Mit Freiwilligen aus Nincshof und seinen Ziegen will er durch die Gegend wandern.« Er ließ sich auf der Eckbank nieder und fischte mit seinen dicken Fingern ein Radieschen von der Drehplatte. »Ich hab euch schon angemeldet.«

»Wie euch?«, fragte Erna Rohdiebl.

»Dich und den Valentin.«

»Mich?«, rief Valentin Salmerak. »Wieso denn mich?«

»Weil du der Jüngste bist und der Fitteste.«

»Ja und wieso die Erna? Und wieso kommst du nicht mit? Oder der Sipp Sepp?«

Der Bürgermeister biss das Radieschen entzwei und sprach kauend.

»Ja, weil … Also, wir können nicht alle gleichzeitig da aufkreuzen. Das wäre doch viel zu auffällig. Und die Erna ist nun einmal gut geeignet dafür. Sie wird das gut können, da bin ich mir sicher.«

»Wovon redest du?«, schnaubte Erna Rohdiebl. »Für was soll ich gut geeignet sein? Was soll ich gut können?«

Der Bürgermeister schmunzelte und lehnte sich tief über die Tischplatte.

»Also, jetzt passt gut auf. Ich hab den perfekten Plan.«

Etwas verunsichert blickte Valentin Salmerak wenige Tage später auf das hüfthohe Tier neben sich. In seinem zotteligen braunen Fell baumelten vertrocknete Schlammklumpen.

»Das ist Eduardo! Wir nennen ihn Edi«, sagte der Ziegenwirt breit grinsend und drückte Valentin Salmerak die Leine in die Hand.

Ein grelloranger Strick, noch so unbenutzt, dass das Material bei jeder Bewegung knirschte, und so dick, als befände sich an dessen Ende ein wuchtiger Haflinger und nicht dieses zarte Zicklein.

»Der ist ein ganz Lieber«, sagte der Ziegenwirt und zwinkerte, »wenn er denn will.«

Valentin Salmerak tätschelte dem Tier unbeholfen den Kopf. Edi knabberte an seinem Ärmel. Neben ihm hatte Erna Rohdiebl die weiße Ziege María Concepción an der Leine. Der Ziegenwirt stieg in seinen Gummistiefeln auf eine umgedrehte Bierkiste und wandte sich an den sich vor ihm formierenden Halbkreis aus Nincshofern und den ihnen zugeteilten Ziegen. Der Weinbauer Kehranger mit der Irrziegenstute Mercedes, die Wirtin mit einem braunweiß gescheckten Tier namens Lucía Belleza, die Erlangers hatten die Irrziegenstute Gabí in ihrer Mitte, neben Frederika Liebzipfel trippelte Soledad.

Frederika Liebzipfel sah immer wieder kurz zu Erna Rohdiebl hinüber, hielt den Blickkontakt aber nicht lange. Langsam wurde es lächerlich. Bislang hatte sie noch keine Regung gezeigt, sich zu einer Erklärung ihrer feigen Flucht vor den Erlangers, geschweige denn zu einer Entschuldigung herabzulassen. Sie wartete, da war sich Erna Rohdiebl sicher, darauf, dass sie es einfach irgendwann vergessen würde. Zwar war Erna Rohdiebl momentan so sehr mit anderen Dingen beschäftigt, dass ihr eine Konfrontation mit Frederika Liebzipfel weniger dringlich erschien. Jedoch vergaß man in ihrem kleinen Dorf derartige Dinge nicht so einfach. Das sollte Frederika Liebzipfel eigentlich selbst am besten wissen.

»Liebe Freunde«, sagte der Ziegenwirt und strahlte über das ganze Gesicht. »Ich freue mich, dass sich so viele Interessierte gemeldet haben, um mir bei der Irrziegen-Testwanderung unter die Arme zu greifen. Das weiß ich wirklich zu schätzen. Heute mimt ihr die zukünftigen Touristen, die hoffentlich sehr bald mit den Ziegen und mir durch die schöne Nincshofer Gegend wandern werden. Alles Positive und alles Negative, das euch heute auffällt, merkt ihr euch bitte. Am Ende wird es eine Feedback-Runde geben, da können wir ausführlich darüber sprechen, was gefallen hat und was nicht. Das ist sehr hilfreich für mich. Also noch mal: danke.«

Er lächelte in die Runde und deutete dann auf María Concepción, die an Erna Rohdiebls Schuh schnupperte.

»Wie ihr seht, Irrziegen sind genügsame Tiere. Sie sind neugierig und friedfertig. Gerade deshalb passen sie, meiner bescheidenen Meinung nach, auch so wunderbar nach Nincshof.«

Frederika Liebzipfels Arm schoss in die Höhe.

»Warum haben die so komische Namen?«

Der Ziegenwirt lächelte fast ein wenig geschmeichelt.

»Sehr gute Frage! Die spanisch klingenden Namen sind in der Irrziegenzucht-Community Tradition, denn die Tiere stammen aus den Bergen Südamerikas und wurden zum ersten Mal von spanischen Kolonialisten nach unserem westeuropäischen Verständnis dokumentiert. Vom Volk der Hutumquancas wurden sie als Lastentiere verwendet. Da die ursprüngliche Sprache dieses Volkes als Folge kolonialer Blutrunst heute ausgerottet ist, können wir leider keine Ziegennamen in der quasi Originalsprache rekonstruieren. Es ist aktuell sogar eine heiß diskutierte Frage innerhalb der Irrziegenzucht-Community, ob man überhaupt noch guten Gewissens den Tieren einen spanischen beziehungsweise kastilischen Namen geben kann, der ja genau jener Sprache entstammt, die die Kolonialisten den Hutumquancas einst aufgezwungen haben, bevor sie sie brutal ermordet haben. Wenn es jemanden interessiert, kann ich euch gerne meinen Standpunkt in dieser Kontroverse darlegen.«

Frederika Liebzipfel nickte, hakte aber nicht nach. Der Ziegenwirt wartete einen Moment zu. Dann lächelte er und klatschte in die Hände.

»Der Plan sieht wie folgt aus: Wir wandern heute ungefähr zwölf Kilometer. Wir gehen los Richtung Süden, passieren die Grenze nach Ungarn. Um circa zwölf Uhr dreißig machen wir Halt an einer Jausenstation. Dort gibt es Picknicktische. Meine liebe Frau Isa hat sich dankenswerterweise bereit erklärt, mit dem Auto vorzufahren und uns dort mit Erfrischungsgetränken und Jausenbroten zu erwarten.«

Der Ziegenwirt lächelte seine Frau an, die in zweiter Reihe mit verschränkten Armen hinter den Nincshofern stand. Erna Roh-diebl war froh, dass die Ziegenwirtin eine offenbar schüchterne Frau war und sie nicht, wie befürchtet, mit Überschwang begrüßt hatte, was nach ihrem privaten Treffen im Garten der Urbarial-gasse Nummer fünf durchaus zu erwarten gewesen wäre, sondern ihr bloß aus der Ferne zugenickt hatte. Andernfalls hätte sie sich Valentin Salmerak, dem aufmerksamsten aller Oblivisten, erklä-ren müssen, und dafür war nun heute wirklich keine Zeit. Sie hatte anderes zu tun.

»Die Irrziegen werden wir bei der Jausenstation grasen lassen, und nach ungefähr einer Stunde Pause geht es weiter. Wir über-queren die Grenze erneut, diesmal beim Grenzübergang Pamha-gen. Dort kehren wir dann in den Gasthof Mangalic ein. Mit dem Wirt habe ich alles abgesprochen. Wir haben Surschnitzel und Debreziner bestellt. Für die Vegetarierinnen und Vegetarier gäbe es gebackene Champignons. Da sollte für jeden was dabei sein. Die Tiere können wir in der Zwischenzeit im Garten vom Wirt anbinden. Nach der Stärkung beenden wir die Runde über Wallern und Zick in Nincshof.«

Wieder klatschte er in die Hände und rieb sie aneinander.

»Gibt es noch Fragen?«

Frederika Liebzipfel hob wieder die Hand. Wie ein Klassenlehrer wandte sich der Ziegenwirt in ihre Richtung: »Frederika! Bitte?«

»Man kann sich aber nicht draufsetzen? Auf die Ziegen? Wenn man müde ist oder so?«

Einige Nincshofer lachten. Auch der Ziegenwirt schmunzelte. »Nein«, erklärte er väterlich. »Irrziegen wurden zwar jahrhundertelang zum Transport von Gütern in unwegsamem Gelände eingesetzt. Aber einen menschlichen Körper von«, der Ziegenwirt sah Frederika Liebzipfel an und zögerte kurz, »von, nun ja, sagen wir mal sechzig, siebzig Kilo können sie nicht tragen.«

Der Weinbauer Kehranger ging mit Mercedes voran, hinter ihm der Ziegenwirt, ziegenlos, dahinter die Wirtin und Lucía Belleza, die Erlangers mit Gabí, dann kam Frederika Liebzipfel mit Soledad, dann Erna Rohdiebl mit María Concepción und schließlich Valentin Salmerak mit Eduardo. Sie kamen bis zum Ende des Feldweges, dort, wo er in die Landstraße mündete, bevor Frederika Liebzipfels lautes Organ auf sich aufmerksam machte.

»Stopp!«, schrie sie. »Meine scheißt!«

Die Marschtruppe brach in heiteres Gelächter aus. Frederika Liebzipfel sah gebannt dabei zu, wie unzählige, etwa kirschkerngroße Kotkügelchen in den Sandboden purzelten, bevor sich der Tross wieder in Bewegung setzte. Die Frau des Ziegenwirts stand auf den Stufen zur Eingangstür und winkte.

Im knöchelhohen Gras am Fahrbahnrand trotteten sie in Richtung Ortskern. Der Ziegenwirt hatte die Testwandergruppe angewiesen, die Tiere an der kurzen Leine und an der der Straße abgewandten Seite zu führen. Sollte ein schnell vorbeirauschendes Auto die Irrziege erschrecken, würde man sie mit seinem eigenen Körper davon abhalten können, in Panik auf die Straße zu springen. Als die Karawane die Hauptstraße entlangmarschierte, knackten links und rechts die Fenster auf. Neugierige Augenpaare blinzelten ins Vormittagslicht. Die Brust des Ziegenwirts schwoll einige Zentimeter unter seiner ärmellosen Softshelljacke. Vor Erna Rohdiebl wackelte der runde Steiß von Frederika Liebzipfel, hinter sich hörte sie die klobigen Sportschuhe des Valentin Salmerak über den Asphalt schleifen. An der Spitze des Zuges drehte sich der Weinbauer Kehranger immer wieder zu den Wanderern um, ließ seine Blicke über die Köpfe schweifen, als würde er zählen, ob die Gruppe noch vollständig war. Der Ziegenwirt selbst war überall. Mal an der Spitze der Truppe, dann ganz hinten, dann mittendrin. Hastete wie ein Wiesel von einem Wanderer zum nächsten, klopfte auf Schultern, kontrollierte die Halfter der Tiere und sperrte bei jeder Kreuzung wie ein Verkehrspolizist, der eine Gruppe Vorschüler über die Straße lotst, mit ausgestreckten Armen die Querstraße, selbst wenn weit und breit kein Auto zu sehen war. Erst wenn der letzte Irrziegenwanderer die Kreuzung passiert hatte, ließ er die Arme sinken und joggte hinterher. Nach einer Weile schnaufte er hörbar. Hätte der Ziegenwirt doch seine joggende Frau diese Aufgabe übernehmen lassen sollen, dachte Erna Rohdiebl. Sie ließen Nincshof hinter sich und folgten einem schmalen Feldweg, der schnurgerade zwischen zwei Gurkenäckern verlief. Es war der direkte Weg an die ungarische Grenze, wo einst der Eiserne Vorhang und heute nur noch das träge Wasser des Einser-Kanals die zwei Staaten trennte. Am Himmel arbeitete sich die Sonne in den Zenit und saugte den Wanderern das Wasser aus den Poren. Wenn in wenigen Metern die Buschreihe zu ihrer Rechten zu Ende war und man in der Ferne den Kanal würde erkennen können, würde Erna Rohdiebl starten. So war es abgemacht. Ihre erste Aktion im Auftrag des Nincshofer Oblivismus. Sie reckte den Kopf nach links, nach rechts, doch Frederika Liebzipfels Weinfasskörper versperrte ihr die Sicht. Fragend drehte sie sich zu Valentin Salmerak um, der sie und Frederika Liebzipfel um zwei Köpfe überragte.

Er nickte.

Erna Rohdiebl nickte ebenfalls.

Sie atmete tief ein, klammerte sich mit zwei Fäusten fest an die Irrziegenleine und sandte zur Sicherheit ein entschuldigendes Gebet an den Herrgott, der, wenn er denn wirklich so weitherzig war, wie alle sagten, ihr diese Lappalie mit Sicherheit nachsehen würde. Sie schloss die Augen und begann zu husten. Zweimal, dreimal, viermal. Sie sammelte all ihre Luft in ihren Lungen und hustete lauter. Fünfmal. Frederika Liebzipfel drehte sich um.

»Hast du dich verschluckt, Erna?«

Erna Rohdiebl schüttelte hektisch den Kopf. Ihr Husten war so einnehmend, dass sie kein Wort herausbrachte. Valentin Salmerak legte ihr sanft eine Hand auf den Rücken. Über sein Gesicht zeichneten Sorge und Angst einen trüben Schleier, der sich sofort auf Frederika Liebzipfels Miene übertrug. Sie trat einen Schritt näher zu Erna Rohdiebl hin. Diese keuchte, beugte sich vornüber und stützte ihre Hände auf die Knie.

»Erna!«, schrie Frederika Liebzipfel. »Erna!«

Erna Rohdiebl röchelte. Frederika Liebzipfel warf die Arme in die Luft, drehte sich zu der Wandergruppe um, die, den Tumult nicht wahrnehmend, ahnungslos weitergegangen war.

»Warten! Bitte!«, brüllte sie mit all ihrer liebzipfelschen Stimmgewalt. »Die Erna erstickt!«

Es dauerte einen kurzen Moment, bis die Nincshofer die Lage erfasst hatten. Dann eilten sie herbei. Die Irrziegen an den bunten, gespannten Leinen trabten widerwillig hinterher. Erna Rohdiebl sank zwischen zwei Ziegen zu Boden. Bevor sich Frederika Liebzipfel wieder umdrehte, riss Valentin Salmerak der nach Luft ringenden Erna Rohdiebl die Ziegenleine aus der Hand. Das Tier hatte sich von der aufsteigenden Panik anstecken lassen und trippelte nervös auf dem staubigen Feldweg herum. Valentin Salmerak verpasste ihm einen festen Klaps auf die Hinterflanke, sodass es verschreckt in den Gurkenacker sprang und davonlief. Die blaue Leine flatterte hinter ihm her.

»Ich übernehme das!«, rief der Weinbauer Kehranger dem Ziegenwirt zu. »Kümmer du dich um die Erna.«

Mit einem mächtigen Satz sprang er ebenfalls in den Acker und rannte der Irrziege hinterher. Abgerissene Gurkenblätter wirbelten durch die Luft. Über Erna Rohdiebl verdunkelte sich der Himmel mit sich besorgt über sie beugenden Gesichtern. Sie hatte sich auf den weichen, mit buschigem Gras bewachsenen Mittelstreifen des Feldweges gelegt, den noch kein Autoreifen platt gefahren hatte, und ruderte mit Armen und Beinen in der Luft, die Augen irr verdreht. Der Irrziegenwirt kniete sich neben sie auf den Feldweg und legte ihr die Hand auf die Schulter.

»Frau Rohdiebl«, sagte er mit fester Stimme. »Hören Sie mich?«

Erna Rohdiebl nickte heftig.

»Gut. Ich rufe die Rettung.«

Erna Rohdiebl riss die Augen auf und sah Valentin Salmerak an. Der zog ratlos die Schultern hoch.

»Warten Sie«, sagte Erna Rohdiebl und richtete sich auf. »Ich glaube, eine Rettung wird nicht notwendig sein.«

»Frau Rohdiebl«, sagte der Ziegenwirt, »legen Sie sich bitte wieder hin. Wir rufen die Rettung. Sicher ist sicher.«

»Aber schauen Sie!« Erna Rohdiebl sog eine Lunge voll Luft kontrolliert ein und blies sie wieder aus. »Geht schon wieder.« Sie lachte nervös.

»Nix da! Sie lagen eben noch röchelnd im Gras. Das ist nicht normal. Die Rettung rufen wir. Jetzt sofort«, sagte der Ziegenwirt und tippte bereits auf sein Smartphone ein.

Fünfzehn Minuten später kam ein Kastenwagen mit Blaulicht den holprigen Feldweg entlanggedonnert. Die Nincshofer hatten sich wartend in den Schatten eines großen Maulbeerbaumes begeben. Die Ziegenmünder zupften gelangweilt am Gras. Die Türen gingen auf, und heraus kamen zwei junge Männer, nicht viel älter als Valentin Salmerak. Etwas unbeholfen zogen sie sich chirurgische Handschuhe über, während der Ziegenwirt ihnen einen Überblick über die Lage gab. Einer der beiden beugte sich zu Erna Rohdiebl hinab, die auf vehementer Anweisung des Ziegenwirts immer noch im Gras saß. Er sprach langsam und sehr laut.

»Grüß Gott, wir sind vom Roten Kreuz«, sagte er. »Was ist denn passiert?«

Mit seinem Gummihandschuhfinger schob er seine Brille nach oben, die auf seinem schwitzigen Nasenrücken nach unten geglitten war.

Erna Rohdiebl war nun in einer sehr unangenehmen Situation. Ihr kleiner »allergischer Anfall« sollte sicherlich den Ziegenwirt etwas ärgern und ihm verdeutlichen, dass seine Tiere eine ernsthafte Gefahr für die Gesundheit der Nincshofer darstellten. Wer hätte denn damit gerechnet, dass der gleich die Rettung rufen würde und sie sich gegenüber zwei Zivildienern würde erklären müssen. Sie wusste auf die Schnelle keine kluge Lösung, also spielte sie mit und schilderte den beiden jungen Männern die Lage. Frederika Liebzipfel stand an ihrer Seite und schritt jedes Mal ein, wenn Erna Rohdiebl den Sachverhalt für ihren Geschmack zu milde formulierte.

»Leichte Atemprobleme«, sagte Erna Rohdiebl.

»Erstickungsgefahr!«, überbot Frederika Liebzipfel.

»Schwindelgefühl«, sagte Erna Rohdiebl.

»Ohnmacht!«, sagte Frederika Liebzipfel.

»Unwohlsein«, sagte Erna Rohdiebl.

»Todeskampf!«, sagte Frederika Liebzipfel.

Einer der beiden, der mit der rutschigen Brille, hatte, ohne dass sie sich dagegen hätte wehren können, Erna Rohdiebl einen Sauerstoffschlauch unter die Nase gelegt. Kühle Luft strömte in sie hinein. Dann zog der andere der beiden die Seitentür des Rettungswagens auf und deutete mit der Gummihandschuhhand in den Wageninnenraum.

»Kommen Sie?«

Erna Rohdiebl blickte ängstlich zwischen den Sanitätern und dem Ziegenwirt hin und her. Ihre Beteuerungen, dass alles gar nicht so schlimm sei, prallten an ihnen ab. Es sei ihre Aufgabe, Verunfallte ins Krankenhaus zu bringen, behaupteten sie, fassten ihr unter die Arme und schoben sie Richtung Wagen. Erna Rohdiebl drehte sich zu Valentin Salmerak um und sah ihn flehend an. Der Sauerstoffschlauch rutschte ihr aus den Nasenlöchern.

»Ich fahre mit«, rief Valentin Salmerak und sprang im letzten Moment in den Wagen, bevor der Rettungssanitäter die Seitentür zuschob.

Die im Innenraum verbauten Gerätschaften klapperten heftig, während das Rettungsauto über den Feldweg bretterte. Der Sanitäter mit der rutschenden Brille saß Erna Rohdiebl gegenüber und kontrollierte ein paarmal die Anzeige auf dem Sauerstoffgerät, machte einige Kästen auf und zu, holte dann sein Smartphone aus der Hosentasche und wischte drauflos. Valentin Salmerak saß in einem Sessel hinter dem Sanitäter und warf Erna Rohdiebl Blicke zu, die wohl viel sagen sollten, es aber nicht taten.

Im Krankenhaus konnten die Ärzte natürlich nichts feststellen, waren gegenüber Erna Rohdiebls Aussagen, dass es ihr wieder blendend gehe, dennoch sehr skeptisch, hätten sie gerne »zur

Beobachtung« dabehalten, konnten sie dazu aber nicht zwingen. Sie wand sich geschickt durch alle Überredungsschlingen und stand am Ende einfach auf und ging. Draußen vor dem Krankenhaus wartete Valentin Salmerak. Hastig drückte er eine Zigarette in den sanduhrförmigen Aschenbecher, als er Erna Rohdiebl auf sich zukommen sah. Sie hakte sich bei ihm unter und nickte in Richtung Bushaltestelle. Die Metallbänke im vollverglasten Bushäuschen hatten sich den ganzen Tag in der Sonne aufgeheizt und waren viel zu heiß, um darauf Platz zu nehmen. In Valentin Salmeraks Hosentasche summte es.

»Hallo?«, fragte er in sein Smartphone. Rätselfalten kräuselten sich auf seiner Stirn. Er ratterte seinem Gesprächspartner eine unregelmäßige Kette von Jas und Neins entgegen. Erna Rohdiebl murmelte er zu, dass er gleich wieder da sei, und entfernte sich in das Smartphone nickend. Erna Rohdiebl überquerte die Straße und lehnte ihren Hintern gegen eine Vorgartenmauer, auf die ein großer Kastanienbaum gütig seinen Schatten warf. In den Dächern der am Straßenrand geparkten Autos knackte die Hitze. Valentin Salmerak lief in einiger Entfernung auf und ab. Er nickte und gestikulierte. Als er wiederkam, seufzte er schwer. Er sah abgekämpft aus.

»Das war der Ziegenwirt.«

Erna Rohdiebl bemühte sich um einen gefassten Gesichtsausdruck.

»Er sagt, dass er sich mit seinen Ziegenwirtkollegen besprochen hat. Allergische Reaktionen auf diese Art von Ziegen sind bislang noch undokumentiert. Die haben nämlich kein Fell, sondern Wolle, wie Schafe oder Alpakas. Gegen die ist kaum einer allergisch. Er sagt, entweder war deine Atemnot eine Reaktion auf etwas anderes, oder, und jetzt wird's kompliziert, es war wirklich eine Ziegenhaarallergie. Das wäre nämlich eine Sensation, und in diesem Falle möchte er gerne vorschlagen, dass du im Allergiezentrum in Wien einen Test machst und dir diese Allergie bestätigen lässt. Er würde auch gerne die Kosten dafür übernehmen. Er sagt, das müsste alles dokumentiert werden, damit er es innerhalb der Irrziegen-Community verbreiten kann.«

Valentin Salmerak verdrehte die Augen, schraubte seine Stimme drei Halbtöne nach oben und äffte den Ziegenwirt nach.

»Das würde das Wissen über die menschlich-irrziegische Symbiose enorm erweitern. Für jede Kooperation in dieser Hinsicht bin ich dankbar.«

An der Eckbank schmeckte der Pusztafeigenschnaps an diesem Abend bitter. Der Bürgermeister rollte sein leeres Glas zwischen seinen dicken Fingern und suchte den Optimismus darin.

»Zumindest haben wir sie gestört«, sagte er. »Die Wanderung wurde abgebrochen.«

Die anderen Oblivisten nickten leidenschaftslos, ebenfalls die Schnapsgläser anstarrend.

»Das ist immerhin ein Erfolg. Wenn auch ein kleiner.«

Die Pendeluhr schlug acht Uhr.

»Es tut mir leid«, sagte Erna Rohdiebl leise.

Es war ihre erste Aktion als Oblivistin gewesen, und eigentlich hatte sie gedacht, sie würde sich danach nicht anders fühlen als davor. Eigentlich ging es doch um nichts. Eigentlich hatte sie nur aus Neugierde eingewilligt, bei dem Theater mitzuspielen. Eigentlich hatte sie den Oblivismus doch nie ernst genommen. Aber was war schon Eigentlichkeit? Ernst genug hatte sie ihn genommen, so viel war nun klar, dass sich der heutige Tag nach Scheitern anfühlte.

»Das braucht dir nicht leidtun, Erna«, sagte der Bürgermeister in gütigem Bürgermeistertonfall und legte seine Hand auf ihre.

»Niemand hatte wissen können, dass der wegen so was gleich die Rettung ruft und jetzt einen Allergietest fordert. Blöder Depp, der. Eine jede einzelne Ziege aus ganz Südamerika hat dem doch ins Hirn geschissen.« Verärgert blähte er seine Nasenlöcher auf und schnaubte. »Kannst du nicht so ein Allergietest-Zertifikatsdings fälschen, Valentin?«

Valentin Salmerak murmelte in seinen Kragen und zuckte mit den Schultern. Der Bürgermeister seufzte schwer, säbelte einen dicken Streifen vom Butterblock und scheiterte daran, ihn gleichmäßig auf dem Brot zu verschmieren.

19

Dass es im Leben keine Zufälle gab, sondern allein das Schicksal, hatte Isa Bachgasser noch nicht gewusst, als es ihr zum ersten Mal begegnet war. An ihrem allerersten Tag als Studentin der Soziologie hatte es sich im Audimax der Uni Wien schnaufend auf den freien Platz neben ihr fallen lassen und verschlafen nach Stift und Papier gefragt, während sich vorne am Rednerpult ein flaumhaariger Professor ins Mikro räusperte.

»Ich bin die Selma«, hatte das Schicksal noch gesagt, bevor sein Kopf nach vorne gesackt war und es den Rest der Vorlesung leise schnarchend auf dem Klapptisch vor sich hingedöst hatte. So beiläufig war es ihr begegnet, das Schicksal, dass man hinterher hätte sagen können, es hätte auch ganz anders kommen können. Nur, man konnte nicht.

»Meine Mama hat mir gesagt, wenn ich mich nicht für Medizin einschreibe, jagt sie mich mit einem nassen Fetzen durch die ganze Gasse«, erzählte Selma Sadić hinterher im Audimax-Buffet, einer kleinen dunklen Höhle in dem massiven Universitätsgemäuer, wo ein wortkarger Wirt Wurstsemmeln, Manner-Schnitten, Kaffee und Bier verkaufte und sprudelnden Jazz auflegte. Selma Sadić hatte sich mit dem Handrücken den Bierschaumschnauzer von der Oberlippe gewischt.

»Hat sie wirklich gemacht. Ohne Witz. Mir soll's recht sein.

Da lass ich mich doch lieber einmal durch die Gasse jagen und studiere dann, was ich will. Der Papa hat gesagt, ich hab alles richtig gemacht.«

Draußen strahlte der Frühherbst, die Kalenderblätter notierten das Jahr 1993, und Isa Bachgasser begann ihr Leben neu zu entdecken. Als Studentin, als von zu Hause Ausgezogene, inmitten neuer Menschen. Selma Sadić war nicht die aufmerksamste Studentin, gleich im ersten Semester verpatzte sie alle Prüfungen, dafür war sie eine grandiose Begleiterin ins Wiener Nachtleben. Zu den Feiern der TU (»Da geht's heftig zu, Isa.«), zu den Studentenpartys im U4 (»Achtung, da sind die Stecher unterwegs.«), zu »Jugo-Partys« (»Da musst du dich auftakeln, Isa, aber es wird sehr, sehr lustig!«), zu Konzerten ins Flex (»Lässig dreinschauen und die Welt hassen.«). In dampfenden Tanzlokalen verbrachten sie ihre wildesten Stunden und taumelten erst nach Hause, wenn die Vögel am nächsten Morgen vorwurfsvoll von den Bäumen zwitscherten. Isa Bachgasser war selig. Eine wie Selma Sadić hatte sie in ihrem Leben noch nie gehabt. Große Klappe, schäumende Neugier und das Herz am rechten Fleck. Eine, die das Leben ganz anders kennengelernt hatte und Isa Bachgasser auf neue Ideen brachte. Sie war der erste Mensch, den Isa Bachgasser sich ganz alleine ausgesucht hatte. Und sie wollte sie behalten.

Selma Sadićs Eltern hatten einer leisen, am Ende sehr glücklichen Vorahnung folgend die Heimatstadt Banja Luka verlassen, schon bevor dort die Erde zu donnern begann, und waren in einem kleinen Kaff nahe Steyr gelandet. Als Isa Bachgasser sie dort das erste Mal besuchte, konnte sie sich kaum vorstellen, wie Mutter Nermina, so still und zurückhaltend, je dazu fähig gewesen sein sollte, jemanden schreiend durch die Gasse zu jagen, wie es Selma Sadić gerne schilderte, schon gar nicht ihre eigene Tochter, die sie bei jeder Gelegenheit herzte, an sich zog und der sie feuchte

Küsse auf die Wangen knallte. Nermina Sadić's Missmut über die Studienleistungen ihrer Tochter allerdings konnte Isa Bachgasser deutlich wahrnehmen, einmal sogar durch den Telefonhörer hindurch, als Selma Sadić ihrer Mutter kleinlaut gestand, dass sie auch im zweiten Semester keine einzige Prüfung bestanden hatte. Daran, dass der Stoff zu schwer gewesen wäre, lag es nicht. Selma Sadić lernte einfach nicht.

»Du hast doch gar keine Lust auf Soziologie, Selma. Hast du schon einmal überlegt, das Studienfach zu wechseln?«, fragte Isa Bachgasser eine betrübte Selma Sadić schließlich einmal im Audimax Buffet.

Selma Sadić schmollte in den Bierkrug vor sich.

»Ich hab doch die Skizzen gesehen in deinem alten Kinderzimmer. Die sind der Wahnsinn. An der Kunstakademie nehmen sie dich damit locker.«

Selma Sadić zuckte nur mit den Schultern.

»Es ist egal, Isa. Lass uns über was anderes reden«, sagte sie.

Doch Isa Bachgasser ließ sich nicht beirren. Als Selma Sadić im Sommer für einen Ferialjob in Steyr wieder bei ihren Eltern einzog, schickte ihr Isa Bachgasser einen Umschlag mit Infomaterial der Wiener Kunstakademien hinterher. *Probier's doch mal!*

Der Öffner summte, die schwere Eingangstür ächzte. Das Atelier, in dem Selma Sadić heute arbeitete, lag im Hinterhaus eines Gründerzeitbaus im dritten Bezirk. Ihre Kunst brachte sie mittlerweile ein wenig in der Welt herum und außerdem das nötige Kleingeld ein, um ein bescheidenes Leben zur Gänze der Malerei zu widmen.

»Setz dich, Isa. Ich hab Rosé eingekühlt.«

Auf einem rauen Bastteppich lag Isa Bachgasser, die Arme hinter dem Kopf verschränkt, die nackten Füße auf dem rissigen

Ledersofa über sich abgelegt. Selma Sadić daneben ließ Tabak auf ein dünnes Papier rieseln und rollte es zwischen ihren routinierten Fingern zu einer schlanken Zigarette. Ab und zu kam der zweite Atelieruntermieter, Piet van den Bloem, herein, feuchte Achseln, staubige Handflächen, winkte freundlich, verschwand aber gleich wieder ins Nebenzimmer zu seinen strengen, harten Skulpturen aus Altmetall und Mörtel, die »transpersonale Faktizitäten« darstellen sollten und denen er, wenn er über sie sprach, mit seinem dicken, schaumig-weichen flämischen Akzent eine unabsichtliche Lieblichkeit verlieh. Entgegen den Behauptungen aller anderen Freunde waren er und Selma Sadić kein Paar.

Sie tranken, sie rauchten, manchmal stand Selma Sadić auf, um an einer Leinwand zu kratzen, kam wieder, ließ sich aufs Sofa fallen, blies sich lockige Strähnen aus der Stirn, rollte die nächste Zigarette. Sie lachten, sie erzählten, mal blieben sie stumm und sahen dem Kondenswasser dabei zu, wie es in der Luft des heißen Wiener Sommerabends an den langen Stielen der Weingläser hinunterrann. Wann war im Leben der Moment gekommen, an dem man aufgehört hatte, Zeit einfach verstreichen zu lassen? In der Jugend noch hatte man stundenlang beieinandergesessen, auf abgewetzten Sofalandschaften vor Couchtischen voll überquellender Aschenbecher, auf Picknickdecken am See, auf Häuserdächern unterm Morgenrot, und hatte zusammen nichts gemacht. Irgendwann aber hatte man plötzlich angefangen zu *tun*. Hatte sich nur noch mit bestimmtem Ziel getroffen – ein Theaterstück, ein Kaffee, die Yoga-Stunde, ein Abendessen, der neue Italiener zwei Straßen weiter. Nur mit Selma Sadić war es anders, bis heute.

»Ich wohne in einem Dorf, das sich vor der Welt versteckt hat, Selma. Wie bei Asterix«, sagte Isa Bachgasser.

Sie hob ihre nackten Füße von der Ledercouch und ließ sie in der Luft kreisen. Ihre Gelenke knackten. Selma Sadić lachte.

»Dann bist du dort ja genau richtig.«

»Hm?«

»Na ja. Du verschwindest doch auch. Keine Filme mehr, keine Stadt mehr, kein Instagram mehr. Jetzt nicht mal mehr ein Smartphone.«

Das Schicksal, das, wie die beiden Frauen später gerne erzählten, sie einst zusammengeführt hatte, hatte es nicht immer gut gemeint mit ihnen und sie vor Herausforderungen gestellt, die, wenn es nicht so gekommen wäre, wie es dann gekommen war, die zwei auch ganz woanders hätte hinführen können, nämlich auseinander.

Eine Woche nachdem Isa Bachgasser die Info-Folder der Wiener Kunstunis nach Steyr geschickt hatte, fand sie einen Antwortbrief in ihrem Postkasten. Selma Sadić hatte offensichtlich in großer Eile und mit viel Wut im Bauch Sätze auf die Seite eines karierten Notizblocks gesetzt und sie anschließend so hastig abgerissen, dass nun eine Ecke fehlte.

Liebe Isa,

das Zeichnen ist ein Hobby für mich. Nur weil mir ein paar gute Skizzen gelungen sind, heißt das noch lange nicht, dass daraus eine berufliche Zukunft entstehen kann. Das ist doch Schwachsinn. Meine Familie hat in Bosnien ein gutes Leben gehabt. Gute Karrieren haben sie gehabt. Meine Mama ist als Ärztin im OP gestanden, jetzt kehrt sie beim Bäcker Poldoni die Teigreste zusammen. Mein Papa hat im Theater Schauspieler mit teuren Scheinwerfern beleuchtet. Ein schwerer Beruf, der viel Übung braucht! Jetzt steht er in einer Fabrik und drückt den ganzen Tag lang auf einen einzigen Knopf. Immer wieder. Ausbildung und Karriere, das hat nicht immer etwas

miteinander zu tun, Isa!!! Ja, ich kann Kunst studieren, aber
was, wenn es nicht klappt? Du tust so, als würde ich nichts
aus meinem Leben machen. Aber weißt du was? Manchmal
macht das Leben auch was mit UNS, und das kannst du
dann eben nicht so planen, wie du dir das vorstellst. Bitte
misch dich nicht mehr ein, das nervt extrem.
Gruß
Selma
P. S. Ich habe mich für BWL eingeschrieben. An der WU.
Deine unfähige bosnische Freundin wird dich also nicht
länger beim Intellektuellsein auf der Soziologie belästigen.

Nach diesem Brief verschwand Selma Sadić. Sie reagierte weder auf Isa Bachgassers Anrufe noch auf ihre Briefe. Im Studentenheim in Brigittenau öffnete an Selma Sadićs Zimmertür ein fremdes Mädchen mit kurzen blonden Haaren und Nasenring. »Selma? Nein, die wohnt hier nicht.« Isa Bachgasser starrte auf einen Sticker, der unter dem Schild mit der Zimmernummer klebte. *Don't panic. I'm islamic.* Selma Sadić hatte ihn im Vorjahr dort angebracht. Nun verschwamm er langsam hinter Isa Bachgassers Tränen. Zwei Wochen lang versuchte sie verzweifelt ihre Freundin zu erreichen, zwei Wochen weinte sie. Vor Beginn des neuen Semesters rappelte sie sich wieder auf.

Sie schrieb eine glänzende Hausarbeit nach der anderen. Lange Tage verbrachte sie in Bibliotheken. Was es bedeutete, das Frausein, las sie in langen, von klugen Wissenschaftlerinnen geknüpften Argumentationsketten, so fein verzweigt, dass Isa Bachgasser schwindelig wurde. Manche, die ganz verrückten aus Amerika, stellten gar die Frage, ob es das Frausein als solches überhaupt gebe oder ob es nicht viel eher allein unserer Fantasie entspringe. Dass man so etwas überhaupt *denken* konnte! Sie besuchte Diskussionsabende, in die sich kein Mann traute, und trat einem Studentinnenchor bei, der deutsche Wehrmachtslieder feministisch uminterpretierte. An Selma Sadić dachte sie immer weniger.

Kurz vor Ende des dritten Semesters lud Isa Bachgassers Kollege Ralf Kneisser zu einer Party in seiner WG in der Strozzigasse. Hätte sie ihn nicht in einem Proseminar zu Bourdieu kennengelernt, sondern zufällig auf der Straße, hätte sie nicht gezögert, ihr gesamtes bescheidenes Studentinnenvermögen darauf zu verwetten, dass dieser Typ alles war, aber kein Student der Soziologie. Groß und kantig, Rücken wie ein Wandschrank und ein so schaufelnder steirischer Dialekt, dass er alleine durchs Reden den gesamten Erzberg hätte abtragen können.

Aus den Boxen schrammte Pearl Jam, in der verrauchten Küche drängten sich die Gäste und versuchten, wild gestikulierend einander in Witz und Lautstärke zu übertrumpfen. Man war Anfang bis Mitte zwanzig, die meisten hatten ihre Unsicherheiten aus der Schulzeit noch nicht zur Gänze abgelegt und fochten in Unterhaltungen um gut platzierte Pointen oder die Gunst eines attraktiven Gegenübers, sodass die warme WG-Party-Küchenluft nervös und postpubertär brodelte. Umso dankbarer war Isa Bachgasser, dass Ralf Kneisser seinen baumstammdicken Arm den gesamten Abend über um ihre Schultern gelegt hatte und sie immer ein bisschen an sich zog, wenn sie etwas Witziges sagte.

Als sie aus der zum erweiterten Kühlschrank umfunktionierten Badewanne neues Bier holen wollte, erstarrte sie augenblicklich.

»Selma?«, fragte Isa Bachgasser, ihr Mund mit einem Mal staubtrocken. »Was machst du hier?«

Sie schloss die Tür hinter sich. Draußen wummerte die Party. Selma Sadić stand vorm Badezimmerspiegel. Sie ließ die Mascarabürste sinken. Über ihr zuckte eine Neonröhre.

»Ich bin wegen dem Tobi da. Tobias Hernstätter, der wohnt hier.«

»Ah ja«, sagte Isa Bachgasser und schluckte. »Ich bin wegen dem Ralf hier. Der wohnt hier auch.«

»Ich weiß, ich hab euch eh schon gesehen. In der Küche. Ist der Ralf dein Freund?«

»Wir sind … Wir studieren zusammen«, sagte Isa Bachgasser und betrachtete ihre Finger, die sich am Etikett der leeren Bierflasche zu schaffen machten.

»Und du? Ist der Tobi dein Freund?«

Selma Sadić schraubte ihre Wimperntusche zu und ließ sie in die Handtasche gleiten. Sie drehte sich immer noch nicht um.

»Nein«, sagte sie. »Aber ich hätt's gern.«

Ein paar Momente blieb es still. Es war kaum auszuhalten. Isa Bachgasser wünschte sich, jemand käme herein und würde die Anspannung lösen, und gleichzeitig hoffte sie, genau dies würde nicht passieren. Sie seufzte.

»Mir ist nicht gut. Ich glaub, ich geh«, sagte Selma Sadić, drehte sich plötzlich um und machte einen Schritt auf die Tür zu. Isa Bachgasser trat dazwischen.

»Meinst du nicht, wir sollten reden?«

»Reden?«

»Du verschwindest einfach und meldest dich nicht mehr bei mir, ohne dass du mir eine Chance gibst, den Grund zu verstehen.«

Der Puls donnerte ihr durch den Hals. Sie fühlte sich schlagartig nüchtern.

»Ja, okay«, sagte Selma Sadić langsam. »Wir reden. Aber nicht heute. Kaffee? Am Sonntag vielleicht?«

»Ist gut.«

An diesem Abend sah sie Selma Sadić nicht mehr. Zurück im

Küchengedränge versuchte sie, die aufwühlende Begegnung schnell zu vergessen. Die prallen Muskeln, die sie durch Ralf Kneissers Hemd zunächst zaghaft und später immer ungenierter ertastete, halfen ihr dabei. Irgendwann küsste sie ihn, und er küsste nach einem kurzen Moment der Überraschung zurück. Ein auf steirisches Bellen und Schaufeln geeichter Mund konnte dies, so stellte Isa Bachgasser fest, offensichtlich sehr gut.

Im Café Sperl saß sie zwei Tage später an einem kleinen Marmortisch, rührte Milchschaum in ihre Melange und sah alle paar Sekunden auf die Uhr. Es war zehn nach drei, und Selma Sadić würde jeden Moment hier sein. Nach der Melange bestellte sie ein kleines Bier und dann noch eines. Um Viertel nach vier ließ sie dem Ober einen Hundertschillingschein auf dem Tisch liegen und ging, ohne aufs Wechselgeld zu warten. Selma Sadić war, das musste sie sich nun endgültig eingestehen, eine Enttäuschung.

Es war Mitte August, in Wien zerschmolz der Asphalt, die Wiener ächzten in schweißdampfenden U-Bahnwaggons. Isa Bachgasser kam von einer Schicht an der Museumskasse nach Hause, sie schloss den Briefkasten auf. Heraus fiel ein dicker Umschlag. Ein kurzer Blick auf die Handschrift, mit der die Adresszeile geschrieben war, genügte, und Isa Bachgasser wurde heiß und kalt. Sie riss den Umschlag auf. Der Schlüssel baumelte noch in der geöffneten Briefkastentür, ihre Blicke hasteten über die acht mit Selma Sadić' großzügigen Kringeln vollgeschriebenen Seiten.

Sie begann mit zeilenlangen Entschuldigungen. Sie habe nicht gewusst, was in sie gefahren war, ohne Erklärung zu verschwinden, aber es sei nicht anders gegangen, das müsse Isa Bachgasser ihr bitte glauben. Isa Bachgasser schluckte. Sie las weiter, ihr wurde übel, dann wieder warm ums Herz. Die Wahrheit sei, schrieb Selma Sadić, sie habe sich in den letzten zwei Jahren in Wien überhaupt nicht wohlgefühlt, habe das Studium gehasst, es sich aber nicht eingestehen wollen. Dass man das nun einmal so machte, habe sie geglaubt, seit sie ein kleines Kind war: in die Schule gehen, dann auf die Uni, Medizin, Jus, was Technisches und dann damit erfolgreich werden.

Als wir nach Österreich gekommen sind, haben meine Eltern ja nicht so weitermachen können wie bis dahin. Das war sehr traurig für sie. Ich habe meinen Eltern angesehen, dass sie sich ein bisschen dafür schämten, und das habe ich nicht gerne gesehen. Ich habe dann entschieden, ich werde etwas studieren, das mir nicht so wichtig ist, weil dann ist Karriere nicht so entscheidend für mein Glück. Dann ist es nicht so schlimm, wenn ich später einmal versage oder wenn wieder irgendein Krieg kommt und meine Träume durcheinanderwirbelt.

Schwere Tränen rollten über Isa Bachgassers Wangen und zerplatzten auf den Steinfliesen ihres Wiener Treppenhauses.

Isa Bachgassers überschwängliche Vorschläge, es doch mit einer Bewerbung an den Kunstakademien zu versuchen, hätten sie in die Ecke gedrängt, schrieb Selma Sadić. *Ich habe mich bevormundet gefühlt, und bevormundet bin ich ja auch zu Hause worden, denn mein Soziologiestudium haben sie ja, zumindest meine Mutter, immer für den größten Fehlgriff der Menschheitsgeschichte gehalten.* In dieser Zeit hatte Selma Sadić auch angefangen, Banja Luka zu vermissen, die alten Freundinnen, herrlich weiches Weißbrot, Burek essen an der Straßenecke in einer warmen Sommernacht. *Ich glaube, Isa, das kannst du dir gar nicht vorstellen, wie sich das anfühlt, und ich bin auch froh darüber, dass du das nicht kannst, weil das ist echt einfach nur Scheiße, und das wünsche ich niemandem.* Irgendwie habe sie es aber doch geschafft, sich aufzuraffen, und dann habe sie eines Nachts all ihre Skizzen in eine Mappe gesteckt und am nächsten Morgen an der Hochschule für angewandte Kunst am Kokoschka-Platz abgegeben, man hätte sie zur Aufnahmeprüfung eingeladen, und, *jetzt kommt's, Isa*, sie habe bestanden.

Isa Bachgasser rotzte in ihr Handgelenk. Wie stolz sie war auf ihre Selma Sadić, und wie traurig und beschämt über sich selbst, nicht für ihre Freundin dagewesen zu sein in deren schwerster Zeit. Der Brief schloss mit abermals zeilenlangen Entschuldigungen und mit einem kurzen P. S.: *Falls es dich interessiert, Isa: Der Tobi Hernstätter ist zwar ein sehr schöner, aber leider auch sehr hirnloser BWL-Idiot.*

Lange lagen sie sich in den Armen, Tage später, am Bahnsteig des Westbahnhofs, tränten einander die Schultern voll und entschuldigten sich Tausende Male, bis sie selbst gar nicht mehr wussten, wofür, und sich einig waren, wieder Freundinnen zu sein.

Selma Sadić zog bei ihr ein, und Isa Bachgassers Studentinnenleben begann noch einmal neu. Die Wohnung quoll über vor Menschen – lustigen Zeitgenossen mit gewagten Frisuren, schweren Stiefeln, wallenden Mänteln und bunten Ohrringen –, die jeden zweiten Tag an Selma Sadićs Fersen hängend von der Angewandten durch die Tür stolperten. Bis frühmorgens saßen sie zu zehnt auf Selma Sadićs Bett, ließen Weinflaschen und Joints kreisen und unterhielten sich über das Menschsein und die damit verbundenen Schwierigkeiten.

In Isa Bachgasser keimte etwas, das mit Neid vergleichbar war. Diese Künstlergestalten strichen auf Leinwände, hämmerten in Steinblöcke, was sie beschäftigte, während sich Isa Bachgasser als Studentin der Soziologie den Dingen bloß mit Empirie und trockenen Argumenten nähern konnte. Wissenschaft hatte ein Ziel, Kunst genoss den Weg. Wissenschaft musste, Kunst *durfte*. Sie durfte selbst sinnlos sein, wenn sie wollte, und war oftmals gerade dann besonders schön. Schönheit gab es in der Soziologie nicht. Isa Bachgasser fehlte das. Erst durch Selma Sadić und ihre Freunde wurde ihr bewusst, wie sehr.

Kurz vor Weihnachten in ihrem ersten gemeinsamen Jahr als WG saßen sie am Küchentisch und drückten Keksformen in ausgerollten Mürbteig. Der Fernseher lief, und als die Titelmelodie der Abendnachrichtensendung begann, legten sie die Ausstecher beiseite. Gebannt sahen sie Slobodan Milošević, Alija Izetbegović und Franjo Tuđman dabei zu, wie sie mit teuren Füllfedern ihre Unterschriften in weinrote Mappen setzten. Selma Sadić begann zu weinen, Isa Bachgasser weinte mit. Bill Clinton, Jacques Chirac und Helmut Kohl klatschten höflich Beifall.

Unter den wie selbstverständlich in ihrer WG ein- und ausgehenden Flattergestalten war irgendwann Thomas Dellhorst. Fotograf und Kameramann aus Bremen, groß, dürr wie eine Giacometti-Figur und phänomenal verknallt in Selma Sadić. Er bescherte Isa Bachgasser ihren ersten Job in der Filmbranche. Sein Arbeitgeber Zander Productions brauchte dringend jemanden, der in einem Filmprojekt über das Wiener Rotlichtmilieu mit anpackte. Aus »mit anpacken« wurde schnell »den Dreh übernehmen«, denn Agenturchef Erich Zander bekam ein neues, dringenderes Projekt herein, das die Aufmerksamkeit seines Teams erforderte.

»Das machst du schon, Isa. Bist ja eh eine Wiffe, das seh ich jetzt schon«, sagte er ihr und stellte ihr einen Kameramann, Moritz Wedekind, zur Seite.

Isa Bachgasser schluckte. Wie sollte sie bloß? Aber sie versuchte es. Mit Selma Sadić im Gepäck und ein bisschen Mut aus der Slivovica-Flasche stahl sie sich spätnachts durch Wien und suchte zwischen den Frauen mit den hohen Hacken am Wiener Gürtel eine, die bereit war, vor einer Kamera über ihre Wahrheit zu sprechen. Sie fanden Ivanka Sena.

Mit Kameramann Moritz Wedekind begleitete sie sie eine Woche lang. Isa Bachgasser stellte die Fragen, Ivanka Sena erzählte, Moritz Wedekind hielt drauf. Im Schnittraum sah Isa Bachgasser ihre Protagonistin zum ersten Mal auf dem Bildschirm leuchten, das schmale Mädchen vom Schwarzen Meer. Blasse Hände, roter Nagellack. Ivanka Sena, aus dem Haus kommend, über den Gehsteig klackernd. Ivanka Sena in der Straßenbahn, durch eine liegen gelassene Zeitung blätternd. Isa Bachgasser zitterte. Dass es so etwas gab!

Filmemachen bedeutete Collage machen, hatte man ihr gesagt, aber Isa Bachgasser begriff schnell, dass Filmemachen vor allem eines bedeutete: wegwerfen. All die Bilder aus mehreren Drehtagen mussten eingedampft werden auf einen lächerlich mickrigen Ausschnitt von sechzig Minuten. Bis spät in die Nacht, wenn alle anderen längst gegangen waren, saßen sie in der Agentur, diskutierten, stritten mitunter heftig und versuchten, mit Bild, Ton und Montage, dem Leben der Ivanka Sena gerecht zu werden. Es war wie im Rausch.

Um diese Geschichte zu erzählen, hatte Isa Bachgasser so präzise recherchieren müssen wie für eine soziologische Seminararbeit, war beim Verpacken der Recherchen aber so frei gewesen wie Selma Sadić, wenn sie ihre Pinsel über die Leinwand zog. Da war etwas, das ihren Intellekt *und* ihr Herz forderte. Isa Bachgasser schwebte. Die Welt war eine Möglichkeit und plötzlich auch für sie gemacht. Den Rest ihres Lebens konnte sie kaum erwarten.

Selma Sadić und Isa Bachgasser. Das waren keine Freundinnen. Sie waren verschworen, waren nebeneinander und aneinander erwachsen geworden. Hatten einander in so ausschlaggebenden Momenten geholfen, zu exakt den Menschen zu werden, die sie nun waren. Weder war es also Übertreibung noch kitschige

Nostalgie, sondern simple Redlichkeit, den Moment im Herbst 1993, als Selma Sadić von einer Partynacht zerzaust neben Isa Bachgasser in den knarzenden Audimax-Sitz sackte, Schicksal zu nennen.

Als Isa Bachgasser aufwachte, pochte der Wein des Vorabends in ihren Schläfen. Um ein Uhr morgens waren sie vom Hinterhofatelier in Selma Sadićs Wohnung hochgestiegen und Isa Bachgasser hatte sich, die Augen nur noch halb geöffnet, auf die Couch fallen lassen und war sofort eingeschlafen.

Isa Bachgasser erhob sich. Durch die geschlossenen Fenster drang das dumpfe Rauschen der Stadt. Sie schlich über das quietschende Fischgratparkett ins Badezimmer, nahm eine kurze eiskalte Dusche und drückte eine SMS nach Nincshof in ihr Tastenhandy.

> Ich bleibe zum Frühstück bei der Selma. Komme irgendwann am Nachmittag heim.

Draußen vor dem Haus empfing sie ein wolkenverhangener Himmel. Es roch nach Benzin und ein bisschen nach Gewitter. Die Straßen waren leer. Die Sommerferien hatten begonnen, Eltern waren mit ihren Kindern aus dem Dampfkessel Wien geflüchtet, lagen an den Stränden von Split bis Jesolo oder wanderten in der frischen Bergluft der Alpen.

Bis vor ein paar Monaten hatte Isa Bachgasser nur ein paar Straßen weiter gewohnt. Nicht einmal fünfzehn Gehminuten waren es von Selma Sadićs hellgrüner Wohnungstür bis zu ihrer gewesen. Hinunter zur großen Straße, durch die die Straßenbahn ruckelte, vorbei am Griechen, vorbei an der Buchhandlung des alten Vavratil mit den berechenbaren Liebesromanen im Schaufenster, vorbei am Haus des Blindenvereins, dann rechts abbiegen, und schon war man da. Hausnummer siebenundzwanzig, fünfter Stock. Ein paar Jahre bevor Felicitas Mezzaroni geboren wurde, waren Isa Bachgasser und Silvano Mezzaroni hier eingezogen, wild verliebt, hatten Möbel und Kisten ohne Aufzug durch ein enges Stiegenhaus hochgewuchtet, waren schweißnass, mit ächzenden Knochen zwischen Pappkartontürmen zusammengebrochen und hatten dann, Buch für Buch, Schallplatte für Schallplatte, Kochlöffel für Kochlöffel, zwei Haushalte miteinander verschmolzen. Ein Wagnis.

Eigentlich hatte sie es nicht tun wollen, und nun stand sie doch hier. Bachgasser/Mezzaroni stand immer noch auf dem Klingelschild. Das *oni* war immer noch verwaschen, von einem Regentropfen, der irgendwann einmal seinen Weg hinter die Plastikabdeckung gefunden und das Papier dahinter aufgeweicht hatte. Hatte der Vermieter vergessen, die Namen auszutauschen, oder hatte die Wohnung keinen neuen Abnehmer gefunden? Kurz kam Isa Bachgasser der Gedanke, auf den Klingelknopf zu drücken, verwarf ihn dann aber sofort wieder und verließ die Gasse.

Auf dem Rochusmarkt holte sie fleischige Tomaten, Oliven und eine halbe Honigmelone, müffelnden Käse und Parmaschinken, den der Verkäufer so dünn aufschnitt, dass man durchschauen konnte, einen Strauß Dahlien und Nussschnecken ohne Rosinen, die Selma Sadić verschlingen konnte, als hinge ihr Leben davon ab. Am Himmel über ihr bauschten sich immer dunklere Wolken zusammen. Als sie in Selma Sadićs Gasse bog, hörte sie das erste Grollen.

Der Espressokocher röchelte auf dem Herd, draußen schlugen dicke Tropfen gegen die Fensterscheiben. Selma Sadić saß am gedeckten Esstisch und verschwand zur Gänze hinter der Tageszeitung. Piet van den Bloem rieb sich die Augen. Das Brot knusperte unter dem langen Messer auseinander, Isa Bachgasser zerschlug mit einem Löffel die Schale ihres weichen Eis. Alles duftete. Der Himmel über Wien wurde so finster, dass sie zwischen Dahlienstrauß und Melonenteller Kerzen anzündeten.

»Du willst nicht nach Hause fahren, gell?«, fragte Selma Sadić plötzlich.

»Ich will nicht im ärgsten Regensturm über die Autobahn fahren.«

»Nein, das meine ich nicht«, sagte Selma Sadić. »Du willst nicht nach Nincshof. Du willst hierbleiben. In Wien. Bei uns. Ich seh das doch.«

Isa Bachgasser kratzte sich mit dem kleinen Finger an der Schläfe.

»So einfach ist das nicht.«

Selma Sadić zog eine Augenbraue hoch.

»Ich mag es da schon, aber … Es ist anders.« Isa Bachgasser holte tief Luft und atmete langsam aus. »Ach, ich weiß auch nicht.«

»Also wundern tut mich das nicht.«

»Was wundert dich nicht?«

»Dass du nörgelst«, sagte Selma Sadić. »Weil du immer nörgelst, das gehört zu dir. Über Wien hast du ja auch immer geschimpft?«

»*Geschimpft*? Über Wien?«

Selma Sadić lachte laut.

»Isa, jetzt hör aber auf! Wie du dich immer aufgeregt hast über die Heuchler überall. Unten beim Novotny in der Vinothek, bei deinen Filmpremieren, bei meinen Vernissagen. Alle waren sie Heuchler bei dir. Alles Blender.«

Isa Bachgasser starrte auf das Glas Erdbeermarmelade, an dessen Außenwand ein Marmeladenkleks langsam nach unten glitt.

»Jetzt bist du einmal wo, wo eigentlich alle keine Heuchler und Blender sein müssten, weil: Wen sollen sie blenden in dem kleinen Dorf, in dem jeder den anderen kennt? Trotzdem ist alles *Oasch* dort.«

»Jetzt tu nicht so, als wäre ich so eine undankbare Tussi. So fühle ich mich gar nicht.«

Piet van den Bloem erhob sich leise vom Esstisch, verschwand mit der Zeitung im Nebenzimmer und zog die Flügeltür hinter sich zu. Selma Sadić sah ihm kurz hinterher und sagte dann: »Aber Isa, ein bisschen stimmt es schon, das musst du zugeben. Du hast zu viel Zeit zum Nachdenken. Ablenken musst du dich, Isa. Du hast doch jetzt eh dein Projekt.«

»Ja, eh …«

»Und deine witzige Alte. Was ist mit der? Es gibt doch bestimmt mehr interessante Leut' da?«

»Ja, eh …«

Der Regen fiel auf Wien wie auf eine tropische Stadt, laut und dampfend. Selma Sadić streckte prüfend den Kopf aus dem Fenster und suchte den grauen Himmel nach einem hellen Fleckchen ab.

»Keine Chance, Isa«, sagte sie. »Der Himmel ist zu.«

> Es wird später. Ich warte noch den Regen ab.

drückte Isa Bachgasser ins Handy.

Dicht gedrängt unter einem Schirm liefen sie zurück in das Atelier. Isa Bachgasser streckte sich auf der Couch aus, schaltete ihr Handy auf stumm, ließ es aus ihren Fingern auf den Bastteppich gleiten, auf dem sie gestern über mehrere Stunden gelegen und betrunken geworden war. Sie schloss die Augen, hörte Selma Sadić leise summen, hörte, wie Piet van den Bloem das Radio anstellte und dann wieder abstellte, hörte den Regen gegen die Scheiben schlagen. Immer wattiger wurden die Geräusche, bekamen schleichend Farben und Formen, blähten sich auf wie die Regenwolken über der Stadt, und Isa Bachgasser glitt in den Schlaf, geborgen, wie ein Kind, das im Nebenzimmer die Eltern weiß, warm und mit schweren Gliedern.

Als sie wieder erwachte, hatte das Prasseln aufgehört. Draußen war es dunkel, vom anderen Ende des Ateliers ein leises Kratzen. Sie blinzelte. Im Schein eines Baustrahlers kniete Selma Sadić über einem Holzbrett auf dem Boden und spachtelte rote Farbe darauf. Isa Bachgasser tastete im Dunkeln nach ihrem Handy. Mit zusammengekniffenen Augen las sie die Uhrzeit auf dem grellen Display.

»Scheiße, Selma, ich muss längst los.«

Wie die Pilotin eines Raumschiffs steuerte sie Silvano Mezzaronis riesigen SUV durch die endlose schwarze Luft. Raus aus der Stadt, hinauf auf die Autobahn. Entlang der Fahrbahn schemenhaft Bäume und Sträucher. Die Autobahnabfahrt wirbelte sie auf eine schmale Landstraße, die sich schnurgerade durch kleine Dörfer zog. Nach anderthalb Stunden Fahrt kam sie endlich am Ortsschild des Nincshofer Nachbarorts Tadten vorbei. Nun war es nicht mehr weit. In zehn Minuten würde sie zu Hause sein, würde den Wagen über den Feldweg bis vor die Haustür lenken, mit nackten Füßen die Treppen hochsteigen und sich in das weiche Bett fallen lassen.

Dass sie sich verfahren hatte, bemerkte sie erst, als das Ortsschild des anderen Nachbarortes Andau an ihr vorbeirauschte. Sie hatte die Abfahrt nach Nincshof verpasst. Von der langen Autofahrt ungeduldig geworden, wendete sie verärgert den Wagen in einer Hauseinfahrt und fuhr wieder in die Richtung zurück, aus der sie gekommen war. Mit dem Kinn über dem Lenkrad hielt sie Ausschau nach dem Wegweiser, der die Abzweigung nach Nincshof anzeigte. Doch das nächste Schild, das ihr entgegenkam, war wieder das Ortsschild von Tadten. Hatte dieser lange Tag sie so zermürbt? Stöhnend legte sie den Rückwärtsgang ein und fuhr abermals die Straße zwischen Tadten und Andau ab, von der aus eigentlich die Straße nach Nincshof abzweigte. Sie fuhr, so langsam sie konnte. Bei der nächsten Gelegenheit würde sie rechts abbiegen, denn das würde der Weg nach Nincshof sein, oder nicht? Am rechten Straßenrand sah sie dann endlich die Abzweigung. Schmal, höchstens für einspurigen Verkehr geeignet. Die Straße, die sie gewöhnlich nach Nincshof nahm, war das nicht. Egal. Sie bog ein. Von ihrer Position hinterm Steuer sah es so aus, als ragten die Flanken des SUVs über den asphaltierten Teil der Straße hinaus. Langsam, wie auf Safari, rollte sie vorwärts. Grashalme und dünnes Geäst kratzten an der Karosserie. Bestimmt würde sie bald auf eine andere Straße stoßen und von dort irgendwie nach Nincshof gelangen. Irgendwo hier musste es doch sein, das Scheißdorf. Die Straße wurde unebener, der SUV schaukelte dramatisch durch das Ungewisse. Nach einer Weile erkannte Isa Bachgasser ein Schild in der Ferne. Als sie nahe genug herangerollt war, um lesen zu können, was darauf geschrieben stand, trat sie abrupt auf die Bremse. Die breiten Reifen knirschten. Die Aufschrift auf dem Schild war Ungarisch. Isa Bachgasser spürte ihren Unterkiefer zittern und die Tränen in ihr aufsteigen. Nein, so weit würde es nicht kommen. Sie würde nicht anfangen zu heulen wie ein junges Mädchen, das sich zum ersten Mal in seinem Leben verfuhr. Sie durchwühlte ihre Tasche nach ihrem Telefon.

»Silvano, ich hab mich verfahren. Ich bin in Ungarn«, keuchte Isa Bachgasser in ihr Handy.

»Schatz?«, blubberte es dickflüssig aus der Leitung. Isa Bachgasser hörte Bettdeckenrauschen. Silvano Mezzaroni hustete sich den Schlaf aus der belegten Kehle.

»Wie, verfahren? Ist doch alles angeschrieben.«

»Ja, ich weiß!« Isa Bachgasser fauchte mehr, als dass sie sprach, und mehr, als ihr lieb war. »Ich habe das Schild aber nicht gefunden.«

»Wie, nicht gefunden?«

Isa Bachgasser ließ den Kopf nach hinten gegen den Autositz fallen.

»Silvano, bitte!« Sie flehte. »Ich weiß auch nicht. Ich bin in die falsche Straße abgebogen. Und jetzt bin ich in Ungarn.«

»Mach doch das Navi an!«

»Ich kann das nicht! Du musst mir bitte erklären, wie das geht.«

Mit rapide schwindender Geduld lotste Silvano Mezzaroni seine technikverweigernde Frau durch die Steuerungselemente der SUV-Software, bis sie an der Benutzeroberfläche des Navigationssystems angekommen war. Isa Bachgasser tippte mit vorsichtigen Fingern auf die auf dem Bildschirm erschienene Buchstaben-Tastatur.

»Er findet Nincshof nicht.«

»Das gibt's nicht«, sagte Silvano Mezzaroni ruhig. »Versuch's noch mal.«

Isa Bachgasser tippte. Kontrollierte jeden Buchstaben einzeln. Neben der Lupe auf dem Bildschirm drehte sich eine kleine Sanduhr.

»*Keine Ergebnisse*, steht da.«

»Das ist unmöglich. Hast du dich vertippt? N-I-N-C-S …«

»Silvano, ich habe mich nicht vertippt«, presste sie durch ihre Zahnreihen. »Dein Scheißcomputer findet es nicht.«

Silvano Mezzaroni seufzte dramatisch.

»Dann gib Tadten ein.«

Isa Bachgasser tippte erneut und tatsächlich: Den Nincshofer Nachbarort fand das Navi in wenigen Sekunden.

»Nächstes Jahr zu Weihnachten kriegst du wieder ein Smartphone«, sagte Silvano Mezzaroni, als er seinen behelmten Kopf durch das Fahrerfenster streckte. Er hatte seine Vespa aus der Garage gerollt und war der verzweifelten Isa Bachgasser bis zur Tadtener Ortseinfahrt entgegengefahren. »Das ist ja fahrlässig, so ohne Ortungsmöglichkeit durch die Gegend zu fahren. Mitten in der Nacht.«

»Es tut mir so leid, Silvano.«

»Ist schon in Ordnung.« Er lächelte und griff nach ihrer Hand. »Du hast das Schild nicht gesehen, weil da keines mehr steht. Fahr mir nach. Du wirst es gleich selbst sehen.«

Als Isa Bachgasser am nächsten Morgen in die Küche hinuntergestiegen kam, hing Silvano Mezzaroni am Telefon. Einen Arm in die Hüften gestemmt, schritt er zwischen Kücheninsel und Sofalandschaft hin und her.

»Ja, genau, gestern um, lassen Sie mich nachdenken … Das war kurz nach Mitternacht.«

Isa Bachgasser füllte den Wasserkocher und wartete. Die Ausgabe der Regionalzeitung mit dem Artikel über Silvano Mezzaronis Ziegen lag immer noch aufgeschlagen auf der Kücheninsel. Von »ulkigen Zotteltierchen« war die Rede, »Neo-Nincshofern«. »Gatte der Filmemacherin Isa Bachgasser«, stand natürlich schon im ersten Absatz.

»Richtig. Sowohl der Wegweiser als auch das Ortsschild. Beide waren weg. Mhm … Alles klar … Sehr freundlich … Vielen Dank. Auf Wiederhören.«

Silvano Mezzaroni schob sein Handy in die Hosentasche und wandte sich Isa Bachgasser zu.

»Das war eine Mitarbeiterin von der Gemeinde«, sagte er. »Die hat noch nichts vom fehlenden Ortsschild gewusst. Sie wird es weiterleiten.«

Er legte Isa Bachgasser den Arm um die Schulter und hauchte einen flüchtigen Kuss in ihre Haare.

»Ich bin dann draußen«, sagte er und verschwand in die Garderobe.

Isa Bachgasser hörte das ungeduldige Quietschen der Gummistiefel auf den Bodenfliesen und dann die Eingangstür ins Schloss fallen.

Oben an ihrem Schreibtisch schlug Isa Bachgasser ihr Notizbuch auf und blätterte durch die bei ihrem Besuch bei der alten Frau Rohdiebl vollgeschriebenen Seiten. *Dein Projekt*, hatte es Selma Sadić genannt. Ja, das war es. Das war ihr Projekt. Sonst, ja, sonst hatte sie in Nincshof nicht viel. Sie flog über die Zeilen, verlor sich in den Geschichten von Erna Rohdiebls Großmutter. Die Steglatten, das Geheimnis, das Nest im Schilf, märchenhaft, aus der Zeit gefallen.

20

Erna Rohdiebl bewahrte gegenüber den Oblivisten Stillschweigen darüber, dass die Ziegenwirtin schon zum zweiten Male zu
Besuch in die Urbarialgasse Nummer fünf kam. Es war vielleicht
einfach eine weitere Heimlichkeit in einem Sommer voller Heim-
lichkeiten. Die Oblivisten ging es doch wahrlich nichts an, sagte
sie sich, wen sie in ihrem eigenen Haus als Gast empfing. Zwar
war sie technisch gesehen selbst Oblivistin und als solche, technisch gesehen, nicht daran interessiert, ihr Wissen über Nincshof
mit einer Fremden zu teilen, noch dazu mit einer, die über die
Mittel verfügte, es in großem Stil zu verbreiten, doch war Erna
Rohdiebl, abseits jeglichen Oblivismus, auch jemand, dem diese
schmale Frau sympathisch war. Außerdem konnte sie sich nicht
des sich leise anschleichenden Gefühls erwehren, dass man der
Ziegenwirtin unrecht getan hatte. So prahlerisch, wie der Bürgermeister über ihren Besuch in seiner Amtsstube berichtet hatte, wie kühl er sie behandelt habe, wie forsch er sie wieder weg-
geschickt habe, so prahlerisch hatte er auch von ihrer jüngsten,
durch den Oblivismus verursachten Orientierungslosigkeit erzählt.

»Bis nach Ungarn ist sie gefahren. Wie dumm kann man sein?«,
hatte er lachend berichtet und siegesstolz eine Runde Pusztafeigenschnaps nachgeschenkt.

Erna Rohdiebl hatte ein wenig Mitleid bekommen. So etwas tat man anderen nicht an. Von ihr sollte die Ziegenwirtin alles bekommen, was sie wollte. Erna Rohdiebl würde sie nicht belügen und ihr nicht absichtlich das Leben schwer machen. Sie tat doch niemandem etwas! Ruhig war sie, die Ziegenwirtin, scheu fast wie eine Katze, gleichzeitig aber mit fordernder Neugierde. Sie war freundlich und mit Sicherheit sehr klug. Und eine Schönheit war sie. Eine, die auffiel in Nincshof. Zart, wie etwas, das man in die Vitrine zum teuren Porzellan stellte und aus sicherer Entfernung betrachtete, obwohl sie doch gleichzeitig einen so kräftigen Händedruck hatte, der einem die Fingerknöchel unangenehm aneinanderdrückte.

Was sie ausgerechnet an den Gutenachtgeschichten der Großmutter so faszinierte, konnte sich Erna Rohdiebl nicht erklären. Aber sie wollte es sich auch gar nicht erklären. Diese Frau stellte Fragen und hörte Erna Rohdiebl aufmerksam zu. Wer tat das heute noch? Außer vielleicht ihre Kinder, deren Anrufe in wöchentlichem Abstand ins Nincshofer Festnetztelefon schrillten und deren Stimmen dabei aber oft genug so pflichtschuldig klangen, dass es Erna Rohdiebl lieber gewesen wäre, sie hätten gar nicht angerufen.

»Geht es Ihnen schon besser?«, fragte die Ziegenwirtin, sie war noch nicht einmal die Stufen zur Terrasse hinaufgestiegen.

»Besser?«

»Nach Ihrem Unfall bei der Wanderung. Mein Mann hat mir alles erzählt. Er hat sich große Sorgen gemacht.«

Erna Rohdiebls Kopfhaut glühte. Sie murmelte ein »Jaja« und wies die Ziegenwirtin hastig zum Gartentisch, wo schon alles bereitstand. Der Wind strich träge durch den Nussbaum, der Kaffee dampfte aus den Tassen, das Aufnahmegerät leuchtete rot.

Erna Rohdiebl lehnte sich zurück und grub tief in der Erinnerung. Den Aushub nahm die Ziegenwirtin wie immer freudig strahlend in Empfang und kritzelte ihn in ihr Notizbuch.

Wenn Erna Rohdiebls Großmutter die fantastischen Gutenachtgeschichten aus ihrem Nincshof erspann, kam es vor, dass sie das Dorf nicht Nincshof nannte, sondern *B. G.* Es rutschte ihr über die Lippen wie ein verwegener Gedanke, den man nicht zurückhalten konnte, bevor man ihn dachte, und sich sogleich dafür ein wenig schämte. Die kleine Erna Rohdiebl warf Fragen durch den Kerzenschein. Die Großmutter seufzte und begann zu erzählen, murmelnd, die Lippen kaum bewegend und, nicht ahnend, dass die kleine Erna Rohdiebl es von ihrem Bettchen aus sehen konnte, die Augen die ganze Zeit geschlossen haltend. Sie sah aus, als würde sie einen Geist beschwören.

Als das Unheil nach Nincshof kam und der Großmutter das Herz brach, hatte sie vierundzwanzig flirrende Sommer und dreiundzwanzig krachende Winter erlebt. Sie hatte vier Kinder geboren, wovon nur zwei das erste Jahr überlebten, sie hatte unzählbar viele Aale mit der langen Aalgabel aus dem grauen Sumpf gestochen und unzählbar viele dampfende Suppen daraus gebrüht. Sie hatte sich unzählbar vielen erbitterten Streitereien mit der Wirtin hingegeben und sich unzählbare Male wieder mit ihr versöhnt. In ihrem kurzen, manchmal harten, aber durchweg friedlichen Leben vermisste sie nichts. Wenn sie abends den orangenen Himmel durch das Schilfgras hindurch bestaunte, wurde ihr Herz so leicht, dass es ihr beinahe entkam.

Dem Schneider Potitzer fiel das Unheil als Erstem auf. In der Frühlingssonne saß er auf dem Steg und nähte Knöpfe an abgetragene Jacken und flickte durchgewetzte Hosenböden, als seine Aufmerksamkeit von seiner Nadelspitze auf einen unter den

Steglatten zappelnden Aal fiel. Der arme Kerl hatte sich zu weit in den Sumpf verirrt, der schon seit Tagen auffällig wenig Wasser führte. Nun steckte er im Schlamm fest und kämpfte um sein Leben. Der Schneider Potitzer beugte sich nach unten, griff nach dem Fisch und beendete mit einem gekonnten Schlag sein Leid. Dies war nur eine leise Vorahnung dessen, was in nur wenigen Tagen folgen sollte. Der trockene Sumpf war nicht etwa die Folge des heißen Sommers. Etwas anderes steckte dahinter, und als die Nincshofer herausfanden, was es war, waren sie in ihrer jahrhundertealten Wahrheit bestätigt, dass *draußen* allein das Grauen wartete.

Draußen hatte der König oder der Kaiser oder irgendein anderer Halunke im letzten Jahrzehnt des 19. Jahrhunderts beschlossen, die endlosen Hanságsümpfe, die Nincshof bis zum Horizont vor der Welt beschützten, trockenzulegen. Aus dem unbrauchbaren, schlammigen Land sollte fruchtbares werden, wo man Gurken, Wein und Weizen anpflanzen konnte. Ein feuchtes Moor nutzte keinem, wollte man eine wachsende Bevölkerung ernähren. Ohne dass die Nincshofer davon wussten, ohne dass man sie je gefragt hätte, hatten kräftige Bauarbeiter angefangen, die Umgebung mit Gräben zu durchziehen, die nach und nach das Wasser ableiteten. Den Nincshofern wurde buchstäblich das Wasser abgegraben, und sie mussten hilflos dabei zusehen. Es dauerte nur wenige Tage, und verschwunden war der Sumpf, der sie nährte und ihre Häuser weich bettete. Als schließlich die Sensen des Entwässerungskommandos beim Kahlschlagen des Schilfgürtels mit einem lauten *Klonk* statt auf Schilfrohr auf einen harten Holzpfahl schlugen, endete die Freiheit von Nincshof. Der Holzpfahl gehörte zur Hütte der Fischerin Merkozik, die sich jahrzehntelang in größtem Vertrauen auf ihn gestützt hatte. Die Männer des Entwässerungskommandos bahnten sich ihren Weg

durch die letzten Schilfreste und blickten empor zu einem Skelett von einem Dorf. Die Nincshofer, die bereits ahnten, was
ihnen bevorstand, hatten sich bei der Wirtin versammelt, die
Arme um die Schultern des Nächsten gelegt und leise geweint.
Noch nie zuvor hatten sie ihr Dorf so hilf- und trostlos gesehen
wie an jenem Tag.

Die Ziegenwirtin murmelte über ihr Notizbuch gebeugt. Feine
Haare tanzten vor ihrer in Falten gelegten Stirn. Sie blätterte vor,
sie blätterte zurück.

»Der Einser-Kanal«, sagte sie schließlich. »Dieser Kanal am
Ortsrand, der gebaut wurde als Abfluss des Neusiedler Sees. Damit hat man damals die Sümpfe trockengelegt hier in der Gegend. Diese Hanságsümpfe, von denen Sie gerade erzählt haben,
Frau Rohdiebl.«

Erna Rohdiebl nickte langsam.

»Während des Baus des Einser-Kanals, da hat man also Nincshof entdeckt.«

Erna Rohdiebl nickte immer noch.

»Zumindest in den Geschichten meiner Großmutter war das
so.«

Die Ziegenwirtin seufzte.

Draußen, auf der Seite der Gebietsverwaltung, die zum dama-
ligen Zeitpunkt dem Königreich Ungarn oblag, waren Verwirrung und Empörung enorm. Ein Dorf, das nicht registriert war,
das jahrhundertelang unentdeckt vor sich hingelebt und noch
nie einen einzigen Heller an Steuern gezahlt hatte – eine bei-
spiellose Dreistigkeit. Anstatt jedoch die heimlichen Schilfbe-
wohner mit Strafen zu züchtigen, entschied man anders. Der
damalige Komitatsverwalter fürchtete, die Absurdität dieser Ge-

schichte würde an seiner so mühevoll erworbenen Beamtenreputation rütteln und es würde gar so wirken, als hätte er seine eigenen Ländereien nicht unter Kontrolle und bei der großen Volkszählung nur wenige Jahre zuvor geschlafen. Unvorstellbar die Scham, der er sich aussetzen würde, wenn man drüben in Budapest davon mitbekäme. Ohne viel Gewese ließ er den Ort in das königliche Register aufnehmen und bat die Nincshofer selbst um Stillschweigen. Er würde ihnen das Leben nicht unnötig schwer machen, solange sie sich nur irgendwie an die Regeln hielten. Doch leicht war das Leben der Nincshofer nach diesem Tage nie wieder.

Die Stege riss man ihnen mit kalten, groben Maschinen aus ihrem Dorf heraus wie Fischgräten. Den feuchten Boden darunter stampften sie platt, bis er so hart war, dass selbst Viehwägen nicht darin versanken und man sich schwer verletzen konnte, wenn man darauf stürzte. Irgendwann legten sie Stromkabel und stellten Laternen auf, die so hoch waren wie die Tiere in der fernen Savanne und deren Schein einem in der schwärzesten Nacht in den Augen brannte und einen am Einschlafen hinderte. Ohne die Stege und den Sumpf dazwischen gab es plötzlich so viel Platz. Es war beängstigend. Nur langsam gewöhnten sich die Nincshofer daran, dass ihnen die Wege nicht mehr vorgegeben waren und sie vor jedem Schritt überlegen mussten, wohin sie ihn setzten. Am Fangenspielen hatten die Kinder jede Freude verloren. Wie einfach es doch war, jemandem zu entkommen, wenn man in alle Richtungen davonhechten konnte.

Bald wurden an die Nincshofer allerhand unsinnige Forderungen gestellt. Jemand musste plötzlich ihr Vorsteher sein. Die Nincshofer wussten nicht einmal, was das war. Und warum. Warum sollte sich einer die Arbeit machen, ein Zusammenleben zu organisieren, das auch ohne Organisation tadellos funktionierte?

Die Nincshofer brauchten keinen Chef. Sie lebten ihr Leben vor sich hin. Jeder kümmerte sich darum, seine Sachen in Ordnung zu halten. Wenn einer Hilfe brauchte, dann half man ihm. Wenn sich zwei in einem Streit verhakt hatten, schickte man sie zur Beruhigung zur Wirtin. Mehrere Nächte in Folge beratschlagten sie, was ein solcher Vorsteher denn eigentlich den ganzen Tag zu tun hätte.

»Er muss durchs Dorf laufen und Regeln aufstellen«, sagte einer.

»Er muss bei den Festen eine Rede halten«, sagte ein anderer.

»Er muss einen Hut auf dem Kopf haben«, sagte ein dritter.

Am nächsten Morgen liefen die Nincshofer, die noch die ganze Nacht ihre Aufregung in Pusztafeigenschnaps hatten gären lassen, zur Hütte des Aalfischers Siebensteiner und hoben ihn in das Amt. Er war ein feiner Mann, der nicht nur einen Hut, sondern sogar einen Spazierstock besaß. Er mache etwas her, sagten die Nincshofer, und sehe aus wie einer, den man denen in der Hauptstadt als Verantwortlichen präsentieren könnte. Der Aalfischer Siebensteiner wusste nicht recht, wie er über diese unverhoffte Ernennung befinden sollte. Weil ihm nichts anderes einfiel und weil Gefühle in dieser gefühllosen Zeit ohnehin schwer zu fassen und am Ende bloß etwas waren, für das man sich entschied oder nicht, entschied er, sich zu freuen. Er lief in seine Hütte, holte sein Gewehr, schoss damit zur Feier dreimal blind in die Luft und holte mit jedem dieser Schüsse eine Krähe vom Himmel. Die toten schwarzen Vögel landeten vor den Augen der umstehenden Nincshofer nacheinander mit einem dumpfen Schlag auf dem staubigen, platt gestampften Dorfboden. Manch einer deutete dies schon damals als Warnung. Und tatsächlich, alles wurde immer schlimmer.

Plötzlich wollte man für das gewaltvolle Umgraben ihrer Hei-

mat Geld sehen. Infrastrukturkosten. Die Nincshofer hätten fortan Steuern zu zahlen mit Geld, das sie nicht besaßen, und außerdem in einen Krieg zu ziehen gegen einen Feind, dem sie noch
nie begegnet waren. Ausgedachter Schwachsinn, wie alles, was
von *draußen* kam. Männer, Söhne, Brüder steckten plötzlich in
Uniformen, lächerlichen Aufmachungen – graublaue Schlafan-
züge und ein Blech auf dem Kopf wie eine umgedrehte Rühr-
schüssel –, über die sich die Nincshoferinnen anfangs krumm-
lachten. Das Lachen verging ihnen, als klar wurde, dass nicht ein
jeder Uniformträger wiederkommen würde. Nach dem Krieg gehörte Nincshof dann plötzlich nicht mehr zum Königreich Ungarn, sondern, so hatten es sich ein paar Hanseln ausgedacht, zur
Republik Österreich, wo es nun keinen Kaiser mehr gab, sondern einen anderen Kaspar, den man nun sogar selbst zu bestim-
men hatte. Was denn noch alles! Das kleine Dörfchen, ein Ball
in einem Spiel, das sie Weltpolitik nannten und das, wie alles,
das von *draußen* kam, wiederum nur *ausgedacht* war.

Kaum hatte man sich in Nincshof vom ersten Krieg erholt,
folgte schon der nächste. Die Nincshofer versuchten sich ruhig
zu verhalten. Manche hofften, in den Wirren des Krieges würde
man das kleine Dorf möglicherweise wieder vergessen und es
könnte ins Schilf zurück verschwinden. Doch die Weltgeschichte ging einen anderen Weg. An der Nincshofer Ortsgrenze zogen
sie den Eisernen Vorhang hoch. Soldaten patrouillierten durch
die Gegend und gingen bei der Wirtin ein und aus.

Konnte man es den Nincshofern verübeln, dass sich viele von
ihnen in ihr sicheres Nest im Schilf zurücksehnten? Die uner-
bittlichsten unter ihnen wollten die Entdeckung ihres Dorfes
nicht akzeptieren. Sie weigerten sich, den Namen Nincshof auch
nur auszusprechen, denn Nincshof existierte in ihren Augen nicht
mehr. Sie sprachen nur noch vom *B. G.*, vom *Besetzten Gebiet*.

Eine trost- und seelenlose Anhäufung von Pfahlbauten, die ohne den Sumpf zwischen ihren Stelzen nur noch ein lebloses Gerippe war und den Namen Nincshof nicht mehr verdiente. Obwohl bei der Entdeckung Nincshofs weder schweres noch leichtes Geschütz zum Einsatz kam und noch nicht einmal ein einziges lautes Wort gefallen war, war sie ein gewaltsames Vergehen an der Seele der Nincshofer. Der Großmutter zerriss es das Herz.

Die Ziegenwirtin hatte in abermals unangenehm hohem Tempo die Seiten ihres Notizbuches vollgeschrieben. Große runde Buchstaben, die Erna Rohdiebl von der anderen Seite des Gartentisches kaum lesen konnte.

»Manchmal werde ich nicht schlau aus Ihnen, Frau Rohdiebl.«

»Wieso?«

»Ich kann mir einfach nicht vorstellen, dass die Geschichten Ihrer Großmutter ausgedacht sind. So detailreich, wie sie sind. So gut, wie sie in die Wirklichkeit passen. Das Dorf im Schilf mit seinen seltsamen Eigenheiten, die bis heute bestehen.«

»Was meinen Sie damit?«

»Ob diese Dinge vielleicht wirklich passiert sind, frage ich mich.«

Erna Rohdiebl schwieg und dachte darüber nach, ob sie sich diese Frage jemals gestellt hatte.

»Ist das wichtig?«, fragte sie.

Die Ziegenwirtin lachte und sah sie irritiert an.

»Ja, aber natürlich ist das wichtig.«

»Warum? Es ändert doch nichts.«

»Aber natürlich würde das etwas ändern.«

»Was denn?«

»Na ja, alles.« Wieder lachte die Ziegenwirtin. »Es würde alles ändern.«

»Zum Beispiel was denn?«, fragte Erna Rohdiebl.

Die Ziegenwirtin stammelte. Ihr Blick sprang wild suchend im Garten umher.

»Die gesamte Dorfgeschichte würde es ändern, zum Beispiel. Das Selbstverständnis von Nincshof. Die Dinge, die Sie mir erzählen, ich will einfach wissen: Ist das Fantasie? Oder die Wahrheit?«

Erna Rohdiebl blickte hinüber zum Nussbaum. Eine Amsel wippte aufgeregt auf einem dünnen Zweig.

»Es ist die erzählte Wahrheit«, sagte sie.

21

Ausgestreckt lag Isa Bachgasser auf der Wohnzimmercouch, die Waden pulsierend von anderthalb Stunden Dauerlauf, die Haare duschfeucht, über sich ein Zelt aus dem Kulturteil einer Zeitung. Drüben am Esstisch beugte sich Silvano Mezzaroni über große Papierbögen, auf denen durch hauchfeine, saubere Bleistiftlinien seine seit Tagen im Kopf herumgewälzte Idee eines weiteren Irrziegenstalles Form bekam.

»Vielleicht muss ich einsehen, dass ich die Nincshofer einfach nicht verstehe«, sagte sie. »Und sie vielleicht nie verstehen werde.«

»Hm?«, fragte Silvano Mezzaroni, ohne aufzusehen.

»Sie sind so seltsam und merken es nicht. Erzählen mir die kuriosesten Geschichten, wissen nicht, ob sie wahr sind oder erfunden, und das ist ihnen auch vollkommen egal.«

Silvano Mezzaroni blickte kurz zu ihr und tippte dann etwas in seinen Taschenrechner. Sie fuhr fort: »Es ist, als wären wir auf unterschiedlichen Ebenen von … Ja, von Weltverständnis. Weißt du, was ich meine?«

Silvano nickte in seine Papierbögen hinein. Mit einem Geodreieck zog er eine Linie.

»Vielleicht denkst du bloß so, weil du dich noch nicht angekommen fühlst in Nincshof?«

Isa Bachgasser lachte irritiert.

»Natürlich fühle ich mich nicht angekommen. Wir sind doch erst seit zwei Monaten hier.«

»Die haben hier einen Musikverein. Mit Chor. Vielleicht brauchen die noch jemanden?«

Isa Bachgasser schnaubte. Silvano Mezzaroni legte sein Dreieck weg.

»Es war ja nur ein Vorschlag.«

»Fühlst du dich etwa angekommen?«

Er lehnte sich in seinem Stuhl zurück und starrte für ein paar Sekunden an die Decke.

»Ja«, sagte er schließlich. »Das tue ich. Und ich bin wirklich, wirklich glücklich hier.«

Isa Bachgasser saß nun aufrecht auf der Couch, der Kulturteil glitt auf den Boden.

»Schon das erste Mal, als ich hier diese lange Straße entlanggefahren bin, hab ich mir gedacht, wie schön es sein muss, hier alt zu werden. Und jetzt weiß ich es. Die schöne Gegend raubt mir jeden Tag den Atem, und die Nincshofer finde ich alles andere als seltsam. Man muss sich einfach auf sie einlassen.«

Er stand auf, ging in die Küche, füllte Chardonnay in zwei Gläser. Isa Bachgasser sah ihm ungläubig hinterher. Warum war ihr Mann sich in vielen Dingen oft so sicher? Sie selbst wälzte vor jeder zu treffenden Entscheidung alle Möglichkeiten wochenlang in ihrem Kopf hin und her. Ihr Mann hingegen entschied rasch und blickte nicht zurück.

»Ich habe ja versucht, mich auf sie einzulassen, Silvano. Aber es geht nicht. Entweder sie wimmeln mich ab oder erzählen ihre schrägen Geschichten!«

Silvano Mezzaroni brachte ein Weinglas an die Couch.

»Meinst du nicht, dass das vielleicht auch ein bisschen an dir liegen könnte, Isa?«

»Wie bitte?«

»Willst du denn wirklich mit den Nincshofern in Kontakt kommen? Sei mal ehrlich. Du recherchierst über sie und ihre Geschichte. Du betrachtest sie wie Objekte, über die man einen Film machen könnte.«

Isa Bachgasser stöhnte frustriert.

»Ich mache keinen Film!«

»Ich weiß, ich weiß! Ich meine ja nur, du behandelst die Leute so, als tätest du es. Das ist nicht unbedingt schlecht. Ganz persönlich freut es mich auch, dass du wieder ein Projekt hast. Andererseits, wenn du willst, dass dir die Nincshofer vertrauen, dann solltest du vielleicht anders rangehen. Nicht mit diesem distanzierten Dokumentarfilmerinnenblick.«

»Silvano, das bin ich nun einmal. Ich habe diesen Blick. Soll ich jetzt, wie du, anfangen, irgendwelche Ziegen zu züchten?«

»Das nicht, Isa«, sagte er und hob beschwichtigend seine Hand. »Aber du kannst vielleicht trotzdem manche Dinge machen, die ich auch mache.«

»Okay, und was bitte schön machst du, was mir nicht gelingen mag?«

»Ich sehe mich als einen von ihnen. Ich bin Nincshofer. Und das sehen *sie* auch.«

Er nippte an seinem Glas und blubberte den Chardonnay über seine Zunge.

»Wenn du von deiner Zeit in Ruanda erzählst, dann sagst du immer, wie wohl du dich unter den Ruanderinnen gefühlt hast. Wie sie dich mit offenen Armen empfangen hätten. Trotz Kriegstraumata und all den Grauslichkeiten, die sie erlebt haben. Das erzählst du doch immer, oder?«

Sie wusste nicht, worauf er hinauswollte, aber sie nickte.

»Warum müssen die Akademiker aus Westeuropa immer die

ganze Welt bereisen, bis sie sich irgendwo zu Hause fühlen? Reisen bis in das hinterste Kaff im Dschungel von Sumatra, dort lacht ihnen eine faltige alte Frau am Straßenrand entgegen, und schon fühlen sie sich von der Herzlichkeit überwältigt und *angekommen*. Aber im eigenen Land unterstellen sie den Menschen im hintersten Kaff das größte Hinterwäldlertum, mit dem man sich niemals, niemals, niemals identifizieren kann.«

Er ruderte mit beiden Armen durch die Luft, ohne das Weinglas abzustellen. Seine Nasenflügel zitterten, seine Stimme neigte sich gefährlich weit hinein ins Spöttische.

»Sind ja alle so konservativ auf dem Land. Haben nicht einmal Foucault gelesen, nie die Welt gesehen und das richtige Leben. Mein Gott! Weißt du, was ich finde? Ich finde, dass hier in Nincshof, hier im letzten Zipfel Österreichs, sich mehr Leben abspielt als in unserem Scheißbezirk in Wien, wo sie alle in ihrem Altbau sitzen und ins Internet hineinschimpfen, was sie nicht alles wüssten über die Welt. Ich habe diese seltsame Art von Leben so sattgehabt in Wien. Ich habe eigentlich geglaubt, dass wir das ähnlich sehen.«

Isa Bachgasser starrte ihren Mann an. Seine Wangen rot. Er schnaufte ein wenig.

»Ist das dein Ernst?«, fragte Isa Bachgasser langsam.

»Was?«

Silvano Mezzaroni strich sich eine Haarsträhne aus der Stirn.

»Was du mir grad indirekt vorgeworfen hast. Dass ich mich für was Besseres halte und allen außerhalb des dritten Bezirks Kleingeistigkeit unterstelle. Sag mal, geht's dir noch gut?«

Silvano Mezzaroni stieß sich von der Kücheninsel ab und ging auf Isa Bachgasser zu, sein Blick reuig. Sie ekelte sich vor seinem prompten Versöhnungsversuch.

»Du spinnst doch.«

Sie stand von der Couch auf und stampfte Richtung Tür. »So denkst du über mich? Unglaublich. Du überraschst mich immer wieder.«

Er machte Anstalten, ihr zu folgen. Sie wirbelte herum und hielt ihm den ausgestreckten Zeigefinger unter die Nase. Er verstand. Von der Anrichte krallte sie sich ihren Autoschlüssel und rauschte aus der Tür.

Draußen stemmte sich ihr die dröhnende Julihitze entgegen, die das Leben in Nincshof und Umgebung seit Wochen in die hintersten Ritzen drängte.

Sie wusste, dass Silvano Mezzaroni wusste, dass es keinen Sinn haben würde, wenn sie jetzt versuchen würden, sich zu versöhnen. Isa Bachgasser musste ausdampfen, bevor sie überhaupt darüber nachdenken wollte, unter welchen Bedingungen sie eine Entschuldigung annahm. Es stimmte, was er gesagt hatte: Sie war keine von den Nincshofern. Die Nincshofer saßen auf einer Insel. Sie segelte drumherum und blickte durchs Fernrohr. Und ja, es stimmte auch: Sie hatte sich selbst in diese Position gebracht. Ihr Mann war mit seinem Irrziegenbetrieb sofort mittendrin gewesen im Dorfgeschehen. Konnte als frischgebackener Landwirt über Landwirtschaft fachsimpeln oder als ehemaliger Architekt mit den Häuselbauern der Umgebung über ihre Baupläne sprechen. Alles, was sie tun konnte, war das, was sie immer tat: zusehen und einfangen. Willkommen im Leben einer Dokumentarfilmerin.

Links und rechts der Straße spannten sich Reihen von Rebstöcken, winzige Dörfer mit Tankstellen und kleinen Supermärkten, alte spazierenden Frauen und Kindern in bunten Sandalen, weite Wiesen mit kniehohem Gras, von der Sonne goldgelb gebacken. Dieses Land war so schön, wie es seltsam war. So sonnenwarm, offen und weit. So unnahbar und kryptisch. Hin und wieder blitzte am Horizont als graubrauner Strich der Neusiedler See auf. Zum ersten Mal war sie zu Studienzeiten an diesem See gewesen, als Wien zwischen den Semestern unter brüllender Sonne zerflossen war. Mit Selma Sadić und zwei ihrer Kollegen aus der Kunstuni war sie aus der Stadt geflohen, deren Asphalt die Hitze aufgesogen und festgehalten hatte wie etwas lange Vermisstes, hinaus Richtung Wasser. Im alten VW Polo, mit den Rostflecken am Tankdeckel und dem Fenster hinten links, das nicht vollständig schloss, in dem Selma Sadić auf dem Beifahrersitz ununterbrochen rauchte, was sie nicht sollte, ihr Isa Bachgasser dennoch immer gestattete, waren sie Richtung Strandbad gerollt. In Podersdorf waren sie auf einem Tretboot, dessen Plastiksitze so heiß waren, dass man kaum darauf sitzen konnte, träge auf dem Wasser umhergetrieben, hatten ins gleißende Licht geblinzelt, lauwarmes Bier aus Dosen getrunken und sich langsam die nicht eingecremten Schultern verbrannt. Nichts Besonderes war an diesem Tag geschehen. Aber alles Schöne.

Damals hatte das, was man so leichtfertig Zukunft nannte, in weiter Ferne gelegen und war in keinem Fall wertvoll genug gewesen, als dass es sich gelohnt hätte, einen aufwendigeren Gedanken darauf zu verschwenden. *Zukunft.* Das Wort klang damals aus den Mündern der Jungen wie Spott und aus jenen der Alten wie eine Warnung. Die Zukunft war Isa Bachgasser irgendwann passiert. Genau wie eine Falte, die, ohne bestimmten Grund und ohne auf einen exakten Moment rückführbar zu sein, irgendwann beginnt, sich in die Haut zu graben, hatte sie sich in Isa Bachgassers Leben geschlichen. Und hatte sie, wer hätt's damals gedacht, hierhergeführt.

Die Sonne stand noch hoch am Himmel über dem Parkplatz des Strandbades. Eine träge Brise fuhr Isa Bachgasser ins Haar. Nach dem Streit mit Silvano Mezzaroni fühlten sich ihre Glieder

seltsam taub an. In der Ferne seliges Kindergeschrei. Im Kofferraum lag die Badetasche noch vom letzten Mal. Isa Bachgasser
schwang sie sich über die Schulter und lief Richtung Eingang.
Die breite Frau an der Ticketkasse fächerte sich mit einem Werbe-
prospekt Luft zu. Die Liegewiese war zugekleistert mit bunten
Strandtüchern und Gummigefährten. Eltern jagten quietschenden Kindern mit Sonnencremetuben hinterher, pralle Volleybälle
klatschten gegen Handgelenke. In der warmen Luft hingen der
Geruch von Pommesfett und Melonen und der schwefelige Neu-
siedler-See-Dampf. Zwischen einer älteren Dame mit einem hüb-
schen Kugelbauch und einem jungen Paar, das auf zwei verschiedene Smartphonebildschirme starrte und einander gelangweilt
die Oberschenkel kraulte, rollte Isa Bachgasser ihre Strohmatte
aus. Sie streifte ihr Sommerkleid ab. Durch die Handtuchinseln
bahnte sie sich ihren Weg zum Ufer, setzte einen bedachten Schritt
nach dem anderen ins Gras, abgelegte Sonnenbrillen und die Bie-
nen im Klee vermeidend. Braun gebrannte Kinder walzten schreiend vor Glück durch das graue Wasser. Hievten einander auf die
Schultern, warfen einander ab, schlugen mit schlaksigen Armen
auf aufgeblasene Bälle und teilten einander inbrünstig mit, wer
etwas am weitesten, längsten, schnellsten oder besten geschafft
hatte. Isa Bachgasser watete hinaus in den See, zwischen ihren
Zehen kroch der kühle Schlamm empor. Sie schwamm ein paar
Züge, tauchte ein paar Züge und ließ sich dann auf dem Rücken
treiben. Die Sonne stach spitze Strahlen in ihre Stirn, Wasser floss
in und aus ihrem Bauchnabel bei jedem Atemzug. Ein Ball landete neben ihrem Kopf, ein paar Spritzer trafen ihr Gesicht. Sie
rührte sich nicht. Sie trieb regungslos. Ein hastig atmendes Kind
kämpfte sich durch das hüfthohe Wasser, um den Ball zu holen.
Isa Bachgasser tauchte kurz ab und schwamm langsam wieder
zurück ans Ufer.

Eine ganze Weile lag sie auf der Liegewiese zwischen Leuten, in deren Welt Platz war für diesen jauchzenden Julitag. Isa Bachgasser fühlte sich wie der letzte Mensch. Nie hatte sie zu einer von den Frauen werden wollen, die blind ihrem Mann hinterherschwänzelten und nach einer gewissen Zeit, wie selbstverständlich, ohne dass es ihnen aufgefallen war, die Fähigkeit und irgendwie auch den Willen zum eigenen Leben, zum eigenen Glück verloren. Sie verschränkte die Arme hinter dem Kopf. Grashalme kitzelten an ihren Fersen, etwas krabbelte über ihr rechtes Handgelenk. Sie schloss die Augen. Wo war es, ihr eigenes Glück?

Acht intensive Semester lang hatte Isa Bachgasser an ihrer Dissertation »Hinter der Blende: Geschlechterperformanz im dokumentarischen Film« geschrieben, bevor sie sie vor den strengen Gesichtern der Prüfungskommission verteidigte und hinterher mit ihren engsten Freunden und stolzen Eltern in ein Wiener Gasthaus einfiel. Die Tische bogen sich unter üppigen Mengen an Paniertem und schaumigen Bierkrügen. Silvano Mezzaroni hielt eine Rede, Isa Bachgassers Mutter zupfte nervös ergriffen an ihrem Halstuch, der Vater drückte eine Träne in eine Papierserviette. Die vierhundert Seiten reichte man herum und blätterte ehrfürchtig darin. Unter Erleichterung und Stolz wuchs der Abend zu einem Rausch. Nach dem zähen Endspurt, den sie wochenlang am Rande der völligen Verzweiflung an ihrem Schreibtisch zugebracht hatte, war alles, was sie jetzt noch tun wollte, sich richtig besaufen und in irgendeiner Tschumsn zu schrecklicher Popmusik tanzen und hungrig knutschen. Silvano Mezzaroni machte nicht mit. Nach einem kleinen Glas Sekt zum Anstoßen nippte er den ganzen Abend lang an Mineralwassergläsern, was Isa Bachgasser, je betrunkener sie wurde, immer ungenierter missbilligend kommentierte.

Am nächsten Morgen, nach nur wenigen Stunden Schlaf, schüttelte er die schnarchende Isa Bachgasser wach. Es war sieben Uhr morgens, er war frisch geduscht und angezogen, sein Grinsen unverschämt breit. Isa Bachgasser wälzte sich zurück unter die Bettdecke und krächzte ihm Beschimpfungen entgegen. Er blieb unbeeindruckt. Es gelang ihm, sie aus dem Bett zu zerren und hinunter auf die Straße in den kleinen Fiat zu bugsieren. Isa Bachgasser klappte den Sitz zurück und schlief sofort ein. Erst als sie aus dem Kanaltal kamen, erwachte sie wieder, und ihr dämmerte, was geschehen war. Entsetzen explodierte im kleinen Autoinnenraum. Was ihm einfallen würde! Er könne sie doch nicht in betrunkenem Zustand nach Italien entführen! Auf dem Parkplatz einer Autobahnraststätte erklärte er, dass er alles schon seit Wochen geplant hatte, ihre Familie und Freunde Bescheid wussten und er sie bei der Agentur für ein paar Wochen abgemeldet hatte. Keine Termine gab es also und ganz Italien zu entdecken. Der Restalkohol, der Schlafmangel und die Rührung schwemmten ihr das Wasser in die Augen. Sie zog ihn an sich und rotzte, in einer unbequemen Position über die Mittelkonsole gebeugt, an seinen Hals.

Durch die folgenden Wochen taumelten sie. Zuckelten die Mittelmeerküste entlang, im Autoradio plärrten die White Stripes und die Stooges. Sie hielten, wo es ihnen gefiel, tranken und aßen, bis sie nicht mehr konnten, schliefen, bis sie von selbst aufwachten, zählten bauschige Wölkchen an stechend blauem Himmel und huldigten dem Körper des anderen, wie sie es lange nicht getan hatten, weil bis zuletzt der Alltag ihre Tage beherrschte und sie fast hatte vergessen lassen, dass der andere überhaupt einen Körper besaß. In Italien war alles neu. Die Tage lang und leicht und das Leben das Beste, das einem passieren konnte.

Zurück in Wien, noch trunken und taumelnd, legte Isa Bachgasser eines Morgens wortlos einen Schwangerschaftstest vor Silvano Mezzaroni auf den Esstisch. Er starrte lange auf den Plastikstreifen, in seinen Fingern eine Orange, halb geschält. Sie hatten zwar *aufgepasst*, wohl wissend, dass *aufpassen* nicht taugte, wenn man es wirklich ernst meinte. Sie hatten es nie laut ausgesprochen, aber das Schicksal in stiller Übereinkunft herausgefordert. Silvano Mezzaroni riss seinen Blick vom Schwangerschaftstest los, sah Isa Bachgasser an und legte eine Hand vor den Mund, die Finger feucht vom Saft der Orange.

»Machen wir das?«, fragte er kaum hörbar.

»Ich weiß nicht«, flüsterte Isa Bachgasser zurück. »Ich glaube, ja.«

Nur wenige Wochen später hielten sie zwei Befunde in den Händen. Das erste Ultraschallbild des kleinen Wurms, das sie nicht aufhören konnten anzusehen, und einen zweiten Befund, mit dem das Beben begann. Der Schwindel und die Kopfschmerzen, die Silvano Mezzaroni während des Urlaubs noch auf die stechende Sonne und den herrlichen Wein geschoben hatte, hießen nun, nach einem Arztbesuch, einer Überweisung zum Spezialisten und zu einem noch spezielleren Spezialisten mit feinen teuren Geräten, *RF – Raumforderung*. Zwei Buchstaben, so harmlos auf dem Papier, hielten zwei Menschen nächtelang wach. »Es ist ja vielleicht ein gutartiges Ding«, versuchten sie einander zu beruhigen. »Die holen mir das raus, und zack bin ich wieder der Alte.« Und flüchteten sich in die trostverheißenden Arme der Selbstironie: »In drei Wochen werden wir uns darüber lustig machen, wie sehr wir uns gerade in die Hosen machen!« Drei Wochen später machte sich niemand lustig. Während Isa Bachgassers Bauch wuchs und sie morgens über der Kloschüssel hing, hing ihr Mann am Tropf, der ihm Chemie durch den Körper spülte. Dass es so etwas überhaupt geben konnte! Gleichzeitig. Eine Familie erwartete doch *entweder* ein Kind *oder* war schwer krank.

Starke Frau. So wurde Isa Bachgasser in dieser Zeit oft genannt. Von Freunden, Familie, Kollegen, die alle wild nach Worten suchten, keine passenden fanden und nicht nichts sagen wollten. *Starke Frau*, was sollte das überhaupt sein? Jeden Morgen ging sie nieder, ballte ihre Fäuste in den Duschvorhang oder biss in die Handballen, bis das Blut kam. Sie wollte in den Arm genommen werden und von jemandem gesagt bekommen, dass sie gar nicht stark zu sein brauchte, denn es würde ja alles gut werden. Sie besaß keine besondere Stärke, nicht mehr als andere. Sie hatte bloß keine andere Wahl.

Nur einen Moment gab es, einen kurzen, in dem sie zweifelte. Was, wenn alles zu viel würde? Silvano Mezzaroni klammerte sich an den Plastikkübel zwischen seinen Beinen und übergab sich im Minutentakt. Isa Bachgasser saß auf der Bettkante und wusste nicht, wohin mit sich.

»Meinst du, es ist immer noch eine gute Idee?«, fragte sie langsam.

»Was meinst du?«

Er wischte mit zittriger Hand über seine feuchten Lippen. Sie sagte lange nichts.

»Das Kind«, flüsterte sie dann, so leise, dass sie es selbst kaum hörte, hoffend, den Worten so das Gewicht zu nehmen.

»Isa, nein.« Silvano Mezzaroni stellte den Plastikkübel zur Seite und nahm ihre Hände in seine. Seine müden Augen flehten.

»Es ist ein ziemlich ungünstiger Zeitpunkt«, flüsterte sie. »Ich weiß nicht, ob wir das schaffen.«

»Ja. Das ist der denkbar schlechteste Zeitpunkt«, sagte Silvano Mezzaroni. »Ich verspreche dir, ich strenge mich an. Ich werde gesund und der beste Vater, der ich sein kann.« Er sah sie lange an. »Ich will so gerne Vater werden.«

Aus seinem Mund klang es wie ein Wunsch. Aus seinen Augen sprach die Angst, dass für diesen Wunsch nicht mehr genug Zeit bliebe.

Im Kreißsaal wich Selma Sadić nicht von ihrer Seite. Massierte verkrampfte Schultern, hielt Kotztüten, trug Isa Bachgasser mit ruhigem Zuspruch von Wehe zu Wehe und schließlich einen rosaroten, wenige Minuten alten Menschen, fest eingepackt in warme Tücher, über die kahlen Krankenhausgänge hinüber in den Onko-Flügel, wo Silvano Mezzaroni hinter einer sein Immunsystem schützenden Glaswand auf seine Tochter wartete. Die Tränen, die an jenem Tag geweint wurden, waren so schwer, dass es laut krachte, als sie auf dem PVC-Boden zerplatzten.

Wenn Isa Bachgasser bis dahin gedacht hatte, sie könnte nicht mehr, würde alsbald zusammenbrechen unter all der Last, hatte sie sich, rückblickend, gewaltig geirrt. Sie konnte noch. Auch wenn sie selbst nicht daran glaubte. So war das eben, wenn man keine andere Wahl hatte. Sie saß fest in einem Körper, der nicht mehr ihr gehörte. Der Körper gehörte der Tochter, dem hilflosen Wesen, das ernährt werden musste. Und er gehörte auch allen anderen, Großmutter, Tanten, Hebammen, die gute Ratschläge herantrugen und alle besser wussten als die anderen, wie sich der Körper zu gebärden hatte. Sie war von der Schwangeren, über deren Kugelbauch alle in schrille Verzückung verfallen waren, zu einem Vieh im Molkereibetrieb geworden. Lag mit aschgrauer Haut und strähnigen Haaren auf der Couch, gebrochenes Steißbein, Wundnaht in der Scheidenwand, wartete darauf, dass sich Milchstaus lösten, ließ sich von den Es-Besser-Wissenden ungefragt an die Brüste fassen und vom Säugling die Nippel fransig kauen. Sie konnte nicht mehr, aber tat es dennoch.

Aus den technischen Befunden der Ärzte las man bald vorsichtig Vielversprechendes. So etwas wie Zuversicht machte sich breit. Den ersten Geburtstag der kleinen Felicitas feierten sie im Garten von Isa Bachgassers Eltern. Ein Foto dieses Tages zeigte Silvano Mezzaroni in der Wiese sitzend, im Hintergrund die Berge, die kleine Tochter auf dem Schoß, freudig lachend, ihre kleinen Hände nach einem Löwenzahn ausgestreckt. Für Isa Bachgasser das schönste Foto, das es gab, auch wenn sie selten die Kraft hatte, es sich anzusehen.

Als sie nach ihrem Tag am See in den Feldweg zu ihrem Haus einbog, hatte sattes Orange den Himmel geflutet. Der Abend kroch heran. Ihre Haut spannte und roch nach Sonne. Ein Schwarm Stare waberte in einiger Entfernung als dunkler Fleck über den Rebstöcken. Isa Bachgasser lief zuerst in den Garten bis an den Zaun der Irrziegenweide. Die Herde hatte sich in den Stall zurückgezogen. Sie warf einen verstohlenen Blick über ihre Schulter. Aus den Terrassentüren kam gelbes Licht. Silvano Mezzaroni saß im Ohrensessel, Brille tief auf der Nase, Buch auf dem Schoß. Die Schiebemechanik rauschte laut. Er sah zu ihr auf und klappte das Buch zu. Sie hob eine Hand, die alles abfing, was er zu sagen geplant hatte.

»Ich glaub, ich weiß, wie du's gemeint hast«, sagte sie. »Ich bin dir nicht böse. Zumindest nicht mehr arg.«

Seine Augen blickten so schuldbewusst, dass er ihr fast leidtat.

»Mach dir keine Sorgen«, sagte sie und lächelte. »Gute Nacht.«

22

Auf ihrer Terrasse stand Erna Rohdiebl, blickte in den Himmel und erfreute sich an diesem flammenden Blau, das sich wolkenlos über einem weiteren lähmenden Julitag bog. Wahrscheinlich war es der Genügsamkeit geschuldet, die sich langsam an einen heranschlich und irgendwann nicht mehr fortging, während eines langen, mal gelebten, mal ertragenen Lebens, dass Erna Rohdiebl in jeder Jahreszeit, in jedem noch so brummenden Sommer, in jedem noch so klirrenden Winter etwas zu finden wusste, woran sie sich erfreuen konnte. Sie mochte den Frühling für das Grün, das er in die Landschaft schickte, das schüchtern in die Gegend kroch wie den Menschen die Röte in die Wangen. Sie mochte den Sommer für die Kindheitserinnerungen, die er weckte, von allen Erinnerungen die intensivsten, prall wie Wassermelonen, laut und farbenfroh. Den Herbst mochte sie für den süßen Geruch der auf die Ernte wartenden Trauben in den Reben, die goldene Luft und warme Wollschals. Den Winter für das Gefühl, gerade etwas geschafft zu haben, nach dem man guten Gewissens kleiner werden und sich ausruhen durfte. Ihr Mann, Ferdinand Rohdiebler, wollte von alledem nie etwas wissen. Alles, was nicht Sommer war, war lästiger Beifang, den man zwar geduldig und demütig ertrug, dem es aber an jeglicher Wahrhaftigkeit und Glückseligkeit mangelte. Während einem die anderen drei Jahreszeiten mit ihrem Schnee, Wind und sonstigem unberechenbaren Wetter ständig eins auswischen wollten, sei der Sommer aufrichtig. Ein paarmal hatte Erna Rohdiebl ihren Mann gefragt, ob er sich denn vorstellen könne, an einem anderen Ort auf der Weltkugel zu leben, wo es nur den Sommer gab und alle Tage warm und hell waren. Mit einer knappen Bestimmtheit, die alle weiteren Fragen in Überflüssigkeit zerrinnen ließ, hatte er entgegnet: »Ich mag den Sommer, aber noch lieber mag ich Nincshof.«

Die wenigen Urlaube, die sie sich in ihrem Leben geleistet hatten, hatte Ferdinand Rohdiebler über sich ergehen lassen. Der Kinder wegen. War mit versteinertem Gesicht an den Stränden von Grado oder Jesolo entlangspaziert und mehrmals über die eigenen Badeschuhe gestolpert, hatte abends im Restaurant ein paar Frutti di Mare hinuntergewürgt und den Rest so lange auf dem Teller hin- und hergeschoben, bis ihm der Kellner erlösend augenzwinkernd den Teller abgenommen hatte. Hatte Sandburgen gebaut und die kreischenden Kinder als Nilpferd durch die Wellen gejagt und hinterher die lästige feuchte Badehose immer wieder aus der Pofalte ziehen müssen. Der Kinder wegen. »Eine schöne Kindheit ist etwas, woran man sich ein ganzes Leben lang festhalten kann«, hatte er gesagt.

Mit welcher Freude ihr Mann diesen schönen, so seltsamen Sommer doch erlebt hätte, dachte Erna Rohdiebl, als sie auf der Terrasse in den Himmel blickte. Die Hitze, die schwere Luft, aber auch all das, was sich bis zuletzt an der Eckbank zugetragen hatte. Ferdinand Rohdiebler wäre ein glühender Oblivist gewesen. Vielleicht nicht mit seinem Kopf, denn dazu war er zu allergisch gegen Hirngespinste und Größenwahn, aber mit seinem Herzen wollte er immer, was jeder Oblivist wollte: seine Ruhe. Ruhe und eine kleine Welt, in der der Frieden zu Hause war. Er hätte die Oblivisten vielleicht nicht aktiv in ihren Maßnahmen unterstützt, hätte sich aber still Pfeife rauchend zwischen seinen Paradeiserstauden darüber gefreut und sie, wie einst die Italienurlaube und wie alles, was nicht Sommer war, als eine notwendige Hürde gesehen auf dem Weg ins Glück.

»Erna!«

Die Stimme Frederika Liebzipfels fuhr in Erna Rohdiebls Backenzahn und zerstörte jäh ihre Kontemplation. Schau an, welch eine Überraschung! Diesmal ohne Badeanzug stand sie im Garten, zwischen den Augenbrauen eine Sorgenfalte. Hatte sie es nun also doch nicht mehr ausgehalten. Hatte sie sich also doch bequemt, zu Erna Rohdiebl zu kommen. Ein bisschen verloren blickte sie um sich, als wüsste sie selbst nicht so genau, warum sie hier war. Dann räusperte sie sich.

»Ich hab gedacht, ich schau einmal vorbei. Man trifft dich ja kaum noch.«

Erna Rohdiebl zupfte an ihrer Dauerwelle.

»Ich war beschäftigt«, sagte sie emotionslos.

»Ich hab's gesehen. So viele Herren kommen dich in letzter Zeit besuchen, gell? Der Bürgermeister, der Kleine von den Salmeraks, der Sipp Sepp.«

Erna Rohdiebl erwiderte nichts.

»Ist eh schön, dass du so viel Gesellschaft hast«, sagte Frederika Liebzipfel. »Die Ziegenwirtin kommt auch zu dir, nicht wahr, die Bachgasser?«

»Ab und zu, ja.«

»Was macht ihr dann?«

»Ich erzähl ihr von Nincshof.«

»Wieso das denn?«

»Weil sie das interessiert.«

»Und was erzählst du ihr?«

Ohne Stolpern war die eben noch etwas beschämte Frederika

Liebzipfel wieder zu der Neugierigen geworden, die sie schon immer gewesen war. Eine Unglaublichkeit, diese Frau.

»Geschichten erzähl ich ihr, Fredi. Über Nincshof.«

»Ja, was für Geschichten denn?«

Erna Rohdiebl überlegte einen kurzen Moment, dann wurde ihr heiß. Sie fühlte sich plötzlich aufregend schelmisch.

»Also zuletzt hab ich ihr vom Pool erzählt«, log sie. »Das hat ihr sehr gefallen.«

Frederika Liebzipfels Augen sprangen auf. Sie machte einen hastigen Schritt auf Erna Rohdiebl zu und sah sich kurz um.

»Du hast ihr vom Pool erzählt?«, zischte sie.

Erna Rohdiebl hob ihr Kinn.

»Ja, das hab ich. Die Stelle, wo du durch die Büsche geflohen bist, hat sie am meisten amüsiert. Sie hat sehr lachen müssen.«

»Erna! Also das …« Frederika Liebzipfels Wangen wurden feuerrot. »Das ist doch aber … Das kannst du ihr doch nicht erzählen. Das hat sie doch nix anzugehen.«

»Es interessiert sie aber.«

»Das hat sie nicht zu interessieren!«

Frederika Liebzipfels Stimme wurde immer donnernder. Erna Rohdiebl blieb unbeeindruckt.

»Das tut es aber. Denn du weißt ja«, in Erna Rohdiebls Stimme schlich sich der Schalk, »Filmemacherinnen sind neugierige Leut'. Suchen immer neues Material.«

»Filmemacherin? Die ist doch Ziegenwirtin!«

»Aber geh, das weißt du nicht? Er ist der Ziegenwirt. Sie macht Filme.«

»Erna, bist du komplett …«

Sie konnte ihren Satz, der mit Sicherheit in einer üblen Beschimpfung gemündet wäre, nicht mehr zu Ende sagen, da just in diesem Moment – und Erna Rohdiebl dankte allen Heiligen im Himmel dafür – tatsächlich die Ziegenwirtin in den Garten kam. Ein Papiersackerl voll Linzer Räder und ihr Notizbuch im Arm.

»Ah, Frau Bachgasser«, flötete Erna Rohdiebl und grinste breit. »Wie schön. Darf ich Ihnen Frederika Liebzipfel vorstellen?«

Die Ziegenwirtin schob ihre große Sonnenbrille in die Haare und streckte Frederika Liebzipfel lächelnd die Hand entgegen. Diese ergriff sie zögerlich, die Röte nun noch kräftiger unter ihrer Haut, und brachte ein »Sehr erfreut« über die Lippen, bevor Erna Rohdiebl ihr den Arm um die Hüfte legte und sie sanft Richtung Gartentor schob.

»Und jetzt musst du uns entschuldigen, Fredi. Wir haben nämlich noch viel zu besprechen.«

Als Großmutter Martha nach fast neunzig Jahren Nincshof zum ersten Mal verließ, verließ sie es für immer. Leise, mit selig geschlossenen Lidern und einem nur dünnen Film an Fieberschweiß auf der Stirn – schwache Folge eines nicht einmal halbherzig gefochtenen Kampfes. Der Aufruf zu dieser letzten Reise war, ohne Ankündigung zwar, aber mit einer Entschiedenheit, die keine Zweifel über seine Absichten zugelassen hatte, in ihre Tage eingefallen und hatte sich, großzügig raumbietend für sämtliches Abschiedszeremoniell, über einige Wochen hingezogen. Die Großmutter, knöchern und halb entseelt, brachte diese Zeit in fiebrigem Wahn zu. Unentwegt vor sich hin säuselnd. Erna Rohdiebl wusch der Reisenden die glühende Haut und sog jedes Wort in sich auf, wohl wissend, bald würde es, märchenhaft und sehnsuchtsvoll gehaucht, das letzte sein.

Während in den Jahrhunderten vor der Entdeckung ein jeder Nincshofer meinte, aus demselben Schilfrohr wie sein Nächster geflochten zu sein, gab es nach der Entdeckung plötzlich der

Nincshofer Typen dreierlei. Es gab jene, die die Entdeckung und daran anschließende Unterjochung des Nincshofer Volkes hinnahmen wie eine Unwetterfront, gegen die man nicht mehr machen konnte, als sie über sich ergehen zu lassen. Dann gab es welche, die sich plötzlich gierig die Hände rieben und der Nincshofer Zukunft mit hungrigem Enthusiasmus entgegenblickten. Die Nincshofer Stelzenhäuser würden in einem Glanz erstrahlen, den man in ihrem kleinen Dorf noch nie gesehen hatte, prophezeiten sie. Sie seien fortan *Staatsbürger* und würden bald in Reichtum und Wohlstand leben. Nächtens rotteten sie sich an Küchentischen zusammen und erträumten einander ein Nincshof, das in den grellsten Farben pochte.

In der Waschküche der damals rund dreißigjährigen Großmutter gedieh die dritte Gruppe. Seit jeher kamen alle Frauen Nincshofs hier zusammen, um Betttücher und Tischdecken über dampfenden Waschtrögen durchzukneten, von den Spuren der Woche zu reinigen und nebenbei die Welt verbal auseinanderzunehmen. Für die Nincshofer Dorfstruktur immens wichtige Zusammenkünfte. Nach der Entdeckung Nincshofs brodelte es in dieser Waschküche. Wenn die Großmutter von ihrem schmerzenden Herzen erzählte, von ihrer Sehnsucht nach den einst so unbeschwerten Tagen, hingen die anderen Waschfrauen schmachtend an ihren Lippen.

»Die Welt hat im alten Nincshof genau dort aufgehört, wo die letzte Steglatte das Festland berührt hat. Mehr Welt haben wir damals nicht gebraucht. Und mehr Welt brauchen wir auch heute nicht«, sagte sie.

Der Wein floss, die Wehmut wog schwer, aus den Augen tropften stille Tränen in die feuchte Wäsche. Die Sehnsucht der Waschweiber wandelte sich mit jedem verstreichenden Tag. Zuerst in leise knisternden Ärger, dann in glühenden Zorn. Ihre

Erzählungen in der Waschküche wurden zu Tiraden, zu denen die Waschfrauen mit immer kräftigeren Schlägen den Schmutz aus der Wäsche peitschten. Dass es nicht angehen könne, dass ein Haufen rechtschaffener Frauen in einer Waschküche sich die Welt, in der sie leben wollten, erträumen mussten, dass man sich als eines klaren Verstandes begabter, seiner Kräfte bewusster Mensch gegen Ungerechtigkeiten wehren konnte und sogar musste, schimpften sie und walkten sich in der dampfenden Waschküche in eine Trance, in der sie irgendwann zu dem Schluss kamen: Widerstand musste geleistet werden, gegen eine Welt, die nicht die eigene war. Die Gläser randvoll gefüllt und zum Salut erhoben, riefen sie: »Nincshof der Freiheit! Freiheit unserem Nincshof!« In der Waschküche troff die Revolution von den feuchten Wänden.

Fortan behandelten die Nincshofer Frauen die feine Wäsche im Alltag achtloser, kleksten absichtlich Pustzafeigenmarmelade auf die Blusen, wischten nach dem Auslösen der Fische ihre klebrigen Finger extra tief ins Hosenbein, nur um schon am nächsten Tag wieder einen Grund zu haben, die Waschküche der Großmutter zu besuchen. Dort kneteten sie die Wäsche dann länger als nötig, saßen bis spät in die Nacht Schulter an Schulter, entwarfen Pläne für das Nincshof der Zukunft und rieben sich die aufgeweichten Hände in Vorfreude. Im restlichen Nincshof nahm man nicht wahr, was sich in der Waschküche der Großmutter zusammenbraute. Und das war gut so. Zu groß die Gefahr, dass sich jemand verplapperte und die umliegenden Ortschaften von den Umbruchplänen Wind bekamen. Selbst der Großvater, der in seiner kleinen Werkstatt neben der Waschküche den lieben Tag lang an filigranen Kunstwerken aus Schilfrohr arbeitete, bekam von alledem nichts mit. Seitdem ihm an der Isonzo-Front die Druckwelle einer italienischen Handgranate die Trommelfelle zerrissen hatte, vernahm er außer dem lauten Summen in seinem Kopf kaum etwas. Nur der alte Sepp von den Striebensipps hätte etwas aufschnappen können. Doch von ihm hatte man nichts zu befürchten. Der runzelige Kauz schlich tagein, tagaus mit unklarem Ziel durchs Dorf. Wann immer er an der Waschküche vorbeikam, blieb er stehen und wartete. Drinnen in der Waschküche tuschelte man: Der arme Kerl warte doch nur auf die Großmutter, damit er endlich einen Blick auf sie erhaschen und sie durch seine trüben Augen ganz ungeniert anschmachten könne.

Weil die Entdeckung Nincshofs nicht mehr rückgängig zu machen war, blieb den Waschfrauen nur die Flucht nach vorne, die zu bestreiten sie mehr als bereit waren, zur Not auch mit Gewalt. Man schrieb den Sommer 1921. Das *B. G.*, das besetzte Gebiet, lag im Königreich Ungarn. Noch! Denn in den Pariser Vororten hatten die Siegermächte des Weltkrieges in schwurbeligen Sätzen, die kein gesunder Mensch je würde verstehen können, wieder neu Ausgedachtes in Verträge geschrieben. Das *B. G.* sollte bald in der Republik Österreich und nicht mehr in Ungarn liegen. In dieser Zeit kam es häufiger vor, dass hohe Beamte aus dem einen oder dem anderen Staat in der Gegend um Nincshof unterwegs waren. Sie stapften dann durch Stoppelfelder und Gurkenäcker und machten sich, nervös an Zigaretten ziehend, vor Ort ein Bild über die zukünftige Grenzziehung. Diese Präsenz von politischen Verantwortungsträgern wollten die Waschfrauen ausnutzen.

Es war die Information in die Waschküche gelangt, dass ein Konvoi mit wichtigen diplomatischen Vertretern aus der Hauptstadt, unter ihnen der österreichische Kanzler und Außenminister Johann Schober, in den nächsten Wochen an der Ortsgrenze von Nincshof vorbeikommen würde, um drüben beim ungarischen Nachbarn über die zwischenstaatlichen Beziehungen zu verhandeln. Eines Nachts, in kollektiver revolutionärer Trunkenheit, fassten die Waschfrauen den Entschluss, den Konvoi zu überfallen, den Kanzler zu entführen und mit diesem politischen Schwergewicht als Geisel die Bundeshauptstadt zu erpressen. Ein lebender Kanzler gegen die Unabhängigkeit von Nincshof. Ein Plan, so wasserdicht wie ein nach höchster Handwerkskunst gebundenes Schilfdach. Die Frauen stießen ihre Weingläser aneinander. Die Revolution war greifbar nahe und roch betörend süß.

Die Waschfrauen schickten eine Späherin in die Bundeshauptstadt, die das Kanzleramt beobachten und per Telegramm alarmieren sollte, sobald sie Anzeichen eines losfahrenden Konvois vernahm. Als das Telegramm kam, eilten die Frauen mit allem, was Geräteschuppen und Waffenschränke hergaben, in die Waschküche. Tranchiermesser, Sensen, Angelhaken, Mistgabeln, Luftdruckgewehre, Schrotflinten türmten sich zwischen den Waschtrögen. Nur die Großmutter fehlte inmitten der freiheitshungrigen Kriegerinnen. Die Waschfrauen suchten wild nach ihr im ganzen Dorf und fanden sie schließlich auf dem kleinen Plumpsklo, das außen an die Waschküche angebaut war und dessen Boden frei schwebend über dem einstigen Sumpf hing. Dort saß die Großmutter seit Stunden und krümmte sich vor Schmerzen. Am vorangegangenen Wochenende hatte sie für die Großfamilie Aalsuppe gekocht und traditionell in großen Weißbrotlaiben serviert. Der Appetit war mit ihr durchgegangen. Vier dieser Laibe hatte sie verschlungen, die ihr nun schwer wie ein Ziegelstein im Magen lagen und ihr seit Tagen den Gang auf den Abort verwehrten. Ein denkbar ungünstiger Zeitpunkt. Die Waschfrauen wurden angesichts der fortschreitenden Zeit immer nervöser. Eine von ihnen schlug vor, die Großmutter solle doch auf die Toilette zurückkehren, wenn die Geiselnahme beendet war. Da öffnete die Großmutter die quietschende Holztür des Plumpsklos. Mit hochgezogener Schürze saß sie da wie auf einem Thron.

»Ich brauche einen klaren Kopf, wenn ich den Kanzler entführe«, sagte sie. »Und ein klarer Kopf verlangt einen leeren Darm.«

Sie blickte in die Runde der Waschfrauen, die sich vor dem Plumpsklo im Halbkreis aufgestellt hatten.

»Wenn ich nicht scheißen kann, ist es nicht meine Revolution.«

Auf dem Plumpsklo rührte sich in der folgenden Stunde nichts. Den Frauen wurde klar, dass das Schicksal ihrer Gemeinde vom Stuhlgang ihrer Führerin abhing und dass sie alles tun mussten, um die Dinge in Bewegung zu setzen. Man brachte Tabakpfeifen, kübelweise Wasser und Pustzafeigensaft und rieb den Bauch der Großmutter mit Zwiebelschmalz und Salbeiblättern ein. Einige saßen im Kreis zusammen und versuchten per Gebet, irgendeinen Gott zu erreichen und um Erlösung zu bitten. Andere schwärmten aus und fragten bei den Nachbarn nach Abführendem. Diese reichten Dörrzwetschken und flaschenweise Jungwein über ihre Türschwellen, nicht ahnend, welch politisches Gewicht die Lebensmittel in diesem Moment hatten.

Nach dreieinhalb Stunden hatte die Großmutter drei Pfeifen geraucht, fünfzehn getrocknete Zwetschken gegessen und vier Flaschen Jungwein geleert, aber es wollte nicht sein. Die Waschfrauen warteten vor dem Plumpsklo sitzend, liegend, dösend, Karten spielend. Manchmal kam der Großvater aus seiner Werkstatt, hob die Hand zum Gruße und beschloss wieder einmal still bei sich, dass die Welt der Frauen eine war, von der er nichts verstand.

Während der Darm der Großmutter in der Trägheit verharrte, näherte sich der diplomatische Konvoi aus der Hauptstadt unaufhaltsam der ungarischen Grenze. Drei der Waschweiber wurden ungeduldig. Der ganze Planungsaufwand könne doch nicht

umsonst gewesen sein. Die Mehrheit aber hatte ohne ihre Führerin der Mut verlassen und entschied, auf bessere Zeiten zu warten. Die drei Waschfrauen packten Werkzeug und Gewehre und
eilten davon, um dem Konvoi aufzulauern. Mit roten Köpfen und
schwerem Atem erreichten sie die Landstraße und erkannten nur
noch die roten Rücklichter von vier Automobilen, die in gemüt-
lichem Tempo Richtung Süden fuhren. In einem davon saß der
Kanzler Schober. Er zog an seiner Zigarette, sah kurz von seinen
Notizen auf und erkannte im Rückspiegel drei Frauen, die mit
erhobenen Mistgabeln dem Fahrzeug hinterherliefen. Kurz meinte er, einen Schuss zu hören, entschied aber, dass er sich irren
musste, und erfuhr somit nie, dass hinter ihm die kleinste Revolution der Welt gerade versucht hatte, stattzufinden.

»Nincshof der Freiheit«, hauchte die reisende Großmutter und
beendete ihr letztes Märchen. Sie seufzte ein fast dankbares Weh-
klagen, sog ein letztes Mal Luft durch ihre große Nase.

»Drei Minuten vor Mitternacht. Zeit, zu gehen.«

Erna Rohdiebl öffnete das Fenster. Die Großmutter entschwand
in die Nacht. Erna Rohdiebl und ihr Mann wachten an ihrem
Leib, bis man ihn am nächsten Morgen auf einer Bahre den um-
ständlichen Weg über die Leiter aus dem Stelzenhaus trug. Die
Asche betteten sie auf dem Friedhof unter die Nincshofer Erde zur
letzten Ruhe. Einen kleinen Teil davon, zwei Handvoll Grau,
die letzten Spuren eines gelebten Lebens, wehte ein paar Tage
später aus den sich zaghaft öffnenden Fäusten der Erna Rohdiebl der Wind ins ewige Schilf.

Die Ziegenwirtin war ruhig gewesen diesmal. Hatte wenig ge-
schmunzelt, hatte kaum Zwischenfragen gestellt, aber geschrieben wie eine Irre. In den Gartenstuhl zurückgelehnt saß sie nun
und sah Erna Rohdiebl durchdringend an.

»Ich frage Sie jetzt noch einmal, Frau Rohdiebl: Sind Sie wirklich sicher, dass Sie diese Tafel nicht kennen?«, sagte sie und tippte mit der Kugelschreiberspitze gegen ihr Notizbuch. »Sie wissen schon, die zwischen dem Efeu. Martha E., das tapfere Waschweib, Freiheit für Nincshof?«

Erna Rohdiebl schüttelte den Kopf. Die Ziegenwirtin seufzte.

»Das gibt's doch nicht. Das passt doch alles zusammen.«

»Wie gesagt, meines Wissens gibt es keine Tafeln für meine Großmutter. Warum auch?«

»Wieso sind Sie sich da so sicher? Es wäre doch ein wirklich sehr großer Zufall, wenn die Martha E. auf der Tafel *nicht* Martha Ederan, Ihre Großmutter, ist.«

Die Ziegenwirtin legte den Kugelschreiber hin und faltete ihre Hände über dem Notizbuch, als würde sie beten.

»Mal angenommen, Ihre Großmutter wäre damit gemeint, rein theoretisch. Das wäre ein Hinweis darauf, dass Ihre Erzählungen vielleicht doch stimmen. Dass die Gutenachtgeschichten Ihrer Großmutter, das versteckte Dorf im Schilf, die Legende um die Entdeckung, das Aufbegehren der Waschfrauen, dass all das die Wahrheit ist. Und dass sich irgendjemand im Dorf noch immer daran erinnert, an diese Wahrheit.«

Die Ziegenwirtin sah sie mit großen Augen an. Erna Rohdiebl strich über die Wachstischdecke und seufzte.

»Sie immer mit Ihrer Wahrheit.«

AUGUST

23

Im beginnenden August wurde der Keller des Bachgasser-Mezza-roni-Wohnwürfels zur Rettung. Zwischen Weinkeller und Sauna streckte Isa Bachgasser ihren langen, dampfenden Körper auf den nackten Bodenfliesen aus und lag dort manchmal minuten-lang, bevor sie wieder nach oben ging, um vor sich hinzubrüten, bis es ihr wieder zu viel wurde und sie wieder in den Keller floh. Der Nincshofer August, man hatte Isa Bachgasser nicht angelo-gen, hatte es in sich. Krachende Hitze kam über das Land, mit einer Entschlossenheit, der man nicht den schmalsten Streifen eines Kompromisses abringen konnte, sodass man an manchen Tagen vergaß, wo man war und wie man hieß. Der Wind verirr-te sich nur noch selten in die Ebene. Wenn er es tat, trieben die bunten Schirme der Kitesurfer über dem See wie ein Schwarm Schmetterlinge. Für den Rest der Zeit stand die Luft und wurde mit jedem Tag öliger. Alles Leben litt.

Auf der Irrziegenweide hatte Silvano Mezzaroni eine tunnel-artige Konstruktion aufgebaut, die kühlen Sprühnebel freigab, wenn eine Ziege hindurchlief. Nach einer kurzen Phase des vorsichtigen Herantastens hatten sich die Tiere schnell an diese Duschstraße gewöhnt und blieben bald minutenlang darunter stehen, bis ihr Fell triefend an ihren kompakten Körpern klebte.

Aufgeregte Schreie rissen Isa Bachgasser eines Nachmittags aus ihrer Trance auf den Kellerfliesen. Sie folgte ihnen hinauf ins Wohnzimmer. Silvano Mezzaroni lief vor der Sofalandschaft auf und ab, sein Smartphone so fest ans Ohr gepresst, Isa Bachgasser sah dessen Spitze aus der Entfernung rot leuchten. Er sprach Italienisch. Schnell und laut. Ohne ihren aufgeregten Mann aus den Augen zu lassen, ging Isa Bachgasser hinüber zur Kücheninsel und füllte Espressopulver in den Siebträger. Sie verstand nicht alles, was ihr Mann sagte. Klar war, dass er mit seinem Irrziegenzüchterkollegen Sergio Pentaconte in Udine telefonierte. Allein an seiner Körpersprache hatte Isa Bachgasser dies erkannt. Wann immer es um die Irrziegen ging, war sein Oberkörper entweder nach vorne gebeugt, engagiert, jederzeit bereit, aufzuspringen und anzupacken, seine Hände in großer Erregung immer in Bewegung, oft hektisch fuchtelnd. Oder aber er lehnte selbstbewusst an der Kücheninsel oder einem Zaunpfahl, die Beine überkreuzt, in großer Gelassenheit, und erzählte am Rande der Prahlerei von dem Gedeihen seiner Tiere. Heute war sein Gebaren anders. Seine Stirn lag in Falten, er kaute an einem Daumennagel. Rastlos nickte er und ratterte *Sì! Sì! Sì!* in den Hörer. Bis er irgendwann *Ciao* und *Grazie mille* sagte und das Telefon auf der Kücheninsel ablegte. Das Display glänzte feucht. Ohne seiner Frau einen Blick zuzuwerfen, drehte er sich Richtung Tür und war auf dem Sprung nach draußen.

»Moment! Schatz«, rief sie ihm hinterher, »ist was passiert?«

Er drehte sich so hastig um, dass er beinahe dabei stürzte. Mit großen Schritten kam er auf sie zu, legte seine feuchten Hände auf ihre nackten Schultern. Er sah sie an. Augen wie Edelsteine.

»Soledad ist schwanger. Ziemlich wahrscheinlich.«

»Die Ziege?«

»Natürlich die Ziege«, lachte er. »Sie schläft nur noch und frisst wie ein Mähdrescher. Und wenn sie nicht schläft oder frisst, trottet sie langsam im Kreis. Manchmal rückwärts. Das macht kein anderes Säugetier außer einer schwangeren Irrziege. Isa, weißt du, was das bedeutet?«

»Dass wir bald noch mehr Ziegen haben?«

Silvano Mezzaroni nickte heftig.

»Aber es bedeutet in erster Linie, dass es den Irrziegen gut geht. Denn wie du weißt, paaren sich domestizierte Irrziegen selten ohne menschliches Anstiften. Wenn sie es tun, dann nur, wenn sie außerordentlich entspannt und glücklich sind. Und das wiederum bedeutet, meine liebe Isa, dass ich meinen Job gut mache.«

Er nahm seine Hände von ihren Schultern und grub sie in die Taschen seiner Outdoorhose. Sein Blick fiel zu Boden wie der eines beschämten Schulkindes.

»Die Empfängnis einer Irrziege – das schaffen oft die Erfahrensten unserer Zunft nicht.«

Er zog die Hände aus den Taschen und fuhr sich mit zehn langen Fingern durch die Haare.

»Ich bin ein guter Irrziegenwirt, Isa«, sagte er und lachte.

Aus Wien reiste eine Tierärztin an, die sich mit südamerikanischen Paarhufern auskannte. Sie teilte Silvano Mezzaronis Aufregung. Eine trächtige Irrziege, sagte sie strahlend, habe sie noch nie untersucht. Silvano Mezzaroni hielt die verängstigte Soledad in seinen Armen und kraulte ihr das Zottelfell, während die Ärztin das Ultraschallgerät, für Silvano Mezzaronis Geschmack ein wenig zu grob, gegen den Irrziegenbauch drückte. Sie studierte lange ihren Monitor, rollte das Gerät durch das Fell. Dann tastete sie das Tier von oben bis unten ab. Ihr Blick konzentriert. Fast sorgenvoll.

»Ist etwas nicht in Ordnung?«, frage Silvano Mezzaroni.

»Lange dauert es nicht mehr«, sagte die Tierärztin. »Die Trächtigkeit blieb anscheinend lange unbemerkt. Ich würde sagen, in drei, vier Wochen haben Sie hier ein kleines Irrzicklein auf der Weide stehen.«

In den Tagen, die folgten, gab es Silvano Mezzaroni nur in Bewegung. Von drinnen nach draußen hastend, hinunter in den Keller, hinauf ins Arbeitszimmer, Sperriges schleppend, sich Schweiß von der Stirn wischend, schwer atmend. Den halben Baumarkt hatte er leer gekauft, denn einige bauliche Veränderungen galt es auf der Irrziegenweide vorzunehmen, bevor es ernst wurde. Ein *Gebärstall* musste errichtet werden, um der Irrziege in der Zielgeraden ihrer Trächtigkeit größtmögliche Ruhe und Sicherheit zu bieten. Der Gebärstall verfügte über spezielle Wärmelampen und eine Tränke, in die aus einer eigenen Wasserleitung speziell gefiltertes Wasser floss, sobald die Irrziegenschnauze einen Auslöser betätigte. Silvano Mezzaroni wurde mit jedem Tag aufgekratzter und vergaß, zu essen und zu trinken, hätte Isa Bachgasser ihn nicht immer wieder daran erinnert.

Den Streit mit ihm hatte Isa Bachgasser gegenüber der Therapeutin eigentlich nicht erwähnen wollen, steckten sie doch gerade so tief in der Entknotung steif gewordener Familienkonflikte, doch dann, als mitten in der Sitzung das Gespräch ins Stocken geriet, fragte Gabi Kutschera plötzlich: »Wie geht es Ihnen eigentlich in Nincshof?«

Eine Frage, die man im Alltag mit einem hurtig dahingelogenen *Danke, gut* umgehen konnte, die im Therapiekontext aber folgenschwer war. Isa Bachgasser tat also, was sie immer tat, wenn ihr Gabi Kutschera die Wie-geht's-Frage stellte – sie versuchte es mit der Wahrheit. Und Gabi Kutschera tat, was sie immer tat, wenn Isa Bachgasser es mit der Wahrheit versuchte – sie hörte zu und notierte in unglaublicher Geschwindigkeit Dinge auf ihrem Notizblock. Diese kleine dünne Frau mit ihren grauen, kurz geschorenen Haaren wusste Bescheid über Gedanken, die Isa Bachgasser niemandem sonst hätte erzählen wollen, ohne sich danach im Wald ein Loch zu graben und für immer dort zu verschwinden. Im Gegenzug wusste Isa Bachgasser kaum etwas über sie. Nicht, wo sie wohnte, wo sie aufgewachsen war, was sie abseits dieser Praxis machte, ob sie einen Menschen an ihrer Seite oder Kinder hatte. Es war seltsam, sich vorzustellen, dass Gabi Kutschera außerhalb dieses Therapiezimmers ein normaler Mensch war, der in den Supermarkt ging, Milch und Eier kaufte und im Winter auf glatten Gehwegen ausrutschte.

»Ihr Mann hat Ihnen also unterstellt, Sie fühlten sich nicht *angekommen* in Nincshof, und Sie meinen, dass er damit recht haben könnte«, sagte Gabi Kutschera. »Nun, was würde denn für Sie persönlich ganz konkret dazugehören, zu diesem Ankommen?«

Isa Bachgasser zögerte.

»Verstehen Sie, Frau Bachgasser, ›Ankommen‹«, ihre Finger machten Anführungszeichen in der Luft, »das kann für jeden Menschen etwas ganz anderes bedeuten. Sie wissen ja, wir können hier in diesem Raum immer nur über Ihre Empfindungen sprechen. Die Empfindungen der anderen …«

»… lassen wir draußen vor der Tür«, beendete Isa Bachgasser den Satz.

»Exakt. Was also bedeutet Ankommen? Ich habe nun zwar schon einige Kenntnisse in Isa Bachgasserisch, aber diese Vokabel hatten wir noch nicht. Vielleicht könnten Sie versuchen, sie für mich zu übersetzen.«

»Zum Ankommen gehört wohl … sich verstanden zu fühlen? Von seinem Umfeld? Und gleichzeitig die anderen zu verstehen?«

Isa Bachgasser griff nach dem Wasserglas auf dem kleinen Bambustisch. Eine Zitronenscheibe drehte sich langsam an der Wasseroberfläche.

»Aber das ist in Nincshof nicht der Fall. Ich habe kaum einen gemeinsamen Nenner mit diesen Menschen.«

Isa Bachgasser zögerte ein paar Sekunden, wenngleich bedacht darauf, nicht zu lange zu zögern, denn Gabi Kutscheras Therapeutinnenblick erkannte hinter einem Zögern oft den Eingang zu einem erkenntnisreichen Pfad zu Isa Bachgassers Innenleben. Sie nahm einen Schluck und stellte das Glas wieder auf dem Bambustisch ab.

»Mein Mann hat mir vorgeworfen, ich würde die Nincshofer durch meine Dokumentarfilmerinnenbrille betrachten. Ich würde, im Gegensatz zu ihm, nicht Teil von ihnen sein wollen, und ich fürchte, damit hat er recht.«

»Inwiefern?«

»Ich identifiziere mich nicht mit den Menschen dort. Aber muss ich mich immer mit allem identifizieren? Ja, vielleicht betrachte ich vieles mit distanziertem Blick von außen, aber ist das immer schlecht?«

»Wenn Sie den Menschen näherkommen wollen, wenn Sie von Ihrem Umfeld verstanden werden wollen, wie Sie es eben formuliert haben, könnte es hinderlich sein. Ob das schlecht ist, müssen Sie für sich entscheiden.«

Isa Bachgasser hob die Hände und ließ sie zurück in ihren Schoß fallen. Ihre Finger fummelten an einer Falte in ihrer Leinenhose.

»Ja, nein, keine Ahnung. Wahrscheinlich. Ach, ich weiß es nicht. Ich weiß gerade vieles nicht mehr. Ich mache Dinge und frage mich am Ende des Tages: Warum? Und: Will ich das eigentlich? Als wir das Haus gekauft haben, habe ich es für einen guten Schritt gehalten, nach allem, was passiert ist, nach allem, was unsere Familie durchgemacht hat, nach Silvanos Krankheit, nach meinen Depressionen und so weiter. Tja, und nun wohne ich eben da und versuche irgendetwas draus zu machen und verfolge diese Legende. Darüber freue ich mich ja auch, weil es seit sehr Langem etwas ist, was mich begeistert und antreibt. Aber … Will ich das wirklich? Und jetzt wird es wirklich gruselig, weil ich keine Antwort darauf habe.«

Isa Bachgasser fischte die Zitronenscheibe aus dem Wasserglas und biss ab.

»Was mache ich überhaupt? In Nincshof?«

Gabi Kutschera atmete tief ein.

»Bei Ihnen tut sich gerade irrsinnig viel. Sie wirken daher auf mich ein wenig panisch. Ein bisschen so, als hätten Sie Angst davor, etwas Falsches zu machen. Kann das sein?«

Isa Bachgasser zuckte mit den Schultern.

»Geben Sie sich Zeit, Frau Bachgasser. Es ist in Ordnung, Dinge nicht zu wissen.«

Gabi Kutschera lächelte ein zahnreiches Lächeln.

»Sollte sich alles, woran Sie momentan zweifeln, irgendwann als phänomenaler Fehler herausstellen: *So what!* Wir Menschen sind unglaublich fehlerhafte Wesen, die unglaublich viele, unglaublich fehlerhafte Entscheidungen treffen. Es ist unser Spezialgebiet. Kein Tier irrt so oft wie der Mensch.« Sie spreizte ihre kurzen Finger und zuckte mit den Schultern. »Frau Bachgasser, wir sind gleich am Ende unserer Sitzung. Zwei Dinge noch, bevor Sie gehen. Sie wissen, in der Therapie können wir Ihr Problem nicht lösen, wir können nur Lösungswege finden. Gehen müssen Sie sie aber selbst. Solange wir noch keinen konkreten Weg haben, ist mein Vorschlag: Gehen Sie langsamer. Und die andere Sache, als kleine Aufgabe fürs nächste Mal: Da Ihre Gedanken aktuell wie wild um dieses Dorf kreisen – stellen Sie sich doch einmal vor, wie es wäre, was besser wäre, was schlechter wäre, wenn Sie Nincshof nie gekannt hätten. Was wäre, wenn es Nincshof gar nicht gäbe?«

24

Hatte sich der Ziegenwirt also erneut erdreistet. Mit dem Laptop unterm Arm kam Valentin Salmerak an den Ecktisch gehastet, klappte keuchend den Bildschirm hoch, hackte mit verschwitzten Fingern etwas in die Tasten und drehte das Gerät herum, damit alle es sehen konnten. Den Oblivisten verschlug es minutenlang die Sprache.

Der Livestream sei für jeden zugänglich, erklärte Valentin Salmerak. Kommentare in verschiedenen Sprachen zeugten davon, dass Menschen auf der ganzen Welt zusahen, wie eine Ziege auf eine Geburt zusteuerte. In Nincshof. Das nämlich, stand sogar im Titel: *Cabra de Engaño About to Give Birth in Nincshof, Austria*. Lange starrten die Oblivisten durch das Videofenster auf Ziege Soledad, die nur wenige Hundert Meter Luftlinie entfernt im Stroh döste. In einem kurzen Beschreibungstext darunter hatte der Ziegenwirt, dieser Vollidiot, sogar seine vollständige Adresse angegeben!

Eine Irrziegengeburt war, das hatte Valentin Salmerak recherchiert, ein seltenes Ereignis. Immerhin bedeutete es, dass das nicht jedes Jahr passieren würde, allerdings wollte man sich nicht vorstellen, was eine erfolgreiche, live übertragene Irrziegengeburt für Nincshof bedeuten würde. Wenn es stimmte, was Valentin Salmerak herausgefunden hatte, dann gab es auf der ganzen Welt Menschen, die von dieser Ziegenart wie besessen waren. Im schlimmsten Fall könnte Nincshof zu einer Pilgerstätte für diese Verrückten werden!

Der Bürgermeister schäumte. Wie konnte er es wagen, dieser Dahergelaufene! Durchkreuzte mit seinem Geltungsbedürfnis die bereits so weit fortgeschrittenen Pläne der Oblivisten! Dieses Vieh musste verschwinden. Mitsamt seiner Leibesfrucht. Für immer. Valentin Salmerak und der Sipp Sepp pressten ihre Lippen zu schmalen Linien zusammen und nickten. Erna Rohdiebl missfiel diese plötzliche Aggressivität im Tonfall der Oblivisten gewaltig. Dass nun ein trächtiges Tier, das niemandem etwas getan hatte, an einem Hirngespinst zugrunde gehen sollte, das ging zu weit.

»Wir werden die Ziege nicht umbringen!«, rief sie. »Das könnt ihr machen, wenn ich in einem Kasten unter der Erd' liege. Vorher nicht!«

Die Oblivisten erschraken. Der Bürgermeister öffnete den Mund, um etwas zu sagen, aber Erna Rohdiebl kam ihm zuvor.

»Solange ihr eure Haxen unter meinem Tisch ausstreckt, werden solche Pläne nicht gemacht. Oblivisten sind friedliche Menschen. Sie töten keine Ziegen. Schon gar nicht, wenn sie ihnen nicht gehören. Und überhaupt noch gar nichter, wenn sie trächtig sind. Das ist doch das Allerletzte.«

In Erna Rohdiebls Ohren war vor lauter Empörung das Blut gerauscht, sie leuchteten alarmierend rot.

»Was sollen wir dann machen? Deiner Meinung nach?«, fragte der Bürgermeister und schluckte laut.

Erna Rohdiebl überlegte nicht, sondern sprach einfach.

»Wir entführen sie«, sagte sie und bereute es sogleich.

Der Bürgermeister lachte.

»Und wohin?«, fragte er.

Eine Woche lang kundschaftete Valentin Salmerak die Umgebung des Geheges aus und hielt in einem Notizbuch akribisch fest, wann im von der Ziegenwiese aus gut einsehbaren Wohnpalast des Ziegenwirts die Lichter an- und ausgingen. Nächtelang saß er im Gebüsch, kam mückenzerstochen an die Eckbank zurück und erstattete Bericht. Die Kamillensalbe, die ihm Erna Rohdiebl für die Stiche anbot, lehnte er fast ein wenig beleidigt ab. Lediglich ein kleines Zeitfenster gebe es, drei, vier Stunden, in dem im Ziegenwirthaus keine Regung zu vernehmen sei. Von drei Uhr morgens, wenn in einem der oberen Zimmer das letzte Licht gelöscht wurde, bis ungefähr halb sieben, wenn der Ziegenwirt schlaftrunken seinen ersten Kontrollgang auf der Weide tätigte oder die Ziegenwirtin in ihren bunten Sportschuhen den Feldweg entlangjoggte.

Für die Oblivisten war sofort klar, wem die Ehre zukam, die Ziege zu entführen: Valentin Salmerak, weil er der Jüngste und Fitteste, und Erna Rohdiebl, weil sie die Erfahrenste war. Wer nachts heimlich in Schwimmbäder einstieg, der konnte auch Ziegen entführen. Außerdem hatten die beiden bei der Testwanderung wertvolle Erfahrung gesammelt im Umgang mit den Viechern.

In die Weide einsteigen, Gebärstall öffnen – Valentin Salmeraks Nachforschungen zufolge war dieser bloß mit einem simplen Fahrradschloss abgeriegelt –, Ziege rausholen, Weide verlassen, fertig. Wenn alles so lief, wie man es sich auf der Eckbank ausmalte, würde die Aktion nicht länger als zehn Minuten dauern.

Den Weg von der Urbarialgasse Nummer fünf zur Irrziegenweide liefen Valentin Salmerak und Erna Rohdiebl ein paarmal zur Gänze ab, hin und retour, wiesen einander auf jede Bodenunebenheit, jeden tief hängenden Ast, jeden größeren Stein, jede Wurzel im Boden, jeden schlafenden Wachhund, jeden lose wackelnden Fensterladen hin. Wie Rennfahrer prägten sie sich die Strecke ein, damit sie an Tag X lediglich ein Programm abspulen mussten, das tagelang in ihren Hinterköpfen auf Testbetrieb gelaufen war.

Valentin Salmerak kniete über einem zerknitterten Zettel mit einer in hastiger Handschrift geschriebenen Liste und kontrollierte das Vorhandensein der darauf notierten Gegenstände. Es war ein Uhr morgens in der Urbarialgasse Nummer fünf. Erna Rohdiebl zurrte am Hinterkopf des Valentin Salmerak die Stirnlampe fest und knipste ihre eigene testweise ein paar Male ein und aus. Aus den Tiefen ihrer Kommode hatte Erna Rohdiebl zwei alte Nylonstrumpfhosen hervorgekramt, die, einmal über den Kopf gezogen, ihre Gesichter grässlich platt drückten und tarnend verzerrten. Sie reichte Valentin Salmerak den Bolzenschneider. Er ließ ihn in eine Schlaufe an seinem Werkzeuggurt gleiten und griff nach zwei Holzstäben, die er am Tag zuvor aus dem Baumarkt geholt und auf eine Länge von ein Meter fünfzig hatte zuschneiden lassen. An deren Spitzen hatte er jeweils einen auf dicker Pappe ausgedruckten Screenshot aus dem Ziegen-Livestream geklebt. Einen aus jeder der beiden Kameraperspektiven, zwischen denen der Stream alle paar Minuten hin- und herwechselte. Die Idee war, die Stäbe so in den Erdboden des Stalles zu stoßen, dass die Bilder exakt vor den Kameralinsen platziert waren und verdeckten, was im dahinterliegenden Stall vor sich ging. Dies würde die erste Aufgabe nach dem Einsteigen in das Gehege sein und würde ihnen dabei helfen, Zeit und Land zu gewinnen, bevor die Sache aufflog. Der Plan war nicht wasserdicht, aber das waren Pläne großer Weltgestalter nie gewesen. Nur das Wagnis führte zum Triumph.

Bis zum Aufbruch waren es noch anderthalb Stunden. Zur Beruhigung ihrer zuckenden Nerven schalteten sie den Fernseher ein. In einem deutschen Sender lief die Wiederholung einer nachmittäglichen Talkshow. Ein älterer Herr erklärte dem interessiert nickenden Moderator, dass er, seit er denken konnte, nur dann zum Höhepunkt kam, wenn er sich in der Gewissheit wähnte, dass im Nebenzimmer ein angebissener, lauwarmer Schinken-Käse-Toast lag. Eine furchtbar belastende und höchst unpraktische Orgasmusbedingung. Erna Rohdiebl hörte nur mit einem Ohr zu. Sie kratzte sich an der Kopfhaut, die unter dem Gummiband der Stirnlampe juckte, als plötzlich ein leises Klopfen von der Terrasse her kam. Erschrocken sah sie Valentin Salmerak an. Der hatte die Augen weit aufgerissen.

»Erna«, kam eine leise Stimme durch die gekippte Terrassentür. Es war der Bürgermeister.

»Ich hab es zu Hause nicht ausgehalten«, sagte er beim Eintreten. »Ich bin so nervös.«

Er schwitzte. Seine Wangen glühten rot. Schnaufend quetschte er sich neben Valentin Salmerak auf die Eckbank. Erna Rohdiebl schob ihm Erdnussflips hin. Der Moderator fragte seinen Gast, ob, für den Fall, dass er mit einer sich vegetarisch ernährenden Person verkehrte, auch ein Toast ohne Schinken, nur mit Käse, die Bedingung erfüllte. Der Talkgast verneinte, was der Moderator halb amüsiert, halb fasziniert zur Kenntnis nahm.

Um Schlag drei Uhr morgens stand Erna Rohdiebl wortlos auf und nickte Valentin Salmerak zu. Sie stellte den Fernseher aus, Valentin Salmerak schnallte den Werkzeuggürtel um die Hüften. Sie rückten ihre Stirnlampen zurecht und traten durch die Terrassentür ins warme, finstere Nincshof. Mit ihren Outfits, komplett in Schwarz, und Screenshot-Schildern sahen sie aus wie militante Klimaaktivisten auf dem Weg zu einer halb legalen

Protestaktion. Der Bürgermeister stand im Türrahmen und kaute angestrengt an einer Handvoll Erdnussflips.

»Ich warte hier auf euch«, flüsterte er ehrfürchtig.

Auf dem Weg durchs Dorf sprachen sie kein Wort. Sie drückten sich an Hauswänden entlang, lugten verstohlen um jede Ecke und eilten geduckt über die Kreuzungen. Den letzten Teil des Weges stapften sie durch das tiefe Schwarz eines Maisfeldes. Die einzigen Geräusche waren ihre eigenen Schritte, ihr schwerer Atem, die Grillengesänge und das gelegentliche Schlagen der Holzstäbe gegen mannshohe Maispflanzen. In weniger als zwanzig Minuten standen sie vor der Ziegenweide. Aus dem Gebärstall kam der schüchterne Schein der Wärmelampe, die zu betreiben der Ziegenwirt ganz offensichtlich auch im vor Hitze knisternden August für notwendig hielt. Sie atmeten tief durch, knipsten ihre Stirnlampen aus und zogen die Nylonstrümpfe über.

Das Gatter war unverschlossen. Valentin Salmerak öffnete es behände, als täte er es jede Nacht. Der Stall für die trächtige Ziege stand am anderen Ende der Weide. Es war ein etwas windschief gezimmerter Bretterverschlag mit einer Gittertür. Von einem angeblichen Architekten hatte Erna Rohdiebl etwas mehr Eleganz erwartet. Mit langsamen, tastenden Schritten bewegten sie sich den Maschendrahtzaun entlang. Vor dem Gebärstall zückte Valentin Salmerak den Bolzenschneider. Mit einem kurzen lauten Knacken, als hätte er dafür nicht die geringste Kraft aufwenden müssen, schnitt er das Metall entzwei. Um auf diesen Moment bestmöglich vorbereitet zu sein, hatte er sich Tage zuvor beim Baumarkt ein baugleiches Fahrradschloss gekauft und es zu Übungszwecken in seinem Kinderzimmer mit dem Bolzenscheider so lange zerschnitten, bis es nur mehr ein Haufen Metall und Gummi war. Das Knacken hatte die Ziege aus ihrem Schlaf gerissen. Valentin Salmerak erkannte die Gefahr schnell, zwängte sich flink in den Stall und schloss sofort die Tür hinter sich. Aus seinem Werkzeuggürtel zog er sein Smartphone. Draußen vor dem Stall zückte auch Erna Rohdiebl ihr Smartphone und öffnete den Ziegen-Livestream. Die kleine Zahl unter dem Videofenster zeigte aktuell nur zwei aktive Zuschauer an. Das waren sie selbst. In den unteren Bildrand schob Valentin Salmerak den ausgedruckten Screenshot. Das angespitzte Ende des Holzstabes bohrte er in die Erde. Mit einem Gummihammer aus dem Werkzeuggürtel half er nach. Draußen vor dem Gebärstall kontrollierte Erna Rohdiebl abwechselnd das Bild des Livestreams und das Haus des Ziegenwirts. Valentin Salmerak machte sich an der zweiten Kamera zu schaffen, auf dem leuchtenden Smartphonedisplay in Erna Rohdiebls Hand wackelte der Screenshot hin und her. Hinter ihrem Rücken hörte sie Valentin Salmerak leise fluchen. Die Ziege tänzelte ihm zwischen den Beinen herum und hinderte ihn an seiner Arbeit.

»Dein Gesicht«, zischte Erna Rohdiebl. »Schau, dass dein Gesicht nicht in die Kamera schaut.«

Der Nylonstrumpf drückte ihr die Nase platt. Sie klang, als hätte sie einen dicken Schnupfen. Plötzlich sah sie, nur im Augenwinkel, dass sich etwas tat im Haus des Ziegenwirts. Das Blut rauschte ihr in den Kopf.

»Peng«, zischte sie. »Peng. Peng. Peng.«

»Was?«, zischte Valentin Salmerak zurück.

»Peng!«, wiederholte sie lauter.

»Ja, ich hab schon verstanden. Was ist denn?«

»Valentin, ein Codewort muss ohne Erklärung funktionieren!« Sie stöhnte ungeduldig. »Licht! Drüben im Haus.«

Valentin Salmerak schnappte sich die Ziege, stürzte aus dem Stall und drückte sich von außen dicht an dessen Wand.

»Runter«, fauchte er. »Auf den Boden.«

Er legte sich neben der Stallwand flach ins Gras. In der einen Hand hielt er sein Smartphone, die andere krallte er in das Zottelfell der Ziege.

»Wenn die uns jetzt wegrennt, sind wir im Arsch«, sagte er. »Erna, leg dich hin. Schnell.«

»Jessasmaria, Valentin! Jetzt wart halt. Ich hab zwei Plastikhüften.«

Schließlich lag auch Erna Rohdiebl irgendwann im Gras. Zwischen ihnen die zitternde Ziege.

»Ich hab ganz vergessen, wie die stinken. Pfui Teufel!«

Die Halme kitzelten merkwürdig abstrakt durch den Nylonstrumpf. Ob sie eine Minute oder eine Stunde neben dem Ziegenstall lagen, hätte Erna Rohdiebl nicht sagen können. Das Licht im Ziegenwirthaus ging irgendwann wieder aus.

»Der ist wahrscheinlich nur aufs Klo gegangen«, flüsterte Valentin Salmerak.

Er drehte sich zur Seite. Aus dem Werkzeuggürtel zog er eine dünne Hundeleine samt Halsband.

»Vom Golatsch«, flüsterte er.

Ein Zwergpinscher war das gewesen, den Valentin Salmerak abartig geliebt hatte, bis vor zwei Jahren ein betrunkener Apetloner mit angeblich dreihundert Stundenkilometern durch die Nincshofer Marktgasse gepresst war und für dessen BMW der fiepsende Golatsch zur kaum wahrnehmbaren Bodenunebenheit geworden war. Mit hastigen Handgriffen fummelte Valentin Salmerak das Halsband der Ziege um den dicken, harten Hals. Sie schlichen bis zum Gatter und verließen die Weide, eilten davon und tauchten in die umarmende Dunkelheit des Maisfeldes. Valentin Salmerak ging voran, Erna Rohdiebl folgte. Die Ziege trottete grunzend zwischen ihnen. Die Maispflanzen, stumm und ehrerbietend, standen ihnen Spalier.

25

Isa Bachgasser kam sich vor wie in einer schlechten Krimiserie. Vor ihrer Nase baumelte, eingeschweißt in einen Gefrierbeutel, das zerschnittene Fahrradschloss.

»Wie du siehst, ist sie nicht einfach entlaufen, Isa«, sagte Silvano Mezzaroni. »Jemand hat sich mit Gewalt Zutritt zum Gebärstall verschafft.« Er wedelte mit dem Plastikbeutel.

Isa Bachgasser rieb sich die schlafverklebten Augen. Die verzweifelten Schreie ihres Mannes hatten sie vor wenigen Minuten aus dem Bett gejagt.

»Wer macht so etwas?«

Silvano Mezzaroni seufzte.

»Ich Idiot hab gedacht, hier draußen, im letzten Eck' von Österreich, interessiert das eh niemanden, wie wertvoll eine schwangere Irrziege ist, und hab den Stall nur mit diesem depperten Fahrradschloss abgeschlossen. Weißt du, wie peinlich das ist? In Peru werden schwangere Irrziegen teilweise von Sicherheitspersonal bewacht. Und ich Depp ...«

Isa Bachgasser legte ihre Arme um seine Hüften und zog ihn an sich. Aus seinem Smartphone in seiner Hosentasche perlten Benachrichtigungs-Pings in so schnellem Tempo, dass sie sich gegenseitig unterbrachen. Seit ein paar Tagen betrieb er eine private WhatsApp-Gruppe, in der er für mittlerweile siebenundvierzig Irrziegenfans aus der ganzen Welt täglich Informationen über Gewicht, Bauchumfang und Fressverhalten des trächtigen Tieres bereitstellte. Dort, in diesem digitalen Irrziegenvereinslokal, nahm man die Nachricht wohl gerade mit größter Bestürzung auf.

»Was ist mit dem Stream?«, fragte Isa Bachgasser. »Der muss das doch aufgenommen haben.«

Silvano Mezzaroni öffnete YouTube und spulte zurück bis drei Uhr achtundzwanzig und ließ ihn laufen. Zu sehen war zunächst die schlafende Irrziege unter der Wärmelampe. Dann wackelte das Bild. Die Irrziege sprang auf und hopste aufgeregt hin und her. Dann schob sich vom unteren Bildrand etwas ins Sichtfeld. Es dauerte ein paar Sekunden, bis die Kamera fokussierte, doch dann war es deutlich zu erkennen: eine exakte Abbildung aus dem Irrziegenstall, ein Standbild aus dem Stream. Falls dies eine Täuschung hätte werden sollen, war sie nicht gelungen. Links und rechts sah man die Ränder des ausgeschnittenen Bildes und am unteren Rand Teile eines Holzstabes, auf dem das Bild befestigt war. Der Stream sprang auf die andere Kameraposition um. Man sah den Rücken einer dunkel gekleideten Gestalt, die den Holzstab mit Standbild in den Stallboden hämmerte. Soledad warf sich mit jedem Schlag aufgebracht gegen die Unterschenkel des Eindringlings.

»Armes Mädchen«, flüsterte Silvano Mezzaroni. »Was für ein Stress das gewesen sein muss.« Er kaute auf seiner Unterlippe. »Der Täter hat das geplant, wie du siehst. Der hat den Livestream gekannt, hat sich Standbilder daraus genommen und vor den Kameras platziert. Auf so was Dummes muss man erst einmal kommen.«

Isa Bachgasser zog ihren Mann fester an sich.

»Ich weiß gar nicht, was ich sagen soll, Silvano. Dass hier so etwas passieren würde, das hätte nicht einmal ich gedacht. Und dass, obwohl ich doch manchmal das Gefühl habe, dass man uns hier nicht haben will, aber das …«

»Blödsinn, Isa!«, unterbrach sie Silvano Mezzaroni und löste sich aus ihrer Umarmung. »Niemand will uns hier nicht haben. Die Nincshofer sind über den Irrziegenraub genauso schockiert wie du und ich. Mit dem Bürgermeister hab ich schon telefoniert. Ganz aufgelöst war der.«

Er klappte den Laptop zu.

»Wie auch immer, die Polizei ist auch schon verständigt und wird jeden Moment hier sein.«

Die Enttäuschung war deutlich in Silvano Mezzaronis Gesicht zu erkennen, als er wenig später die Tür öffnete und bloß zwei Kaugummi kauende Beamten vor ihm standen und keine zwanzigköpfige Suchhundestaffel. Mit wem er in letzter Zeit in Kontakt gestanden habe, wollten sie wissen. Ob es Neider gebe in seinem Umfeld. War er mit irgendjemandem im Stall gewesen? Silvano Mezzaroni wippte nervös auf seinen Fußballen und fragte, wann man mit der Suche nach der Irrziege beginnen würde. Die Beamten bedauerten, dass es für Tierdiebstahl kein der Menschenentführung vergleichbares Protokoll gab, das schon wenige Stunden nach dem Verschwinden abgespult werden konnte. Nach dem Diebesgut würde, so teilten es ihm die Beamten in kantigem, seelenlosem Exekutivvokabular mit, fürs Erste nicht aktiv gesucht werden. Isa Bachgasser stand abseits und beobachtete, wie ihr Mann seine Lippen immer fester zusammenpresste, bis sie nicht mehr zu sehen waren, und seine Nasenflügel aufblies. Er zerbröselte.

Nachdem die Polizisten abgerauscht waren, stieg er, ohne ein Wort zu sagen, in seinen SUV und bretterte über den Feldweg davon. Stunden später kam er mit einem ganzen Kofferraum voll mit Sicherheitsequipment zurück: mehreren Vorhängeschlössern, schweren Metallketten, einem Alarmanlagensystem und mehreren Rollen Stacheldraht. Wortlos trug er die Kiste mit Ziegenschutzutensilien auf die Weide und begann unter stechender Mittagssonne, die Weide in einen Hochsicherheitstrakt zu verwandeln.

Abends dann Krisensitzung über Skype mit Sergio Pentaconte in Udine, zu der sich auch der tief bestürzte Irrziegenzüchter Sebastian de la Merced aus den Bergen Perus dazuschaltete. Begleitet von mehreren Gläsern Wein, klagte er den erfahrenen Züchtern seinen Kummer. In ihrem langen Leben als Irrziegenzüchter war ihnen nie Vergleichbares widerfahren. Eine Frechheit sei es, dass die Behörden sich nicht aktiver bei der Suche beteiligten. Wenn eine Irrziege gestohlen wurde, brauchte man professionelle Hilfe. Sie würde gut versteckt irgendwo in einem unzugänglichen Waldstück oder in einem Kellerabteil untergebracht sein und irgendwann auf dem Schwarzmarkt für viel Geld verkauft werden. Isa Bachgasser lag auf der Wohnzimmercouch, blätterte durch die Zeitung, ohne wirklich darin zu lesen, und beobachtete aus der Entfernung ihren im Laufe des Tages immer trauriger gewordenen Mann, wie er in den Laptop weinte. Aus den Lautsprechern kam die dunkle Stimme des Sebastian de la Merced, ihr Mann lehnte sich weiter nach vorne, als wollte er durch den Bildschirm hindurch nach Peru zu seinem Irrziegenmentor steigen. Isa Bachgasser schlug die Zeitung zu, warf sich in ihre Laufsachen und lief los, durchs dämmrige Nincshof. Die Luft noch immer prall von der Hitze des schwindenden Tages, im Gras surrten die Grillen. Sie lief langsamer als sonst, warf aufmerksame Blicke in Hauseinfahrten, Gassen, Vorgärten. War sie noch hier, die Irrziege? In Nincshof? Oder hatte man sie längst fortgebracht hinter irgendeine Grenze und dreimal verkauft auf Viehmärkten, auf denen niemand Rechnungen ausstellte und niemand nach Stammbäumen fragte? Als sie nach Hause kam, klappte Silvano Mezzaroni gerade den Laptop zu. Die Wangen glutrot, die Augen glasig. Er lachte. War es der Wein oder verzweifelte Ironie?

»Isa«, sagte er aufgeregt. »Es gibt noch Hoffnung.«

26

Im Hause Rohdiebl hatte es nie Haustiere gegeben. Bis zu diesem Sommer.

Einst, als Erna Rohdiebls Kinder noch klein gewesen waren, hatte es den Schwelbrand eines Streits gegeben, der in regelmäßigen Abständen aufflackerte und die Familie über Jahre begleiten sollte. Streitsache war ein Hund. Die Kinder bettelten, flehten und warfen in ihrer Verzweiflung mit großspurigen Versprechen um sich. Es würde kein Tag vergehen, an dem sie nicht mit ihm vor die Tür gingen. Nicht einmal ein teurer Rassehund müsste es sein, eine Promenadenmischung aus einem ungarischen Tierheim würde ausreichen. Erna Rohdiebl und Ferdinand Rohdiebler fuhren in dieser Angelegenheit auf zwei fest verschraubten, nicht verbiegbaren Gleisen in dieselbe Richtung. Tiere hatte man aus allen möglichen Gründen, aber niemals einfach nur, damit man sie hatte. Als Mensch bekam man von ihnen Milch, Eier, Fleisch und Wolle. Hatte man keine Schafherde zu hüten und keinen Hof zu bewachen, bekam man von einem Hund nichts. Außer Gestank im Haus, vollgehaarte Teppichböden und eingespeicheltes Quietschspielzeug, das man mit dem Besenstiel aus dem Staub unter schweren Polstermöbeln hervorfischen musste.

Seit sechs Tagen lebte die entführte Ziege in der Küche der Urbarialgasse Nummer fünf, und Erna Rohdiebl sah sich bestätigt in ihrer einstigen Vehemenz gegen den Hund. Mit einem Tier in einem Haus zu leben, hatte keine sichtbaren Vorteile. Zwar war die Ziege ruhig und forderte wenig, doch war sie deswegen noch keineswegs unauffällig. Der Gestank, den sie verbreitete, war nicht auszuhalten. Wie ein über Wochen im sonnenwarmen Hühnerstall vergessenes und dann zerschlagenes Ei. Damit man sich überhaupt noch im Haus aufhalten konnte, hatte Valentin Salmerak im Outlet Center in Parndorf eine Handvoll in erster Linie für Synchronschwimmer designte Nasenklammern besorgt, die fortan überziehen konnte, wer am Ziegengestank drohte ohnmächtig zu werden. Das Tier trank Wasser aus einem Kübel und fraß frisches Gras, das Valentin Salmerak aus den Gärten in der Nachbarschaft zusammentrug, deren überraschten Besitzern er anbot, für sie ohne jegliche Gegenleistung das Mähen zu übernehmen und sogar die Mahd zu entsorgen. Ihre Notdurft verrichtete die Ziege mit überraschender Konsequenz in ein und derselben Küchenecke, wo Valentin Salmerak und Erna Rohdiebl saugfähige Tücher und Stroh ausgelegt hatten. Ein in der Küchentür installiertes Babygitter hinderte das Tier am Ausbruch. Die Ziege im Garten zu lassen, kam nicht infrage. Was, wenn die Nachbarn durch die Hecken lugten?

Solange der Oblivismus ein Zeitvertreib gewesen war, der Erna Rohdiebl den Nincshofer Alltag etwas interessanter gemacht hatte, hatte es nicht notgetan, sich der Sinnfrage zu widmen. Sie aufzuwerfen, am Esstisch, hätte bloß schlechte Stimmung verbreitet und den Unmut der anderen auf sie gezogen. Die Umstände nun aber waren andere. Aus dem Zeitvertreib war Irrsinn geworden.

Auf der Eckbank saßen die Oblivisten wie aufgereiht, die Nasen von den Schwimmklammern fest versiegelt, kauten, durch offene Münder schnaufend, Radieschenscheiben und Speckbrote.

»Zu mir kann ich die Ziege nicht nehmen«, näselte der Bürgermeister. »Ich hab eine Frau zu Hause. Wie soll ich der das erklären?«

»Und ich hab Eltern«, sagte der Valentin Salmerak und zuckte entschuldigend mit den Schultern.

»Und ich will sie nicht haben«, sagte der Sipp Sepp. »Ganz einfach.«

»Jetzt ist das Viech schon eine Woche bei mir, und ich will es auch nicht mehr haben«, sagte Erna Rohdiebl und schob sich einen Klumpen Speckbrot in den Mund. »Irgendwann reicht es auch.«

»Ich hätte sie eh schon längst totgeschossen«, sagte der Sipp Sepp.

»Also, Sepp, jetzt hör auf. Red nicht so schirch!«, sagte Erna Rohdiebl und rückte ihre Schwimmklammer zurecht, die auf ihren wütend aufgeblähten Nasenflügeln verrutscht war. »Wir könnten sie irgendwo aussetzen. Oder sie in eine andere Ziegenherde hineinschmuggeln.«

Der Bürgermeister brummte.

»Das würde doch sofort auffallen, so hässlich, wie die ist. Die kann doch niemals in einer normalen Ziegenherde untergehen, und aussetzen können wir …«

Valentin Salmerak unterbrach ihn.

»Da müssten wir sie richtig weit weg bringen. Ich habe gelesen, dass so eine Irrziege in einem Umkreis von zweihundert Kilometern immer wieder zu ihrer Herde zurückfindet. Auch wenn man versucht, sie orientierungslos zu machen, indem man sie zum Beispiel unter Narkose setzt. Die haben einen inneren Kompass oder so. Komplett verrückt.«

Erna Rohdiebl lehnte sich im Stuhl zurück und blickte an die Decke. War nun also die Zeit für die Sinnfrage?

»Eine andere Sache«, sagte sie langsam.

Sie strich über ihre Kittelschürze und hielt inne, bevor sie weitersprach. Wie sollte man diese Worte gebären, ohne die anderen in ihrem Dasein zu erschüttern?

»Wie eigentlich stellt ihr euch vor, dass das jetzt weitergeht? Nicht nur mit der Ziege, sondern generell?«

Die Worte waren geboren. Wie bei jeder Geburt brachte die Monumentalität des Moments die Anwesenden zum Schweigen. Die Pendeluhr tickte ungeduldig im Nebenzimmer.

In den vergangenen Wochen und Monaten waren die drei Männer voller Überschwang in ihren Freiheitsfantasien umhergetaumelt. Hatten Feste abgesagt, Schilder verstellt, Bibliotheken ausgeräumt, Radfahrer vergrault, sich mit den Neuen angelegt. Sie hatten an diesem und jenem Stellrad gedreht, die den vermeintlichen Kurs Richtung Vergessen und Freiheit präzisierten. Aber vor allem hatten sie, so zumindest kam es Erna Rohdiebl vor, am Ecktisch darüber *geredet*.

Der Bürgermeister räusperte sich.

»Was meinst du genau?«

»Ich meine, wie eure …«, Erna Rohdiebl ruderte mit dem Arm in der Luft, »Bewegung jetzt fortfahren will. Ganz konkret. Und wie lange? Wird es irgendwann ein Ende geben? Woher wissen wir, wann es erreicht ist? Und: Wie wollt ihr das Vergessen von Nincshof erreichen, solange die anderen Nincshofer nichts davon wissen?«

Erna Rohdiebl versuchte in die Oblivistenaugen zu blicken, doch die hatten allesamt die Blicke abgewandt und das Muster auf der Wachstischdecke fixiert.

»Wann erzählt ihr den restlichen Nincshofern vom Oblivismus?«, fragte Erna Rohdiebl, und sie sah, dass die Wahrheit hinter dieser Frage die Oblivisten mit voller Wucht traf. Denn eigentlich hieß die Frage: *Wann steht ihr endlich zu euren Träumen und setzt euch dem Risiko aus, dass sie scheitern könnten?*

»Irgendwann müsst ihr es den anderen sagen.« Ihre Nasenklammern-Stimme klang sanft, aber entschieden. »Wer vergessen werden soll, muss davon wissen.«

Der Bürgermeister wand sich. Die Eckbank knarzte. Bald, ganz bald schon würde er es den anderen Nincshofern sagen, versicherte er. Der richtige Moment sei noch nicht gekommen. Der Sipp Sepp und Valentin Salmerak schwiegen. Dann stand der Bürgermeister ruckartig auf, klatschte seine dicken Hände aneinander und rieb sie.

»Meine Herren, meine Dame«, verkündete er, »angesichts der fortgeschrittenen Zeit möchte ich gerne die heutige Sitzung an dieser Stelle beenden und an einem anderen Tag fortfahren.«

Er blickte in die Runde.

»Es gibt einiges zu besprechen und einiges, worüber wir uns klar werden müssen. Danke, Erna, wie immer, für die Gastfreundschaft und die feine Bewirtung.«

Noch bevor Erna Rohdiebl protestieren konnte, waren der Bürgermeister in seiner schlagartigen Distanziertheit, die er schützend übergestülpt hatte wie einen Poncho gegen plötzlich einsetzenden Starkregen, und die beiden anderen Oblivisten bereits durch die Terrassentür in die schwarze Nincshofer Sommernacht verschwunden. Der Gong der Pendeluhr durchbrach die Stille, in der sich Erna Rohdiebl wiederfand. Es war zehn Uhr. In der Küche schnarchte leise gurgelnd die Ziege.

Erna Rohdiebl stapelte die von den Oblivisten stehen gelassenen Teller, als ihr Smartphone in der Kittelschürze vibrierte. Auf dem Display leuchtete eine Nummer, die sie nicht kannte. Erna Rohdiebl ließ das Handy in die Tasche zurückgleiten und wartete, bis das Vibrieren aufhörte. Wenige Augenblicke später schellte das Festnetztelefon. Blechern und schrill. Erna Rohdiebl entließ ein paar Flüche in den Raum. Langsam näherte sie sich dem Klingeln.

»Ja bitte?«, näselte sie in den Hörer.

»Frau Rohdiebl, entschuldigen Sie, dass ich so spät noch anrufe. Ich hoffe, ich störe Sie nicht. Hier spricht Isa Bachgasser.«

Erna Rohdiebl rauschte das Blut zu den Fußsohlen. Der Telefontisch, die kühlen Bodenfliesen, das gesamte Zimmer wirbelte um sie herum. Es war ja klar, dass es so kommen musste. Die Ziegenwirtin wusste es. Erna Rohdiebl war entlarvt. Sie würden die Polizei schicken. Die würde die Ziege finden. Vielleicht hatte auch jemand die Erlangers miteinbezogen. Erna Rohdiebl würde im Gefängnis landen.

»Frau Rohdiebl, sind Sie da?«

Erna Rohdiebl holte tief Luft.

»Ja, ja. Ich bin da.«

»Oje. Sind Sie erkältet? Ihre Nase ist ja ganz zu.«

»Was? Ach so, nein, nein«, entgegnete Erna Rohdiebl hastig und rückte ihre Nasenklammer zurecht, »ich hab Allergien. Hausstaub. Furchtbar.«

»Das tut mir leid. Das stelle ich mir unangenehm vor«, sagte die Ziegenwirtin, dann schwieg sie.

Was sollte Erna Rohdiebl tun? Die Oblivisten waren beleidigt abgerauscht, hatten sie sitzen gelassen vor einem Haufen schmutzigen Geschirrs und unbeantworteter Fragen. Und nun das.

»Frau Rohdiebl, was machen Sie denn morgen Nachmittag?«

»Morgen Nachmittag?« Erna Rohdiebls Herz galoppierte und würde jeden Moment über seine eigenen Schläge stolpern. »Eigentlich habe ich Ihnen schon alles erzählt, was ich weiß über Nincshof, also …«

Die Ziegenwirtin lachte unruhig.

»Das ist schon in Ordnung. Diesmal wollte ich Sie eigentlich nicht über Nincshof ausfragen … Ich wollte Sie einfach so treffen. Haben Sie Lust auf ein Stück Kuchen? Oder auf Linzer Räder? Ich möchte Sie gerne einladen.«

»Zu Ihnen nach Hause?«

»Ja! Das heißt … Natürlich nur, wenn Sie möchten.«

Was passierte hier? Das war doch eine Falle. Diese Frau wollte sie in ihr Haus locken, um sie dort mit ihrem zornigen Mann, dem Ziegenwirt, zu konfrontieren, der sie in seinem Haus verhören und möglicherweise sogar würde erpressen wollen.

»Wissen Sie«, sagte Erna Rohdiebl dann in säuselndem Tonfall, so gut sich dieser mit der Nasenklammer herstellen ließ, »das wird schwer möglich sein, ich habe es mit dem Kreislauf. Sie wohnen ja so weit draußen. Und bei so einer Hitze so weit zu Fuß gehen. Das wird mir nicht wohl bekommen.«

»Das verstehe ich, Frau Rohdiebl. Wissen Sie was? Dann komme ich einfach bei Ihnen vorbei. Was sagen Sie dazu?«

Von den Fußknöcheln schoss Erna Rohdiebl das Blut siedend heiß wieder hinauf bis unter die Kopfhaut. Wenn das alles hier vorbei war, würde sich Erna Rohdiebl von der Frau Dr. Waratny den Blutdruck kontrollieren lassen müssen. Ausgeschlossen, dass die Frau des Ziegenwirts einen Fuß in dieses Haus setzte, solange die gestohlene Ziege ihres Mannes in Erna Rohdiebls Küche wohnte.

»Das geht nicht«, platzte es aus ihr heraus.

»Oh!«

Die Ziegenwirtin klang enttäuscht, und Erna Rohdiebl hatte umgehend ein schlechtes Gewissen.

»Also wissen Sie«, sie stammelte, war zerrissen, »bei mir ist gerade … so was wie eine Baustelle. Alles sehr kompliziert und ungemütlich. Da kommen Sie lieber ein anderes Mal, ja?«

Erna Rohdiebl wollte schon auflegen, doch die Ziegenwirtin gab nicht nach.

»Dann komme ich Sie abholen.«

Sie rief es beinahe.

»Wie bitte?«

»Ja, ich hole Sie bei Ihnen zu Hause ab. Mit dem Auto, das ist klimatisiert. Und dann fahren wir einfach zu mir. Oder irgendwo anders hin.«

Warum war diese Frau so penetrant?

»Wir machen uns ganz einfach einen netten Nachmittag. Also, wenn Sie möchten.«

»Nun ja …«, sagte Erna Rohdiebl vorsichtig. »Und das ist dann nur mit Ihnen?«

»Wie meinen Sie das?«

»Also nur wir zwei. Ihr Mann ist nicht dabei?«

»Mein Mann?« Die Ziegenwirtin seufzte. »Der ist gerade mit anderen Dingen beschäftigt. Ich weiß nicht, ob Sie das schon mitbekommen haben, aber bei uns wurde eingebrochen. In den Stall. Dort hat jemand eine Irrziege gestohlen.«

»Oje«, säuselte Erna Rohdiebl. Sie schluckte. »Ist er recht traurig?«

»Traurig?«

»Wegen der Ziege.«

»Ja, schon. Aber hauptsächlich enttäuscht. Die Ziege war trächtig. Er ist enttäuscht, dass er die Geburt nicht erleben wird.«

»Haben Sie denn schon eine Ahnung, wo die Ziege sein könnte?«, fragte Erna Rohdiebl und würgte die Telefonkabelspirale in ihrer Faust. Die Ziegenwirtin seufzte wieder in die Leitung.

»Nicht wirklich. Die Polizei war zwar da und hat alles aufgenommen in die Kartei, aber ich glaube ehrlich gesagt, das wird abgeheftet und gut ist's. Sie wissen ja, wie das ist.«

Erna Rohdiebl wusste nicht, wie das war, aber sie bejahte trotzdem.

»Ich glaube, Ihrer Ziege geht es gut. Ganz bestimmt. Und ich wünsch mir für Sie und Ihren Mann, dass sich das bald klärt.«

Es war nicht einmal eine Lüge.

»Das ist lieb von Ihnen«, sagte die Ziegenwirtin. Nach einer kleinen Pause schob sie hinterher: »Also? Was sagen Sie? Haben Sie Lust auf einen Nachmittagskaffee und Kuchen bei mir?«

Erna Rohdiebl zögerte. Die Befürchtung, die Ziegenwirtin würde sie austricksen wollen, hatte sie nicht mehr. Dass sie aber so sehr auf ein Treffen beharrte, machte sie dennoch stutzig. Es bestand die ernst zu nehmende Gefahr, dass Erna Rohdiebl während eines Besuches Dinge über die Lippen rutschten, die für sie und die Oblivisten brandgefährlich werden konnten. Allerdings, und das machte die Entscheidung nicht einfacher, stellte sich die Frage, ob für den Oblivismus überhaupt noch etwas gefährlich werden konnte. Denn Erna Rohdiebl wusste nicht, ob es den Oblivismus überhaupt noch gab.

Sie befreite das Telefonkabel aus ihrer Faust, und es geschah, was so oft geschehen war in diesem seltsamen Sommer: Ihre Neugier obsiegte, noch bevor ein zu langes Drüber-Nachdenken sie hätte aufhalten können.

»Ja, ist gut«, sagte sie dann, bevor sie es sich anders überlegen konnte.

»Wirklich?«, Isa Bachgasser klang nun fast überrascht. »Das ist ja wunderbar!«

Erna Rohdiebl sah hinüber zur Küchentür. Hinter dem Babygitter trippelte die Ziege über das Linoleum.

»Hupen Sie einfach, wenn Sie vor dem Haus stehen. Ich komm dann raus.«

Die nackten Fußsohlen der Ziegenwirtin hinterließen feuchte Abdrücke auf den dunklen Steinfliesen und verschwanden unmittelbar wieder, als liefe ein Geist hinter ihr.

»Im Winter machen wir die Fußbodenheizung an«, sagte sie, ohne sich zu Erna Rohdiebl umzudrehen.

An irgendetwas hatte sie die Frage ablesen können, die sich Erna Rohdiebl gerade im Stillen gestellt hatte. Nicht oft war sie zu Gast in Gebäuden, in denen man derart arglos mit Platz umging wie hier im Wohnklotz der Ziegenwirte. Die Küche vereinigte sich nahtlos mit Wohn- und Esszimmer zu einer kathedralenhaften Ankunftshalle für Hungrige und Bewohner. Hoch wie ein Kirchenschiff und weit wie ein offener Laufstall für Nutzvieh.

»Und mit den Ziegen kriegt man so was bezahlt?«

Die Ziegenwirtin lachte und schüttelte ihren Kopf.

»Aber nein«, sagte sie. »Da mussten wir ein bisschen zusammenlegen. Mein Mann hat außerdem nicht schlecht geerbt. Das hat natürlich geholfen.«

Erna Rohdiebl richtete ihren Blick nach oben. Dicke Holzbalken traten aus der Decke hervor wie die Adern aus einer alten Hand.

»Das ist noch das Originalfachwerk der alten Mühle«, sagte die Ziegenwirtin und hatte damit wieder geantwortet, bevor Erna Rohdiebl die Frage stellen konnte. Konnte diese Frau Gedanken lesen? Die Ziegenwirtin umrundete eine Südeninsel, die wuchtig wie ein Kleinwagen im Autoschauhaus mitten im Raum stand. Sie bedeutete Erna Rohdiebl auf einem der Barhocker Platz zu nehmen und machte sich an einer abenteuerlichen Kaffeemaschine zu schaffen.

»Mein Mann ist Italiener. Deshalb diese aufwendige Espressomaschine«, sagte die Ziegenwirtin fast entschuldigend und fing damit ein drittes Mal Erna Rohdiebls unausgesprochene Frage mit einer Antwort ab. Erna Rohdiebl kletterte schwerfällig auf den Barhocker. Während der Kaffee aus der Maschine röchelte, erzählte die Ziegenwirtin von der langwierigen Bauphase, von ihrem Mann, der nie mit etwas zufrieden gewesen war, bis es genau so war, wie er es in seinen Skizzen aufgezeichnet hatte. Sie hatte heute etwas sehr Sanftes, diese Ziegenwirtin, mehr als sonst. Sie reichte ihr eine Tasse Kaffee über die kalte Steinplatte der Kücheninsel. Sehnige Muskeln spannten sich um ihren Oberarm.

»Sie machen viel Sport, gell?«, bemerkte Erna Rohdiebl.

Die Ziegenwirtin lachte verlegen.

»Ja, ich will vielleicht bald einen Marathon laufen.«

»Ehrlich wahr?«

Erna Rohdiebl pfiff anerkennend.

»Aber wahrscheinlich erst im nächsten Jahr, mal schauen. Der Umzug, das war schon ein großer Aufwand. Und außerdem …« Sie zögerte. »Es ging mir außerdem nicht so gut in letzter Zeit, und jetzt noch diese blöde Sache mit der Ziege.«

Erna Rohdiebl saß plötzlich aufrechter auf dem Barhocker und konzentrierte sich auf den Kaffee, der noch zu heiß war, um einen von der unangenehmen Gesprächswendung ablenkenden Schluck davon nehmen zu können. Sie griff nach dem danebenliegenden Löffel und begann zu rühren.

»Irgendwie sind so viele seltsame Dinge passiert in letzter Zeit, wissen Sie?«, sagte die Ziegenwirtin.

Erna Rohdiebl rührte. Der Kaffee hatte in der Tasse einen beachtlichen Strudel gebildet und drohte über den Rand zu treten. In dem Moment rauschte hinter ihr die leinwandgroße Terrassentür auf, und herein trat ein verschwitzter, sonnenverbrannter Ziegenwirt. Jetzt war es vorbei. Lamm und Wolf, hier in dieser Küche trafen sie aufeinander. Es war eine dumme Idee gewesen, hierherzukommen. Erna Rohdiebl schloss die Augen. Als sie sie wieder öffnete, stand der Ziegenwirt direkt vor ihr. Er nahm seine Schirmkappe ab. Feuchte Haarsträhnen klebten an seiner Stirn.

»Wäre ich nicht so schmutzig, würde ich Sie jetzt drücken«, sagte er und hielt seine Hände in die Luft. In jeder Rille seiner Fingerkuppen klebte Dreck.

»Ich bin so froh, Sie wieder gesund und munter zu sehen, Frau Rohdiebl«, sagte er.

Tiefe Falten fächerten sich um seine Augen. Er strahlte. Erna Rohdiebl schluckte und nickte langsam. Dann verbeugte er sich dezent.

»Sie entschuldigen mich. Ich muss unter die Dusche. Ich habe gleich einen Termin mit dem Bürgermeister.«

»Mit dem Bürgermeister!« Erna Rohdiebl japste. »Weiß der davon?«

Der Ziegenwirt lachte.

»Ich hoffe doch, dass er davon weiß. Schließlich hat er den Termin anberaumt.«

Er warf einen Blick auf die Wanduhr, auf der weder Ziffern noch sonstige Zeichen die Stunden markierten, sondern sich bloß zwei schlanke Zeiger auf einer dunklen Fläche drehten, die nicht einmal rund war.

»Ich beeile mich besser. Er wollte in zwanzig Minuten hier sein.«

Erna Rohdiebl riss die Augen auf.

»Er kommt hierher?«

»Ja, so hat er es mir eben am Telefon gesagt«, sagte er und hastete die breiten Steinstufen hinauf in die obere Etage.

»Der Bürgermeister kommt hierher. Dann geh ich besser«, murmelte Erna Rohdiebl und war schon mit einer Hinternhälfte vom Stuhl gerutscht, da eilte die Ziegenwirtin um die Kücheninsel.

»Auf gar keinen Fall! Nur weil der Bürgermeister kommt, heißt das nicht, dass wir Frauen im Kämmerchen zu verschwinden haben. So weit kommt's noch.«

Sie legte Erna Rohdiebl die Hände auf die Schultern und drückte sie sanft in den Stuhl zurück.

»Sie bleiben schön hier. Mein Mann wird sich mit dem Bürgermeister eben ein anderes Platzerl suchen müssen. Das Haus ist schließlich groß genug.«

Der Bürgermeister würde kommen. Warum hatte er den Oblivisten nicht davon erzählt? Oder hatte er ihnen davon erzählt, nur ihr nicht? Würde er kommen und alles beichten? Oder aber … Erna Rohdiebl wurde plötzlich sehr heiß. Was, wenn alle unter einer Decke steckten? Die Ziegenwirtin, der Ziegenwirt, der Bürgermeister? Wenn sie Erna Rohdiebl überführen wollten? Wenn alles, der gesamte Oblivismus, eine gemeinsame, hinterhältige Aktion war, um ihre Skrupellosigkeit zu entlarven, die mit Sommerbeginn und dem Einsteigen in den Pool der Erlangers ihre Aufmerksamkeit auf sich gezogen hatte, und sie schließlich hier, im Haus des vermeintlichen Feindes, in die Enge zu treiben? Während Erna Rohdiebl auf dem schwindelig hohen Barhocker zwischen diversen Horrorszenarien zerfloss, machte sich die Ziegenwirtin in seliger Ruhe daran, den nächsten Kaffee zu kochen. Sie zerhäckselte Kaffeebohnen zu Pulver, drehte an Rädern, drückte auf Knöpfe, die Maschine begann zu surren, laut, fast hämisch.

»Warum in Herrgotts Namen haben Sie mich eingeladen?«, platzte es schließlich aus Erna Rohdiebl heraus.

So jäh kam die Frage, dass die Ziegenwirtin hinter ihrer Kaffeemaschine zusammenzuckte und Erna Rohdiebl verwirrt anblinzelte. Diese versuchte zurückzurudern.

»Also, ich meine, weil«, sie räusperte sich, »es kam so unerwartet … Sonst kommen Sie ja mit dem Notizbuch und wollen so viel wissen.«

Die Ziegenwirtin stand stumm vor der Kaffeemaschine und strich eine widerspenstige Haarsträhne glatt.

»Ich freue mich ja, dass Sie mich eingeladen haben, so ist es nicht«, sagte Erna Rohdiebl schnell. »Ich bin nur etwas überrascht gewesen, das ist alles. Es tut mir leid, ich wollte Sie nicht …«

»Ist schon in Ordnung«, sagte die Ziegenwirtin. »Wenn ich ehrlich bin, es war nicht meine Idee.«

Erna Rohdiebl schluckte. Die Ziegenwirtin schloss die Augen und holte Luft. Hier kam es nun.

»Meine Therapeutin hat es mir aufgetragen.«

»Therapeutin?«

Isa Bachgasser betrachtete verlegen ihre Hände und drehte an einem Rädchen an der Kaffeemaschine, die plötzlich viel größer war als sie selbst. Und dann, ohne Vorwarnung, begann sie zu weinen. Sie hob die Hände vors Gesicht und wandte Erna Rohdiebl den Rücken zu. Ihre Schultern zuckten auf und ab.

»Entschuldigung«, rotzte sie, »ich wollte jetzt eigentlich nicht heulen. Es ist nur …« Sie hielt inne und atmete stotternd. »Es ist nur alles ein bisschen viel gerade, und ich bin vielleicht gerade etwas dünnhäutig.«

Langsam drehte sie sich zu Erna Rohdiebl um. Ein müdes Lächeln kämpfte sich auf ihre Lippen. Erna Rohdiebl schluckte. Gerade noch hatte sich ihr Herz vor Angst und Verwirrung erhärtet, nun wieder wurde es weich wie Krapfenteig. Vorsichtig rutschte sie vom Barhocker, lief um die Kücheninsel herum und blieb vor der Ziegenwirtin stehen. Deren Schultern hingen, die gebräunte Stirn lag in Falten, die Augen waren blutunterlaufen. Viel war nicht übrig von der sonst so klar sichtbaren Eleganz.

»Frau Bachgasser, Entschuldigung«, sagte Erna Rohdiebl leise,

»das war gerade ein bisschen grob von mir.« Sie nahm eine tränenfeuchte Hand der Ziegenwirtin in ihre und drückte sie sanft. »Wissen Sie, bei mir ist es grad auch alles ein bisserl viel. Vielleicht können wir einmal kurz zurückspulen? Ich frag noch einmal freundlicher.«

Draußen auf der Terrasse, im Schatten des blütenweißen Segeltuches, saßen die beiden Frauen, Schulter an Schulter, Blick auf die Ziegenweide. Die Kaffeelöffel klirrten gegen Porzellan, während Erna Rohdiebl Dinge erfuhr, die ihr mit jeder verstreichenden Minute das Herz für diese seltsame Frau weichklopften. Nun, da der Damm nach dem Weinanfall in der Küche gebrochen war, erzählte die Ziegenwirtin mit merkbarer Entspanntheit. Als anstrengend und trist empfinde sie gerade manchmal ihr Leben, obwohl es – dessen sei sie sich bewusst – von außen betrachtet überhaupt nicht trist und anstrengend wirken mochte. Etwas fehle ihr hier, in Nincshof. Etwas fehle ihr aber wahrscheinlich auch generell. Verschlossen seien die Nincshofer ihr gegenüber, sodass sie manchmal das Gefühl hatte, man wollte sie hier nicht haben. Die Therapeutin habe sie fast ein wenig tadelnd gefragt, warum sie, wo sie sich so über die Verschlossenheit der Nincshofer ärgerte, nicht einfach selbst jemanden zu sich einlud, ohne Notizbuch und ohne Aufnahmegerät, sondern einfach bloß so, und dass sie dann Erna Rohdiebl eingeladen habe, weil sie ihr schon seit der Begegnung auf dem Friedhof sympathisch gewesen sei, mehr als die anderen Nincshofer, die sie bislang hatte kennenlernen können. Sie berichtete von den unglücklichen Vorfällen, die sie anziehe wie ein Magnet, die missglückten Gespräche mit den Nincshofern, die gestohlene Ziege, die Nacht des Herumirrens auf der Suche nach der Dorfeinfahrt, in der sie hinterher das Gefühl gehabt hatte, als hätte das Dorf sie ausgespuckt und würde sich vor ihr verschließen.

Wochenlang war Erna Rohdiebl gefangen gewesen in den oblivistischen Schlachtplänen, hatte sich mitreißen lassen vom Enthusiasmus der anderen, hatte ein bloß vages Ziel vor Augen gehabt. Der Oblivismus aber hatte Konsequenzen, und es war sonnenklar, dass die Ziegenwirtin unter ihnen litt.

Isa Bachgasser erzählte von ihrem Mann, der schlimm krank gewesen war vor vielen Jahren, erzählte von Angst und großer Traurigkeit und Verzweiflung, vom Schraubstock um ihre Brust, von der bleischweren Bettdecke, von ihrer Tochter, wegen der sie damals jeden Morgen trotzdem aus dem Schlafzimmer gekrochen und dem Tag entgegengetreten war, erzählte vom Weitermachen, vom So-Tun, als sei das Leben dasselbe wie zuvor, von der Arbeit, in die sie sich gestürzt hatte, bis sie wiederkam die Angst, die Traurigkeit, der Schraubstock. Der Umzug nach Nincshof hätte eine Art Neuanfang werden sollen. Dass Erna Rohdiebl und die Oblivisten mit ihren schrägen Plänen ihr diesen Neuanfang zumindest teilweise verwehrt hatten, tränkte Erna Rohdiebls Herz in klebrige Schuld.

Gerne hätte sie ihr auf der Stelle gesagt, dass die Nincshofer eigentlich so nicht seien, sondern sie lediglich an ein paar seltsame Exemplare geraten sei, die einem ganz eigenen Programm folgten. Dass unter anderem der Oblivismus Teil des Problems sei. Irgendwann würde sie ihr all dies sagen müssen, und nun, dieser zerbrechlichen Frau gegenüber sitzend, wurde klar, wie bald. Still legte sie ihre Hand auf den sehnigen Unterarm der Ziegenwirtin und drückte ihn.

Der Vorsprung, den man als Mensch, der den Großteil seines Lebens schon hinter sich hatte, gegenüber Jüngeren genoss, umfasste zwei Gewissheiten, die den meisten Jüngeren, glücklicherweise, fehlten: dass erstens Leben auch Leid bedeutete. Und dass zweitens das *auch* hierbei das Wesentliche war, weil auf das *auch* ein *aber nicht nur* folgte und sich genau deshalb all der Kummer, der einen manchmal befiel, trotzdem lohnte.

Als Mädchen hatte Erna Rohdiebl gedacht, Leben bedeute, das feuchte Gras zwischen den Zehen zu spüren, früh am Morgen, wenn alle noch schliefen und der Tag einem noch ganz alleine gehörte. Leben bedeute die Wärme eines Katzenbabys auf dem Schoß und seidig weicher Germteig, der leise unter dem Geschirrtuch immer größer wurde. Als junge Frau hieß Leben ungetrübt lachen aus dem vollgegossenen Herzen, Arme in die Luft reißen beim Mitfahren auf Gepäckträgern, laut in die Nacht hineinschreien, bis die Lungen schmerzten, zerschmelzende Glieder, die schönen Augen des Gegenübers, Haut an Haut, nachts in den See springen. Heute, als fast Achtzigjährige, wusste sie, das Leben war ein Durcheinander, ein üppiger Strauß Wildblumen, in dem die schönsten und die giftigsten Blüten nebeneinander gediehen.

Erna Rohdiebl wollte gerade ansetzen, der Ziegenwirtin dies zu sagen. Doch wieder rauschte die Terrassentür auf, und aus dem kühlen Haus ins orange Augustlicht traten der Ziegenwirt und, grinsend, die Fäuste lässig in die Hosentaschen gegraben, der Bürgermeister. Als er Erna Rohdiebl sah, verschwand sein Grinsen unvermittelt. Über ihm wippte im sanften Wind das Segeltuch. Erna Rohdiebl hob zögernd die Hand zum Gruß und versuchte, seinen leeren Blick zu deuten.

»Wir wollen die Damen nicht stören«, sagte der Ziegenwirt. »Wir wollten nur Hallo sagen und dann rüber.« Er deutete mit dem Kinn in Richtung Ziegenweide.

Der Bürgermeister fing sich aus seiner momentanen Überraschung, zog die Fäuste aus den Taschen und sah sich um wie ein neugieriger Tourist auf dem Markusplatz. Dann sagte er, zu laut und zu hölzern, wie ein schlechter Schauspieler: »Ich wollte mir selbst ein Bild machen von dem Schaden, den wir als Gemeinde natürlich sehr bedauern. Sie können sich sicher sein, dass die Gemeinde Nincshof alles tun wird, um eine lückenlose Aufklärung dieser ekelhaften Tat zu begünstigen.«

Der Ziegenwirt schlug mit seiner frisch geduschten Hand dem Bürgermeister brüderlich kräftig auf die Schulter. Der Bürgermeister taumelte.

»Also dann«, sagte der Ziegenwirt, und die beiden Männer trotteten durch den Garten hinüber zur Weide und lehnten sich an den Zaun. Aus der Entfernung sah Erna Rohdiebl, dass der Ziegenwirt mit ausgestrecktem Arm über das Ziegengehege deutete. Zweifelsohne erklärte er ihm gerade den Tathergang, den der Bürgermeister, zweifelsohne, besser kannte als er.

»Wissen Sie, was wir in Nincshof immer machen, wenn alles zu viel wird und wir das Glück irgendwo verloren haben?«, sagte Erna Rohdiebl.

»Nämlich?«

Erna Rohdiebl lächelte.

»Vielleicht holen Sie dazu besser wieder Ihr Notizbuch.«

27

Wer Selma Sadić anrief, war gut beraten, auch bis zum achten Klingeln zu warten. Bis sie sich aus ihren Arbeitshandschuhen geschält hatte, von der Leiter vor der Leinwand geklettert und durch das halbe Atelier gesprungen war, konnte es dauern. Isa Bachgasser hatte Erna Rohdiebl durch das dämmrige Nincshof zurück in die Urbarialgasse Nummer fünf gefahren, die alte Frau hatte sich mit einer zunächst zögerlichen, dann aber sehr festen Umarmung von ihr verabschiedet, hatte ihr von der Gartentür noch einmal zugewunken und war in ihrem Haus verschwunden. Kaum hatte Isa Bachgasser den Wagen gewendet, wählte sie Selma Sadićs Nummer.

»Bachgasser! Hey!«, krächzte es aus der Leitung.

»Selma«, sagte Isa Bachgasser, das Handy mit der Schulter ans Ohr gepresst. »Ich bin so froh, dich zu hören.«

»What's up?«

»Komm nach Nincshof!«

»Jetzt?«

»Keine Ahnung. Ja, jetzt. Oder auch nicht jetzt. Morgen. Übermorgen. Wann immer es dir passt.«

»Okay«, sagte Selma Sadić zögerlich.

»Und bleib doch gleich ein paar Tage. Wir haben Platz. Ich hol dich vom Bahnhof ab. Oder zur Not auch in Wien. Ganz egal.

Wenn ich das nächste Mal bei der Kutschera bin. Ich pack dich ein, und wir fahren zusammen raus. Was hältst du davon?«

»Isa«, seufzte Selma Sadić. »Ist irgendwas passiert?«

»Nein. Also ja, schon. Es passiert dauernd was, aber deswegen rufe ich nicht an. Du fehlst mir einfach. Das ist alles.«

»Du fehlst mir auch.«

»Eine der Ziegen vom Silvano war trächtig.«

»Oh, wie schön.«

»Dann wurde sie entführt.«

»Nein!«

»Ja, doch.«

»Im verschlafenen Nincshof?«

»Ja. Ziemlich tragisch alles. Der Silvano ist sehr geknickt.«

»Ach Scheiße!«

Isa Bachgasser fuhr durch die leere Marktgasse. Aus den Straßenlaternen fielen gelbe Kegel, in einem von ihnen querte eine Gestalt die Fahrbahn. Es war der junge Bursche, den sie vor Wochen an fast derselben Stelle beinahe umgefahren hatte. Den Kopf gesenkt, die Hände in den Taschen vergraben, schlich er dahin.

»Also, Selma! Wann kommst du?«

»Ich schau morgen mal nach Zügen, ja?«

»Ist gut!«

Isa Bachgasser schmunzelte.

»Und Selma?«

»Hm?«

»Rat mal, wie man in Nincshof Depressionen behandelt?«

»Mit Schnaps?«

»Fast! Mit Masturbation!«

28

Es war bezeichnend für die Stärke einer Bewegung, wenn schon der kleinste Zweifel in Form eines simplen *Wie-geht-es-jetzt-weiter?* derartige Verwerfungen auslöste, dass sich niemand mehr imstande sah, mit dem anderen zu sprechen. Tage waren ins Land gegangen, an denen Erna Rohdiebl die Oblivisten nicht zu Gesicht bekommen hatte. Allein Valentin Salmerak war vorbeigekommen und hatte eilig und einsilbig jeden Nachmittag die Mahd vorbeigebracht. Die anderen hatten nicht einmal angerufen. Auch nach der zufälligen Begegnung bei den Ziegenwirten hatte der Bürgermeister es nicht für notwendig erachtet, sich zu melden, obwohl er doch platzen musste vor Neugierde und wissen wollte, was Erna Rohdiebl bei der Ziegenwirtin getan hatte. Dieses lächerlich unreife Verhalten war doch Bestätigung genug, dass die Oblivisten sich überschätzt hatten mit ihrem Vorhaben und dass die Beendigung der Bewegung möglicherweise allen guttun würde. Wer ein so großes, verletzliches Ego hatte, dachte Erna Rohdiebl, der brauchte keine großen politischen Pläne schmieden. Das war, so hatte es die Weltgeschichte doch zur Genüge bewiesen, noch nie gut gegangen.

Es war Nachmittag, die Sonne hatte sich hinter dem Dachfirst des Nachbarhauses auf ihren Weg zum Horizont gemacht, Erna Rohdiebl kniete im Gemüsebeet, auf das nach einem Tag der Hitze endlich ein kühlender Schatten fiel. Das Unkraut war zwischen den Paradeiserstauden schon so hoch gewachsen, dass Erna Rohdiebl es faustweise ausrupfen konnte. Das hatte man davon, wenn man sich nur noch mit Oblivistendingen beschäftigte. Sie hatte gerade eine besonders hartnäckige, besonders lange Distelwurzel aus der trockenen Erde gezogen, als das Gartentor quietschte. An einer fleischigen Tomate vorbei erspähte sie ihn dann, den Bürgermeister, wie er zögerlich seine Schritte auf die Waschbetonplatten setzte. Seine Finger zupften am Saum seines Jacketts. Ein neues Kapitel des Nincshofer Oblivismus war angebrochen, das konnte ihm ein Blinder ansehen. Erna Rohdiebl biss in den Bund ihrer Gartenhandschuhe, zog sie aus und richtete sich langsam auf.

Am Gartentisch goss Erna Rohdiebl frisch gebrühten Kaffee in zwei Tassen und schob eine dem Bürgermeister hin.

»Und was hast du ihr alles erzählt, bei euren Treffen?«, fragte der Bürgermeister, tief in den Gartenstuhl gesunken, die Lippen geschürzt.

»Alles«, sagte Erna Rohdiebl, »alles, was sie wissen wollte. Sie ist eine sehr Nette.«

Der Bürgermeister blies die Wangen auf.

»Dass du sie triffst, hättest du uns früher sagen können, Erna. Dir ist schon klar, was passiert, wenn sie daraus einen Film macht?«

Er sprach ruhig und gefasst.

»Blödsinn. Die macht keinen Film. Die will nur reden. Sie ist einsam in dem großen Haus«, sagte Erna Rohdiebl. »Es kann doch nicht angehen, dass der Oblivismus uns untersagt, mit Menschen zu reden, die einsam sind. Aber mittlerweile weiß ich ja nicht einmal mehr, ob es ihn denn überhaupt noch gibt, den Oblivismus?«

Der Bürgermeister seufzte tief, legte seinen Kopf in den Nacken und betrachtete den Himmel, an dem keine einzige Wolke zu sehen war. Er schloss die Augen. Erna Rohdiebl schwieg. Es war klar, dass der Bürgermeister dabei war, etwas zu sagen, was ihm viel abverlangte. Unterbrechen durfte man ihn jetzt nicht. Der Mut würde ihn verlassen, das zu Sagende würde in ihm stecken bleiben und dort großen Schaden anrichten. Er kniff die Augen fester zusammen. Tiefe Furchen gruben sich in sein Gesicht. Wie die Ziegenwirtin litt auch er an den Folgen des Oblivismus.

»Also gut«, sagte er langsam und richtete sich auf. »Die oblivistische Bewegung Nincshofs wird bald ihr Ende finden.«

Erna Rohdiebl nickte ermutigend.

»Der Oblivismus tut uns nicht mehr gut.« Er schluckte. Die Lippen schmalgepresst, die Stirn in Falten. »Ich weiß auch nicht, was ich mir dabei gedacht habe. Ich wollte Veränderung. Ich wollte Freiheit für Nincshof. Dieser Weg, der Weg des Oblivismus, schien mir der logischste. Jetzt haben wir diese Ziege hier in der Küche stehen und wissen nicht, wohin mit ihr. Wir zerstreiten uns wegen kleinster Unstimmigkeiten.« Er seufzte. »Das wird uns jetzt schon alles zu viel. Dabei sind wir doch erst am Anfang. Der Oblivismus tut uns nicht gut. Der Oblivismus war ein Hirngespinst.«

Schnaufend sog er Luft ein, blies seinen Oberkörper auf wie ein Truthahn, sackte wieder zusammen und wimmerte.

»Ist schon gut«, sagte Erna Rohdiebl. Obwohl sie wusste, dass es nicht die Wahrheit war, der Bürgermeister diese Unwahrheit aber dringend hören musste, fuhr sie fort: »Das hätte doch jedem von uns passieren können.«

Der Bürgermeister schüttelte den Kopf.

»Es tut mir so leid. Ich habe euch alle hineingerissen in meine lächerliche Geschichte. Du hast uns in deiner Herzensgüte Abend für Abend an deiner Eckbank empfangen und …«

»Herr Bürgermeister …«

»Nein, Erna, wirklich«, sagte er. »Es ist nicht zu entschuldigen. Wir haben, ich habe dich dazu angestiftet, kriminelle Dinge zu tun, und jetzt sitzt du hier mit diesem stinkenden Viech in deinem Haus.«

»Also, ich darf doch sehr bitten. Kriminelle Dinge hab ich auch ohne euch hingekriegt. Zumindest einen Einbruch habe ich ganz alleine geschafft. So viel Zeit für Anerkennung muss sein. Auch wenn es nur der Pool der Erlangers war, aber immerhin.«

Der Bürgermeister grinste gequält.

»Außerdem«, fuhr sie fort, »glaubst du wirklich, ich hätte nicht Nein sagen können zu euch, wenn ich nicht hätte mitmachen wollen? Es klingt fast so, als würdest du mir das nicht zutrauen. Ich habe bei euch mitgemacht, weil ich *wollte*. Es hat doch Spaß gemacht! Es war doch ein wirklich aufregender Sommer.«

»Wirklich?«

»Wer kann schon behaupten, dass er mit Ende siebzig noch einmal so viele Dinge zum ersten Mal macht? Dafür bin ich euch dankbar«, sagte Erna Rohdiebl.

»Das sagst du nicht nur so?«, fragte der Bürgermeister leise.

Erna Rohdiebl schüttelte den Kopf.

»Wann soll ich es ihnen sagen?«

»So bald wie möglich.«

»Es wird ihnen das Herz brechen.«

»Ein gebrochenes Herz bleibt in dieser Welt niemandem erspart.«

29

Aus dem brummenden Regionalzug winkte wenige Tage später eine lachende Selma Sadić, als er in den Bahnhof Nincshof einrollte, die Haare vom sanften Fahrtwind zerzaust.

»Mein Arsch in Nincshof, Isa, wer hätte das gedacht«, sagte sie und warf ihren Rucksack auf die Rückbank. »Du kannst froh sein, dass du eine freie Künstlerin zur Freundin hast, die arm ist und Zeit hat. Eine Managerfreundin mit zugekleistertem Terminkalender wäre nicht zur dir nach Nincshof gekommen, einfach so.«

Es gab Wiedersehensfreude, eine feste Umarmung für einen verschwitzten Silvano Mezzaroni, ein neues Plektron für den E-Bass für Patenkind Felicitas. Es gab große Augen bei der Führung durch den Wohnpalast, höfliches Nicken bei der ersten Begegnung mit den Irrziegen. Beim Abendessen auf der Terrasse floss kühler Weißwein in die Gläser, das Segeltuch wallte sanft, die Sonne zeichnete den Menschen die Schönheit an diesem Abend besonders auffällig ins Gesicht. Silvano Mezzaroni verabschiedete sich früh. Von der Terrasse aus sah man ihn, wie er dem Irrziegenhengst Eduardo hinterherlief, ihm Halfter und Leine anlegte und ihn von der Weide führte.

»Sein Irrziegenzüchterkollege aus Peru hat ihm erzählt, das Alphamännchen kann verloren gegangene Tiere aus seiner Herde über mehrere Hundert Kilometer riechen und zu ihnen finden.

Solange man den Glauben daran nicht verliert«, sagte Isa Bachgasser. »Jetzt geht er jeden Abend mit ihm durch die Gegend.«

Selma Sadić zog die Augenbrauen hoch. Silvano Mezzaroni winkte ein letztes Mal Richtung Terrasse und verschwand in dem Mysterium Nincshof. Selma Sadić griff nach der Flasche im Weinkühler und schenkte nach.

»Es ist natürlich nicht der dritte Bezirk«, sagte sie, »aber es ist schön hier. Und so ruhig. Man kann hier atmen.«

Isa Bachgasser lächelte müde. Selma Sadić seufzte.

»Isa, ich weiß, du bist nicht glücklich hier.«

Isa Bachgasser blickte hinüber zur Irrziegenweide. Wie jeden Abend, wenn die Sonne unterging, trotteten die Viecher zurück in den Stall. Sie war nicht sicher, wie viel Lust sie auf dieses Gespräch hatte. Selma Sadić fuhr fort.

»Ich glaube ja, Glücklichsein ist überschätzt. So als Zustand. Also, ich bin nur ganz selten glücklich. Wenn ich wild verknallt bin oder mir etwas Großes gelungen ist. Ich glaube, ich könnte nicht einmal permanent glücklich sein. Das wäre doch total anstrengend.«

»Und jetzt?«, fragte Isa Bachgasser. »Bist du jetzt nicht glücklich?«

»Nein«, antwortete Selma Sadić. »Aber ich komme halbwegs klar mit allem. Das reicht mir.«

Die beiden Freundinnen saßen schweigend auf der Terrasse und ließen die Abendsonne auf ihren Nasen sitzen, bis sie, irgendwo weit hinter der Irrziegenweide, unter den Horizont glitt.

»Hast du Lust, einen Spaziergang zu machen?«, fragte Isa Bachgasser irgendwann. »Ich zeig dir die Provinzmetropole Nincshof.«

»Jetzt? Wo es schon dunkel ist?«

»Warum nicht?«

30

Mit jenem wohlwollend ermutigenden Blick, mit dem man als Mutter seine Kinder ansah, wenn man ihnen die Angst vorm Zahnarzt oder einem bevorstehenden Referat abluchsen wollte und mit dem Erna Rohdiebl vor ein paar Tagen schon auf der Terrasse versucht hatte, dem Bürgermeister gegenüber Wohlwollen zu zeigen, sah sie ihn nun auf der Eckbank wieder an. Die übrigen Oblivisten hatten sich nach seiner Einladung dazu durchgerungen, wieder in der Urbarialgasse Nummer fünf zu erscheinen, und schaufelten Kaiserschmarrn aus einer großen Pfanne auf ihre Teller. Dass sie beim letzten Mal in einem seltsamen Streit auseinandergegangen waren und daraufhin tagelang geschmollt hatten, erwähnten sie mit keinem Wort. Ein Charakteristikum des Oblivismus in Nincshof, dachte Erna Rohdiebl. Unangenehmes einfach aussitzen. Der Bürgermeister räusperte sich.

»Also dann«, sagte er, »ich wünsche einen guten Appetit.«

Valentin Salmerak ließ Staubzucker schneien, der Sipp Sepp löffelte Pusztafeigenkompott auf den Tellerrand. Erna Rohdiebl suchte nach dem Blick des Bürgermeisters und nickte ihm zu.

»Ich möchte gerne …«, fing er an.

Valentin Salmerak griff nach der Staubzuckerdose und hielt sie dem Bürgermeister fragend hin. Der Bürgermeister lächelte und nahm sie entgegen. Erna Rohdiebl beobachtete ihn von der anderen Seite des Tisches. Sie nickte ihm wieder zu. Heftiger diesmal. Der Bürgermeister rührte sich nicht.

»Was ist?«, fragte ihn Valentin Salmerak. »Hast du keinen Hunger?«

»Doch, doch«, sagte der Bürgermeister, seine Finger fummelten am Rand der Tischdecke. Erna Rohdiebl fuhr dazwischen.

»Der Bürgermeister möchte euch was sagen«, sagte sie. »Es wird euch nicht gefallen.«

Valentin Salmerak ließ die Gabel sinken.

»Ist was passiert?«, fragte er, bleich wie Schulkreide. »Es ist der Ziegenwirt, oder? Er weiß es? Deswegen wart ihr bei ihm letzte Woche, oder? Ich hab euch gesehen. Ich bin euch nachgeschlichen. Das hab ich euch nicht erzählt. Es tut mir leid.«

»Es ist etwas anderes«, sagte der Bürgermeister und holte Luft. »Ich bekomme zunehmend Bauchweh, wenn ich daran denke, was die Zukunft für uns bereithält, für den Oblivismus, und wie wir dem begegnen.«

Des Bürgermeisters dicke Finger zupften kräftiger an der Tischdecke, die Pusztafeigen zitterten nervös im Kompottglas.

»Ich glaube, wir sind gut beraten, wenn wir den Nincshofer Oblivismus an dieser Stelle in ein ehrenvolles Grab betten und ihn in unseren Herzen weiterleben lassen. Und glaubt mir, wenn ich sage, dass mir diese Einsicht nicht leicht gefallen ist.«

Die Eckbank schwieg. Im Nebenzimmer hackte die Penduluhr mit jedem Ticken in die zum Platzen volle Stille.

»Das soll ein Scherz sein«, sagte Valentin Salmerak. Er wandte sich an Erna Rohdiebl und wiederholte: »Das ist doch ein Scherz?«

Seine Blicke sprangen gehetzt zwischen dem Bürgermeister und Erna Rohdiebl hin und her. Der Bürgermeister starrte auf die Hände in seinem Schoß. Erna Rohdiebl verließ sich auf den Mutterblick.

»Ich glaub es nicht«, sagte Valentin Salmerak. »Ihr meint das ernst. Sepp, die meinen das echt ernst! Wieso das denn jetzt plötzlich? Den ganzen Sommer lang reißen wir uns den Arsch auf, und … ihr wollt Nincshof dem Verderben ausliefern?«

»Na ja, Verderben würde ich jetzt nicht sagen«, murmelte der Bürgermeister. »Wenn es nicht anders geht, würde ich mein Amt als Bürgermeister weiter ausführen. Perspektivisch.«

»Perspektivisch!« Valentin Salmerak lachte zynisch. »Perspektivisch wirst du auch irgendwann sterben, Herr Bürgermeister. Was ist dann? Möchtest du, dass das dein Erbe ist? Ein Dorf wie jedes x-beliebige Dorf in Österreich? Pfui, Teufel.«

Wütend warf er sich in die Rückenlehne der Eckbank und verschränkte die Arme vor der Brust. Der Sipp Sepp sah ihn mit großen Augen an. Er selbst aber schwieg, wie immer.

»Wir waren uns doch bis vor Kurzem alle so einig. In allem! Ich verstehe gar nicht, warum jetzt auf einmal …«

»Schau, Valentin, ich finde, die Erna hat uns ordentlich den Spiegel vorgehalten mit ihrer Frage danach, wie es weitergeht. Niemand hat eine Antwort gehabt, oder? Auch jetzt, eine Woche später, habe ich keine Antwort. Wir müssten, wenn wir das wirklich durchziehen wollten, das gesamte Dorf auf unserer Seite haben. Wie soll denn das gehen?«

»Was soll denn daran nicht gehen? Wir haben es doch noch nicht einmal richtig probiert!«, rief Valentin Salmerak. »Wir müssen nur darauf vertrauen!«

Er wand sich auf der Eckbank wie ein Aal im Fischernetz, versuchte, der neuen Realität mit aller Kraft zu entkommen.

»Ich glaube«, sagte Erna Rohdiebl in dem sanftesten Tonfall, den sie anzuschlagen vermochte, »es wird Zeit, dass wir ehrlich zu uns sind. Es hat Spaß gemacht. Unsere Abenteuer werde ich nie vergessen. Aber wir müssen irgendwann darüber reden, wo das hinführt. Und ich fürchte leider, dass es nirgendwohin führen wird.«

Valentin Salmerak blähte seine Nasenflügel auf. Er musste dabei zusehen, wie seine wertvollste Schatzkiste mit seinen wertvollsten Träumen von seinen bis eben noch wertvollsten Freunden geleert wurde. Quälend langsam und rücksichtslos.

»Erna, wie du redest!«, sagte er laut. »Du tust so, als wären unsere Pläne nichts als ein Zeitvertreib gewesen. Ein Spiel, ein ausgedachtes.«

»Valentin, selbst wenn es ausgedacht war. Für den Augenblick war es das Wahrhaftigste, das es gab, das kannst du mir glauben.«

Valentin Salmerak schoss hoch, presste sich mit einem großen Schritt über die Beine des Sipp Sepp aus der Eckbank und stampfte Richtung Tür.

»Warte, Valentin!«, rief der Bürgermeister und rannte ihm hinterher. Valentin Salmerak fuhr herum.

»Worauf?«, brüllte er. »Ihr widert mich an! Einmal in meinem Leben habe ich geglaubt, ich habe Leute gefunden, die so sind wie ich. Die nicht tun, was alle tun. Aber nein, ihr beugt euch. Vor einer Obrigkeit, die fern ist von Nincshof, vor einem Staat, der fern ist von Nincshof und der nichts anderes ist als ein fiktives Gerüst, an das man glauben kann oder nicht. Ihr wollt es bequem haben, wie alle anderen. Wollt nicht auf Widerstand stoßen. Ihr seid erbärmlich. Ihr habt die Freiheit von Nincshof gar nicht verdient.«

Leise wie ein Mäuschen hatte sich auch der Sipp Sepp erhoben, seine Miene ernst und traurig wie noch nie. Der Bürgermeister hatte recht gehabt. Das Niederlegen der oblivistischen Arbeit bedeutete für die beiden einen beispiellosen Herzbruch. Valentin Salmerak war noch jung. Viele Herzbrüche würden ihm noch widerfahren, die rückblickend den gerade geschehenen klein würden aussehen lassen. Nur wusste er das in diesem Augenblick noch nicht. Kein aufmunterndes Wort, kein »Das wird schon wieder«, kein »In zehn Jahren denkst du anders drüber« würde gerade bei ihm ankommen. Valentin Salmeraks Schmerz war echt. Was den Sipp Sepp anging, war Erna Rohdiebl wie immer ratlos. In seinem hohen Alter musste seine Herzbruchbilanz doch weit Schlimmeres verzeichnen als das hier.

Schließlich stand auch Erna Rohdiebl auf und ging den anderen hinterher, die dem aufgebrachten Valentin Salmerak zur Terrassentür gefolgt waren.

»Fuck!«, hörte sie Valentin Salmerak plötzlich sagen.

»Scheiße!«, den Sipp Sepp und den Bürgermeister gleichzeitig.

Erna Rohdiebl drückte sich am breiten Rücken des Bürgermeisters vorbei.

»Heilige Maria!«, rief nun auch sie und schlug die Hand vor den Mund.

Schwer atmend, mit Schweißperlen auf der Stirn, stand vor den vier Ex-Oblivisten der Ziegenwirt. Dünne, von der Sonne braun gebackene Beine ragten aus seiner kurzen Hose, von seinen Gartenschuhen bröckelte getrockneter Stallschmutz. Neben ihm tänzelte, angeleint, eine braune Ziege. Erna Rohdiebl erkannte, dass es Eduardo war, die Ziege, die Valentin Salmerak bei der Testwanderung ausgeführt hatte. Hinter dem Babytürschutzgitter stand die entführte Ziege und blökte. Eduardo stemmte seinen kleinen Körper gegen die Leine und zog in Richtung entführte Ziege. Der Ziegenwirt sagte nichts. Seine Miene, aus der bislang stets die Heiterkeit gequollen war, war grimmig und kalt. Eine Stille wie vorm Totengräber. Erna Rohdiebl räusperte sich.

»Herr Bachgasserer«, krächzte sie.

»Mein Name ist Mezzaroni«, fauchte der Ziegenwirt.

»Entschuldigen Sie, Herr Mezzaroni«, fuhr Erna Rohdiebl fort.

»Ich kann verstehen, dass diese Situation für Sie äußerst verwirrend erscheint und ...«

Der Ziegenwirt hörte sie nicht. Er stieg über das in den Türrahmen gespannte Babygitter in die Küche, kniete nieder und grub sein Gesicht tief in das Zottelfell des Tieres. Mit zitternden Händen tastete er es ab, begutachtete es von allen Seiten. Tränen liefen ihm über die Wangen. Die Ziege war außer sich. Stieß sich mit den dünnen Vorderbeinen vom Boden ab und versuchte, am Ziegenwirt emporzuklettern. Eine Freude fuhr durch den Raum bis an das Babygitter heran, wo sich die neugierig näher getretenen Ex-Oblivisten aufgereiht hatten.

»Wenn ich Ihnen einen Vorschlag machen darf, Herr Mezzaroni«, sagte Erna Rohdiebl. »Warum setzen Sie sich nicht kurz zu uns. Wir erklären Ihnen in aller Ruhe, warum diese Situation ist, wie sie ist. Und warum sie nicht ist, wie Sie wahrscheinlich glauben, dass sie ist.«

Der Ziegenwirt stand auf, aus der Innentasche seiner Outdoorweste zog er sein Telefon.

»Erklären wollen Sie?« Seine Stimme donnerte Erna Rohdiebl bis ins Knochenmark. Das Babyschutzgitter klapperte im Türrahmen. »Ich bin mir sicher, die Polizei wäre gerne dabei, wenn Sie erklären.«

Sein schmutziger Fingernagel klackerte gegen das Display. Keiner der Ex-Oblivisten rührte sich. Wieder war es an Erna Rohdiebl, sich ein Herz zu fassen und einzuschreiten.

»Versuchen wir es zumindest«, sagte sie. »Wir erklären, und wenn Sie danach immer noch die Polizei rufen wollen, dann tun Sie das. Aber wir wären Ihnen sehr dankbar, wenn Sie uns eine Chance geben würden.«

Der Ziegenwirt sagte nichts.

»Ich habe Kaiserschmarrn gemacht. Es ist noch genug da.«

Langsam ließ der Ziegenwirt das Telefon sinken.

»Einen Mief hat es hier drinnen, mein lieber Herr«, sagte er. »Sie sollten lüften.«

Der Bürgermeister grub seine Hand an seinem ausladenden Bauch vorbei in die enge Jeanstasche, riss sie wieder heraus und hielt sie dem Ziegenwirt unter die Nase. Der Ziegenwirt starrte auf den winzigen Plastikbügel in der schweißglitzernden Hand des Bürgermeisters.

»Was soll das sein?«, fragte er ungeduldig.

»Meine Nasenklammer, Herr Mezzaroni. Bitte, seien Sie so frei und verwenden Sie sie, wenn Sie wollen. Ich habe mich schon so an den Geruch gewöhnt, ich brauche die nicht mehr dringend.«

Der Ziegenwirt verzog das Gesicht.

Die Ex-Oblivisten saßen schweigend da. Die Augen überallhin gerichtet, nur nicht aufeinander. Der Ziegenwirt zückte erneut sein Telefon und legte es auf dem Tisch ab. Ein roter Punkt blinkte auf dem Display.

»Was machen Sie da?«, fragte Erna Rohdiebl.

»Ich zeichne das Gespräch auf. Das ist vielleicht später interessant für die Polizei«, sagte er und verschränkte die Arme vor der Brust.

Erna Rohdiebl schwappte die Hitze in die Wangen. Hilfe suchend blickte sie zum Bürgermeister. Der zog bloß die Schultern hoch.

»Also gut«, sagte Erna Rohdiebl. »Dann fang ich einmal an. Ich bin im Juni – über Umwege haben Sie das vielleicht mitbekommen – in den Pool der Erlangers eingestiegen. Und eine Woche später kommen diese Herren hier in mein Haus und nehmen mich als Geisel.«

Der Bürgermeister unterbrach sie.

»Erna, mit Verlaub, genau genommen beginnt die Geschichte

bei meiner Städtepartnerschaftsreise vor einigen Jahren und mit den belgischen Brechdurchfallmuscheln. Glauben Sie mir«, sagte er an den Ziegenwirt gewandt, »das wird nachher alles Sinn ergeben. Außerdem, Erna, bei allem Respekt, der Begriff Geiselnahme greift in diesem Zusammenhang nur bedingt. Es war ein Missverständnis, das auf ein internes Kommunikationsproblem zurückzuführen ist. Es war eine Geiselnahme ohne Vorsatz. Das ist mir schon wichtig, dass wir das hier zu Protokoll geben. Wo dieses Gespräch doch aufgezeichnet wird.«

Der Ziegenwirt hatte die Augen zusammengekniffen und presste Daumen und Zeigefinger an die Nasenwurzel.

»Wissen Sie was?«, sagte er. »Wir machen das anders: Ich stelle Ihnen Fragen und Sie antworten knapp.«

»Ein Verhör?«, fragte Erna Rohdiebl.

Der Ziegenwirt verdrehte die Augen.

»Von mir aus. Es ist ein Verhör.«

Der Ziegenwirt deutete auf Valentin Salmerak, der unbeweglich in seinen Kaiserschmarrn starrte und den Mund nicht aufmachte.

»Du! Erklär du mir, wo die Geschichte beginnt.«

Valentin Salmerak bewegte sich nicht. Der Ziegenwirt wurde laut.

»Junge? Hörst du schlecht? Ich kann auch gleich die Polizei rufen, wenn dir das lieber ist.«

Der Bürgermeister schubste Valentin Salmerak mit dem Ellenbogen.

»Komm schon, sag irgendwas«, zischte er.

Valentin Salmerak hob den Blick und wandte sich direkt an den Bürgermeister.

»Der Anfang der Geschichte ist der Tag meiner Geburt.« Seine Stimme war so eisig, dass es Erna Rohdiebl trotz der feuchten

Augusthitze fröstelte. »Mit mir kam meine Liebe zu Nincshof auf die Welt. Und meine Liebe zur Freiheit. Kein Tag ist seitdem vergangen, an dem diese Liebe nicht gewachsen ist. Sie hat mich zu dem mutigen Menschen gemacht, der ich heute bin. Einer, der Wankelmut nicht kennt und der niemals diese Liebe verraten würde aus Bequemlichkeit.«

Zitternd atmete er aus. Der Ziegenwirt hatte sich in seinem Stuhl nach vorne gebeugt und beobachtete Valentin Salmerak aufmerksam. Dann schüttelte er langsam den Kopf. Er tat Erna Rohdiebl fast ein bisschen leid. Vor wenigen Monaten war er noch so unbedarft an den Nincshofer Ortsrand gezogen und hatte seine großen Pläne hier ausbreiten wollen. Hatte jemand sein wollen, in der Mitte der Nincshofer. Die hatten es ihm gedankt mit einem sabotierten Wandertag und einer gestohlenen Ziege.

»Und du?«, fragte er und deutete auf den Sipp Sepp.

»Das hat mit dem Nincshofer Waschweiberaufstand von 1921 zu tun«, sagte der Sipp Sepp.

Die drei Augenpaare der Ex-Oblivisten schnellten in seine Richtung, überrascht über die Entschlossenheit in seiner Stimme, die sie so selten hörten. Sein Mund war trocken. Jedes Wort schälte sich mühsam, begleitet von einem klebrigen Schmatzen, von seinem Gaumen. Der Waschweiberaufstand. Der, den die Großmutter am Ende ihres Lebens im Fieberwahn herbeifantasiert hatte. Der Sipp Sepp kannte ihn auch?

»Das ist ein Märchen, Sepp«, sagte Erna Rohdiebl.

»Nein, ist es nicht«, antwortete der Sipp Sepp ruhig. »Ich war doch dabei.«

»Vor hundert Jahren? Ja freilich«, sagte Erna Rohdiebl.

Der Bürgermeister lachte nervös. Der Ziegenwirt stöhnte.

»Warum zur Hölle ist meine Ziege in diesem Haus? Wollten Sie sie weiterverkaufen?«

»Nein«, antwortete der Bürgermeister prompt.

»Warum dann?«

»Weil wir Oblivisten sind«, sagte Erna Rohdiebl.

»*Waren*«, feuerte Valentin Salmerak hinterher.

Die Ex-Oblivisten und der Ziegenwirt tasteten sich an der Eckbank langsam im Tathergang und den zugrunde liegenden ideologischen Verstrickungen voran. Der Ziegenwirt musste mehrmals dazwischenrufen, weil der Bürgermeister und Valentin Salmerak einander ständig korrigierend ins Wort fielen und man, wenn man nicht selbst Oblivist war, ihnen nur schwer folgen konnte. Immer wieder holte Valentin Salmerak aus zu beleidigten Seitenhieben, die dem Bürgermeister den Verrat vorwarfen. Aus dem Augenwinkel musterte Erna Rohdiebl den Ziegenwirt, um auf seinem starren Gesicht den Schimmer irgendeiner Miene zu erhaschen, doch er blieb versteinert wie die Statuen, die allenthalben in der Hauptstadt herumstanden. Er saß zurückgelehnt in seinem Stuhl, hatte ein Bein über das andere geschlagen, dann wieder das andere über das eine und kratzte sich hin und wieder an seinem Stoppelbart. Manchmal stellte er Fragen, musste aber einsehen, dass es auf viele keine einfache Antwort gab.

»Wessen Idee war das? Dieser Oblivismus?«

»Meine«, sagten Valentin Salmerak und der Bürgermeister gleichzeitig.

»Hätte ich das Erlebnis mit den belgischen Muscheln nicht gehabt«, sagte der Bürgermeister, »wären mir die Dinge nie so klar geworden.«

Valentin Salmerak entgegnete: »Und ich war es ja wohl, der unser aller Wünsche in eine konkrete Handlungsphilosophie kanalisiert hat. Ohne mich hätte es den Oblivismus als solchen nicht gegeben.«

Der Sipp Sepp räusperte sich.

»Der Waschweiberaufstand von 1921 hat aber die Vorlage geliefert. Der Freiheitsdrang steckt in unseren Genen.«

Die Ex-Oblivisten starrten den Sipp Sepp ermahnend an. Warum musste er, der sonst nie etwas sagte, gerade jetzt, in dieser strengen Vernehmung, mit seinen alle verwirrenden Geschichten daherkommen?

»Sie wissen schon«, sagte der Ziegenwirt mit spitz erhobenem Kinn, »dass das, was Sie hier tun, demokratiefeindlich ist. Sie könnten wegen Hochverrates im Gefängnis landen.«

»Erstens, Gesetzesbruch ist politischen Umbrüchen immanent. Lesen Sie mal Hannah Arendt«, keifte Valentin Salmerak. »Zweitens, es scheint, Sie hätten den Kern des Oblivismus nicht verstanden. Schuldig ist nicht der, der vergessen wird, sondern der, der vergisst.«

Erna Rohdiebl erschrak ob des Tones. Der Ziegenwirt – zu ihrer Überraschung – schmunzelte. Aus der Küche kam ein Winseln und ein Rattern. Die Ziege drängte gegen das Babygitter und wimmerte.

»Ich würde Soledad gerne rauslassen«, sagte der Ziegenwirt. »Damit sie wieder einmal Wiese unter ihren Hufen spürt. Das ist ja kein Leben für eine Ziege, die ganze Zeit auf diesem harten Küchenboden.«

»Aber bitte in den Vorgarten«, rief Erna Rohdiebl aufgeregt. »Nicht, dass sie mir an meine Paradeiser geht.«

Die Ex-Oblivisten schälten sich aus der Eckbank und trotteten dem Ziegenwirt hinterher. Er ermutigte seine Tiere mit Pfiffen und sanften Bewegungen, die Küche zu verlassen, wies ihnen den Weg durchs Wohnzimmer, komplementierte sie durch die Terrassentür hinaus in die Nacht und führte sie um das Haus herum in den Vorgarten, ohne Worte, ohne Hektik.

»Sie sind wirklich ein guter Ziegenwirt, Herr Bachgasserer«, sagte Erna Rohdiebl.

»Finden Sie?«, fragte er. Ein kurzes Lächeln rutschte ihm über die Mundwinkel.

»Ja«, sagte Erna Rohdiebl. »Das finde ich.«

Wieder lächelte er.

»Wissen Sie was? Nennen Sie mich doch einfach Silvano.«

Die Mikrowelle machte *Ping*, die Stimmung an der Eckbank war eine andere. Der Ziegenwirt hatte nun doch Hunger bekommen, und Erna Rohdiebl hatte alle Kaiserschmarrnteller wieder aufgewärmt. Nichts erinnerte mehr an die Vernehmung, die noch vor wenigen Minuten hier stattgefunden hatte. Alle, auch die Ex-Oblivisten, griffen zögerlich, der Situation noch nicht zur Gänze trauend, nach ihren Gabeln. Als die Teller leer gegessen waren, zog Erna Rohdiebl mit lautem Ploppen den Korken aus dem schlanken Hals der Pusztafeigenschnapsflasche. Über der leeren Kaiserschmarrnpfanne trafen sich die Gläser in zartem Klirren. Der Moment hatte etwas unbegründet Feierliches. Der Ziegenwirt kippte als Letzter seinen Kopf in den Nacken und saugte das Schnapsglas bis auf den letzten Tropfen leer. Dann hustete er in sein Handgelenk. Feine Adern, blutprall, sprangen in das Weiß seiner Augäpfel. Auf der Eckbank rutschte der Bürgermeister hin und her. Erna Rohdiebl sah ihm an, dass ihm etwas hartnäckig auf der Zunge lag und sich nicht bewegen wollte, und kam ihm zu Hilfe.

»Was machst du jetzt, Silvano?«, fragte sie. »Wirst du die Polizei rufen?«

Die Ex-Oblivisten saßen kerzengerade und lauschten. Der Ziegenwirt seufzte.

»Nein«, sagte er schließlich.

Die Ex-Oblivisten atmeten aus.

»Unter einer Bedingung.«

Die Ex-Oblivisten atmeten ein.

»Ich will bei euch mitmachen.«

Die Ex-Oblivisten hielten den Atem an.

»Ich will Oblivist werden.«

Den Ex-Oblivisten klappten die Kiefer auf. Valentin Salmerak lachte.

»Da bist du leider zu spät! Der Oblivismus ist tot. Das solltest du mittlerweile mitgekriegt haben. Und dafür darfst du dich bei den beiden hier bedanken.«

Er deutete auf den Bürgermeister und Erna Rohdiebl. Der Ziegenwirt erhob sich, die Arme ausgebreitet wie ein Pfarrer, der seine Gemeinde aufs Gebet einstimmte.

»Leute. Jetzt beruhigt euch bitte.«

Nichts an der Eckbank bewegte sich.

»Ich bin Nincshofer«, sagte er. »Und ich werde alles tun, damit das so bleibt. Ich verstehe euch besser, als ihr wahrscheinlich denkt. Ja, ich verstehe sogar, dass ihr meine Soledad gestohlen habt. Wäre ich Oblivist gewesen, hätte ich bestimmt genauso gehandelt.«

Die Ex-Oblivisten suchten nach dem Sinn in den Worten des Ziegenwirts oder einem Hinweis darauf, dass er sie hier gerade geschickt auf den Leim führte.

»Das Dorf liegt mir genau wie euch am Herzen, und ich kann nachvollziehen, warum ihr es vor den Unwirtlichkeiten der Welt beschützen wollt. Lasst mich euch helfen, dass unser schönes Nincshof vergessen wird.«

Valentin Salmerak ergriff als Erster das Wort.

»Was ist mit deinen Ziegen?«

»Was soll mit denen sein?«

»Du wolltest doch Wanderungen anbieten? Für die Touristen.«

Der Ziegenwirt atmete geräuschvoll aus und rollte mit den Augen.

»Ach, das war im Grunde eine Idee vom Weinbauer Kehranger. Die Touristen wollte *er* hier im Ort haben, damit die ihm Wein abkaufen. Und den Kehranger kriegen wir schon auf unsere Seite. Der ist ein Kind mit zu viel Energie. Der braucht nur eine Beschäftigung, egal welche.«

»Und deine Frau? Die macht doch einen Film übers Dorf.«

»Aber nein, das tut sie nicht, keine Sorge. Das hat sie mehrmals bestätigt.«

Die Ex-Oblivisten – nun möglicherweise *Wieder*-Oblivisten – nickten und taten, als verstünden sie. Erna Rohdiebls Kopf pochte, in ihren Ohren rauschte es. Träumte sie? Hatte der Ziegenwirt, der eben noch von Hochverrat sprach und mit der Polizei gedroht hatte, sich nun – ohne große Überredungskünste vonseiten der Oblivisten, sondern freiwillig – mit ihnen verbündet?

»Ich war selbst auch einmal Teil eines Unabhängigkeitskampfes, möchte ich hier anmerken«, sagte der Ziegenwirt. »Vor vielen Jahren, kurz bevor ich in den Bergen von Peru meine erste Irrziege gesehen habe, habe ich in Mexiko den Kampf der Zapatisten miterlebt.«

»Red keinen Scheiß!«, entfuhr es Valentin Salmerak.

»Valentin!«, ermahnte Erna Rohdiebl.

Valentin Salmeraks Augen waren groß wie Dessertteller. Dass er eigentlich schmollte, schien er vergessen zu haben.

»Jawoll, das war ich. Wie die Oblivisten wollten und wollen die Zapatisten das Beste für ihre Region. Sie wollten nicht von einer Regierung bestimmt werden, die in Mexico-City saß, fern von der Lebensrealität der Menschen im Süden, und die Freihandelsabkommen unterzeichnete, bei denen sie nicht mitreden durften, obwohl sie große Auswirkungen auf sie hatten. Die Wut auf die Hauptstadt konnte ich gut nachvollziehen. Was ich allerdings nie verstanden habe, war diese Rebellionsbesessenheit. Wisst ihr, was ich meine?«

Valentin Salmerak nickte heftig. Der Ziegenwirt wandte seinen Blick an die Zimmerdecke und verfiel in ein Schwelgen. Er erzählte von dichten, triefend feuchten Wäldern, in denen er sich vor dem Feind versteckte, wo die Affen schrien und die Vögel so bunt waren, dass einem die Wörter ausgingen beim Versuch, ihr Federkleid zu beschreiben. Schmetterlinge gab es, mit Flügeln groß wie Tennisschläger, und giftgrüne Frösche und Insekten, die abends so laut sangen, dass man seine Ohren mit Tabak zustopfen musste, um einschlafen zu können.

»Unter meinen *compañeros* hat es einige gegeben, die in einen Rausch gefallen sind. Sie wünschten sich die weltweite Revolution. Dafür hatte ich irgendwann nur noch wenig Verständnis. Die Dörfer, in denen sie lebten, waren so unzugänglich. Ein Leichtes wäre es gewesen, sich dort vor den dummen, außerhalb einer mit der U-Bahn erreichbaren Gegend orientierungslosen Städtern zu verstecken. Warum mussten sie sich mit Gewalt gegen den Goliath des mexikanischen Staates stemmen, wenn sie doch genauso gut im ewigen Dickicht des Urwaldes hätten verschwinden können.« Er lachte. »Mir scheint, eine Prise Oblivismus, *un poco de oblivismo*, hätte meinen Kameradinnen und Kameraden damals nicht geschadet.«

Der Bürgermeister hatte den Zeigefinger erhoben und sah aus, als wollte er gerade Bürgermeisterliches sagen, da klingelte das Telefon des Ziegenwirts. Der Bürgermeister ließ den Zeigefinger sinken. Dem Ziegenwirt schwemmte der Schreck die Bleiche in die eben noch so rosig-erregten Wangen.

»Das ist meine Frau«, flüsterte er.

Ratlos blickte er in die Runde.

»Jetzt heb halt ab«, sagte Erna Rohdiebl. »Sag, dass du die Ziege gefunden hast und dass du gleich heimkommst.«

Der Ziegenwirt nickte, wischte mit dem Daumen über das Display und hob das Telefon an sein Ohr.

»Hallo, Schatzi«, zirpte er.

An der Eckbank der Erna Rohdiebl war es so still geworden, man konnte den Kühlschrank aus der Küche summen hören. Aus dem Telefon kam die Stimme der Ziegenwirtin. Gedämpft, aber laut genug, sodass es, selbst wenn man gewollt hätte, kein Missverständnis darüber hätte geben können, was sie sagte.

»Ich habe deine Irrziege gefunden!«

Die Worte fielen wie Blei auf den Tisch. Der Ziegenwirt wurde noch bleicher.

»Aha?«, krächzte er.

»Du wirst nicht glauben, wo«, prasselte es aus dem Telefon. »Im Vorgarten unserer lieben Freundin Frau Rohdiebl und … Moment mal …«

Die Ziegenwirtin hatte aufgehört zu sprechen. Die Eckbank hielt den Atem an. Aus dem Telefon kam Geraschel und schließlich ein Quietschen. Die Ziegenwirtin hatte die Gartentür aufgedrückt. Es war nur eine Frage der Zeit, bis hier alle auffliegen würden. Erna Rohdiebl legte ihre Finger an die Schläfen und versuchte sich an irgendein Gebet zu erinnern.

»Da steht auch der Eduardo!«, rief die Ziegenwirtin aus dem Telefon. »Silvano, bist du etwa hier?«

Der Bürgermeister und Valentin Salmerak schüttelten die Köpfe und wedelten mit den Armen wild durch die Luft. Der Ziegenwirt zog entschuldigend die Schultern hoch.

»Oh nein«, kam es aus dem Telefon. »Oh nein. Oh Gott. Oh nein. Silvano?«

»Was denn, Schatzi?«

»Ich glaube, deine Ziege wirft gleich.«

Dem Ziegenwirt glitt das Telefon aus den Händen. Das Display zerbarst auf dem Esszimmerboden. Ohne es aufzuheben, wandte der Ziegenwirt der Eckbank den Rücken zu und stürzte durch die Terrassentür hinaus in die Nacht.

31

Isa Bachgasser hatte es, zugegeben, nie ganz geglaubt. Hatte gedacht, ihr Mann würde sich wieder einmal in den für ihn so verlockenden Fängen der Übertreibung verlieren, doch es schien, als hätte sie ihm mit ihrem voreiligen Misstrauen Unrecht getan. Der türkisblaue Schein war deutlich zu sehen. Sie konnte sich das nicht einbilden.

»Was zur Hölle ist das?«, flüsterte Selma Sadić neben ihr.

»So sieht eine gebärende Irrziege aus«, flüsterte Isa Bachgasser. »Sie leuchtet.«

»Das ist nicht dein Ernst!«

»Ich fürchte doch«, sagte Isa Bachgasser. Dann wandte sie sich wieder ihrem Telefon zu. »Silvano, bist du noch da? Du musst schnell …«

Hinter ihrem Rücken walzte sich ein Keuchen näher. Sie blickte über ihre Schulter. Aus der Dunkelheit des Gartens eilte Silvano Mezzaroni heran. Er warf Isa Bachgasser und Selma Sadić ein atemloses »Hallo« entgegen, bevor er vor Soledad auf die Knie sank und der Ziege zärtlich über den Hals strich.

»Alles ist gut, meine Kleine«, flüsterte er in ihr leuchtendes Fell. »Das machst du ganz toll.« Er drehte sich zu Isa Bachgasser um. »Das kann jetzt ganz schnell gehen. Habt ihr zufällig die Wärmelampe dabei?«

Isa Bachgasser lachte.

»Du hast recht«, keuchte Silvano Mezzaroni. »Natürlich nicht.« Er tastete seine Outdoorweste ab und wühlte in seinen Hosentaschen. Hinter Isa Bachgassers Rücken war ein Räuspern zu vernehmen. Es war Erna Rohdiebl. Dahinter der Bürgermeister, der lange dünne Bursche, den Isa Bachgasser fast umgefahren hatte, und der grimmige alte Kauz, der sie auf dem Friedhof angefaucht hatte. Ihr Mann würde viel zu erklären haben, wenn das Tier geboren war.

»What the fuck?«, flüsterte der junge Bursche. »Die Ziege leuchtet?«

Silvano Mezzaroni kicherte nervös und fummelte am Saum seiner Weste herum. »Das ist der *brillo del parto*.«

»Der was?«, fragte Selma Sadić.

»Der *Geburtsschein*. Damit locken gebärende Irrziegen die restliche Herde an, die sich schützend um sie stellt.«

Auch die Irrziege wirkte aufgekratzt. Sie hatte sich wieder aus dem Gras erhoben und rannte nun im Vorgarten umher wie ein zu groß geratenes Glühwürmchen. Dann wieder blieb sie stehen und brüllte, als trieb ihr jemand eine scharfe Klinge in das Fleisch. Erna Rohdiebl und die restliche Truppe waren näher getreten. Dem Bürgermeister und dem Burschen standen die Münder offen, der alte Kauz wippte von einem Bein auf das andere. Silvano Mezzaroni hetzte mit langen Schritten seinem Tier hinterher und versuchte, es mit Pfiffen und kehligem Rufen zum Stehen zu bringen. Doch das Tier fing daraufhin an, noch schneller zu galoppieren und noch lauter zu brüllen.

»Genug jetzt!«, rief Erna Rohdiebl plötzlich. »Wir sind zu viele Leute hier. Das arme Tier ist ganz verschreckt.«

Mit festen Worten schickte sie Bürgermeister, Bursch und alten Kauz zurück ins Haus.

»Und nehmt die zweite Ziege mit!«, rief sie ihnen hinterher.

»Und ihr«, sagte sie zu Isa Bachgasser und Selma Sadić, »könnt von mir aus hierbleiben, aber nur, wenn ihr ruhig seid. Vor einer Geburt muss man Respekt haben. Heilig ist sie. Egal vor welchem Gott.«

Isa Bachgasser und Selma Sadić nickten schweigend. Erna Rohdiebl ging auf Silvano Mezzaroni zu und legte ihm die Hände auf die Unterarme. Im grelltürkisen Schein, mit dem diese Wunderziege den ganzen Garten wie ein Fußballstadion ausleuchtete, sah er sehr blass aus. Er zitterte.

»Du beruhigst dich jetzt. Wie soll das arme Tier denn zur Ruhe kommen, wenn du selbst herumflatterst wie ein narrisches Hendl.«

Silvano Mezzaroni nickte und versuchte sich an einem Lächeln. Isa Bachgasser konnte sehen, dass es ihn große Mühe kostete, dieses Lächeln aus seiner Anspannung herauszuschaben.

»Silvano, ich habe neben meinen zwei eigenen Gschroppen schon so viele Kälber, Fohlen und Ferkerl auf die Welt gebracht, dass ich die nicht einmal mehr alle zählen kann. Geh rein in die Küche und hol ein bisserl was von dem Stroh, das wir dort haben. Das werden wir gleich brauchen.«

Silvano Mezzaroni nickte und eilte zurück ins Haus. Erna Rohdiebl wandte sich an Isa Bachgasser.

»Väter muss man während einer Geburt beschäftigen, sonst drehen sie einem durch.«

Silvano Mezzaroni kam mit zwei Armladungen knisterndem Stroh zurück in den Vorgarten gehastet und breitete es dort, wo die Thujenhecken in einem schützenden rechten Winkel zusammenliefen, aus. Die Ziege begriff schnell und ließ sich nach ein paar letzten nervösen Runden durch den Vorgarten auf dem Haufen nieder. In regelmäßigen Abständen wimmerte und brüllte sie.

Jedes Mal machte Silvano Mezzaroni Anstalten, aufzuspringen und zur Ziege zu hechten. Ein jedes Mal schnalzte Erna Rohdiebl leise mit der Zunge und legte ihm die Hand auf den Unterarm und schüttelte den Kopf.

»Aber sie liegt ungünstig«, flüsterte Silvano Mezzaroni zurück.

»Das Letzte, was Gebärende brauchen, sind Männer, die ihnen sagen, wie sie zu liegen haben.«

Silvano Mezzaroni verstummte und blieb im Gras sitzen. Isa Bachgasser musste schmunzeln. Aus dem Augenwinkel sah sie hinüber zu Selma Sadić. Auch sie schmunzelte. Es dauerte nicht lange, und Isa Bachgasser konnte aus den paar Metern Entfernung im Irrziegenschein den dunklen Kopf des Zickleins erkennen. Neben ihr schniefte Selma Sadić und griff nach ihrer Hand. Die andere Hand drückte Erna Rohdiebl. Still schluchzend und die Hände ineinandergeschlungen saßen sie da, ergriffen von dem Wunder, das sie in wenigen Augenblicken gemeinsam würden erleben dürfen.

Nach wenigen Minuten lag ein kleines, schwarz-weiß geschecktes Irrziegenbaby im Stroh. Erna Rohdiebl strich dem aufgelösten Silvano Mezzaroni über den Rücken und tat alles, um ihn davon zu überzeugen, der frischen Ziegenmutter noch ein wenig Zweisamkeit mit ihrem Kind zu schenken, bevor er es mit jenem polternden Überschwang begrüßte, zu dem nur die menschliche Spezies fähig war. Hinter ihnen quietschte ein Fenster auf. Der Bürgermeister, der Bursch und der alte Kauz reckten die Oberkörper in die Nacht.

»Das war das Schönste«, flüsterte der Bürgermeister, »was ich seit Langem erlebt habe.«

Der Bursch neben ihm wischte sich mit seinem schlaksigen Arm über das Gesicht. Den Kauz hörte man im Hintergrund leise wimmern. Was für ein seltsamer Abend. Was für ein seltsames Dorf. Hier saß sie nun, Isa Bachgasser. Zwischen ihrer alten Freundin Selma Sadić und ihrer neuen Freundin Erna Rohdiebl, ihrem Mann, dem heulenden, glücklichen Irrziegenvater im Zauber des Irrziegenscheins, der die warme Augustnacht erhellte.

»Wie das Jesukind«, flüsterte Erna Rohdiebl und kicherte. »Wie das so daliegt in dem hellen Licht.«

Dann deutete sie auf Isa Bachgasser und Silvano Mezzaroni und sagte: »Maria und Josef«, dann auf Selma Sadić und sich selbst: »Ochs und Esel«, nickte über die Schulter zum offenen Fenster: »und dahinten warten schon die Heiligen Drei Könige.«

Isa Bachgasser musste lachen. Sie legte einen Arm um Erna Rohdiebls Schultern und pflanzte ihr einen Kuss in die Dauerwelle.

32

So seltsam sie auch waren, sie waren ein selten schönes Paar, dachte Erna Rohdiebl, als sie sie so dastehen sah, die beiden Ziegenwirte, Seite an Seite. Er mit seinem hechelnden Ungestüm und seinen pausenlosen Einfällen, sie mit ihrer Zartheit, die so etwas Beständiges hatte. Wie Schilfrohre, die mal dünner, mal dicker gewachsen waren und ineinander verflochten zu einem robusten Korb werden konnten, in dem man die Ernte nach Hause trug, hatten sich die beiden verwoben und trugen, und ertrugen, miteinander und aneinander, das, was das Leben ihnen ausspielte, das konnte man deutlich sehen.

»Ich bin nun wirklich keiner, der abergläubisch ist, ich bin ja noch nicht einmal religiös«, sagte der Ziegenwirt. »Aber ich glaube, es war kein Zufall, dass diese Irrziegengeburt, dieses so seltene magische Ereignis, ausgerechnet in Nincshof passiert ist.«

Er blickte auf seine Schuhe und kämpfte mit den Emotionen. In seinem Nacken lag die schlanke Hand seiner Frau.

»Wenn ihr erlaubt, würde ich nun gerne ein kleines Ritual vollziehen, aus Respekt vor der langen Tradition des Hutumquanca-Volkes, die jahrtausendelang die Irrziegen in großen Herden über die himmelhohen Zacken der Anden getrieben haben.«

Erna Rohdiebl fühlte sich von einem seltenen Glück beseelt

und so leicht, dass sie immer wieder zu Boden blicken musste, um sich zu vergewissern, dass sie noch auf ihm stand und nicht ein paar Zentimeter darüber schwebte. Viele Tiergeburten hatte sie schon hautnah erlebt, aber keine war wie diese gewesen. Vielleicht lag es an der Anspannung, die sich in den letzten Wochen aufgebaut, am heutigen Abend an der Eckbank zusammengeballt und nun gelöst hatte, in einem Ereignis, so schimmernd und unwirklich wie ein Traum.

»Für die Hutumquancas war eine Irrziegengeburt ein Geschenk und ein Zeichen, dass die Götter ihre Gemeinschaft mit besonderer Güte bedachten. Nach jeder Irrziegengeburt tranken sie gemeinsam etwas von dem Kolostrum, also der besonders reichhaltigen ersten Irrziegenmuttermilch. Und wenn ihr erlaubt, meine lieben Freunde, es wäre mir eine unaussprechliche Ehre, dies nun mit euch zusammen zu tun.«

Alle, die in dieser Nacht in Erna Rohdiebls Garten standen, waren von einer so außergewöhnlichen Ergriffenheit gepackt, dass nicht einer von ihnen auf die Idee gekommen wäre, dem Ziegenwirt diesen Wunsch zu verwehren. In einen Krug aus Erna Rohdiebls Küche molk der Ziegenwirt die dickflüssige, gelbliche Milch hinein. Das Zeug schmeckte wie der Schweiß des Teufels, aber alle tranken tapfer, bis kein Tropfen mehr übrig war. Der Bürgermeister öffnete die oberen Hemdsknöpfe, breitete seine Arme über die Schultern von Erna Rohdiebl und Valentin Salmerak, sah hinauf in den Himmel über Nincshof, wo sich die Sterne so dicht drängten, als wären sie für diese Nacht von ganz weit her gekommen.

»Hast du schon einen Namen?«, fragte Erna Rohdiebl.

»Olvidanza«, sagte der Ziegenwirt. »Von *olvidar*, Spanisch für vergessen. Und *esperanza*, Hoffnung.«

»Ach, wie schön«, seufzte Erna Rohdiebl.

Plötzlich ergriff der Sipp Sepp das Wort, der wieder von allen am schweigsamsten gewesen war.

»Freiheit den Nincshofern«, sagte er. »Nincshof der Freiheit.«

Die Ziegenwirtin fuhr herum.

»Wie bitte?«

Der Sipp Sepp blickte in den Himmel und sprach: »Mögest du, geliebte Martha, dieses Wunder gespürt haben, von da aus, wo du gerade sein magst, und mögen wir deinen Geist in Nincshof forttragen bis ans Ende aller Tage.«

Erna Rohdiebl lachte verwirrt. Auch der Bürgermeister gluckste. Die Ziegenwirtin trat vor den Sipp Sepp.

»Sie meinen Martha E., nicht wahr?«, fragte sie mit fester Stimme.

»Martha Ederan«, flüsterte er. »Die einzige Liebe, die mein Leben je gekannt hat.«

Erna Rohdiebl verzog das Gesicht.

»Sie haben die Schilder gemacht!«, flüsterte die Ziegenwirtin. »Ich wusste es. Schon damals am Friedhof war mir klar, dass Sie etwas wissen, was Sie mir nicht sagen wollten.«

Der Sipp Sepp hörte sie nicht. Er war in Trance und seufzte.

»Meine Martha hat im verhängnisvollen Jahr 1921 mit Klugheit und Weitsicht im mutigen Waschweiberaufstand versucht, den historischen Fehler zu korrigieren, auf dem das moderne Nincshof aufbaut und den wir im oblivistischen Kampf ebenso zu korrigieren suchen. In ihrem Sinne.«

»Das tapfere Waschweib!«, jauchzte die Ziegenwirtin. »Es gibt sie wirklich?«

»Meine Augen haben gesehen, was meine Augen gesehen haben. Meine Ohren haben gehört, was meine Ohren gehört haben.«

Erna Rohdiebl baute sich nun auch vor dem Sipp Sepp auf, stand neben der Ziegenwirtin.

»1921? Vor hundert Jahren, Sepp? Was willst du da gesehen haben? Da warst du noch nicht mal auf der Welt.«

»Meine Augen waren vor hundert Jahren so klar wie heute. Und sie werden es auch in den nächsten hundert Jahren noch sein. Glaubt ihr, was ihr glauben mögt. Meine Wahrheit kenne ich.«

Erna Rohdiebl schüttelte den Kopf. Die Ziegenwirtin grinste und seufzte. Dann hoben auch sie den Blick hinauf zu den Sternen.

33

Wahrscheinlich hätte Isa Bachgasser in diesem Sommer aufhören sollen, überrascht zu sein über die Dinge, die hier passierten. Hätte sich die Worte des Bibliothekars in Eisenstadt mehr zu Herzen nehmen und dem Dorf mit *Neugierde ohne Ziel* begegnen sollen. Wahrscheinlich würde sie, wenn sie so weitermachte wie bis zuletzt – einsortierend, erklärend –, hier dem Wahnsinn verfallen. Leuchtende Ziegen, Kämpfer fürs Vergessen, ein Hundertjähriger und seine große Liebe – dieses Dorf war wie kein anderes, dieser Gewissheit war sie in dieser Nacht begegnet.

Isa Bachgasser hatte sich von dem in Glückseligkeit taumelnden Tross losgerissen, sich unbemerkt durch das Gartentor der Erna Rohdiebl geduckt, war durch das nachtschwarze Nincshof gehetzt bis nach Hause. War die Steintreppe nach oben gestiegen, hatte sich am Zimmer ihrer schlafenden Tochter vorbeigeschlichen, hinein in ihr Arbeitszimmer, hatte den Computer angeschaltet und aus der Schublade das dicke Notizbuch gezogen und war darin versunken. Stunden saß sie am Schreibtisch. Immer wieder zog sie die Tastatur an sich heran und tippte, las wieder in den Notizen. Blätterte wild vor, zurück, vor, zurück. Tippte wieder und tippte und tippte. Sie war eine Dampfmaschine. Irgendwann klopfte es hinter ihr zaghaft an der Tür. Die Tür ging auf, herein drang Selma Sadićs müde Stimme.

»Da bist du, Isa! Wir haben dich schon gesucht.«

Isa Bachgasser blickte nicht vom Bildschirm auf, nickte nur.

»Ich geh jetzt ins Bett, Isa, ich bin so erledigt.«

Die Sonne kratzte am Horizont. Isa Bachgassers Augen konnten sich kaum noch an den Zeilen auf dem Bildschirm festhalten. Sie rieb sich das Gesicht mit beiden Händen. Zwanzig rauschhafte Seiten hatte sie in die Tastatur gehämmert. Ein Schreibanfall, wie in jenen Tagen in der Wiener Unibibliothek, wo sie der Bibliothekar dann mit strengem Hinweis auf die Öffnungszeiten nach draußen begleitet hatte, einen Packen Notizen unterm Arm und mit vom nervösen Haarezwirbeln in alle Richtungen abstehenden Strähnen, hinaus in die Wiener Nacht. Hier in ihrem Arbeitszimmer in der Provinz kamen ihr keine sich nach dem Feierabend sehnenden Bibliothekare in die Quere. Allein ihre müden Augen brauchten eine Pause. Sie speicherte die Datei und klappte ihren Laptop zu. Sie sah auf die Uhr, es war sieben Uhr. Mechanisch schlüpfte sie in ihre Laufsachen, schnallte ihre Pulsuhr um und schlich sich aus dem Haus.

Die einsamen, ihr über die letzten Wochen immer vertrauter gewordenen, staubigen Wege trugen ihre Schritte. Mal bog sie links ab, mal bog sie rechts ab, ohne nachzudenken. Um sie herum das Schilf, die Gurkenäcker, die Weingärten. Ein warmer Augustwind strich um ihre Wangen. Sie lief und lief und fand irgendwie, ohne darüber nachgedacht zu haben, wie von selbst wieder zurück nach Nincshof.

Dort, wo vor einigen Wochen noch ein Ortsschild gestanden hatte, blieb sie stehen. Ihr Herzschlag schnalzte bis in ihre Fingerspitzen. Kein Auto war zu hören, kein Mensch in der Nähe. Nur die Grillen sangen ihr ewiges Lied. Sie bückte sich und riss drei Klatschmohnblumen aus, die neben ihren verschwitzten Beinen aus dem Grünstreifen am Fahrbahnrand wuchsen.

Das Quietschen des Friedhofstores, das Knirschen der Lauf-schuhe auf dem Kiesweg. Zwischen den Grabreihen hob sich eine Hand und winkte. Isa Bachgasser joggte der Hand entge-gen und nahm ihr wortlos die schwere Gießkanne ab. Die Hand tätschelte ihr den Unterarm. Schweigend goss Isa Bachgasser das Grab. Als sie fertig war, lächelte Erna Rohdiebl zufrieden. Die beiden Frauen standen eine Weile da. Isa Bachgasser hielt in der einen Hand ihre drei Mohnblumen. Die andere legte sie um die Schultern der alten Frau. Erna Rohdiebl schlang ihren weichen Arm um Isa Bachgassers schmale Hüfte und tätschelte großmüt-terlich ihre Seite.

»Ich mag dir was zeigen«, sagte Erna Rohdiebl grinsend. »Aber das ist ein Geheimnis.«

»Okay«, sagte Isa Bachgasser langsam.

»Kommst du heute gegen Mitternacht zu mir?«

Isa Bachgasser lachte.

»So spät?«

»Ja«, sagte Erna Rohdiebl. »Du kommst zu mir, und dann un-ternehmen wir was. Wir zwei. Bring dein Badezeug mit.«

»Wir gehen schwimmen?«

»Wirst dann schon sehen«, sagte Erna Rohdiebl und verab-schiedete sich.

Die Mohnblumen in Isa Bachgassers feuchter Faust ließen langsam ihre blendend roten Blüten hängen. Sie legte sie auf dem Grab ab. Martha Ederan, 1889–1978. Die Sonne fiel durch die Krone der Kastanie. In einer Ecke der Grabsteinplatte, versteckt hinter der Vase mit den vertrockneten Schnittblumen, blitzte es. Wie konnte sie nur die winzige Plakette erst jetzt entdeckt haben?

Freiheit den Nincshofern! Nincshof der Freiheit!

EPILOG

Und so ging der Sommer in Nincshof zu Ende. So, wie schon viele Sommer vor ihm zu Ende gegangen waren und wie auch noch viele weitere Sommer zu Ende gehen würden. Die träge, heiße, dicke Luft setzte sich gemächlich in Bewegung, strich behutsam, fast wie zum zärtlichen Gruße, ein letztes Mal durch die Schilfspitzen und machte Platz für die laute, ernste Herbstluft, die den Staub über die Feldwege wirbeln und an den Baumkronen zerren würde, bis diese irgendwann bereitwillig hergaben, was sie über die heißen Monate so stolz getragen hatten.

Was für ein Sommer aber war das gewesen! Alte Heldinnen und Helden hatten ihren Auftritt, neue wurden geboren. Ein Sommer außerdem, der Nincshof eine neue Erzählung geschenkt hatte. Und Nincshof war bis dahin an Erzählungen wahrlich nicht arm gewesen. Wie diese Erzählung weitergeht und ob sie den Sprung zur Legende schafft, kann an dieser Stelle nur vermutet werden. Aber ist die Vermutung nicht der Legende erster Schritt?

Wie dem auch sei. So viel sei noch gesagt: Eine ganze Weile nach dem Sommer, in dem diese Geschichte sich zugetragen haben soll, sah man in der Gegend, in der diese Geschichte sich zugetragen haben soll, die Radfahrer wieder. In ihren leuchtend bunten Anzügen rauschten sie durch die Dörfer, als wären sie nie von ihren Sätteln abgestiegen. Etwas jedoch war nun anders.

Sie hielten häufiger an, machten häufiger kehrt, fuhren hierhin und dorthin, nur, um gleich wieder zu wenden und wieder zurückzufahren. Zogen die Smartphones aus den Taschen, wischten über Bildschirme, kratzten sich an den verschwitzten Köpfen. Kehrten schließlich ein, in dieses und jenes Wirtshaus, in diesem und jenem Dorf, und fragten. Ob man denn nicht wisse? Dieses Dorf? Dieses eine? Allseits stießen sie auf Unverständnis, doch sie ließen nicht locker. Dieses Dorf aus dem Roman, beteuerten sie, man wisse doch, von dieser Filmemacherin. So viel würde davon geredet in der Stadt.

Im Wirtshaus, in diesem wie jenem, murrte man hinter der Theke hervor. Man solle bloß fortbleiben mit diesen Geschichten aus der Stadt!

Die Radfahrer rollten weiter. Und so sie nicht fanden, was sie hier verzweifelt suchten, so würden sie, dies war gewiss, es irgendwann vergessen.

QUELLEN & DANK

Die Beschreibungen des Burgenlandes in dieser Geschichte fußen auf eigenen Erinnerungen an die knisternden Sommer meiner Kindheit und Jugend und möglicherweise auf den Bildern, die Erwin Moser in *Jenseits der großen Sümpfe* geschaffen hat. Ein Buch, das mich auch als Erwachsene noch begeistert. Über das Burgenland und seine skurrilen Bewohner erfährt man so manches in Klaus Hoffers *Bei den Bieresch*. Ihnen ist in diesem Roman im Nincshofer Nachbarort Zick ein Denkmal gesetzt. Theoretisches über das Vergessen kann man unter anderem bei Harald Weinrich in *Lethe: Kunst und Kritik des Vergessens* nachlesen oder bei Aleida Assmann in *Formen des Vergessens*. Der erste Satz dieser Geschichte ist von Jack Kerouac geklaut.

Danken möchte ich dem Kulturreferat des Burgenlandes, dem österreichischen Bundesministerium für Kunst und Kultur, der Hamburger Behörde für Kultur und Medien sowie der Hamburgischen Kulturstiftung für die finanzielle Zuwendung während der letzten Jahre. Und der ganzen Hamburger Schreibfamilie für das kameradschaftliche Miteinander. Was für ein liebenswerter Haufen!

Großer Dank gilt meinem Papa, seit dem frühesten Gekritzel mein Erstleser. Ganz viel Liebe! Meinem Agenten, Werner Löcher-Lawrence, für seine Begeisterung und Hartnäckigkeit und meiner

Lektorin, Annette Weber, ohne die das Buch nicht so wäre, wie es jetzt ist. Ich danke außerdem meinem Onkel Kurt fürs Finden eines nicht unerheblichen Logikfehlers in einer Frühfassung des Manuskripts. Den lieben Menschen in der Seilerstraße und der Rothenbaumchaussee fürs Mitfiebern. Jürgen und Jakob für die Hilfe bei einer Szene, die ich letztendlich gestrichen habe. Und Frida für all die klugen Kommentare, fürs Anschieben auf den letzten Metern und, überhaupt, für die Wucht und die Rührung.

Und schließlich, Mama. So viel wäre noch gewesen. Umso größer mein Dank für alles, was war. All das hier ist natürlich auch für dich.

THE FIGLET

ISSUE THREE
WINTER SEASON
2025

Naked Figleaf Press

We Give A Fig

Compiled & Edited
by Jean G-Owen

The Figlet Issue Three © Naked Figleaf Press 2025
Published by *Naked Figleaf Press* Yarmouth, Isle of Wight

ISBN: 978-1-7394770-7-3

Editor Jean G-Owen
Cover design Karl Whitmore

Please visit the website at https://nakedfigleafcollective.co.uk/the-figlet/
Or email at: jean28owen@gmail.com

Disclaimer

The opinions and ideas expressed in *The Figlet* are those of the individual contributors and do not necessarily reflect the views of the editor(s).

Welcome to Issue Three

One year ago, *The Figlet* started life as my "brain-baby", as Rosalind Whistance dubbed it, dedicated to wordsmiths from across the Isle of Wight. With 30 contributors in that first issue, promoting the rich literary culture on our Island, this was a promising start. Now, as we celebrate the first anniversary, *The Figlet* has "grown-up" to become a fully-fledged feature of the IoW writing scene. Issue Three is proud to showcase 50 talented writers and illustrators in a magazine that has doubled its size in twelve months.

The range of themes, genres, and perspectives in this issue highlights the fervent creativity of the contributors. Readers will find personal essays, humorous anecdotes, and reflections on life, alongside travel and opinion pieces, book reviews, cartoons, and illustrations. I am delighted to include an interview with spiritual writer Fr. Luke Bell of Quarr Abbey, articles on historical fiction by Katie Daysh and Heather Cooper, and a medley of writings from established and emerging poets, memoirists, storytellers and essayists. The featured theme, "Fight or Flight", explores resilience, transformation, and the choices we make in moments of challenge, and has its own editorial piece, which you can read on page 79.

Looking ahead, I aim to build on this momentum, reach more readers, foster greater collaboration, and continue to amplify Island voices. My mission remains steadfast as the magazine grows: to give a fig about IoW writers and illustrators and to showcase creativity and community.

A special thanks goes to Karl Whitmore for his fantastic cover art, interior illustrations and valued support, and to Ross Glanfield, whose quiet help is essential to the success of this magazine.

To all our contributors, readers, and stockists, thank you for making *The Figlet* what it is today. Your support, talent, and passion are the heart of this magazine. Please continue to submit your work, attend Naked Figleaf events, and share news of *The Figlet* far and wide.

Giving a fig about you all,

Jean G-Owen

Cartoon One by Jamie Britton

Grass Green Stockings by Marion Carmichael

Had I known of Joyce Jeffreys on the long gone
day of the green, knee high socks
my whole life could have been different.

No longer wrong-footed outsider,
as her acolyte I would have asserted
my right to live as she did:
alone, managing her money, reading
where she wished. No man's footnote.

She gave her godchild a coat made
from scarlet wood; to each of her maids a
shilling to spend at the Lady Day Fair.

Letting them choose to buy pretty ribbons
watch a horse dance, give a penny
to the man with the monkey.
Joyce Jeffreys bought an ounce of
good tobako, smoked her pipe.

Always wore grass green stockings.

This poem is based on *Business and Household Accounts of Joyce Jeffreys, Spinster of Hereford, 1638-1648*, edited by Judith Spicksley. *Grass Green Stockings* review on page 116.

Somewhen by Jasmine Metta Truman

When I cross the water, it cleanses me,
ready to remember.

The curve of the coastline,
found within my fingerprints.
The landscapes that cradled us,
and never forget

Whilst white horses rise
and crash around our ankles

We must walk lightly,
for every step
is a promise.

A promise to recognise
that wherever we may be,
when feet touch the bare earth,
always,
we are home.

Somewhen is an exploration of my relationship to the landscapes of my home, the Isle of Wight. By engaging with eco-somatic practices, I have reminded myself of what it means to be a part of the natural world. The project consists of digital and analogue black and white photography, and poetry. In the making of this work, I physically placed myself in natural spaces, full of wonder for both the micro and macro aspects of the landscapes. It's been a beautiful experience to explore the places which helped to raise me, after living away from them for a few years. I hope this imagery inspires you to rediscover your part in the natural world, and to remember that, despite what we may have been taught, we all belong here.

If you would like to view more of this project, it is available on my website and Instagram.

www.jasminemettatruman.myportfolio.com

Insta: @jasminemettatruman

LONGSTONE

PALM

SHELL

SYCAMORE SEED

ISLE OF WIGHT BIOSPHERE FESTIVAL 2025 WRITING COMPETITION

A celebration of our UNESCO Biosphere Reserve status
in creative writing

- Stories or Essays on themes related to IoW Biosphere
- 2,000 words or less
- £5.00 per submission
- 30 April 2025 submission deadline
- Minimum age of entry 18+

Entry forms from Medina Bookshop, Cowes
or email biospherewriting@gmail.com

Prize giving ceremony Saturday 28 June at Medina Bookshop, Cowes

Winners and highly recommended stories and essays
to be published by Naked Figleaf Press

Naked Figleaf Press

BIOSPHERE FESTIVAL
28th June - 6th July 2025

www.biosphere.org

We Give A Fig

An Encounter on the Chine by Lydia Fulleylove

She stood on the cliff at the top of the chine. When she turned, I was about to climb down the slewed steps and slipped earth to the beach. A large pair of binoculars was slung around her neck. She was about my age, her face tanned and lined, her hair streaked grey. She wore an old yellowish waterproof and shorts.

I'm quiet, meditative, and not keen to engage in early mornings like this.

'Do you know if there's a sailing race today?'

I shook my head.

'Like to have a look? You'll need to adjust the focus.'

Heavy, olive-green binoculars. Ten miles away, the white cliffs sprung into sharp relief: cracks and shadows in the chalk, a ship on the far horizon.

'Good binoculars.'

'Yes, you get used to the weight—they were my husband's. Can you still get down the path? I've been as far as the bottom of the steps.'

The red council sign, nailed to bars at the top of the Chine: PATH CLOSED.

'You can. It's a bit steep and slippery, okay if you're careful. And you need grippy shoes.'

'Wonderful. I've seen fishermen down there, so I thought it must be possible. If I come down a little way with you, would you show me?'

I nodded and squeezed under the bars. At the bottom of the steps, I pointed out the route—under the fence, under the old handrail, onto the sandy path that sheered down to the lip of a drop.

'Best to do that part sitting down. You can grab that clump of grass—reach with your feet, steady yourself, and then you'll see the remains of the path to the bottom. Watch out for those steep, scuffed bits.'

'Thank you. Now I know how I'll have a go.'

We waved, and I scrambled down to the sand.

Glancing back, I could make her out at the cliff top. I walked around the point, over the scatter of rocks to where the beach opens onto a long, sheltered bay. You can't swim because of underwater rocks when the tide is too low. There's a place beyond a cliff sprawl where I leave my clothes.

7

I slipped into the sea. Even now, there was a slight chill before I swam, first to the west, then back, eastward. Afterwards, barefoot, looking out to sea, I started chi gong, arms sweeping, falling, knees easing, before turning back along the beach.

I'd almost reached the Point when I saw a figure climbing over the rocks, a yellow jacket.

Her face creased into a huge smile.

'You made it.'

Even now, when writing this, I find myself smiling, too.

'I used to come to this island with my husband. He was a good swimmer and diver—we stayed at the campsite a few miles up coast.' She paused. 'This is the anniversary of his death.'

A black-backed gull glided past. A seal surfaced a little way out.

'It's not that I don't miss him, but I'm very glad he's not suffering anymore. He had a series of strokes; carers had to come in every day.' Her eyes shone.

We don't say anything for a while.

'The grandchildren miss their Grampy, of course—but I know he's not gone; he's everywhere around us.'

'Yes, I said. 'Here...'

'It was good to be together.'

'And good things about being alone, too?'

'There are.' She looked out to sea. 'Have you been swimming?'

I nodded. 'It's a good place. Not many people come down here, especially now.'

'I'd love to, but I haven't got my stuff—maybe it wouldn't matter.'

'What's your name?' I don't know why I asked this. We would likely never meet again, but it seemed a natural thing to do.

'Rosie,' she said.

'I'm Lydia.'

Two names out there on the air. We smiled.

'Perhaps see you again down here,' I said.

'Yes.'

We walked away in the opposite direction, one west, one east.

Up in the Wind by Guy Mortensen

Where the wind blows across open fields,
where the rain lands without impediment,
where the crows no longer rave, enslaved—yield
to a master even they can't satiate or understand.
A state of sky as wide as Wyoming, Kansas—
a blue canvas, strawed kindling to lift corn high,
blowing waste away, like forgotten memories.
Boater, floating above a head rimmed
with (Wo)Man's emblems: buttons with four eyes,
blank as compass points, faintly rainbowed.
Woven scarfs flutter without a neck to ground them.
It stands alone, ungendered, rendered in history
to a station's stop—white puffs of smoke trailing
along a yellow brick road. Alone, up in the wind.

Tennyson Down by Kate Young

A flock of pipits with looping flight,
the grey-blue sea, churning white,
high above soars a red kite.

The sea is lit by a falling sunbeam,
a porthole to a higher realm—
revealing a slice of heaven.

Coast Lines by Karl Whitmore

I remember a time when we were closer
when we were connected
when we were we.
Now we don't talk
and now our chalk
is exposed for all to see.

I will always try and reach out to you
though you can never hear my pledges.
Because you and me
are destined to be—
two sad separate cliff edges.

Bird Girl by Chris Barnes

Her name was Cerys,
she held us in her thrall
as she mimicked each bird
here against the tiny harbour wall.

Skinny, sun-tanned arms
flapping up, then down,
she became a Razorbill,
a Guillemot, and a Short-eared Owl.

Then, finally, she cricked and cracked,
becoming a Puffin
with all its clown-like antics
as she bade us farewell.

'Remember the golden rule,'
she pointed up and cried,
'stick to the path.'
Mesmerised, we replied.

But what path we wondered
had led this lean, bright-eyed lass
to greet the daily tourist boats
on this remote and lonely shore?

Skomer by Chris Barnes

Electric blue fields of bluebells
spanned from shore to sky
broken only by a narrow, winding path
and huge boulder strewn outcrops.

The sweet smell of the flowers
carried in the strengthening breeze,
mingling salt and sea spray
with the scent of pure white sea campions
clinging in carpets to the cliff edges.

The cry and shriek of sea birds were everywhere,
ringing in a cacophony of sound,
canyoned and echoing above
the huge sea cliffs and caves.

Then, there they were
the stars,
the clowns,
the adored darlings of the island—puffins!
In every spot: fighting, falling, squawking, calling,
delighting the binoculared onlookers.

But, unnoticed high overhead,
a procession of white, black-tipped, bullet-shaped kittiwakes
darted back and forth, back and forth from cliff to muddy mere,
dipping their beaks until full of clay
to build their precarious clifftop nests.

Whilst the darlings still held centre stage.

Aurora by Graham Brown

Shouts from the game faded.
I had no wish to play in goal yet again.
The midsummer day was too precious to waste.

Beyond the playing field a forgotten path
arched by brambles. Nobody had been here
for a very long time.

Legs scratched to pieces as I battled
through years of neglect before
scaling the imaginary castle walls.

There she lay in the clearing,
looking like she had fallen asleep
only moments ago.

I sat beside her until the police came.

Alex's Flight Across Asia by Miranda Acland

Thinking of Joe and Emma together in the same city as him drove him mad. Why did it matter so much? He wondered whether he should go abroad. Maybe he could even start a whole new life somewhere.

At Heathrow, it finally got the better of him. As he left behind everything and everyone he had ever known, his mind closed down. Airports, buses and hotels passed by without impacting on his consciousness at all. Istanbul caught him in its currents and washed him backwards and forwards between continents. He grazed on grilled fish in the bars under the Galata Bridge and drifted round the harem at the Topkapi Palace, daydreaming of sultans and eunuchs.

Istanbul passed him on to Ephesus which baked his body in the heat, and on to Pammukale which soothed him in its hot springs flowing over travertine terraces. He catnapped in cafés thick with the acrid smell of Turkish tobacco and the clacking of endless games of backgammon. At night he lay awake, dogged by unknown fears and aching from fatigue.

Is he dreaming? He's reading poetry by Rumi, a Sufi mystic from the thirteenth century. It's quite good. He's in Konya and it's pretty intense. The men are mostly heavily bearded, like Fidel Castro replicas, and the women wear headscarves that swamp the whole top half of their bodies.

They call Rumi "Mevlana" here. He's been to Mevlana's tomb, that's where he got the poetry. Mevlana believed in love. More fool him. But he did get made a saint, so he must have got something right. They have whirling dervishes here, they actually exist. They wear swirly white skirts and brown felt hats and they whirl round and round until they're in some sort of sacred trance. Or just bewildered, presumably, which is how he feels most of the time, without any whirling at all.

He arrived in Konya on a bus from Istanbul and now he's on another bus, in Cappadocia. They pass mile upon mile of pointy little mountains, worn away like stumps of rotten teeth. Sometimes they stop and visit houses, churches, whole villages burrowed out of the rock by troglodytes thousands of years ago. Who are troglodytes anyway? Weren't they in Lord of the Rings?

They stop to drink Turkish coffee and eat flatbread baked over a wood fire. This encourages a wave of camaraderie from his fellow travellers, but he doesn't respond. He doesn't want to have to explain what he's doing here. He's not sure himself.

Another dream and he wonders where he is. He has just woken up and his bones ache like hell. His iron bed is narrow and lumpy, with a mattress he doesn't want to think too much about. He is wearing most of his clothes because he is covered only by a thin grey blanket and it's freezing. Cold air is seeping through the cracks around the wooden beams and timbers and the weak morning light is flowing unimpeded through the bare windows.

He has been woken by the sound of muezzin wailing into their microphones from the tops of minarets across town, calling people to prayer. He is both thrilled and alienated by the sound.

He knows that outside, beyond the building's wooden balustrade, there's a sandstone landscape dotted with sea green minarets, sculpted sandcastles, colonnades and fortresses. If you're not careful you accept a glass of mint tea—no obligation, of course—and before you know it, a bevy of gap-toothed Uzbeks has herded you into a darkened room piled high with carpets and every single one is being unfurled with a flap and a flourish. Come on, guys. Do I look like someone in the market for a carpet?

Already he can smell the fatty smoke of meat being cooked on open fires in the street below. It gets in your clothes, like the sand and the dust, and he's been travelling for a while now. People have been moving across these Asian miles for centuries, that's what the caravanserais are for. He is travelling by bus but, otherwise, it is much the same. He has forgotten where he came from and where he is going, so he just keeps moving on.

He's travelled by train, bus, lorry, bus again. His skin's burned and his feet hardened. Then, somewhere in Pakistan his mind begins to clear at last and he realises the place he has been heading for all along is India.

Far from Home is a story about identity, motherlessness and loss. Three young friends, Joe, Alex and Emma, face the challenge of their early 20s with changing relationships and unsolved mysteries from the past.
https://www.amazon.co.uk/Far-Home-Miranda-Acland/dp/1528938992

A Leap to Iran by Bus by Cilla Fairall

From my Turkish hotel bed, over the top of my book, I can see my roommate, Iranian Leila, kneeling on silk scarves spread out on the floor at the foot of my bed. Leila is on her way back to Iran from Germany, where she has been working for a year. Her entire body is covered in clothing in accordance with Islamic prayer. We've been travelling together since Istanbul. Her evening ritual has become the backdrop to my nightly reading during the three nights we share a room. We don't talk much, but some evenings, we sit with other women on the hotel roof, smoking and enjoying the cool night air after a long day on the bus.

It's October 1974, and I am on my way to Tabriz in northern Iran, 500 kilometres north of Tehran and the provincial capital of Central Azerbaijan. I'll visit my cousin, who works for a Swedish company, one of the many foreign enterprises currently spread across Iran. Since boarding the intercity bus in Gothenburg, Sweden, five days ago, I have changed buses in Munich, travelled through Austria, Yugoslavia, and Bulgaria, paused for a longer stop in Istanbul, and then switched to my final bus. Now we are in Ankara, then Sivas. Our last night will be spent in Erzurum. There are still a couple of days ahead before we reach the Iranian border.

The passengers on our slightly creaky bus with paisley-patterned plush seats are a diverse group. There's an Iranian man in his nineties who has been visiting his children and grandchildren, now scattered around the world. Across the aisle sits a young couple: she is Danish, he's Iranian. They met in France while studying, married there, and are now on their way to Tehran to meet his parents and marry again in a Muslim ceremony. She is Scandinavian tall; her fair hair is braided into a long plait down her back. They are friendly and seem endlessly happy, always smiling at each other.

At the back of the bus is the youngest of us, a 20-year-old Australian man who recently won the lottery and is now travelling the world. He sprawls across the back seat, entertaining us with his travel stories. His new-looking Levi's and cowboy boots hint at a recent stop in the States.

Through the windows, the road unfolds with ever-changing views. As we drive along unfamiliar roads, the sun rises over majestic mountain ranges in the distance, casting light onto the barren landscapes outside the urban areas. The mountains shift in colour as the day progresses—pale, dusty yellow in the morning, warm, glowing red at midday and, finally, deepening to a cooler purple as dusk approaches.

Our driver, Ali, is a large man with an imposing moustache. He doesn't speak much but keeps the bus filled with the sound of Iranian music. The melodies are new to me, intricate and challenging to follow, yet their rhythm is infectious. Some Iranian passengers sway subtly to the music, creating a visual rhythm that mirrors the sounds.

The toilet on board is crammed full of Ali's mutton, presumably an advantageous purchase from Turkey. This forces us to rely on facilities at the food stops. Lunches are usually at small roadside restaurants, where enormous pots brim with colourful lamb stews, their aromas heavy with tomato, basil, cumin, and other spices unfamiliar to me. We sit around tables covered with flower-patterned oilcloth as steaming plates of food arrive within seconds.

We pass through customs with relative ease at the Iranian border, except for Leila. She is made to empty the contents of her bags onto the ground in front of the bus. Inside, the mutton still rests silently behind the locked toilet door.

The mountains follow us into Iran, their beauty unbroken by borders. As dusk falls, we finally reach Tabriz.

A conspiracy of flies clusters on the quayside. Searing sun bears down on a new delivery of curled chicken feet, cartilage, beaks and bones. The flies are on the march now, crawling like small black infantrymen over plucked white wings and decapitated heads sporting pale pink coxcombs. This delivery is destined for the cooking pot. Stock for the noodle soup tomorrow, perhaps, or served braised, on a bed of rice.

Nearby, slapping gently on the brown waters of the Tembeling River is the longboat that carried us here. It lies idle now after yesterday's heady ride through spuming rapids with a cargo of thrill-seeking passengers. We are staying at the camp upriver in the verdant rainforest of Taman Negara National Park in Malaysia, where we have come in search of jungle adventures.

This morning we woke early and ascended Bukit Teresek to hear the gibbons calling from the hilltop. We took out a small recorder and held it high while the arboreal apes duetted across the canopy. The concert was as bewitching as a siren's song. Their eerie whoops echoed from tree to tree, gathering pace and reaching a spectacular screeching crescendo before fading away into a mournful murmur. There was no encore. We craned our necks but saw nothing. So, we played back their calls from the hissing tape recorder. It worked. Tricked, the gibbons came closer to peer out from their leafy sanctuary. Finding two non-simian imposters, they lost interest and crashed away through the branches. But it was enough. We caught a glimpse of their watchful faces and swinging limbs. Elated, we descended the hill back to camp.

Back at the quayside, we sit in the makeshift restaurant, eating fish and rice at a shaky bamboo table. A postcard, part-written, lies beside my plate. Close by is an old man in a straw hat working with a scythe, back bent as he sweeps the curved blade back and forth through the long thick grass. The sweet smell of mowing mingles with the sultry afternoon air. I pick at my bony fish—it seemed a safer option than the chicken on the menu. Across the table, my companion scoops up a palmful of rice with his right hand, which has been fastidiously washed. He has adopted the local eating style.

Suddenly, a Malay curse rings out. The table wobbles as I twist round and, in that instant, I see the rice grains tumble from my friend's cupped hand. Shouts of fury and wild slashing from the scythe operator. I am close. So near I could reach out and touch him. But I cringe away in shock. Abruptly, the swinging blade stops. The man stands back, passing a damp arm across his brow. He tentatively extends the tip of his scythe, teasing the grass open like a surgeon parting an incision. Lifting something out, he holds it at arm's length. Two halves of a scaly brown snake. The triangular head of a highly venomous pit viper dangles lifelessly over the blade.

Under the table my toes are still clenched in terror. Chicken feet in open sandals beside the unfinished postcard, which has fluttered to the floor.

Connect with your inner globetrotter!
Hot News! *Travel Takeaways* has just been released in a new, self-published version. If you missed the book the first time around, now's your chance to get your hands on a copy. Escape somewhere different for a while and immerse yourself in forty travel stories from around the world: talk prayer mats and take tea with a clairvoyant Turkish carpet seller; meet an orang-utan in the depths of the Borneo jungle or lend a hand with the family grape harvest in Italy. True tales that are funny, poignant and thought-provoking. It's time to connect with your inner globetrotter! The new version of *Travel Takeaways* is available from Amazon.
https://www.amazon.co.uk/Travel-Takeaways-Around-World-Forty/dp/1068763116?ref_=ast_author_dp

Bandanas and Bandits: Bali for Christmas
by Heather Whatley

Bali for Christmas? What a delightful thought. I was full of excitement and energy for this trip. First, I would see our daughter, who was in the middle of a world trip with her boyfriend, Darren. Second, I had never travelled to this exotic island. My mind conjured serene images of Christmas Day spent in a swimsuit, sipping cocktails in the pool with my much-missed Suzy.

As the rest of the family prepared for a UK Christmas with all the trimmings—open fire, turkey, tinsel, overeating, games of Monopoly, Quality Street, and nostalgic family favourites on TV—I was dreaming of sun-drenched days, fresh fruit, azure seas, and poolside bars. Most importantly, I imagined a loving reunion with our daughter while relaxing under the tropical sun.

The reality was a long way from this dream.

The seasoned travelling duo had already experienced plenty during their journey down through Africa. I had been horrified to hear that Suzy had stayed in a brothel for safety while recovering from malaria. Although she looked well, she was thin. This lifestyle was clearly taking its toll, even if they were having fun. I had plans to spoil them both— a mother to the rescue with her money belt and credit card, relieved that they were alive and well. I pictured myself listening to their travellers' tales, exciting and alarming in equal measure, and laughing at their innocent mistakes.

But those moments never came.

Our first night in Bali was thrilling. Meeting Suzy and Darren at last was emotional and special, tinged with relief that we had managed to come together at the appointed time despite communication delays (no mobile phones or WhatsApp back then). That evening, we made plans to hire a jeep the next day and explore.

The next morning, after a tropical breakfast and a relaxing swim in the beautiful pool, we set off in the hired jeep, Darren armed with a selection of camera lenses to indulge his passion for photography. We drove past lily pads as big as small ponds, huge lizards, lush green slopes, and smiling locals who greeted us warmly. It was idyllic—at first.

Those welcoming smiles faded when we ventured off the well-trodden tourist trail. In the back of the jeep, nestled among camera lenses and rucksacks, I couldn't help but notice the change in atmosphere. Was it a breach of courtesy, some unwitting cultural *faux pas*? I kept my concerns to myself, choosing to smile and carry on.

Then we reached an uphill hairpin bend, and terror struck. Bandanas and rifles came into view—armed men blocking the path ahead. Adrenaline surged. Suddenly, I realised how vulnerable we were: a Westerner with a money belt, sparkling jewellery, and cameras in the back of the jeep. The resentment in their eyes was palpable. Here we were, wealthy tourists in an island paradise, while these men struggled to make a living.

They hovered around the jeep, menacingly assessing the situation. My instinct screamed fight or flight, but neither seemed an option. Instead, I decided we had to appear strong and united. I urged Darren and Suzy to act as a team. We quickly hid some of the cash and offered the men an amount for their "help" in moving the jeep, whose wheels had been spinning on the loose scree.

It was, of course, a well-rehearsed ruse. We fell into their trap. They pushed the now-burnt-out jeep up the hill—just far enough. The ordeal seemed to stretch on forever, but eventually, rescue came. Shaken and emotional, we returned to my hotel, raided the mini bar, and emptied it. Together, we opened the Christmas presents I had brought from England with forced euphoria whilst reflecting on the basic error, which was mine alone: a white, middle class mother should not try to fit in with battle-hardened student travellers. No, she should remain in the confines of her luxurious hotel and ignore the lure to adventure. Pah!

Heroes by Edmund Matyjaszek

His statue shines in bronze. Leonidas,
stamped by the sun at high Thermopylae,
leans his taut frame forward. Strange,
how his flesh resembles molten gold
not with the hue of dry, tanned skin,
brown and tired from waiting in heat,
in the sand burned coarse by the sun.

Leonidas by Karl Whitmore

Back Then by Marion Carmichael

Tell me about winter nights, drawn curtains, closed doors,
ghost stories, crackling sticks, bread on the long
toasting fork, hot butter dribbling down your chin.
Describe the smell of apple wood, explain blue flames
trapped in shiny coal, how green logs spit, drying clothes steam.

Tell me how bees made candles, explain snuff, wick, trim,
the quiet oval glow, how flickering flames made shapes
black and scary when you climbed the draughty stairs,
shapes that danced around your bed, would not let you sleep.
Explain strike a match, how the tiny head explodes
                                        in a whoosh of light.

Tell me about a kettle that sings on the hearth.
Describe how to control the heat of a range:
hot for scones and pastry, cool for custard or fish,
and keep it steady for Sunday dinner, Wednesday's stew.
Explain chopping wood, the daily clearing of ash.

Tell me about a heap of rubbish raked high.
Describe roar like the wind, smoke curls, tatters in the sky.
Explain dry stalks, wet grass, prunings, turning leaves.
Tell about that autumn smell and in the embers,
jacket potatoes, burning skin, creamy white flesh.

Tell me about when heat and light came raw, dangerous,
lively. Describe fire before all power was switched.

This poem is from *Grass Green Stockings*, see review page 116.

Making Connections in Historical Fiction by Katie Daysh

As a historical fiction author, my philosophy can be summarised in a neat sentence: I write in the historical genre but not for a historical audience. Although I research extensively and try to capture both the overarching 'feel' of past eras and the smallest of details, I am ever mindful of the people who are my readership. We always look at history through the prism of our own age and time, bringing ourselves into it, and I don't think that is necessarily a bad thing. History, and historical fiction, is all about re-evaluating the past and bringing fresh perspectives, allowing more diverse and interesting voices to come to the fore.

That is what makes historical fiction so exciting to me. To be able to look back through the centuries and find connections is amazing. In my genre, naval fiction, I am aware that the people reading will not be Royal Navy officers from the early nineteenth century (or maybe I have a ghost readership I don't know about?!), but there are elements and themes that transcend time: friendship, love in its many forms, family, and—a topic I personally find the most interesting in historical fiction—the pressure of expectations and the desire (or not) to conform.

Expectations play a large role within my stories and in the conception of them. Naval fiction has been traditionally a very straight white male's genre, both in readership and writership. There are tropes and assumptions about what will happen in an Age of Sail book: battles, seafaring terminology, an examination of a man's place in the hierarchy of his profession and society. To a certain degree, I feel my Nightingale/Courtney series hits that, only I've adjusted the voice of who tells the story. Both of the lead protagonists are queer men and I wanted to explore how that identity changed (or didn't change) the genre. Queer representation is very important to me and I wished to show that these voices have existed throughout history and it's not simply pasting anachronistic sensibilities onto the past.

One of the most significant aspects of historical fiction, therefore, is to capture a sense of the era's values and cultures, even if they are to be subverted or seen through a new lens. I love to try and capture the weight of those expectations on my characters and to see how they live up to them, or don't. Captain Nightingale, in *Leeward*, is a man who feels pressure to behave a certain way, whether that is because of his gender, his rank in the navy, or as a husband in a marriage where neither party is romantically interested in each other. His story is a journey towards coming to terms with his own identity and finding a place for himself in a world where he doesn't necessarily fit: a theme, I think, that echoes through the ages.

Research is obviously key to writing historical fiction! There are always multitudes of sources, both physically and online. For my genre, there are many non-fiction books, as well as ships' logs, journals, handbooks, and visual evidence in paintings and other art. In fact, much of the time, there is so much information available that it is difficult to sift through. The most important thing is to have research elevate the narrative, giving glimpses into the past through big themes such as politics, societal values, and a background of real events as well as smaller aspects of clothing, language choice, and, for my genre, shipboard life. The temptation to write about every single element of research is always there, but it should never drown the storyline or scene. It gives a framework to illustrate the heart of the narrative.

Historical fiction is a thread that connects past and present. At their core, I don't believe people have changed all that drastically over time. We still want similar things, experience similar pressures and expectations, and have similar fears and joys. I think looking back at history can illuminate the present, and looking at the present can also illuminate the past. That is the fun, and the challenge, of historical fiction!

Watching Always: on writing historical fiction
by Heather Cooper

I'm looking at the photograph of an exceptionally pretty young woman dressed in white, with a sort of makeshift veil attached loosely to her dark hair. She holds a fat child on her lap who looks truculently at the camera. The woman looks at the child.

This photograph is *La Madonna Vigilante: Watching Always*. It was taken in the mid-1860s by Julia Margaret Cameron at the height of her passion for photographing friends, acquaintances, random strangers (she would often spot passers-by from her bedroom window at Dimbola and descend to drag them in to sit for her, brooking no resistance), and—as in this case—her servants. She had a particular liking for dressing her subjects up in costume to represent scenes taken from the Bible, from myths and legends, and from poetry. Her neighbour Emily Tennyson, who was the patient recipient of Julia's enthusiastic if somewhat overbearing friendship, wrote to Edward Lear—who made no secret of his dislike for the photographs: 'Mrs Cameron is making endless Madonnas and May Queens and Foolish Virgins and I know not what besides.' She adds, perhaps with a slight edge of malice: 'It is really wonderful how she puts her spirit into people.'

The girl in the photo is Mary Ryan, Mrs Cameron's parlour-maid. I imagine this particular photograph was taken when Julia had managed to borrow little Freddie Gould, the son of a Freshwater sailor and labourer, to use him as a model for the infant Jesus. Pictures of young women posing as the Madonna were a favourite with Julia, but her more usual model was another maid in her household, Mary Hillier. That other Mary was, frankly, a much better bet as the mother of God. She had a sweet, placid face, and was able to maintain a look of suitable piety during the long minutes required for exposure to the camera. Perhaps it was Mary Hillier's afternoon off, or she was busy dusting the furniture.

So here is Mary Ryan, aged about seventeen, seated in the converted henhouse in the garden at Dimbola, which had become Julia's studio. Her hair is elaborately braided beneath the precariously attached headdress, acres of old sheets and butter muslin swathed about her shoulders and throat. It is summer; the tiny room is glazed and

27

shrouded in velvet curtains. Freddie has been bribed with sugar plums and butterscotch to reconcile him to the necessity of sitting still and looking like the Holy Infant. He's terrified of Julia, that squat figure in her funny bunchy clothes, so he does as he's told, but resents it.

'Sit still!' commands Mrs Cameron.

Buzzing with sugar, Freddie is hot and cross.

'Please sit still,' mutters Mary.

But the boy wriggles and squirms anyway. The photograph shows his dishevelled hair and plump arm as distinctly blurred.

Mary herself sits perfectly still—no blurring here. Her face is a lovely oval. Her eyes, large and dark beneath perfectly shaped brows, are lowered as she looks at the infant in her arms. Her mouth is gorgeous. She could be the image, literally of the Virgin Mary as pictured in a thousand works of art—a patient and passive young woman, the divine model of motherhood. And yet, just look at her. Her expression is unmistakably one of irritation and dismay. *Oh, for heaven's sake*, she thinks, as clearly as if she were speaking aloud, *just get on with it, Mrs C. Let me put this wretched child down, and get out of these ridiculous clothes, and this over-heated hole which still smells of chickens.*

She sits still because she has to, because this is her job, because she has no choice. But she does nothing to conceal her feelings. The moment the photograph is taken, she'll plonk the child onto the ground without ceremony, wriggle out of the absurd layers of drapery, back into her old cotton dress and out into the fresh air. She'll splash cold water on her face at the outside pump, shake out her braids. She'll risk lingering in the shade for five minutes re-plaiting her hair before going back inside to resume her duties. Later, she will regale her friends, the other servants, with an account of her ordeal, making them laugh and laughing herself.

Did it happen like this? I can be sure of dates, and names, I can read letters and journals, I can visit Dimbola and learn about the wet collodion method of photography. But, of course, I can't really know what Mary thought that day. I can only look at her and surmise, invent, imagine her thoughts and her feelings.

Secretly, though, I'm sure I am right. Through the lens of her camera, Julia Margaret Cameron watches her parlour maid; Mary watches Freddie; I watch them all.

Sunset and Evening Star by Tim Cooper

The sun flows slowly down. Night
rolls across the island. Faint
mist secures the coming dark
blends sky and sea and rock.

I stand waist deep in water
with Coco to my shoulder.
We watch and wait as the waves
wash by, and wait, and wait

and leap before the tumult
comes and rolls us through the surf.
Sharp sand and a sharper salt
deliver with a jolt.

She leaps and laughs and runs. Sun
magnifies her hair. Long
shadows cut the beach in two,
split earth from sky and foam

and I know one day she'll leave home.

I wade back out to sea. My
daughter runs up the beach. The
tide is strong around my legs.
I stand and find my depth.

Hanover Point, 2020 by Tim Cooper

Most of the time I feel scared.
I wake
often
to test which memories bear
or break.
Often
I tell myself you're still there,
awake,
not wanting
to talk or acknowledge me.

Cliffs might rise or they might fall
but there's always the sea.
The sea is eternal.
There's always the sea.

Perfect Light by Tim Cooper

As we descend from the military road
past cattlegrids, stile gates, the long scramble down
familiar cliffs to the shingle and sand
and there on the black sand cast all about
our blankets and strip to our swimsuits and trunks
our bellies all shameful, still letting us down
and wade out to sea through the slow-streaming tide
and float, float, float wide in a familiar tide

our beautiful children swim further out
where small rollers break across sandbars and gulls
hunt small fish and butterflies lost in the breeze
find their way back to land or dip down and drown
and a billion shades of pure infinite blue
are the sky and the sea … and there's me… and there's you.

These three poems by Tim Cooper are also titled "Compton Three Ways".

Book-learned by Mark Saunders

I can't say whodunnit   throwing books at me   birthday
rains of soft hits   a paperback blessing   spine stressed
and poorly justified   the kind that ends up pulped
with an occasional line devoid of space to get a word in
or on other days   typesetting ones   the suspense
oddly   expansive   for   a   moment
but well cut left and right   landing like gifts
empty as endpapers   my eyes covered by two hands

I can open them now   abyssal-inked   and the odd one
smudged with Xs   swollen and print bled   like a leaving
card by the door   where the folds touched too quickly
after closing   the lines crossed under our names
in lieu of a kiss   or Os   circling the permutations
of love   blotting the backing page   wrestling a hug

Master of Arts—or Mid-life Crisis? by Kate Young

Do you believe you should have two bites of the cherry? I do! I was a keen writer from an early age. My father was my favourite storyteller. He wasn't well-educated, but he had lived an adventurous life with the Merchant Navy and had travelled to far-flung places.

He had also written a poem which had been published in a proper anthology. I idolised that.

When I was seventeen, I had my first poem published. The following year I went to Middlesex University to do a three-year combined course with Harlow College. This resulted in an HND in Journalism and a BA (Hons) in Writing and Publishing with Political Studies. From there, I joined the Isle of Wight County Press newspaper, where I stayed for almost twenty-seven years. In that time, I fulfilled just about every role I could, including being editor of the luxury magazine, *Isle of Wight Living*.

I left the County Press in 2022 to help East Cowes-based charity MAD-Aid during the Ukraine crisis. There, I rediscovered my love for creative writing—I started a community group (Island Scribblers), published a few poems, and saw my novella accepted for publication. My father's passing in June last year made me rethink what I wanted next.

Dad couldn't invest much time in creative writing because he had to work hard to raise his family. In later life he turned to other hobbies. In practical terms, I am fifty and no longer have a mortgage. If ever I could take a cut in earnings and be a student again, it was now—my chance to commit to studying twenty hours a week to achieve my Master of Arts degree. This would be online, part-time over two years.

I couldn't do this while still working full time, so I decided to leave MAD-Aid and pursue my creative writing dreams by joining the Masters programme at Arts University Bournemouth, which is an innovative new course. Some people might be wary of being a guinea pig, but I am no stranger to being the ground breaker. My BA degree, some thirty years ago, was also a new course. I've been a pathfinder in my working roles, too, so I'm up for another challenge.

Many universities and colleges offer online creative writing courses. What made the MA programme at Arts University Bournemouth stand out for me is its commitment in dealing with vital contemporary issues, such as climate crisis, and the use of artificial intelligence.

One of the biggest challenges facing writers today is ensuring we cannot simply be replaced by AI. To have a chance of survival, writers need to keep up-to-date with the latest developments in the publishing industry, as well as ensuring our voices are truly unique, and worth listening to.

Arts University Bournemouth specialises in creative industries and the course delves into a vast range of topics—from twenty-first century publishing and author identity, to writing in the Anthropocene, eco-poetry, transmedia storytelling, and multimodal practice.

The course has a set of well-published tutors, including course leader, Dr Kevan Manwaring. The industry patron, Michelle Zeitlin, has connections to Hollywood. She runs the talent management agency, More Zap, which has a television/movie section, and a literary department with top selling authors and emerging voices in all genres.

A good course should give you a broad view, but it must also have support from industry professionals with far-reaching credentials— Arts University Bournemouth's cutting-edge new course ticked all these boxes for me.

I started the course in September and, so far, there has been a chance to submit to the British Fantasy Society's journal, and an opportunity to assist with the organisation of the annual Writing the Earth programme, a week-long event centred around Earth Day in April. My cohorts have also been invited to a writing weekend at a Dorset nature reserve in June.

I have been introduced to several new subgenres and even written one or two things in forms I had never considered before.

In starting my MA, I've accepted that I'm going to expand my versatility as a writer and have committed to concentrating on developing my first full-length novel during the next two years.

I am juggling family life with a husband and teenage son. But right now I'm doing a few copywriting jobs as a freelance writer—while still working on my creative dreams.

So, is my MA a euphemism for a mid-life crisis? Perhaps. But if stepping into the future of creative writing and pushing my boundaries is a crisis, I'll take it—with pens poised and notebooks ready.

A Monk's Call to Writing:
in conversation with Fr. Luke Bell & Jean G-Owen

On a crisp October afternoon, I visited Quarr Abbey to speak with Fr. Luke Bell OBS, a graduate of King's College, Cambridge, and a revered author of nine works on Christian spirituality, including *A Deep and Subtle Joy: Life at Quarr Abbey*, *The Meaning of Blue: Recovering a Contemplative Spirit*, and *Baptizing Harry Potter: A Christian Reading of J. K. Rowling*. We met in the music room behind the bookshop which Fr. Luke oversees.

Q: You've been writing since becoming a monk. Have you always wanted to write, or is it something that came with this change of calling?

Fr. Luke: My father was Director of Publications for the Royal National Institute for the Blind. He chose the books that went into Braille or onto talking books. Because of that, our whole house was full of books. He himself, as I did, studied English at university. So my love of books comes from him—it's been lifelong. Before I became a monk, I taught English, so already had an interest in writing. It was only after becoming a monk that I felt I truly had something important to write about.

Q: The monastic life is considered a calling. For some people, writing is also a calling. Does this idea resonate with you?

Fr. Luke: I think they can go together, but if you're a monk, there are things that take precedence. Writing has to fit in with that. I can't just not turn up in Church and say: 'Well I'm writing'. On the other hand, we have less distractions than many people. There is a silence here, and time for writing.

Q: Writing has a long tradition in monastic life. Do you see yourself as part of this tradition, given the genre of books you're writing?

Fr. Luke: Yes, I think so but you can't simply say, well, there are those books that were written in the past and those expressed in the tradition, because there are new issues today, and new emphases in the way people think. My last book, *The Mystery of Identity*, engages with current debates around identity politics in light of tradition. The book I'm working on now, *Truth in Person* (forthcoming April 2025), explores what is often called Artificial Intelligence. These are issues of our time, and the tradition must be represented in ways that engage with them.

Q: I think about tradition as continuity—we don't break with the past, rather, we adapt to new challenges. In your book *Staying Tender*, you emphasise compassion and contemplation. How do you approach these topics in today's world?

Fr. Luke: Contemplation is central to monastic life. But to write about these big issues, I don't think you prepare yourself. I believe the Spirit prepares you. Writing grows out of a context: the reading of sacred texts, cultural and philosophical interests, prayer, and interactions with others. That's the soil, the humus, from which it emerges.

Q: Alongside the sacred, your books are rich in literary references. How important is this tradition to you?

Fr. Luke: Very important. My first book, *Paradise on Earth*, reflects my background as an English teacher and is filled with literary references. Pope Francis recently wrote about the importance of literature in priestly formation. Without it, a priest's understanding of people's lives can become rigid. Literature connects us to deeper truths about humanity, which is essential for ministering effectively.

Q: Your beautiful book *A Deep and Subtle Joy* reads like the memoir of a monk. Walking around Quarr Abbey today, I felt a deep connection with your story of this place. What inspired it?

Fr. Luke: It was inspired by my moving here. My first three books were written while I was a monk elsewhere. This book reflects the joy I found here and what life at Quarr means to me. It captures the spirit of those early years at the Abbey, but I wouldn't unwrite any of it.

Q: In *A Deep and Subtle Joy* you make an insightful remark about not mistaking what you do for who you are. This is a mistake many writers make, which means they don't respond well to critical feedback.

Fr. Luke: I would say this is universally true, not just of writing, but of everything. It's a mistake to think that what you do is who you are, and that somehow, you're under threat if someone corrects it—this is as true of dusting a room as writing a book. My younger brother, who has published books, says that if a publisher isn't interested in his manuscript, he's no more offended than if no one wanted to buy his car from a classified advertisement. Detachment is crucial, as is recognising the value of criticism. Even accomplished writers need a copy editor.

Q: I read that when certain Christians opposed your book on Harry Potter, you remarked that you weren't writing for them. How do you deal with negative feedback?

Fr. Luke: In *Baptizing Harry Potter*, I'm writing for people who enjoy the series and I'm explaining things that have Christian resonances to deepen their enjoyment and understanding. What I find more difficult is receiving negative feedback before a book is finished. This can impact morale so I'm careful with whom I share manuscripts during the early stages.

Q: You studied English literature at King's College, Cambridge, and mentioned Dostoyevsky was your favourite author.

Fr. Luke: *Truth in Person* is dedicated to Dostoyevsky. When I was about 16, I read *Crime and Punishment*. It's an unparalleled description of what it's like to feel guilty. Then, at university, I read *The Brothers Karamazov*. This was my first introduction to monastic life, with the spiritual elder Zosima talking about traditions. But what's made Dostoyevsky special to me is that I've never taught him. It's never been work. Of course, Hamlet is brilliant, but having taught it so often it's become work. Dostoyevsky, however, never has.

The Bible is like the wife—I need to listen to her every day and can't ignore her. The other books are like my mates, my friends, you know. I can go out with them, have a good chat, and set the world to rights. Then I come back home to be with the wife and listen to what she says. The wife is central, don't get me wrong, but these friends enrich my life.

Q: Shakespeare is another favourite writer of yours. I read that you were called Shakespeare when you were teaching in Morocco.

Fr. Luke: Yes, I enjoyed that. I spent twelve years teaching and was called various nicknames, but Shakespeare was far and away my favourite.

Q: In *A Deep and Subtle Joy* you remark that monks don't retire. This is true of many writers, too. Do you intend to continue writing?

Fr. Luke: Can I just pick up on 'many writers don't retire'? Jon Fosse, the Norwegian Nobel laureate, explained that he stopped writing plays because he'd said everything he wanted to in that form. However, he still writes prose. In terms of my own writing, I agree with Blake Everitt, who never says: 'I wrote a poem', but that 'a poem came'. This was my experience with *Truth in Person*. The book just came—I wasn't expecting it. I don't have plans now to write another. There's a completion in writing nine books. To compare small things to big, Beethoven wrote nine symphonies. But who knows? If someone asked me: 'Would you do the Gifford Lectures', it would be a great privilege.

Q: Would you ever consider writing fiction—theological fiction, for instance, or cosy crime like the Reverend Richard Coles?

Fr. Luke: I was interviewed for Radio 4 by the Reverend Richard Coles—he's a very positive and engaging person. But I don't think I'd write crime fiction. I have written a children's book—a theological fiction for seven-year-olds, so it's possible. Who knows?

Q: Have you ever discovered unexpected readers of your work, or do you receive fan mail?

Fr. Luke: I did have someone in Beijing post a review of *The Mystery of Identity* on Barnes & Noble. I'm not sure Beijing qualifies as unexpected. And I do get the occasional letter. Let me say to everyone out there: if you've ever wondered whether it's worth writing to an author, the answer is *yes*. Rowan Williams, when he was Archbishop of Canterbury, wrote a book on Dostoyevsky that I loved. I wrote to tell him so, and he replied with a lovely letter about his first experience reading Dostoyevsky—a very charming response.

Q: Thank you, Fr. Luke, for sharing such wonderful insights and stories with us. It's clear your work continues to resonate far beyond the walls of Quarr Abbey, inspiring reflection and connection in unexpected places.

Study of Sweet Peas at Quarr Abbey Bookshop
by Maggie Sawkins

(after Wallace Stevens)

Positioned on a shelf next to an array of rosaries,
they are an antidote to the starkness
of the white stone wall.

Their slender green stalks are crammed
into a glass jar filled nearly to the brim
with water.

The sweet pea flowers bestow a flounce of colour.
Hues of baby pink, purple,
a more solemn maroon.

Each ruffled papilionaceous petal
is attached like wings
to a green calyx star.

Stragglers lean out beyond the rim into the room
as if wishing
to peruse the titles of the holy books.

Lathyrus odoratus.
Their scent is a mix of honey and fresh mown grass
notes of amber, sandalwood and musk.

The sweet peas are neither liturgy nor prayer,
saints or sinners.
They are cut flowers in a jar.

Soon their petals will fall and settle
on the shelf or floor.
This stillness is an illusion.

A very wide range of books for serious seekers
Quarr Abbey Bookshop

Poetry
Philosophy
Metaphysics
Spirituality
Prayer
Faith

Religious articles
Titles for children
Items of local interest

https://uk.bookshop.org/shop/quarrabbeybookshop
(online print book sales)

www.libro.fm/quarrabbeybookshop
(online audio book sales)

bookshop@quarr.org

Quarr Abbey

A CATHOLIC BENEDICTINE MONASTERY
quarrabbey.org
Quarr Rd, Ryde, PO33 4ES

print

audio

From outside
I have seen the cloisters
where one's gaze can't help
but settle on the thousands of humble
Flemish bricks, each laid by the hand
of an islander following to the letter
Dom Bellot's intricate plan.

All life is contained within the wall
of the heart. Neither hearts
nor bricks are made of stone.
If bricks are hearts sunblessed
in silence the *Poet of Bricks*
has made these
their home.

Bound by the Word by Jean G-Owen

After 'Sitting on History', bronze sculpture by Bill Woodrow at The British Library, London.
The captor of imagination which we cannot escape…

A Benedictine monk told me
the Bible is his wife—
to love, honour, obey.
His words; her sophic wisdom
bound together for life.

In the British Library,
I settle on the Bronze Book,
its spine rigid as duty,
its pages closed against the curious hand.

These are the pages I cannot caress.
This bible of sorts, ball and chain bound,
unbinds my body from its mind.

Histories written in hushed tones—
a tongue tied by bronze,
a mouth erased by its reader's gaze.

Is the great mystery outside myself—
a mirror to the unknown sealed inside this book?

What if they are the same?
What if I am the chain, the ball,
the obedient spine?

Each word I press down in ink
becomes a prisoner of my own design.
In the shadow of this sculpture
I ask the hardest question of all:
Who truly holds the key?

A Definition of Love? by John Luckett

Who says what love is—or isn't?

My wonderful daughter, now in her mid-30s, is gay and has just celebrated six years of happy marriage. I also have a friend who has recently immersed themselves in a fundamentalist Christian ideology. In previous years, we attended IoW Pride to show solidarity with our gay friends, colleagues, family and community. So, I sent a WhatsApp message asking if they wanted to go.

The response?

'Homosexuality/lesbianism is not a definition of love—it is a perversion,' they said, adding that for my daughter, 'the most loving act you can do is share the Gospel with her.' They finished, having '…sent everything with love'.

When the literal translation of *gospel* is *good news,* I struggle to find any good news here or see where the love is.

Faith is very personal. It is a relationship—not unlike the one I shared with my friend—and an ongoing series of connections and estrangements. Although I was baptised nearly 30 years ago, my faith remains but has evolved. I no longer feel the need to attend church. My experiences over this time have led me to see the modern Christian church as an instrument of social control rather than spiritual development, so I avoid it.

From a theological perspective, there is a lot of begetting and smiting in the Old Testament Books of *Genesis* and *Leviticus,* with the instruction to *Go forth and multiply* to *build a great nation.* An equally explicit instruction follows: *You shall not lie with a male as with a woman; it is an abomination.* From a social history viewpoint, same-sex relationships are regarded as non-conformist, bound to be forbidden and subject to persecution.

What have we learned from ancient to modern times? Begetting and smiting continue on a much larger scale in a world with an unsustainably high population—and most certainly not enough love. Can the LGBTQ+ community bring our attention to other dimensions of love, tolerance, and acceptance? Only you, Reader, can look into your heart and answer that. How do you define love?

It would've been so tempting to have told my friend: *go forth*—but I didn't! I love them too much for that. They seem blissfully happy and fulfilled, and it is not my place to create discord. All I wish for them is safety and happiness. I stand quietly by, ready for the day an epiphany happens and they realise the need to liberate themselves from the dogma and fundamentalism surrounding them. If this day comes, I will be there.

So, how can I respond to my friend in a way that isn't shrouded in bitterness or anger? A common denominator we share is an obsession with music. This clumsy attempt at a poem [on the next page] is my way of reaching out. It's made up of forty song titles that include the word LOVE. How many can you find?

My friend, if you ever read this, it is written in love.

John x

The Top 40 by John Luckett

What is LOVE?
Some want to know what LOVE is
and need to be shown.
We do many things for LOVE,
especially when we're not in—LOVE.
But what's LOVE got to do with anything?
LOVE can be a song—or not.
LOVE can't be hurried,
neither does LOVE depend on Rosemary's whereabouts
or only happen on a Friday.
LOVE can be found in strange and hopeless places
     —an elevator
       —a train
         —a shack
           —a caravan
             —even a satellite.
LOVE's a "Hello" or a "Bye-Bye".
LOVE is the drug we are thinking of.
LOVE leaves us addicted, tainted, victims,
given a bad name and playing a losing game.
LOVE will keep us together
and tear us apart—again.
LOVE hurts.
LOVE has us burning and bleeding.
When you are drowning in a sea of LOVE,
don't ask how deep LOVE is.
Never underestimate the power of LOVE.
LOVE is endless, everlasting.
LOVE is all around us.
There is only One, and it's Big!
LOVE is what the world needs—and right now.
LOVE is all you need.
    LOVE is all you need.
        LOVE is all you need.

Hang on for a Moment by WordSpokenSong

Descartes the Philosopher did say—I think therefore I am
But hang on for a moment
Better yet—We think therefore together we can

So dear friends—

Before the sun rise
Before the moon rise
Before the ocean breeze
Before the birthday
Before the two virgins
Before the wild ones
Before the troupe of dancers
Before the gathering in the night

Beneath the bird song
Beneath the sky's expanse
Beneath the Milky Way
Beneath the R.P.M.s of galaxies in motion

Listen   Listen   Listen
Spin It   Spin It   Spin It
In a new direction

So remember Descartes and I think therefore I am
Better yet—We think therefore together we can

We can   We can   We can
Spin It   Spin It   Spin It
In a new creation

Listen   Listen   Listen
To a New Creation

Link to recording

First Light by Edmund Matyjaszek

Moving among the olive trees
it seemed so simple to assume
He, like I, had come to do
some duty at the place of tombs.

I carried a jar; he carried none.
I looked around—a pile of leaves
raked to a heap suggested he
had set to trimming the spring trees.

Neatly the olive, single-trunked,
stands in the soil; then twisting, curved,
it tangles into its awkward shape,
its light pale leaves, its hard fruit

That gives us oil. I smiled then stopped—
that sudden lurch. I felt faint.
My world had gone. He lay there dead.
It was all I could do to prevent

The cries. I bit my lower lip
and bowed to the silent tall man
standing—no, moving between the trees.
The sun was shining; momentarily blind

With its glare, I passed to go inside,
suddenly realising the stone was moved.
I thought of the man, the gardener,
then saw the cloths unrolled

And reeled outside. He was closer.
I felt no fear as the cries began.
I knew no shame; they had taken
My Lord. 'If you know, if you can....'

*

It was a garden like no other,
not morning but the cool of the day.
Everything still, everything light.
There was something I felt I had to say

And tried to remember.
                    He has gone.
All his words I still recall.
But what I remember is the first light,
His moving between the grey-green olive trees, silent, tall.

Villanelle of the Phoenix by Emily Gillatt-Ball

I burn within the scented, sacred flame,
consume its golden glow as my repast
and rise, renewed in power, yet still the same.

With beauty, wisdom and in great acclaim
I live, but when five hundred years have passed,
I burn within the scented, sacred flame.

For here's the source of my eternal fame:
I die within the fire's intensive blast
and rise, renewed in power, yet still the same.

My gleaming egg is laid, my final aim,
prepared for when, as watchers stand aghast,
I burn within the scented, sacred flame.

Exhausted and unworthy of my name,
I long to have these ancient sorrows past
and rise, renewed in power, yet still the same.

With sandalwood and spice laid on the frame,
that bright exquisite agony at last:
I burn within the scented, sacred flame
and rise, renewed in power, yet still the same.

Scars by Annys Brady

Uh-Oh!
my little boy said—
plump baby fingers running over my scars,
tracing a ravine with his watery gaze.

It's okay,
I reassured him, soothing and smoothing.

All in the past and Not to be
haunted—
gauntlet thrown down with me as the Winner.
No more than an ashen memory now, an empty
inferno long ago anaesthetised—
a tired old swan song
echoing for no one from
inside an empty grave cave, now.

It's okay,
I said
as I swam in the safe harbour of his eyes.

Holding On by Carolyn Elliott

Toby locked the door carefully, his heart heavy with the weight of a morning that felt like a lifetime. Some days were worse than others. Mary had seemed even more confused than normal—if normal existed anymore.

'I've lost my blue cardigan,' she fretted. 'I can't go out without it. Oh, and Peter's school bag. Where did I put that?'

'You don't need it, Mary. I'm the one going out. I'll get you a croissant. You like those, don't you? And Peter's grown up now. He's in New York. We spoke to them last night on Skype, didn't we?'

'Oh yes,' Mary remembered. 'They showed me their garden.'

'That's right,' agreed Toby. 'The yellow roses.'

'Yes, beautiful yellow roses.' She smiled. 'I like those, don't I?'

'I won't be long, and Sally will pop in to see you soon. So don't worry.'

Their neighbour was willing to check on Mary since her recent escape through the back gate when Toby was upstairs on his computer and had forgotten to shut the door. She was brought home eventually after the police found her talking to some children in the local park. Toby felt he'd aged at least ten years during the search.

Since then, she had put the electric kettle on the hot plate of the oven and so many other worrying things. But she was still Mary, his gentle, trusting wife. He loved her so much. But the strain sometimes affected him because he just wanted to escape from the responsibility.

In sickness and in health.

But what about *There but not there?* Guilt engulfed him at the thought.

Then, yesterday, she'd asked him who he was. She'd looked at him—confused, frightened—and Toby had frozen, if only for a moment, before comforting her. The thought of becoming a stranger to her terrified him. He knew, of course, that this would be the next stage, a window of things to come, and tried to push the fear away.

At their doctor's advice, he'd arranged for a carer to come in two mornings a week to give him some respite and the chance of a long walk.

'Alzheimer's is a greedy disease,' the carer had stressed. 'You're coping wonderfully well now, but you need to look after yourself for your own mental health, Toby.'

As he pulled up at the supermarket car park, Toby spotted a coach loading up with pensioners, no doubt heading to the coast for a day trip. He felt a surge of envy and self-pity and suddenly ran to the car park to ask if there was a spare space. There was. Oblivious to the destination and location, he settled in his seat. Feeling a wonderful sense of freedom, Toby smiled at his fellow passengers. This was for him, just him. He would ring Sally and explain. She would understand.

He closed his eyes, only to reopen them as a young mum knocked on his car window.

'Have you got a pound coin in exchange for 50ps for the trolley?'

'Yes, sorry,' he muttered. 'Sorry, I'm afraid I was daydreaming.'

'I wish I had the time to daydream,' she laughed, pointing to her two noisy sons.

Time—yes, he had time. He also had Mary and thought of the fleeting moments when her eyes cleared, her smile lighting up the room. Could he really give that up? Could he live with himself if he did? He wondered whether the supermarket sold yellow roses. He would bring her one, along with the flowers. For now, for today, that was enough.

Not Sad by Pat Murgatroyd

Not sad like your dad fretting and forgetting,
fearful of the distance between the known
of home and the great somewhere out there.
Tapping out the Hallelujah Chorus, he settled
for the end of the world in his easy chair.

Not sad like Hilary, your busty sister. After all
the caring—nieces and neighbours and dotty ladies
from church. Just because she's a hypochondriac
didn't mean she wasn't ill. But breast cancer
didn't seem fair.

Not sad like your brother Geoff, the shadow man
who showed more affection for his budgerigar
than his wife. Passive and quiet until he roared
with shame in his messed pants. Didn't know you
when you visited the home, it was too late to care?

You are sad like someone who's been playing
a character in your own life without knowing
the lines. Your diffidence must have caused damage.
Don't go with the flow. Make an effort
to ask what the fuss is about. If you dare.

School Reunion *by Graham Brown*

The corridors and staircases remain
although they seemed much bigger then.
I pause outside the headmaster's study
recalling his words of discouragement.

The hall is full of middle-aged men.
Fat, balding, exchanging business cards.
The cars outside show how well they've done.
Still I am excluded from their games.

A handful of teachers in the corner
clutching feebly to the sticks
they once adeptly wielded. Look blank.
No recollection of the class clown.

I realise nothing has changed.
There are no happy memories.
I tell myself to write 100 lines.
I must not go back again.
I must not go back again.

Exodus 1 by Standish Cope

The combination of early morning five-mile runs, cold showers, square-bashing with 303 rifles above their heads and regular canings had systematically sapped the boys' will and reserves over the years at 'Stalag-Cholderton'. The Escape Committee was summoned for the latest and most desperate plan named: 'Exodus'.

They had been held captive and oppressed by the Byrds for too many long years, and they planned for one of them to make a bid for freedom. As Henry was head of the Escape Committee, he was the natural candidate. All agreed to conspire with him in preparation for the momentous day. Stan had acquired the nickname "Wolley"—*yellow* backwards—and volunteered to finance Hen's bid for freedom. His contribution was his life savings, *viz*, all the pennies, threepenny bits, sixpences, shillings and half-crowns he had saved from his pocket money during those years of incarceration.

Hen had the brilliant idea of stashing his vast quantity of coins in a sleeve of his pullover, which he carefully tied a knot in and slung over his shoulder like a bandolier. He resembled a curious mixture of escapee and rebel.

Once Stan had parted with his life savings hidden in his pencil box to Hen for his escape bid to London, two days later, he was left praying for the success of his brave endeavours. After all, one of the few benefits of Catholicism is the belief in the *power of prayer*. So, every night following Hen's heroic departure for Salisbury Railway Station via many miles of circuitous hedgerows, Stan pictured him in his prayers avoiding the all-pervading, preying eyes of the Byrd in his relentless, pursuing black Riley car.

Fortunately, like Stan, Hen was a good cross-country runner. Stan had every faith that he would succeed in his mission to find Dad in London and appeal to him for refuge. Stan even imagined him arriving at Waterloo Station and being greeted by a tall, jovial Bobby who would escort him to the ground floor flat in Mayfair where Dad lived.

The policeman would stand at Dad's door and say: 'Ah, Mr Harrison, how fortunate to have found you home! I'm delighted to return your son, Henry, to your safe custody.'

Dad would reply: 'Thank you so much, officer, for all your trouble. Come inside, my dear boy.'

That's how Stan pictured it might be. All of this, of course, was a complete fantasy on his part. Magical thinking, however, had become his default frame of mind within the regimented confines of Stalag-Cholderton.

The school and its draconian hierarchy had been unnaturally quiet for two days as the Escape Committee awaited news of Hen's successful bid for freedom and safety. No positive or negative reports, however, had penetrated the ivy-clad walls of 'Stalag-Cholderton. So, they continued to undertake their morning cross-country runs, cold showers, rifle drills and muted meals whilst watching for fluttering signs of activity from the Byrds. There was no response, except for the ominous silences at morning assembly as their penetrating eyes scanned the pupils for give-away signals or secret codes.

On the evening of the second day of Hen's absence, whilst finishing their insipid meal, the boys heard a commotion at the tradesmen's entrance. Stan heard Hen screaming and crying as he was pushed along the main corridor like a captured convict by the crowing Byrd.

The boys sat glued to their chairs, unable to swallow or move at all. Stan felt sick as it dawned on him that Hen's heroic bid for freedom had ultimately failed. He wept internally for his misfortune as the sound of Hen's wailing was overwhelming. Then Stan realised that the Byrd had selected the ultimate instrument of violence and torture—the hockey stick.

Stan couldn't keep still. He rose from his seat and proceeded to the dining room entrance, ignoring Mrs Byrd's screeching demands to 'sit down'. As he reached the corridor, Stan witnessed Hen cowering in a corner by the Study, while the merciless Byrd—a predatory bird in his black, corvid gown—grinned triumphantly as he beat Hen to a pulp. Everything stopped in time, except for the relentless blows and constant screaming. Stan was frozen in fear and hatred, his powerlessness and cowardice complete.

'Exodus 1' is chapter 13 from Standish Cope's memoir *Philo-Stan*. It is about a boarding school survivor narrating inner and outer journeys to self-healing. It explores themes of abuse, oppression, resilience, resistance, teaching, parenting, and caring. Stan travels a labyrinthine trajectory to a place of forgiveness, reconciliation, safety, and healing in the Isle of Wight.

End of the Road by Jane Shepherd

I buy a bike from a charity worker returning to Sweden. Fifty pounds in precious notes from my stash of foreign currency, kept balled in a sock. When they drop the bike off, I stare at it with wonder. It's imported, with gears—sleek, complicated and shiny-new. For weeks it lives in the kitchen, untouched, as I'm too self-conscious and scared of the traffic to try it out. Eventually, I set off on a Sunday to visit friends at the end of a long road just off mine. It's a simple route that cuts across the vlei and the golf course and marks the transition of city into bush—a boundary of ochre fields stiff with old maize stalks and tall blue gums.

But the road goes on forever; I've never walked it before so have completely misjudged the distance. Soon, my muscles start to sting, my face burns, sweat runs down my neck. Just get to the next telephone pole, I tell myself, the next house, the next gum tree. With each landmark, the road slowly recedes until I am nearer their house than mine. Finally, I swing through their open gate into the garden where everyone is relaxing with beers, their heads swivel as I cycle past.

Anne watches me from the kitchen doorway, smiling—she's always smiling, especially when she's had a drink, a beatific smile that suits her rosy cheeks and buttery skin. She passes me a bottle of beaded beer, her bangles clinking. 'Cheers,' she says. 'Well done, you made it.'

Not long after my inaugural bike ride, I come home from work and Tawanda tells me Sharkey swung by and asked to borrow the bike, said he'll bring it back later. Inevitably, he doesn't. Every week I give Sharkey, via Tawanda, an ultimatum, until the final threat, and the one I am most reluctant to follow through on—I'll go to the police. He then offers to pay for the bike in instalments, but I never see any money nor my bike. I so badly want to ban Sharkey from the house, scream into Tawanda's face, kick him out once and for all, send them all packing, but after weighing up the emotional energy required and the risk that I may never regain my composure, decide the best thing is to do nothing. Instead, I sob into the dog's fur, swallow the indignation, sour and bitter, and bide my time.

Finn says get a bike. He has one, cycles up and down the hills of Hastings without even using gears or standing up in the pedals (so he tells me). Portsmouth is flat, even easier, he says. I am in love with Finn, or rather the idea of him. He signals an end to the overseas chapter, a chance to stop peering in at other lives and have one of my own. Desperate to impress, I buy one for £25 from a man selling bikes out of an abandoned greengrocer.

When I tell Finn, he says, 'Well done gorgeous girl.' He is very affirming, almost fatherly. 'I like to pull people up, not put them down.'

But I suspect that I will always be at the bottom of Finn's hill. He likes it that I need a helping hand, what with my life in a suitcase, my far-away friends.

In the week, I take the train to London to meet my birth mother. This is the third time I have met her since our initial reunion, fourth if you count my actual birth. We sit outside a pub on Millbank with our halves of cider in the weak spring sun. I'm telling her about my new bike and how proud I am to have conquered my traffic anxiety.

After a short pause, she says, 'I would really like to pay for your bike.'

'You don't have to do that.' I say, a bit embarrassed.

'No, I would really like to. I wasn't there to buy you a bike when you were little. And I feel bad about that.'

It feels inappropriate, after all I'm in my mid-forties. But I accept her offer as I know that to refuse would deny her this small gesture, healing in intention, although hollow in reality. She opens her purse and peels off the notes. I open my purse and stuff them in. A transaction that we both know comes too late and is imbued with guilt and shame. I smile sweetly and thank her, keeping up the pretence. An easy task for someone practiced at concealment, at tucking emotions out of sight, like folded dollar bills slipped into the cup of a bra, the heel of a shoe, the ball of a sock.

Goodbye by David Jowitt

You'll remember my face; you've forgotten my name.
I don't care where you're going, I don't care why you came.
   Goodbye to your entity, goodbye my old pal.
   Goodbye with no enmity, I'm leaving you now.

I tried for so long, I tried so hard to try.
It still didn't work out, and I still don't know why.
   Goodbye to distractions, I tried to attract,
   I still think I like you, but I still don't look back.

The lake it is haunted and the house has run dry.
I owe you no answer, though you only ask why.
   Goodbye to the flats, and the lights that are low.
   Farewell to the front, it's just not a good show.

I believed in the curtain, and the curtain was torn.
And all round the canyon there echoed the horn.
   Goodbye to the council, and the councillors lies.
   I've cancelled my plans; I'm surprised I survived.

You said I was the burden and you all held me up.
You all cut me open, and you all take a look.
   Goodbye to the sickness that I see in the mirror.
   I put there a picture, and the picture is clear.

They all had a party; it was at my expense.
There's a banquet of rocks, and a barbed wire fence.
   Goodbye to the strangers behind all the walls.
   I'm glad I don't see you, but still hear your call.

The rivers are dry and the silos are flooded.
The children are buried in the bodies of lovers.
   The figures in sand and the figures on walls,
   The figures in music, and the figures that fall.

The Rabbit by Tony Hands

I know lots of people
want to hear funny verse—
the spoken word, velvety,
rich with warmth,
a ditty of a man
caught with trousers down,
a dog on a lead.
But wait,
I was going to chase the dog.
There is no dog—
only the banana skin
that slips me up.
And the cat,
sitting upright,
tells me (in English),
he's alive.

I'm the rabbit,
lost in the warren of life,
searching for Alice
or waiting for Godfrey.
Have you seen him?
The world's turned upside down,
and I might still be looking out
when the magician
pulls it all from his hat.
But this time,
I'm asking
for my rabbit back.

Rescued by Olha Bereza

My dog ran joyfully around with another puppy—both were mini schnauzers. If you know about breeds, you know they can be playful. Their chase was ending behind a wide birch tree that served as their finish line. But...only my dog reappeared. It was surreal, like a moment cut out of a film—two dogs leaped from view, but only one re-emerged. Replaying events from a second ago, I thought it is strange. As if someone had cut the second puppy out of the film. Where was the puppy?

Behind the tree, I found an open manhole. My heart sank. The puppy had narrowly avoided falling into the dark wastewater, its paws precariously balanced on a rock amid the rushing flow. By his astonished eyes, I could deduce the puppy didn't understand what had happened. I called over to its owner—a middle-aged woman, who was still calling for her dog in a cheerful voice. When she saw where the puppy had fallen, she became hysterical, rushed to a nearby apartment building, and quickly returned with a ladder.

But there was a problem—the ladder was too big to go through the manhole.

Seeing her panic, people gathered around asking what had happened.

A tall man approached.

'Did you come by car?' I asked.

'Yes,' he answered. (Mantalk is often to the point.)

'Do you happen to have a rope with you?'

He returned with a tow rope. I already had a plan, but it involved choosing a suitable candidate to put it into action. Critically, I assessed the dimensions of the hole, and compared it to myself, the dog-owner, and the man with the rope. Unfortunately, we were all too wide in girth. Then I spotted a child of ten or eleven, with matted, short hair and slightly worn clothes, and asked if he'd help.

'Yes,' was his swift reply.

So I revealed my plan. 'We'll lower you on the robe, you grab the dog, and we'll lift you both out.'

At first, the boy agreed. We tied him with a rope. Staring down into the gaping hole, he became frightened. I reassured him that we'd be quick, and everything would be fine. And so, we lowered him down.

61

Within a few moments, saviour and puppy re-emerged into daylight. Both were shaking with fear.

The lady was close to crying. She rushed to her puppy and took him in her arms.

'Well done!' I patted the boy on the back. 'You are a hero, young man. Good job!'

'I'm a girl,' she said quietly.

My chest tightened with guilt and awe. I had put a little girl in danger—but she had risen to the challenge with courage beyond her years. She was covered in dirt from her trip down the manhole. So, I asked the dog-owner to take care of her. Luckily, my plan had been successful, but I disappeared from the scene as soon as possible, before anyone questioned my good intentions.

The best stories are those that have happy endings. Now, whenever I see that puppy, I call him 'rescued one' and think of the brave girl who saved the day. Next time, I'll plan my rescues more carefully.

The Tea Party by Crispin Keith

Edna poured from a pink teapot that had seen better days: the roses on its side looked scrubbed. There were chips on the handle, though Edna kept her hand firmly over them. She smiled broadly, handing Doris and Sidney their cups of tea.

Gerald didn't take his: he was sulking, not even looking at the table neatly laid with a nice white tablecloth and a bunch of white chrysanthemums in a designer pot. Maybe he was insulted that the designer pot was actually made of plastic.

Doris sipped at her tea, but Sidney, due to his teeth, slurped his rather too loudly for polite company.

Doris shook her head sorrowfully, catching Edna's eye, as if to say "Men—you can't take them anywhere."

Edna seemed to nod in agreement, and nibbled at a rock cake from the cake stand, clearly oblivious that she'd neglected to offer them to the others.

Sidney didn't stand on ceremony: he rather rudely reached across the table and grabbed one. He ate it in just two big chomps, the crumbs falling onto his lap.

Doris looked even more sorrowful: Sidney hadn't been the same since he'd started to turn grey.

Then Gerald decided that he wanted tea and cake after all and reached over the table. This caused an extraordinary reaction in Edna: she bit Gerald's arm! Just like that. Hard.

For a moment there was a stunned silence as the four of them sat there, wondering what Gerald would do. Gerald looked at his bitten arm in astonishment, and then back to Edna, who calmly finished her rock cake.

Pandemonium broke out. Gerald lunged across the table at Edna, Doris threw her teacup at Sidney, and Edna started shrieking. The rock cakes were hurled and the teapot clattered to the floor, spraying them all with tea. Gerald grabbed the chrysanthemums out of the designer pot and whacked Doris over the head with them.

It was all too much for Sidney, who left the table to sit in the corner, inspecting his armpits for fleas.

Despite the cheering from the audience, the chimpanzee handlers hurriedly intervened, and announced the show was over. Cheers turned to boos.

As she led her grandson away, Audrey Bolton reflected that it had all been rather tawdry, and that it wasn't such a bad thing that Chimps' Tea Parties had been banned in England.

And yet…

Three weeks later, and back in England, Audrey poured tea from her immaculate Royal Dalton teapot for the insufferable Vera and Stan Bingham and passed cakes to the even more odious Martha Grainger. Audrey felt her hands twitch. She looked at the flowers in the vase on the tea table and suddenly understood why she'd been moved to choose white chrysanthemums.

***

Cartoon Two by Jamie Britton

Bet you Think this Town is about you by Anmarie Bowler

She was like sugarless lemonade, cool and inviting at first, all pips and pucker later. But Donna made men thirsty, especially those who wore minor elected office like a knock-off designer watch. Although pretenders, locals saw no harm in letting has-beens and woebegone play at running their hard-luck hamlet set in a sea of Midwestern corn.

Donna's third husband, a retired judge, keen to get a shot of her sour singularity, paid off their home on a leafy street in the town with the name *Place of Scornful Creeks,* left bags of cash in their empty refrigerator that spat out ice from the door, kissed his grown stepchildren goodbye via text, and never looked back.

Donna stewed, wondering what next? Nowhere else could she afford a 4-bed house with a wrap-around veranda shaded by a 200-year-old oak tree. But left alone to play hide-and-seek with creeping decline, who would she be in this hard-luck hamlet set in a sea of Midwestern corn? Her relentless study of glossy fashion magazines had schooled her in owning her towering superiority and broad, slim knowledge of absolutely everything. Although with no one left in her 4-bed house with whom to find fault, where would she apply her primacy now?

When local officials proposed removing a stop sign from the quiet corner where her home sat fat and imposing, she attended a county council meeting to protest. And that's when she realised the town with the name meaning *Place of Scornful Creeks* could be her kingdom. Scanning the faces of the councillors—five men—married, unmarried and one in the closet, it was the Midwest after all, Donna saw her new existence appear fully-formed. She feigned nerves, stood, and made a passionate case for stop signs. The tired, uninspired, elected esteem-seekers would no doubt give her what she wanted. Not once, but non-stop.

Week-on-week councillors agreed to meet with her, flattered by her obvious reverence for local polity. The men felt uniquely appreciated by the woman who claimed to understand the loose organisation of county government that suffered from a decentralised power structure and a framework that hadn't changed since the nineteenth century. So, at the wine bar, councillor Ken promised her a stop sign at a sleepy intersection outside of town. In the public library's cosy reading nook, councillor Brad promised signs in the park, near the pond and by the fairgrounds. Over her famous cherry pie (baked by Linda two towns over), councillor Gary said he'd make sure a sign was installed outside the library in front of the weird public sculpture. But it was Councillor Pete who gave her a stop sign at the end of every driveway, of every house on the leafy street where she lived. If only he'd stop giving her bouquets of gas station carnations.

When some men saw Donna coming, they doffed their imaginary caps, keen to know where she planned to pop the next stop. A whisper campaign took off, because speaking openly against stop signs became a no-no, indeed a stop-stop. When a young intern to the county council in the town with the name meaning *Place of Scornful Creeks* suggested the proliferation of stop signs was costing taxpayers dearly, Donna took to spreading lies about the way in which the youngster consumed corn-on-the-cob. Being an odd cob-eater in the Midwest is akin to drowning kittens in thirty-five of the forty-eight contiguous states. But expressing support for stop signs with too much fervour was also tricky; Donna demanded to be the town's one-of-a-kind stop sign authority, even though she'd never learned to drive.

In time, living in a place that resembled a child's face marred with chicken pox made many feel they had an itch that needed scratching.

So, at the next election, all the councillors were turfed out, and five women—including Linda, the baker of Donna's famous cherry pie—were installed in their places. While the new female quintet didn't manage to bring down taxes, decrease petty crime or ensure dog walkers bagged offensive pooch poop, all stop signs, save one, were immediately removed from the town with the name meaning *Place of Scornful Creeks*.

Now married to her fourth husband, her house full of gas station carnations, devastated and fresh out of glossy magazine ideas, Donna retreated to her wrap-around veranda where the sound of boy racers gunning their engines at the town's only stop sign rang in her ears.

Frank by Name, Frank by Nature by Frank L. Sterling

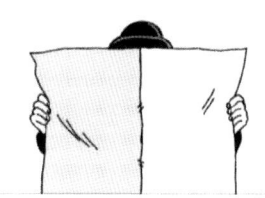

I never intended to become a financial adviser. It snuck up on me, like when your phone updates overnight without asking, and suddenly, there was no going back.

At school, when the Careers Officer told my mates to aim for the stars as astronauts or charge into burning buildings as firemen, I got an offer from my Dad's friend, who sold insurance.

'Work with me, lad,' he said. 'You've got a good head for numbers.'

It wasn't glamorous, but I was good at it. I passed all the exams and moved up the ranks. People seemed to like my advice, too.

'Frank by name, frank by nature,' they'd say. Of course, I soon got fed up with the saying, but it hasn't harmed my reputation.

When I moved to the Isle of Wight, it was meant to be for retirement. Feet up, watch the ferries go back and forth, and maybe even take up a hobby—sketching. But then I seemed to be engulfed by retirees who'd rather buy shares than sketch seagulls. It was a huge cosmic joke at my expense. Before I knew it, I was back in business. Word travels quickly around here—neighbours have cousins, who know neighbours of cousins, who know you've got a knack for untangling messy pensions.

Take George, my postman. Nice bloke, a bit too chatty. He knocked one morning, delivering a package—a portable CD player, a bit retro, but I still have all my old Pink Floyd discs.

He gave me a cheeky grin. 'Treating yourself, Mr Sterling? Bet you found the best deal going, being in finance, and all. Mind if I ask? I've got a few shares, and they've been tanking lately. Lost my touch, I reckon. What should I do?'

I gave him the basics: 'George, there are two things to ask yourself when buying shares: Can you afford to lose the money? And—do you really need to take the risk? If you answer no, both times, you need to find someone to help you with safer options.'

George nodded as if I'd just revealed the secret to the universe. After that, I swear every postman on the Island was jostling to get my route.

Then there was Gladys from the TWG—that's the Tuesday Women's Group. They'd invited me to give a talk on inheritance tax, which I thought was a sensible topic. But after the talk, Gladys pulled me aside, looking all concerned. Turns out she'd lent a so-called friend a tidy sum and was still awaiting repayment.

'What can I do, Mr Sterling?'

I told her straight. 'Gladys, lending money's a lot like buying shares. If you can't afford to lose it, don't lend it in the first place. And next time, maybe run it past someone you trust first.'

She nodded ruefully, and I thought that was the end of it. But, by the following week, the other twenty-nine members of the TWG were queueing outside my front door, elbowing George and the rest of the posties out of the way.

So much for retirement.

And yet, if I'm frank, I don't mind it all that much. There's something oddly satisfying about being the one people turn to when they've tangled themselves in a financial mess. It keeps my brain ticking over, gives me a sense of purpose, and—if I am being frank—there's a certain smugness in being "Frank by name, frank by nature". Of course, don't let that get back to the wife. She's already joined the TWG, and she still thinks I'm about to take up sketching.

This excerpt is from *The Financial Diary of Frank Sterling* by Frank L. Sterling, a humorous and relatable look at life as a financial adviser, forthcoming Autumn 2025.

Hirsute Pursuit, a Steampunk Poem by Emily Gillatt-Ball

I do like a gentleman with a moustache.
It shows he's a chap of superior caste.
He might have a sword-cane or cavalry sabre,
and wear a top hat with these goggles they favour.
But though elegant clothing is pleasant to see,
if he has no moustache, he is no good to me.

I know lots of men who are far from hirsute,
who are over-determined about their pursuit.
They send poems of love, framed in sweet rhyming couplets,
and annoy me with perfumes and flowers and chocolates.
Or present me with toys—clockwork birds, music boxes,
or attempt to explain one of life's paradoxes.
But this bare-faced effrontery's not what I seek.
With no facial hair, they seem girlish and meek.
They are wasting their time; they can only be friends,
without a moustache that can curl at the ends.

There's something so manly about a moustache.
It gets my heart beating; it can't be surpassed.
If a man wants to ask me to dance at a ball,
he may have mutton chops, but those won't do at all.
Or worse still, a beard, whether bushy or thin.
Moustaches require a well-shaven chin.
Please don't think me unkind; I don't mean to be harsh,
but I do like a gentleman with a moustache.

Ode to Stugeron by Steve Taverner

Oh Stugeron, thou mightiest king of pills,
Through cunning chemistry dost thou relieve grave ills.
Before I knew thee, oft o'er side of boat I've leant, and howled,
Delivering my lunch to Neptune's realm.
But now that self-same surging billowing swell
Which gave great gastric perturbation in the past,
Can I regard with calm assured mind,
Secure in knowledge that the life-preserving meal,
So skilfully in gleaming galley made,
Will from me depart by southern route alone
As gentle nature did intend.
So, Stugeron, to thee great praise I sing,
Destroyer of despair, what joy you bring!

The morning after the night before and the place looks like a tip. How long does it take to put a few bottles in the recycling bin? Left over champagne! How's that even thinkable? In my younger days, men compared me to a good quality champagne—bubbly and effervescent. I still sparkle on special occasions, and I am still partial to a drop of bubbly. At least champagne doesn't stain. The amount of red wine stains I've had to deal with over the years is anyone's business. I had a few glasses of Merlot a few years ago, it gave me such a hangover that I made it a point never to drink red wine again.

What idiot invented *vol-au-vents*? They're bloody pretentious, if you ask me. If you must serve prawns at parties, then bung them in a bowl with a bit of lettuce and a dollop of Rosemarie sauce or stick them on a skewer. You knew where you were with a bit of cheese and a pickled onion on a stick—there's no telling what mush is in this *vol-au-vent*. Puff pastry—really? Those TV chefs have got a lot to answer for.

Nowadays, women spend far too much time slaving over a hot oven, preparing puff pastry and posh fillings. Sod that for a lark—I'd rather spend the afternoon in the hairdresser's or getting my nails done. All you need is ten minutes to get your party food ready—you can't go wrong with a packet of cocktail sticks, a jar of pickled onions, a lump of cheese and a can of pineapple chunks. You can even recycle the pickled onion jar and give it to the WI for jam-making.

I wasn't invited to the party. I don't move in her circle apparently. She said, come round first thing Saturday morning and clean up for me, Marilyn, I'll pay you double time. I told her I was booked in for foils and an eyebrow tint at *Curl Up And Dye*, and that I'd get to her as soon as they'd finished making me look beautiful. She gave me a right funny look. I'll be glad of the extra money though—it costs a small fortune to keep my hair looking nice.

I call her Mrs Lah-di-dah, you know the sort—all fur coat and no knickers. Mind you she's got plenty of room to store them, she turned one of the double bedrooms into a walk-in wardrobe. It's full of expensive designer clothes, not to my taste, mind. I used to love a bit of sparkle now and then, but her wardrobes are crammed with the stuff. Money doesn't buy class, you've either got it or you haven't— and she hasn't. I'm not against women showing off their boob jobs in low cut dresses, but you don't want it thrust in your face all the time. Where's the elegance, style, and air of mystery?

She lives on her nerves. I've seen the sleeping tablets and anti-depressants in her make-up drawer. I felt sorry for her when I saw that lot—I was in the same boat myself once. Mind you, I wasn't part of a celebrity couple with a millionaire lifestyle. Her husband is a professional footballer. I think he's part of her problem. He plays the field in more ways than one. When their children were younger, they had *au pairs*, it was the fashion at the time. According to the gardener, the Swedish *au pair* got pregnant after a bit of *how's your father* and left suddenly—more a case of *who's your father* if you ask me.

I don't envy her lifestyle, although I was a bit of a socialite back in the day. I remember arriving home with the milk float and no shoes on many a time—Cinderella eat your heart out. I'm more of a domestic goddess these days.

It's almost one o'clock and they're not up yet—must have been some party. Oh well, I can't stand here swigging champagne all day when there's work to be done. I'll have to run Henry over that shag pile before the puff pastry gets trodden in—and don't get me started about *vol-au-vents*. I had a champagne and party lifestyle once, but I've never left any in the bottle.

Buzzing with Life: the fight for minibeasts by Cat James

We can all pinpoint a moment when our lives would never be the same again. Perhaps the birth of a child, meeting an idol, or the first time you ate an olive and liked it.

For me, looking at a bluebottle fly under a microscope was a transformative occasion. Back in 2008, an entomologist friend and I went on a course to learn how to identify *Diptera*. I had an amateur interest in hoverflies and his primary invertebrate passion is spiders so, being the nerds that we are, we thought it would be a fun and educational holiday.

For too long, flies, and basically any insect that isn't a bee, have been seen as a nuisance for lots of people—particularly horticulturalists and farmers. Wasps and ants, admittedly the bane of many a picnic, are summarily destroyed along with beetles, flies and other arthropods. It's true that folks like butterflies—and often moths, but not hungry caterpillars and moth larvae which are, of course, *Lepidoptera* in a sort of voracious sausage form.

But invertebrates are an essential part of life on Earth. As we head towards a shocking extinction event which has already seen eighty percent of biomass of insects disappear over the last twenty-five to thirty years, we need to encourage and nurture—nay love—these minibeasts. Humans cannot survive without them.

On the fly identification course, lecturer Roger Morris described the different stages of a fly's life: from its humble beginnings as an egg, before hatching into a greedy maggot, followed by time in its self-constructed puparium which, Roger enthused, 'is where the magic happens'. Inside its hard case, the maggot degenerates into a sort of soup and jiggles about to metamorphosise into a fly. It's quite mind-blowing. These tiny creatures have distinct phases, one pretty much just a chomping mouth, until it becomes unrecognisable from earlier forms to emerge as an aerobatic marvel. I peered open-mouthed through a lens at my specimen's stabilising halteres; club-shaped organs which were used like gyroscopes to help steer the fly sharply through the sky as it buzzed about looking for plants to pollinate, poo to eat and dead things to tidy up.

For decades we've had giant pandas shoved down our throats as a symbol of endangered wildlife, yet minibeasts have been left to fight their own battles against pollution, overdevelopment, human indifference and pesticides (yes, you with the slug pellets, I'm talking to you—this finger isn't just pointed at agricultural poisoners).

The Isle of Wight used to be known as the Garden Isle, but can it still lay claim to that title? Your neighbour, who replaced their boundary hedge with a sterile fence, is responsible for the destruction of habitat. That forlorn lawn with nothing but a broken trampoline could, with a bit of effort, be a wildlife haven. I, for one, am going to refresh my dusty window boxes with insect-friendly flowers. Let's all do a tiny bit for our littlest allies—surely it can't be too late?

Turf Wars: the battle against plastic grass by Cat James

Back in spring 2019, horrified by the unimaginable loss of invertebrate biomass, I wrote in praise of minibeasts and their vital place in the ecosystem. I proclaimed that we could all do our bit and pledged to revive my perished balcony. I decommissioned all the dusty pots bristling with parched, miserable twigs and invested in some bigger water-retaining troughs. I figured—if I plant it, they will come.

And come they did. My outdoor spot is now a riot of enticing flowers; year-round osteospermums, hardy roses, elegant verbena and, in the window boxes, violas with faces like kittens. I watch with delight as flying pollinators buzz down for a sip of nectar. A hummingbird hawk moth is a regular visitor; hovering while its ridiculously long and agile tongue tickles my rosebud.

But it's not all fluttering beauties. My solar fountain is a nursery for thousands of wiggly mosquito larvae. Wasps perch on its edge; patterned faces lapping at the cool water. Ants have dominion; farming aphids on the stems of lupins until they're encrusted with them, suckling out sap and secreting sugary honeydew. In the dank depths of the containers burrow centipedes, woodlice and worms. I am honoured to provide habitat for them all.

So it amazed me when listening to BBC Radio 4's *Gardener's Question Time*, how so many of these haughty culturalists began their question with: 'How do I get rid of…?' I'm no Titchmarsh, but I'd say enjoy the mistletoe, fungi and moss. Admire that 'pest' and 'weed' for being tenacious enough to live or grow in the 'wrong' place—it's only wrong for you.

But if you really hate your garden and every living thing in it, the artificial grass business—an offshoot of the fossil fuel industry—is peddling a quick and sterile fix for your outside space. At first glance, covering your yard with green plastic might seem like a neat solution. After all, we have been programmed to admire a trimmed and tidy lawn, with whole industries dependent on us buying liquid conditioners, expensive machinery and herbicides—and it's daunting.

In addition to the cost of the tragic carpet, laying it requires levelling materials, underlay, pegs, adhesive and joining tape. And, after the expense of installation, a synthetic garden is not maintenance-free.

In the summer, as the pseudo sward heats—not cools—your naked toes, you can simulate the sweet smell of freshly-mown grass by squirting a synthetic aroma over the plastic blades which, by the way, might need combing back into erectness. Meanwhile, underneath, having been starved of oxygen, are the stinking rotting corpses of worms and other invertebrates. Better have another spray of that lawn deodorant.

Ersatz turf has no climate benefits, no nutritional value for soil, plants nor animals. It doesn't soak up moisture, and it releases microplastics into the environment. Even its advocates say it might fade, melt or need disinfecting—even vacuuming.

Yes, I have ants in my plants, but at least my garden is alive.

Do you Kiss your Mother with that Mouth?
by Anmarie Bowler

Swearing in public is a lot like slick, red lipstick smeared on gleaming white teeth; the harsh slash ruins any thoughtful sartorial vibe. Curse in a crowd, and you're no longer an autumn ingénue in the perfect pattern-clashing outfit and tricked-out trainers with a retired ballerina's posture.

You're just the broad with the rotten potty mouth. Sure, cursing can be therapeutic and has its place, but constant overuse in public has dumbed it down and left it weak, w**ky and wanting. Loud, dull clunkers falling from the unzipped lips of strangers—"...my G*d d**n mum..." "...his suit was s**t..." "...she was f**king late..." has become ho-hum.

A city's soundtrack and real-life refrains can be exhilarating, but street-side swearing is the single-use carrier bag of verbiage—flat, feeble, feckless. Bad language, like satin panties, should be smooth and naughty, your secret, shared with only a select few.

Whether whispered with a passionate punch or hissed through gritted teeth, swearing is best when it's an exclusive, artful affair. Don't curse creative foul-mouthing to a mass grave. Properly privatise your profanity. Or be that iconoclast who kisses *effs and jeffs* goodbye forever.

fight
or
flight

FEATURED THEME: FIGHT OR FLIGHT

Fight or flight—two primal forces that shape our struggles and escapes, our moments of courage and surrender—serve as the vibrant featured theme of *The Figlet* Issue Three. This dynamic miscellany of poetry, prose, and art explores the tension and harmony within the dual interplay, offering fresh perspectives and poignant reflections.

The pieces address themes of resilience, personal growth, and the toll of discipline. Farewells to the natural world, such as the lyrical rumination on a Jersey herd, contrast with meditations on familial tension and unspoken reckonings. The echoes of war resonate powerfully, whether through a soldier's boots as a haunting symbol or a tribute to a World War II hero's sacrifice. Cycles of conflict—both personal and generational—are examined, alongside critiques of nature's competitive rituals and the trials of captivity and lost identity.

Tina Goode's striking illustration, *Fight or Flight*, evokes survival and nature's relentless cycles, complementing the visceral metaphor of a bullfight as inner conflict. Humorous takes on relational discord balance the intensity, while *Mr Figgy & the Kite*, a playful cartoon featuring *The Figlet's* beloved mascot, and the adventures of a flying monk bring levity to the collection.

The theme of "Fight or Flight" invites readers to confront the dual forces of confrontation and escape, offering moments of tenderness, wit, and resilience. Whether navigating tragedy, remembering sacrifice, or finding renewal, these works celebrate the enduring strength within us all.

Jean G-Owen

Fight or Flight by Tina Goode

Dear Flyweight by Maggie Sawkins

I know you won't believe me but it's true.
One day you (who wouldn't say boo
to a goose) will be set loose upon the stage
delivering punch-lines to the finest minds of Ventnor.

Do you remember that garden party
you were invited to when you were three?
How Mrs Bickerton tried to coax you in
with ice-cream and jelly, but instead
you watched from the edge of the pavement.

I'm pleased you've decided to bury your head
in books. Soon your heart in hiding will be stirred
by the poetry bird and you'll begin to write.
Emily Dickinson will be waiting on a shelf
in the Pallant Bookshop lodged between Chaucer
and Robert Frost. She, who seldom ventured
from the sanctity of her room, wrote killer words:

Hope is the thing with feathers.
The brain is wider than the sky.

Flyweight, carry on doing what you're doing.
You might never be the greatest, like Mohammad Ali,
but some day you'll sprout wings and fly.

Match by Maggie Sawkins

When asked why he boxed, Irish Featherweight champion Barry McGuigan said:
I box because I can't be a poet.

I'm a boxer because I can't be a poet,
I dance round the ring but can't tell a story,
can take a punch but can't write a sonnet.
A knockout for me is the ultimate glory.
Before a fight I hide like a hermit crab,
I don't shake hands, ride in a taxi or plane—
the last thing I want's to end up on the slab.
There's nothing about me that you'd call lame.

Those who haven't the body to box, can write
villanelles, elegies, unrhyming verse
with words that deliver a metaphorical bite.
But who'd be a lone scribbler? Could be a curse.
A boxing match is a story without text,
a contender for the theatre of the absurd,
a silent dialogue of split-second reflexes.
Poetry's the song of an unclipped bird.

 # Mr Figgy & the Kite

Text: Jean G-Owen. Illustrations: Karl Whitmore

Upon a hill beneath skies so bright,
Mr Figgy flies his kite.
The string is taut, the breeze is strong,
but something feels a little...wrong!

A sudden gust, the kite takes flight,
it dances, dips, then soars from sight.
"Come back!" yells Figgy, giving chase-
through fields he runs, a hopeless race!

Over rustling reeds where shadows run,
without a pause, the kite flies on.
While far below Mr Figgy trails,
as if in search of holy grails.

Over ditch and Down, poor Figgy slows,
and blames himself for letting go.
He's out of breath and joie d'esprit,
when he spots the kite in a chestnut tree.

With hope renewed, he starts to climb,
his heart beats fast, his aim sublime.
But perched above, with regal mien,
sits Hazel Brown, the woodland queen.

"That kite is mine," the squirrel decrees,
her tail contrary in the breeze.
"Get from my tree, or you will pay -
or climb on up and rue the day."

Figgy frowns and rubs his chin,
"But it's my kite and I'm all-in."
Hazel smirks, her paws held high,
"Finders keepers! That's my cry."

Determined now, Figgy ascends,
ignoring Hazel's taunting trends.
But as he climbs the chestnut tree,
a sudden slip - "Oh woe is me!"

Hazel's tail begins to twitch –
she grabs a saw, the perfect trick!
She hums and saws, a cheeky grin,
while Figgy wobbles - trouble's in!

The branch gives way – down Figgy drops!
"Oh help!" his cry. His heart near stops.
But kites, it seems, are sturdy things–
the string snaps taut, and Figgy swings!

Hazel's mischief fades away,
she helps him down without delay.
"Forgive me, Figgy," the squirrel grins.
"Let's share the kite - the fun begins."

Together now, they share the string,
the kites dips low, then takes to wing.
Across the Downs, the pair delight,
two friends, one kite, and endless flight.

Pay-Per-View by Mark Saunders

That moment Donna is in there, Aadam
is in there—but bantamweight purses
are never enough. One cannot afford
to throw both an uppercut right and drop
the left guard. It's not just a question
of timing, or hitting hard, but what media
pundits search for, struggle to name:
the dog in you when a belt's on the line,
the pain cave.

Do those touching foreheads each side
of the divide, at the face-off presser,
have the hearts—and the minds?

It's sky-lit all year. To all practical purposes,
it's every waking moment: the tensing
from the first few salvos
to the opening bell. Cash spills into casino
drop wells; a stadium wave flips seats—
there's unprecedented heat.

The only quandary is which to choose:
fly direct into civilian airspace, once
per round—or get a press pass and flutter,
between one camp and another?
Or just turn up as a fighter?

So they jab at her; they give him
the old one-two. And what do you do?

Encounters with Cows by Lydia Fulleylove

Since I came to this southwest sweep of the Island, I've cycled to the beach most mornings, past the herd of Jersey cows ruminating in the fields along the lane and the coast. Sometimes they're already settled in their pasture after milking, sometimes they reach the crossing point from one side of the lane to the other at the same moment I arrive on my bike. Twine is strung across to provide a narrow corridor for the cows to pass.

> pedals idle   still
> drift of gentle beings
>   dark brown gaze and me

> no worries they say
>   what's the rush? time ripples   stills
>   feet dangle   balanced

I hear a rumour. The herd is sold. Some, already gone. Tomorrow, the rest go, says the farmer, as he strings the twine for the last time. They're pretty chilled, these cows, nothing much fazes them. I ask where, hoping it will be close by. Scotland, he says.

Flight. How can they fight? Perhaps a few will rebel?

Needs must, the farmer says and I understand.

A week before I heard this, I'd found a heifer loose on the coast path, grazing, wandering, her eyes shining.

> wild carrot   thrift
>   fetlock deep in fleabane
>   tingle of salt air

I cycled back and told the cowman in the tractor, scraping the yard. I'll head that way, he said, no more fazed than the Jerseys.

Yesterday, I unlocked my bike from the post above the beach as usual. An iron pen. An empty field. An open gate.

      trampling of hoofmarks in dried mud
        tang of cow dung
          tinge of fear

'You'll find your father quite unchanged,' she said and swung the car between the vast stone pillars which flanked the entrance to the drive.

To left and right, two eagles frowned down stonily upon us, enjoying the advantage of their high position on the columns. Their talons curled over the capping stones. Their crested heads were bent to watch us pass. I sensed the power of uncaring eyes and sent out silent messages of subservience: the prey was coming home and she was very much alive. Of course, my Dad would be unchanged, I added silently, his death having come some several years before.

I cast a snide and sideways smile towards my mother, but said nothing, only swivelled in my seat to check the electric gates had swung to and were safely closed behind.

The drive was long, tree-lined and gravelled, purpose-built to heighten the occasion of arrival. My mother drove courageously, long fronds of hair making belated bids for freedom from her scarf. She swept the car from side-to-side as if she still possessed the grace and beauty she'd had in her youth. She laughed as pebbles leapt beneath the veering wheels. The tyres would leave a scar, the measure of our journey in their wake. I should have driven back myself, I thought, and winced to think of the reception that awaited our return.

'Home, sweet home,' my mother mocked once we'd turned the corner, so the house came into view.

The house was stately, grey and faded, a shambling affair of three squat storeys and two wings. Enough to be substantial, though too small to be significant. Constructed for a family who had known that they were middling, though they'd hated to admit it.

The car came to a halt at the foot of a broad flight of steps which led up to the door. Pursed lips and folded arms were hurrying down the steps to greet us.

'Hold on a sec, I'll help you out,' I said.

My car was low. I knew my mother's tendons and cartilage had deteriorated, the consequence of overuse and the passage of much time. She sometimes struggled to get up, would often flounder in frustration until someone steadied her and offered her a hand.

But today, apparently, she felt nimble. Before I had the chance to reach her, she bravely bundled herself out onto the drive, almost tumbling from the running board. She had to stretch and grasp the shoulder of the woman who stood ready to receive her.

'Oh, thank you, Mrs Cash,' she said, regaining her balance and straightening her clothes.

She had worn her fur despite the sweltering afternoon. The temperatures had headed for the eighties, but my mother's tippet remained in place, her skin sheen-free and sweatless beneath pressed-on cakes of powder. I don't know how she maintained such composure. I myself could never manage it and only had to run a finger underneath my fringe to feel the perspiration clinging there. It threatened to make sudden dashes for my temples or my nose.

Mrs Cash handed me my car keys. She had seamlessly extracted them from Mother's claw whilst pointing her towards the door.

'You're such a marvel,' I said, taking them, and hoping to sound genuine and grateful. I needed to insinuate myself. I needed a kind answer to the question we both knew would follow next: 'So…how's she been?'

The proud lips pulled in further. It amazed me how much disapproval could be tucked into a circle quite so small. 'Still only answering to Lady Dorothy,' said Mrs Cash, shaking the close curls of a determined perm.

My cheeks bloomed in the heat and humiliation. 'I'm sorry,' I insisted. 'I do try to remind her that her name is really Paula.'

Mrs Cash regarded me with pure contempt. 'I presume that you'll be settling our bill before you go?'

I nodded, miserable and shivering in the shadow of her clinical disdain. Reluctantly, I followed her towards the hospital's reception.

At the fastened gates, the eagles spread their wings.

A No-Blame Situation by Pat Murgatroyd

Two boys from the farm were kicking along to Sunday School,
the only kids in the lane: the only car in the village.
Sun was low in winter sky. What were the chances?
What took Keith's eye—a pheasant scrabbling from the hedge?

The only kids in the lane; the only car in the village.
Ma was churning milk in the dairy when Keith made his dash.
What did he see? A pheasant scrabbling from the hedge,
a black spot on the driver's dazzled eye.

Ma was churning milk in the dairy when Keith made his dash,
a slow-motion moment: Keith struck on the ground,
a black spot on the driver's dazzled eye,
soundtrack of a boy howling for his mother.

A slow-motion moment: Keith dead on the ground,
Michael, hobbled by mud, running through fields—
soundtrack of a boy howling for his mother,
her face turned white as spilt milk on the dairy floor.

Michael, hobbled by mud, was running through fields,
sun low in the winter sky. What were the chances?
A face is white as spilt milk on the dairy floor.
Two boys from the farm had been kicking along to Sunday School.

Myself Versus I by Lisa Scovell-Strickland

Shipwrecked on the rocky tors of my mind
Across deep dark oceans with winds unkind
I raised the storm and summoned the black rain
To drive myself back and prevent the pain
Storm force winds proclaim a death is divined
To the ocean floor one has been consigned
This latest skirmish should win one the war
A fight between myself and I no more

Reborn in my Truth by Lisa Scovell-Strickland

I stand on the cusp of I don't know where
As my demons approach to stand and stare
To my left I can see my troubled past
To my right I see that my future's cast
At my back I feel their wretched schemes
To my breast I clutch my hopeful dreams
As I make my stand, claim my right to be
Remember the torments laid upon me
The new dawn breaks, the sun begins to rise
I mourn those demons who met their demise
I feel reborn, a new life meant to be
Revealing my truth, not a brand new me

The Weatherman Said by Meryl Clark

The weatherman said the wind would pick up today.
I wondered what it would pick up here.

The helium balloon whisked from a toddler's fingers,
barely his to hold.
He wails as it races away towards the sun—gone forever.

An empty crisp bag scuds toward an overflowing bin,
it had tumbled to the ground
and missed by the dustcart
grinding and crunching up the city's waste.

A sun hat whisked from Mrs Berridge's careful curls.
Intended to shield her perm and keep her cool,
it dances off, but she can't run to catch it.

The girl on the bridge, her floral dress whipped up,
revealing long legs, and satin lace.
Her cheeks as red as her knickers,
she clutches her billowing skirt,
her dignity snatched by the wind.

Lilac perfume, borne on the park's wind,
mingles with the acrid sweat and costly cologne
of a jogger puffing up the path.

Tandoori, chips, and choking fumes
hang in the sun-trapped streets,
catalytic converters can't cleanse
the decline of air quality.

Climate Change by Felicity Fair Thompson

Tell me about that little wind, and the clouds gathering,
the darkening, the loss of light.
How the weather forecast warns in Dogger, Portland, Wight.
Remind me what to carry up the stairs.
Insurance papers? Photos? Food? The shares?
Explain what to disconnect and what to leave behind.
Say what's important. What to save. What not to mind.

Say how we will measure up and build a home like this again.
Hold me, when our footpaths lapse to muddy ridges under rain.
Tell me about walking miles by running water,
crossing flooded bridges, stepping stone.
Say how after rain, light mirrors sky for weeks all round.
Sink rabbit holes appear and spinney birds try wading.
But look now! All the birds are rising, flocking, fading.

Tell me about the wind wilding, the clouds darkening.
Explain, while it thunders and the lightning strikes,
how no banks will hold against the tides.
Recount to me the happy life I lived before.
Louder. Speak up against the streaming downpour.
Before the concrete cracks, say how long the storm might rise.
Before we drown, my love, describe the river
and our water meadow days.

Captain, My Captain by Felicity Fair Thompson

For twelve hours we've all fought on
round you, thinking you were fine.
While men went over the top,
no-one saw you hurt,
or knew from your shouting
you were clutching straws, buying time,
scraping the barrel at the lowest levels,
without life-line.

At the going down of the sun
you were sinking into trench mud,
losing the race, slipping
into the muddy, bloody flood.
You held on by your fingernails
while every shell screech holed you more.
Finally you nailed your colours to your mast,
stayed quiet so we could sleep—
and we slept 'til light broke.

Now, in the morning, we've remembered you.
I see your face mud-dark, grey, as medics
drag you upwards from the deep.
Becalmed on the surface,
all you dream of now is sleep.
When I ask: *Sir?* You simply say: *I'm done.*
I die here. And let it be with English grace.
You lads take the helm. Go on.

Kit by Felicity Fair Thompson

They were hard enough to get.
In the end I bought them—
real leather boots, to get him started.
Well worth the money, I thought.

His eyes shone.
He polished and spat on them,
buffed them to bright mirrors,
tugged the strong cross-laces tight.

He went in one
of those huge Hercules planes,
thrust into theatre, delivered up.
I used to pray every night.

Wonderful, a mobile phone
ringing from the desert, a lifeline.
There's only a month 'til leave, he said
—and he came home all right.

Now, I treasure those boots—
sniff past the spit and polish serving
to mask the scum of action. On the lace
one drop of his blood, dried.

No Steam in the Steel by Jason Watts

There is no steam in the steel,
no life in the line,
seized stiff, cold curves—
hot veins no longer flow with time.
No more the hiss as the whistle blows,
soot-stained, boiled, and burned,
it carried the revolution forward
as the drive wheels turned.

And the world turned black beneath the cloud,
that took a generation—
but did not bring them back.
The whistle blew again,
but very few remain.

Still, the steel never stops, though bereft of breath—
its fires died, but miles lie ahead.
Hanging like a funereal veil,
the scent of smoke and steam,
lingers on—almost, it seems,
as if we've missed the last train.

The Caged Lion by Harrison Wavell

There is a lion
who, day after day,
for twenty years or more,
paced the width of her cage
precisely ten paces.

Bowed beneath the yoke
of human strain
her wildness grew tame—
paw prints remembering
their lost savannahs.

Now she does not know
what she is.
Long gone, the fierceness
that once burned searing
pathways from her eyes.
Long gone, the gaze
that once commanded
land and sky.

Now she does not know
why, since her cage
has been removed,
she cannot stride beyond
these same ten paces,
out beyond the cage
of her imagining.

Dream Fight by Edmund Matyjaszek

The strange time when black and red
bewitched my body in a bullfight of the mind—
the rapier-stiletto, glint of evil horns,
the malign eye of the cornered bull,
the crowd's shout, the shattering huzzahs,
the dizzy spell of the sun's intoxication....

Suddenly the arena is empty and still.
The crowd has gone, the cries all cast down.
The sand is bloodied; unseen torrents pass.
The glittering uniform—a matador's sure pride—
is stained and torn. The day is sullen, vengeful.
The clouds, angry, burdened with a full sky's rain,
lour. Madrid is quiet. Cobblestones await
the downpour's splash. The torment is all done.

Unnoticed, weary, the cloth of gold and bronze
left in the arena, I retreat and pluck
up some heart to travel north from this town,
seeking moist and gentle days,
the Pueblo and Aztec, conquistadors and crowns
left in the sand in evidence, the road
a trackless path, dreamless, made of dirt
and trodden by no bulls, but mules and asses, hard at work.

Swan Song by Jean G-Owen

The wet sand slides through my toes, and I imagine my feet palmated, as if I could belong to the water instead of you. My foot sinks into the softness of the beach, and my heart follows—slinks into the hardness of your touch, the rigidity of a love that can't bend. You're the Whooper, the migrator, drawn by the temptation of something better on the other side. And I am the Mute, rooted to this shore, unable to follow.

Spring tides retreat
the Whooper's shadow flickers.
Its wings brush the cloud.

I stayed, as always, like a tide that doubles its efforts—flowing, ebbing, but never breaking free. I returned to my place of origin, to the site that birthed my loyalty. My courage, my bravado were no match for the drowned voice I became, forever trapped in the shallows of your affection.

Your voice is an unquiet stream, your words a series of fleeting currents—sometimes warm, often chilling. I crave consistency and find it only in the tempo of the waves. The steady beat of sea meeting stone mocks the erratic pulse of our affection. Across the chalk-blue Solent, the Needles rise, and I envy their endurance, their refusal to yield to the tide. Along the salt-crusted shingle, glassworts and yellow-horned poppies sway and wilt, their fragility a mirror of my own—rooted, yet trembling under the weight of your distractions.

Salt winds touch my skin.
The Needles move me to stone.
Your absence grounds me.

Mute Swans mate for life. Or so they say. But we're not the same, are we? You, Whooper, with your calls that shatter the calm, your wings always poised to leave. I wonder if, even now, you hear the call of another spring, another shore.

But I'll stay here, a little longer. I'll drift in these gelid waters, stilled by your indifference. The eelgrass shifts beneath the tide's pull, oystercatchers skim across the surface, and the salt air stings. The rhythm of the waves soothes and mocks in equal measure—a steady metronome for my folly. I'll wait—as I do—for what I know will never come: the day you decide to stay.

And when you don't, the tide will carry me back to where I began, mutated perhaps, but still waiting.

Eelgrass bends its way
    beneath treacherous waves, where
love aligns, adrift.

Parallel Universe by Eric Ferris

I said, 'let's look at this from a different angle,
or our thoughts won't converge, they'll just stay diagonal.'
She said, 'having met and moved on, I actually wept,
we should never, at the point of our meeting, have slept.'

I said, 'is it from your ovoid this theory's derived?'
She said, 'hang on now sunshine, you're just very contrived.
You're a tensioned-up bar, your cylinder's twisted,
you can't square the circle, even you're not that gifted.'

I said, 'don't box, think acutely, you're being obtuse.'
She said, 'go to infinity, it's really no use.
I don't even feel human since you've taken this line,
our geometry's opposed, try another's designs!'

Clashing antlers, roaring stags, the autumn rut's begun.
Fighting off your rivals to be the only one.
To meet a dozen females and make sure your genes are passed
onto the next generation. Well, if I were a stag, I couldn't be arsed.

Maintaining a harem is terribly tough.
And I find that one female is more than enough.
As things stand at present, I'm always to blame.
If I had a dozen that's twelve times the pain.

And that's not the end of it. Furthermore,
I'd have a dozen mothers-in-law.
And I don't even want to start thinking about
the time to get ready before going out.

So I'd leave the rut to others,
and enjoy a gentle graze.
I don't care if my genes die with me,
no matter what Darwin says.

Disgruntled by Karl Whitmore

Last Flight *by Emily Gillatt-Ball*

John Keatinge Haire was just a lad, but then there came the War.
In nine months, Sergeant Pilot Haire was off to guard our shore.
At Tangmere he was popular, and keen, and debonair.
His ears stuck out, so he was known as Sergeant "Bunny" Haire.

He flew off in his Hurricane towards the Isle of Wight,
until he met a Messerschmitt and lost his final fight.
With flames exploding from the tail, he hurtled through the air.
It almost seemed a cosmic joke to Sergeant "Bunny" Haire.

At twenty, you're invincible, despite what mothers preach.
He'd pranged his plane ten days before and landed on the beach.
It must have been his Irish luck; he'd said without a care.
But things were serious this time, thought Sergeant "Bunny" Haire.

He'd have to jump and let it crash; the time had come to go.
But then he spotted Arreton, the village down below.
He couldn't let those people die and knew to his despair,
he'd have to stay and guide the plane, brave Sergeant "Bunny" Haire.

He left it far too late to ditch. The 'chute could not unfold.
His life ebbed out upon a field; he never did grow old.
A silent stone is all that's left, his body lies elsewhere.
But we will still remember him: our Sergeant "Bunny" Haire.

Forever War by Tony Hands

Flung into the arms
of the forever war.
Somebody cried:
No more, no more!
Voices upon voices:
No more, no more!

But the deafness fell,
the angry ones rose,
the nation, desperate,
caught in alienation,
risking mutual annihilation.

Then someone shouted,
Gotcha!
and the rank and file
broke into smiles—
just before
the final bell chimed.

Eilmer the Flying Monk by Jason Watts

This is the story of Eilmer, a man both pious and wise,
who had a huge imagination, and dreams of incredible size.

As a child he read of Icarus, how he'd made his own wings and flew.
Though Eilmer didn't intend to meet the same end,
                              that was something he could surely do!

The Abbot of Malmesbury Abbey dismissed his ideas as absurd,
'Spend your time in contemplation.'
                              But Eilmer, he heard not a word.

And that was a shame for it ended, like Icarus did, with a crash,
as Eilmer leapt off the Abbey, an act which most thought quite rash.

He wore wings made from his pillow,
                              full of feathers from chicken and duck,
and though he glided for a furlong,
                              pretty soon Eilmer ran out of luck.

In his very best habit and haircut, he flapped for all he was worth.
While his brother monks looked to the heavens,
                              Eilmer found himself falling to earth.

The other monks ducked, then they scattered,
                              as he plummeted down like a stone,
missed the privy by a whisker, he crashed to the ground with a groan.

Eilmer was left bruised and battered; had broken both legs in the fall.
While his brothers sighed in quiet relief,
                              Eilmer thought: *This won't stop me at all!*

While watching some rooks from his sick bed,
    he cried: 'I know what made me fail
It wasn't my wings couldn't keep me aloft,
    it was down to my lack of a tail!'

Now the Abbot of Malmesbury Abbey
    was a man of great patience and calm,
while he thought the monk rather potty,
    he would never have wished Eilmer harm.

'I hope you'll turn your attention to matters of scripture and prayer?'
He asked of the monk as he lay on his bunk.
    Eilmer said, 'Father, I shall take care.'

The Abbot he smiled and departed, but would have been truly vexed,
if he'd turned to see Eilmer smiling
    and known what he was planning next!

Eilmer and the Brethren by Karl Whitmore

Frederick Vance's Fatal Fashion by Peter May

This is a tale of Frederick Vance
who died due to odd circumstance.
He rode a motorbike in sun or storm,
but always complained, he couldn't keep warm.
However well-buttoned against the cold,
wind would find passage through every fold.
Until one day with great delight,
he found a solution to this chilly plight.
No more with cold winds to bear the brunt,
he would wear his jacket back to front.
Now riding warmly with flair and dash,
until the day of that fateful crash.
Thrown from his bike and lying in the street,
help came from a policeman, walking his beat.
Keen to give aid, but recoils instead,
sees the front of a jacket and the back of a head.
Our gallant policeman utters a cry:
'This poor man's head has turned awry.'
Grabbing firmly without delay,
he wrenched it back the other way.

MEDINA
BOOKSHOP

A brilliantly bespoke selection of the best new fiction and non-fiction as well as a comprehensive range of new and second-hand local, and antiquarian maritime titles.

We also have puzzles, games, cards and stationery and an ever-changing exhibition of artworks for sale.

Medina Bookshop also has an exciting programme of musical and literary evening events, see online for details.

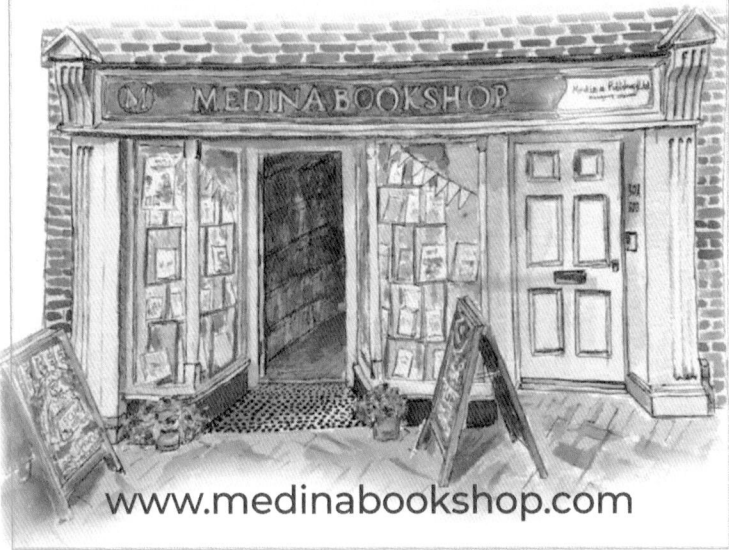

www.medinabookshop.com

Pride & Perseverance: Out on an Island
by Caroline Diamond

There was a moment of serendipity in 2017 when I met Franko
Figueiredo at an LGBT Night I had organised in Quay Arts. Little did
I know that Franko was Artistic Director of StoneCrabs Theatre as we
chatted about his recent move to the Island and my fairly recent
coming out as a lesbian in my 40s. LGBT events exist as safe spaces
for those who want to connect and feel relaxed, not judged or shamed.
I'd experienced those awkward questions from strangers like: 'Where
does your husband work?' The need to do a mini risk assessment as to
whether I should "admit" to being a lesbian or make the questioner
feel awkward when I explained that I didn't have a husband, I had a
girlfriend.

It was 2017, and there were no LGBT support groups or social
groups for people on the Island, other than small, close-knit groups
where people met in each other's homes. I put an advert in the *Personals*
column in the *IW County Press* and received a few emails from women
who wanted to meet other LGBT women. One of those was Anna
Murray and together we obtained a grant to run our women's meetings.
We called the group "Wight Lesbians", which seemed a good idea at
the time. I learned so much from these women—that there had been
a thriving LGBT community in 1980s and 1990s; that there was a gay
Sailing and Cruising Association with its own discreet red and blue flag
to signal to others that they were part of the same group. I also
discovered that LGBT people suffered with poor mental health, had
been horrendously persecuted on the Island, beaten up, made
homeless and that local media would photograph them leaving gay
clubs here. It was clear to me that these stories should be shared. The
National Lottery Heritage Fund visited the Classic Boat Museum in
East Cowes in 2018 and encouraged me to pursue the idea of a project,
and so *Out On An Island* was conceived.

Franko and I applied for the funding through StoneCrabs, and I felt
like I had won the lottery when we obtained a grant to work with
volunteers, produce a book, exhibition and record oral histories to
highlight *100 years of LGBT History connected to the Isle of Wight*. The book
won "Isle of Wight Book of The Year" in 2023. Those who want to
learn more can visit our "Pride In Self, Pride In Place" exhibition at

the West Gallery, Quay Arts which runs until mid-March. The launch is at Quay Arts on Saturday February 15 from 2pm, and you can watch extracts from recorded oral histories, see the fabulous LGBT Memorial Quilt and learn more about what it's like to be out on the Island. For details email: caroline@stonecrabs.co.uk

Out On An Island: A Vital Chronicle of LGBTQ+ Lives
editors Franko Figueiredo-Stow and Caroline Diamond

Out On An Island: The Isle of Wight's Hidden LGBTQ+ History: people, places and real-life stories sheds a canny light on lives often left in the shadows. This vital book merges personal testimonies with scholarly historical context to weave an impressive tapestry of resilience, identity and community. What shines out is the pride that has defined LGBTQ+ lives, even in adversity. From moments of persecution to accounts of solidarity and joy, this is a moving testament to the enduring power of community. Each voice reflects the unique challenges of living as LGBTQ+ on a small island, and the universal themes of survival and self-expression. Praised by Peter Tatchell as 'a brilliant oral history', and winner of the Isle of Wight Book of the Year award, *Out On An Island* has been rightly celebrated for its historical and social significance. This is an essential read for the LGBTQ+ community and anyone seeking to understand the broader human story of struggle, survival, and hope. It is a powerful reminder of how far we've come—and how far we still have to go.
Available from Medina Bookshop, Cowes and on Amazon.

BOOKS ON THE WIGHT

The Buddha House by Sylvia Clare

This derelict Georgian house becomes the life project of a happy couple just about to embark on their second marriage. In the process of turning the house into a home and meditation retreat centre, they encounter many interesting characters who come and go, including some other worldly apparitions. Encounter tragedy, and humour, shocks, and surprises in this seventeen-year roller-coaster adventure.

Chapter 1: Decisions and Acquisitions

The total number of minds in the universe is one. In fact, consciousness is a singularity phasing within all beings. Erwin Schrodinger

'I thought we'd agreed it's too derelict to take on. A house that size will be a money pit. And it's supposedly haunted!'

This is the first coherent sentence David's been able to form since I woke him moments earlier with my dramatic: 'No, No, No. It's got to be that house, we must buy that house, we must do it.' It's 7 a.m. and I've woken up with the urgency of one of my "waking dreams". I call them my "knowings". It's as strong as I've ever known before. I trust it to be a serious intuition.

'What, what?' David is shocked into wakefulness on this Sunday morning, too early for his liking. He's still getting used to me as a full-time partner. We're planning our future together but have been going around in circles.

'I'm sorry, didn't mean to startle you.' I'm equally shocked by my waking experience, wrenched out of sleep myself before I really expected it, though I've lived with sleep deprivation for much of my life. 'But those words just woke me up though,' I respond, 'loud as loud can be in my head. That's the house, I know it is. Why, I've no idea but this is it, our next step.'

David rubs his eyes, trying to open them. He's desperately trying to engage logically and manages that first sentence before collapsing back onto the pillow.

'I'll be hunter-gatherer this morning,' I offer, and get out of bed to gather mugs of tea. I return ten minutes later clutching two mugs, the house details under my arm, and climb back under the duvet. I reach over David's face to put his tea on his side of the bed.

'Can we talk about this?' he asks calmly, speaking into my armpit, adding, 'Ooh you smell nice.'

I laugh self-consciously and snatch my arm away.

Sylvia Clare has been writing for over thirty years, exploring themes of mental health, PTSD, nature, and love. She's a published author, poet, mindfulness teacher, storyteller, and public speaker. Passionate about gardening, sea swimming, and music, Sylvia's work resonates deeply, touching lives through her words and performances.

https://clarity-books.com/

Julia by David Hughes

Set in the beautiful Steephill Cove on the Isle of Wight, David Hughes' *Julia* came third in the 2024 Isle of Wight Book awards for fiction. It is thriller, mystery, complicated family dynamic, mental health, and humour all wrapped up into one rather compelling story. The characters are so well-drawn we would know them in life if we saw them. Will Julia survive? You never guess until it unfolds, with as many twists and turns as an alpine road.

Extract

Julia is coming to visit her mother on the Isle of Wight. She is a court artist, sketching the notorious in the dock.

The train has stopped. I've only just noticed. We are at Portsmouth and Southsea. The man opposite checks his watch and huffs. He does a lot of that. I pity his wife. I know intuitively he has a boring wife, as opposed to a lively partner, because of the paper he reads, the clothes he wears, and the way he looks at me as only a frustrated heterosexual man could do. His hidden lust barely buried and betrayed by the focus of his eyes that even when scolding me fell briefly upon my breasts. He's mid-sixties, with the face of a wizened cherub. His hair is short and has a crinkly coiffured look. He wears a blue blazer with gold buttons and the inevitable grey trousers and black patent leather shoes. He could be a shop assistant in an old-fashioned clothing store, except he has a worn briefcase, no doubt presented to him by his doting father on his eighteenth birthday half a century ago. The briefcase suggests an office job of some sort. He's never been to an orgy; I have no doubt of that. Oh my god, my mind, why does it do this? I shudder at the thought of where it has led me, and, to divert myself, I check my ticket.

David Hughes is a versatile musician and writer, longlisted in the FISH Literary Awards and recognised in the Isle of Wight Book Awards. With over 50 years of Buddhist practice, he writes crime fiction, poetry, and Buddhist teachings, sharing insights through Medium and Substack with wisdom and wit.
https://clarity-books.com/

Grass Green Stockings by Marion Carmichael

Winner of the Isle of Wight Book Awards for Fiction in 2022, *Grass Green Stockings* draws from the wellsprings of nostalgia, history, everyday objects, and the enduring strength of women to explore memory, identity, and resilience. The title poem, 'Grass Green Stockings', pays homage to Joyce Jeffreys, a moneylender and Spinster of Hereford from the seventeenth century. The repeated image—grass green stockings—becomes a metaphor for standing out and living unapologetically. Quotidian topics are touched upon—gardening, cookery; places are visited or lived in—graveyards, gardens, London, Newtown, flower shops; people and special occasions are remembered; and the arduous process of writing considered, to create a tapestry of experiences that is intimate and relatable. Adding a further layer to the book are the beautiful pen-and-ink style illustrations by Alison McGrenaghan. The interplay between Marion Carmichael's words and her daughter's art honours the past and inspires readers to cherish the small, significant moments in their own lives.

Wild Seas, Wilder Cities by Pens of the Earth

Wild Seas, Wilder Cities plunges into the heart of urban and coastal landscapes to capture the vitality of local action against the backdrop of global environmental challenges. With fifty-four contributors, this book is a manifesto of positivity and hope wrapped in sharp prose, poetry, resonant storytelling and illustrations. From poetic reflections on the resilience of seagrass to essays unpacking the complexities of rewilding cities, the diversity of voices, and perspectives offer readers inspiration and a sense of urgency. The writing avoids preaching; instead, it invites us to view the natural world as deeply interwoven with human life through concepts such as re-naturing. *Wild Seas, Wilder Cities* is committed to action with all proceeds supporting the Solent Seagrass Restoration Project. **Wild Seas, Wilder Cities launch event at Medina Bookshop, Cowes on 27 April hosted by Maggie Sawkins and Helen Salsbury.**
https://pensoftheearth.co.uk/

The Pain of Glass by Jean G-Owen

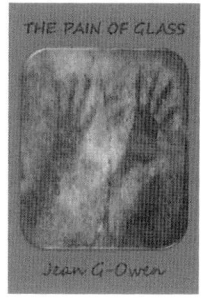

The Pain of Glass, how sharply it cuts, how shrewdly it distorts. In this haunting collection of poems, prose, and images, Jean G-Owen blends the personal with the universal, exploring life's fractures and the beauty they reveal. From relationships ruptured by love and loss to surreal encounters and walks through London's cracked streets, this book unflinchingly examines fragility and resilience. Both raw and intimate, *The Pain of Glass* is a fearless reckoning with life's sharp edges, leaving an indelible mark long after the final page.

https://nakedfigleafcollective.co.uk/the-pain-of-glass/

The Triple Crones: poetry, performance & pictures by Jean G-Owen, Sandy Kealty & Cheryl May

The Triple Crones are a dynamic troupe exuding unapologetic "hagitude". Meet Cass, surging from the seascape; Ajeana, springing from the wooded dell; and Flamenco, rising phoenix-like from urban spaces. This enchanting book gathers the poems, songs, and sketches performed by Sandy Kealty, Jean G-Owen and Cheryl May. Prepare yourself for a delightful mix of humour, empowerment and individuality, resonating with the unique wit and wisdom of three Crones who boldly defy stereotypical portrayals of *Croneness*.

We Triple Crones come from city, forest, sea.
We've thrown off our mantles of invisibility.
We are here to stay, to make mischief, and trouble.
We hope you enjoy the way we like to bubble.

https://nakedfigleafcollective.co.uk/the-triple-crones/

YARNIVAL 2024 REVIEW

The second West Wight WordFest, organised by Naked Figleaf Collective, was a splendid celebration of IoW writers, wordsmiths, and verbal artists. This two-day event offered an impressive line-up of performances, workshops, discussions, children's storytelling, and a book fair, making it an annual feature of the Island's cultural calendar. The festival started with *A Wealth of Words* on Friday evening, hosted by Jean G-Owen. This showcase of rhythm and rhyme brought together an eclectic mix of talent, including Paul Armfield, Ovid with Reverb, Maggie Sawkins, The Triple Crones, Hillard Morley, Peter Darby & the Battered Instruments, and Lucky Dip. Music and poetry intertwined with warmth and energy to create an intimate and unforgettable evening.

Friday afternoon's *Write Up the Downs* workshop with Steve Taverner offered a poetic journey over Tennyson Downs, drawing creative inspiration from the breathtaking scenery and ending in a café in Freshwater Bay. The children's storytelling session at Freshwater Library was another standout feature of the festival. Holly Medland delighted a packed audience with *Monkeying About*, an interactive session filled with cheeky monkey tales and crafts. Sue Clark transported children into the underwater world of *Seaside Stories*, while Merl Fluin's *The Boy with the Stick* added a playful twist with imaginative storytelling and hands-on activities.

Saturday afternoon at the Community Hall of Yarmouth & District (CHOYD) featured *From the Heart* poetry recital hosted by Maggie Sawkins, where performers delivered poetry (not their own) from memory. The *Writers Roundtable* hosted by Jean G-Owen brought together Maggie Sawkins, Anmarie Bowler, and Cheryl May for an engaging discussion on the art of writing and the challenges of the creative process. *WordSpokenSong* added a melodic and rhythmic layer to the proceedings before intermissions. The festival concluded with a resounding *Spoken Word Finale* hosted by Sandy Kealty and proved to be a true celebration of verbal artistry, featuring powerful performances that showcased IoW's rich talent and ended the festival on a high note.

YARNIVAL 2024 was a resounding success, reflecting the creativity and collaboration that make IoW a hub for verbal expression.

With its diverse programme and warm community spirit, the event firmly establishes itself as a must-attend celebration for lovers of words and stories in 2025.

Songwriting Workshop Review by Ross Glanfield

The Yarnival Songwriting Workshop was a two-hour whirlwind of creativity, collaboration, and musical discovery. With eight eager participants and the theme of *Friendship* at its heart, the session was all about crafting a song from scratch, using techniques such as building a compelling story, creating catchy hooks, and developing melodies.

The group divided into two teams to explore what friendship means. Ideas poured in—loyalty, betrayal, humour, falling out, boundaries, common interests, respect, and vulnerability were just some of the concepts that struck a chord. Divided into two teams, participants brainstormed and explored these themes, transforming them into raw lyrical ideas. From there, the hunt for hooks began. The creative energy was palpable as everyone worked together to shape their ideas into a shared musical expression. The workshop wasn't just a one-off event—some attendees expressed a keen interest in continuing this creative journey, with plans already underway to find the right time and venue for future collaborations. Stay tuned for more from this talented group of local songwriters!

Crafting a Ten-Minute Play by Cheryl May

The playwriting workshop at Yarnival was a dynamic and inspiring deep-dive into the art of crafting a ten-minute play. Over two hours, a diverse group of writers—ranging from seasoned scribes to enthusiastic newcomers—gathered together to explore the essentials of structure, character, plot, and audience expectations. The relaxed and convivial setting—The Wheatsheaf, a cosy pub in Yarmouth—set the perfect stage for creative exploration. Lively discussions flourished as participants shared ideas, with a couple of attendees already armed with budding concepts for short plays. This provided a springboard for thoughtful debate about why some ideas hit the mark while others miss the cue. Everyone left with a better understanding of the craft and a spark of inspiration.

Damn Poets! by Eric Ferris

'Yes sir, yes you! What did you do with your life?'
'Not much really sir, I did the best I could.'
'That's strange, it says here, *beat up his wife.*'
'Only once or twice sir, I was just misunderstood.'

'Madam, please step forward, speak to the latest batch.'
'I think I did some good, sir, I think I did some bad.'
'Very bland you were madam, followed every plan they hatched.'
'I only used to watch sir, it used to make me mad!'

'Come now, speak up one and all, there is no need to beg.'
'*We were the sensitive souls, sir, aye, we were the sensitive souls.*'
'You're not much to look at, with your tails between your legs.'
'*All time was against us. You know how time unfolds.*'

'Why won't he give me poets with fire in their breasts?
They're the sensitive souls, aye, they're the sensitive souls.
When it comes to judgement, they put *me* to the test!
Poets speak with sparkling eyes, yet yours are naught but holes.
They rant and rave for justice, each heaping up my coals.
Now forever *he'll* be with them, and *he* knows how time unfolds!

They stood and fought, while you gave nought—
while you were busy and ran away, all in disorder and disarray.
So set to zero your useless score, for you'll be turned to nevermore!
Come listen through the walls, hear these "sensitive souls",
joyfully building, singing and dancing. Damn their poetic souls!'

After the Poets Have Gone by Karl Whitmore

I'm here to clean up and I must confess
that poets leave an awful mess.
At the end of a long creative day
someone needs to tidy those words away.

I've picked up some pentameters
and brushed up some blank verses,
swept a shelf with sonnets on it
and a cupboard full of curses.

I scrubbed at all the swearwords
stuck on the sodding floor,
and cleaned a couple of couplets
that were crammed behind the door.
(I've even caught some metaphors
that clung on tightly by their claws.)

Along with alliteration and literary allusion,
I found some puns that had fallen flat in all of this confusion.
I met meters by the heater and was picking up the beat
when some slippery, slimy sibilance got stuck to my feet

And just like a syllable, I was getting rather stressed.
But I struggled with those sentences, I never stopped to rest.
I'll polish and I'll vacuum, I'll mop up all the stains,
rid the room of all the rhythms, the stanzas and quatrains
until not a single, solitary piece of poetry remains.

Oh. It's a haiku.
Go on. Go away, shoo!
There. Now they're all gone.

So poets, be careful with your words,
I know you've got a lot to say.
But please, when you have finished
could you tidy them away?

Cartoon Three by Jamie Britton

About the Contributors

Miranda Acland worked in communications at ITV, Capital Radio and Emap. She is a graduate of the Faber Academy and has co-edited two books on Buddhist teachings. She completed a foundation year in psychotherapy at Regents College London and is a Reiki practitioner.

Chris Barnes is a retired teacher, lecturer and garden designer. Her collection of personal, travel and nature journals have inspired a blog on her website, and now her short stories and poetry. Born on IoW, she still lives at her beloved Freshwater Bay.

Father Luke Bell (see page 35).

Olha Bereza has a degree in Psychology. She is fluent in Russian, Ukrainian, and English, is Editor-in-Chief of *The NorthStar Online Journal* and author of *Four Seasons of the Green Land* as Holley Dovetail. She lives on IoW and focuses on children's education. A member of the London Group of Multilingual Writers, she organises weekly online Creative Writing classes for teenagers.

Anmarie Bowler is founder and Editor of *Brevity, the Isle of Wight's Literary HandBill*. In 2024, in partnership with StoneCrabs Theatre, she was awarded an Arts Council project grant for *Brevity* to produce "Hear Me Now", a six-month creative writing project for LGBTQ+ people and allies. She is working on a collection of flash fiction *Heritage Vinyl*.
https://brevityisland.home.blog/author/anmariebowler/

Annys Brady is native to IoW, has two children and works as a teacher. In 2021 she was longlisted for the National Poetry Competition which, she comments, was 'a lovely surprise'. Annys enjoys writing but doesn't have as much time to devote to it as she would like.

Jamie Britton has taught English, English Literature and Film for over forty years (twenty on IoW). Having a lifelong interest in cartoons, he has published in national and regional papers and magazines. His favourite cartoonists are Leo Baxendale and Don Martin. Being rather a Luddite, Jamieson draws only in pen and ink.

Graham Brown has written and performed poetry for many years. He runs regular Open Mic poetry events in Newport, Ryde and East Cowes and a creative writing group at East Cowes Library. His latest collection *Rainbows In The Dark* was published by Naked Figleaf Press in 2024.

Marion Carmichael has a life-long love of words. She has published poems in small magazines and *The Shore Women*, a collection of poems by Island writers. Her own collection *Grass Green Stockings* won the Isle of Wight fiction award for 2022. She is currently writing a book based on her grandmother's life.

Sylvia Clare (see page 114).

Meryl Clark started writing "the novel" years ago, but life—in the shape of grandchildren—got in the way. She spends much of her time on IoW, is a member of The Write Place writing group, and enjoys poetry and short stories.

Heather Cooper grew up in northern Lancashire and read English Literature at the University of Durham. She worked at Faber & Faber and Eel Pie Publishing. She has written three historical novels: *Stealing Roses, A Shape in the Moonlight,* and *Arresting Beauty.*

Tim Cooper is MAWGIAS—a middle-aged white guy in a suit—when he's performing at slams. On the page he's Tim Cooper, an Island lad earning a living wherever and however he can. Tim won the Dublin Story Slam in October 2019.

Standish Cope writes poetry inspired by nature, healing and spirit. He completed a creative writing degree fifteen years ago, and wrote a novella, *The Rift,* a radio play, *Grace's Wood* and *The Rift Stage Play* (Mombasa, Kenya, 2022). He is currently working on a memoir *Philo-Stan.*

Katie Daysh specialises in historical fiction, spotlighting queer characters and themes of friendship, loyalty, and mental health. Her debut novel *Leeward* (2023) begins a queer Age of Sail trilogy. *The Devil to Pay* (Book 2) was released in April 2024 and *A Merciful Sea* (Book 3) is scheduled for March 2025. https://www.katiedaysh.com/

Caroline Diamond was the Project Manager and a co-editor of the *Out on an Island.* She has been a Freelance Writer and worked in Marketing. She has lived on IoW for twenty-two years and describes herself as an LGBTQ+ Activist, keen to support IoW's LGBTQ+ community.

Carolyn Elliot is native to IoW and moved to Freshwater in 2024. She began writing a novel in 2018 , which she is keen to return to soon. She is a member of The Write Place group and enjoys writing short stories.

Cilla Fairall is a retired librarian from Sweden and has lived on IoW since 1999. She has written many stories and poems and has had articles and short essays for the Swedish Church Magazine in London.

Eric Ferris hales from Portchester and has lived on IoW for thirty-four years. His working life has varied from musician to scientist. He has published poems in small press books and pamphlets. He loves writing about myth, fable, folklore, nature and the gods, and is always looking to find some magic below the seemingly mundane surface.

Lydia Fulleylove has published three collections: *Notes on Sea & Land, Estuary,* and *Ampersand. Night Drive* was shortlisted for the Forward Best Single Poem. She loves hybrid forms and reviews for National Association of Writers in Education. She works in collaborative arts projects, including healthcare, prison, education. www.lydiafulleylove.co.uk

Emily Gillatt-Ball lives in a Victorian cottage in Ryde, where she runs creative writing groups and writes family history, memoirs, poetry and short stories. Her first novel is currently being revised, and she is now working on a historical romance set on IoW.
emilygillattball.co.uk

Ross Glanfield is a musician, songwriter and writer. He performs at Figgy Gigs, and around IoW. He released a Christmas song 'Santa Incognito' in 2024 and plans to produce a small album in 2025. He writes poetry and is working on a novel.

Jean G-Owen founded Naked Figleaf Press and Naked Figleaf Collective. She has published poetry, essays, edited volumes, short stories and reviews. She performs with The Triple Crones, hosts Figgy Gigs, YARNIVAL and 'In Her Own Words'. She has published *Bites of Love: Poems & Images, The Triple Crones* (with Sandy Kealty and Cheryl May), and *The Pain of Glass.*

Tina Goode has enjoyed drawing and painting since childhood. She returned to creating art when asked to help run a community art group and was encouraged in her work by the art tutor. Since then she has developed distinctive styles in lino cutting, book making, and pen and ink art.
Follow her on Facebook: Inkstone Arts.

Tony Hands loves the spoken word, aims for eclectic out-of-the-box writing, some humorous, others poignant. He loves nature, paddleboarding, reading and learning new things. He hates liars and bullies, and currently enjoys his work trying to make a positive difference to homeless people.

David Hughes (see page 115).

Cat James is a newspaper columnist who writes thought-provoking discourses, ranging from celebrating invertebrates to bingo, public realm alternatives to dog costumes. She is passionate about sustainability, women's issues, creeping digitalisation, climate emergency, among other topics and incorporating humorous asides. She performs her essays at spoken word events.

David Jowitt is a songwriter and came to poetry when, on a whim, he joined the Vex Spoken Word Collective at their inception just before lockdown. His pieces are mainly inspired by the blunt directness of British and American folk music and tales.

Crispin Keith has published a book of short stories *The Last Lobster*, nine thriller novels including *Shadow of a Shadow*, one historical novel as a sequel to *MacBeth*, *Donalbain*, and three historical biographies. All are available on Amazon. He sings with and writes songs for The Brighstone Barnacles.

John Luckett works at Mountbatten Hospice. He attends local writing groups and describes himself as "an aspiring writer". He completed Level 3 Diploma in Creative Writing through distance learning and is working on a thriller novel. He has a second writing project collaborating with a local artist.

Edmund Matyjaszek is a poet, playwright and broadcaster. He has published four titles: two poetry collections, two prose works and his plays have been professionally produced. He has won several prizes. His Christmas play *Reporting From Jerusalem* was performed and broadcast live on Radio Maria England in December 2024.

Cheryl May enjoys writing plays and comedy sketches. She has over a hundred published scripts under her pen name Cheryl Barrett. Her debut poetry collection *Not Just Desserts* was published by Naked Figleaf Press and, along with Jean G-Owen and Sandy Kealty, published *The Triple Crones* in November 2024. www.cherylbarrettwriter.co.uk

Peter May was buoyed at having ten comedy sketches published by *Lazy Bee*, and so joined The Write Place writing group in Freshwater. He was delighted to have his short stories included in the group's anthology. He adds: 'I submit them with a beguiling modesty as I have much to be modest about.'

Hillard Morley wrote for theatre and taught English and Drama for over twenty years, before her first novel, *The Shadowing of Combfoot Chase*, was published in 2022. Her short stories have been published in literary journals worldwide. She recently completed her latest novel, *Nothing Starts But Everything Begins* and performs her work with 'In Her Own Words' and other groups on the Island.

Guy Mortenson found sanctuary on an MA in poetry at University of Gloucestershire following mental health issues post-diagnosis. With no BA, who knew? This morphed into a PhD studying metaphor, symbol and imagery. No longer a sheep in fog, he's off to see what the future brings.

Pat Murgatroyd is a member of The Poetry Society and Isle of Wight Stanza. Widely published in national magazines, she belongs to writing groups on IoW, Romsey and Winchester. She has performed at Ventnor Fringe, Medina Bookshop, and Arundel and Winchester Literary Festivals, among others. https://poems.poetrysociety.org.uk/poets/pat-murgatroyd/

Mark Saunders lives in Carisbrooke. His poetry appears in Abridged, Alchemy Spoon, Brevity, Cannon's Mouth, Confluence, Dreich, Gutter, Interpreter's House, Magma, Meniscus, Museum of Americana, Pocket Island Poetry, Popshot, Porridge, Propel, Red Ogre, Soft Star, Spelt, and Strix. His performances include 'From the Heart', OperaSlam, Ventnor Fringe, and Yarnival events.

Maggie Sawkins moved from Portsmouth to Brading in 2021. Her collections include *The Zig Zag Woman, Zones of Avoidance* and *The House Where Courage Lives*. She holds an MA with distinction in Creative Writing and is the recipient of a Ted Hughes Award for New Work in Poetry. Maggie runs creative writing projects in community settings in Portsmouth and in prisons. https://iwcreativenetwork.com/directory/magpieisle/profile/

Lisa Scovell-Strickland is native to IoW. She has published two poetry collections, *The Shaping of Me*, and *The Breaking of Me*, exploring themes of sexuality, mental health, identity, and growth. Her work is raw and honest, aiming to connect with the emotions of the reader, allowing them to see themselves in her words. Facebook - @LisasPoetry; Instagram - @lisa_ss_poetry

Jane Shepherd is a Portsmouth and Ryde-based writer and artist. Her current practice is centred on the autobiographical, drawing on archives of letters and diaries. She is interested in how we construct personal experience narratives in the face of stigma and/or illness.

Steve Taverner began his comic poetry career to entertain biology A-level students while working as a field studies teacher. He has branched out to write on a variety of topics with an emphasis on light entertainment. *Scar on the Rock*, Steve's debut collection of satirical wit and vulgar verse, was published by Naked Figleaf Press. https://nakedfigleafcollective.co.uk/scar-on-the-rock/

Felicity Fair Thompson was the first woman on Rank's West End Cinema management. Her film *Carisbrooke Castle* was broadcast on SKY, and other films aired on Australian television. Felicity is a prolific writer of children's books, magazine features, theatre reviews, plays, poetry, novels. She won three awards at Screenplay Festivals in 2023.
https://www.felicityfairthompson.co.uk

Jasmine Metta Truman (see page 4).

Julie Watson (see page 20).

Jason Watts is a hairy creative Flash Fiction fabricator. Originally from London, he has been an Overner since 2007. His genres include horror, history, humour and all points in between. He is an advocate of creativity for mental health and well-being.

Harrison Wavell is a poet, musician and educator from IoW. His work strives to cultivate connection and kinship within and between the human and more-than-human worlds. Drawing inspiration from the Perennial Tradition, that well of universal truth and wisdom shared by all major world religions, Harrison seeks to celebrate the unity underlying our diversity.

Heather Whatley lives in Yarmouth and enjoys the many creative opportunities available on the Island. She writes her own comedy sketches, which she performs at Figgy Gigs. She plays the saxophone in a duet with her husband on guitar.

Karl Whitmore lives in Newport and likes drawing, writing plays and poetry, and being part of the Figlet community. He also enjoys acting, so he can watch good actors from close-up. Karl used to be very shy but now he runs away from things much less often than he used to.

WordSpokenSong are kindred spirits drawn together on the Island during 1990s by the smiling visage of The Buddha. Their art is fuelled by an awareness of those fellow seekers drawn to the omnipresent sentient Universe always embracing touching our Earth. This is the Dreaming of our Storyline that inspires the music and lyrics.
https://wordspokensong.wordpress.com/

Kate Young (see page 33).

The Figlet Issue Four Summer 2025

Deadline for submission: 30 March 2025

Featured theme: FEAST or FAMINE
plus general submissions

Terms & Conditions

1. Submit poems on any topic (no more than three poems, no longer than 30 lines).
OR
2. Fiction or non-fiction piece(s) on any topic (no more than 750 words).
3. In addition to the general submissions, Writers are invited to enter one poem (no more than 30 lines) or one fiction or non-fiction piece (no more than 750 words) to the featured theme.
4. Each piece of writing to be typed on a separate sheet of **A4** paper in **Times New Roman, 12 point**. Please DO NOT include fancy fonts or symbols.
5. Submissions which DO NOT meet *The Figlet's* specifications will be disregarded.
6. Submissions to be the Writer's own original work.
7. All copyright remains with the individual Writer.
8. Anonymous submissions will NOT be considered.
9. Final decisions rest with the Editor. No correspondence about such decisions will be entered into with individual Writers.
10. Submissions to arrive no later than the deadline: **30 March 2025** to jean28owen@gmail.com.

About Naked Figleaf Press

Naked Figleaf Press is a small press founded in 2023 by Jean G-Owen. At Naked Figleaf Press, we give a fig about writers and illustrators from the Isle of Wight. We publish poetry, novellas, essays and non-fiction, short stories and memoirs.

Publications include:

- *Bites of Love: Poems and Images* by Jean G-Owen
- *Rainbows in the Dark* by Graham Brown
- *Scar on the Rock* by Steve Taverner
- *Not Just Desserts* by Cheryl May
- *The Figlet* Issue One Winter Season 2024
- *The Figlet* Issue Two Summer Season 2024
- *The Triple Crones: poems, performance & pictures* by Jean G-Owen, Sandy Kealty & Cheryl May
- *The Pain of Glass* by Jean G-Owen

We invite submissions from IoW writers and illustrators.
No unsolicited material will be considered.

Enquiries to be sent via email to Jean G-Owen:

jean28owen@gmail.com

Naked Figleaf Press

We Give A Fig